KB000107

明文 中國 正史 大系

原文譯註

正史 三國志(五)
정 사 삼 국 지

(吳書 1)

西晉 陳 壽 著
(南朝)宋 裴松之 註
陳起煥 譯註

明文堂

孫策(손책) - 淸代三國演義中孫策的畫像(청대삼국연의중손책적화상)

漢討逆將軍(한토역장군) 吳侯(오후) 領會稽太守(영회계태수), 출처 : 위키피디아

吳 大帝 孫權(오 대제 손권)

唐·閻立本(당·염립본)《古帝王圖(고제왕도)》局部(국부), 출처 : 위키피디아

大
小喬
喬

大橋(대교)·小喬(소교) - 百美新詠圖傳(백미신영도전)
大橋(孫策의 아내), 小橋(周瑜의 아내), 출처 : 위키피디아

明文 中國 正史 大系

原文譯註

正史 三國志(五)
정 사 삼 국 지

(吳書 1)

西晉 陳 壽 著
(南朝)宋 裴松之 註
陳起煥 譯註

明文堂

[차례]

《三國志 吳書》
삼 국 지 오 서

(五)

46권 〈孫破虜討逆傳〉(吳書 1)
(손파로,토역전)

❶ 孫堅

|原文|

孫堅字文臺, 吳郡富春人, 蓋孫武之後也. 少爲縣吏. 年十七, 與父共載船至錢唐, 會海賊胡玉等從䍐里上掠取賈人財物, 方於岸上分之, 行旅皆住, 船不敢進.

堅謂父曰, "此賊可擊, 請討之." 父曰, "非爾所圖也." 堅行操刀上岸, 以手東西指麾, 若分部人兵以羅遮賊狀. 賊望見, 以爲官兵捕之, 卽委財物散走. 堅追, 斬得一級以還. 父大驚. 由是顯聞, 府召署假尉.

會稽妖賊許昌起於句章, 自稱陽明皇帝, 與其子韶扇動諸

縣, 衆以萬數. 堅以郡司馬募召精勇, 得千餘人, 與州郡合討
破之. 是歲, 熹平元年也. 刺史臧旻列上功狀, 詔書除堅鹽瀆
丞, 數歲徙盱眙丞, 又徙下邳丞.

| 국역 |

孫堅(손견)[1]의 字는 文臺(문대)인데, 吳郡 富春縣(부춘현)[2] 사람으
로, 孫武(손무)[3]의 후손으로 알려졌다. 젊어 부춘현의 관리가 되었
다. 나이 17세에 부친과 함께 배를 타고 錢唐(전당)[4]에 이르렀는데,
마침 해적 胡玉(호옥) 등이 匏里(포리)란 곳에서 상인의 재물을 약탈
한 뒤에 강 언덕에서 분배를 하고 있어 배들이 감히 나가질 못하고
있었다.

이에 손견은 부친에게 "저 도적을 공격할 만하니 제가 토벌하겠
습니다."라고 말했다. 그러자 부친은 "네가 상관할 일이 아니다."라
고 말했다. 그래도 손견은 칼을 잡고 상륙하여 손을 동서로 휘저으
며 마치 부대를 동원하여 적을 차단하려는 것처럼 지휘하였다. 도
적들은 멀리서 이를 보고 관군이 잡으러 온 줄 알고 재물을 버리고

1 孫堅(손견, 155-191년, 字 文臺) - 孫武(손무)의 後裔(후예). 吳郡 富春縣(今 浙江
省 杭州市 富陽區) 사람. 侯漢 말기의 군벌, 東吳의 기반을 다진 孫策(손책), 建
國者 孫權(손권)의 부친. 漢 破虜將軍, 烏程侯, 領豫州刺史, 長沙太守 역임. 董卓
(동탁) 토벌 때 맨 먼저 洛陽에 입성. 궁궐을 청소하고 황릉을 정비하였다. 次子
손권이 칭제한 뒤에 武烈皇帝로 추존했다.
2 吳郡의 治所는 吳縣, 今 江蘇省 남단 蘇州市 吳郡의 영역은 지금의 江蘇省, 浙
江省(절강성), 上海市 일대. 富春縣은, 今 浙江省 북부 杭州市(항주시) 富陽區.
3 孫武(손무, 前 545-470년, 字 長卿) - 春秋 시대 軍事家, 兵書《孫子兵法》의 저
자. 후인이 孫子, 兵聖이라 숭배.
4 吳郡 錢唐縣(전당현) - 今 浙江省 杭州市 서쪽 靈隱山 일대.

흩어져 도주하였다. 손견은 도적 한 명을 죽여 그 首級(수급)을 가지고 돌아왔다. 부친은 크게 놀랐다. 이 때문에 손견은 이름이 알려졌고 吳郡에서는 손견을 불러 임시 校尉에 임명하였다.

會稽郡(회계군)[5]의 妖賊(요적)인 許昌(허창)이란 자가 句章縣(구장현)이란 곳에서 거병한 뒤, 陽明皇帝(양명황제)를 자칭하며 그 아들 許韶(허소)와 함께 여러 縣을 선동하여 그 무리가 수만 명이었다. 손견은 郡의 司馬와 함께 용감한 군사를 불러 모아 1천여 명을 거느리고 揚州와 郡의 군사와 협력하여 그 무리를 격파했는데, 이때가 (後漢, 靈帝) 熹平(희평) 원년이었다(서기 172). 揚州 자사인 臧旻(장민)은 손견의 공적을 상신했고, 조정에서는 조서로 손견을 (廣陵郡) 鹽瀆(염독) 縣丞(현승, 副縣令)에 임명했고, 몇 년 뒤에 (下邳國) 盱眙(우이) 縣丞(현승)이 되었다가, 다시 下邳(하비) 현승이 되었다.

| 原文 |

中平元年, 黃巾賊師張角起於魏郡. 托有神靈, 遣八使以善道教化天下, 而潛相連結, 自稱黃天泰平. 三月甲子, 三十六方 一旦俱發, 天下響應, 燔燒郡縣, 殺害長吏. 漢朝遣車騎將軍皇甫嵩, 中郎將朱儁將兵討擊之.

儁表請堅爲佐軍司馬, 鄕里少年隨在下邳者皆願從. 堅又募諸商旅及淮,泗精兵, 合千許人, 與儁並力奮擊, 所向無前.

5 會稽郡(회계군) ─ 治所는 山陰縣, 今 浙江省 북동부 紹興市(소흥시).

汝, 潁賊困迫, 走保宛城. 堅身當一面, 登城先入, 衆乃蟻附, 遂大破之. 儁具以狀聞上, 拜堅別部司馬.

| 국역 |

(靈帝) 中平 원년(서기 184), 黃巾賊(황건적)의 우두머리인 張角 (장각)[6]이 魏郡에서 봉기하였다. 장각은 神靈의 계시를 가탁하며 八 使를 각 지방에 보내 세상을 善道로 교화한다면서 은밀히 서로 연 결하면서 黃天의 태평 시대가 열린다고 선동하였다. 그리하여 (서 기 184) 3월 甲子日, (황건적의 조직) 36方[7]이 같은 날 봉기했고, 이 에 천하가 響應(향응)하며 군현을 불태우고 지방관이나 관리들을 죽 였다. 漢의 조정에서는 車騎將軍인 皇甫嵩(황보숭),[8] 中郎將인 朱儁

....

6 中平은 靈帝의 4번째, 마지막 연호. 서기 184 – 188년. 서기 184년은 새로운 六 十甲子의 시작, 甲子년이었다. 張角(장각 ?-184년)은 太平道의 종교 지도자. 장 각은 본래 낙방한 秀才였는데 入山採藥다가 南華老仙이라는 老人을 만나 동굴 안에 들어가 天書 3권을 받았고 그를 읽어 도통했다고 하였다. 장각은 '蒼天已 死, 黃天當立. 歲在甲子, 天下大吉' 할 것이라 선동하면서 太平道를 창시하였 다. 中平 원년(서기 184)에 張角은 동생 張寶(장보), 張梁(장량)과 신도를 거느리 고 봉기하니, 이를 '黃巾之亂' 이라 하였다.

7 장각은 제자 8인을 사방에 파견하여 善道로 천하를 교화한다면서 각지를 돌며 현혹케 하였다. 10여 년간에 무리 수십 만이 되어 각 郡國에 모두 연결되었으니 靑州, 徐州, 幽州, 冀州, 荊州, 楊州, 兗州, 豫州 등 八州에 호응하지 않는 백성이 없었다. 장각은 36方을 두었다. 方은 將軍이란 뜻이다. 大方은 무리가 1萬여 명, 小方은 6, 7천명이었고 각각 渠帥(거수)를 두었다. 그리고 '蒼天은 이미 죽 었고, 黃의 세상이 오며, 甲子年에는 天下가 大吉하리라.' 는 訛言(와언)을 퍼 트리며, 경성의 각 관아의 문이나 지방 관청의 문에 흰색으로 '甲子'라고 써놓 았다.

8 皇甫嵩(황보숭, ?-195年) – 皇甫는 복성. 嵩은 높을 숭, 皇甫嵩은 황건적 토벌에 공을 세웠다. 《後漢書》71권, 〈皇甫嵩朱儁列傳〉에 立傳.

(주준)[9] 등을 보내 군사를 거느리고 황건적을 토벌케 하였다.

주준은 표문을 올려 손견을 佐軍司馬에 임명했는데, 고향의 젊은 이로 손견을 따라 下邳(하비)에 머물던 자들이 모두 자원하여 참전하였다. 손견은 또 많은 상인들이나 淮水와 泗水(사수) 일대의 精兵 1천여 명을 모아 거느리고 주준과 협력하여 황건적 토벌에 나서 가는 곳마다 이들을 막을 자가 없었다. 汝南郡(여남군)과 潁川郡(영천군)[10] 일대의 황건적들이 모두 궁지에 몰리자 宛城(완성)에 모여 저항하였다. 손견은 성 공격의 일면을 담당했는데, 성벽에 먼저 올랐고 이어 개미처럼 따라 올라 황건적을 대파하였다. 주준은 손견의 전공을 보고했고, 손견은 別部司馬[11]가 되었다.

| 原文 |

邊章,韓遂作亂涼州, 中郎將董卓拒討無功. 中平三年, 遣司空張溫行車騎將軍, 西討章等. 溫表請堅與參軍事, 屯長安. 溫以詔書召卓, 卓良久乃詣溫. 溫責讓卓, 卓應對不順.

堅時在坐, 前耳語謂溫曰, "卓不怖罪而鴟張大語, 宜以召

---

9 朱儁(주준, ?-195년, 字 公偉) - 儁은 준걸 준. 會稽人. 주준은 右中郎將이 되어 부절을 받고 左中郎將인 황보숭과 함께 潁川(영천), 汝南, 陳國의 황건적을 모두 평정하였다. 황보숭은 그 전과를 보고하면서 공을 주준에게 돌렸는데, 주준은 西鄕侯에 봉해졌고 鎭賊中郎將으로 승진하였다.

10 潁川郡(영천군)은 豫州 刺史部 소속 군명. 治所는 陽翟縣(양책현), 今 河南省 중부 許昌市 관할의 禹州市. 낙양과 연접하고 인구가 조밀한 큰 군이었다.

11 別部司馬 - 별도의 부대를 지휘하는 司馬. 질록 1천석. 別郡(軍)司馬는 틀린 관직명. 司馬는 大將軍이나 三公의 속관.

不時至, 陳軍法斬之." 溫曰, "卓素著威名於隴蜀之間, 今日殺之, 西行無依."

堅曰, "明公親率王兵, 威震天下, 何賴於卓? 觀卓所言, 不假明公, 輕上無禮, 一罪也. 章,遂跋扈經年, 當以時進討, 而卓云未可, 沮軍疑衆, 二罪也. 卓受任無功, 應召稽留, 而軒昂自高, 三罪也. 古之名將, 仗鉞臨衆, 未有不斷斬以示威者也. 是以穰苴斬莊賈, 魏絳戮楊干. 今明公垂意於卓, 不卽加誅, 虧損威刑. 於是在矣."

溫不忍發擧, 乃曰, "君且還, 卓將疑人." 堅因起出. 章,遂聞大兵向至, 黨衆離散, 皆乞降. 軍還, 議者以軍未臨敵, 不斷功賞. 然聞堅數卓三罪, 勸溫斬之, 無不歎息. 拜堅議郎.

時長沙賊區星自稱將軍, 衆萬餘人攻圍城邑, 乃以堅爲長沙太守. 到郡親率將士, 施設方略, 旬月之間, 克破星等. 周朝,郭石亦帥徒衆起於零,桂, 與星相應. 遂越境尋討, 三郡肅然. 漢朝錄前後功, 封堅爲烏程侯.

| 국역 |

邊章(변장)[12]과 韓遂(한수)[13]가 涼州(양주)[14] 일대에서 반란을 일으

---

12 邊章(변장) – 金城郡 사람, 中平 元年에 반기를 들고 護羌校尉 伶徵(영징)과 금성군 태수 陳懿(진의)를 공격 살해하였다.

13 韓遂(한수, ?-215년, 一名 韓約, 字 文約)와 邊章과 함께 三輔 지역을 노략질하였다.

14 涼州刺史部(양주자사부)는 후한의 서북의 隴西郡, 漢陽郡, 武都郡, 安定郡, 北

키자, 中郞將 董卓(동탁)¹⁵이 난군을 저지, 토벌하였지만 아무런 戰功이 없었다. 中平 三年(서기 186), 司空인 張溫(장온)은 車騎將軍대행으로 삼아 파견하여 서쪽에 가서 변장 등을 토벌하게 하였다.¹⁶ 장온은 표문을 올려서 손견을 초빙하여 군사 업무를 담당케 하면서 長安에 주둔하였다. 장온은 황제의 명령으로 동탁을 소환하였는데, 동탁은 나중에야 장온에게 왔다. 장온이 동탁을 질책하자, 동탁의 응대가 매우 불손하였다.

그때 손견은 곁에 있다가 앞으로 나가 귓속말로 장온에게 말했다.

"동탁이 문책을 겁내지 않고 교만한 태도로 되지도 않는 말을 지껄이며 소환에 바로 응하지 않았으니 군법에 의거 참수해야 합니다."

그러자 장온은 "동탁은 평소 隴西와 西蜀 일대에 위세가 있으니, 이번에 죽인다면 서쪽 정벌에 믿을 만한 사람이 없다."고 말했다. 이에 손견이 말했다.

"明公은 王兵을 직접 통솔하시여 천하에 위엄을 떨치거늘 어찌 동탁에게 의지하시겠습니까? 동탁이 하는 말을 들어보면 명공을

地郡, 武威郡, 張掖郡, 酒泉郡, 敦煌郡을 관할했다.

15 董卓(동탁, 141 - 192년) - 涼州 隴西 臨洮人. 後漢 말 涼州 軍閥(군벌)이며 權臣, 포악한 행위로 역사상 가장 부정적 평가를 받는 인물.《後漢書》72권,〈董卓列傳〉에 입전.

16 조정에서는 司空인 張溫(장온)을 車騎將軍에 임명하여 부절을 하사하였고, 董卓은 破虜(파로) 장군으로 장온의 통제 하에 있었다. 장온과 동탁 총 10여만 명이 右扶風 일대의 황제의 園陵을 수비하였다. 장온과 동탁은 반적과 싸웠으나 매번 전투에 패했다.

조금도 공경하지 않고 윗사람을 경시하고 무례하니, 이것이 첫 번째 죄입니다. 그리고 변장과 한수가 몇 년째 발호하는데도 동탁은 즉각 토벌하지 않으면서 토벌 불가하다고 말하며 군사의 사기를 저상케 하였으니, 두 번째 죄입니다. 또 동탁은 임무를 받고도 戰功이 없고 소환에 바로 응하지도 않았으며 고개를 쳐들고 교만하였으니, 세 번째 죄입니다. 고대의 명장은 도끼(鉞, 도끼 월)를 하사받고 군사를 지휘하면서 죄인을 참수하여 위엄을 보이지 않은 자가 없었습니다. 그래서 司馬穰苴(사마양저)[17]는 (景公의 寵臣) 莊賈(장가)를 참수했고, 魏絳(위강)[18]은 楊干(양간)을 죽였습니다. 지금 明公께서 동탁을 생각하시어 즉각 처형하시지 않으니, 아마 이 때문에 위엄과 형벌의 권위가 서지 않을 것입니다."

그러나 장온은 명령을 발동하지 못하고 그저 "일단 돌아가게나, 동탁이 아마 의심할 것일세."라고 말했다. 손견은 일어나 나왔다.

변장과 한수는 대군이 공격한다 하여 그 무리들은 흩어지거나 투항하였다. 장온의 군사는 철수했고, 평의에 참여한 관리들은 대군의 전투가 없다 하여 논공행상은 하지 않았다. 그러나 손견이 동탁의 3가지 罪目(죄목)을 열거하며 장온에게 동탁 참수를 건의했다는 말을 전해 듣고 탄식하지 않는 사람이 없었다. 손견은 議郎(의랑)[19]

···············
17 司馬穰苴(사마양저, 생졸년 미상) − 田氏, 田完의 후손, 名 穰苴(양저), 春秋 시대 말기 齊國의 將軍, 軍事理論家. 齊 景公(재위, 前 547 − 490년)을 보좌하며 大司馬를 제수 받았기에 司馬穰苴(사마양저)로 통칭. 《史記》 64권, 〈司馬穰苴列傳〉에 입전.

18 魏絳(위강) − 春秋 시대 晉國의 武將, 政治家. 晉 悼公, 平公을 섬겼고 魏昭子, 魏莊子로 통칭.

19 議郎(의랑) − 光祿勳의 속관, 황제 측근으로 정사의 논의에 참여. 질록 6백석.

을 제수 받았다.

그 무렵 長沙郡의 도적 무리인 區星(구성)은 將軍을 자칭하며 그 무리 1만여 명이 성읍을 포위 공격하자, 조정에서는 손견을 長沙 태수에 임명했다. 손견은 부임하여 친히 장졸을 통솔하고 방략을 마련하여 한 달 사이에 구성 등을 격파하였다. 그리고 周朝(주조), 郭石(곽석)이란 자들도 零陵郡(영릉군), 桂陽郡 등에서 봉기하여 구성 등에 상응하였는데 손견이 군계를 넘어 토벌하자 三郡이 숙연하였다. 漢朝에서는 손견의 전후 공적을 수록하여 손견을 烏程侯(오정후)[20]에 봉했다.

| 原文 |

靈帝崩, 卓擅朝政, 橫恣京城. 諸州郡並興義兵, 欲以討卓. 堅亦擧兵. 荊州刺史王睿素遇堅無禮, 堅過殺之. 比至南陽, 衆數萬人.

南陽太守張咨聞軍至, 晏然自若. 堅以牛酒禮咨, 咨明日亦答詣堅. 酒酣, 長沙主簿入白堅, "前移南陽, 而道路不治, 軍資不具, 請收主簿推問意故."

咨大懼欲去, 兵陳四周不得出. 有頃, 主簿復入白堅, "南陽太守稽停義兵, 使賊不時討, 請收出案軍法從事." 便牽咨於軍門斬之. 郡中震慄, 無求不獲.

----

20 烏程侯(오정후) − 烏程(오정)은 吳郡의 현명. 今 浙江省 북단 湖州市에 해당.

前到魯陽, 與袁術相見. 術表堅行破虜將軍, 領豫州刺史. 遂治兵於魯陽城. 當進軍討卓, 遣長史公仇稱將兵從事還州督促軍糧. 施帳幔於城東門外, 祖道送稱, 官屬並會. 卓遣步騎數萬人逆堅, 輕騎數十先到. 堅方行酒談笑, 敕部曲整頓行陳, 無得妄動. 後騎漸益, 堅徐罷坐, 導引入城. 乃謂左右曰, "向堅所以不卽起者, 恐兵相蹈藉, 諸君不得入耳."

卓兵見堅士衆甚整, 不敢攻城, 乃引還.

| 국역 |

靈帝가 붕어하자(서기 189년),[21] 董卓(동탁)은 조정 정사를 휘두르며 京城에서 횡행하였다. 義兵이 여러 州郡에서 봉기하여 동탁을 토벌하려 했다. 손견도 거병하였다. 荊州刺史인 王睿(왕예, 字 通耀)는 평소에 손견에게 무례했었기에 손견이 (長沙에서 북쪽으로) 지나가면서 왕예를 죽여버렸다. 손견이 南陽郡에 이를 때에는 군사가 수만 명이 되었다.

南陽太守인 張咨(장자)는 손견의 군사가 북진해 오는 것을 알면서도 태연자약하였다. 손견이 소고기와 술을 보내 장자에게 예를 표하자, 장자도 다음 날 답례로 손견을 예방하였다. 술이 어느 정도 들어가자 長沙의 主簿(주부)가 들어와 손견에게 아뢰었다.

"앞서 남양군을 통과하였지만 도로가 정비되지 않았고, 군수물

....

21 中平 6년(서기 189), 靈帝가 南宮의 嘉德殿(가덕전)에서 붕어하였는데, 나이는 34세였다. 皇子인 辯(변, 少帝, 弘農王)이 황제로 즉위했는데, 나이는 17세였다.

자가 보급되지 않으니 남양군의 주부를 잡아 고의가 있는지 문책해
야 합니다."

남양 태수 장자는 두려워 떠나려 했지만 군사가 사방을 에워싸서
나갈 수가 없었다. 얼마 뒤 (장사군의) 주부가 다시 들어와 손견에
게 말했다.

"南陽太守가 義兵을 지체시켜 적도를 제때에 토벌하지 못하게
하였으니, 태수를 체포하여 군법대로 처리할 것을 주청합니다."

이에 바로 태수 장자를 끌어내 군문에서 참수하였다. 남양군 모두
가 두려워 떨었고, 이에 필요한 군수물자를 모두 보충할 수 있었다.

손견은 (南陽郡) 魯陽縣(노양현)에서 袁術(원술)[22]과 상견하였다.
원술은 표문을 올려 손견을 破虜將軍(파로장군) 대행으로 豫州刺史
를 겸임케 하였다. 이에 손견은 魯陽城에서 군사를 훈련시켰다. 손
견은 진군하여 동탁을 토벌하려고 長史인 公仇稱(공구칭)을 시켜 군
사를 거느리고 형주에 가서 군량 운송을 독촉하게 하였다. 이에 노
양성 동쪽 성문 밖에 휘장을 치고 祖道(路祭)를 지내고 공구칭을 전

....

22 袁術(원술)의 字는 公路(공로)인데, 汝南郡 汝陽縣 사람으로, 젊어 俠氣(협기)로
알려졌다. 원술은 孝廉으로 천거되었고 여러 번 승진하여 河南尹과 虎賁中郎
將이 되었다. 그때 董卓(동탁)은 황제를 폐립할 뜻이 있어 원술을 後將軍에 임
명하였다. 원술은 동탁에게 언제 화를 입을지 두려워 南陽郡으로 도주하였다.
그때 長沙太守인 孫堅(손견)이 南陽太守 張咨(장자)를 죽이고서 군사를 거느리
고 원술을 추종하였다. 劉表는 원술을 南陽太守로 추천하였고, 원술은 또 손
견을 豫州刺史 대행으로 천거하였는데, 손견은 荊州와 豫州의 군사를 거느리
고 동탁의 군사를 (河南郡 梁縣의) 陽人聚(양인취)란 곳에서 격파하였다. 원술
이 南陽郡에 있을 때, 호구가 그래도 수십에서 1백 만에 이르렀는데, 원술은
법도를 지키지 않으면서 재물을 약탈하였고 방자한 짓을 서슴지 않아 백성들
은 원술을 증오하였다. (獻帝) 初平 3년(서기 192), 원술은 孫堅(손견)을 보내
유표를 襄陽(양양)에서 격파하였으나 손견은 戰死했다.

송하려고 현의 관리들이 모두 모였다.

동탁이 보병과 기병 수만 명을 보내 손견을 공격케 했는데, 수십명의 경기병이 먼저 가까이에 도착하였다. 손견은 술잔을 나누며 담소를 하고 있었는데, 부대를 정돈하고 진영을 갖추되 망동하지 말라고 지시만 하였다. 이후 동탁의 기병이 점차 늘어나자, 손견은 천천히 일어나 전별하는 술자리를 파한 다음에 부대를 이끌고 입성하였다. 그러면서 측근들에게 말했다.

"내가 바로 일어나지 않은 것은, 혹시 군사들이 서두르며 밟혀 죽을까 걱정했기 때문이니, 그랬으면 아마 성에 들어오지도 못했을 것이다."

동탁의 군사는 손견의 부대가 잘 정비된 것을 보고서는, 감히 성을 공격하지 못하고 바로 철수하였다.

| 原文 |

堅移屯梁東, 大爲卓軍所攻, 堅與數十騎潰圍而出. 堅常著赤罽幘, 乃脫幘令親近將祖茂著之. 卓騎爭逐茂, 故堅從間道得免. 茂困迫, 下馬, 以幘冠塚間燒柱, 因伏草中. 卓騎望見, 圍繞數重, 定近覺是柱, 乃去.

堅復相收兵, 合戰於陽人, 大破卓軍, 梟其都督華雄等. 是時, 或間堅於術, 術懷疑, 不運軍糧. 陽人去魯陽百餘里, 堅夜馳見術, 畫地計校, 曰, "所以出身不顧, 上爲國家討賊, 下

慰將軍家門之私仇. 堅與卓非有骨肉之怨也, 而將軍受譖潤
之言, 還相嫌疑!"

術踟躕, 卽調發軍糧. 堅還屯. 卓憚堅猛壯, 乃遣將軍李傕
等來求和親. 令堅列疏子弟任刺史, 郡守者, 許表用之. 堅曰,
"卓逆天無道, 蕩覆王室. 今不夷汝三族, 懸示四海, 則吾死不
瞑目. 豈將與乃和親邪?"

復進軍大谷. 拒雒九十里. 卓尋徙都西入關, 焚燒雒邑. 堅
乃前入至雒, 修諸陵, 平塞卓所發掘. 訖, 引軍還, 住魯陽.

| 국역 |

손견은 군사를 梁縣(양현) 동쪽으로 이동 준비시켰는데 동탁의 대
규모 공격을 받았고, 손견은 수십 명의 기병을 거느리고 포위를 뚫
고 겨우 탈출하였다. 손견은 늘 붉은 융단으로 만든 건(幘幘, 계책)
을 착용했었는데, 붉은 건을 벗어 측근 장수 祖茂(조무)가 쓰게 하였
다. 동탁의 기병은 조무를 추격했기에 손견은 샛길로 빠져나갈 수
있었다. 조무는 달아나다가 지쳐 下馬한 뒤, 붉은 건을 벗어 무덤 사
이 불탄 기둥에 씌워놓고 풀숲에 엎드려 숨었다. 동탁의 기병은 멀
리서 보고 여러 겹으로 포위하였지만 가까이 가보니 나무 기둥이라
서 그냥 돌아갔다.

손견은 다시 군사를 수습하여 동탁의 군사와 (河南郡 梁縣의) 陽
人聚(양인취)란 곳에서 싸워 동탁의 군사를 대파하고 그 都督인 華
雄(화웅) 등을 죽여 梟首(효수)하였다. 이 무렵에 원술에게 손견을 이

간질하는 자가 있어, 원술은 손견을 의심하며 군량을 공급하지 않았다. 陽人聚(양인취)란 곳은 (南陽郡) 魯陽縣(노양현)에서 1백여 리 떨어진 곳이었는데, 손견은 밤에 말을 타고 달려가 원술을 만나 땅에 그림을 그려가며 형세를 설명하며 말했다.

"우리가 일신의 안위를 돌보지 않는 것은, 위로는 나라를 위해 반적을 토벌하고 아래로는 장군 가문의 사적인 원한관계를 씻어주려는 뜻입니다. 나와 동탁은 골육과 관계되는 원한도 없는데, 장군은 참언을 믿고 저를 혐오하고 의심할 수 있습니까!'

원술은 주저하다가 즉시 군량을 공급하게 조치했다. 손견은 陽人(양인)에 돌아와 주둔하였다. 동탁은 손견의 용맹과 전투력이 두려워 장군인 李傕(이각)[23] 등을 보내 화친을 주선케 하였다. 동탁은 손견에게 자사나 태수에 임명할 만한 자제를 열거하면 표문을 올려 임명하겠다고 전하게 하였다. 이에 손견이 말했다.

"동탁은 천명을 거역하며 무도하며 왕실을 전복시켰다. 지금 동탁의 삼족을 멸하여 온 천하게 보여주지 못한다면 죽더라도 눈을 감지 못할 것인데, 어찌 동탁과 화친하겠는가?'

손견은 다시 大谷(대곡)이란 곳에 진격하였다. 거기는 낙양에서

....

23 李傕(이각) – 동탁의 부장이던 李傕(이각)은, 이각이 죽은 뒤에 郭汜(곽사), 張濟(장제) 등과 합작, 長安에 진출하여 獻帝를 협박하여 4년간 정치를 독단했다. 동탁이 살해된 뒤에 이각 등에게 반기를 들라고 건의한 참모는 賈詡(가후, 147 – 223)였다. 이각 일당은 내분으로 약해진 뒤에 조조에게 패망했는데, (獻帝) 建安 2년(서기 197), 謁者僕射(알자복야)인 裴茂(배무)를 보내 이각을 죽였고 그 삼족을 멸했다. 郭汜(곽사)는 그의 부장 五習(오습)의 공격을 받고 郿縣(미현)에서 피살되었다. 張濟(장제)는 飢餓(기아)에 시달리다가 南陽郡 일대를 노략질했는데, (南陽郡) 穰縣(양현) 사람들에게 살해되었고 그의 조카 張繡(장수)가 그 무리를 거느렸다.

90여 리 떨어진 곳이었다. 동탁은 곧 함곡관을 지나 장안으로 천도하면서 낙양을 불태웠다. 손견은 바로 낙양성에 들어가 여러 황릉을 정비하고 동탁이 도굴한 황릉을 복원했다.[24] 그런 일을 마친 손견은 군사를 인솔하여 남양군 魯陽縣에 주둔하였다.

|原文|

初平三年, 術使堅征荊州, 擊劉表. 表遣黃祖逆於樊, 鄧之間. 堅擊破之, 追渡漢水, 遂圍襄陽, 單馬行峴山, 爲祖軍士所射殺. 兄子賁, 帥將士衆就術. 術復表賁爲豫州刺史.

堅四子, 策, 權, 翊, 匡. 權旣稱尊號, 諡堅曰武烈皇帝.

|국역|

(獻帝) 初平 3년(서기 192),[25] 원술은 손견을 보내 荊州를 정벌하며 劉表(유표)를 공격케 하였다. 유표는 黃祖(황조)[26]를 출정시켜 樊城(번성)과 鄧縣(등현)의 중간에서 맞아 싸웠다. 손견은 황조를 격하

---

24 《三國演義》6회 〈焚金闕董卓行兇 匿玉璽孫堅背約〉에는 손견이 낙양성에 입성했고 궁궐 우물에서 오색광채가 있어 손견이 사람을 들여보내 漢의 國璽(국새)를 얻었는데, 그 글에 "受命於天, 旣壽永昌"이라 쓰여 있었다고 하였다. 그래서 손견은 서둘러 원술과 헤어지는 장면이 묘사되었다. 그러나 이는 그야말로 허구이기에 陳壽는 孫堅傳에 기록하지 않았다.

25 손견은 상처를 입었고, 이듬 해 初平 4년 정월 초에 죽었다. 머리에 돌을 맞아 즉사했다는 주석도 있다. 죽을 때 손견은 37세였다.

26 黃祖(황조, ? - 서기 208) - 荊州牧 劉表의 宿將, 江夏 太守 역임. 황조의 부하에게 손견이 부상을 당한 뒤 죽었다. 손책과 손권에게는 아버지를 죽인 원수이다.

고 추격하여 漢水(한수)²⁷를 건너 襄陽(양양)을 포위했었는데, 손견은 單馬로 峴山(현산)²⁸을 지나다가 황조의 군사에게 사살되었다.

손견의 조카인 孫賁(손분)²⁹은 사졸을 거느리고 원술을 찾아갔다. 원술은 다시 표문을 올려 손분을 豫州刺史에 임명하였다.

손견의 四子는 孫策(손책), 孫權(손권), 孫翊(손익), 孫匡(손광)이다. 손권이 제위에 오른 뒤, 손견의 시호를 武烈皇帝라 하였다.

❷ 孫策

| 原文 |

策字伯符. 堅初興義兵, 策將母徙居舒. 與周瑜相友, 收合士大夫, 江,淮間人咸向之. 堅薨, 還葬曲阿. 已乃渡江居江都.

| 국역 |

孫策(손책)³⁰의 字는, 伯符(백부)이다. 孫堅(손견)이 처음 의병을 일

---

27 漢水(漢江)는 長江의 최대 지류, 陝西省 秦嶺(진령)에서 발원, 武漢市에서 長江에 합류. 漢族, 漢王, 국호 漢도 모두 漢水와 연관이 있다.

28 峴山 — 峴 고개 현. 西晉의 名將인 羊祜(양호, 221 – 278)의 善政을 기록한 비석 (墮淚碑, 타루비)이 있는 산. 일명 峴首山(현수산). 지금의 湖北省 襄樊市(양번시)에 있다. 唐 시인 孟浩然의 〈與諸子登峴山〉의 詩가 유명하다.

29 孫賁(손분, ?-210년, 字 伯陽) — 吳郡 富春人. 孫堅의 兄 孫羌(손강)의 아들, 손견의 조카. 孫權 큰아버지의 아들이니, 손권의 사촌 형이다. 《吳書》6권, 〈宗室傳〉에 立傳.

30 孫策(손책, 175 – 200년, 字 伯符) — 長沙 태수 孫堅과 嫡妻 吳夫人의 長子, 吳 大

으켰을 때, 손책은 모친을 모시고 盧江郡(여강군) 舒縣(서현)[31]에 옮겨 살았다. 손책은 周瑜(주유)[32]와 서로 벗이 되었는데, 그 지역의 사대부를 불러모으자, 長江과 淮水 일대의 사람들이 모두 모여들었다. 손견이 죽자, 시신을 모셔다가 (吳郡) 曲阿縣(곡아현)에 장례했다. 그리고 長江을 건너 江都縣(강도현)[33]에 거처하였다.

帝 孫權의 형. 吳氏夫人 태몽으로 달(月)을 꾸고, 손책을 夢日하고서 손권을 낳았다고 한다. 東吳의 기틀을 확실하게 다져 동생에게 물려주었다. 한때 원술의 휘하에 있었지만, 원술에게 당당하게 부친의 군사를 돌려달라고 요구했다. 단시일 내에 江東을 평정했다. 조조는 원술을 토벌한 손책의 공로를 인정하여 표문을 올려 漢의 討逆將軍으로 임명하였다. 손견은 破虜장군이었기에 本 列傳의 제목이 〈破虜討逆傳〉이 되었다. 26세라는 아까운 나이에 죽었다. 서기 229년, 손권이 제위에 오른 뒤 손책에게 長沙 桓王(환왕)이라는 시호를 올렸다. 손책과 주유는 同壻(동서)로, 손책의 부인(또는 妾)이 大橋(대교), 주유의 부인이 小橋라고 했다. 대교의 신혼은 불과 몇 달이었고, 손책이 죽자 대교는 몇 달을 통곡하다가 절명했다는 이야기가 전한다.

31 盧江郡 舒縣(서현) — 今 安徽省 중부 合肥市 관할 盧江縣. 周瑜(주유)의 고향.

32 周瑜(주유, 175 – 210年, 字 公瑾) — 瑜는 아름다운 옥 유. '周郎'이라는 애칭으로 불렸다. 盧江郡 舒縣 사람(今 安徽省 合肥市 盧江縣). 赤壁之戰은 以少勝多한 전쟁으로 유명한데, 그 주인공 주유는 적벽대전 2년 뒤에 36세로 죽었다. 주유는 魯肅(노숙), 呂蒙(여몽), 陸遜(육손)과 함께 四大都督로 불린다. 주유는 군사작전에서 대성공을 거둔 만큼 聰明 謙虛하고 氣量이 관대했으며, 相貌가 당당하고 音律에 정통하였다. 손책과 주유는 동갑인데, 손책의 생일이 주유보다 한 달 빨랐다. 두 사람은 아주 가까운 친우로 義同斷金하며 同壻(동서)였고, 주유는 손권의 절대적 신임을 받았다. 부인 小橋(소교) 역시 國色이었기에 많은 사람들의 존경과 추모를 받았으며 英雄의 형상으로 남았다. 北宋 대문호 蘇軾(소식)의 詞 〈念奴嬌 · 赤壁懷古〉(1082) 명작 속에 살아있다. 《三國演義》에서는 제갈량의 재덕이 탁월한 것을 강조하기 위하여 주유를 제갈량과 경쟁하고 질투하는 속이 좁은 인물로 묘사하였다.

33 廣陵郡 江都縣은, 今 江蘇省 남부 長江 북안 揚州市 江都區.

徐州牧陶謙深忌策. 策舅吳景, 時爲丹楊太守, 策乃載母徙曲阿, 與呂範, 孫河俱就景. 因緣召募得數百人. 興平元年, 從袁術. 術甚奇之, 以堅部曲還策.

太傅馬日磾杖節安集關東, 在壽春以禮辟策, 表拜懷義校尉, 術大將喬蕤,張勳皆傾心敬焉. 術常歎曰, "使術有子如孫郎, 死復何恨!" 策騎士有罪, 逃入術營, 隱於內廐. 策指使人就斬之, 訖, 詣術謝. 術曰, "兵人好叛, 當共疾之, 何爲謝也?" 由是軍中益畏憚之.

術初許策爲九江太守, 已而更用丹楊陳紀. 後術欲攻徐州, 從廬江太守陸康求米三萬斛. 康不與, 術大怒. 策昔曾詣康, 康不見, 使主簿接之. 策常銜恨. 術遣策攻康, 謂曰, "前錯用陳紀, 每恨本意不遂. 今若得康, 廬江眞卿有也."

策攻康, 拔之. 術復用其故吏劉勳爲太守, 策益失望. 先是, 劉繇爲揚州刺史, 州舊治壽春.

|국역|

徐州牧인 陶謙(도겸)[34]은 孫策(손책)을 몹시 싫어했다. 손책의 외

---

34 陶謙(도겸, 132-194, 字는 恭祖) - 丹陽郡(縣, 今 安徽省 馬鞍山市 博望區) 사람. 徐州에서도 黃巾賊이 봉기하자 도겸은 徐州刺史가 되었고, 황건적을 공격하여 대파하자 황건적이 도주하여 경내가 평온하였다. 曹操의 부친 曹嵩(조숭)은 (황건적을 피해) 琅邪(낭야)로 피난했었고, 당시 도겸의 別將이 陰平縣을

숙인 吳景(오경)[35]은 당시 丹楊(단양)[36] 태수였는데 손책은 모친을 모시고 (吳郡) 曲阿縣(곡아현)으로 이사해 놓고, 呂範(여범)[37]과 孫河(손하)[38]와 함께 오경을 찾아갔다. 손책은 거기서 수백 명의 군사를 모았다. (헌제) 興平 원년에(서기 194), 손책은 원술에 의지했다. 원술은 손책을 특별하게 여기면서 옛 손견의 군사들을 손책에게 돌려주었다.

太傅인 馬日磾(마일제)는 부절을 받고 關東 지역을 진무하고 있었는데, 마일제는 壽春(수춘)에서 예를 갖춰 손책을 관직에 초빙하고 표문을 올려 손책에게 懷義校尉를 제수하였으며, 원술의 대장인 喬蕤(교유)나 張勳(장훈) 등은 모두 진심으로 손책을 공경하였다.

원술은 늘 "나에게 孫郞(손랑) 같은 아들이 있다면 죽는다 하여 무슨 한이 있겠나!"라고 탄식하였다. 손책의 騎士가 죄를 짓고 원술

> 지키고 있었는데, 그 사졸이 조숭의 재물을 탐내 습격하여 조숭을 죽였다. (獻帝) 初平 4년(서기 193)에, 조조는 도겸을 공격하여 彭城國 傅陽縣에서 격파하였다. 도겸은 물러나 郯縣을 지켰는데, 조조가 공격했지만 이기지 못하고 물러갔다. 조조는 돌아가면서 (下邳郡의) 取慮(취려)와 雎陵縣(저릉현), (沛郡의) 夏丘縣(하구현)의 백성을 모두 도륙하였다. (獻帝) 興平 원년(서기 194), 조조는 다시 도겸을 공격하면서 琅邪(낭야)와 東海郡의 여러 현을 대략 평정했다. 徐州의 잔혹한 파괴는 사실 陶謙의 무능 때문이었다. 도겸은 이 해에 병사했다. 《後漢書》73권,〈劉虞公孫瓚陶謙列傳〉에 立傳.《魏書》8권,〈二公孫陶四張傳〉에 입전.
>
> **35** 吳景(오경)은 孫堅의 부인(吳夫人)의 남동생. 곧 손견의 처남. 손책, 손권의 외숙.《吳書》5권,〈妃嬪傳〉의 吳夫人傳 참고.
>
> **36** 丹楊(단양) – 郡治는 宛陵縣, 今 安徽省 동남부 宣城市. 長江 남쪽. 관광지로 유명한 黃山이 옛날 丹楊郡 지역이었다.
>
> **37** 呂範(여범, ?-228年, 字 子衡) – 汝南郡 細陽縣 출신, 원래 원술의 謀士. 손책을 섬김. 東吳의 重要 장군, 大司馬 역임.《吳書》11권,〈朱治朱然呂範朱桓傳〉에 입전.
>
> **38** 孫河(손하, ?-204年, 字 伯海) – 吳郡 富春人. 孫堅의 族子. 東吳의 장군.

의 군영으로 도주하여 군영 마구간에 숨어있었다. 손책은 사람을 시켜 원술의 군영에 들어가 도망간 기사를 죽이게 한 뒤에 원술을 찾아가 사과하였다. 이에 원술은 "병졸은 본래 배신을 잘하는데, 왜 사과하는가?"라고 말했다. 이후로 군중에서는 더욱 손책을 두려워 하였다.

원술은 애초에 손책을 九江[39] 태수로 삼으려다가, 곧 丹楊(丹陽) 사람 陳紀(진기)를 임명하였다. 뒷날 원술은 徐州를 공격하려고 盧 江(여강) 太守인 陸康(육강)에게 군량미 3만 斛(곡)을 요구하였다. 육 강이 군량미를 내주지 않자 원술은 대노했다. 그전에 손책이 육강 을 찾아간 적이 있었는데, 육강은 손책 알현을 거부하고 主簿를 시 켜 손책을 접대케 했다. 이 때문에 손책은 감정을 갖고 있었다. 원 술은 손책을 보내 육강을 공격하면서 말했다.

"그전에 내가 陳紀(진기)를 내 본의와 다르게 잘못 등용한 것을 후회하였다. 이번에 만약 육강을 처리할 수 있다면 九江郡은 정말 卿이 소유할 것이다."

손책은 육강을 공격하여 점령했다. 그러나 원술은 또 그의 옛 부 하 劉勳(유훈)을 太守에 임명했다. 손책은 원술에게 더 크게 실망했 다. 앞서 劉繇(유요)는 (조정의 명을 받아) 揚州(양주)자사가 되었는 데, 양주자사의 治所는 (九江郡) 壽春縣이었다.[40]

....
39 揚州 관할 九江郡 - 治所는 陰陵縣, 今 安徽省 중동부 滁州市(저주시) 定遠縣 서북. 今 江西省 九江市가 아님.
40 淮南郡 壽春縣. 揚州牧의 치소, 今 安徽省 중부 淮南市 관할 壽縣.

壽春, 術已據之, 繇乃渡江治曲阿. 時吳景尙在丹楊, 策從兄賁又爲丹揚都尉, 繇至, 皆迫逐之. 景, 賁退舍歷陽. 繇遣樊能,于麋東屯橫江津, 張英屯當利口, 以距術.

術自用故吏琅邪惠衢爲揚州刺史, 更以景爲督軍中郎將, 與賁共將兵擊英等, 連年不克. 策乃說術, 乞助景等平定江東.

術表策爲折衝校尉, 行殄寇將軍, 兵財千餘, 騎數十匹, 賓客願從者數百人. 比至歷陽, 衆五六千. 策母先自曲阿徙於歷陽, 策又徙母阜陵, 渡江轉鬪, 所向皆破. 莫敢當其鋒, 而軍令整肅, 百姓懷之.

(九江郡) 壽春縣은 원술이 이미 차지했기에 劉繇(유요)는, 곧 長江을 건너 (吳郡) 曲阿縣을 자사부의 치소로 하였다. 그때까지 吳景(오경)은 丹楊郡(丹陽郡)에 있었고, 손책의 4촌 형인 孫賁(손분)은 단양군 도위였는데, 유요가 부임하자 함께 유요를 압박하여 축출하였다. 이후 吳景과 손분은 (九江郡) 歷陽縣에 물러나 있었다. 유요는 樊能(번능)과 于麋(우미) 등을 보내 동쪽으로 가서 橫江津(횡강진)에 주둔하게 했고, 張英(장영)은 當利口(당리구)란 곳에 주둔하며 원술을 방어하게 했다.

원술은 자신이 등용한 옛 부하인 琅邪郡(낭야군)의 惠衢(혜구)를 揚州刺史에 임명하고, 다시 吳景(오경)을 督軍中郎將에 임명하여 손분과 함께 장영 등을 공격하게 했지만 해가 바뀌어도 이기지 못했다. 이에 손책이 원술을 설득하여 오경을 도와 江東을 평정하겠다고 말했다.

그러자 원술은 표문을 올려 손책을 折衝校尉(절충교위)로 삼아 殄寇將軍(진구장군)을 겸임케 하며, 군사 1천여 명과 戰馬 수십 필을 내주고 빈객 중 원하는 자를 모두 데려가게 하였다. 손책이 歷陽縣(역양현)에 이르자 군사는 5, 6천 명으로 늘었다.

손책의 모친은 앞서 曲阿(곡아)에서 歷陽(영양)으로 이사했었는데, 손책은 다시 모친을 (九江郡) 阜陵縣(부릉현)으로 이사시킨 뒤에 長江을 건너 곳곳에서 싸웠으며 가는 곳마다 승리하였다. 손책의 예봉을 막을 자가 없었고, 軍令은 엄격하게 지켜져 백성은 모두 손책을 환영하였다.(이때가 獻帝 興平 2년, 서기 195년이었다)

| 原文 |

策爲人, 美姿顏, 好笑語, 性闊達聽受, 善於用人. 是以士民見者, 莫不盡心, 樂爲致死. 劉繇棄軍遁逃, 諸郡守皆捐城郭奔走.

吳人嚴白虎等衆各萬餘人, 處處屯聚. 吳景等欲先擊破虎等, 乃至會稽. 策曰, "虎等群盜, 非有大志, 此成禽耳." 遂引兵渡浙江, 據會稽, 屠東冶, 乃攻破虎等. 盡更置長吏, 策自領會稽太守, 復以吳景爲丹楊太守, 以孫賁爲豫章太守, 分豫章爲廬陵郡, 以賁弟輔爲廬陵太守, 丹揚朱治爲吳郡太守. 彭城張昭,廣陵張紘,秦松,陳端等, 爲謀主.

時袁術僭號, 策以書責而絶之. 曹公表策爲討逆將軍, 封爲吳侯. 後術死, 長史楊弘,大將張勳等將其衆欲就策, 廬江太守劉勳要擊, 悉虜之, 收其珍寶以歸. 策聞之, 僞與勳好盟. 勳新得術衆, 時豫章上繚宗民萬餘家在江東. 策勸勳攻取之. 勳旣行, 策輕軍晨夜襲拔廬江, 勳衆盡降, 勳獨與麾下數百人自歸曹公.

是時袁紹方强, 而策並江東, 曹公力未能逞, 且欲撫之. 乃以弟女配策小弟匡, 又爲子彰取賁女, 皆禮辟策弟權,翊, 又命揚州刺史嚴象擧權茂才.

| 국역 |

孫策(손책)은 사람됨이 잘생긴 얼굴에 우스갯소리를 좋아하고 활달한 성격에 남의 부탁을 잘 들어주었고 특히 사람을 잘 쓸 줄 알았다. 이 때문에 손책을 만나본 백성들은 그 충성을 다하고 기꺼이 목숨을 바치려 하지 않는 자가 없었다.

劉繇(유요)가 군사를 버리고 도망하자 여러 군수들도 성곽을 포기하고 도주하였다. 吳郡 사람 嚴白虎(엄백호) 등 1만여 명의 무리를 거느린 자들이 곳곳에 있었다. 吳景(오경) 등이 먼저 엄백호를 공격하려고 會稽郡(회계군)에 집결하였다. 이에 손책이 말했다.

"엄백호 등은 그냥 도적 무리라서 아무런 큰 뜻이 없으니 이번에 사로잡힐 것이다."

그리고서 군사를 이끌고 浙江(절강)⁴¹을 건너 會稽(회계)를 점거하고, 東冶(동야)⁴²의 도적떼를 도륙하였으며, 엄백호 등을 공격 격파하였다.

손책은 주요 지방관을 전부 교체하였는데, 자신은 직접 會稽太守를 겸하면서 吳景(오경)을 丹楊(단양) 태수, (사촌 형) 孫賁(손분)을 豫章 태수, 그리고 예장군을 나눠 廬陵郡(여릉군)을 설치하고, 손분의 동생 孫輔(손보)를 廬陵(여릉) 태수로, 단양군 사람 朱治(주치)를 吳郡 태수에 임명하였다. 彭城郡(팽성군) 출신 張昭(장소), 廣陵 출신 張紘(장굉)과 秦松(진송), 陳端(진단) 등이 손책의 謀士였다.

그 무렵 원술이 황제를 참칭하자(건안 2년 서기 197), 손책은 서신을 보내 원술을 책망하며 관계를 단절하였다. 曹操는 표문을 올려 손책을 討逆將軍(토역장군)에 임명하고 吳侯에 봉했다. 원술이 병사하자(서기 199년), 원술의 長史인 楊弘(양홍), 大將 張勳(장훈) 등이 그 군사를 거느리고 손책에게 합세하려고 했으나 廬江(여강) 태수인 劉勳(유훈)⁴³이 중간에서 공격하여 포로로 잡은 뒤, 그 재물을

··············

41 浙江(절강)은 浙江省 지역의 최대 河流인 錢塘江을 지칭한다. 강 흐름이 구불구불 흐른다 하여 '之江' 또는 浙江이라 부른다. 省의 이름으로 浙江省의 약칭은 '浙'이고 省會(省都)는 杭州市(항주시)이다. 2014년의 절강성의 인구가 5,500만이라는 통계가 있다.

42 東冶(동야)는 서기 前 202年 - 前 110년 까지 존재했던 閩越國(민월국)의 도성. 전한 武帝 때 멸망. 보통 冶城 또는 東冶라 호칭하는데, 대략 福建省 동북 福州市 일대로 추정.

43 劉勳(유훈, 字 子台) - 袁術의 부하, 군벌, 廬江(여강) 태수 역임. 원술이 패망한 뒤 원술의 처자가 유훈에 의지했는데, 유훈은 나중에 皖城(환성)을 근거로 손책과 대결하다가 결국 패망했다.

모두 탈취해 돌아갔다.

손책이 알고서는 거짓으로 유훈과 우호를 체결하였다. 유훈은 새로이 원술의 군사를 얻은 뒤였는데, 그 무렵 豫章郡 上繚(상료)란 곳에 동족의 백성 1만여 명이 강동에 살고 있었다. 손책은 유훈에게 그들을 공격하여 차지하라고 권했다. 유훈이 그들을 원정하러 출발하자, 손책은 경기병을 동원하여 밤사이에 廬江郡을 점거했고 유훈의 군사는 모두 투항하였는데, 유훈은 휘하 수백 명을 거느리고 조조에게 귀부하였다.

이때 袁紹(원소)가 한창 강성할 때였고 손책이 강동 지역을 모두 병합하여, 조조는 그 세력을 펼 수가 없자 손책을 회유하려고 했다. 그리하여 조조 동생의 딸을 손책의 막냇동생 孫匡(손광)에게 출가시켰고, 또 조조의 아들 曹彰(조창)은 (손책의 4촌 형인) 孫賁(손분)의 딸과 결혼시켰으며, 예를 갖춰 손책의 동생 손권과 孫翊(손익)을 관직에 초빙하였고, 揚州刺史 嚴象(엄상)에 명하여 손권을 茂才(무재)로 천거하게 했다.

| 原文 |

建安五年, 曹公與袁紹相拒於官渡, 策陰欲襲許, 迎漢帝, 密治兵, 部署諸將. 未發, 會爲故吳郡太守許貢客所殺.

先是, 策殺貢, 貢小子與客亡匿江邊. 策單騎出, 卒與客遇, 客擊傷策. 創甚, 請張昭等謂曰, "中國方亂, 夫以吳,越之衆, 三江之固, 足以觀成敗. 公等善相吾弟!"

呼權佩以印綬, 謂曰, "擧江東之衆, 決機於兩陳之間, 與天下爭衡, 卿不如我. 擧賢任能, 各盡其心, 以保江東, 我不如卿." 至夜卒, 時年二十六.

權稱尊號, 追諡策曰長沙桓王, 封子紹爲吳侯, 後改封上虞侯. 紹卒, 子奉嗣. 孫皓時, 訛言謂奉當立, 誅死.

| 국역 |

(獻帝) 建安 5년(서기 200), 曹操(조조)와 袁紹(원소)는 官渡(관도)[44]에서 서로 대치하였는데, 손책은 은밀히 許都(허도)[45]를 기습 공격하여 漢 황제를 영입하려고 비밀리에 병기를 준비하고 장수들의 편제도 마련했다. 그러나 실행하기 전에, 마침 前任 吳郡太守 許貢(허공)[46]의 빈객에게 살해되었다.

그전에 손책은 許貢(허공)을 죽였는데, 허공의 막내아들과 빈객은 도망쳐 長江 주변에 숨어 살았다. 손책은 單騎로 외출했다가 허공의 빈객과 조우했고, 자객은 손책에 큰 상처를 입혔다. 상처가 심하

----

44 官度(관도) – 魏郡 黎陽縣(여양현)의 지명. 今 河南省 중부 鄭州市 관할 仲牟縣(중모현). 황하 작은 지류의 나루터. 조조와 원소의 河北 패권을 결정 지은 전투가 있었던 곳.

45 許都(허도) – 許는 穎川郡(영천군)의 현명, 曹操는 '漢은 許에서 亡했으나, 魏는 許에서 昌盛한다(漢因許而亡, 魏因許而昌) 하여 許都를 許昌(허창)으로 개칭하였고 지금까지 사용되고 있다. 今 河南省 중앙부 許昌市.

46 許貢(허공, ?-197년?) – 후한 말 吳郡의 都尉와 태수를 역임. 손책에 의해 오군 태수직에서 쫓겨난 허공은 조정에 '손책을 중앙에 불러 통제해야 한다.' 고 上書하였다. 중앙에서 손책을 소환하자, 손책은 응하지 않으면서 상서를 한 허공을 찾아내 죽였다.

자 손책은 張昭(장소)[47] 등을 불러 말했다.

"지금 세상이 한창 혼란하지만, 우리 吳와 越(월) 지역의 군사와 三江[48]의 견고한 지형을 바탕으로 成敗를 노릴 만합니다. 여러분은 내 동생을 잘 도와주시오!"

그리고 손권을 불러 인수를 풀러 차게 한 뒤에 말했다.

"江東의 군사를 다 동원하고 양쪽 진영 사이에서 기회를 보아 결판을 내고 천하의 패권을 다투기로는 동생이 나만 못할 것이다. 그러나 현명하고 능력 있는 인재를 발탁 임용하여 그들로 하여금 충성을 다 바치게 하여 강동을 보전하는 일은 내가 아우만 못할 것이다."

그리고서 그날 밤에 죽으니, 그해 26세였다.

손권이 황제를 칭한 뒤, 손책에게 長沙 桓王(장사 환왕)이라는 시호를 올렸고, 손책의 아들 孫紹(손소)를 吳侯에 봉했다가 작위를 바꿔 上虞侯(상우후)에 봉했다. 손소가 죽자, 아들 孫奉(손봉)이 작위를 계승했다. 孫皓(손호)가 재위할 때, 손봉이 당연히 제위에 올라야 한다는 訛言(와언)이 돌자 손봉을 처형하였다.

---

47 張昭(장소, 156 – 236, 字 子布) – 彭城郡 出身. 박식한 학자였고, 손책의 신임을 받았으며, 서기 200년 손책이 죽자, 손권을 주군으로 옹립했다. 《吳書》7권, 〈張顧諸葛步傳〉에 입전.

48 三江은 일반적으로 長江의 하류지역을 지칭하는 옛 호칭. 長江, 錢塘江(전당강), 吳淞江(오송강)의 합칭. 또는 吳江, 錢塘江, 浦陽江(포양강)의 합칭. 이외 여러 가지가 있음.

評曰, 孫堅勇摯剛毅, 孤微發跡, 導溫戮卓, 山陵杜塞, 有忠壯之烈. 策英氣傑濟, 猛銳冠世, 覽奇取異, 志陵中夏. 然皆輕佻果躁, 隕身致敗. 且割據江東, 策之基兆也. 而權尊崇未至, 子止侯爵, 於義儉矣.

| 국역 |

陳壽의 評論 : 孫堅(손견)은 용맹하고 剛毅(강의)하였는데, 출신이 寒微(한미)하였지만 혁혁한 공명을 성취하였고, 張溫(장온)에게 동탁 토벌을 역설하였으며, 동탁이 파괴한 漢 황릉을 복원한 뜨거운 충성심이 있었다.

손책은 영웅의 기개가 남들보다 크게 뛰어났고, 맹렬한 銳氣(예기)는 세상의 으뜸이었으며 특별한 기개는 중원을 장악할 만했다. 그러나 젊은 패기는 조급하고 행동이 경솔하여 결국 젊은 나이에 죽었다. 그들은 江東에 할거하였고, 손책의 강동 평정은 나라의 기초가 되었다. 손권의 손책에 대한 존경은 그리 돈독하지 않아, 그 아들은 侯爵(후작)에 머물렀으니 情誼(정의)가 儉約(검약)했다고 볼 수 있다.

47권 〈吳主傳〉(吳書 2)
(오주전)

❶ 孫權

|原文|

孫權, 字仲謀. 兄策旣定諸郡, 時權年十五, 以爲陽羨長. 郡察孝廉, 州擧茂才, 行奉義校尉. 漢以策遠修職貢, 遣使者劉琬加錫命. 琬語人曰, “吾觀孫氏兄弟雖各才秀明達, 然皆祿祚不終. 惟中弟孝廉, 形貌奇偉, 骨體不恒, 有大貴之表, 年又最壽. 爾試識之.”

|국역|

孫權(손권, 182 - 252년)[49]의 字는 仲謀(중모)이다. 兄인 孫策(손책,
....
49 孫權(손권, 182 - 252년, 字 仲謀) - 吳 大帝. 吳郡 富春縣(今 浙江省 杭州市 富陽

175 – 200년, 字 伯符)이 여러 군을 평정하자, 손권은 15세에 (吳郡) 陽羨縣(양선현) 縣長이 되었다. 吳郡에서 孝廉으로, 揚州에서는 茂才(무재)로 천거하여, 손권은 奉義校尉 대행이 되었다. 漢 조정에서는 손책이 먼 지방에서도 조공의 직무를 다했다 하여 使者인 劉琬(유완)을 보내 손권에게도 작위와 官命을 내리게 했다. 유완이 다른 사람들에게 말했다.

"내가 손씨 형제들을 볼 때, 모두가 재능이 뛰어나고 현명했지만 그들 수명이 길지 않았다. 그러나 中弟인 孝廉(孫權)은 외모가 기이하며 위엄이 있고, 체형이 보통 사람과 다른 大貴의 표상이며 또 天壽도 가장 길었다. 여러분도 한 번 확인해 보시오."

|原文|

建安四年, 從策征廬江太守劉勳. 勳破, 進討黃祖於沙羨.

五年. 策薨, 以事授權, 權哭未及息. 策長史張昭謂權曰, "孝廉, 此寧哭時邪? 且周公立法而伯禽不師, 非欲違父, 時不得行也. 況今姦宄競逐, 豺狼滿道, 乃欲哀親戚, 顧禮制,

區). 부친 孫堅(손견)과 兄 孫策(손책)이 평정한 江東 6郡의 기반을 이어받았다. 형 손책이 자객에 피습당해 죽을 때 손권은 19세였다. 손권은 나라를 확장하여 揚, 荊, 交州에 걸친 영역을 확보했다. 221년 曹丕(조비, 文帝)가 손권을 吳王에 봉하고 九錫을 내려주었다. 222년 조비와 결렬하고 대결 형식을 취하다가 229년에 제위에 올랐는데, 사후 시호는 大皇帝, 묘호는 太祖이다. 江東 땅을 52년간 통치했으니 천운을 타고났다고 할 수 있다. 손권은 네모진 턱, 큰 입에(方頤大口), 눈에 광채가 났으며, 활달, 쾌활한 성격에 마음 씀씀이가 넓었으니, 인자하면서도 결단력이 있었다.

是猶開門而揖盜, 未可以爲仁也."

乃改易權服, 扶令上馬, 使出巡軍. 是時, 惟有會稽,吳郡,丹楊,豫章,盧陵, 然深險之地猶未盡從, 而天下英豪布在州郡, 賓旅寄寓之士以安危去就爲意, 未有君臣之固. 張昭,周瑜等謂權可與共成大業, 故委心而服事焉.

曹公表權爲討虜將軍, 領會稽太守, 屯吳, 使丞之郡行文書事. 待張昭以師傅之禮, 而周瑜,程普,呂範等爲將率. 招延俊秀, 聘求名士, 魯肅,諸葛瑾等始爲賓客. 分部諸將, 鎭撫山越, 討不從命.

| 국역 |

(獻帝) 建安 4년(서기 199), 손권은 孫策을 따라 盧江(여강) 태수 劉勳(유훈)을 원정했다. 유훈을 격파하고, 더 나아가 (劉表의 宿將) 黃祖(황조)를 沙羨(사선)[50]에서 토벌하였다.

건안 5년(서기 200), 손책은 죽으면서 손권에게 大事를 넘겨주었지만, 손권은 울음을 그치지 못했다. 손책의 長史[51]인 張昭(장소)[52]가 손권에게 말했다.

"孝廉(효렴, 孫權)은 지금이 울고 있을 때입니까? 禮法을 정립한

----

50 江夏郡 郡治인 沙羨縣, 今 湖北省 武漢市 武昌區에 해당.

51 長史는 職官名, 오늘의 秘書長, 幕僚長, 別駕라고도 부른다.

52 張昭(장소, 156-236, 字 子布) - 彭城郡 出身. 박식한 학자였고, 손책의 신임을 받았으며, 서기 200년 손책이 죽자, 손권을 주군으로 옹립했다. 《吳書》 7권, 〈張顧諸葛步傳〉에 입전.

周公(주공)이지만 (그 아들) 伯禽(백금)이 예법을 지키지 못한 것은 부친의 뜻을 어긴 것이 아니라, 그 상황에서 예법을 따를 수 없었기 때문입니다. 하물며 지금 조정 내외에 간악한 자들이 경쟁하고, 길에는 승냥이나 이리와 같은 악인이 가득한데, 친형의 죽음에 예법을 다 지키는 것은 문을 열어 도적을 불러들이는 것과 같으니, 그것은 仁德이 아닙니다."

그리고서는 손권의 옷을 갈아입히고 말에 올라 함께 부대를 순시케 하였다. 이 무렵에 會稽(회계), 吳郡, 丹楊(단양), 豫章(예장), 盧陵郡(여릉군)의 험한 벽지에는 아직도 복속하지 않은 세력이 있었고, 천하의 영웅호걸은 여러 주군에 널려있었으며, 세력자를 찾아 의지하려는 무리들은 그들의 안위와 거취만을 생각하여 확고한 君臣 관계가 아직 형성되지도 않았었다.

이에 張昭(장소)와 周瑜(주유) 등은 손권과 함께 대업을 성취해야 한다면서, 손권에게 심복하였다. 조조는 表文을 올려 손권을 討虜將軍(토로장군)에 임명하고 會稽太守를 겸하며 吳郡에 주둔하며 각郡의 문서 업무도 관장케 하였다.

손권은 張昭에게 師傅(사부)의 예를 갖추었고, 周瑜(주유), 程普(정보), 呂範(여범) 등에게 군대를 통솔케 하였다. 또 걸출한 인재를 모으며 예를 갖춰 名士를 초빙하였으니 魯肅(노숙),[53] 諸葛瑾(제갈근)

----

[53] 魯肅(노숙, 172-217년, 字 子敬) - 臨淮郡 東城縣(今 安徽省 중동부 定遠縣)사람. 체격이 장대하고 젊어서도 큰 뜻을 품고 奇計를 잘 꾸몄다. 사람이 엄정하면서도 검소했고, 군진에서도 책을 손에서 놓지 않았으며, 글을 잘 지었고 생각이 깊으며 사리가 명철했다. 東吳의 著名한 外交家, 政治家. 孫權을 위한 외교방책을 수립했고, 주유가 죽자 東吳의 군사 전략을 운용하며 유비와 연합 조조와 대결했다. 周瑜, 魯肅, 呂蒙, 陸遜을 東吳의 四大都督이라 하지만 노숙

등이 빈객으로 손권을 도왔다. 여러 장수의 업무를 분장하였고 山越(산월, 越人)[54]을 진무하고 吳에 불복하는 자들을 토벌하였다.

| 原文 |

七年, 權母吳氏薨.

八年, 權西伐黃祖, 破其舟軍, 惟城未克, 而山寇復動. 還過豫章, 使呂範平鄱陽, 程普討樂安. 太史慈領海昏, 韓當, 周泰, 呂蒙等爲劇縣令長.

九年, 權弟丹楊太守翊爲左右所害, 以從兄瑜代翊.

十年, 權使賀齊討上饒, 分爲建平縣.

十二年, 西征黃祖. 虜其人民而還.

| 국역 |

(獻帝 建安) 7년(서기 202), 孫權의 모친 吳氏[55]가 죽었다.

8년, 손권은 서쪽으로 黃祖를 정벌하고 그 수군을 격파하였지만

은 都督(지역군 사령관)을 역임하지는 않았다.《吳書》9권,〈周瑜魯肅呂蒙傳〉에 입전.

54 山越(산월) – 漢代에 지금의 江蘇省과 安徽省의 남부 및 浙江省의 서부, 江西省, 福建省 북부의 넓은 지역에 분포하던 무장 세력의 통칭. 그들은 기풍이 아주 사납고 거칠어 조정의 교화에 순화되지 않았다.

55 孫權의 모친 吳氏 – 吳郡 吳縣 사람(今 江蘇省 蘇州市), 孫堅의 아내, 손책과 손권 등 4남 1녀를 출산. 孫破虜吳夫人, 吳太夫人, 吳太妃로 불렸다. 달이 뱃속으로 들어오는 꿈을 꾸고 손책을 회임했고, 다시 해가 뱃속으로 들어오는 꿈을 꾸고 손권을 잉태했다는 이야기가 전한다.

성을 함락시키지는 못했고, 산적들이 다시 준동하였다. 손권은 돌아오면서 豫章郡[56]을 지나왔는데, 呂範(여범)을 시켜 (鄱陽郡) 鄱陽縣(파양현)을, 程普는 (鄱陽郡) 樂安縣(낙안현)을 토벌케 하였다. 太史慈(태사자)[57]는 (豫章郡) 海昏縣(해혼현)에, 그리고 韓當(한당), 周泰(주태), 呂蒙(여몽) 등을 다스리기 어려운 縣(劇縣)의 현령이나 縣長에 임명했다.

9년, 손권의 동생 丹楊 태수인 孫翊(손익)이 부하들에게 피살되자 사촌 형인 孫瑜(손유)가 손익 대신 단양태수가 되었다.

10년(서기 205), 손권은 賀齊(하제)[58]를 시켜 (鄱陽郡) 上饒縣(상요현)을 토벌한 뒤, 현을 나눠 建平縣을 설치했다.

12년(서기 207), 손권은 서쪽으로 黃祖를 원정하고, 그 백성을 포로로 잡아 돌아왔다.

|原文|

十三年春, 權復徵黃祖, 祖先遣舟兵拒軍, 都尉呂蒙破其前鋒. 而淩統,董襲等盡銳攻之, 遂屠其城. 祖挺身亡走, 騎士馮則追梟其首, 虜其男女數萬口. 是歲, 使賀齊討黟縣,歙, 分歙

......

56 揚州 豫章郡의 治所는 南昌縣, 今 江西省 북부 南昌市(江西省의 省都).

57 太史慈(태사자, 166-206년, 字 子義) − 東萊郡 黃縣 출신. 孔融(공융), 劉繇(유요)의 장수였다가 孫策에 의지. 赤壁之戰 일어나기 전에 41세로 죽었다. 의리의 사나이. 《吳書》 4권, 〈劉繇太史慈士燮傳〉에 입전.

58 賀齊(하제, ?-227년, 字 公苗) − 會稽郡 山陰人, 孫吳의 水軍 名將, 山越 평정에 전력. 《三國演義》에 등장하지 않음. 《吳書》 15권, 〈賀全呂周鍾離傳〉에 입전. 손자 賀邵(하소, 227-275년, 字 興伯)는 《吳書》 20권, 〈王樓賀韋華傳〉에 입전.

爲始新,新定,犁陽,休陽縣, 以六縣爲新都郡.

荊州牧劉表死, 魯肅乞奉命吊表二子, 且以觀變 肅未到, 而曹公已臨其境, 表子琮舉衆以降.

劉備欲南濟江, 肅與相見, 因傳權旨, 爲陳成敗. 備進住夏口, 使諸葛亮詣權, 權遣周瑜,程普等行.

是時曹公新得表衆, 形勢甚盛. 諸議者皆望風畏懼, 多勸權迎之.

惟瑜,肅執拒之儀, 意與權同. 瑜,普爲左右督, 各領萬人, 與備俱進, 遇於赤壁, 大破曹公軍. 公燒其餘船引退, 士卒饑疫, 死者大半. 備,瑜等復追至南郡. 曹公遂北還, 留曹仁,徐晃於江陵, 使樂進守襄陽. 時甘寧在夷陵, 爲仁黨所圍, 用呂蒙計, 留淩統以拒仁, 以其半救寧, 軍以勝反.

權自率衆圍合肥, 使張昭攻九江之當塗. 昭兵不利, 權攻城逾月不能下. 曹公自荊州還, 遣張喜將騎赴合肥. 未至, 權退.

| 국역 |

(建安) 13년 봄(서기 208), 孫權은 다시 黃祖를 원정했는데, 황조가 이에 앞서 수군을 보내 방어하자, 都尉인 呂蒙(여몽)[59]이 황조의

----

59 呂蒙(여몽, 178 – 220년, 字 子明) – 汝南郡 富陂縣(今 安徽省 阜南) 출신, 出身이 貧苦했다. 虎威將軍이었기에 呂虎로 통칭. 孫權의 장려에 힘입어 경전을 공부하고 많은 책을 읽어 전략에 관한 안목을 틔웠고 智勇雙全의 장군이 되었으니 '士別三日, 刮目相看(괄목상대)'의 주인공. 關羽를 생포한 東吳의 장수. 周瑜, 魯肅, 陸遜(육손)과 함께 東吳의 四大都督.《吳書》9권,〈周瑜魯肅呂蒙傳〉에 입전.

선봉을 격파하였다. 그리고 凌統(능통)[60]과 董襲(동습) 등이 정예병으로 황조를 공격하여 그 성을 도륙하였다. 황조는 몸을 빼내 달아났지만 기병인 馮則(풍칙) 등이 추격하여 그 목을 잘랐고, 그 남녀 백성 수만 명을 포로로 잡았다.

이 해에 賀齊(하제)를 시켜 黟縣(이현)과 歙縣(흡현)을 정벌한 뒤, 흡현을 분할한 始新, 新定, 犁陽, 休陽縣 등 6현으로 新都郡[61]을 신설하였다.

荊州牧인 劉表가 죽자, 魯肅(노숙)은 손권의 명을 받아 유표의 두 아들을 조문할 겸 형세를 살펴보려고 갔다. 노숙이 형주에 도착하기 전에 조조는 이미 형주에 들어섰는데, 유표의 아들 劉琮(유종)은 그 무리를 거느리고 조조에게 투항했다.

(조조에 쫓기는) 劉備는 남으로 長江을 건너려 했는데, 노숙은 유비를 만나 손권의 의중을 전달하고 전쟁의 성패에 따른 득실을 논했다. 유비는 夏口(하구)에 머물면서 諸葛亮(제갈량)[62]을 손권에게 보

....

60 凌統(능통, 189 - 237년, 字 公績) - 凌은 달릴 능. 성씨. 凌은 깔볼 능. 凌과 다른 글자임. 吳郡 餘杭(今 浙江省 杭州市 餘杭區) 출신.《吳書》10권, 〈程黃韓蔣周陳董甘凌徐潘丁傳〉에 입전.

61 新都郡 - 建安 13년(서기 208年) 丹陽郡을 분할하여 신설한 군. 郡治는 처음에 新縣(今 浙江省 서부 杭州市 관할 淳安縣 千島湖 서북)이었다가 뒤에 賀城(今 千島湖 南山島 附近)으로 옮겼다.

62 諸葛亮(제갈량, 181 - 234년 10월 8일) - 諸葛은 複姓. 琅邪 諸葛氏. 중국 역사상 著名한 政治家, 군사전략의 1인자, 발명가이며 문장가. 청년시기에 南陽郡에서 농사지으며 독서, 그 지역에서 臥龍(와룡)이라는 별호로 통칭. 劉備의 三顧茅廬(三顧草廬)를 받고, 출사하여 촉한의 건립과 안정을 이룩했다. 작위는 武鄕侯, 선주 및 후주 劉禪(우선)을 보필, 5차에 걸친 북벌 曹魏, 五丈原에서 他界, 시호는 忠武. 제갈량의 재능과 인격은 후세의 존경을 받았으니, 그의 일생은 '鞠躬盡瘁(국궁진췌)하여 死而後已(사이후이)라.'고 한마디로 요약할 수 있

냈는데, 손권은 周瑜(주유)와 程普(정보)[63] 등을 보냈다.

이 무렵 조조는 유표의 군사를 합병하여 그 형세가 아주 막강하였다. 많은 사람들이 그 소문만으로도 두려워 떨며 손권에게 조조를 영입해야 한다고 권유하였다.

그러나 오직 주유와 노숙은 조조에 대항해야 한다며 손권과 뜻을 같이 하였다. 주유와 정보는 좌, 우도독이 되어 각각 1만여 군사를 거느렸고, 유비도 함께 전진하여 赤壁(적벽)[64]에서 만나 조조의 군사를 대파하였다. 조조는 나머지 戰船을 소각한 뒤 군사를 이끌고 퇴각했는데, 전염병으로 사졸의 절반이 죽었다. 유비와 주유 등은 조조를 南郡 지역까지 추격하였다. 조조는 북쪽으로 돌아가면서 曹仁(조인)과 徐晃(서황) 등을 江陵(강릉)에 남겨두었고, 樂進(악진)은 襄陽(양양)을 지키게 하였다. 이때 甘寧(감녕)[65]은 夷陵(이릉)[66]에서 曹仁의 군사에게 포위되었는데, 呂蒙(여몽)의 부장 淩統(능통)을 남겨

....

다. 중국인들에게 忠臣과 智慧의 대표적 인물로 각인되었고 아마 앞으로도 이런 이미지는 바뀌지 않을 것이다.

63 程普(정보, 생졸년 미상, 字 德謀) ─ 東吳의 三代 元勳(程普, 黃蓋, 韓當). 손권의 무신 중 최고 연장자라서 程公이라 통칭.《吳書》10권, 〈程黃韓蔣周陳董甘淩徐潘丁傳〉에 입전된 12명 무장의 첫째(江表之虎臣 - 程普, 黃蓋, 韓當, 蔣欽, 周泰, 陳武, 董襲, 甘寧, 淩統, 徐盛, 潘璋, 丁奉). 처음에는 주유와 사이가 안 좋았다.

64 서기 208년의 적벽대전, 적벽 싸움의 장소가 어딘가에 대해서는 논의가 분분하다. 여러 이론을 근거로 1998年, 湖北省 蒲圻市(포기시)는 咸寧市 관할 赤壁市로 정식 개명하였다.

65 甘寧(감녕, ?-215년, 字 興霸) ─ 巴郡 臨江縣(今 重慶市 忠縣) 출신. 東吳의 名將. 유표와 황조에게 인정받지 못하자 孫權에게 귀부, 周瑜와 呂蒙의 인정과 천거를 받았다. 손권은 '孟德에게 張遼가 있다면, 나에게는 興霸가 있어 가히 상대할 만하다.'고 말했다. 東吳의 江表之虎臣의 한 사람.

66 (南郡) 夷陵縣(이릉현) ─ 今 湖北省 서부 宜昌市 夷陵區. 뒷날 유비가 이곳에서 吳에 대패한다.

조인을 막게 하면서 그 절반의 군사로 감영을 구원하여 여몽의 군사는 이기고 돌아왔다.

손권은 직접 군사를 이끌고 (曹魏의) 合肥(합비)를 포위한 뒤에, 張昭(장소)로 하여금 九江郡의 當塗縣(당도현)을 공격케 하였다. 그러나 장소의 군사가 승리하지도 못했고, 손권도 합비성을 한 달이 넘도록 공격했어도 함락시킬 수가 없었다. 조조는 형주에서 돌아오며 張喜(장희)를 보내 기병을 거느리고 합비성을 구원케 하였다. 장희의 군사가 도착하기 전에 손권은 퇴각하였다.

│原文│

十四年, 瑜,仁相守歲餘, 所殺傷甚衆. 仁委城走. 權以瑜爲南郡太守. 劉備表權行車騎將軍, 領徐州牧. 備領荊州牧, 屯公安.

十五年, 分豫章爲鄱陽郡, 分長沙爲漢昌郡. 以魯肅爲太守, 屯陸口.

十六年, 權徙治秣陵. 明年, 城石頭, 改秣陵爲建業. 聞曹公將來侵, 作濡須塢.

十八年正月, 曹公攻濡須, 權與相拒月餘. 曹公望權軍, 歎其齊肅, 乃退. 初, 曹公恐江濱郡縣爲權所略, 徵令內移. 民轉相驚, 自廬江,九江,蘄春,廣陵戶十餘萬皆東渡江. 江西遂虛, 合肥以南惟有皖城.

(建安) 14년(서기 209), 周瑜(주유)와 曹仁(조인)은 1년 이상 대치하였는데 죽거나 부상당한 자가 아주 많았다. 결국 조인이 성을 버리고 도주하였다. 손권은 주유를 南郡[67] 태수에 임명했다. 유비는 손권을 車騎將軍 대행 겸 徐州牧 대행으로 임명해달라는 표문을 조정에 올렸다. 유비는 형주목을 겸하면서 (南郡) 公安縣[68]에 주둔하였다.

15년, 豫章郡을 분할하여 鄱陽郡(파양군)을, 長沙郡을 분할하어 漢昌郡을 신설하였다. 魯肅을 태수로 임명하여 陸口(육구)에 주둔케 하였다.

16년(서기 211), 손권은 東吳의 치소를 秣陵(말릉)[69]으로 옮겼다.

다음 해에(서기 212) 石頭山에 축성하고 秣陵을 建業으로 개명하

---

67 南郡의 치소는 江陵縣(今 湖北省 荊州市 荊州區). 建安 14년(서기 209), 曹仁의 철군 후 주유가 차지. 나중에 유비에게 임차. 건안 24년(서기 219), 呂蒙(여몽)이 형주를 차지하자 東吳의 소유가 되었다.

68 南郡 公安 – 後漢 말 縣名. 今 湖北省 남부 荊州市 관할 公安縣. 적벽대전 이후 劉備은 孫權에게 형주의 남쪽을 빌려달라고 요청했고, 노숙도 이를 손권에게 권유했다. 유비가 익주를 차지한 뒤 孫權은 유비에게 長沙郡, 零陵郡, 桂陽郡의 반환을 요청했으나 당시 유비는 조조가 漢中郡을 공격하면 익주까지 위험하다고 생각하며 손권에게 화해를 요구하며 湘水(상수)를 경계로 형주를 분할하자고 요구한다. 유비는 본부 兵馬를 거느리고 長江 南岸의 油江口(유강구)에 군영을 세우면서 公安이라 개명한다. 손권이 유비에게 여동생을 결혼시킬 때가 이 무렵이었다.

69 秣陵(말릉, 建業, 今 南京) – 孫權은 211年에 秣陵으로 옮기고 金陵邑 舊地에 石頭城 요새를 축조한다고 다음 해 建業으로 개칭한다. 서기 229년, 孫權이 칭제한 뒤 명실상부한 帝京이 되었다. 東吳가 멸망한 뒤에 282년(太康 3년)에 建業은 建鄴(건업)으로 나중에는 建康으로 명칭이 바뀐다. 지금의 江蘇省 南京市는 '六朝古都', '十朝都會'로도 불린다. 石頭城은 南京市의 일부로 淸凉山 일대인데, 남경은 '石頭城' 또는 '石城'으로도 통칭한다.

였다. 조조가 내침할 것을 예상하고 濡須(유수)[70]에 방어시설인 塢(오, 성채 오)를 축조하였다.

(建安) 18년 정월(서기 213), 조조는 濡須(유수)를 공격했고 손권은 한 달이 넘도록 방어하였다. 조조는 손권의 잘 정돈된 군영에 감탄하고 퇴각하였다. 그전에 조조는 장강 주변의 군현이 손권에게 노략질을 당할 것을 걱정하여, 백성을 內地(북쪽)로 이주하라고 명령했다. 그러나 백성들은 모두 놀라면서 廬江(여강), 九江, 蘄春(기춘),[71] 廣陵郡(광릉군) 일대의 民戶 10여만 호가 모두 동쪽으로 長江을 건너 이주하였다. 이에 江西 일대는 텅 비었고 合肥 이남에는 겨우 皖城(환성)[72]만 남았다.

| 原文 |

十九年五月, 權征皖城. 閏月, 克之. 獲廬江太守朱光及參軍董和, 男女數萬口. 是歲劉備定蜀. 權以備已得益州, 令諸葛瑾從求荊州諸郡. 備不許, 曰, "吾方圖涼州, 涼州定, 乃盡以荊州與吳耳." 權曰, "此假而不反, 而欲以虛辭引歲."

---

70 濡須(유수)는 하천 이름. 손권의 江西 軍營이 있었다. 長江과 합류 지점이 濡須口. 그곳에 있던 土城 보루는 濡須塢(유수오)라 했다. 今 安徽省 동남부 巢湖市. 建安 18年(서기 213)에 조조의 남침을 손권이 방어했다.

71 蘄春郡(기춘군, 풀이름 기) - 建安 13년(서기 208), 東吳가 黃祖의 근거지 江夏郡 남부를 격파한 뒤에 신설한 郡, 건안 18년(서기 213) 曹魏에 속했다가 223년 東吳의 영역. 치소는 蘄春縣, 今 湖北省 동부, 長江 북안, 黃岡市 관할 蘄春縣.

72 皖城(환성) - 廬江郡의 현명. 今 安徽省 서남부 皖河(환하) 상류 安慶市 관할 潛山縣(잠산현).

遂置南三郡長吏, 關羽盡逐之. 權大怒, 乃遣呂蒙督鮮于丹,徐忠,孫規等兵二萬取長沙,零陵,桂陽三郡, 使魯肅以萬人屯巴丘以御關羽. 權住陸口, 爲諸軍節度.

蒙到, 二郡皆服, 惟零陵太守郝普未下. 會備到公安, 使關羽將三萬兵至益陽, 權乃召蒙等使還助肅. 蒙使人誘普, 普降, 盡得三郡將守. 因引軍還, 與孫皎,潘璋並魯肅兵並進, 拒羽於益陽.

未戰, 會曹公入漢中, 備懼失益州, 使使求和. 權令諸葛瑾報, 更尋盟好. 遂分荊州,長沙,江夏,桂陽以東屬權, 南郡,零陵,武陵以西屬備. 備歸, 而曹公已還. 權反自陸口, 遂征合肥. 合肥未下, 徹軍還.

兵皆就路, 權與淩統,甘寧等在津北爲魏將張遼所襲, 統等以死扞權. 權乘駿馬越津橋得去.

|구역|

(建安) 19년 5월(214), 손권은 (廬江郡) 皖城(환성)을 원정하여 함락시켰다. (曹魏의) 廬江(여강) 태수인 朱光(주광) 및 參軍인 董和(동화)와 남녀 수만 명을 사로잡았다. 이 해에 유비는 蜀郡을 평정했다. 손권은 이제 유비가 益州를 차지했으니 諸葛瑾(제갈근)을 보내 荊州의 여러 군의 반환을 요구했다. 그러나 유비는 不許하면서 말했다.

"우리는 지금 涼州(양주)를 차지하려 하는데, 양주가 평정된다면 곧 형주를 전부 吳에 반환하겠다."

이에 대하여 손권은 "빌린 것을 반환하지 않고 빈말로 핑계 대며 시간을 끄는 것이다."라고 말했다.

손권은 형주 남쪽 3개 군에 대한 태수와 관리를 보냈지만 관우는 그들을 모두 쫓아버렸다. 이에 손권은 대노하면서 바로 呂蒙(여몽)에게 鮮于丹(선우단), 徐忠(서충), 孫規(손규) 등을 지휘하여 군사 2만 명을 동원하여 長沙, 零陵(영릉), 桂陽(계양) 등 3개 군을 점령한 뒤, 魯肅(노숙)을 보내 1만 군사를 거느리고 巴丘(파구)[73]에 주둔하며 關羽를 방어하게 하였다.

손권은 陸口(육구)[74]에 주둔하며 모든 군영을 지휘하였다. 여몽의 군사가 들어오자 2군은 투항하였지만 영릉 태수 郝普(학보)는 굴복하지 않았다. 그때 유비가 公安縣에 와서, 관우에게 3만 군사를 거느리고 (長沙郡) 益陽縣(익양현)에 주둔케 하자, 손권은 여몽 등으로 군사를 거느리고 노숙을 지원케 하였다. 여몽이 사람을 보내 학보를 유인하자, 학보가 투항하면서 형주 남부 3개 군은 모두 東吳가 차지하였다. 이어 여몽은 군사를 철수하였고 孫皎(손교), 潘璋(반장)으로 하여금 노숙의 군사와 함께 진격하여 益陽縣의 관우 군사를 방어케 하였다.

전투가 벌어지기 전에, 조조의 군사가 漢中郡에 진격하자 유비는 益州를 잃게 될까 걱정하며 사자를 보내 東吳에 강화를 요청하였다. 손권은 제갈근을 보내 화답케 하면서 결맹우호를 추구하였다. 결국 荊州를 나눠 長沙, 江夏, 桂陽郡 등 동쪽은 손권이 영유하고 南

---

73 巴丘(파구) — 東吳 廬陵郡(여릉군)의 巴丘縣, 今 湖南省 동북단 岳陽市. 서기 210년 周瑜(주유)가 36세에 죽은 곳.

74 陸口 — 今 湖北省 동남 咸寧市 관할 嘉魚縣의 지명, 呂蒙城.

郡, 零陵, 武陵 등 서쪽은 유비의 소속으로 정했다. 유비가 蜀으로 돌아가자 조조는 한중군에서 철수하였다. 손권은 陸口(육구)에서 회군하면서 合肥(합비)를 공격하였으나 합비성을 함락시키지 못하고 본국으로 철수하였다.

손권의 군사가 철수할 때, 손권과 淩統(능통), 甘寧(감녕) 등은 逍遙津(소요진)[75] 북쪽에서 魏將 張遼(장료)의 기습공격을 받았는데, 능통 등은 결사적으로 싸워 손권을 지켰다. 손권은 준마를 타고 소요진의 다리를 넘어 돌아갈 수 있었다.

|原文|

二十一年冬, 曹公次於居巢, 遂攻濡須.

二十二年春, 權令都尉徐詳詣曹公請降, 公報使修好, 誓重結婚.

二十三年十月, 權將如吳, 親乘馬射虎於庱亭. 馬爲虎所傷, 權投以雙戟, 虎卻廢. 常從張世擊以戈, 獲之.

二十四年, 關羽圍曹仁於襄陽, 曹公遣左將軍于禁救之. 會漢水暴起, 羽以舟兵盡生虜禁等步騎三萬送江陵, 惟城未拔. 權內憚羽, 外欲以爲己功, 箋與曹公, 乞以討羽自效. 曹公且欲使羽與權相持以鬪之, 驛傳權書, 使曹仁以弩射示羽. 羽猶

．．．．．．．．．．．．．．．．
75 逍遙津(소요진) – 合肥 古城 근처 淝水(비수)의 나루터. 이 소요진의 기습공격은 《三國演義》 67회 〈曹操平定漢中地 張遼威震逍遙津〉에 소재.

豫不能去.

閏月, 權征羽, 先遣呂蒙襲公安, 獲將軍士仁. 蒙到南郡, 南郡太守麋芳以城降, 蒙據江陵, 撫其老弱, 釋于禁之囚. 陸遜別取宜都, 獲秭歸,枝江,夷道, 還屯夷陵, 守峽口以備蜀. 關羽還當陽, 西保麥城. 權使誘之. 羽偽降, 立幡旗爲像人於城上, 因遁走, 兵皆解散, 尚十餘騎. 權先使朱然,潘璋斷其徑路.

十二月, 璋司馬馬忠獲羽及其子平,都督趙累等於章鄉, 遂定荊州.

是歲大疫, 盡除荊州民租稅. 曹公表權爲驃騎將軍, 假節領荊州牧, 封南昌侯. 權遣校尉梁寓奉貢於漢. 及令王惇市馬, 又遣朱光等歸.

| 국역 |

(建安) 21년 겨울(서기 216), 曹操는 居巢(거소)[76]에 주둔하면서, (손권의) 濡須(유수)의 군영을 공격하였다.

(건안) 22년 봄, 손권은 都尉인 徐詳(서상)을 조조에게 보내 歸降(귀항)을 요청했고, 조조는 사자를 보내 修好하면서 양가의 결혼을 약속했다.

(건안) 23년 10월(서기 218), 손권은 吳郡에 행차하려고, 말을 타고 가다가 庱亭(능정, 작은 정자 능)이란 곳에서 호랑이를 활로 쏘았

76 廬江郡 居巢縣(거소현) - 今 安徽省 중동부 巢湖市(소호시).

다. 손권의 말이 호랑이에게 상처를 입었고, 손권은 날이 두개인 창(雙戟)을 던져 호랑이를 죽였다. 손권을 늘 수행하던 張世(장세)도 창으로 호랑이를 찔러 호랑이를 잡을 수 있었다.

(건안) 24년(서기 219), 關羽(관우)는 曹仁(조인)을 襄陽(양양)에서 포위하였고, 조조는 左將軍인 于禁(우금)을 보내 조인은 구원케 하였다. 마침 漢水(한수)가 크게 범람했고, 관우는 수군을 거느리고 우금을 생포하고 보병과 기병 3만여 명을 체포하여 江陵(강릉)으로 압송하였지만 城을 차지하지는 못했다. 손권은 관우를 내심으로 두려워하면서, 겉으로는 자신의 공을 자랑할 기회로 생각하여 曹操에게 관우 토벌을 적극 돕겠다는 서신을 보냈다.

조조는 관우와 손권이 서로 싸우게 만들려고, 손권의 서신을 역마로 보냈고, 曹仁을 시켜 손권의 서신을 관우에게 활로 쏘아 보냈다. 관우는 유예하며 떠나질 못했다.

閏月(윤월)에 손권은 먼저 呂蒙(여몽)을 보냈고, 여몽은 公安縣(공안현)을 기습하여 (蜀將) 傅士仁(부사인)을 생포하였다. 여몽의 군사가 南郡에 도착하자, 南郡 태수인 麋芳(미방)은 성을 들어 투항했고,[77] 여몽은 강릉에 주둔하며 백성을 위무하고 갇힌 우금을 풀어주

---

77 南郡 태수인 麋芳(미방)은 江陵(강릉)에 있었고, 將軍인 傅士仁(부사인)은 公安縣(공안현)에 주둔하고 있었는데, 관우가 평소에 자신을 모욕한데 대하여 감정이 있었다. 관우가 出軍하면 미방과 부사인이 군량을 공급해야 했지만, 전력을 다하여 돕지 않았다. 이에 관우는 "회군하면 治罪하겠다"고 말했다. 미방과 부사인 모두 두렵고 불안하였다. 이에 손권(여몽)은 은밀히 미방과 부사인을 회유했고 미방과 부사인은 사람을 보내 吳軍을 영입하였다. 그리고 曹公이 徐晃(서황)을 보내 曹仁을 구원하자, 관우는 당할 수 없어 결국 군사를 철수하였다.

었다.

陸遜(육손)[78]은 별도의 군사로 宜都(의도)[79]를 점령하고, 秭歸(자귀), 枝江(지강), 夷道(이도) 등 여러 현을 점거한 뒤 夷陵(이릉)에 돌아와 주둔하며 (長江의) 좁은 길목을 지켜 蜀軍의 침입에 대비하였다.

關羽는 當陽縣(당양현)[80]으로 옮겨 서쪽의 麥城(맥성)을 지켰고, 손권은 사자를 보내 관우의 투항을 권유했다. 관우는 거짓으로 투항한다면서 각종 깃발과 허수아비를 성에 세워놓고 도주하였는데, 장졸은 다 흩어졌지만 그래도 기병 10여 명이 관우를 따랐다. 손권은 앞서 朱然(주연)[81]과 潘璋(번장)을 보내 관우의 샛길(퇴로)을 막게 했다.

12월, 번장의 司馬인 馬忠(마충)이 관우와 아들 關平(관평)을 생포했고, (蜀軍) 都督인 趙累(조루) 등을 章鄕(장향)에서 생포하면서 마침내 荊州를 차지했다.

....

78 陸遜(육손, 183 - 245년, 字 伯言) - 본명은 陸議(육의). 吳郡 吳縣(今 江蘇省 蘇州市) 출신. 三國 시대 吳의 저명한 장군. 대도독. 政治人. 東吳의 국정을 운영. 出將入相의 전형. 62세에 죽어 蘇州에 묻혔고, 追諡는 昭侯(소후). 周瑜, 魯肅, 呂蒙(여몽)과 四大 都督으로 합칭.

79 建安 15년(서기 210), 劉備는 臨江郡을 宜都郡으로 개칭, 張飛를 태수에 임명했고, 建安 24년(서기 219), 吳將 陸遜은 宜都를 점령하고 촉한에 저항하며 陸城이라고 했다. 나중에 宜都郡은 吳國 荊州에 속하여 秭歸(자귀), 西陵, 夷道, 佷縣(한현)을 관할했다. 今 湖北省 서부 宜昌市 관할 宜都市.

80 南郡 當陽縣, 今 湖北省 서부 宜昌市 관할 當陽市(縣級市). 이곳 長坂坡(장판파)의 전투는 曹操軍이 劉備軍을 추격, 격파한 싸움으로 赤壁之戰의 前哨戰(전초전)이었다.

81 朱然(주연, 182 - 249年, 字 義封) - 本名 施然, 揚州 丹陽郡 출신. 孫權과 同學. 友情이 돈독. 관우를 추격 생포에 일익을 담당. 東吳의 주요 장군, 大司馬, 右軍師 역임.《吳書》11권,〈朱治朱然呂範朱桓傳〉에 입전.《三國演義》에서 주연이 유비를 추격하다가 조운에게 피살당하는 것은 완전 허구이다.

이 해에 전염병이 크게 유행하여, 형주 백성들의 모든 租稅를 면제하였다. 曹公은 표문을 올려 손권을 驃騎將軍에 임명하고 부절을 내려주었으며, 荊州牧을 겸임케 하면서 南昌侯에 봉했다. 손권은 교위인 梁寓(양우)를 보내 漢에 貢物(공물)을 보냈다. 그리고 王惇(왕돈)을 보내 戰馬를 사들이고, 朱光(주광) 등을 曹魏로 돌려보냈다.

| 原文 |

二十五年春正月, 曹公薨. 太子丕代爲丞相魏王, 改年爲延康. 秋, 魏將梅敷使張儉求見撫納. 南陽陰,酇,築陽,山都,中廬,五縣民五千家來附. 冬, 魏嗣王稱尊號, 改元爲黃初.

二年四月, 劉備稱帝於蜀. 權自公安都鄂, 改名武昌, 以武昌,下雉,尋陽,陽新,柴桑,沙羨六縣爲武昌郡. 五月, 建業言甘露降.

八月, 城武昌, 下令諸將曰「夫存不忘亡, 安必慮危, 古之善教. 昔雋不疑漢之名臣, 於安平之世刀劍不離於身, 蓋君子之於武備, 不可以已. 況今處身疆畔, 豺狼交接, 而可輕忽不思變難哉? 頃聞諸將出入, 各尚謙約, 不從人兵, 甚非備慮愛身之謂. 夫保己遺名, 以安君親, 孰與危辱? 宜深警戒, 務崇其大, 副孤意焉.」

(建安) 25년, 봄 정월 (서기 220), 曹公(조조)이 죽었다. (魏王의) 太子인 曹丕(조비)[82]가 대를 이어 (漢의) 승상과 魏王이 되어 (漢의) 연호를 延康(연강, 서기 220)으로 개원하였다. 가을에, 魏將인 梅敷(매부)가 張儉(장검)을 보내 (東吳에서) 받아주기를 청원했다.

南陽郡의 陰(음), 酇(찬), 築陽(축양), 山都(산도), 中廬縣(중려현) 등 5개 현의 백성 5천여 호가 東吳에 來附하였다. 겨울에(10월) 魏王(曹丕)이 稱帝(칭제)하면서 黃初(서기 220 – 226)로 개원하였다.

(黃初) 2년 4월(서기 221), 劉備가 蜀에서 칭제하였다. 손권은 公安에서 (江夏郡) 鄂縣(악현)[83]으로 이동하여 도읍하고 (악현을) 武昌(무창)[84]으로 개명하였고, 武昌, 下雉(하치), 尋陽(심양), 陽新(양신), 柴桑(시상), 沙羨(사선)의 6개 현을 武昌郡으로 개편하였다. 5월에, 建業(건업)에서 甘露(감로)가 내렸다고 보고하였다.

8월에, 武昌에 축성하고서 여러 장수들에게 명령하였다.

「생존 시에는 滅亡(멸망)을 잊지 않고, 안전할 때 위기를 꼭 생각

....

82 曹丕(조비, 187 – 226년)는 曹操의 장남. 魏 文帝. 재위 220 – 226. 曹操의 長子 曹昂(조앙)은 庶出이었는데, 張繡(장수)의 반란 중에 전사했다. 曹丕가 장남이고 아우 曹彰(조창)은 별명이 '黃鬚兒(황수아)'로 勇將이었다. 삼남 曹植(조식)은 文學에 뛰어났고, 특히 글을 잘 지었으니 유명한 〈洛神賦〉가 있다. 조식은 조조의 총애를 받았지만 曹丕(조비)와의 爭位에 失敗하여 陳王으로 책립되었다.

83 (江夏郡) 鄂縣(악현) – 武昌. 今 湖北省 동부 長江 남안 鄂州市(악주시), 今 湖北省의 간칭 '鄂(악)'은 본래 鄂縣을 의미.

84 武昌 – 본래 (江夏郡) 鄂縣(악현). 서기 221년, 東吳 孫權은 여기에 성을 쌓고 '以武而昌'의 뜻으로, 鄂縣을 武昌으로 개명하고 도읍으로 정했다. 곧 행정단위로는 武昌縣, 그 외 몇 개 현을 묶어 武昌郡을 신설했다.

하라는 말은 옛사람의 바른 가르침이다. 안온 평안한 시대에도 몸에서 兵器(刀劍)를 꼭 챙기는 것은 군자의 武備(무비)이니, 이는 폐할 수 없는 일이다. 하물며, 지금 변방에서 승냥이와 같은 적도와 다투고 있는 상황에서도 갑작스런 변란을 생각하지 않을 수 있겠는가? 요즈음에 여러 장수들이 출입할 때 겸손과 검약을 실천한다면서 수행하는 병졸을 두지 않는다 하니, 이는 자신의 몸을 지키는 武備를 생각하지 않는 일이다. 자신을 지키고 이름을 남기는 것이 바로 주군과 부모를 안전하게 지키는 일이니, 위기나 치욕보다 더 험한 일이 무엇이겠는가? 응당 특별히 경계하고 나라를 위한 큰일에 힘쓰면서 짐의 뜻에 부응하기 바란다.」

| 原文 |

自魏文帝踐阼, 權使命稱藩, 及遣于禁等還. 十一月, 策命權曰,

「蓋聖王之法, 以德設爵, 以功制祿, 勞大者祿厚, 德盛者禮豐. 故叔旦有夾輔之勳, 太公有鷹揚之功, 並啓土宇, 並受備物, 所以表章元功, 殊異賢哲也.

近漢高祖受命之初, 分裂膏腴以王八姓. 斯則前世之懿事, 後王之元龜也. 朕以不德, 承運革命, 君臨萬國, 秉統天機. 思齊先代, 坐而待旦.

惟君天資忠亮, 命世作佐, 深睹歷數, 達見廢興. 遠遣行人,

浮於潛漢. 望風影附, 抗疏稱藩, 兼納纖絺南方之貢, 普遣諸
將來還本朝. 忠肅內發, 款誠外昭, 信著金石, 義蓋山河. 朕
甚嘉焉.

今封君爲吳王, 使使持節太常高平侯貞, 授君璽綬策書,金
虎符第一至第五,左竹使符第一至第十, 以大將軍使持節督
交州, 領荊州牧事, 錫君靑土, 錫以白茅, 對揚朕命, 以尹東
夏. 其上故驃騎將軍南昌侯印綬符策.

今又加君九錫, 其敬聽後命. 以君綏安東南, 綱紀江外, 民
夷安業, 無或攜貳. 是用錫尹大輅,戎輅各一, 玄牡二駟. 君務
財勸農, 倉庫盈積, 是用錫君袞冕之服, 赤潟副焉. 君化民以
德, 禮教興行, 是用錫君軒縣之樂. 君宣導休風, 懷柔百越,
是用錫君朱戶以居. 君運其才謀, 官方任賢, 是用錫君納陛以
登. 君忠勇並奮, 清除姦慝, 是用錫君虎賁之士百人. 君振威
陵邁, 宣力荊南, 梟滅凶醜, 罪人斯得, 是用錫君鈇鉞各一.
君文和於內, 武信於外, 是用錫君彤弓一, 彤矢百,旅弓十, 旅
矢千. 君以忠肅爲基, 恭儉爲德, 是用錫君秬鬯一卣, 圭瓚副
焉. 欽哉! 敬敷訓典, 以服朕命, 以勖相我國家, 永終爾顯烈.」

| 국역 |

魏 文帝가 제위에 오르자, 손권은 특사를 보내 藩臣(번신)을 칭하
였고, 于禁(우금) 등을 돌려보냈다. 11월에, (魏 황제가) 손권에서 策

書를 내렸다.

「聖王의 法制에 德行을 근거로 작위를 내리고, 공훈에 따라 관록을 정하며, 큰 공훈을 이룬 자에게는 후한 녹봉을 하사하고, 덕행이 성대한 자는 후덕하게 예우한다고 하였다. 그러하기에 叔旦(숙단, 成王의 숙부인 旦, 곧 周公)은 成王을 보조한 공훈이 있고, 太公望(태공망)은 武威를 떨친(殷을 멸망시킴) 공적이 있기에 봉토를 나눠주었고 그에 맞춰 여러 물건을 하사하였으니, 이는 큰 공을 표창하고 현명한 인물에 대한 특별한 대우이다.

가까운 예로, 漢 高祖는 천명을 받으면서 비옥한 땅을 나눠 8姓 제후를 왕으로 분봉하였다. 이는 前代의 아름다운 일이며 후대 제왕의 귀감이 되었다. 朕(짐, 魏 文帝)은 不德하나 天運을 잇고 천명을 바꿔 만국에 군림하며 천하를 통치하는 대권을 장악하였다. 선대의 여러 왕의 공훈을 이어가려 날이 밝을 때까지 걱정도 하였다.

君(吳王, 孫權)은 타고난 좋은 바탕에 충성을 다하여 훌륭한 치적으로 보좌하며, 천명의 歷數(역수)를 잘 알고 흥망성쇠의 이치에 통달하였도다. 君은 먼 변방에서 여기까지 사자를 보냈으니 漢水와 그 지류를 건너 소식을 듣고 그림자처럼 (魏에) 귀부하고, 문서를 올려 藩臣(번신)을 칭하면서 아울러 여러 가지 직물 등 남방의 토산물을 바치고 남쪽 땅에 낙오되었던 여러 장수를 (于禁 등) 本朝로 돌려보냈도다. 君의 內心에서 우러나온 충성심과 밖으로 밝게 드러난 진심은 금석에 새겨둘 만하고, 君의 대의는 山河를 덮을 만 하도다. 짐은 君의 충성을 매우 가상히 여기노라.

지금 君을 吳王에 봉하고, 사자인 太常 高平侯 邢貞(형정)에게 부절을 주어 보내서 君에게 璽印(새인)과 綬帶(수대)와 策書(책서), 그리고 第一에서 第五까지 황금의 虎符(호부)와 第一에서 第十에 이르는 左竹使符를 하사하며, 大將軍의 부절을 내려 交州를 감독하고, 荊州牧의 업무를 겸하게 하면서 君에게 (東方의) 靑土를 白茅(백모)[85]에 싸서 하사하여 짐의 명령을 실천하며 동쪽 중국 땅에 대한 통치를 위임하노라. 그리고 (전에 漢 황제 이름으로 받은) 옛 驃騎將軍과 南昌侯의 인수와 부절과 책서를 반환하기 바란다.

지금 또 君에게 九錫(구석)을 하사하노니, 아래 策命을 경청하여 실천토록 하라. 君은 나라의 동남방을 편안케 하고, 長江 이남의 땅에 기강을 세우고, 漢人과 蠻夷(만이)가 편안히 생업에 종사케 하며 혹 두 마음을 품는 자라도 위무토록 하라. 이에 君에게 大輅(대로, 大車)와 戎輅(융로, 병거) 각 1대와 검은 수컷 말 2駟(사, 駟馬, 8마리)를 하사하노라. 君은 재물을 잘 관리하고 勸農에 힘써 창고가 충실하도록 힘쓸지어니, 이에 君에게 곤룡포와 면류관의 복식, 붉은 바닥을 댄 신발을 함께 하사하노라. 君은 은덕을 베풀어 백성을 교화하고 禮教를 진흥할지어니, 이에 君에게 3면에 매달아 연주할 악기를 하사하노라. 君은 응당 미풍을 널리 진작하고 모든 越人을 부드럽게 감쌀지어니, 이에 군에게 붉은 칠을 한 대문을 세우도록 허용하노라. 君은 才謀을 발휘하고 현인을 관직에 등용할지어니, 이에 君의 거처에 오르내릴 계단 설치를 허용하노라. 君은 충의와 용맹을 애써 실천하며 간악한 자들을 깨끗하게 제거해야 하나니, 이에 君

----

85 苴白茅는 흰 띠풀(茅, 삘기)로 흙을 싸다. 천자가 제후를 책봉하는 의식의 일부. 苴 깔 저. 싸다. 白茅(백모)는 풀이름. 띠. 삘기.

에게 용맹한 무사(虎賁之士, 호분지사) 1백 명을 내려 주노라. 君은 먼 변방까지 위엄을 떨치고 형주 이남의 땅에 무력을 행사하여 흉악한 무리의 우두머리를 없애고 죄인을 다스려야 하나니, 이에 군에게 斫刀(작도, 작두, 鈇)와 도끼(鉞, 도끼 월)를 하나씩 하사하노라. 君은 內政을 문화로 화합케 하고 外征(외정)에는 武力으로 신의를 지켜야 하나니, 이에 君에게 彤弓(동궁, 붉은색의 활) 한 자루와 붉은 화살 1백 개, 旅弓(노궁, 검은색 활) 10자루와 그 화살 1천 개를 하사하노라. 君은 엄숙한 충성을 바탕으로 恭儉(공검)의 미덕을 실천해야 하나니, 이에 군에게 秬鬯酒(거창주, 찰기장으로 담근 술) 한 통(一卣, 술통 유)과, 홀(圭, 규)과 瓚(찬, 제기)을 함께 하사하노라. 君에게 경의를 표하노라! 君은 공순 엄숙하게 이 가르침을 실천하며 짐의 명을 따를 것이며, 짐과 국가를 도와 영원토록 이 대업 실천에 힘쓸지어다.」

| 原文 |

是歲, 劉備師軍來伐, 至巫山, 秭歸, 使使誘導武陵蠻夷, 假與印傳, 許之封賞. 於是諸縣及五谿民皆反爲蜀. 權以陸遜爲督, 督朱然, 潘璋等以拒之. 遣都尉趙咨使魏.

魏帝問曰, "吳王何等主也?" 咨對曰, "聰明仁智, 雄略之主也." 帝問其狀, 咨曰, "納魯肅於凡品, 是其聰也. 拔呂蒙於行陳, 是其明也. 獲于禁而不害, 是其仁也. 取荊州而兵不血刃, 是其智也. 據三州虎視於天下, 是其雄也. 屈身於陛下,是其略也."

帝欲封權子登, 權以登年幼, 上書辭封, 重遣西曹掾沈珩陳
謝, 並獻方物. 立登爲王太子.

| 국역 |

이 해에(黃初 3년, 서기 222), 유비가 군사를 거느리고 공격해왔
는데, 巫山(무산)과 秭歸(자귀)[86]에 와서는 사람을 보내 武陵郡의 蠻
夷(만이)들을 회유하면서 (만이 족장에게) 인수를 내 주고 여러 가지
책봉과 시상을 약속하였다. 이에 여러 현과 五谿(오계)의 漢人들이
반기를 들고 蜀의 편이 되었다. 손권은 陸遜(육손)을 도독으로 임명
하여 朱然(주연)과 潘璋(반장) 등을 거느리고 유비를 막게 하였으
며,[87] 都尉인 趙咨(조자)[88]를 魏나라에 사자로 보냈다.

魏 文帝가 조자에게 "吳王은 어떤 主君인가?"라고 물었다. 이에
조자는 "聰明하고 인자, 지혜로우며 雄略을 가진 주군입니다."라고
대답하였다. 이에 문제가 그 상세한 내용을 묻자, 조자가 말했다.

"魯肅(노숙)을 보통 인재들 속에서 찾아 등용하였으니 이는 聰智
(총지)입니다. 呂蒙(여몽)을 보통 병졸 중에서 발탁하였으니, 이는 그

----

86 南郡 巫縣은, 今 重慶市 동부 巫山縣. 秭歸縣(자귀현)은, 今 湖北省 宜昌市 관
할 秭歸縣. 巫縣의 長江 협곡을 巫峽(무협)이라 하는데, 瞿塘峽(구당협), 西陵峽
(서릉협)과 함께 長江三峽이라 부른다.

87 陸議(陸遜)는 先主의 군사를 猇亭(효정)에서 火攻으로 대파하였다. 先主는 효
정에서 자귀현으로 돌아와 흩어진 군사를 불러 모으고, 선박을 포기하고 도보
로 魚復縣(어복현)으로 돌아와서, 魚復縣을 永安縣(영안현)으로 개명하였다.

88 趙咨(조자, 字 德度) - 南陽人. 博聞하고 多識하였으며, 應對에 민첩하고 뛰어
났다. 손권의 中大夫였다.

분이 明哲한 것입니다. 于禁(우금)을 찾아냈지만 해치지 않았으니, 이는 그분의 너그러움입니다. 荊州를 장악하면서 병기를 피로 물들이지 않았으니, 그분의 智略입니다. 三州에 웅거하며 천하를 호시탐탐 노리니, 이는 그분의 雄志입니다. 폐하에게 몸을 굽힐 수 있으니, 이는 그분의 大略(대략)입니다."

(魏) 문제는 손권의 아들 孫登(손등)[89]을 제후에 봉하려 했지만 손권은 손등이 어리다 하여 서신을 올려 사양했고, 西曹掾인 沈珩(심형)을 다시 보내 사례하며 토산물을 헌상하였다. 손권은 손등을 王太子로 책립하였다.

|原文|

黃武元年春正月, 陸遜部將軍宋謙等攻蜀五屯, 皆破之, 斬其將. 三月, 鄱陽言黃龍見. 蜀軍分據險地, 前後五十餘營. 遜隨輕重以兵應拒, 自正月至閏月, 大破之. 臨陳所斬及投兵降首數萬人. 劉備奔走, 僅以身免.

|국역|

(孫權의) 黃武(황무)[90] 원년(서기 222) 봄 정월, 陸遜(육손)[91]이 거

....
89 孫登(손등, 209 – 241년, 字 子高) – 孫權의 長子, 東吳 皇太子. 33세 한창 나이에 早逝(조서). 시호 宣太子. 《吳書》14권, 〈吳主五子傳〉에 입전.

90 黃武(황무, 222년 10월 – 229년 4月) – 東吳의 君主 孫權의 첫 번째 연호. 221年(魏 黃初 2년) 孫權은 名義上으로는 曹魏에 臣服하며 '吳王'의 책봉을 받았지

느린 將軍 宋謙(송겸)[92] 등이 蜀軍의 5개 군영을 공격하여 모두 격파하고 그 장수를 죽였다.

3월에, 鄱陽郡(파양군)에서는 黃龍이 출현하였다고 보고하였다. 蜀軍은 험한 지형을 골라 군영을 전후에 걸쳐 50개 군영을 설치하였다. 육손은 촉군 군영의 강약에 따라 군사를 나눠 대응케 하면서 정월부터 閏(윤) 6월에 걸쳐 대파하였다. 전투에 죽거나 병기를 버리고 투항한 蜀軍이 수만 명이었다. 유비는 도주했고 겨우 몸만 빠져나갔다.

| 原文 |

初權外託事魏, 而誠心不款. 魏欲遣待中辛毗,尙書桓階往與盟誓, 並徵任子, 權辭讓不受. 秋九月, 魏乃命曹休,張遼,

....

만, 222년에 曹魏와 東吳의 관계가 악화되었고, 결국 조비는 대군을 보내 원정에 나섰다. 이에 孫權은 222년 10월에 黃武로 건원하였고, 曹魏의 臣屬 관계를 깨트렸다. 이후 黃武 8년(서기 229) 4월에 정식으로 칭제하면서 黃龍 원년으로 개원한다.

91 陸遜(육손, 183-245년, 字 伯言) - 본명은 陸議(육의). 유비는 曹丕의 즉위 소식을 듣고 獻帝가 피살된 줄 알고 복상하며 221년에 제위에 올랐다(章武元年). 이어 222년 관우와 장비에 대한 복수 일념으로 대군을 이끌고 長江을 따라 7백 리에 군영을 설치하였다. 이에 맞선 吳將 陸遜(육손)은 以逸待勞(이일대로)의 병법 교과서대로 맞섰다.

92 宋謙(송겸, 생졸년, 字 미상) - 合肥之戰에서 張遼에게 격파당함. 曹魏 黃初二年(서기 221년) 夷陵의 전투에 참여, 백제성으로 달아난 유비를 공격해야 한다고 주장. 《삼국연의》에서는 손견을 지켜 위기를 벗어나게 한다. 나중에 樂進(악진)을 추격하다가 李典의 화살에 맞아 죽자, 손권은 대성통곡했다.

臧霸出洞口, 曹仁出濡須, 曹眞,夏侯尚張郃,徐晃圍南郡.

權遣呂範等督五軍, 以舟軍拒休等, 諸葛瑾,潘璋,楊粲救南郡, 朱桓以濡須督拒仁. 時揚,越蠻夷多未平集, 內難未弭, 故權卑辭上書, 求自改厲, "若罪在難除, 必不見置, 當奉還土地民人. 乞寄命交州, 以終餘年."

文帝報曰,「君生於擾攘之際, 本有從橫之志, 降身奉國, 以享茲祚. 自君策名已來, 貢獻盈路. 討備之功, 國朝仰成. 埋而掘之, 古人之所恥.

朕之與君, 大義已定, 豈樂勞師遠臨江漢? 廊廟之議, 王者所不得專, 三公上君過失, 皆有本末. 朕以不明, 雖有曾母投杼之疑, 猶冀言者不信, 以爲國福. 故先遣使者犒勞, 又遣尚書,侍中踐修前言, 以定任子. 君遂設辭, 不欲使進, 議者怪之. 又前都尉浩周勸君遣子, 乃實朝臣交謀, 以此卜君, 君果有辭, 外引隗囂遣子不終, 內喻竇融守忠而已.

世殊時異, 人各有心. 浩周之還, 口陳指麾, 益令議者發明衆嫌, 終始之本, 無所據杖, 故遂俛仰從群臣議. 今省上事, 款誠深至, 心用慨然, 淒愴動容. 即日下詔, 敕諸軍但深溝高壘, 不得妄進.

若君必效忠節, 以解疑議, 登身朝到, 夕召兵還. 此言之誠, 有如大江!」

그전에 손권은 겉으로는 曹魏를 事大한다고 하였지만 진정으로 좋아서 하는 일은 아니었다. 曹魏에서는 侍中인 辛毗(신비)와 尙書인 桓階(환계)를 東吳에 보내 서약을 요구하며 아울러 손권의 아들을 조정에 보내 관직에 임용하겠다고[93] 하였지만, 손권은 거부하며 받아들이지 않았다.

黃武 원년(서기 222) 가을인 9월에, 曹魏에서는 曹休(조휴)와 張遼(장료), 臧覇(장패)를 洞口(동구, 洞浦)[94]에서 출발케 했고, 曹仁(조인)을 濡須(유수)에서, 曹眞과 夏侯尙(하후상), 張郃(장합)과 徐晃(서황)을 보내 (東吳의) 南郡을 포위했다.

손권은 呂範(여범) 등을 보내 5軍을 지휘하고 수군으로 조휴 등을 막게 하면서 諸葛瑾(제갈근), 潘璋(반장), 楊粲(양찬) 등을 보내 南郡을 구원케 하였고, 朱桓(주환)을 보내 濡須(유수)에서 조인의 군사를 막게 하였다.

그 무렵 揚州 일원과 越人 만이의 땅은 아직도 평정되지 않은 곳이 많아 내부의 어려움이 가라앉지 않은 상태라서, 손권은 겸손한 언사로 국서를 보내 자신이 더욱 힘써 고쳐나갈 것이며, "만약 내 스스로 허물을 고치지 못해 사면 받지 못한다면 나라의 땅과 백성을 모두 바칠 것이며, 그리고 (남쪽) 交州의 한구석에서 여생을 마

---

93 任子 – 부친의 관직, 또는 고관인 부친의 보증으로 아들에게 관직을 수여하는 제도. 일종의 蔭敍(음서) 제도. 손권의 아들을 낙양에 보내 관직에 임용하겠다는 뜻은 사실상 인질을 보내라는 뜻이다.

94 洞口 – 今 湖南省 중서부, 邵陽市 관할 洞口縣.

치겠습니다."라고 하였다.

이에 대하여 魏 文帝가 답서를 보내왔다.

「君은 전란 중에 태어났기에 본래 천하를 종횡으로 누비거나, 아니면 몸을 굽혀 국가에 봉헌하여 복을 누리고 싶은 생각이 있을 것이요. 君이 책봉 받은 이후로 헌상하는 공물이 길에 이어졌으며, 또 유비를 토벌한 공헌이 있어 (魏에서는) 東吳의 성공을 기대하였소. 그러나 (먹을 것을) 물었다 곧바로 파내는 너구리(狸, 삵 리)처럼 反覆(반복)이 무상하니, 이는 옛사람도 부끄럽게 생각했었소.

朕과 君의 大義는 이미 정해졌거늘, 힘들여 군사를 長江이나 漢水까지 보내는 일이 어찌 즐겁겠는가? 조정의 논의는 王者라도 독단으로 결정할 수 없으며, 三公이 君에게 잘못된 보고를 했다면 그만한 원인이 있을 것이요. 朕은 현명치 못하다지만, 베를 짜는 북(杼, 북 저)을 버리고 도망가며 의심하는 曾子의 모친처럼[95] 다만 대신의 말이 사실이 아닐 것이라고 믿을 수만 있다면 오히려 다행일 것이요. 그래서 우선 사자를 보내 출정 중인 군사를 위로하고, 또 尙書나 侍中을 보내 앞서의 약속을 지켜 인질로 아들을 보내게 했던 것이요. 君이 이런 저런 말을 하면서 아들을 보내려 하지 않는다면, 이런 일을 담당하는 자들도 이상히 여길 것이요. 또 앞서 都尉인 浩周(호주)를 보내 君에게 아들을 보내달라는 뜻은 사실 두 조정에서 함께 일을 추진한다는 의미였으며, 이로써 君의 뜻을 짐작하려 했

----

95 投杼之疑(투저지의) - 효도로 유명한 曾參(증삼)의 어머니는 曾參(사실은 同名異人)이 살인했다는 말을 연이어 3번이나 듣자, 짜던 베틀의 북(杼)을 버리고 도망갔다는 고사. 곧 계속되는 참언은 누구라도 믿게 된다는 뜻. 杼(북 저)는 베를 짤 때 실을 가로로 넣어주는 도구. 소리 나는 북(鼓)이 아님.

는데, 君은 예상대로 사양하면서 표면상 (후한의) 隗囂(외효)[96]가 아들을 광무제에게 보냈어도 광무제에게 반기를 들었지만, 내심으로는 竇融(두융)[97]과 같은 충성을 생각했을 것이오.

그러나 세상이 달라졌고 시대가 바뀌었으며 사람마다 생각이 다른 것이오. 浩周(호주)가 돌아와 손짓을 하며 다녀온 사정을 진술하였지만 오히려 다른 사람들의 혐의만을 보탰고, 사안의 시작과 끝을 믿을 수도 없어 그저 군신들의 논의만을 지켜보았도다. 이번에 올린 글을 읽어보니 君의 진심이 느껴졌지만, 마음으로는 안타까워 서글펐도다. 그날 바로 조서를 내려 모든 군영에서 방어를 철저히 하되 함부로 공격하지 말 것을 지시하였다.

만약 君이 틀림없이 충성을 바칠 수 있다면 여러 의혹을 풀 수 있을 것이니, 君의 아들 孫登이 (曹魏의) 朝廷에 나오는 날, 그 저녁에 모든 군사를 소환할 것이다. 내 말의 진심은 마치 長江과 같을 것이다!」

---

96 隗囂(隗蹋, 외효, ?-33) - 왕망 말기, 今 甘肅省 동부 일대에 웅거. 隗 험할 외, 囂 떠드는 소리 효. 외효는 광무제의 명을 받아 西州大將軍으로 西河지역의 군사와 행정을 전담했다. 建武 6년(서기 30)에 반역하였다가 9년에 병사했다. 隗囂(외효)는 반기를 들기 전에 아들을 낙양에 보내 광무제를 입시케 했으나 반역한 뒤에 낙양에서는 아들을 죽였다. 《後漢書》13권, 〈隗囂公孫述列傳〉에 입전.

97 竇融(前 16 - 서기 62) - 章帝 竇皇后의 증조부, 竇 구멍 두. 성씨. 왕망과 更始를 거쳐 서쪽 변방에서 입신하였다. 광무제의 공신이었고 다른 공신과 달리 관직을 오래 담당하였는데, 이는 두융의 특별한 처세술이었다. 竇融(두융)의 증손이 竇憲(두헌). 두헌의 여동생이 章帝의 章德竇皇后로 章帝 붕어 이후 어린 和帝를 대신하여 臨朝聽政하였다. 두헌은 흉노 원정에 공을 세웠으나 반역을 모의하여 賜死했다. 《後漢書》23권, 〈竇融列傳〉에 立傳.

| 原文 |

權遂改年, 臨江拒守.

冬十一月, 大風. 呂範等兵溺死者數千, 餘軍還江南. 曹休
使臧霸以輕船五百, 敢死萬人襲攻徐陵, 燒攻城車, 殺略數千
人. 將軍全琮, 徐盛追斬魏將尹盧. 殺獲數百.

十二月, 權使太中大夫鄭泉聘劉備於白帝, 始復通也. 然猶
與魏文帝相往來, 至後年乃絶. 是歲, 改夷陵爲西陵.

| 국역 |

孫權은 결국 (曹魏와의 관계를 단절하고) 연호를 바꿔 쓰면서(黃
武), 長江을 경계로 저항하였다.

겨울인 11월, 큰 바람이 불었다. 呂範(여범) 등의 군영에서 수천
명이 익사했고, 다른 군사는 江南으로 철수하였다. (魏) 曹休(조휴)
는 臧霸(장패)를 시켜 작은 선박(輕船) 5백 척에 죽기로 작정한 1만
여 군사를 싣고 (東吳의) 徐陵(서릉)을 기습공격하고, 성에 오르는
수레로 火攻을 가하여 수천 명을 죽이거나 생포하였다. (東吳의) 將
軍인 全琮(전종)과 徐盛(서성)[98]이 추격하여 魏將 尹盧(윤로)를 죽이
고 수백 명을 죽이거나 사로잡았다.

12월, 손권은 太中大夫 鄭泉(정천)을 보내 白帝城[99]에서 유비를

---

98 徐盛(서성) - 東吳의 명장.《吳書》10권,〈程黃韓蔣周陳董甘淩徐潘丁傳〉에 입
전.

99 白帝城 - 巴東郡 魚復縣을 永安縣으로 개명했다. 白帝城 永安宮에서 서기
203년 昭烈帝(劉備)가 붕어했다. 今 重慶市 동부 奉節縣.

위문하고 다시 왕래를 시작하였다. 그러면서도 여전히 魏 文帝와도
서로 왕래하였지만 그 다음 해에 두절되었다. 이 해에 夷陵(이릉)을
西陵(서릉)으로 개명하였다.

| 原文 |

二年春正月, 曹眞分軍據江陵中州. 是月, 城江夏山. 改四
分, 用乾象歷. 三月, 曹仁遣將軍常彫等, 以兵五千, 乘油船,
晨渡濡須中州. 仁子泰因引軍急攻朱桓, 桓兵拒之. 遣將軍嚴
圭等擊破彫等. 是月, 魏軍皆退.

夏四月, 權群臣勸卽尊號, 權不許. 劉備薨於白帝.

五月, 曲阿言甘露降. 先是戲口守將晉宗殺將王直, 以衆叛
如魏, 魏以爲蘄春太守, 數犯邊境. 六月, 權令將軍賀齊,糜芳,
劉邵等襲蘄春, 邵等生虜宗. 冬十一月, 蜀使中郞將鄧芝來聘.

| 국역 |

(黃武) 2년 봄 정월(서기 223), 曹眞(조진)[100]은 군사를 나눠 江陵
縣의 강 가운데 섬에 주둔시켰다. 이 달에 江夏郡[101]의 산에 성을 축

---

100 曹眞(조진, ?-231년, 字 子丹) – 曹魏名將, 曹操의 族子. 그 부친이 조조를 위
해 모병하다가 피살되었다. 조조의 특별한 신임을 받았다. 대장군, 大司馬
역임. 《삼국연의》에서는 제갈량의 조롱 편지를 받고 화병으로 죽는 인물로
묘사되었다.

101 江夏郡 – 建安 15년(서기 210), 손권은 程普(정보)를 江夏 태수에 임명했었

조하였다. 四分曆(사분력)을 폐기하고, 乾象曆(건상력, 歷은 曆 通)을
채용하였다.

3월, 曹仁(조인)은 장군 常彫(상조) 등을 보내 5천 병력을 거느리
고 油船(유선, 미끄러지듯 빠른 배)에 나눠 타고, 새벽에 濡須(유수)의
강 가운데 섬을 차지하였다. 조인의 아들 曹泰(조태)는 군사를 이끌
고 급하게 朱桓(주환)을 공격했고, 주환은 군사를 동원하여 저항하
였다. 손권은 장군 嚴圭(엄규) 등을 보내 (魏) 常彫(상조) 등을 격파하
였다. 이 달에 魏軍은 모두 철수하였다.

여름 4월에, 손권의 모든 신하가 손권에게 제위에 오를 것을 권유
했으나 손권은 수락하지 않았다. 蜀漢 劉備(昭烈帝)가 白帝城에서
죽었다.

5월, (吳郡) 曲阿縣(곡아현)에 甘露(감로)가 내렸다고 보고하였다.
이보다 앞서 戲口(희구)의 守將인 晉宗(진종)은 장군 王直(왕직)을 죽
이고, 그 군사를 거느리고 반역한 뒤, 魏에 들어가 투항하였다. 魏에
서는 진종을 蘄春(기춘) 태수에 임명했고, 진종은 변경을 자주 침략
하였다. 6월에, 손권은 將軍인 賀齊(하제)와 糜芳(미방), 劉邵(유소)
등을 보내 기춘군을 기습 공격했고 유소 등은 진종을 생포하였다.
겨울인 11월, 蜀漢의 사자 鄧芝(등지)[102]가 交聘(교빙)차 來朝하였다.

....

다. 건안 20년(서기 215) 이후 江夏郡 郡治는 沙羨縣(사선현), 今 湖北省 武漢
市 武昌區.

102 鄧芝(등지, 178－251年, 字 伯苗) － 芝는 지초 지. 향기 나는 풀. 義陽郡 新野
(今 河南省 南陽市 新野縣). 유비가 죽었을 때, 제갈량의 명을 받고 東吳에
사신으로 가서 講和했다. 제갈량의 정벌에도 참여했다. 《蜀書》15권, 〈鄧張
宗楊傳〉에 입전.

三年夏, 遣輔義中郎將張溫聘於蜀. 秋八月, 赦死罪. 九月, 魏文帝出廣陵, 望大江, 曰"彼有人焉, 未可圖也." 乃還.

四年夏五月, 丞相孫邵卒. 六月, 以太常顧雍爲丞相. 皖口言木連理.

冬十二月, 鄱陽賊彭綺自稱將軍, 攻沒諸縣, 衆數萬人. 是歲地連震.

|국역|

(黃武) 3년 여름(서기 224), 輔義中郎將인 張溫(장온)을 교빙 차西蜀에 보냈다. 가을인 8월, 사형할 죄수를 사면하였다.

9월, 魏 文帝가 廣陵郡에 출병하여 大江을 바라보고서는 "저 건너에 군사가 있다니 어찌할 수가 없도다."라 하고서는 바로 철수하였다.

4년 여름인 5월, 丞相 孫邵(손소)[103]가 죽었다. 6월, 太常인 顧雍(고옹)[104]이 승상이 되었다. 廬江郡 皖縣(환현)에서 連理(연리, 連理枝) 나무가 있다고 보고했다. 겨울인 12월, 鄱陽郡(파양군)[105]의 적도인 彭

---

103 孫邵(손소, 163 - 225, 字 長緒) - 北海郡 출신. 신장 8척, 廬江 태수였다가 黃武 원년에, 손권이 吳王이 되면서 孫吳의 첫 번째 승상이 되었다.

104 顧雍(고옹, 168 - 243년, 字 元歎) - 吳郡 吳縣 출신, 東吳의 丞相. 유년 시절에 蔡邕(채옹)에게 배웠다. 琴藝와 書法에 능통했다. 《吳書》7권, 〈張顧諸葛步傳〉에 입전.

105 鄱陽郡(파양군) - 建安 15년(서기 210), 東吳에서 豫章郡을 분할하여 신설한 군. 郡治는 鄱陽縣, 今 江西省 동북부 鄱陽湖의 동쪽, 江西省 직할 鄱陽縣.

綺(기기)가 장군을 자칭하며 여러 현을 공격했고 그 무리가 수만 명이나 되었다. 이 해에 연이어 지진이 일어났다.

| 原文 |

五年春, 令曰,「軍興日久, 民離農畔, 父子夫婦, 不聽相卹, 孤甚愍之. 今北虜縮竄, 方外無事, 其下州郡, 有以寬息.」

是時, 陸遜以所在少穀, 表令諸將增廣農畝. 權報曰,「甚善. 今孤父子親自受田, 車中八牛以爲四耦, 雖未及古人, 亦欲與衆均等其勞也.」

秋七月, 權聞魏文帝崩, 征江夏, 圍石陽, 不克而還. 蒼梧言鳳凰見. 分三郡惡地十縣置東安郡, 以全琮爲太守, 平討山越.

冬十月, 陸遜陳便宜, 勸以施德緩刑, 寬賦息調. 又云「忠讜之言, 不能極陳, 求容小臣, 數以利聞.」

權報曰,「夫法令之設, 欲以遏惡防邪, 儆戒未然也. 焉得不有刑罰以威小人乎? 此爲先令後誅, 不欲使有犯者耳. 君以爲太重者, 孤亦何利其然, 但不得已而爲之耳.

今承來意, 當重咨謀, 務從其可. 且近臣有盡規之諫, 親戚有補察之箴, 所以匡君正主明忠信也. 《書》載 '予違汝弼, 汝無面從', 孤豈不樂忠言以自裨補邪? 而云 '不敢極陳', 何得爲忠讜哉? 若小臣之中, 有可納用者, 寧得以人廢言而不採擇乎? 但諂媚取容, 雖闇亦所明識也.

至於發調者, 徒以天下未定, 事以衆濟. 若徒守江東, 修崇寬政, 兵自足用, 復用多爲? 顧坐自守可陋耳. 若不豫調, 恐臨時未可便用也. 又孤與君分義特異, 榮戚實同, 來表云不敢隨衆容身苟免, 此實甘心所望於君也.」

於是令有司盡寫科條, 使郎中褚逢齎以就遜及諸葛瑾, 意所不安, 令損益之. 是歲, 分交州置廣州. 俄復舊.

| 국역 |

(黃武) 5년 봄(서기 226), 법령을 내렸다.

「전쟁이 시작된 지 오래되어 백성은 농토를 버렸고, 父子와 夫婦가 서로를 챙겨주지 못하니, 짐은 매우 안타깝기만 하다. 지금 북쪽 적도의 세력이 위축되어 물러갔고 나라 밖에 큰 일이 없으니 관할 州郡에 명령하여 백성을 휴식케 하라.」

이때, 陸遜(육손)은 임지에서 군량이 부족하여 관할 將卒을 농토 개간에 동원하겠다고 표문을 올렸다. 이에 손권이 회답하였다.

「매우 적절하도다. 지금 나도 아들과 함께 公田을 받아 수레의 소 8마리를 2마리씩 4짝을 지어 농사를 해보나, 오랜 농민만 못하지만 백성과 고생을 함께 나누려는 뜻이요.」

가을인 7월, 손권은 魏 文帝가 붕어했다는 소식을 듣고 江夏郡(강하군) 원정에 나서 石陽縣(석양현)[106]을 포위했지만 이기지 못하고 돌

---

106 江夏郡 - 後漢 말의 강하군(치소 西陵縣)을 曹魏와 東吳에서 분할, 郡治 石

아왔다. 蒼梧郡(창오군)[107]에서 鳳凰(봉황)이 출현했다고 보고하였다. 3郡(吳郡, 會稽, 丹陽郡)의 惡地인 10縣을 분할하여 東安郡(郡治 富春縣)[108]을 설치하고 全琮(전종)[109]을 太守에 임명하여 山越(산월) 사람들을 평정케 했다.

겨울인 10월, 陸遜(육손)이 時政 개선책으로 덕을 베풀고 형벌을 완화하고 부세와 부역을 가벼이 할 것을 건의하였다. 육손은 또「충성스럽고 곧은 말을 다할 수 없지만, 국익에 도움이 되는 하급 관원의 자은 의견을 받아들여야 합니다.」라고 건의하였다. 이에 손권이 회답하였다.

「法令의 시행이란, 악행과 부정을(邪) 차단하고 미연에 방지하려는 뜻이다. 나라에서 어찌 형벌로 약한 백성에게 겁을 줘야 하겠는가? 법은 먼저 명령으로 깨우치고 나중에 처벌하나니 법령을 어기지 않게 해야 한다. 君(陸遜)의 생각이 나라의 법이 너무 준엄하다면, 엄격한 법이 나에게 이로울 것이 무엇이겠는가? 다만 부득이 그

陽縣, 今 湖北省 중동부 孝感市 관할 漢川市. 武漢市의 서쪽. 이후 치소는 沙羨縣(今 湖北省 武漢市 武昌區), 武昌縣(今 湖北省 鄂州市 鄂城區) 등으로 수시 이동했다.

107 蒼梧郡 – 後漢 舊郡, 郡治는 廣信縣. 今 廣西壯族自治區 동부 梧州市. 廣東省과 접경.

108 東安郡 – 丹陽, 吳, 會稽 3郡의 山民이 寇賊이 되어 3郡의 屬縣들을 함락시키자, 孫權은 黃武 5년(서기 226) 7월에 설치, 黃武 7년(서기 228) 폐지, 소속 10군은 도로 3군에 소속시켰다. 郡治는 富春縣. 所領 10縣은 吳郡의 富春, 建德, 桐廬, 新昌, 新城, 錢唐, 臨水의 7縣과 丹陽郡의 潛縣, 그리고 會稽郡의 新安과 太末 2縣이었다.

109 全琮(전종, 198 – 247년, 249년? 字 子璜) – 吳郡 錢唐縣 출신. 孫權의 長女 孫魯班과 결혼하였으니, 손권의 사위이다. 右大司馬와 左軍師 역임. 孫魯班은 全夫人이라 통칭. 전종의 族子 全尙의 딸이 손권 다음 즉위하는 孫亮(손량)과 결혼한다. 《吳書》15권, 〈賀全呂周鍾離傳〉에 입전.

러할 뿐이다.

지금 君의 건의 그대로 여러 사람의 자문을 구하고 그중 옳은 것을 따라야 할 것이요. 또 近臣이라면 주군에게 극간을 해야 하고, 친척이라면 짐의 부족한 일면을 보완해주는 것이 바로 主君을 바로 잡아주고 충성과 신의를 밝히는 것이요. 그래서 《尙書》에서도 '나의 잘못을 그대가(臣下) 보완해야 하나니, 그대는 면전에서만 복종해서는 안 된다.' [110] 하였으니, 내가 어찌 신하의 충언으로 나의 결점 보완하기를 즐거워하지 않을 수 있겠는가? 君은 '감히 다 말할 수 없다.'고 하였으니, 그렇다면 나는 충성스럽고 곧은 말을 어떻게 들을 수 있겠는가? 만약 하급 관원의 건의 중 받아들일 말이 있다면 낮은 직위라 하여 어찌 그 말을 채택하지 않을 수가 있겠는가? 그렇지만 아첨하고 내 안색이나 살피려 한다면 내가 비록 우둔할지라도 분명히 알 수 있을 것이요.

백성을 징발하고 부세를 거두는 일은 아직 천하가 안정되지 않았기 때문이니, 이런 (전쟁의) 큰일은 모두가 함께해야 성공할 수 있을 것이요. 만약 江東만을 지키려 한다면, 관용의 정책을 펴고 군사를 충분히 자족할 수 있으니 더 무엇을 징발하겠는가? 다만 앉아 지킬 생각만 한다면 너무 비루할 것이요. 만약 미리 거두거나 동원하지 않는다면 適期에 바로 쓸 수 없을 것이요. 또 나와 君의 처지가 다르지만 그래도 영광과 좌절은 같을 것이며, 君은 표문에서 그저 衆議에 따라 구차히 책임이나 면하려 하지 않겠다고 하였으니, 이

----

110 《書》載 ~ - 《尙書 虞書 益稷》의 구절. '나의 잘못을 너희들이 보필해야 하나니, 그대들은 면전에서 복종하고 물러나 뒷말을 하지 말 것이며 전후좌우의 모두를 공경하라.' ('予違汝弼, 汝無面從, 退有後言 欽四隣')

야말로 내가 君에게 진심으로 소망하는 바이요.」

이에 담당 관리로 하여금 관련 조항을 모두 적어 郞中인 褚逢(저봉)을 시켜 육손과 제갈근에게 갖고 가서, 타당하지 않은 조항을 삭제하거나 보태도록 하였다.

이 해에 交州 刺史部를 분할하여 廣州 자사부를 설치했지만 곧 다시 옛날처럼 되돌렸다.

| 原文 |

六年春正月, 諸將獲彭綺. 閏月, 韓當子綜以其衆降魏.

七年春三月, 封子慮爲建昌侯, 罷東安郡.

夏五月, 鄱陽太守周魴僞叛, 誘魏將曹休.

秋八月, 權至皖口, 使將軍陸遜督諸將大破休於石亭. 大司馬呂範卒. 是歲, 改合浦爲珠官郡.

| 국역 |

(黃武) 6년 봄 정월(서기 227), 여러 장수가 (鄱陽郡 山越의 우두머리) 彭綺(팽기)를 생포하였다. 윤달에 韓當(한당)의 아들 韓綜(한종)이 그 군사와 함께 魏에 투항하였다.

7년 봄 3월, 손권은 아들 孫慮(손려)를 建昌侯에 봉했고, 東安郡은 폐군하였다. 여름 5월에, 鄱陽(파양) 태수 周魴(주방)이 거짓으로 반기를 들면서 魏將 曹休(조휴)를 유인하였다.

가을인 8월, 손권은 (廬江郡) 皖口(환구)에 와서 장군 陸遜(육손)과 함께 여러 장수를 감독하여 조휴를 石亭(석정)에서 대파하였다. 대사마 呂範(여범)[111]이 죽었다. 이 해에 合浦郡(합포군)[112]을 珠官郡(주관군)으로 개편하였다.

|原文|

黃龍元年春, 公卿百司皆勸權正尊號. 夏四月, 夏口, 武昌並言黃龍, 鳳凰見.

丙申, 南郊卽皇帝位. 是日大赦. 改年, 追尊父破虜將軍堅爲武烈皇帝, 母吳氏爲武烈皇后, 兄討逆將軍策爲長沙桓王. 吳王太子登爲皇太子. 將吏皆近爵加賞.

初, 興平中, 吳中童謠曰, ‘黃金車, 班蘭耳, 闓昌門, 出天子.’

|국역|

黃龍(황룡)[113] 원년(서기 229) 봄, 公卿과 백관이 모두 손권에게 尊

---

111 呂範(여범, ?-228年, 字 子衡) – 汝南 細陽縣 출신, 원래 원술의 謀士. 손책을 섬겼다. 東吳의 重要 장군, 大司馬 역임. 《吳書》11권, 〈朱治朱然呂範朱桓傳〉에 입전.

112 合浦는 交州의 郡名. 治所는 合浦縣. 合浦, 朱崖, 徐聞, 平山 등 4縣을 관장. 今 廣西壯族自治區 동남부 北海市 관할 合浦縣.

113 黃龍(황룡) – 손권이 칭제한 후 첫 연호. 칭제 전의 연호는 黃武(서기 222년 10-229년 4월). 손권의 연호는 黃龍(229년 4월-231년) – 嘉禾(232-238년

號를 바로 해야 한다고 건의하였다. 여름인 4월, 夏口[114]와 武昌(무창)에서 黃龍과 鳳凰이 출현했다고 보고하였다.

丙申日, 손권은 南郊에서 황제의 자리에 올랐다. 그날 나라의 죄수를 사면했다. 연호를 개정했고(黃武 → 黃龍), 부친 破虜將軍 孫堅(손견)을 武烈皇帝, 모친인 吳氏를 武烈皇后로, 兄인 討逆將軍 孫策을 長沙桓王(장사 환왕)이라 추존하였다. 吳王의 太子 孫登(손등)을 皇太子에 책봉했다. 장수와 관리 모두에게 작위를 올려주고 시상하였다.

그전에, (獻帝) 興平 연간에(서기 194 – 195), 吳郡에서 아이들이 '황금 수레에 얼룩진 木蘭 귀, 昌門(吳의 서쪽 성문)이 열리면 천자가 나오신다.' 라고 노래를 불렀었다.

| 原文 |

五月, 使校尉張剛,管篤之遼東. 六月, 蜀遣衛尉陳震慶權踐位. 權乃參分天下, 豫,靑,徐,幽屬吳, 兗,冀,幷,涼屬蜀. 其司州之土, 以函谷關爲界, 造爲盟曰,

「天降喪亂, 皇綱失敍, 逆臣乘釁, 劫奪國柄, 始於董卓, 終於曹操, 窮凶極惡, 以覆四海. 至令九州幅裂, 普天無統, 民

8월) - 赤烏(적오, 238년 8월 - 251년 4월) - 太元(251년 5월 - 252年 정월) - 神鳳(252 년 2월 - 4월)이다.

114 夏口 - 漢水와 長江의 합류지점. 今 湖北省 武漢市 漢口. 漢水(漢江)는 長江의 최대 지류이고, 漢水 中 襄陽(양양) 이하를 특별히 夏水라고 불렀다. 長江에서 보면 漢水로 들어가는 입구.

神痛怨, 靡所戾止. 及操子丕, 桀逆遺醜, 薦作姦回, 偷取天位. 而叡么麽, 尋丕凶跡, 阻兵盜土, 未伏厥誅.

昔共工亂象而高辛行師, 三苗干度虞舜征焉. 今日滅曹, 禽其徒黨, 非蜀漢與東吳, 將復誰任? 夫討惡剪暴, 必聲其罪. 宜先分裂, 奪其土地, 使士民之心, 各知所歸. 是以《春秋》晉侯伐衛. 先分其田以畀宋人, 斯其義也. 且古建大事, 必先盟誓, 故《周禮》有司盟之官, 《尚書》有告誓之文, 漢之與吳, 雖信由中.

然分土裂境, 宜有盟約. 諸葛亮德威遠著, 翼戴本國, 典戎在外, 信感陰陽. 誠動天地, 重復結盟, 廣誠約誓, 使東西士民咸共聞知. 故立壇殺牲, 昭告神明, 再歃加書, 副之天府. 天高聽下, 靈威棐湛, 司愼司盟, 群神群祀, 莫不臨之.

自今日漢,吳既盟之後, 戮力一心, 同討魏賊, 救危恤患, 分災共慶, 好惡齊之, 無或攜貳. 若有害漢, 則吳伐之, 若有害吳, 則漢伐之. 各守分土, 無相侵犯. 傳之後葉, 克終若始.

凡百之約, 皆如載書, 信言不艷, 實居於好. 有渝此盟, 創禍先亂, 違貳不協, 慆慢天命, 明神上帝是討是督, 山川百神是糾是殛, 俾墜其師, 無克祚國. 於爾大神, 其明鑒之!」

秋九月, 權遷都建業, 因固府不改館, 徵上大將軍陸遜輔太子登, 掌武昌留事.

| 국역 |

5月, 校尉인 張剛(장강)과 管篤(관독)을 遼東郡에 보냈다.[115] 6月, 蜀에서는 衛尉인 陳震(진진)을 보내 손권의 즉위를 경축하였다. 그리고 손권은 천하 양분에 동의하여 豫州, 靑州, 徐州, 幽州는 吳의 소속으로 정했고, 兗州(연주), 冀州, 幷州, 涼州는 蜀漢의 영역으로 정했다. 그리고 司州(司隸校尉部) 관할 지역은 函谷關(함곡관)을 경계로 나눈 뒤, 맹약하는 글을 읽었다.[116]

「皇天이 喪亂(상란)을 내려 皇綱(황강)이 무너지자, 逆臣이 틈을 노려 國柄(국병, 국가 권력)을 겁탈하였으니, 董卓(동탁)에서 시작되어 曹操(조조)에 이르도록 흉악한 짓이 궁극에 이르렀고 천하가 모두 전복되었다. 지금 九州는 갈래갈래 찢겼고, 하늘 아래 皇統이 없어 백성이나 신령이 모두 冤痛(원통)해 하며 의지할 곳을 잃었도다. 조조의 아들 曹丕(조비)는 悖逆(패역) 醜惡(추악)하여 간악한 마음으로 천자의 자리를 훔쳤다. 그 아들 曹叡(조예, 明帝)는 보잘 것도 없지만, 아비의 흉악한 짓을 이어 兵器로 영역을 차지했으나 아직 죽지 않았다.

옛날 共工(공공)[117]이 天象을 어지럽히자, 高辛氏(고신씨)[118]는 군사

....

115 당시 遼東 태수는 公孫淵(공손연)이었다. 명제 즉위 후, 공손연은 揚烈將軍 겸 遼東太守가 되었다. 공손연은 사자를 보내 남쪽으로 孫權과 통교하였는데, 서로 왕래하며 예물을 주고받았다.

116 이 맹약의 글은 東吳의 문신 胡綜(호종)이 지었다. 《吳書》17권, 〈是儀胡綜傳〉 참고.

117 共工(공공)은 上古時代 神話的 人物, 水神, 洪水의 神. 人面蛇身에 붉은 머리카락. 黃帝系 部族의 적대적 인물.

118 高辛氏(고신씨) － 黃帝의 증손, 五帝의 한 사람인 嚳(곡). 帝 顓頊(전욱)은 嚳

를 일으켰고, 三苗(삼묘)[119]가 定度를 어지럽히자 虞舜(우순, 舜)이 정벌하였다. 오늘날 조씨를 멸족시켜 그 무리를 잡아내는 일을 蜀漢과 東吳가 아니면 누가 맡을 수 있겠는가? 포악한 세력을 제거하는 일은 필히 그 악행을 성토해야 한다. 우선 그들을 분열시키고 그 영역을 빼앗아 백성으로 하여금 마음에 의지할 곳을 알게 해야 한다. 그러하기에 《春秋》에서 晉侯(진후, 晉國)는 衛(위)를 정벌했었다. 晉에서는 먼저 그 경작지를 빼앗아 宋人에게 나눠준 것이 바로 이런 뜻이었다. 그리고 옛날에도 큰일을 계획하면서 꼭 맹서를 먼저 하였으니, 그래서 《周禮》에 동맹을 주관하는 관직이 있고, 《尙書》에도 맹서의 문장이 실려 있나니, 漢은 吳와 함께 마음으로 신의를 지킬 것이다.

그렇지만 영토의 경계를 정하는 데는 盟約이 있어야 한다. 諸葛亮(제갈량)은 德行과 위엄으로 멀리까지 잘 알려졌고, 本國(蜀)을 보필하고 나라 밖으로는 군사를 전담하면서 그 신의는 음양에 두루 감응하였다. 이에 성심으로 天地를 감동케 하며 여러 번 맹약을 다짐하고, 두 나라의 신의를 널리, 약조를 분명히 하여, 동서 두 나라의 士民이 모두 알게 할 것이다. 그리하여 제단을 마련하고 희생을 바쳐 천지신명께 확실하게 고하면서, 거듭 피를 바르고 글로 약속하여 이 副本을 각각 황궁에 보관할 것이다. 하늘이 높아도 백성의

(곡)의 伯父. 帝 譽은 어려서부터 德行이 있고 聰明 유능하였다. 15세에, 帝 顓頊을 도와 有辛(今 河南省 商丘)을 봉지로 받았다. 전욱 死後에 帝位에 오를 때 30세였다.

119 三苗(삼묘)는 黃帝에서 堯, 舜, 禹 시대의 종족명이면서 국명. 주로 長江 중하류 일대에 거주.

말을 들어주고, 신령의 위엄으로 잘못을 바로잡고 맹약을 주관하는 신령들은(司愼司盟) 물론, 천지의 여러 신령들도 모두 이를 지켜보았노라.

오늘 漢과 吳의 結盟 이후로 두 나라는 한마음으로 힘을 모아 魏賊을 무찌르고, 서로의 어려움을 도울 것이며, 환난과 기쁨도 함께 나누며 함께 좋아하고 미워하면서 두 마음이 조금도 없을지어다. 만약 누가 漢을 해친다면 吳가 그를 토벌할 것이며, 만약 누가 吳를 해치면 漢이 징벌할 것이로다. 작자 자기 땅을 지키며 서로 침범하지 않을 것이다. 먼 후대까지 이를 전하여 끝까지 처음과 같을 것이다.

이외 모든 약속은 이 글과 같을 것이니, 信義의 언약은 꾸미지 않으며, 그 실천은 더욱 아름다울 것이다. 이 맹약이 달라질 것이면, 재앙을 겪고 분란이 닥칠 것이며, 두 마음이 있어 협력하지 않고 천명을 무시한다면, 천지 神明과 上帝가 聲討하고 벌을 줄 것이고, 山川의 온갖 신들이 노여움으로 죽일 것이며, 그 군사를 패망케 하고 나라의 命運을 끊어줄 것이다. 위대한 신령이시여, 이를 분명히 살펴주십시오!」

그해 9월에, 손권은 도읍을 建業으로 옮겼는데, 전부터 있던 도성이라 건물을 고치지도 않았으며, 上大將軍 陸遜(육손)을 조정으로 불러 태자 登(등)을 보필케 하면서 武昌의 업무도 관장케 하였다.

| 原文 |

二年春正月, 魏作合肥新城. 詔立都講祭酒, 以敎學諸子.

遺將軍衛溫, 諸葛直將甲士萬人, 浮海求夷洲及亶洲. 亶洲
在海中, 長老傳言, 秦始皇帝遺方士徐福將童男童女數千人
入海, 求蓬萊神山及仙藥, 止此洲不還, 世相承有數萬家. 其
上人民. 時有至會稽貨布, 會稽東縣人海行, 亦有遭風流移至
亶洲者. 所在絶遠, 卒不可得至, 但得夷洲數千人還.

| 국역 |

(黃龍) 2년 봄 正月(서기 230), 魏는 合肥(합비)[120]에 新城을 축조
했다. 조서에 의거 都講祭酒(도강제주)[121] 職을 신설하여 귀족 자제
를 교육케 했다.

손권은 장군인 衛溫(위온)과 諸葛直(제갈직)에게 甲士 1萬 명을 거
느리고 바다에 나가 夷洲(이주)와 亶洲(단주)[122]를 찾게 하였다. 亶洲
는 바다 가운데의 섬인데 長老들의 傳言에 의하면, 秦始皇帝가 方
士인 徐福(서복)[123]에게 동남동녀 수천 명을 거느리고 바다에 나가

---

120 合肥는 九江郡의 縣名. 今 安徽省(안휘성) 省會(省都)이며 최대 도시인 合肥.
安徽省 중앙부에 위치.

121 都講祭酒(도강제주) – 祭酒의 기본 뜻은 연장자이다. 漢代 교육을 담당하는
여러 명의 博士 중 그 우두머리를 博士祭酒(박사제주)라 하였다. 祭酒가 고려
의 國子監, 조선 成均館의 관직명일 때만 우리나라에서 '좨주'로 읽는다. 중
국 관직을 좨주로 읽으면 난센스다. 그냥 '제주'이다.

122 夷洲(이주)는 가까이는 臺灣, 또는 일본국 오키나와(琉球群島)라는 주장이 거
의 통용되나, 亶洲(단주)는 일본, 또는 필리핀, 심지어 아메리카 대륙이라는
주장도 있다.

123 徐福(서복, 徐市, 字 君房) – 徐市은 서불(市은 漢語拼音으로는 fú, 注音은 ㄈ
ㄨˊ. 分勿切, 音 弗). 市(슬갑 불, 앞치마)은 巾部 一劃, 총 4획이다. 市(저자 시)
는 巾部 二劃, 총 5획. 우리나라에서 徐市(서시)라 읽는 것은 오류임. 徐福(서

蓬萊山(봉래산)의 神山과 仙藥을 구하도록 시켰지만 서복은 단주에 머물면서 돌아오지 않았고, 그들 세대가 대를 이어 수만 호가 되었다. 그 섬의 백성이 가끔 會稽郡에 들어와 옷감을 사갔는데, 회계 동쪽 여러 현의 백성이 바다에 나갔다가 풍랑을 만나 단주에 표류한 자도 있다고 하였다. 그러나 그곳이 너무 멀어 (위온 등은) 끝내 가질 못했고, 다만 夷洲 사람 수천 명을 데리고 왔다.

| 原文 |

三年春二月, 遣太常潘濬率衆五萬, 討武陵蠻夷. 衛溫,諸葛直皆以違詔無功, 下獄誅. 夏, 有野蠶成繭, 大如卵. 由拳野稻自生, 改爲禾興縣. 中郎將孫布詐降以誘魏將王淩, 淩以軍迎布. 冬十月, 權以大兵潛伏於阜陵俟之, 淩覺而走. 會稽南始平言嘉禾生. 十二月丁卯, 大赦, 改明元年也.

| 국역 |

(黃龍) 3년 봄 2월(서기 231), 太常인 潘濬(반준)은 5만 군사를 거느리고, 武陵郡의 蠻夷(만이)를 토벌하였다. 衛溫(위온)과 諸葛直(제

복, 徐市)은 秦朝의 齊地人, 方士, 秦始皇의 御醫(어의)를 역임.《史記 秦始皇本紀》기록에는 秦始皇이 長生不老를 소망하자, 秦始皇 28년(서기 前 219年)에 海中에 蓬萊(봉래), 方丈(방장), 瀛洲(영주)의 3座 仙山이 있고 神仙이 거주한다고 설득했다. 이에 童男童女 수천 명을 거느리고 삼년치 糧食과 의복과 신발, 약품들을 가지고 入海하여 求仙하였지만 神山을 찾지 못했다고 하였다.《三國志 吳書》의 본권과《後漢書 東夷列傳》에 徐福의 東渡에 관한 기록이 있다.

갈직)은 조서를 어겼고 아무 공도 없이 돌아왔기에 하옥되었다가 처형되었다. 여름에, 야생 누에가 고치(繭, 고치 견)를 지었는데, 크기가 계란만 했다. (吳郡) 由拳縣(유권현)에 야생 벼(野稻)가 自生하자 禾興縣(화흥현)으로 개명했다. 中郎將인 孫布(손포)가 거짓 투항하겠다며 魏將 王淩(왕릉)을 유인했고, 왕릉은 군사를 보내 손포를 영입하기로 약속했다. 겨울인 10월, 손권은 대군을 阜陵(부릉)에 매복시켰는데, 왕릉은 눈치 채고 도주하였다. 會稽郡(나중에는 臨海郡)의 南始平縣(남시평현)에서 嘉禾(가화)가 자랐다고 보고하였다. 12월 정묘일에, 나라 안 죄수를 사면하고 다음 해 개원하기로 하였다.

| 原文 |

嘉禾元年春正月, 建昌侯慮卒. 三月, 遣將軍周賀,校尉裴潛乘海之遼東. 秋九月, 魏將田豫要擊, 斬賀於成山. 冬十月, 魏遼東太守公孫淵遣校尉宿舒,郎中令孫綜稱藩於權, 並獻貂馬. 權大悅, 加淵爵位.

| 국역 |

嘉禾(가화) 원년 봄 정월(서기 232), 建昌侯인 孫慮(손려)가 죽었다. 3월, 장군 周賀(주하)와 校尉인 裴潛(배잠)을 바닷길로 遼東郡에 파견하였다. 가을인 9월, 魏將인 田豫(전예)[124]가 요격하여 주하를

----
124 田豫(전예, 171-252년, 字 國讓) - 오환과 선비족의 평정에 공을 세웠고, 그들

成山(성산)[125]에서 죽였다.

겨울인 10월, 魏 遼東太守인 公孫淵(공손연)[126]이 校尉인 宿舒(숙서)와 郎中令인 孫綜(손종)을 사자로 보내 손권에 藩臣(번신)을 자청하면서 담비 가죽(貂皮)과 말(馬)을 헌상했다. 손권은 크게 기뻐하며 공손연에게 작위를 하사하였다.

| 原文 |

二年春正月, 詔曰,

「朕以不德, 肇受元命, 夙夜兢兢, 不遑假寢. 思平世難, 救濟黎庶, 上答神祇, 下慰民望. 是以眷眷, 勤求俊傑, 將與戮力, 共定海內. 苟在同心, 與之偕老. 今使持節督幽州領青州牧遼東太守燕王, 久脅賊虜, 隔在一方, 雖乃心於國, 其路靡緣.

今因天命, 遠遣二使, 款誠顯露, 章表殷勤, 朕之得此, 何喜如之! 雖湯遇伊尹, 周獲呂望, 世祖未定而得河右, 方之今日. 豈復是過? 普天一統, 於是定矣.《書》不云乎. '一人有慶, 兆民賴之.' 其大赦天下, 與之更始, 其明下州郡, 咸使聞知. 特下燕國, 奉宣詔恩, 今普天率土備聞斯慶.」

⋯⋯⋯⋯⋯⋯
　　의 존경을 받았으며, 청렴한 무신이었다.《魏書》26권,〈滿田牽郭傳〉에 입전.

125 成山은, 今 山東省 威海市 榮成市 관할 成山嶺. 山東半島 끝부분.

126 公孫淵(공손연, ?-238년, 字 文懿)은 公孫康의 조카, 公孫晃의 동생. 공손강을 내쫓고 요동태수가 되었다.

三月, 遣舒,綜還, 使太常張彌,執金吾許晏,將軍賀達等將
兵萬人, 金寶珍貨, 九錫備物, 乘海授淵. 舉朝大臣, 自丞相
雍已下皆諫, 以爲淵未可信, 而寵待太厚. 但可遣吏兵數百護
送舒,綜, 權終不聽. 淵果斬彌等, 送其首於魏, 沒其兵資. 權
大怒, 欲自征淵, 尙書僕射薛綜等切諫乃止.

是歲, 權向合肥新城, 遣將軍全瓊征六安, 皆不克還.

| 국역 |

(嘉禾) 2년 봄 정월(서기 230), 조서를 내렸다.

「朕(짐)은 不德하나 元命(天命)을 받은 이후 밤낮으로 조심스럽
고 걱정이 되어 편히 잠을 잘 수 없었다. 세상의 환난을 안정시켜야
하고 백성을 구제하여 위로는 신령에 보답하고, 아래로는 백성의
소망에 부응해야 했다. 이 때문에 애써 준걸을 불러 모아 함께 천하
를 평정하려는 생각뿐이었다. 그런 인재와 한마음이라면 함께 늙을
수도 있을 것이다. 이번에 사자를 보낸, 부절을 받아 幽州의 군사를
감독하며 靑州牧을 겸임하는 遼東 태수인 燕王은 오랫동안 도적의
(曹魏를 지칭) 위협 속에 먼 북쪽 一方에 머물면서 우리 吳國을 흠
모하는 마음을 갖고 있었지만 인연의 길이 없었도다.

이번에 天命에 순응하듯, 멀리서 두 사람을 사자로 보내 충성심
을 내 보이고 은근한 뜻을 표문으로 올리니, 짐이 이를 받고서 얼마
나 기쁘겠는가! 비록 湯王(탕왕)이 伊尹(이윤)을 만나고, 周에서 呂望
(呂尙)을 등용한 듯, (後漢) 世祖(光武帝)가 천하 평정 이전에 河北
을 차지한 일이 오늘과 비교될 것이다. 그 무엇이 이보다 더 기쁘겠

는가? 천하통일은 아마 여기서 시작될 것이로다. 《尙書》[127]에서도
'一人에 경사 있으니 만백성이 의지한다.'고 말하지 않았는가! 천하
에 사면령을 시행하여 죄인들도 함께 새롭게 출발하고, 州郡 모두가
숙지하게 널리 알리기 바란다. 특별히 燕國에 본 詔令의 은덕을 잘
전달할 것이며 이제 하늘과 땅 위의 모두에게 이 기쁨을 전하노라.」

3월에, (공손연의 사자) 宿舒(숙서)와 孫綜(손종)이 (요동으로) 돌
아갈 때, 太常인 張彌(장미)와 執金吾인 許晏(허안), 將軍 賀達(하달)
등이 1만 군사를 거느리고 금은보화 및 (公孫淵에게 하사하는) 九
錫과 부속 물품 등을 바닷길로 보냈다.

온 조정의 대신들, 丞相 顧雍(고옹) 이하 모두가 공손연을 믿을 수
없으며 베푸는 은총이 너무 지나치다고 간쟁하였다. 그러면서 군리
와 사졸 수백 명을 시켜 숙서와 손종을 호송하면 된다고 하였지만
손권은 끝내 따르지 않았다. 공손연은 예상했던 대로 장미 등을 죽
여 그 수급을 魏에 보냈고, 東吳 군사의 무기와 물자를 차지하였
다.[128] 손권은 대노하며 친히 공손연을 원정하려 했지만, 尙書僕射
인 薛綜(설종) 등이 간절하게 간언을 올려 그만두게 했다.

이 해에 손권은 合肥의 新城에 진격했고, 將軍 全琮(전종)을 보내
六安縣[129]을 공격했지만, 모두 이기지 못하고 돌아왔다.

....

127 '一人有慶, 兆民賴之, 其寧有永' -《尙書 周書 呂刑》의 구절.
128 공손연은 吳나라가 너무 멀어 손권의 도움을 기대할 수 없고 여러 보물은 탐
   이 나기에 그 사자를 죽인 뒤 그 수급을 낙양에 보내자, 명제는 공손연에게
   大司馬를 제수하고 樂浪公에 봉하였으며 부절을 받아 요동군을 전처럼 거느
   리게 하였다.
129 六安縣 - 曹魏 廬江郡 郡治 六安縣, 今 安徽省 중서부 六安市.

三年春正月, 詔曰, 「兵久不輟, 民困於役, 歲或不登. 其寬
諸逋, 勿復督課.」

夏五月, 權遣陸遜, 諸葛瑾等屯江夏, 沔口, 孫韶, 張承等向廣
陵, 淮陽, 權率大衆圍合肥新城. 是時蜀相諸葛亮出武功, 權
謂魏明帝不能遠出, 而帝遣兵助司馬宣王拒亮. 自率水軍東
征. 未至壽春, 權退還, 孫韶亦罷.

秋八月, 以諸葛恪爲丹楊太守, 討山越. 九月朔, 隕霜傷穀.
冬十一月, 太常潘濬平武陵蠻夷, 事畢, 還武昌. 詔復曲阿爲
雲陽, 丹徒爲武進. 廬陵賊李桓, 羅厲等爲亂.

|국역|

(嘉禾) 3년 봄 정월(서기 234), 조서를 내렸다.

「오랫동안 전쟁이 그치지 않고 백성은 부역에 지쳤으며, 가끔은
흉년이 들었다. 그간 납부하지 못한 賦稅를 모두 탕감하고 다시 독
촉하지 말라.」

여름인 5월, 손권은 陸遜(육손)과 諸葛瑾(제갈근) 등을 보내 江夏
(강하)와 沔口(면구)에 주둔케 하고, 孫韶(손소)[130]와 張承(장승) 등을
보내 廣陵郡과 淮陽郡(회양군) 지역을, 손권은 대군을 이끌고 合肥

---

130 孫韶(손소, 188 - 241년, 字 公禮) - 吳郡 富春人, 孫河의 생질, 本姓 兪(유), 孫
策이 孫씨 성을 하사. 建安 9년(서기 204)에 손하가 피살될 때, 손소는 겨우
17세였는데 손하의 군사를 지휘했고 많은 무공을 세웠다.《吳書》6권, 〈宗室
傳〉에 입전.

(합비)의 新城을 포위하였다. 이때 蜀相 諸葛亮은 武功縣(무공현)에 출정 중이었기에,[131] 손권은 魏 明帝가 멀리 군사를 거느리고 나올 수 없을 것이라 말했으며, 명제는 군사를 보내 司馬懿(사마의)가 제갈량을 방어하게 했다.[132] 명제는 직접 수군을 지휘하여 東吳에 대한 공격을 시도했다. 明帝가 壽春에 도착하기도 전에 손권은 철수했고, 孫韶(손소) 역시 군사를 해산했다.

가을인 8월, 諸葛恪(제갈각)[133]은 丹楊 태수가 되어 山越人을 토벌

────────────────

131 이때가 제갈량의 5차 북벌로 (蜀) 建興 12년(서기 234) 봄, 제갈량은 대 부대를 거느리고 斜谷(사곡)에서 출동하여 流馬(유마)로 군량을 운반하며 扶風郡 武功縣(무공현)의 五丈原(오장원)에 주둔했다. 제갈량은 8월에 죽었다. 五丈原(오장원)은, 今 陝西省 寶雞市 岐山縣 縣城 남쪽 약 20km의 五丈原鎭인데, 고도 약 120m 동서 약 1km, 남북 약 3.5km정도의 黃土 고원이다. 남쪽으로는 秦嶺산맥, 북쪽으로는 渭河(위하)가, 동서에 작은 강이 흐르는 험한 지형이었다.

132 《三國演義》 103회 〈上方谷司馬受困 五丈原諸葛禳星〉에 의하면, 사마의는 호로곡에서 제갈량에게 패전하며 거의 죽을뻔한 뒤로는 蜀의 공격에 전혀 응전하지 않는다. 계속 도전해도 사마의가 전혀 반응을 보이지 않자, 공명은 사마의에게 부인의 옷과 수건 등을 보내며 "中原의 대군을 거느린 대장으로서 출전하지 않을 것이면 이 옷을 받겠지만, 사나이라면 날짜를 정해 한판 겨루자."는 편지를 보낸다. 《三國演義》에 나오는 死孔明能走生仲達(죽은 공명이 살아있는 사마중달을 달아나게 했다)는 말은 대체적으로 사실이라고 알려졌다. 공명은 죽기 전에, 자신이 죽은 뒤 司馬懿(사마의, 字 仲達)의 내침에 대비한 계략을 세워 일일이 부탁했다.

133 諸葛瑾(제갈근, 174 - 241년, 字 子瑜)은 諸葛亮(제갈량)의 친형. 제갈량의 族弟인 諸葛誕(제갈탄)은 魏에 출사했다. 제갈근은 太傅 및 大將軍을 역임했고, 제갈근의 아들 諸葛恪(제갈각, 203 - 253년, 字 元遜)은 東吳의 太傅 및 丞相을 역임했다. 孫權이 臨終하며 輔政大臣에 임명하여 太子 孫亮(손량)을 보필하라고 유언했다. 손량이 즉위한 뒤 제갈각은 혼자 軍政대권을 장악하고 초기에는 민심을 얻었으나 계속되는 魏나라 원정실패로 인심을 잃어 결국 孫峻(손준)에게 살해당했고 삼족이 멸족되었는데, 죽을 때 51세였다. 제갈근은 《吳書》 7권, 〈張顧諸葛步傳〉에 입전. 諸葛恪은 《吳書》 19권, 〈諸葛顧二孫葛陽傳〉에 입전했다.

했다. 9월 초하루, 서리가 내려 곡식이 피해를 입었다. 겨울인 11월, 太常인 潘濬(반준)[134]이 武陵郡(무릉군)[135]의 만이를 평정했고 武昌郡으로 철수했다. 조서를 내려 (吳郡) 曲阿縣(곡아현)을 雲陽(운양)으로, 丹徒(단도)를 武進縣으로 바꿨다. 廬陵郡(여릉군)[136]의 도적인 李桓(이환), 羅厲(나여) 등이 반란을 일으켰다.

| 原文 |

四年夏, 遣呂岱討桓等. 秋七月, 有雹. 魏使以馬求易珠璣, 翡翠, 瑇瑁, 權曰, "此皆孤所不用, 而可得馬. 何苦而不聽其交易?"

五年春, 鑄大錢, 一當五百. 詔使吏民輸銅, 計銅畀直. 設盜鑄之科. 二月, 武昌言甘露降於禮賓殿. 輔吳將軍張昭卒. 中郎將吾粲獲李桓, 將軍唐咨獲羅厲等. 自十月不雨, 至於夏. 冬十月, 彗星見於東方. 鄱陽賊彭旦等爲亂.

----
134 潘濬(반준, ?~239년, 字 承明) — 武陵 漢壽人, 蜀漢 중신 蔣琬(장완)의 외사촌. 孫吳의 重臣, 형주에서 주로 활동. 太常 역임, 孫吳 후기 左丞相인 陸凱(육개)와 나란한 명성,《吳書》16권,〈潘濬陸凱傳〉에 입전.

135 武陵郡 — 治所 臨沅縣, 今 湖南省 북부 常德市 서쪽.

136 廬陵郡(여릉군) — 建安 5년(서기 200年), 東吳가 차지. 郡治는 高昌縣, 今 江西省 중서부 吉安市 서남. 高昌, 石陽, 巴丘 등 11개 현을 관할, 廬陵 南部都尉도 있었다.

(嘉禾) 4년 여름(서기 235), 呂岱(여대)를 보내 廬陵郡(여릉군)의 반적 도적인 李桓(이환) 등을 토벌케 했다. 가을인 7월, 유박이 쏟아졌다. 魏가 사자를 보내 말(馬)과 珠璣(주기), 翡翠(비취), 瑇瑁(대모, 바다거북 등껍질) 등과 교환하였다. 손권이 말했다.

"이런 물건은 나에게 실용성이 없지만 戰馬는 필요하다. 어찌 아까워하며 교역을 불허하겠는가?"

(嘉禾) 5년 봄, 大錢을 주조했는데 하나가 5백 錢과 같았다. 조서로 백성들로 하여금 구리를 바치게 했고 구리 값을 계산해 주었다. 사적인 鑄錢(주전)을 금하는 법을 제정했다. 2월에, 禮賓殿에 감로가 내렸다고 武昌郡에서 보고하였다.

輔吳將軍인 張昭(장소)[137]가 죽었다. 中郎將 吾粲(오찬)이 반적 이환을, 將軍 唐咨(당자)가 羅厲(나여) 등을 생포하였다. 10월부터 비가 내리지 않았는데 다음 해 여름까지 계속되었다. 겨울인 10월, 彗星(혜성)이 동쪽 하늘에 출현했다. 鄱陽郡(파양군)의 반적 彭旦(팽단) 등이 반란을 일으켰다.

六年春正月, 詔曰,「夫三年之喪, 天下之達制, 人情之極痛

---

137 張昭(장소, 156 – 236年, 字 子布) – 徐州 彭城人(今 江蘇省 북부 徐州市). 東吳 名臣. 박식한 학자였고, 서기 200년 손책이 죽자, 손권을 주군으로 옹립했다. 《吳書》7권, 〈張顧諸葛步傳〉에 입전.

也. 賢者割哀以從禮, 不肖者勉而致之. 世治道泰, 上下無事, 君子不奪人情. 故三年不逮孝子之門. 至於有事, 則殺禮以從宜, 要経而處事. 故聖人制法, 有禮無時則不行. 遭喪不奔非古也, 蓋隨時之宜, 以義斷恩也.

前故設科, 長吏在官, 當須交代, 而故犯之. 雖隨糾坐, 猶已廢曠. 方事之殷, 國家多難, 凡在官司, 宜各盡節, 先公後私, 而不恭承, 甚非謂也. 中外群僚, 其更平議, 務令得中, 詳爲節度.」

顧譚議, 以爲"奔喪立科, 輕則不足以禁孝子之情, 重則本非應死之罪, 雖嚴刑益設, 違奪必少. 若偶有犯者, 加其刑則恩所不忍, 有減則法廢不行. 愚以爲長吏在遠, 苟不告語, 勢不得知. 比選代之間, 若有傳者, 必加大辟, 則長吏無廢職之負, 孝子無犯重之刑."

將軍胡綜議, 以爲"喪紀之禮, 雖有典制, 苟無其時, 所不得行. 方今戎事軍國異容, 而長吏遭喪, 知有科禁, 公敢幹突, 苟念聞憂不奔之恥, 不計爲臣犯禁之罪, 此由科防本輕所致. 忠節在國, 孝道立家, 出身爲臣, 焉得兼之? 故爲忠臣不得爲孝子. 宜定科文, 示以大辟. 若故違犯, 有罪無赦. 以殺止殺, 行之一人, 其後必絶."

丞相雍奏從大辟. 其後吳令孟宗喪母奔赴, 已而自拘於武昌以聽刑. 陸遜陳其素行, 因爲之請, 權乃減宗一等, 後不得以爲比, 因此遂絶.

二月, 陸遜討彭旦等, 其年, 皆破之. 冬十月, 遣衛將軍全琮襲六安, 不克. 諸葛恪平山越事畢, 北屯廬江.

| 국역 |

(嘉禾) 6년 봄 정월(서기 237년), 조서를 내렸다.

「三年 喪은 온 세상 사람이 두루 따르는 禮制이며 애통하는 마음의 표현이다. 賢者는 슬픔을 자제하며 예를 지키고, 효자가 아니라도 억지로 삼년상을 따른다. 태평한 세상에 상하가 모두 무사하다면, 군자는 응당 3년을 복상하는 인정을 따라야 할 것이다. 그러기에 효자 가문에서는 3년상은 안 지키는 사람이 없다. 그러나 나라에 큰 일이 있다면 예를 다 지키지 못하고 편법을 따를 수 있으니, 복상 중이라도 국사를 수행해야 한다. 그래서 聖人은 예법을 만들며, 예법을 지킬 수 없는 상황이라면 따르지 않아도 괜찮다고 했을 것이다. 친상을 당해 본가에 달려가 상을 치루지 않는다면 古禮에 어긋나지만, 상황에 따른 임시변통은 의리에 의거한 恩愛의 단절이라 할 수 있다.

이럴 경우 옛날에는 처벌을 받았기에 官長은 으레 후임을 기다려야 했기에, (후임을 기다지지 않고) 법을 어기며 친상을 모시기도 했다. 그러하다 보니 경우에 따라서는 법에 연좌되거나 公務를 방치하게 된다. 지금 이런 예가 많고, 나라에 어려운 상황이 자주 있기에 모든 관직에서 각자 상황에 따라 분상하더라도, 공무를 먼저 수행하고 사적인 예법을 뒤로 미루다 보니, 부모 뜻을 받들지 못한다하여 큰 잘못이라 할 수도 없다. 내외의 모든 관료가 이를 논의하여 결정하되 현실과 예법에 두루 맞는 상세한 규정을 제정토록 하라.」

顧譚(고담)[138]이 의견을 말하였다.

"奔喪(분상)하도록 법을 정할 경우에, 처벌 규정이 경미하여도 효자가 분상하려는 효심을 금할 수 없으며, 규정이 엄중하더라도 분상했다 하여 사형에 처할 수도 없을 것이나, 엄격한 처벌 조항을 늘린다면 위반자가 거의 없을 것입니다. 만약 우연히 법을 어길 경우 형벌에 처하려 해도 차마 그럴 수 없을 것이며, 사정을 보아준다면 법은 없는 거나 마찬가지로 지켜지지 않을 것입니다. 본인의 생각으로 官長의 경우 임지가 먼 곳이고, 후임자 통보가 없다면 본인은 알 수도 없을 것입니다. 후임자를 선정하는 그 기간에 그 선정 내용을 알리는 자가 있다면 필히 처형해야겠지만, 고급 관장의 경우 직무를 방치했다는 부담은 없어야 하고, 효자의 경우 중형을 범하지는 않아야 할 것입니다."

장군 胡綜(호종)[139]이 논의에서 말했다.

"분상에 관한 법제가 있다 하더라도 적용할 때가 아니라면 실천할 수도 없습니다. 지금 군사 관련 업무나 내용이 상황에 따라 다른데, 고급 관리가 친상을 당하여 규정이 있는 줄 알면서도 법규를 어길 수도 없고, 또 분상하지 않았다는 비난을 생각한다면 신하로서 업무를 방치하는 중한 죄를 범할 수밖에 없으니, 이럴 경우 처벌 규

138 顧譚(고담, 205 - 246年, 字 子默) - 東吳의 文官, 顧雍(고옹)의 손자. 《吳書》7권, 〈張顧諸葛步傳〉에 附傳.

139 胡綜(호종) - 東吳의 문신. 辭賦 作家. 《吳書》17권, 〈是儀胡綜傳〉에 입전.

정이 경미하기 때문일 것입니다. 나라에 충성을 다하고 효도로 가
문을 세워야 한다면 어찌 같이 겸할 수 있겠습니까? 그래서 충신은
효자가 될 수 없을 것입니다. 법 조항을 정하되 사형까지 포함되어
야 할 것입니다. 만약 고의로 법을 어겼다면 사면도 없어야 합니다.
사형으로 살인을 못하게 하는 것처럼 시범적으로 한 사람에게 적용
한다면 그 이후는 틀림없이 위반자가 없을 것입니다."

丞相인 顧雍(고옹)은 사형에 처해야 한다고 상주하였다. 그 후에
吳縣 현령인 孟宗(맹종)이 모친상을 당하여 분상한 뒤에, 마치고서
는 武昌의 감옥을 찾아가 처벌을 기다렸다. 陸遜(육손)은 맹종의 평
상시 행실을 설명하며 겸하여 사면을 청원하자, 손권은 맹종에게
사형에서 1등급을 감형하면서 이후로는 이것이 전례가 될 수 없다
고 하였는데, 이후 업무를 방치하고 분상하는 사례는 없어졌다.

2월에, 육손은 (鄱陽郡, 파양군) 반적 彭旦(팽단) 토벌에 나서 그
해에 모두 격파하였다. 겨울인 10월, 衛將軍 全琮(전종)[140]을 보내
(魏) 六安縣을 공격했으나 이기지 못했다. 諸葛恪(제갈각)은 山越人
을 모두 평정한 뒤 북쪽으로 진군하여 廬江(여강)에 주둔하였다.

| 原文 |

赤烏元年春, 鑄當千大錢. 夏, 呂岱討盧陵賊, 畢, 還陸口.

....

140 全琮(전종) - 손권의 사위. 손권과 步夫人은 두 딸을 낳았는데, 큰 딸은 孫魯
班(손노반, 字 大虎)으로, 처음에는 周瑜(주유)의 아들 周循(주순)에게 출가했
다가 나중에 全琮(전종)과 결혼했다. 작은딸은 孫魯育(손노육, 字 小虎)으로 처
음에는 朱據(주거)와 결혼했다가, 뒤에 劉纂(유찬)의 아내가 되었다.

秋八月, <u>武昌</u>言麒麟見. 有司奏言麒麟者太平之應, 宜改年號.

詔曰,「間者赤烏集於殿前, 朕所親見. 若神靈以爲嘉祥者, 改年宜以赤烏爲元.」

群臣奏曰, "昔<u>武王</u>伐<u>紂</u>, 有赤烏之祥, 君臣觀之, 遂有天下, 聖人書策載述最詳者, 以爲近事旣嘉, 親見又明也."

於是改年. <u>步夫人</u>卒, 追贈皇后.

| 국역 |

赤烏(적오) 원년 봄(서기 238), 當千大錢을 주조하였다. 여름에, 呂岱(여대)[141]가 盧陵郡의 도적 무리를 토벌하고 마치자 陸口(육구)에 돌아와 주둔하였다.

가을인 8월, 武昌郡에서 麒麟(기린)이 출현했다고 보고하였다. 有司(담당 관원)[142]는 기린은 태평성대에 상응하는 만큼 연호를 개정해야 한다고 주청하였다. 이에 조서를 내렸다.

「얼마 전에 붉은색이 있는 까마귀가 大殿 앞에 모인 것을 짐도 직접 보았다. 만약 천지 신령이 상서로운 징조를 출현케 했다면 연호

---

141 呂岱(여대, 161-256년, 字 定公) - 徐州 廣陵郡 출신. 郡縣吏였다가 南渡한 뒤 손권의 인정을 받았다. 大將軍, 大司馬 역임. 東吳의 내부 반란이 있다면 늘 여대가 진압하였는데, 특히 교주의 안정에 크게 공헌하였다. 80세가 넘어도 말에 뛰어 올라탔으며 96세에 죽었다. 《吳書》15권, 〈賀全呂周鍾離傳〉에 입전.

142 有司 - 設官하고 담당 職務를 구분하기에 事有專司(그 일을 전문으로 담당하는 자)의 뜻. 직분이나 성명을 명시하지 않은 官吏. 담당 관청이나 담당 부서의 뜻.

를 赤烏(적오)로 정하는 것이 좋을 것이다.」

이에 群臣이 상주하였다.

"옛날 周 武王이 紂王(주왕)을 원정할 때 赤烏(적오)가 출현하는 祥瑞(상서)가 있어 君臣이 보았고 마침내 천하를 차지하였는데, 성인이 이를 서책에 아주 상세하게 서술하였고, 최근의 상서는 길상이고 또 폐하께서 친히 보셨던 만큼 분명한 사실입니다."

이에 개원하였다. 步夫人(보부인)[143]이 죽어 황후를 추증하였다.

| 原文 |

初, 權信任校事呂壹, 壹性苛慘, 用法深刻. 太子登數諫, 權不納, 大臣由是莫敢言. 後壹姦罪發露伏誅, 權引咎責躬, 乃使中書郎袁禮告謝諸大將, 因問時事所當損益. 禮還, 復有詔責數諸葛瑾, 步騭, 朱然, 呂岱等曰,

「袁禮還, 云與子瑜, 子山, 義封, 定公相見, 並以時事當有所先後, 各自以不掌民事, 不肯便有所陳, 悉推之伯言, 承明. 伯言, 承明見禮, 泣涕懇惻, 辭旨辛苦, 至乃懷執危怖, 有不自安之心.

聞此悵然, 深自刻怪. 何者? 夫惟聖人能無過行, 明者能自

143 步夫人(보부인, ?- 238년, 名 練師) ─ 步가 姓氏. 손권의 여러 황후 중 한 사람. 丞相 步騭(보즐)의 同族. 손권의 全公主(큰딸 孫魯班 손노반, 字 大虎)와 朱公主〔작은 딸 孫魯育(손노육, 字 小虎)〕의 生母. 《吳書》 5권, 〈妃嬪傳〉에 입전.

見耳. 人之擧措, 何能悉中, 獨當己有傷拒衆意, 忽不自覺,
故諸君有嫌難耳. 不爾, 何緣乃至於此乎? 自孤興軍五十年,
所役賦凡百皆出於民. 天下未定, 孼類猶存, 士民勤苦, 誠所
貫知. 然勞百姓, 事不得已耳. 與諸君從事, 自少至長, 髮有
二色, 以謂表裏足以明露, 公私分計, 足用相保. 盡言直諫,
所望諸君, 拾遺補闕, 孤亦望之.

昔衛武公年過志壯, 勤求輔弼, 每獨歎責. 且布衣韋帶, 相
與交結, 分成好合, 尙汚垢不異. 今日諸君與孤從事, 雖君臣
義存, 猶謂骨肉不復是過. 榮福喜戚, 相與共之. 忠不匿情,
智無遺計, 事統是非, 諸君豈得從容而已哉? 同船濟水, 將誰
與易? 齊桓諸侯之霸者耳, 有善管子未嘗不歎, 有過未嘗不
諫, 諫而不得, 終諫不止.

今孤自省無桓公之德, 而諸君諫諍未出於口, 仍執嫌難. 以
此言之, 孤於齊桓良優, 未知諸君於管子何如耳? 久不相見,
因事當笑. 共定大業, 整齊天下, 當復有誰? 凡百事要所當損
益, 樂聞異計, 匪所不逮.」

| 국역 |

그전에 손권은 校事[144]인 呂壹(여일)[145]을 신임하였는데, 여일은

가혹한 성격에 법을 준엄하게 적용하였다. 태자인 孫登(손등)[146]이 여러 번 간쟁하였지만 손권은 받아들이지 않았고 이후 大臣 중에 감히 말하는 자가 없었다. 나중에 여일은 간악한 범죄로 처형되었고, 손권은 자신의 허물이라 책망하면서, 곧 中書郎인 袁禮(원례)를 보내 여러 大將에게 사과의 뜻을 표하고, 아울러 時政에 대한 개선책을 묻게 하였다. 원례가 돌아온 뒤에 손권은 조서를 내려 諸葛瑾, 步騭(보즐),[147] 朱然(주연), 呂岱(여대) 등을 하나하나 질책하였다.

「袁禮(원례)가 돌아와서는, 子瑜(諸葛瑾), 子山(步騭), 義封(朱然), 定公(呂岱) 등을 만나 時政에서 우선 처리해야 할 일을 물었지만, 모두가 직접 민정을 담당하지 않는다면서 의견을 개진하지 않고, 모든 것을 각각 伯言(陸遜)과 承明(潘濬, 반준)에게 미루었다고 보고하였다. 伯言과 承明은 원례를 만나 눈물을 흘리며 간절하게 슬퍼하였고, 말하면서 아주 고통스러워하며 나라에 대한 위기와 공포심으로 불안해하는 마음이었다고 한다.

그런 말을 들으니 슬퍼지면서도 아주 이상한 생각이 들었다. 왜 그러했겠는가? 아마 성인이라며 지나친 행동이 있을 수 없고 현인은 자신을 돌아볼 수 있을 것이다. 사람의 행실이 어찌 모두 다 적정

미 그 당시에 '不畏曹公하고 但畏盧洪'이란 말이 유행할 정도로 두려운 존재였다.

145 呂壹(여일, ?-238년?) - 東吳 孫權의 心腹, 中書典校郎, 중앙과 지방 주군의 문서 감찰, 일종의 특무 감찰. 宰相인 顧雍과 左將軍 朱據(주고) 등도 여일의 고발을 당했다. 나중에 여일의 불법이 드러나 참수되었다.

146 孫登(손등, 209 - 241년, 字 子高) - 孫權의 長子, 東吳 皇太子. 33세 한창 나이에 早逝(조서). 시호 宣太子. 《吳書》14권, 〈吳主五子傳〉에 입전.

147 步騭(보즐, ?-247년, 字 子山) - 騭은 수말 즐. 臨淮 淮陰縣 출신. 東吳의 장군이며 정치가. 《吳書》7권, 〈張顧諸葛步傳〉에 입전.

할 수 있겠으며, (아마 짐이) 독단을 내리고 衆意를 거스르지만 그것을 깨닫지 못했기에 여러 사람이 나를 피하려 했을 것이다. 그렇지 않다면 짐이 어찌 이 상황까지 왔겠는가? 내가 군사를 동원하기 시작한 지 어언 50년이니, 그간의 모든 부역은 백성으로부터 나왔다. 천하는 아직 안정되지 않았고 반역하는 무리가 여전히 남아 있으며, 백성은 고생하고 고통 속에 있는 이 현실을 누구나 다 알고 있다. 그러나 백성을 고생시키는 이 상황은 부득이한 경우이다. 여러분들과 함께 국사를 담당하면서, 젊은 나이에서 지금까지 머리가 반백이 되도록 이미 안과 바깥이 모두 다 드러났고, 公私 간 여러 일을 처리하다 보니 서로 간에 서로를 다 알게 되었다. 할 말을 다하고 직접 간언을 해야 하나니, 짐이 여러분에게 바라는 것은 나의 부족한 점이나 잘못을 보완해 주기를 바랄 뿐이었다.

옛날 衛 武公(무공)은 나이가 들었어도 큰 뜻을 품어 신하들의 보필을 갈구했고 늘 홀로 자신을 질책하였다. 또 일반 평민들과 서로 왕래하고 교유하며 서로 잘 화합했어도 오명은 여전하였다. 오늘날 여러분들은 나를 도와 일하면서 비록 君臣 간의 대의가 있다지만 아마 골육 간의 정도 이보다 더하지는 않을 것이다. 영예와 복록, 기쁨과 슬픔을 함께 했었다. 충성을 다하되 감정을 숨기지 않았으며, 남김없이 지혜를 짜냈고 시비를 가려가며 일을 했는데, 이제 여러분들은 왜 나를 조용히 따라오기만 하겠는가? 같은 배를 타고 물을 건너가야 하는데 누구와 함께 하겠는가? 齊 桓公은 諸侯의 霸者(패자)였지만, 잘한 일에 管子(管仲)는 감탄하지 않은 적이 없었고, 잘못한 일에 간언을 올리지 않은 적이 없었으며, 간언을 올렸지만 듣지 않아도 끝까지 간쟁을 그치지 않았었다.

지금 내가 반성하더라도 나는 桓公(환공)과 같은 덕행도 없는데, 여러분들은 諫諍(간쟁)의 말을 입에서 꺼내지도 않으면서, 나를 의심하거나 피하려 한다. 이렇게 말한다 하여 내가 齊 桓公보다 나은 것이 없는데, 그렇다면 여러분은 관중에 비하여 어떠하겠는가? 오랫동안 상면하지 않았으니 이번 일은 웃어야 할 것이다. 함께 대업을 이루고 천하를 구제해야 하는데, 누구와 함께 해야 하겠는가? 국가대사에 완급이 있을 터이니 특별한 계책을 즐겨 따른다면 바로 잡지 못할 일이 없을 것이다.」

| 原文 |

二年春三月, 遣使者羊衜,鄭胄, 將軍孫怡之遼東, 擊魏守將高慮等, 虜得男女. 零陵言甘露降. 夏五月, 城沙羨. 冬十月, 將軍蔣秘南討夷賊. 秘所領都督廖式殺臨賀太守嚴綱等, 自稱平南將軍, 與弟潛共攻零陵,桂陽, 及搖動交州,蒼梧,鬱林諸郡, 衆數萬人. 遣將軍呂岱,唐咨討之, 歲餘皆破.

| 국역 |

(赤烏) 2년 봄 3월(서기 239), 使者인 羊衜(양도, 衜는 길 도)[148]와 鄭

---

148 羊衜(양도, 211-?) – 衜는 길 도(道와 통). 재주가 많고 변론을 잘했고 인물평론에 뛰어난 사람이었다. 孫登이 태자일 때 손등을 섬겼다.

冑(정주), 그리고 將軍 孫怡(손이)를 遼東郡에 보내 魏의 守將인 高慮 (고려) 등을 공격하고 남녀 백성을 포로로 잡아왔다. 零陵郡(영릉 군)[149]에서 甘露(감로)가 내렸다고 보고하였다.

여름인 5월, (江夏郡 郡治인) 沙羡縣(사선현)에 축성했다. 겨울인 10월, 장군인 蔣秘(장비)는 남으로 이적을 토벌하였다. 장비 수하의 都督이었던 廖式(요식)은 臨賀 태수인 嚴綱(엄강) 등을 죽이고, 平南 將軍을 자칭하면서, 동생인 廖潛(요잠)과 함께 零陵(영릉), 桂陽郡 등 을 공격하자 交州[150] 관내의 蒼梧(창오), 鬱林(울림) 등 여러 郡이 동 요하면서 그 무리가 수만 명이었다. 이에 將軍 呂岱(여대)와 唐咨(당 자) 등을 보내 토벌하였는데, 1년 남짓에 모두 격파하였다.

| 原文 |

三年春正月, 詔曰,

「蓋君非民不立, 民非穀不生. 頃者以來. 民多征役, 歲又水 旱, 年穀有損, 而吏或不良, 侵奪民時, 以致饑困. 自今以來, 督軍郡守, 其謹察非法, 當農桑時, 以役事擾民者, 舉正以聞.」

夏四月, 大赦, 詔諸郡縣治城郭, 起譙樓, 穿塹發渠, 以備盜 賊.

---

149 零陵郡은 후한의 舊郡, 建安 24년(서기 219), 呂蒙이 형주를 빼앗은 뒤에 東 吳에 소속. 郡治는 泉陵縣, 今 湖南省 서남부 永州市.

150 交州刺史部는 처음의 치소는 番禺縣(번우현, 今 廣東省 廣州市)였다가 永安 七 年(264年)에 관할 지역이 너무 넓다 하여 廣州자사부를 설치하고 交州자사 부는 龍編縣〔今 越南社會主義共和國 수도 河內市(하노이)〕으로 옮겼다.

冬十一月, 民饑, 詔開倉廩以賑貧窮.

(赤烏) 3년 봄 정월(서기 240), 조서를 내렸다.

「君王은 백성이 없으면 자립할 수 없고, 백성은 곡식이 없다면 생존할 수 없다. 요즈음에 백성들은 원정과 부역 동원이 많고, 또 水災(수재)나 旱害(한해) 때문에 곡식이 많이 부족한데도, 혹 불량한 관리가 백성의 농사철을 빼앗아 기아에 시달리게 한다. 오늘 이후로 督軍(독군)이나 군수는 관리의 불법을 세밀하게 살펴 농사나 누에치는 시기에 요역에 동원하여 백성을 괴롭히는 자는 적발하여 보고토록 하라.」

여름 4월, 죄수를 사면하였고, 모든 군현에서 성곽을 보수하고 망루를 짓고 참호나 垓字(해자)를 깊이 파서 도적에 대비하라고 명령하였다.

겨울인 11월, 백성이 굶주리자, 나라의 창고를 열어 빈궁한 자를 구제하라고 명령했다.

| 原文 |

四年春正月, 大雪平地深三尺, 鳥獸死者大半. 夏四月, 遣衛將軍全琮略淮南. 決芍陂, 燒安城邸閣, 收其人民. 威北將軍諸葛恪攻六安. 琮與魏將王淩戰於芍陂, 中郎將秦晃等十餘人戰死. 車騎將軍朱然圍樊, 大將軍諸葛瑾取柤中.

五月, 太子登卒. 是月, <u>魏</u>太傅<u>司馬宣王</u>救<u>樊</u>. 六月, 軍還.
閏月, 大將軍<u>瑾</u>卒. 秋八月, <u>陸遜</u>城<u>邾</u>.

|국역|

(赤烏) 4년 봄 정월(서기 241), 평지에 3척이나 쌓이는 큰 눈이 내려 새나 짐승 태반이 죽었다.

여름인 4월, 衛將軍 全琮(전종)을 보내 淮南郡을 공략했다. 芍陂(작피)를 공격하여 (汝南縣) 安城의 邸閣(저각)을 불태웠고 그 백성을 잡아왔다.[151] 威北將軍인 諸葛恪(제갈각)이 (魏) 六安縣을 공격했다. 전종과 魏將 王淩(왕릉)은 芍陂(작피, 陂는 저수지 피)란 곳에서 싸웠는데 중랑將 秦晃(진황) 등 10여 명이 전사했다. 車騎將軍 朱然(주연)이 樊城[152]을 포위했고, 대장군 諸葛瑾은 柤中(사중) 땅을 점거하였다.

5월, 태자인 登(등)이 죽었다. 이 달에 魏 太傅(태부)인 사마의가 번성을 구원했다. 6月, 군사가 돌아왔다. 윤달에, 대장군 諸葛瑾(제갈근)이 죽었다. 가을인 8월, 陸遜(육손)은 (蘄春郡, 기춘군) 邾縣(주현)에 축성했다.

|原文|

五年春正月, 立子<u>和</u>爲太子, 大赦. 改<u>禾興</u>爲<u>嘉興</u>. 百官奏

---

151 이때 魏의 장수는 손례였다. 《魏書》24卷, 〈韓崔高孫王傳〉 참고.

152 樊城(번성)은 보루, 작은 성 이름. 당시 襄陽郡, 今 湖北省 襄陽市 樊城區에 해당. 漢水 남안.

立皇后及四王, 詔曰,

「今天下未定, 民物勞瘁, 且有功者或未錄, 饑寒者尙未恤, 猥割土壤以豐子弟, 崇爵位以寵妃妾, 孤甚不取. 其釋此議.」

三月, 海鹽縣言黃龍見. 夏四月, 禁進獻御, 減太官膳.

秋七月, 遣將軍聶友,校尉陸凱以兵三萬討珠崖,儋耳. 是歲, 大疫, 有司又奏立后及諸王. 八月, 立子霸爲魯王.

六年春正月, 新都言白虎見. 諸葛恪征六安, 破魏將謝順營, 收其民人. 冬十一月, 丞相顧雍卒. 十二月, 扶南王范旃遣使獻樂人及方物. 是歲, 司馬宣王率軍入舒, 諸葛恪自皖城遷於柴桑.

| 국역 |

(赤烏) 5년 봄 정월(서기 242), 아들인 孫和(손화)[153]를 태자로 책립하고 죄수를 사면하였다. 禾興縣(화흥현)을 嘉興縣으로 개칭했다.[154] 백관이 황후와 4王 책립을 상주하고 조서를 내렸다.

「지금 천하가 안정되지 않았고 백성이 피곤하고 지쳤으며, 유공자를 미처 다 포상하지도 못했고, 굶주려 추위에 떠는 백성을 다 구

----

153 孫和(손화, 224 - 253년, 字 子孝) − 손권의 3남. 생모는 王夫人, 東吳 최후 황제 孫皓(손호)의 生父. 손권의 장남 孫登(손등, 庶子)이 죽자 태자에 책립. 나중에 폐출 賜死되었다. 손권이 죽은 뒤에는 손권의 막내아들 孫亮(손량)이 10세에 즉위하나 16세 때 丞相 孫綝(손침)에게 폐위되어 會稽王으로 강등되었고 유배 중 병사한다.

154 黃龍 3년 봄 2월(서기 231), (吳郡) 由拳縣(유권현)에 야생 벼(野稻)가 自生하자 禾興縣(화흥현)으로 개명했다. 嘉興은, 今 浙江省 북부 嘉興市.

휼하지도 못했는데, 외람되이 봉토를 할양하여 자식이나 형제를 부유하게 하고 작위를 높여 비첩을 총애하는 일은 짐이 절대로 하지 않을 것이니 그런 논의를 중지하기 바란다.」

3월, (吳郡) 海鹽縣(해염현)[155]에 黃龍이 출현했다고 보고하였다. 여름인 4월, 황실에 진상을 금지시키고 太官(황제 음식 담당관)의 반찬 가짓수를 줄이게 했다.

가을인 7월, 將軍인 聶友(섭우)와 校尉인 陸凱(육개)에게 병졸 3만 명을 주어 珠崖(주애)와 儋耳郡(담이군)[156]을 정벌케 했다. 이해에 전염병이 크게 돌았는데, 有司가 또 황후 및 여러 왕의 책립을 건의하였다. 8월에, 아들 霸(패)[157]를 魯王에 봉했다.

(赤烏) 6년 봄 정월, 新都郡에서 白虎가 출현했다고 보고하였다. 諸葛恪(제갈각)이 六安縣을 공격하여 魏將 謝順(사순)의 군영을 격파하고 그 백성을 잡아왔다.

겨울인 11월, 승상 顧雍(고옹)[158]이 죽었다. 12월, 扶南王[159] 范旃

---

155 吳郡 海鹽縣은, 수 浙江省 嘉興市 해염현, 해발 3 – 4m의 해안 저지대. 杭州灣大橋가 있다.

156 珠崖(주애, 郡治는 今 海南省 海口市)와 儋耳(담이, 今 海南省 儋州市)는 今 海南省(海南島)에 설치했던 郡名. 前漢에서 설치, 後漢에서는 설치와 폐지가 반복되었다.

157 孫霸(손패, ?-250년, 字 子威) – 손권의 4남, 손권의 3남인 孫和(太子)와 한때 총애를 다퉜다. 나중에 賜死되었다.

158 顧雍(고옹, 168-243년, 字 元歎) – 吳郡 吳縣 출신, 東吳의 丞相. 유년 시절에 蔡邕(채옹)에게 배웠다. 琴藝와 書法에 능통했다. 《吳書》 7권, 〈張顧諸葛步傳〉에 입전.

159 扶南王 – 扶南(越南語, Phù Nam)은 인도차이나 반도(캄보디아, 버마 남부 일원)에 있었던 고왕국 이름. 范旃(범전)은 서기 230 – 243(?)에 재위한 것으로 추정.

(범전)이 사자와 함께 樂人과 方物을 헌상했다. 이 해에 사마의는 군사를 거느리고 舒縣(서현)에 침입했고, 제갈각은 (廬江郡) 皖城(환성)에서 柴桑縣(시상현)[160]으로 옮겨 주둔했다.

| 原文 |

七年春正月, 以上大將軍陸遜爲丞相. 秋, 宛陵言嘉禾生. 是歲, 步騭,朱然等各上疏云,

「自蜀還者, 咸言欲背盟與魏交通, 多作舟船, 繕治城郭. 又蔣琬守漢中, 聞司馬懿南向, 不出兵乘虛以掎角之, 反委漢中, 還近成都. 事已彰灼, 無所復疑, 宜爲之備.」

權揆其不然, 曰, "吾待蜀不薄, 聘享盟誓, 無所負之. 何以致此? 又司馬懿前來入舒, 旬日便退, 蜀在萬里, 何知緩急而便出兵乎? 昔魏欲入漢川, 此間始嚴, 亦未舉動, 會聞魏還而止. 蜀寧可復以此有疑邪? 又人家治國, 舟船城郭, 何得不護? 今此間治軍, 寧復欲以御蜀邪? 人言苦不可信, 朕爲諸君破家保之."

蜀竟自無謀, 如權所籌.

---

160 柴桑縣(시상현) ─ 豫章郡 나중에는 江夏郡 소속, 今 江西省 최북단 九江市 서남. 鄱陽湖와 長江의 합류 지점. 吳의 세력거점, 金陵으로 천도한 이후에도 제2의 행정 겸 군사도시였다. 孫權은 211년에, 秣陵(말릉, 建業, 今 南京)으로 옮기고 金陵邑 舊地에 石頭城 요새를 축조하고 다음 해 建業으로 개칭한다. 서기 229년, 孫權이 칭제한 뒤에, 건업은 명실상부한 帝京이 되었다.

(赤烏) 7년 봄 정월(서기 244), 上大將軍 陸遜(육손)이 승상이 되었다. 가을에, (丹陽郡) 宛陵縣(완릉현)[161]에서 嘉禾(가화)가 자랐다고 보고하였다. 이 해에 步騭(보즐)과 朱然(주연) 등이 각각 상소하였다.

「蜀에서 돌아온 자들은 모두 蜀이 우리와의 맹약을 어기고 魏와 왕래하고 있으며 많은 선박을 건조하고 성곽을 수리하고 있다고 전합니다. 蔣琬(장완)이 漢中郡을 지키고 있지만 司馬懿(사마의)가 남하한다는 소식에도 출병하여 후방의 빈틈을 노려 적을 견제하지 않았고, 오히려 漢中을 버려둔 채 成都로 돌아갔다고 합니다. 사태가 이처럼 명확하니 더 이상 의심할 필요 없이 대비책을 마련해야 합니다.」

손권은 그렇지 않다고 생각하며 말했다.

"우리가 蜀을 각박하게 대하지 않았고, 사자가 왕래하며 맹서하였고 서로 배신하지도 않았다. 어찌 그럴 수 있겠는가? 또 사마의가 앞서 舒縣(서현)에 진격했다가 열흘 만에 물러났고, 蜀은 만 리나 떨어진 먼 곳에서 어찌 상황의 완급을 알아 그때마다 출병할 수 있겠는가? 옛날 魏의 군사가 漢川에 진격하려 할 때도 蜀에서는 역시 출병하지 않고 있다가 魏軍이 돌아가자 출병을 그만두었다. 이런 정도의 일로 蜀을 의심할 수 있겠는가? 또 누구든 治國하려면 선박이나 성곽을 어찌 준비 안할 수 있겠는가? 지금도 군사 훈련을 할 수 있거늘, 우리가 또 蜀을 방어해야 하는가? 백성들의 말을 그대로 다 믿을 수도 없거니와, 짐은 내 집을 부수겠다는 약속을 하며 보증

---

161 宛陵縣은 丹陽郡의 治所. 今 安徽省 동남부 宣城市 宣州區.

할 것이다."

蜀은 끝내 아무 일도 획책하지 않았으니 손권의 예상 그대로였다.

| 原文 |

八年春二月, 丞相陸遜卒. 夏, 雷霆犯宮門柱, 又擊南津大橋楹. 茶陵縣鴻水溢出, 流漂居民二百餘家.

秋七月, 將軍馬茂等圖逆, 夷三族. 八月, 大赦. 遣校尉陳勳將屯田及作士三萬人鑿句容中道, 自小其至雲陽西城, 通會市, 作邸閣.

九年春二月, 車騎將軍朱然征魏柤中, 斬獲千餘. 夏四月, 武昌言甘露降. 秋九月, 以驃騎步騭爲丞相, 車騎朱然爲左大司馬, 衛將軍全琮爲右大司馬, 鎮南呂岱爲上大將軍, 威北將軍諸葛恪爲大將軍.

十年春正月, 右大司馬全琮卒. 二月, 權適南宮. 三月, 改作太初宮, 諸將及州郡皆義作. 夏五月, 丞相步騭卒. 冬十月, 赦死罪.

| 국역 |

(赤烏) 8년 봄 2월(서기 245), 丞相 陸遜(육손)이 죽었다. 여름에, 벼락과 천둥이 궁궐 문의 기둥에 떨어졌고, 또 南津(남진) 大橋의 기

등을 때렸다. (長沙郡) 荼陵縣(도릉현)에 鴻水(洪水)가 범람하여 백성의 집 2백여 호가 유실되었다.

가을인 7월, 장군 馬茂(마무) 등이 반역을 시도하여 삼족을 멸하였다. 8월, 죄수를 사면하였다. 校尉인 陳勳(진훈)을 보내 둔전병 및 作士(技士) 3만여 명을 거느리고 (丹陽郡) 句容縣[162]에 직통 도로를 뚫었는데, 小其(소기)에서 雲陽(운양)의 西城까지 교역이 편리해졌고 창고와 객사도 지었다.

(赤烏) 9년, 봄 2월, 車騎將軍인 朱然(주연)이 魏의 柤中(사중)을 공격하여 1천여 명을 죽이거나 생포했다. 여름인 4월, 武昌郡에서 甘露(감로)가 내렸다고 보고하였다.

가을인 9월 표기장군 步騭(보즐)이 승상이 되었고, 거기장군 朱然(주연)은 左大司馬, 衛將軍 全琮(전종)은 右大司馬, 鎭南 장군인 呂岱(여대)는 上大將軍, 威北 장군 諸葛恪(제갈각)은 大將軍이 되었다.

(赤烏) 10년 봄 정월(서기 247), 右大司馬 全琮(전종)이 죽었다. 2월, 손권은 南宮에 거처하였다. 3월, 太初宮(태초궁)을 개축했는데, 여러 장수와 각 州郡 관리가 모두 노역에 참여하였다.

여름인 5월, 승상 步騭(보즐)이 죽었다. 겨울인 10월, 사형수를 감형하였다.

| 原文 |

十一年春正月, 朱然城江陵. 二月, 地仍震. 三月, 宮成. 夏

---

162 句容縣은, 今 江蘇省 鎭江市 관할 句容市. 長江 남안, 南京市의 동남쪽.

四月, 雨雹, 雲陽言黃龍見. 五月, 鄱陽言白虎仁.

詔曰,「古者聖王積行累善, 修身行道, 以有天下. 故符瑞應之, 所以表德也. 朕以不明, 何以臻茲? 《尙書》云'雖休勿休.' 公卿百司, 其勉修所職, 以匡不逮.」

十二年春三月, 左大司馬朱然卒. 四月, 有兩鳥銜鵲墮東館. 丙寅, 驃騎將軍朱據領丞相, 燎鵲以祭.

十三年夏五月, 日至, 熒惑入南斗. 秋七月, 犯魁第二星而東. 八月, 丹陽, 句容及故鄣, 寧國諸山崩, 鴻水溢. 詔原逋責, 給貸種食. 廢太子和, 處故鄣. 魯王霸賜死.

冬十月, 魏將文欽僞叛以誘朱異, 權遣呂據就異以迎欽. 異等待重, 欽不敢進. 十一月, 立子亮爲太子. 遣軍十萬, 作堂邑涂塘以淹北道. 十二月, 魏大將軍王昶圍南郡, 荊州刺史王基攻西陵, 遣將軍戴烈, 陸凱往拒之, 皆引還. 是歲, 神人授書, 告以改年, 立后.

| 국역 |

(赤烏) 11년 봄 정월(서기 248), 朱然(주연)은 江陵에 築城(축성)했다. 2월, 지진이 거듭 일어났다. 3월, 궁궐 공사가 끝났다. 여름 4월, 우박이 쏟아졌고, (吳郡) 雲陽縣에서 황룡이 출현했다고 보고했다. 5월, 鄱陽郡에서는 白虎가 출현했으나 사람을 해치지 않았다고 보고했다. 이에 조서를 내렸다.

「옛날에 聖王이 오랫동안 선행을 쌓고 修身하며 정도를 따랐기에 천하를 소유하였다. 그래서 그에 따른 祥瑞(상서)가 감응한 것은 성인의 덕행에 대한 표창이었다. 짐은 명철한 仁德도 없는데, 어떻게 이런 일이 일어나겠는가?《尙書》[163]에서도 '비록 잘했어도, 그런 선행에 만족하지 말라.' 하였으니, 공경과 백관들은 담당직무를 잘 수행하여 짐이 못 미치는 부분까지 바로잡아주기 바란다.」

(赤烏) 12년 봄 3월, 左大司馬이 朱然(주연)이 죽었다. 4월, 까마귀 두 마리가 까치(鵲)를 물어다가 東館에 떨어트렸다. 丙寅日, 驃騎將軍 朱據(주거)[164]가 丞相 업무를 겸임하였는데 까치를 불에 구워 제사했다.

(赤烏) 13년 여름 5월(서기 250), 하지일에, 熒惑星(형혹성)이 南斗를 가로질렀다. 가을인 7월, (형혹성이) 북두성의 제2성을 가로질러 동쪽으로 갔다.

8월에, 丹陽, 句容 및 故鄣(고장), 寧國(영국)의 여러 산에서 산사태가 났고 홍수가 범람하였다. 조서를 내려 그동안 밀린 부세를 모두 탕감하고 씨앗과 곡식을 지급케 하였다.

太子 孫和를 폐하고 (吳興郡) 故鄣縣(고장현)에 옮겨 살게 하였다. 魯王인 孫霸(손패)를 賜死(사사)했다.

겨울인 10월, 魏將 文欽(문흠)이 거짓으로 반기를 들었다며 朱異(주이)를 유인하였는데, 손권은 呂據(여거)를 보내 주이와 함께 문흠을 영입하게 하였다. 주이 등이 엄격하게 준비했기에 문흠은 감히 공격하질 못했다.

----

163 《尙書 周書 呂刑》의 구절.

164 朱據(주거, 194 – 250년, 字 子範) – 吳郡 吳縣(今 江蘇省 蘇州市) 출신. 三國 東吳의 重臣 겸 장군. 손권의 둘째 사위.

11월, 孫亮(손량)을 태자로 책립했다.[165] 10만 군사를 보내 堂邑縣의 涂塘(도당)에서 북으로 통하는 길을 막았다. 12월, 魏 大將軍 王昶(왕창)이 南郡을 포위하자, 荊州 자사인 王基(왕기)가 西陵을 공격했고, 장군 戴烈(대렬), 陸凱(육개) 등이 출정하여 방어했다가 모두 철수하였다. 이 해에 神人이 도서를 주면서 연호를 바꾸고 황후를 책립해야 한다고 말했다.

| 原文 |

太元元年夏五月, 立皇后潘氏, 大赦, 改年. 初臨海羅陽縣有神, 自稱王表. 周旋民間, 語言飮食, 與人無異, 然不見其形. 又有一婢, 名紡績. 是月, 遣中書郎李崇齎輔國將軍羅陽王印綬迎表. 表隨崇俱出, 與崇及所在郡守令長談論, 崇等無以易. 所歷山川, 輒遣婢與其神相聞.

秋七月, 崇與表至, 權於蒼龍門外爲立第舍, 數使近臣齎酒食往. 表說水旱小事, 往往有驗. 秋八月朔, 大風. 江海湧溢, 平地深八尺, 吳高陵松柏斯拔, 郡城南門飛落.

冬十一月, 大赦. 權祭南郊還, 寢疾. 十二月, 驛徵大將軍

165 二宮之爭 — 又稱 南魯黨爭(남로당쟁) — 東吳의 政治事件, 孫權 재위 기간인 대략 赤烏 5년(서기 242년)에 시작하여 赤烏 13년(서기 250년)에 끝이 났다. 太子인 孫和(손화, 손권의 3子, 말제 孫皓의 부친)와 魯王인 孫霸(손패, 손권의 4子)간에 태자 책봉을 둘러싼 내분으로 조정 대신도 양편으로 갈라졌다가 결국 孫和가 태자에서 폐위되고 孫霸(손패)는 賜死되었으며, 결국 제일 나이가 어린 손권의 아들 孫亮(손량)이 태자로 책봉된다.

恪, 拜爲太子太傅. 詔省徭役, 減征賦, 除民所患苦.

二年春正月, 立故太子和爲南陽王, 居長沙. 子奮爲齊王, 居武昌. 子休爲琅邪王, 居虎林. 二月, 大赦, 改元爲神鳳. 皇后潘氏薨. 諸將吏數詣王表請福, 表亡去.

夏四月, 權薨, 時年七十一, 謚曰大皇帝. 秋七月, 葬蔣陵.

| 국역 |

太元(태원) 원년 여름 5월(서기 251), 皇后 潘氏(반씨)[166]를 책립하고 죄수를 사면했으며 개원하였다.(赤烏 → 太元). 그전에 臨海郡 羅陽縣(나양현)[167]에 自稱 王表(왕표)라는 神人이 있었는데, 백성 마을을 왕래하면서 이야기고 하고 음식도 먹어 보통 사람과 다름이 없었지만 그 모습은 볼 수 없었다. 그 神人에게 紡績(방적)이라는 여자 몸종이 있었다. 이달에 조정에서는 中書郎 李崇(이숭)을 보내 輔國將軍 羅陽王의 印綬(인수)를 가지고 가서 王表를 영입하게 하였다. 왕표는 이숭을 따라왔고, 임해군에 와서 군수나 현령들과 담론을 하였는데 이숭 등은 그의 담론을 반박하지 못했다. 왕표는 산천을 지나오면서 가끔 侍婢(시비)를 통해 그곳의 神人에게 안부를 전했다.

---

166 皇后 潘氏(반씨, ?-252年 2월, 名 淑) - 會稽郡 句章縣(今 浙江省 寧波市) 출신. 吳大帝 孫權의 공식 황후. 吳 廢帝 孫亮(손량)의 생모. 황후 책봉 1년 만에 병사했다지만 궁녀의 살인으로 알려졌다.《吳書》5권, 〈妃嬪傳〉에 입전.

167 臨海郡 - 후한 말에 東에서 會稽東部都尉를 설치하고 會稽郡 동부의 章安, 永寧, 松陽 3縣을 관장케 했는데, 뒷날 臨海, 南始平, 安陽 3縣을 늘려 6현으로 임해군을 설치. 치소는 章安縣, 今 浙江省 중동부 해안 台州市. 羅陽縣(나양현)은 孫皓(손호) 때 安陽縣으로 改名.

가을인 7월, 이숭과 왕표가 建業에 도착하자 손권은 蒼龍門 밖에 왕표를 위해 저택을 마련하고 수시로 측근 신하를 보내 술과 음식을 공급하였다.[168] 왕표는 수해나 가뭄, 그리고 소소한 이야기를 했는데 가끔 적중하였다. 가을인 8월 초하루에, 큰 바람이 불었다. 강물과 바닷물이 넘쳐 평지에 그 깊이가 9尺이나 되었으며, 吳郡 산릉의 소나무 등이 뽑히고 吳郡 남쪽 성문이 날려갔다.

겨울인 11월, 나라 안의 죄수를 사면하였다. 손권은 남쪽 교외에 나가 제사하고 돌아와서 (風疾로) 병석에 누웠다. 12월, 驛馬로 대장군 諸葛恪(제갈각)을 불러 太子太傅에 임명하였다. 손권은 백성의 徭役(요역)을 경감하고 부세 징수를 감액하여 백성의 고통을 덜어주라고 명령하였다.

(太元) 2년 봄 정월(서기 252), 이전 태자였던 孫和(손화)를 南陽王으로 책봉하여 長沙郡에 거처케 하였다. 아들 孫奮(손분)은 齊王에 봉해 武昌을 다스리게 했다. 아들 孫休(손휴)는 琅邪王(낭야왕)으로 봉해 虎林(호림)[169]에 나가 있게 했다.

2월에, 나라의 죄수를 사면했고 神鳳(신봉)으로 개원하였다. 皇后 潘氏가 죽었다. 여러 장군이나 관리들이 王表를 불러다가 복을 빌게 하라고 주청하자, 왕표는 도주하였다.

여름 4월에, 손권이 죽었는데[170] 時年 71세였고, 시호는 大皇帝였

---

168 나라가 흥기할 때는 백성의 말을 듣지만, 나라가 망하려면 神에 의지한다고 하였다. 손권이 연노하여 아첨하는 무리를 곁에 두고서, 적자를 폐하고 서자를 옹립하니, 이미 멸망의 단계에 접어들었다는 반증이 아니겠는가?

169 封地인 虎林은, 今 安徽省 서남부 池州市. 長江 南岸.

170 太元 2년(서기 252)은 曹魏는 曹芳의 嘉平 4년이었고, 蜀漢은 後主 延熙 15년이었다.

다. 가을 7월에, 蔣陵(장릉)[171]에 장례했다.

| 原文 |

評曰, 孫權屈身忍辱, 任才尙計, 有勾踐之奇, 英人之傑矣.
故能自擅江表, 成鼎峙之業. 然性多嫌忌, 果於殺戮, 暨臻末
年, 彌以滋甚. 至於讒說殄行, 胤嗣廢斃, 豈所謂貽厥孫謀以
燕翼於者哉? 其後葉陵遲, 遂致覆國, 未必不由此也.

| 국역 |

陳壽의 評論 : 孫權은 몸을 낮추고 치욕을 참았고 인재를 임용하
고 智謀之士를 우대하였으니, (越王) 勾踐(구천)과 비슷한 奇才(기재)
였으며, 영웅 중의 호걸이라 할 수 있다. 그러했기에 혼자 長江 밖을
(江表, 江東) 차지하고 三國이 對峙(대치)하는 형세를 정립하였다.
그러나 손권의 性情은 의심이 많고 살육이 너무 과감하였는데, 말
년에 갈수록 더욱 심해졌다. 그래서 참설을 믿었고 군자의 관용을
버렸으며 후사까지 폐출하고 죽였으니 어찌 《詩經》에서 말한[172]
'원대한 지략으로 후손을 지켜준 사람이라.' 할 수 있겠는가? 그 후
손이 쇠락하여 결국 나라 멸망에 이른 까닭이 모두 여기에서 시작
되었을 것이다.

....
171 蔣陵(장릉) – 손권의 능묘. '吳王墳' '孫陵崗'으로도 불린다. 南京 동쪽 교외
紫金山 남쪽 기슭의 梅花山에 위치.
172 원문 '貽厥孫謀 以燕翼子' –《詩 大雅 文王有聲》의 구절.

48권 〈三嗣主傳〉(吳書 3)
(삼사주전)

❶ 孫亮

| 原文 |

孫亮, 字子明, 權少子也. 權春秋高, 而亮最少, 故尤留意. 姊全公主常譖太子和子母, 心自不安. 因倚權意, 欲豫自結, 數稱述全尙女, 勸爲亮納. 赤烏十三年, 和廢, 權遂立亮爲太子, 以全氏爲妃.

太元元年夏, 亮母潘氏立爲皇后. 冬, 權寢疾, 徵大將軍諸葛恪爲太子太傅, 會稽太守滕胤爲太常, 並受詔輔太子. 明年四月, 權薨, 太子卽尊號. 大赦, 改元. 是歲, 於魏嘉平四年也.

孫亮(손량)[173]의 字는 子明(자명)으로, 孫權의 막내아들이다. 손권은 나이가 많았고 손량은 가장 어렸기에 각별히 정을 더 주었다. 누나인 全公主(전공주)[174]는 늘 太子인 孫和(손화)와 그 모자를 참소했기에 마음으로 불안했었다. 전공주는 손권의 마음에 들어야 하기에, 미리 손량과 연결 지으려고, 자주 全尙(전상)[175]의 딸에 대한 이야기를 하면서 손량이 맞아들이도록 권유했었다. (손권의) 赤烏 13년(서기 250), 태자인 孫和(손화)를 폐립한 뒤, 손권은 손량을 태자로 책립하고 全氏(전상의 딸)를 태자비로 삼았다.

太元 원년 여름(서기 251), 손량의 생모인 潘氏(반씨)를 황후로 책립했다. 그해 겨울에 손권은 병석에 눕자, 대장군 諸葛恪(제갈각)을 불러들여 太子太傅로 삼았고, 會稽(회계) 태수인 滕胤(등윤)[176]을 太常에 임명하며 함께 조서를 받고 태자를 보필케 하였다. 다음 해(서기 252) 손권이 붕어하자, 태자가 존위에 올랐다. 나라 안 죄수를 사면하고 (建興으로) 改元하였다. 이 해는 曹魏 (曹芳의) 嘉平(가평) 4년이었다.(蜀漢 後主 延熙 15년, 서기 251).

----

173 孫亮(손량, 243 – 260년, 字 子明) – 亮은 밝을 량. 재위 252 – 258년. 廟號, 諡號 없음.

174 全公主 – 孫權의 長女 孫魯班(손노반). 吳郡 錢唐縣 출신 全琮(전종, 198 – 247년, 249년?, 字 子璜)과 결혼했다. 남편의 성으로 공주를 호칭하였다. 전종은 右大司馬와 左軍師 역임.

175 全尙(전상, ? – 258년, 字 子眞) – 揚州 吳郡 錢唐縣 (今 浙江省 杭州市) 사람. 全琮(전종)의 族子. 전상의 딸 全惠解(전혜해)가 태자비로 입궁, 황후에 올랐다.

176 滕胤(등윤, ? – 256년, 字 承嗣) – 滕 물 솟을 등. 나라 이름, 성씨. 胤은 이을 윤. 孫權의 사위, 東吳의 重臣. 손권의 유조를 함께 받았다. 吳 末帝 孫晧의 妻인 滕皇后의 族父.《吳書》19권,〈諸葛滕二孫濮陽傳〉에 입전.

建興 元年 閏月, 以恪爲帝太傅, 胤爲衛將軍領尙書事, 上大將軍呂岱爲大司馬, 諸文武在位皆近爵班賞, 冗官加等.

冬十月, 太傅恪率軍遏巢湖, 城東興. 使將軍全端守西城, 都尉留略守東城. 十二月朔丙申, 大風雷電, 魏使將軍諸葛誕, 胡遵等步騎七萬圍東興. 將軍王昶攻南郡, 毌丘儉向武昌. 甲寅, 恪以大兵赴敵. 戊午, 兵及東興, 交戰, 大破魏軍, 殺將軍韓綜, 桓嘉等. 是月, 雷雨, 天災武昌端門. 改作端門, 又災內殿.

建興(건흥) 원년·閏月(윤월)(서기 252), 諸葛恪(제갈각)이 황제의 太傅(태부)[177]가 되었고, (손권의 사위) 縢胤(등윤)은 衛將軍으로 尙書事를 겸하였으며, 上大將軍인 呂岱(여대)는 大司馬가 되었고, 모든 문무 관리가 직위와 작위가 올랐으며, 冗官(용관)[178]도 등급을 올려주었다.

겨울인 10월, 태부인 제갈각이 군사를 거느리고, 曹魏의 군사를 巢湖(소호)[179]에서 저지하며, (臨川郡) 東興縣(동흥현)[180]에 축성하였

---

177 太傅(태부) – 어린 황제가 즉위할 경우, 元老大臣 중에서 太傅를 두어 尙書事를 겸임케 하다가 죽으면 다른 사람을 임용하지 않았다. 황제의 학문과 정사를 보좌하는 직책.

178 冗官(용관) – 冗은 쓸데없을 용. 흐트러지다. 散也. 용관은 일정한 職役이 없는 관리(無事備員). 散官과 同. 일종의 예비 인력이다.

179 巢湖(소호) – 호수 이름. 安徽省 중부의 合肥市 관할 巢湖市. 長江과 淮河의 중간에 위치. 동서 길이 61km, 南北 약 12km, 安徽省 최대 호수, 中國 5대

다. 장군인 全端(전단)을 시켜 西城(서성)을 지키게 하고, 都尉 留略(유략)은 東城을 방어하게 하였다.

12월 초하루 丙申日에, 큰 바람이 불고 벼락이 쳤는데, 魏는 將軍 諸葛誕(제갈탄)과 胡遵(호준) 등 기병과 기병 7만을 동원하여 東興(동흥)을 포위하였고, 장군 王昶(왕창)을 南郡을 공격하였으며, 毌丘儉(관구검)[181]은 武昌으로 진격하였다. 甲寅日에, 제갈각도 대군을 거느리고 적과 맞섰다. 戊午日(무오일)에 군사가 동흥현에 진격, 교전하여 魏軍을 대파하면서 魏將 韓綜(한종)과 桓嘉(환가) 등을 죽였다.

이달에, 천둥 치며 비가 내렸는데 武昌의 端門(단문)이 벼락에 불타버렸다. 단문을 다시 지었고, 또 內殿에서도 화재가 났다.

|原文|

二年春正月丙寅, 立皇后全氏, 大赦. 庚午, 王昶等皆退. 二月, 軍還自東興, 大行封賞. 三月, 恪率軍伐魏. 夏四月, 圍新城, 大疫, 兵卒死者大半.

秋八月, 恪引軍還. 冬十月, 大饗. 武衛將軍孫峻伏兵殺恪於殿堂. 大赦, 以峻爲丞相, 封富春侯. 十一月, 有大鳥五見

淡水湖의 하나.

180 今 安徽省 중부 巢湖 근처의 지명. 長江 남쪽 臨川郡의 東興縣〔今 江西省 중부 撫州市 관할 黎川縣(여천현)〕이 아니다.

181 毌丘儉(관구검, ?-255) - 毌丘(관구)는 복성〔毌은 貫의 本字, 毋(말 무, 금지사)가 아님. 正始 7년(서기 246) 玄菟郡(현도군)에서 출발하여 고구려 도읍 丸都城을 점령, 東川王은 옥저로 피난. 관구검은 나중에 司馬氏에게 저항하다가 피살.《魏書》28권,〈王毌丘諸葛鄧鍾傳〉에 立傳.

於春申, 明年改元.

┃국역┃

(建興) 2년 봄 정월 丙寅日(서기 253), 全氏(전씨)를 황후로 책립하고 나라의 죄수를 사면하였다. 庚午日, (魏) 王昶(왕창) 등이 모두 퇴각하였다. 2월에, 군사가 東興(동흥)에서 돌아오자 크게 시상하였다. 3월, 제갈각은 군사를 거느리고 魏(위) 정벌에 나서서 여름 4월에 新城(신성)을 포위하였지만 전염병이 크게 유행하여 병졸의 거의 절반이 죽었다.

가을인 8월, 제갈각은 군사를 거느리고 돌아왔다. 겨울인 10월, 잔치를 크게 했다. 武衛將軍인 孫峻(손준)[182]은 전각에 복병을 두어 제갈각을 살해했다.

나라의 죄수를 사면했고, 손준은 승상이 되었고 富春侯에 봉해졌다. 11월, 큰 새 5마리가 春申(춘신, 春申江 곧 上海 黃浦江)에 출현했는데, 다음 해 개원하기로 했다.

┃原文┃

五鳳元年夏, 大水. 秋, 吳侯英謀殺峻, 覺, 英自殺. 冬十一月, 星茀於斗, 牛.

----

182 孫峻(손준, 219 – 256년, 字 子遠) – 東吳 吳郡 富春(今 浙江省 杭州市) 출신. 손견 동생의 曾孫. 손권의 從孫 항렬. 제갈각을 천거하였지만 나중에 제갈각을 죽이고 권력을 장악. 廢帝 孫亮(손량)의 권신.《吳書》19권,〈諸葛滕二孫濮陽傳〉에 제갈각과 함께 입전.

二年春正月, 魏鎭東大將軍毌丘儉,前將軍文欽以淮南之衆
西入, 戰於樂嘉. 閏月壬辰, 峻及驃騎將軍呂據,左將軍留贊
率兵襲壽春, 軍及東興, 聞欽等敗. 壬寅, 兵進於橐皐, 欽詣
峻降, 淮南餘衆數萬口來奔. 魏諸葛誕入壽春, 峻引軍還.

二月, 及魏將軍曹珍遇於高亭, 交戰, 珍敗績. 留贊爲誕別
將蔣班所敗於菰陂, 贊及將軍孫楞,蔣脩等皆遇害. 三月, 使
鎭南將軍朱異襲安豐, 不克.

秋七月, 將軍孫儀,張怡,林恂等謀殺峻, 發覺, 儀自殺, 恂等
伏辜. 陽羨離里山大石自立. 使衛尉馮朝城廣陵, 拜將軍吳穰
爲廣陵太守, 留略爲東海太守. 是歲大旱. 十二月, 作太廟,
以馮朝爲監軍使者, 督徐州諸軍事. 民饑, 軍士怨畔.

|국역|

五鳳 원년 여름(서기 254), 홍수가 났다. 가을에, 吳侯인 孫英(손
영)이 孫峻(손준)을 제거하려 했지만 발각되자, 손영은 자살했다. 혜
성이 北斗와 牽牛星(견우성) 사이에 출현했다.

(五鳳) 2년 봄 정월(서기 255), 魏의 鎭東大將軍인 毌丘儉(관구검)
과 前將軍인 文欽(문흠)[183]이 淮南(회남) 일대의 군사를 거느리고 서

183 高貴鄕公 曹髦(조모)의 正元 2년(서기 255) 봄 정월에, 鎭東將軍 毌丘儉(관구
검)과 揚州刺史 文欽(문흠)이 반역했다. 大將軍 司馬景王(司馬師)가 토벌하
였다. 문흠은 東吳로 도주하였다. 甲辰日, 安風縣의 都尉가 관구검을 죽이고
그 수급을 낙양에 보내왔다. 文欽(문흠, ?-258년, 字 仲若)은 建安 24년(서기
219)에 魏諷謀의 모반에 연좌되어 치죄하여 사형 판결이 났으나, 조조는 자

쪽을 침공하여 樂嘉(낙가)에서 싸웠다. 閏月 壬辰日에, 孫峻(손준)과 驃騎將軍 呂據(여거), 左將軍 留贊(유찬) 등이 군사를 거느리고 曹魏의 壽春(수춘)을 공격하였는데, 대군이 東興에 이르러 문흠 등이 (반란에서) 패퇴했다는 소식을 들었다. 壬寅日에, 대군이 橐皐(탁고)에 도착하자 魏將인 문흠이 손준을 찾아와 투항하였고, 회남의 패잔병 수만 명은 도망치거나 투항하였다. 魏 諸葛誕(제갈탄)이 壽春에 주둔하자, 손준은 군사를 거느리고 돌아왔다.

2월, 魏將軍 曹珍(조진)과 高亭(고정)에서 조우하여 교전했는데, 曹珍(조진)은 패퇴하였다. 留贊(유찬)은 제갈탄의 別將인 蔣班(장반)에게 菰陂(고피)란 곳에서 패전하였는데, 유찬과 장군인 孫楞(손릉), 蔣脩(장수) 등이 모두 전사하였다. 3월에, 鎭南將軍 朱異(주이)가 安豐(안풍)을 공격하였지만 이기지 못했다.

가을인 7월, 장군인 孫儀(손의)와 張怡(장이), 林恂(임순) 등이 손준 암살을 모의했지만 발각되어 손의는 자살하고 임순 등은 처형되었다.

(吳郡) 陽羨縣(양선현)의 離里山(이리산)에서 大石이 저절로 直立했다. 衛尉인 馮朝(풍조)를 시켜 廣陵(광릉)에 축성하였고, 將軍 吳穰(오양)을 廣陵 태수에 임명했으며, 留略(유략)은 東海 태수가 되었다. 이 해에 크게 가물었다. 12월에, 太廟(태묘)를 지었고, 풍조를 監軍使者에 임명하여 徐州의 모든 군사를 감독케 하였다. 백성이 굶주리고 軍士들은 원한에서 반란을 일으키기도 했다.

···············

신의 부장 文稷(문직)의 아들이라 하여 특별히 사면하였다. 관구검과 함께 모반한 뒤 東吳로 도주하여 譙侯(초후)로 책봉되었다.

太平元年春二月朔, 建業火. 峻用征北大將軍文欽計, 將征
魏. 八月, 先遣欽及驃騎呂據,車騎劉纂,鎮南朱異,前將軍唐
咨軍自江都入淮,泗.

九月丁亥, 峻卒, 以從弟偏將軍綝爲侍中, 武衛將軍, 領中
外諸軍事, 召還據等. 聞綝代峻, 大怒. 己丑, 大司馬呂岱卒.
壬辰, 太白犯南斗. 據,欽,咨等表薦衛將軍滕胤爲丞相, 綝不
聽. 癸卯, 更以胤爲大司馬, 代呂岱駐武昌. 據引兵還, 欲討
綝. 綝遣使以詔書告喻欽,咨等, 使取據.

冬十月丁未, 遣孫憲及丁奉,施寬等以舟兵逆據於江都. 遣
將軍劉丞督步騎攻胤. 胤兵敗夷滅. 己酉, 大赦, 改年. 辛亥,
獲呂據於新州. 十一月, 以綝爲大將軍,假節, 封永康侯. 孫憲
與將軍王惇謀殺綝, 事覺, 綝殺惇, 迫憲令自殺. 十二月, 使
五官中郎將刁玄告亂於蜀.

太平 원년 봄 2월 초하루(서기 256), 도성인 建業에서 화재가 발
생했다. 孫峻(손준)은 征北大將軍인 文欽(문흠)의 계략에 의거 魏를
정벌하려고 했다. 8월, 먼저 문흠과 驃騎 장군 呂據(여거), 車騎 장군
劉纂(유찬), 鎮南 장군 朱異(주이), 前將軍 唐咨(당자) 등의 군사를 (廣
陵郡) 江都(강도)[184]에서 출발하여 淮水(회수)와 泗水(사수)로 진격케

----
184 廣陵郡 江都縣은, 今 江蘇省 남부 長江 북안 揚州市 江都區.

하였다.

9월 丁亥日, 손준이 죽자, 從弟인 偏將軍 孫綝(손침)[185]은 侍中 겸 武衛將軍으로 中外의 모든 군사를 지휘하며 呂據(여거) 등을 소환하였다. 여거 등은 손침이 손준의 권한을 차지했다고 대노하였다. 己丑日, 大司馬 呂岱(여대)가 죽었다. 壬辰日, 太白星이 南斗 영역에 출현하였다. 여거, 문흠, 당자 등은 表文을 올려 衛將軍 滕胤(등윤)을 丞相으로 천거하였으나 손침은 따르지 않았다. 癸卯日, 다시 등윤을 大司馬에 임명하여 呂岱(여대)의 후임으로 武昌에 주둔케 하였다. 여거는 군사를 거느리고 돌아와 손침을 토벌하려고 했다. 손침은 사자에 조서를 내 문흠과 당자 등을 회유하여 여거의 군사를 빼앗게 하였다.

겨울인 10월 丁未日, 孫憲(손헌) 및 丁奉(정봉), 施寬(시관) 등을 보내 水軍을 동원하여 江都에서 여거의 군사를 공격했다. 또 장군인 劉丞(유승)을 보내 보병과 기병으로 등윤을 공격케 했다. 등윤의 군사는 패전하며 몰사하였다. 己酉日에 사면하고 연호를 개정하였다. 辛亥日에 여거를 新州(신주)에서 사로잡았다. 11월, 손침은 大將軍이 되어 부절을 받고 永康侯에 봉해졌다. 孫憲(손헌)과 將軍인 王惇(왕돈)이 손침을 죽이려 모의했는데 발각되었고, 손침은 왕돈을 죽였고 손헌을 바짝 추격하자, 손헌은 자살하였다.

12월, 五官中郎將 刁玄(조현)을 蜀에 보내 그간의 변고를 설명해

---

185 孫綝(손침, 232 - 258년, 字 子通) ─ 綝(chēn)은 잡아맬 침. 말리다(금지). 성할 림. 東吳의 皇族, 權臣. 孫堅의 동생 孫靜(손정)의 증손, 孫峻의 사촌동생. 孫休(손권의 6남, 景帝)를 옹립하고 한때 발호하다가 永安 원년 12월(서기 258)에 손휴에게 주살당했다. 《吳書》19권, 〈諸葛滕二孫濮陽傳〉에 입전.

주었다.

| 原文 |

二年春二月甲寅, 大雨, 震電. 乙卯, 雪, 大寒. 以長沙東部
爲湘東郡, 西部爲衡陽郡, 會稽東部爲臨海郡, 豫章東部爲臨
川郡. 夏四月, 亮臨正殿, 大赦, 始親政事. 綝所表奏, 多見難
問, 又科兵子弟年十八已下十五已上, 得三千餘人, 選大將子
弟年少有勇力者爲之將帥. 亮曰, "吾立此軍, 欲與之俱長."
日於苑中習焉.

| 국역 |

(太平) 2년 봄 2월 甲寅日(서기 257), 큰비가 내렸고 천둥이 쳤다.
乙卯日, 눈이 내렸고 몹시 추웠다. 長沙郡 東部를 분할하여 湘東郡
(상동군)을 신설하고, 西部를 衡陽郡(형양군), 會稽郡 동부를 臨海郡
(임해군), 豫章郡 동부를 臨川郡(임천군)으로 개편하였다.

여름인 4월, 孫亮은 정전에 나와 죄인을 사면하고 親政하였다.
孫綝(손침)이 상주하는 일에 대하여 질문하고 비난하였으며, 또 18
세 이하 15세 이상 병졸을 3천여 명을 선별하고 대장의 자제로 젊고
용력이 있는 자를 골라 장수로 삼았다. 그러면서 손량은 "나는 이들
군사를 바탕으로 함께 힘을 펴겠다."고 말하며, 날마다 苑林(원림)에
서 훈련하였다.

五月, 魏征東大將軍諸葛誕以淮南之衆保壽春城, 遣將軍
朱成稱臣上疏, 又遣子靚,長史吳綱諸牙門子弟爲質.

六月, 使文欽,唐咨,全端等步騎三萬救誕. 朱異自虎林率衆
襲夏口, 夏口督孫壹奔魏.

秋七月, 綝率衆救壽春, 次於鑊里. 朱異至自夏口, 綝使異
爲前部督, 與丁奉等將介士五萬解圍. 八月, 會稽南部反, 殺
都尉. 鄱陽,新都民爲亂, 廷尉丁密,步兵校尉鄭冑,將軍鍾離
牧率軍討之. 朱異以軍士乏食引還, 綝大怒, 九月朔己巳, 殺
異於鑊里. 辛未, 綝自鑊里還建業. 甲申, 大赦.

十一月, 全緒子禕,儀以其母奔魏. 十二月, 全端,懌等自壽
春城詣司馬文王.

|국역|

(太平) 2년 5월(서기 257), 魏의 征東大將軍인 諸葛誕(제갈탄)[186]
이 淮南郡 일대의 군사를 거느리고 壽春城[187]을 근거로 반란을 일으

---

186 諸葛誕(제갈탄, ?-258년, 字 公休) - 諸葛豐의 후손, 諸葛亮(제갈량)과 諸葛瑾
(제갈근)의 堂弟. 서기 255년, 鎭東大將軍인 諸葛誕(제갈탄)은 征東大將軍이
되었다. 이어 제갈탄을 司空에 임명했다. 이는 제갈탄의 군권을 삭탈하는 의
미였다. 제갈탄은 중앙의 徵召(징소)에 응하지 아니하며, 壽春城을 근거로 군
사를 일으켜 반기를 들고 揚州刺史인 樂綝(악침)을 죽였다. 제갈탄은 甘露 3
년(서기258) 봄에, 대장군 司馬文王(司馬昭)에게 평정되었다.

187 諸葛誕(제갈탄)이 반역한 근거지 壽春에서는 曹魏 후기에 연속 반란이 일어
났다. 이를 '壽春三叛', 또는 '淮南三叛'이라고 칭한다. 이는 司馬氏의 專政

켰고, 장군인 朱成(주성)을 보내 (吳에) 臣을 자칭하며 상소하였고,
또 아들인 諸葛靚(제갈정)과 長史 吳綱(오강) 등 여러 牙門將의 자제
를 인질로 보냈다.

6월, 吳에서는 文欽(문흠), 唐咨(당자), 全端(전당) 등에게 보병과
기병 3만을 주어 제갈탄을 도와주게 하였다. 朱異(주이)[188]가 虎林(호
림)에서 군사를 거느리고 夏口(하구)를 습격하자, 夏口의 督軍인 孫
壹(손일)은 魏로 도주하였다.

가을인 7월, 손침은 군사를 거느리고 壽春을 구원하려고 鑊里(확
리)에 주둔하였다. 朱異가 夏口에서 도착하자, 손침은 주이를 前部
督軍에 임명하여, 丁奉(정봉) 등과 함께 5만 군사를 거느리고 수춘성
의 포위를 풀도록 지원하였다.

8월에 會稽郡 남부에서 반란이 일어나 都尉가 살해되었다. 鄱陽
(파양)과 新都(신도)의 백성이 반란에 가담하자, 廷尉인 丁密(정밀)과
보병교위인 鄭冑(정주), 將軍 鐘離牧(종리목, 鐘離는 複姓) 등이 군사를
거느리고 토벌하였다. 朱異(주이)가 군사들의 군량이 부족하자 군사
를 철수했는데, 손침은 대노하면서 9월 초하루 己巳日에, 주이를 확
리에서 죽여버렸다. 辛未日에, 손침은 확리에서 建業으로 돌아왔
다. 甲申日에 죄수를 사면했다. 11월, 全緒(전서)의 아들 全禕(전위)
와 全儀(전의)가 모친과 함께 魏로 달아났다. 12월, 全端(전단), 全懌

에 따른 반발이지만《魏書》에는 그런 내용이 모두 생략되었다. 삼반은 王淩
의 반란(서기 251년 4월), 毌丘儉(관구검)과 文欽(문흠)의 반란(255년 1월) 諸
葛誕의 반란(서기 257년 5월 – 258년 2월)인데, 모두 司馬氏에게 평정되었다.

188 朱異(주이, ?–257년, 字 季文) – 吳郡 吳縣 출신. 東吳의 장군, 前將軍 朱桓(주
환)의 아들. 鎭南將軍 역임. 壽春의 제갈탄을 구원할 때 孫綝(손침)에게 살해
당했다.

(전역) 등이 壽春城에서 司馬昭(사마소)에게 투항하였다.

|原文|

三年春正月, 諸葛誕殺文欽. 三月, 司馬文王克壽春, 誕左右戰死, 將吏已下皆降. 秋七月, 封故齊王奮爲章安侯. 詔州郡伐宮材. 自八月沈陰不雨四十餘日.

亮以綝專恣與太常全尙, 將軍劉丞謀誅綝. 九月戊午, 綝以兵取尙, 遣弟恩攻殺丞於蒼龍門外. 召大臣會宮門, 黜亮爲會稽王, 時年十六.

|국역|

(太平) 3년 봄 정월(서기 258), 諸葛誕(제갈탄)이 文欽(문흠)을 죽였다(내분). 3월에, 司馬文王(司馬昭)[189]은 수춘성을 함락시켰고, 제갈탄은 측근과 함께 전사했으며 장수와 관리 이하 모두가 투항했다.

가을인 7월, 齊王 孫奮(손분)을 章安侯에 봉했다. 조서를 내려 각 군에서 궁궐을 지을 목재를 벌목케 하였다. 8월부터 구름은 잔뜩 끼

189 司馬文王[司馬昭(사마소), 211 – 265년, 字 子上,《三國演義》에서는 子尙〕 – 河內郡 溫縣(今 河南省 하수 북쪽 焦作市 관할 溫縣) 출신, 司馬懿와 모친 張春華(장춘화)의 次子, 司馬師의 동생, 西晉 開國皇帝 司馬炎(사마염)의 부친. 蜀漢을 멸망시키고 曹魏의 권력을 완전 장악. 司馬炎이 曹奐(조환)의 禪讓(선양)을 받아 칭제한 뒤에 司馬昭를 晉 文帝로 추존했다.

었지만, 40여 일이나 비가 내리지 않았다.

　황제 孫亮(손량)은 손침이 권력이 쥐고 방자하다 하여 太常인 全尚(전상, 전황후의 부친)과 將軍 劉丞(유승)과 함께 손침을 제거할 모의를 했다. 9월 戊午日, 손침은 군사를 동원하여 전상을 체포했고, 동생인 孫恩(손은)을 보내 유승을 蒼龍門 밖에서 죽였다. 손침은 대신들의 회의를 궁문에서 소집하여 황제 손량을 會稽王으로 방축하니, 그때 손량은 16세였다.

❷ 孫休

| 原文 |

　孫休字子烈. 權第六子. 年十三, 從中書郎射慈, 郎中盛沖受學. 太元二年正月, 封琅邪王, 居虎林. 四月, 權薨, 休弟亮承統.

　諸葛恪秉政, 不欲諸王在濱江兵馬之地, 徙休於丹楊郡. 太守李衡數以事侵休, 休上書乞徙他郡, 詔徙會稽. 居數歲, 夢乘龍上天, 顧不見尾, 覺而異之.

　孫亮廢, 己未, 孫綝使宗正孫楷與中書郎董朝迎休. 休初聞問, 意疑, 楷, 朝具述綝等所以奉迎本意. 留一日二夜, 遂發.

　十月戊寅, 行至曲阿, 有老公干休叩頭曰, "事久變生, 天下喁喁, 願陛下速行." 休善之. 是日進及布塞亭. 武衛將軍恩

行丞相事, 率百僚以乘輿法駕迎於永昌亭, 築宮. 以武帳爲便
殿, 設御座. 己卯, 休至, 望便殿止住, 使孫楷先見恩. 楷還,
休乘輦進, 群臣再拜稱臣. 休升便殿, 謙不卽御坐, 止東廂.
戶曹尙書前卽階下贊奏, 丞相奉璽符. 休三讓, 群臣三請.

休曰, "將相諸侯咸推寡人, 寡人敢不承受璽符." 群臣以次
奉引, 休就乘輿. 百官陪位, 綝以兵千人迎於半野, 拜於道側.
休下車答拜. 卽日, 御正殿, 大赦, 改元. 是歲, 於魏甘露三年
也.

| 국역 |

孫休(손휴)[190]의 字는 子烈인데, 손권의 六男이다. 13살에, 中書郞
인 射慈(사자), 郞中인 盛沖(성충)한테 배웠다. 太元 2년 정월(서기
252), 琅邪王(낭야왕)이 되어 虎林(호림)[191]에 머물렀다. 4월에, 손권
이 붕어하고 동생인 孫亮(손량)이 제위를 계승했다.

諸葛恪(제갈각)이 권력을 장악하고서는 諸王이 長江 주변 군사주
둔 지역을 다스리는 것이 좋지 않다 생각하여 손휴의 봉지를 丹楊
郡으로 옮겼다. 단양 太守인 李衡(이형)이 업무 관계로 손휴를 여러
번 괴롭히자, 손휴는 타군으로 옮겨달라고 상서하여 명에 의거 會
稽王이 되었다. 회계왕으로 몇 년을 지냈는데, 꿈에 용을 타고 승천
하는데 돌아보니 꼬리가 없었다. 깨어나서는 이상한 꿈이라 생각하

....
190 孫休(손휴, 235 – 264, 字 子烈) – 孫權의 第六子, 재위 서기 258 – 264년. 묘호
景帝.
191 封地인 虎林은, 今 安徽省 서남부 池州市. 長江 南岸.

였다.

손량이 폐위되고 己未日에, 孫綝(손침)은 宗正인 孫楷(손해)와 中書郎인 董朝(동조)를 보내 손휴를 영입케 하였다. 손휴는 처음 소식을 듣고 의심하였고, 손해와 동조는 손침이 영입하려는 본뜻을 설명하였다. 1日2夜를 지내고 손휴는 출발하였다.

10월 戊寅日, 손휴 일행이 (吳郡) 曲阿縣에 이르자, 어떤 노인이 손휴 앞에 나와 고개를 숙이며 "대사가 오래 지체되면 변고가 생길 수 있고, 지금 천하가 목을 빼 기다리니, 폐하께서는 속히 행차하십시오."라고 말했다. 손휴는 옳다고 여겼다.

이날 布塞亭(포색정)까지 갔다. 그날 武衛將軍인 孫恩(손은)이 승상 직무를 대행하며, 모든 臣僚(신료)를 거느리고 乘輿(승여)와 法駕을 갖추고 永昌亭에 나와 임시 궁궐을 준비하였다. 군사용 휘장을 둘러 便殿(편전)을 꾸미고 御座(어좌)를 만들었다.

다음날(己卯日), 손휴가 도착하여 편전이 보이는 곳에 멈춘 다음, 손해를 보내 먼저 손은을 만나보게 했다. 손해가 돌아오자, 손휴는 輦(연)을 타고 들어갔다. 모든 신하들이 재배하며 稱臣(칭신)했다. 손휴는 편전에 들어가 바로 어좌에 앉지 않고 동쪽 방에 머물렀다. 戶曹尙書가 앞으로 나와 계단 아래서 상주하고, 승상이 국새와 부절을 받들어 올렸다. 손휴는 3번 사양했고, 모든 신하는 3번 간청했다.

이에 손휴가 말했다.

"將相과 제후가 모두 과인을 추대하나, 과인은 국새와 부절을 받지 않을 수가 없도다."

群臣은 순차대로 황제를 뵈었고, 손휴는 승여를 타고 출발했다.

百官이 순차로 자리를 지켰고, 손침은 1천 군사를 거느리고 도성을 나와 들에서 영입하며 길가에 비껴 배례하였다. 손휴는 수레에서 내려 답례하였다. 그날로 정전에 나아갔고, 나라의 죄수를 사면하고 개원하였다(永安). 이 해는 魏(高貴鄕公 曹髦의) 甘露 3년(서기 258)이었다.(蜀漢 後主, 景耀 원년)

|原文|

永安元年冬十月壬午, 詔曰,

「夫褒德賞功, 古今通義. 其以大將軍綝爲丞相,荊州牧, 增食五縣. 武衛將軍恩爲御史大夫,衛將軍,中軍督, 封縣侯, 威遠將軍據爲右將軍,縣侯, 偏將軍幹雜號將軍,亭侯. 長水校尉張布輔導勤勞, 以布爲輔義將軍, 封永康侯. 董朝親迎, 封爲鄕侯.」

又詔曰,「丹楊太守李衡, 以往事之嫌, 自拘有司. 夫射鉤斬袪, 在君爲君, 遣衡還郡, 勿令自疑.」

己丑, 封孫皓爲烏程侯, 皓弟德錢唐侯, 謙永安侯.

|국역|

永安 원년 겨울 10월 壬午日(서기 258), 조서를 내렸다.

「덕행을 기리고 공적을 시상하는 것은 고금에 통용되는 大義이다. 대장군 孫綝(손침)을 丞相에 임명하여 荊州牧을 겸임하고 식읍을 5현으로 정한다. 武衛將軍 孫恩(손은)을 御史大夫에 衛將軍으로 中軍을 감독케 하며 縣侯에 봉하고, 威遠將軍 孫據(손거)는 右將軍에 縣侯로, 偏將軍 孫幹(손간)을 雜號將軍에 亭侯로 봉한다. 長水校尉인 張布(장포)는 짐을 인도하며 근로하였으니, 장포를 輔義將軍에 임명하고 永康侯에 봉한다. 董朝(동조)는 짐을 親迎하였으니 鄕侯에 봉한다.」

또 조서를 내렸다.

「丹楊太守 李衡(이형)은 지난날의 잘못을 자책하며 스스로 有司에게 자수 수감되었다. 옛날 管仲은 齊 환공의 허리띠 갈고리를 쏘았지만, 또 晉 文公(重耳)의 소매를 잘라 죽이려 했었지만,[192] 모두 主君을 주군으로 모셨으니, 이형을 본래 다스리던 군으로 돌려보내고 더 이상 문책하지 말라.」

己丑日, 孫皓(손호)를 烏程侯(오정후)에, 손호의 동생 孫德(손덕)을 錢唐侯(전당후)에, 孫謙(손겸)을 永安侯에 봉했다.

| 原文 |

十一月甲午, 風四轉五復, 蒙霧連日. 綝一門五侯皆典禁兵, 權傾人主. 有所陳述, 敬而不違, 於是益恣. 休恐其有變, 數加賞賜. 丙申, 詔曰,

「大將軍忠款內發, 首建大計以安社稷. 卿士內外, 咸贊其

---

192 晉 獻公이 보낸 자객 勃鞮(발제)는 公子인 重耳(중이, 뒷날 晉 文公)를 죽이려 칼로 내려쳤고, 중이는 옷소매가 잘린채 도주, 국외로 망명했었다.

議, 並有勳勞. 昔霍光定計, 百僚同心, 無復是過. 亟案前日與議定策告廟人名, 依故事應加爵位者, 促施行之.」

戊戌, 詔曰, 「大將軍掌中外諸軍事, 事統煩多. 其加衛將軍御史大夫恩侍中, 與大將軍分省諸事.」

壬子, 詔曰, 「諸吏家有五人三人兼重爲役, 父兄在都, 子弟給郡縣吏, 既出限米, 軍出又從, 至於家事無經護者, 朕甚愍之. 其有五人三人爲役, 聽其父兄所欲留, 爲留一人, 除其米限, 軍其不從.」

又曰, "諸將吏奉迎陪位在永昌亭者, 皆加位一級." 頃之, 休聞綝逆謀, 陰與張布圖計. 十二月戊辰臘, 百僚朝賀, 公卿升殿, 詔武士縛綝, 即日伏誅. 己巳, 詔以左將軍張布討姦臣, 加布爲中軍督. 封布弟惇爲都亭侯, 給兵三百人, 惇弟恂爲校尉.

| 국역 |

(永安 원년) 11월 甲午日(서기 258), 바람이 사방에서 제멋대로 뒤바뀌며 불었고, 짙은 안개가 며칠 계속되었다. 孫綝(손침) 一門의 5 제후는 모두 禁兵(中央軍)을 지휘했고, 그 권세는 人主보다 강했다. (황제 손휴는) 할 말이 있어도 손침이 두려워 뜻을 거스르지 않자, (손침은) 더욱 방자하였다. 손휴는 변고가 생길 것이 두려워 상을 자주 내렸다. 丙申日에, 조서를 내렸다.

「대장군의 충성은 마음에서 우러나왔으니, 제일 먼저 사직을 안정케 할 大計를 수립했다. 조정 내외의 공경과 사대부는 모두 그

계획에 찬동하고 힘써 공을 세웠다. 前漢의 霍光(곽광)[193]이 大計를 마련하자, 百僚가 한마음으로 두 번 다시 실수가 없었다. 전날 대장군과 함께 논의하여 방책을 세운 사람을 찾아내어 그 성명을 종묘에 고하고, 관례에 따라 작위를 올려줘야 하니 서둘러 시행토록 하라.」

戊戌日에도, 조서를 내렸다.

「대장군은 내외의 모든 군사 업무를 총괄하니, 그 관할 업무가 매우 번잡할 것이다. 衛將軍인 어사대부 孫恩에게 시중의 직분을 加官하여 업무를 분할하여 경감토록 하라.」

壬子日에도, 조서를 내렸다.

「여러 관리의 가문에서 5인 중 3인이 나라를 위해 복무를 하는데, 부형은 도성에 있고, 子弟는 군현에 근무할 경우에 일정한 미곡(군량)도 납부하고 군 복무로 출정도 해야 하니, 집에 남아 가사를 돌볼 사람이 없는 것을 짐은 심히 안타깝게 생각하고 있다. 5인 중 3인에 복무 중이라면 父兄의 뜻에 따라 1인을 집에 남도록 허용하고, 미곡의 납부도 제한하며 군 복무를 징집하지 말라.」

또 지시하였다. "여러 장수나 군리 중에서 永昌亭(영창정)에서 짐을 호종한 사람들에게 1계급을 올려주도록 하라."

얼마 뒤에 황제 손휴는 손침이 역모를 꾀한다는 사실을 알고 은

---

193 霍光(곽광, ?-前 68) - 霍 빠를 곽. 성씨. 武帝의 유조를 받아 어린 주군 昭帝를 보필하였다. 소제가 후사가 없이 죽자, 昌邑王을 황제로 옹립했다가 27일 만에 폐립하고 宣帝를 옹립하였다. 宣帝 麒麟閣(기린각) 11功臣 중 첫째. 명장 霍去病의 異母弟. 昭帝 上官皇后의 外祖父. 宣帝 霍皇后의 친부. 大司馬, 大將軍 역임. 封 博陸侯. 諡號 宣成. 武帝, 昭帝, 宣帝를 섬김. 사후에 아들(霍禹)의 모반에 의해 멸족. 《漢書》 68권, 〈霍光金日磾傳〉에 입전.

밀히 張布(장포)[194]와 함께 계책을 마련하였다. 12월 戊辰日 臘日(납일, 陰, 12월 8일)에, 백관이 朝賀을 올리는데 公卿이 모두 전각이 오르자, 황제는 武士에게 명하여 손침을 포박한 뒤에 당일 처형하였다. 己巳日에, 조서로 左將軍 장포가 간악한 신하를 제거한 공로로 장포를 中軍 督軍에 임명했다. 또 장포의 동생 張惇(장돈)을 都亭侯에 봉했고 군사 3백 명을 지급했고, 장돈의 동생 張恂(장순)을 校尉에 임명했다.

| 原文 |

詔曰, 「古者建國, 敎學爲先, 所以道世治性, 爲時養器也. 自建興以來, 時事多故, 吏民頗以目前趨務, 去本就末, 不循古道. 夫所尙不惇, 則傷化敗俗. 其案古置學官, 立五經博士, 核取應選, 加其寵祿, 科見吏之中及將吏子弟有志好者, 各令就業. 一歲課試, 差其品第, 加以位賞. 使見之者樂其榮, 聞之者羨其譽. 以敦王化, 以隆風俗.」

| 국역 |

조서를 내렸다.

「옛날에도 建國하면 백성에 대한 敎學을 우선하였는데, 이는 세

194 張布(장포, ?~264년) – 東吳大臣, 歷任 破賊將軍, 征西將軍, 衛將軍 역임. 景帝 孫休와 末帝인 폭군 孫皓(손호)를 섬겼는데, 손호에게 살해되었다. 장포의 두 딸이 대단한 미녀라서 손호는 거의 정사를 폐기했었다.

상을 선도하고 백성 性情을 순화하며 政事를 담당할 인재를 양성하려는 뜻이었다. (孫亮의) 建興(서기 252 – 253) 이후로 時事에 변고가 많아 吏民이 늘 목전의 급무에 쫓기다 보니 근본을 잊고 미세한 일을 추구하며 古道를 따르지 않았다. 숭상하는 바가 돈독하지 않다면 교화와 습속이 나빠지게 된다. 古制에 따라 學官을 설치하고, 五經博士를 임명하며 우수한 자를 선발하여 영광과 국록을 내려 관리나 관리의 자제 중 바른 뜻을 세워 호학하는 자를 뽑아 학업에 정진케 하라. 1년마다 시험을 시행하여 직위를 올려주고 시상하라. 교학에 정진하는 것을 보고 들은 자는 그 영광과 명예를 부러워할 것이다. 그러하면 군왕의 교화가 돈독해지고 좋은 풍속이 크게 일어날 것이다.」

| 原文 |

二年春正月, 震電. 三月, 備九卿官, 詔曰,

「朕以不德, 托於王公之上, 夙夜戰戰, 忘寢與食. 今欲偃武修文, 以崇大化. 推此之道, 當由士民之瞻, 必須農桑. 《管子》有言, '倉廩實, 知禮節, 衣食足, 知榮辱.' 夫一夫不耕, 有受其饑, 一婦不織, 有受其寒. 饑寒並至而民不爲非者, 末之有也.

自頃年已來, 州郡吏民及諸營兵, 多違此業, 皆浮船長江, 賈作上下, 良田漸廢, 見穀日少, 欲求大定, 豈可得哉? 亦由

租入過重, 農人利薄, 使之然乎? 今欲廣開田業, 輕其賦稅, 差科强羸, 課其田畝, 務令優均. 官私得所, 使家給戶贍, 足相供養. 則愛身重命, 不犯科法, 然後刑罰不用, 風俗可整.

以群僚之忠賢, 若盡心於時, 雖太古盛化, 未可卒致, 漢文昇平, 庶幾可及. 及之則臣主俱榮, 不及則損削侵辱, 何可從容俯仰而已? 諸卿尙書, 可共咨度, 務取便佳. 田桑已至, 不可後時. 事定施行, 稱朕意焉.」

| 국역 |

(永安) 2년 봄 정월(서기 259), 천둥과 벼락이 쳤다. 3월, 九卿의 관제를 갖추었고 조서를 내렸다.

「朕(짐)은 不德한데도 王公보다 윗자리에 앉았으니, 밤낮으로 전전긍긍하며 침식을 잊었도다. 지금 武備를 중시하지 않고 文治 교화를 숭상코자 한다. 이 文治는 백성 생활을 풍족케 하는데서 시작해야 하니, 農桑(농상)의 본업 장려가 중요하다.《管子》에서도 '창고가 충실해야 백성이 예절을 알고, 의식이 풍족해야 영욕을 안다.' 고 하였다. 한 사람이 농사를 짓지 않으면 굶주리는 자가 있고, 한 여인이 길쌈을 하지 않으면 추위에 떠는 사람이 있다. 춥고 배고프면서 나쁜 짓을 하지 않는 백성이 없을 것이다.

최근 몇 년 사이에 州郡의 관리나 백성, 각 군영의 장졸까지 본업을 버려두고 長江에 배를 띄우고 강을 오르내리며 장사에 힘써 良田은 황폐해지고 곡물 수확은 날마다 줄어드니, 어찌 백성 생활을 안정시킬 수 있겠는가? 또한 조세가 너무 과중하여 농민에게 남는 것이 없는데 그래서야 되겠는가? 이제 농토를 크게 개간하고 부세를 경감하며, 토질의 등급에 차등을 두어 공평하게 과세할 것이다. 이리하면 나라나 백성들의 소득이 늘어나고 살림이 넉넉하여 서로를 보살피고 부양할 것이다. 그러면 백성의 육신과 생명을 중히 여기고 법을 어기지 않을 것이니, 형벌을 쓰지 않고도 풍속을 바로잡을 수 있을 것이다.

모든 관리의 충성과 현명한 직무로 時政에 힘쓰면 옛날과 같은 훌륭한 교화도 이룰 수 있고, (前漢) 文帝 시대와 같은 昇平(승평) 시대를 아마 기약할 수 있을 것이다. 그런 승평 시대가 오면 주군과 신하가 함께 영광스러울 것이나, 만약 그렇지 못하면 나라는 쇠약하여 외적의 침입과 치욕을 겪어야 하니, 어찌 조용히 살 수 있겠는가? 여러 公卿이나 尚書는 함께 생각하고 헤아려 힘써 추진할지어다. 농사와 길쌈의 때가 되었으니 시기를 더 늦출 수도 없도다. 업무를 정하고 시행하여 짐의 뜻에 따라주기 바란다.」

| 原文 |

三年春三月, 西陵言赤烏見. 秋, 用都尉嚴密議, 作浦里塘. 會稽郡謠言王亮當還爲天子, 而亮宮人告亮使巫禱祠, 有惡言. 有司以聞, 黜爲候官侯, 遣之國. 道自殺, 衛送者伏罪. 以會稽南部爲建安郡, 分宜都置建平郡.

四年春五月, 大雨, 水泉湧溢. 秋八月, 遣光祿大夫周奕, 石偉巡行風俗, 察將吏淸濁, 民所疾苦, 爲黜陟之詔. 九月, 布山言白龍見. 是歲, 安吳民陳焦死, 埋之, 六日更生, 穿土中出.

| 국역 |

(永安) 3년 봄 3월(서기 260), 西陵(서릉)[195]에서 赤烏(적오)가 출현했다고 보고하였다. 가을에, 都尉 嚴密(엄밀)의 건의를 받아들여 浦里塘(포리당, 저수지 이름)을 축조했다. 會稽郡에 (廢帝로 방출된) 孫亮(손량)이 돌아와 황제가 된다는 아이들 노래가 퍼졌고, 손량이 무당을 시켜 빌고 惡言을 한다는 宮人의 고발이 있었다.

담당 관원이 이를 보고하자, 손량을 候官侯(후관후)로 강등시켜 封地로 이주케 하였는데, 가는 도중에 손량이 자살하자 호송자를 처벌하였다.

會稽郡 남부를 분할하여 建安郡을, 宜都郡을 분할하여 建平郡을 설치하였다.

(永安) 4년 봄 5월(서기 261), 큰비가 내렸고, 물이 범람하였다. 가을 8월, 光祿大夫인 周奕(주혁)과 石偉(석위)를 보내 지방을 돌며 풍속을 살피고, 관리의 청렴 여부와 백성의 疾苦(질고)를 헤아려 폐출하거나 승진시키라는 조서를 내렸다.

9월에, (鬱林郡)[196] 布山縣(포산현)에서 白龍이 출현하였다고 보고

190 (宜都郡) 西陵縣(서릉현) – 夷陵을 개칭. 今 湖北省 서남부 宜昌市 夷陵區에 해당.

196 鬱林郡 – 郡治 陰平縣, 今 廣西壯族自治區 중부 貴港市.

했다. 이 해에, 安吳(안오)란 곳의 백성 陳焦(진초)가 죽어 매장했는데, 6일 만에 다시 살아나 땅을 파고 나왔다.

| 原文 |

五年春二月, 白虎門北樓災. 秋七月, 始新言黃龍見. 八月壬午, 大雨震電, 水泉湧溢. 乙酉, 立皇后朱氏. 戊子, 立子灣, 爲太子, 大赦.

冬十月, 以衛將軍濮陽興爲丞相, 廷尉丁密,光祿勳孟宗爲左右御史大夫. 休以丞相興及左將軍張布有舊恩, 委之以事, 布典宮省, 興關軍國.

休銳意於典籍, 欲畢覽百家之言, 尤好射雉. 春夏之間常晨出夜還, 唯此時捨書, 休欲與博士祭酒韋曜,博士盛沖講論道藝. 曜,沖素皆切直, 布恐入侍, 發其陰失, 令己不得專, 因妄飾說以拒遏之.

休答曰,「孤之涉學, 群書略遍, 所見不少也. 其明君暗主, 姦臣賊子, 古今賢愚成敗之事, 無不覽也. 今曜等人, 但欲與論講書耳, 不爲從曜等始更受學也. 縱復如此, 亦何所損? 君特當以曜等恐道臣下姦變之事, 以此不欲令入耳. 如此之事, 孤已自備之. 不須曜等然後乃解也. 此都無所損, 君意特有所忌故耳.」

布得詔陳謝, 重自序述, 又言懼妨政事.

休答曰,「書籍之事, 患人不好, 好之無傷也. 此無所爲非, 而君以爲不宜, 是以孤有所及耳. 政務學業, 其流各異, 不相妨也. 不圖君今日在事, 更行此於孤也. 良所不取.」

布拜表叩頭, 休答曰, "聊相開悟耳, 何至叩頭乎? 如君之忠誠, 遠近所知. 往者所以相感, 今日之巍巍也.《詩》云, '靡不有初, 鮮克有終.' 終之實難, 君其終之."

初休爲王時, 布爲左右將督. 素見信愛, 及至踐阼, 厚加寵待, 專擅國勢, 多行無禮, 自嫌瑕短, 懼曜,沖言之, 故尤患忌. 休雖解此旨, 心不能悅, 更恐其疑懼, 竟如布意, 廢其講業, 不復使沖等人. 是歲使察戰到交阯調孔爵,大豬.

| 국역 |

(永安) 5년 봄 2월(서기 262), 白虎門의 북쪽 누각이 불탔다. 가을인 7월, (新都郡) 始新縣(시신현)[197]에서 黃龍이 출현했다고 보고하였다.

8월 壬午日, 큰비에 천둥과 벼락이 치고 강물이 넘쳤다. 乙酉日에 황후 朱氏(주씨)를 책립했고, 戊子日에 皇子 㵧(만)[198]을 太子로 책립한 뒤 죄수를 사면했다.

....

197 新都郡은 丹陽郡을 분할한 군. 始新縣은, 今 浙江省 서부 杭州市 관할 淳安縣 千島湖 서북.

198 본래 글자는 雨 아래에 '單' 字인데, 워드로 입력되지 않아, 주석에 실린 같은 音 㵧(물굽이 만)으로 대체한다.

겨울인 10월, 衛將軍 濮陽興(복양흥)[199]을 승상으로, 廷尉인 丁密(정밀)과 光祿勳인 孟宗(맹종)을 左右 御史大夫에 임명했다. 손휴는 승상 복양흥과 左將軍인 張布(장포)와 본래 舊恩(구은)이 있어 그들에게 정사를 맡겼는데, 장포는 궁정과 조정의 업무를 주관하고 복양흥은 군국 업무를 관할하였다.

황제 孫休는 典籍(경전)에 관심이 많아 百家의 모든 서책을 다 독파하려 했으며, 특히 꿩 사냥을 좋아하였다. 봄이나 여름철이면 새벽에 사냥을 나가 밤에 돌아오곤 했는데 그때만 손에서 책을 놓았으며, 손휴는 博士祭酒(박사제주)인 韋曜(위요)와 博士인 盛沖(성충)과 학문과 사상을 토론하였다. 위요와 성충은 평소에 모두 정성되고 직언을 잘했는데, 장포는 그들이 入侍하면서 은연 중에 정사의 득실을 논하면 자신이 전권을 행사할 수 없을 것이라 생각하여 말도 안 되는 주장으로 그들의 알현을 막으려 했다.

이에 손휴가 회답하였다.

「짐은 광범위한 독서로 많은 서책을 대략 훑어보았으니 읽은 책이 결코 적지 않을 것이다. 明君과 暗主, 姦臣과 賊子(적자), 古今의 현인과 우매한 자, 그들의 成敗에 관하여 읽지 않은 책이 없을 것이다. 韋曜(위요)[200] 같은 사람과 서적에 관하여 토론하는 것은 위요에게서 무엇을 다시 배우려는 뜻이 아니다. 이러한 토론이 왜 잘못이

<hr>

199 濮陽興(복양흥, ?-264년, 字 子元) - 濮陽은 複姓, 兗州 陳留郡 外黃縣 출신(今 河南省 商丘市 관할 民權縣).《吳書》19권,〈諸葛滕二孫濮陽傳〉에 입전.

200 韋曜(위요, 201-273년, 字 弘嗣) - 吳郡 雲陽縣(今 江蘇省 남부, 장강 남쪽 鎭江市 관할 丹陽市)사람. 東吳의 史學者, 經學家. 본명은 韋昭. 西晉의 陳壽가 司馬昭를 피휘하여 韋曜로 기록. 위요의〈博奕論(박혁론)〉이 유명.《吳書》20권,〈王樓賀韋華傳〉에 입전.

겠는가? 卿이 특별히 위요 등이 신하의 간악한 죄나 정변을 논할 것을 걱정하는 것 같은데, 그러한 말들은 내 귀에 들어오지 않을 것이다. 그러한 일은 짐이 이미 알고 있는 것이니, 위요 등의 설명이 있어서 알게 된 것도 아니다. 이 모두가 아무런 해악도 없으니 卿이 특별히 꺼릴 일도 아니다.」

장포는 손휴의 조서를 받고 죄송하다고 말하면서도 거듭 자신을 본의를 설명하며 그들의 조정 업무를 비방할 것이라고 걱정하였다. 이에 손휴가 말했다.

"책 읽기를 좋아하지 않는 사람이 있을까 걱정이지, 책을 좋아해서 나쁠 것은 없다. 책이 읽어 나쁠 것이 없는데, 卿이 좋지 않을 수도 있다고 생각하기 때문에 짐은 이를 설명했을 뿐이다. 政務나 학업은 각 유파에 따라 다르지만 서로를 방해하지도 않는데, 卿에게 오늘 같은 일이 있으리라고, 또 나에게도 해당되리라고 생각하지 못했으니, 정녕 받아들일 수 없는 일이요."

장포가 절을 올리고 머리를 조아리자, 손휴가 말했다.

"경이 이제 깨달았다면 왜 굳이 머리를 조아리는가? 卿의 忠誠心은 원근의 백성이 다 알고 있도다. 지난 일에 대하여 서로 잘 이해했기에 오늘 같이 높은 자리에 올라온 것이요. 《詩》에서도 '시작이 없는 사람은 없지만 잘 끝맺음은 많지 않다.'[201]고 하였으니, 무슨 일이든 끝이 중요한 만큼 卿도 끝맺음을 잘하기 바라오."

그전에 손휴가 제후 왕으로 있을 때 장포는 측근에서 군사를 지휘했었다. 장포는 평소 신임을 받았고, 손휴가 제위에 오르자 후한

---

201 '靡不有初, 鮮克有終.' -《詩經 大雅 蕩》의 구절.

상을 내리며 우대했는데, 나라의 권력을 장악하면서 무례한 행동이 많아졌고, 자신의 부족한 학식에 열등감을 가지면서 韋曜(위요)와 盛沖(성충)이 자신에 대한 언급이 있을까 더욱 꺼리었다. 손휴가 그렇지 않다는 것을 설명했어도 장포는 마음속으로 좋아하지 않으면서 더욱 의심하였기에, 결국 장포의 뜻대로 학문에 대한 토론은 중지했고 성충 같은 사람을 등용할 수도 없었다.

그 해에 察戰(찰전, 관직명)을 交阯郡(교지군)에 보내 孔雀(공작) 새와 큰 돼지를 조달케 하였다.

|原文|

六年夏四月, 泉陵言黃龍見. 五月, 交阯郡吏呂興等反, 殺太守孫諝. 諝先是科郡上手工千餘人送建業, 而察戰至, 恐復見取, 故興等因此扇動兵民, 招誘諸夷也.

冬十月, 蜀以魏見伐來告. 癸未, 建業石頭小城火, 燒西南百八十丈. 甲申, 使大將軍丁奉督諸軍向魏壽春, 將軍留平別詣施績於南郡, 議兵所向, 將軍丁封,孫異如沔中, 皆救蜀. 蜀主劉禪降魏問至, 然後罷.

呂興既殺孫諝, 使使如魏, 請太守及兵. 丞相興建取屯田萬人以爲兵. 分武陵爲天門郡.

| 국역 |

　(永安) 6년 여름 4월(서기 263), (零陵郡) 泉陵縣(천릉현)[202]에서 黃龍이 출현했다고 보고하였다. 5월, 交阯郡(교지군)[203]의 郡吏인 呂興(여흥) 등이 반기를 들고 태수인 孫諝(손서)를 죽였다. 손서는 이보다 앞서 군에서 목수 1천여 명을 징발하여 建業(건업)에 보낸 일이 있었는데, 察戰(찰전, 관직명)이 내려오자, 또 착취를 당할 것이 두려워 여흥 등이 백성을 선동하였고 여러 만이들을 유인하였다.

　겨울인 10월, 蜀의 魏의 공격을 받고 있다고 알려왔다. 癸未日에, 建業의 石頭 小城에 화재가 발생하여 성의 서남쪽 180여 丈(장)이 불탔다.

　甲申日, 대장군 丁奉(정봉)이 여러 군영을 감독하며 魏의 壽春城을 공격했고, 장군인 留平(유평)도 별도 부대를 거느리고 南郡의 施績(시적)[204]을 찾아가 군사 진격 방향을 논의하여, 장군 丁封(정봉)과 孫異(손이) 등과 함께 沔中(면중)으로 진격하여 촉한을 구원키로 했다. 그러나 蜀主 劉禪(유선)이 魏에 투항했다는 소식을 듣고 군사를 철수하였다.

　呂興(여흥)은 孫諝(손서)를 죽인 뒤 사람을 魏에 보내 太守와 군사를 보내달라고 요청하였다. 승상인 복양홍은 둔전 병력 1만여 명을 뽑아 군졸로 편성하였다. 武陵郡을 분할하여 天門郡을 신설하였다.

---

202 零陵郡 치소 泉陵縣, 今 湖南省 서남 永州市.

203 交阯郡(교지군, 交趾郡)의 郡治는 龍編縣, 今 越南社會主義共和國 河内市(하노이 시) 동쪽, 龍編, 安定, 苟漏 등 12개 현을 관할.

204 施績(시적) － 朱績(주적, ?－270年, 字 公緒) － 본래 施績(시적). 朱治의 손자, 朱然의 아들, 養祖父(朱治)의 성을 따라 朱姓을 사용.《吳書》11권,〈朱治朱然呂範朱桓傳〉에 附傳.

七年春正月, 大赦. 二月, 鎭軍陸抗, 撫軍步協, 征西將軍留平, 建平太守盛曼, 率衆圍蜀巴東守將羅憲. 夏四月, 魏將新附督王稚浮海入句章, 略長吏及男女二百餘口. 將軍孫越徼得一船, 獲三十人.

秋七月, 海賊破海鹽, 殺司鹽校尉駱秀. 使中書郎劉川發兵廬陵. 豫章民張節等爲亂, 衆萬餘人. 魏使將軍胡烈步騎二萬侵西陵, 以救羅憲, 陸抗等引軍退. 復分交州置廣州. 壬午, 大赦.

癸未, 休薨, 時年三十, 謚曰景皇帝.

|국역|

(永安) 7년 봄 정월(서기 264), 나라 안 죄수를 사면했다. 2월, 鎭軍 장군인 陸抗(육항)[205]과 撫軍 장군인 步協(보협), 征西 장군인 留平(유평), 建平 태수인 盛曼(성만) 등이 군사를 거느리고 蜀의 巴東郡 守將인 羅憲(나헌)을 포위하였다.

여름인 4월, 魏將으로 새로 부임한 도독 王稚(왕치)가 바다를 건너 句章縣[206]을 습격하여 현장과 남녀 백성 2백여 명을 생포해 돌아갔다. 장군인 孫越(손월)은 적선 1척을 빼앗아 30여 명을 구했다.

---

205 陸抗(육항, 226 – 274년, 字 幼節) – 陸遜(육손) 次子, 吳郡 吳縣(今 江蘇省 蘇州市) 출신. 東吳 후기의 名將, 大司馬 역임. 《吳書》13권, 〈陸遜傳〉에 附傳.
206 會稽郡 句章縣(구장현)은, 今 浙江省 북동부 寧波市 江北區에 해당.

가을인 7월, 해적들이 海鹽縣²⁰⁷을 공격하여 司鹽校尉인 駱秀(낙수)를 죽였다. 조정에서는 중서랑 劉川(유천)을 보내 廬陵郡(여릉군)의 군사를 출동케 하였다. 豫章郡 백성인 張節(장절) 등이 반란을 일으켰는데 그 무리가 1만여 명이나 되었다. 魏에서는 장군 胡烈(호열)을 시켜 2만 보병과 기병으로 (宜都郡) 西陵縣에 침입하여 羅憲(나헌)을 구출해갔고, 陸抗(육항) 등은 군사를 철수하였다. 다시 交州 자사부를 분할하여 廣州 자사부를 신설하였다. 壬午日에, 죄수를 사면하였다.

癸未日에, 황제 孫休(손휴)가 죽었는데 時年 30세였고, 시호는 景皇帝였다.

❸ 孫皓

|原文|

孫皓字元宗, 權孫, 和子也. 一名彭祖, 字晧宗. 孫休立, 封晧爲烏程侯, 遣就國. 西湖民景養相晧當大貴, 晧陰喜而不敢洩.

休薨, 是時蜀初亡, 而交阯攜叛, 國內震懼, 貪得長君. 左典軍萬彧昔爲烏程令, 與晧相善, 稱晧才識明斷, 是長沙桓王之疇也, 又加之好學, 奉遵法度, 屢言之於丞相濮陽興,左將軍張布.

興,布說休妃太后朱, 欲以皓爲嗣. 朱曰, "我寡婦人, 安知社稷之慮. 苟吳國無隕, 宗廟有賴可矣." 於是遂迎立皓, 時年二十三. 改元, 大赦. 是歲, 於魏咸熙元年也.

| 국역 |

孫皓(손호)[208]의 字는 元宗(원종)으로, 孫權의 손자이며 (태자였던) 孫和(손화, 손권의 三男)의 아들이다. 또 다른 이름은 彭祖(팽조)[209]이며, 字는 晧宗(호종)이다. 孫休(손휴)가 즉위하면서, 손호를 烏程侯(오정후)[210]에 봉해 封國에 부임케 하였다. 그곳 西湖의 백성인 景養(경양)은 손호의 관상을 본 뒤에 응당 大貴할 것이라 했는데, 손호는 은밀히 좋아하면서도 발설할 수가 없었다.

(景帝) 孫休(손휴)가 붕어할 때, 蜀漢이 멸망한 지 얼마 되지 않았

<hr>

208 孫皓〔손호, 243 – 284년, 字 元宗, 幼名 彭祖(팽조), 又 字晧宗〕– 吳 末帝. 孫皓의 原名은 孫晧(晧는 밝을 호). 廢太子 孫和(손화, 孫權의 三男)의 아들이니, 大帝 孫權의 손자. 재위 17년 서기 264 – 280). 東吳의 4번째 황제, 최후 황제, 삼국시대 제1의 폭군. 吳 景帝 孫休(손휴) 붕어할 때, 태자 손만은 너무 어렸고 당시 東吳의 사정은 내외적으로 어려움이 많았기에 대신의 합의와 朱황후의 승낙으로 손호를 황제로 영입했다. 손호는 즉위 뒤에 英明하게 施政을 추진했고 善政도 있었지만, 西陵之戰을 겪은 다음 폭정으로 이어져 결국 서기 280年 西晉에 멸망하였고 삼국시대도 終焉(종언)을 고했다. 손호는 망국의 군주로 廟號와 謚號가 없지만 후세 사학자들은 吳 後主, 또는 吳 末帝, 아니면 즉위 이전의 작위인 烏程侯, 歸晉 이후 작위인 歸命侯(귀명후)로도 지칭한다.

209 彭祖(팽조) – 신화 속의 인물. 전설로는 8백 살을 살았다.

210 烏程縣은 吳興郡의 치소, 今 浙江省 북단 湖州市에 해당.

고, 交阯(교지)에서도 반란이 일어나 나라 안이 두려워 떨면서 현명한 군주를 바라고 있었다. 左典軍이었던 萬彧(만욱)은 이전에 (吳興郡) 烏程縣 현령이었고 손호와 서로 친했는데, 만욱은 손호의 식견과 결단력을 칭송하면서 長沙 桓王(환왕, 孫策)과 똑같으며, 또 好學하며 법도를 잘 준수한다고 승상 濮陽興(복양흥)과 左將軍 張布(장포)에게 여러 번 말했다.

이에 복양흥과 장포는 손휴의 황후인 朱皇后(주황후)[211]에게 손호를 후사로 정하겠다고 진언하였다. 朱황후는 "나는 남편이 죽은 여인이니 어찌 사직의 걱정을 알겠습니까? 다만 吳國이 무사하고 종묘가 지켜지길 바랄뿐입니다."라고 말했다. 이에 결국 孫皓(손호)를 영입하니, 그때 23세였다. 改元하고 大赦하였다. 이 해가 魏 咸熙元年(서기 264)이었다.

| 原文 |

元興元年八月, 以上大將軍施績,大將軍丁奉爲左右大司馬, 張布爲驃騎將軍, 加侍中, 諸增位班賞, 一皆如舊.

九月, 貶太后爲景皇后, 追諡父和曰文皇帝, 尊母何爲太后.

....
211 孫權의 막내딸인 孫魯育(손노육, 俗稱 朱公主)이 朱據(주거, 뒷날 승상 역임)와 결혼하여 낳은 딸인데 장성하여 孫休와 결혼하니, 이가 景皇后 朱氏(?-265년)이다. 야사에서는 이름이 朱佩蘭(주패란)이다. 손휴가 죽은 뒤, 제위를 자신의 아들(태자)이 아닌 손호에게 넘겼지만 결국 손호의 핍박을 받아 죽었다. 《吳書》 5권, 〈妃嬪傳〉에 입전.

十月, 封休太子灣爲豫章王, 次子汝南王, 次子梁王, 次子
陳王, 立皇后滕氏.

皓旣得志, 粗暴驕盈, 多忌諱, 好酒色, 大小失望. 興,布竊
悔之. 或以譖皓, 十一月, 誅興,布.

十二月, 孫休葬定陵. 封后父滕牧爲高密侯, 舅何洪等三人
皆列侯. 是歲, 魏置交阯太守之都. 晉文帝爲魏相國, 遣昔吳
壽春城降將徐紹,孫彧銜命齎書. 陳事勢利害, 以申喩皓.

| 국역 |

元興(원흥) 원년 8월(서기 264), 上大將軍 施績(시적, 朱績), 大將軍
丁奉(정봉)[212]을 左右 大司馬에 임명했고, 張布는 驃騎將軍에 가관으
로 侍中이 되었으며, 대소 관리의 직위를 승진시키고 시상한 것은
모두 전례와 같았다.

9월에, 太后를 폄하하여 景皇后(경황후)라 했고, 부친 孫和를 추존
하여 文皇帝의 시호를 올렸고, 모친 何氏를 태후로 추존했다.

10월, 孫休의 태자 灣(만, 本字 雨部 아래 單)을 豫章王, 次子를 汝南
王, 次子를 梁王, 次子를 陳王에 봉하고 황후로 滕氏(등씨)를 책립하
였다.

孫皓(손호)는 得志하자, 粗野(조야)하며 포악했고 교만이 넘쳤으

---

212 丁奉(정봉, ?-271, 字 承淵) ─ 孫權 휘하, 東吳 후기의 장수. 孫權, 孫亮, 孫休,
孫皓의 四朝 元老, 젊어서부터 여러 장수(甘寧, 陸遜, 潘璋 등)의 부장으로 활
약. 용감하며 지략이 풍부했다. 江表 虎臣의 한 사람. 《吳書》10권,〈程黃韓
蔣周陳董甘淩徐潘丁傳〉에 입전.

며 꺼리고 싫어하는 사람이 많았고, 주색을 좋아하여 조정의 상하 모두가 실망하였다. 복양흥과 장포 역시 숨어 후회하였다. 어떤 자가 이를 손호에게 참소하자, 11월에, 복양흥과 장포를 죽여버렸다.

12월, 孫休를 定陵에 장례했다. 황후의 부친 滕牧(등목)을 高密侯에 봉했고, 외숙인 何洪(하홍) 등 3인이 모두 제후가 되었다. 이해에 魏에서는 交阯(교지) 태수를 치소에 보냈다. 司馬昭(사마소)[213]가 魏의 相國이 되었는데, 옛날 壽春城에서 투항한 東吳의 장수인 徐紹(서소)와 孫彧(손욱)에게 국서를 보냈다. 서소와 손욱은 형세와 이해관계를 설명하며 손호를 설득하였다.

| 原文 |

甘露元年三月, 皓遣使隨紹, 彧報書曰,

「知以高世之才, 處宰輔之任, 漸導之功, 勤亦至矣. 孤以不德, 階承統緒. 思與賢良共濟世道, 而以壅隔未有所緣, 嘉意允著, 深用依依. 今遣光祿大夫紀陟, 五宮中郎將弘璆宣明至懷.」

紹行到濡須, 召還殺之. 徙其家屬建安, 始有白紹稱美中國者故也. 夏四月, 蔣陵言甘露降, 於是改年大赦.

....
213 晉 文帝(司馬文王, 司馬昭) - 《三國志》 저자 진수가 晉의 현직 관리이기 때문에 司馬氏는 성명을 기록하지 못하고 뒷날의 시호로 기록했다. 曹魏의 역사적 사실을 기록하면서도 司馬宣王(司馬懿) - 司馬景王(司馬師)와 司馬文王(晉 文帝, 司馬昭)으로 표기했다.

秋七月, 皓逼殺景后朱氏, 亡不在正殿, 於苑中小屋治喪, 衆知其非疾病, 莫不痛切. 又送休四子於吳小城, 尋復追殺大者二人.

九月, 從西陵督步闡表, 徙都武昌, 御史大夫丁固, 右將軍部諸葛靚鎭建業. 陟,璆至洛, 遇晉文帝崩, 十一月, 乃遣還. 皓至武昌, 又大赦. 以零陵南部爲始安郡, 桂陽南部爲始興郡.

十二月, 晉受禪.

|구역|

甘露(감로) 원년 3월(서기 265), 孫皓(손호)는 (曹魏의 使臣) 徐紹(서소)와 孫彧(손욱)을 따라 답서를 보냈다.

「公은 세상에 제일 가는 재능으로 宰輔(相國)의 重任을 수행하면서 순리로 나라를 이끄는 공로는 위대하면서도 지극한 정성이십니다. 孤(自稱, 謙辭)는 不德하나 위계에 의거 대통을 이었습니다. 賢良과 함께 백성들을 함께 구제하겠다고 생각은 하지만, 그간 서로 격리되었기에 인연이 없었지만 고상한 대의가 뚜렷하기에 흠모의 정은 더욱 깊은 것 같습니다. 이번에 光祿大夫인 紀陟(기척)과 五宮中郎將인 弘璆(홍구, 아름다운 옥 구)를 보내 이곳의 성심을 전합니다.」

서소가 돌아가면서 濡須(유수)에 이르자, (孫皓는 서소를) 다시 불러 살해하였다. 그리고 그 가속은 (會稽郡) 建安縣으로 강제 이주시켰는데, 이는 서소가 中國(曹魏)을 칭송했다고 밀고한 자 때문이었다. 여름인 4월, (손권의 능침) 蔣陵(장릉)에 甘露가 내렸다고 보고

하자 연호를 바꾸고 죄수를 사면하였다.

　가을인 7월, 손호는 景帝의 황후 朱氏를 핍박하여 황후가 죽자, 시신을 正殿에 모시지 않고 苑中의 小屋에서 治喪케 하였는데, 이를 모두가 애통해 하였다. 또 손휴의 네 아들을 모두 吳郡의 작은 성에 살게 했는데 얼마 있다가 바로 나이가 위인 두 아들을 죽여버렸다.

　9월에, 西陵(서릉)의 都督인 步闡(보천)이 표문을 올려 武昌에 도읍할 것을 건의하였는데, 어사대부인 丁固(정고), 右將軍部의 諸葛靚(제갈정)[214]은 建業을 진무하고 있었다. (魏에 사신으로 간) 기척과 홍구가 낙양에 이르렀지만 마침 晉의 司馬昭가 죽었기에 11월에야 돌아왔다. 손호는 武昌에 가서 또 나라의 죄수를 사면하였다. 零陵郡의 남부를 始安郡으로, 桂陽郡의 남부를 始興郡으로 개편하였다.

　12월에, 晉[215]은 曹魏의 선양을 받았다.

．．．．．．．．．．．．．．．．

214 諸葛靚(제갈정, 생졸년 미상, 字 仲思) – 靚은 단정할 정. 고요하다. 魏에 출사했고 魏에 반기를 들었던 曹魏의 征東大將軍 諸葛誕(제갈탄)의 幼子. 諸葛誕 반란 후 東吳에 출사하여 大司馬를 역임했다.

215 晉 – 西晉(서기 265–316年). 魏晉南北朝 시기의 통일 왕조 晉 武帝 司馬炎이 曹魏의 선양을 받아 건립. 洛陽에 정도할 때를 '西晉'으로 통칭. 서진 존속 기간은 51년, 東吳 통합 이후는 겨우 37년간이었다. 晉은 사마의 이후 三代에 걸친 노력이 있어 천하를 차지했고 삼국분열의 종지부를 찍었다. 晉 武帝 司馬炎은 서기 265년에 칭제하고서 15년이 지난 280년에 吳를 통합하여 전 중국 통일이라는 큰 목표를 달성했다. 吳를 멸망시키려는 목표를 세우고 준비한 羊祜(양호)였지만, 그는 죽기 전에 사마염에게 통일 후에 '마땅히 마음을 써야 할 것을 깊이 생각하라.'는 충고를 했다. 이는 통일 후의 무사안일과 사치를 걱정하는 말이었다. 사마염 아래에서 이부상서를 지낸 竹林七賢의 한 사람인 山濤(산도) 역시 '밖이 평안하면 필히 안 근심이 있는 것'을 걱정하였는데, 이 역시 같은 뜻이라 할 수 있다. 晉이 천하를 통일하고서 강력한 발전을 추진하지 못하고 통일 후 37년 만에 망한 것은 무제에서부터 시작된 사치와 무사안일, 그리고 지도층이 淸談에 빠져 들어가며 건전기풍을 상실했다는 데에서 멸망의 원인을 찾을 수 있다.

寶鼎元年正月, 遣大鴻臚張儼,五官中郞將丁忠弔祭晉文帝. 及還, 儼道病死. 忠說皓, 曰, "北方守戰之具不設, 弋陽可襲而取."

皓訪群臣, 鎭西大將軍陸凱曰, "夫兵不得已而用之耳, 且三國鼎立已來, 更相侵伐, 無歲寧居. 今强敵新幷巴蜀, 有兼土之實, 而遣使求親, 欲息兵役, 不可謂其求援於我. 今敵形勢方强, 而欲徼幸求勝, 未見其利也."

車騎將軍劉纂曰, "天生五才, 誰能去兵? 譎詐相雄, 有自來矣. 若其有闕, 庸可棄乎? 宜遣間諜, 以觀其勢."

皓陰納纂言, 且以蜀新平. 故不行, 然遂自絶. 八月, 所在言得大鼎, 於是改年, 大赦. 以陸凱爲左丞相, 常侍萬彧爲右丞相. 冬十月, 永安山賊施但等聚衆數千人, 劫皓庶弟永安侯謙出烏程, 取孫和陵上鼓吹曲蓋. 比至建業, 衆萬餘人. 丁固, 諸葛靚逆之於牛屯, 大戰. 但等敗走. 獲謙, 謙自殺.

分會稽爲東陽郡, 分吳,丹楊爲吳興郡. 以零陵北部爲邵陵郡. 十二月, 皓還都建業, 衛將軍滕牧留鎭武昌.

(孫皓) 寶鼎(보정) 원년 정월(서기 266), 大鴻臚(대홍려)인 張儼(장엄)과 五官中郞將인 丁忠(정충)을 보내 司馬昭(사마소, 晉 文帝)의 喪

을 조문하였다. 돌아오면서 장엄은 길에서 병사했다. 정충이 손호에게 말했다.

"北方(진)에 방어시설을 갖추지 않았으니, 우리가 弋陽郡(익양군)[216]을 습격하면 점거할 수 있습니다."

손호는 여러 신하들의 의견을 물었는데, 鎭西大將軍인 陸凱(육개)[217]가 말했다.

"전쟁은 부득이한 경우에 택할 수 있으며, 또 삼국이 鼎立(정립)이래로 서로가 서로를 정벌하느라고 편히 살날이 없었습니다. 지금 강적은 새로이 巴蜀을 차지하여 영역이 그만큼 넓어졌는데도, 우리에게 사신을 보내 화친코자 한 것은 전쟁을 멈추려는 뜻이지 우리를 도우려는 뜻은 아닙니다. 지금 적의 형세는 강한데, 우리가 요행수 승리를 얻으려 할 때 우리에게는 이득이 없을 것입니다."

이에 車騎將軍 劉纂(유찬)이 말했다.

"하늘에 五才(五行)가 있으니 어찌 전쟁이 없겠습니까? 거짓을 동원해서라도 이기려 다투기는 옛날에도 마찬가지였습니다. 만약 그들에게 빈틈이 있다면 어찌 그냥 버릴 수 있겠습니까? 응당 間諜(간첩)을 보내 그 형세를 알아봐야 합니다."

손호는 마음속으로 유찬의 말을 받아들이면서, 蜀은 편입된 지 얼마 안 되었기에 움직이지 않을 것이며 결국 晉과는 단절될 것이라 생각하였다.

....

216 弋陽郡(익양군) 治所는 弋陽縣. 今 河南省 동남부 淮河 남안 信陽市 潢川縣(황천현).

217 陸凱(육개, 198 – 269년, 字 敬風) – 凱는 즐길 개. 吳郡 吳縣 출신, 陸遜(육손)의 族子. 三國 孫吳 후기의 重臣, 左丞相 역임. 손호의 미움을 많이 받아 나중에는 일족이 (會稽郡) 建安縣에 유배되었다. 《吳書》16권, 〈潘濬陸凱傳〉에 입전.

8월에, 손호가 머물던 武昌에서 큰 솥(大鼎)이 발견되자 연호를 바꾸고 죄수를 사면하였다. 손호는 陸凱(육개)를 左丞相에, 常侍인 萬彧(만욱)[218]을 右丞相에 임명하였다.

겨울인 10월, (吳郡) 永安縣의 산적인 施但(시단) 등 무리 수천 명이 손호의 庶弟인 永安侯 孫謙(손겸)을 겁박하여 烏程(오정)에서 출발하였고, 孫和의 능묘에 있던 鼓吹(고취, 악기)와 여러 儀仗(의장)을 탈취하였다. 시단의 무리가 建業에 이를 때쯤에는 무리가 1만여 명이나 되었다. 丁固(정고)와 諸葛靚(제갈정)이 그 역도들은 牛屯(우둔)에서 맞아 크게 싸웠다. 시단 등은 패주하였다. 영안 후 손겸을 구출하였지만, 손겸은 자살하였다.

會稽郡을 분할하여 東陽郡을, 吳郡과 丹楊(丹陽)郡을 분할하여 吳興郡을 신설했다. 零陵 북부를 분할하여 邵陵郡을 신설하였다. 12월, 손호는 建業으로 還都하였고, 衛將軍 滕牧(등목)을 武昌에 남겨 鎭撫(진무)하게 하였다.

| 原文 |

二年春, 大赦. 右丞相萬彧上鎭巴丘. 夏六月, 起顯明宮, 冬十二月, 皓移居之. 是歲, 分豫章,廬陵,長沙爲安成郡.

三年春二月, 以左右御史大夫丁固,孟仁爲司徒,司空. 秋九月, 皓出東關, 丁奉至合肥. 是歲, 遣交州刺史劉俊,前部督脩

---

218 萬彧(만욱, ?-272년) - 彧은 문채 욱. 吳 末帝 孫皓의 寵臣, 右丞相 역임.

則等人擊交阯. 爲晉將毛炅等所破, 皆死. 兵散還合浦.

(寶鼎) 2년 봄(서기 267), 나라의 죄수를 사면하였다. 우승상인 萬彧(만욱)은 長江 상류 巴丘(파구)[219]를 지켰다. 여름 6월, 顯明宮(현명궁)[220]을 건축하여 겨울인 12월, 손호가 이거하였다. 이 해에 豫章, 廬陵(여릉), 長沙郡을 분할하여 安成郡을 신설했다.

(寶鼎) 3년 봄 2월(서기 268), 좌, 우 어사내부인 丁固(성고)와 孟仁(맹인)을 司徒와 司空에 임명하였다. 가을인 9월, 손호는 東關(동관)[221]에서 출병하였고, 丁奉(정봉)은 合肥(합비)를 공격하였다. 이 해에 交州刺史 劉俊(유준)과 前部 督郡인 脩則(수칙) 등의 군사로 交阯郡(교지군)을 공격했지만 晉將 毛炅(모경) 등에게 격파되어 모두 전사했다. 병졸은 흩어져 合浦郡으로 돌아왔다.

建衡元年春正月, 立子瑾爲太子, 及淮陽,東平王. 冬十月,

---

219 巴丘(파구) - 東吳 廬陵郡의 巴丘縣, 今 湖南省 동북단 岳陽市.

220 東吳의 대표적 궁궐은 孫權 때 건축한 太初宮인데, 4방이 3백 丈(장)이라고 했다. 손호는 昭明宮을 지었는데 사방이 5백 장이었다고 했다. 이 소명궁을 司馬昭의 昭를 피휘하여 陳壽가 顯明宮이라 기록했다. 이 현명궁을 지을 때 2천석 이하 모든 관리가 산에 들어가 벌목하는 등 강제 동원했고 호화 사치스런 건물이었다. 陸凱(육개)가 간언을 올렸지만 손호는 따르지 않았다.

221 東關(동관) - 관문 이름. 今 安徽省 巢縣 남쪽. 濡須山 소재. 巢湖의 물 배출구에 해당.

改年, 大赦. 十一月, 左丞相陸凱卒. 遣監軍虞汜,威南將軍薛
珝,蒼梧太守陶璜由荊州, 監軍李勖,督軍徐存從建安海道, 皆
就合浦擊交阯.

二年春, 萬彧還建業. 李勖以建安道不通利, 殺導將馮斐,
引軍還. 三月, 天火燒萬餘家, 死者七百人. 夏四月, 左大司
馬施績卒. 殿中列將何定曰, "少府李勖枉殺馮斐, 擅徹軍退
還." 勖及徐存家屬皆伏誅.

秋九月, 何定將兵五千人上夏口獵. 都督孫秀奔晉. 是歲,
大赦.

| 국역 |

　建衡(건형) 원년 봄 정월(서기 269), 皇子인 孫瑾(손근)을 태자로
책립했고, (두 아들을) 淮陽王과 東平王에 봉했다. 겨울인 10월, 연
호를 바꾸고 죄수를 사면했다. 11월, 左丞相 陸凱(육개)가 죽었다.
監軍인 虞汜(노사), 威南將軍인 薛珝(설후), 蒼梧 태수인 陶璜(도황)은
荊州(형주)에서, 監軍인 李勖(이욱), 督軍인 徐存(서존)은 (會稽郡) 建
安縣에서 海道로 진군하여 모두 合浦郡에 모여 (晉의 세력 하에 있
는) 交阯郡(교지군)을 공격하였다.

　(建衡) 2년 봄(서기 270), 萬彧(만욱)은 建業으로 돌아왔다. 李勖
(이욱)은 (會稽郡) 建安縣의 도로가 불통했다 하여 (길 안내 담당) 導
將인 馮斐(풍비)를 죽이고 군사를 회군하였다. 3월에, (낙뢰에 의한)
天火로 1만여 민가가 불탔고, 7백여 명이 죽었다.

여름인 4월, 左 대사마인 施績(시적)이 죽었다. 殿中列將인 何定
(하정)[222]이 말했다.

"少府 李勗(이욱)은 죄도 없는 馮斐(풍비)를 죽이고 멋대로 군사를
철수해 돌아왔습니다."

이에 이욱과 徐存(서존)의 일족 모두가 처형되었다. 가을인 9월,
何定(하정)은 군사 5천을 동원하여 夏口(하구)에 가서 사냥했다. 都
督인 孫秀(손수)가 晉으로 망명했다. 이 해에, 죄수를 사면하였다.

|原文|

三年春正月晦, 皓擧大衆出華里, 皓母及妃妾皆行, 東觀令
華覈等固爭, 乃還. 是歲, 汜,璜破交阯, 禽殺晉所置守將, 九
眞,日南皆還屬. 大赦, 分交阯爲新昌郡. 諸將破扶嚴, 置武平
郡. 以武昌督范愼爲太尉.

右大司馬丁奉,司空孟仁卒. 西苑言鳳凰集, 改明年元.

|국역|

(建衡) 3년 봄 정월 그믐(서기 271), 손호는 많은 군사를 거느리

222 何定(하정, ?-272년) - 본래 손권의 給使였다가 관리가 되었다. 孫皓가 즉위
한 뒤에 하정을 先帝의 舊人이라 하여 하정을 樓下都尉에 임명하여 釀造(양
조) 책임자로 임명했는데, 이후 총애를 빙자하여 방자하게 놀았다. 그 아들이
少府 李勗(이욱)의 딸에게 청혼했지만 거절당하자 이욱을 모함했다. 鳳皇 원
년(서기 272) 죄상이 드러나 처형되었다.

고 (建業 근처의) 華里(화리)란 곳까지 놀러나갔는데,[223] 손호의 모친
이나 妃妾까지도 모두 같이 갔으나 東觀令[224]인 華覈(화핵)[225] 등이
완강하게 간언을 올리자 돌아왔다.

이 해에, 虞氾(우사)와 陶璜(도황) 등이 交阯郡을 격파하여 晉에서
파견한 守將을 모두 잡아 죽였으며, 九眞郡[226]과 日南郡[227] 등이 다
시 東吳에 귀속하였다. 나라 안 죄수를 사면했다. 교지군을 분할하
여 新昌郡을 설치하였다. 여러 장수들이 扶嚴(부엄)을 공격 평정하
자, 武平郡을 설치했다. 武昌 督軍인 范愼(범신)이 太尉가 되었다.

右 대사마인 丁奉(정봉)과 司空인 孟仁(맹인)이 죽었다. 西苑에 鳳
凰이 모여들자, 다음 해에 개원키로 했다.

....
223 이는 당시 동남에서 천자가 일어나 낙양에 들어온다는 참언에 따른 일종의
흉내이며 奇行이었다. 한겨울의 추위와 눈 속에서 행군하며 호위하는 사졸
들의 불만이 터져 나오자 손호는 회군했다는 주석이 있다.

224 東觀은 본래 洛陽 南宮의 장서각, 觀은 누각 관, 후한의 동관에서 대를 이어
편찬한 後漢 代 역사를 《東觀記》라고 불렀는데, 모두 143권이다. 기전체로
후한 光武帝에서 靈帝까지 역사를 서술한 官撰(관찬)의 當代史이다. 이는 후
한 明帝 때 처음 편찬된 이후 章帝, 安帝, 桓帝, 靈帝, 獻帝까지 계속되었는데
本紀, 列傳, 表, 載記등으로 구분 편찬하였다. 東吳에서도 동관을 설치하고
역사를 편찬하였다.

225 華覈(화핵, 219 - 278년, 字 永先) - 吳郡 武進縣人. 孫吳의 史官, 建興 元年(서
기 252년). 孫亮이 卽位하자 韋昭(위소) 薛瑩(설영) 등과 함께 《吳書》 55권을
편찬했다. 元興 元年(서기 264년) 孫晧가 卽位한 뒤에 徐陵亭侯로 책봉 받았
고, 天册 元年(서기 275), 사소한 일로 탄핵을 받아 면직되었다가 天紀 2년
(서기 278년) 병사했다. 《吳書》 20권, 〈王樓賀韋華傳〉에 입전.

226 交州 九眞郡 - 治所 胥浦縣(서포현), 今 越南國 중부 淸化省 서북 東山縣.

227 交州 日南郡 - 治所 西卷縣, 今 越南國 중부 廣治省 廣治市. 九眞郡 남쪽.

鳳皇元年秋八月, 徵西陵督步闡. 闡不應, 據城降晉. 遣樂
鄕都督陸抗圍取闡, 闡衆悉降. 闡及同計數十人皆夷三族. 大
赦. 是歲, 右丞相萬彧被譴憂死, 徙其子弟於盧陵. 何定姦穢
發聞, 伏誅. 皓以其惡似張布, 追改定名爲布.

二年春三月, 以陸抗爲大司馬. 司徒丁固卒. 秋九月, 改封
淮陽爲魯, 東平爲齊, 又封陳留, 章陵等九王, 凡十一王, 王給
三千兵. 大赦. 皓愛妾或使人至市劫奪百姓財物, 司市中郎將
陳聲, 素皓幸臣也, 恃皓寵遇, 繩之以法. 妾以愬皓, 皓大怒,
假他事燒鋸斷聲頭, 投其身於四望之下. 是歲, 太尉范愼卒.

三年, 會稽妖言章安侯奮當爲天子. 臨海太守奚熙與會稽
太守郭誕書, 非論國政. 誕但白熙書, 不白妖言, 送付建安作
船. 遣三郡督何植收熙, 熙發兵自衛, 斷絶海道. 熙部曲殺熙,
送首建業, 夷三族. 秋七月, 遣使者二十五人分至州郡, 科出
亡叛. 大司馬陸抗卒. 自改年及是歲, 連大疫. 分鬱林爲桂林
郡.

鳳皇(봉황) 원년 가을 8월(서기 272), 西陵(서릉)[228]의 都督인 步闡
(보천)을 조정으로 徵召하였다. 그러나 보천을 불응하면서 城을 들

---

228 (宜都郡) 西陵縣(서릉현) – 今 湖北省 서남부 宜昌市 夷陵區에 해당.

어 쯤에 투항하였다. 조정에서는 樂鄕都督인 陸抗(육항)을 보내 보천을 포위하여 생포하자 보천의 군사들은 모두 항복하였다. 보천과 함께 모의한 수십 명의 삼족을 모두 죽여버렸다. 죄수를 사면하였다. 우승상인 萬彧(만욱)이 견책을 받고 근심 걱정으로 죽었는데, 그 자제를 모두 盧陵(여릉)으로 강제 이주시켰다. 何定(하정)의 부정한 비리가 드러나 처형되었다. 손호는 하정의 악행이 張布(장포)와 비슷하다 하여 이름도 何布(하포)로 바꿔버렸다.

(鳳凰) 2년 봄 3월(서기 273), 陸抗(육항)이 大司馬가 되었다. 司徒인 丁固(정고)가 죽었다. 가을인 9월, 淮陽王을 魯王으로 東平王을 齊왕으로 바꿔 봉했고, 또 陳留王, 章陵王 등 9명, 총 11王을 봉했는데, 왕에게는 군사 3천 명을 지급하였다. 나라의 죄수를 사면했다.

손호의 애첩은 가끔 사람을 시장에 보내 백성의 재물을 겁탈케 하였는데, 司市中郞將인 陳聲(진성)은 평소에 손호의 총애를 받았기에, 손호의 총애를 믿고 법으로 단속하였다. 애첩이 손호에게 참소하자, 손호가 대노하면서 다른 일을 핑계로 불에 달군 톱으로 진성의 목을 자르고 시신을 四望이란 곳에 버렸다. 이 해에 太尉인 范愼(범신)이 죽었다.

(鳳凰) 3년(서기 273), 會稽郡에 章安侯 孫奮(손분)이 天子가 되어야 한다는 요언이 퍼졌다. 臨海 태수인 奚熙(해희)는 會稽 태수인 郭誕(곽탄)에게 서신을 보내 국정을 비판하였다. 곽탄은 해희의 서신을 보고하였지만 요언에 대해서는 언급하지 않았는데, (곽탄은) (會稽郡) 建安縣에 가서 배를 만드는 노역에 처했다.

손호가 三郡都督인 何植(하식)을 보내 해희를 체포하게 하자, 해희는 군사를 동원하여 지키면서 바닷길을 막아버렸다. 그러나 해희의 부하가 해희를 죽여 수급을 建業에 보내자, 삼족을 멸했다.

가을인 7월, 使者 25명을 州郡에 나눠 보내 도망자나 반역자를 색출케 하였다. 大司馬 陸抗(육항)이 죽었다. 연호를 바꾼 이후 이 해까지 전염병이 크게 유행하였다. 鬱林郡(울림군)을 분할하여 桂林郡을 신설했다.

| 原文 |

天册元年, 吳郡言掘地得銀, 長一尺, 廣三分, 刻上有年月字. 於是大赦, 改年.

天璽元年, 吳都言臨平湖自漢末草歲壅塞, 今更開通. 長老相傳此湖塞, 天下亂, 此湖開, 天下平. 又於湖邊得石函, 中有小石, 青白色, 長四寸, 廣二寸餘, 刻上作皇帝字. 於是改年, 大赦. 會稽太守車浚, 湘東太守張詠不出算緡, 就在所斬之, 徇首諸郡.

秋八月, 京下督孫楷降晉. 鄱陽言歷陽山石文理成字, 凡二十, 云'楚九州渚, 吳九州都. 揚州士, 作天子. 四世治, 太平始.'

又吳興陽羨山有空石, 長十餘丈, 名曰石室, 在所表爲大瑞. 乃遣兼司徒董朝, 兼太常周處至陽羨縣, 封禪國山. 明年改元, 大赦, 以協石文.

天册(천책) 원년(서기 275), 吳郡에서는 땅에서 銀으로 된 簡册(간
책)을 파냈는데, 길이는 1척에 넓이가 三分이며 年月의 글자가 쓰여
있다고 보고하였다. 이에 나라의 죄수를 사면하고 改元하였다.

天璽(천새) 원년(서기 276), 吳都에서 臨平湖(임평호)는 漢末부터
수초가 해마다 수로를 막았는데 금년에는 길이 트였다고 보고하였
다. 장로들의 전해오는 말로는 호수가 막히면 천하가 혼란하고, 호
수 물길이 트이면 천하가 태평하다고 하였다. 또 호수 주변에서 石
函(석함)을 찾아냈는데, 그 안에 청백색으로 길이가 4寸의 넓이가 2
촌이 좀 넘는 작은 돌이 있고, 거기에 '皇帝'라는 글자가 새겨져 있
다고 하였다. 이에 연호를 바꾸고 죄수를 사면하였다. 會稽太守인
車浚(차준), 湘東(상동) 태수인 張詠(장영)이 징수한 算緡錢(산민전)[229]
을 바치지 않았다 하여 임지에서 참수한 뒤에 각 郡에 수급을 돌려
보게 하였다.

가을인 8월, 京下 督督인 孫楷(손해)가 晉에 투항하였다. 鄱陽郡
(파양군)에서는 歷陽山(역양산)의 돌무늬가 글자를 이루었는데, 모두
20字인데 '楚는 九州의 물 가장자리이고(渚楚九州), 吳는 九州의

----

229 算緡(산민, 緡은 돈꿰미 민) – 전한 이후 주로 상인들에게 부과하는 일종의 재
산세. 武帝 때(元狩 4년, 前 119년), 중앙정부의 재정이 쪼들리자 張湯(장탕)
과 桑弘羊(상홍양) 등의 건의로 算緡制度를 복원 시행하였다. 상인의 재산 2
천 錢을 기준으로 120錢(一算)을 징수하였다. 이외에도 수레나 선박에 대해
서도 일정한 기준에 의거 과세하였다.

都邑이로다(吳九州都). 揚州의 士人이 천자를 옹립한다(揚州士, 作天子). 四世에 걸친 통치로 태평시대가 열린다.(四世治, 太平始.)'
라고 하였다.

또 吳興郡의 陽羨山(양성산)에 석굴이 있는데 길이가 10여 丈(장)이나 되어 石室이라 불렸는데, 오흥군에서는 표문을 올려 이를 크게 상서로운 일이라고 하였다. 이에 司徒을 겸임하는 董朝(동조)와 太常을 겸하는 周處(주처)를 陽羨縣(양선현)에 보내 양성산을 國山으로 봉선케 하였다 이에 명년에 개원키로 하고 죄수를 사면하여 石文(20字)에 호응하였다.

| 原文 |

天紀元年夏, 夏口督孫愼出江夏, 汝南, 燒略居民. 初, 騶子張俶多所譖白, 累遷爲司直中郎將, 封侯, 甚見寵愛. 是歲, 姦情發聞, 伏誅.

二年秋七月, 立成紀, 宣威等十一王, 王給三千兵, 大赦.

三年夏, 郭馬反. 馬本合浦太守脩允部曲督. 允轉桂林太守, 疾病, 住廣州. 先遣馬將五百兵至郡安撫諸夷. 允死, 兵當分給, 馬等累世舊軍, 不樂離別. 皓時又科實廣州戶口, 馬與部曲將何典, 王族, 吳述, 殷興等因此恐動兵民, 合聚人衆, 攻殺廣州督虞授. 馬自號都督交, 廣二州諸軍事, 安南將軍, 興廣州刺史, 述南海太守. 典攻蒼梧, 族攻始興.

八月. 以軍師張悌爲丞相, 牛渚都督何植爲司徒. 執金吾滕
循爲司空, 未拜, 轉鎭南將軍, 假節領廣州牧, 率萬人從東道
討馬, 與族遇於始興, 未得前. 馬殺南海太守劉略, 逐廣州刺
史徐旗, 皓又遣徐陵督陶濬將七千人從西道, 命交州牧陶璜
部伍所領及合浦, 鬱林諸郡兵, 當與東西軍共擊馬.

| 국역 |

天紀(천기) 원년 여름(서기 277년), 夏口(하구)의 都督인 孫愼(손신)
은 장졸을 거느리고 江夏郡과 汝南郡 일대의 백성을 노략질하였다,
그전에, 騶子(추자, 馬匹을 사육하는 牧夫) 출신인 張俶(장숙)은 참소를
많이 하여 차츰 승진하여 司直中郎將이 되었고 제후에 봉해졌으며
손호의 총애를 받았다. 이 해에, 그간의 간악한 죄상이 드러나 처형
되었다.

(天紀) 2년 가을 7월(서기 278), 成紀王(성기왕), 宣威王(선위왕) 등
11王을 책립하고 군사 3천을 거느리게 하였고 죄수를 사면하였다.

(天紀) 3년 여름(서기 279), 郭馬(곽마)가 반란을 일으켰다. 곽마
는 본래 合浦 태수 脩允(수윤)의 부대 督軍이었다. 수윤은 桂林(계림)
태수로 전출되었는데, 병에 걸려 廣州(광주)에서 요양하고 있었다.
수윤은 먼저 곽마에게 군사 5백 명을 주어 계림군에 보내서 여러 이
민족을 진무하게 시켰다. 그러나 수윤이 죽자, 그 군사는 당연히 돌
려보내야 했지만, 그들이 오랫동안 같이 복무했기에 서로 헤어지길
원하지 않았다. 마침 손호가 그때 廣州의 戶口를 사실대로 조사하
게 하자, 곽마는 그 부대의 부장인 何典(하전), 王族(왕족), 吳述(오

술), 殷興(은홍) 등과 함께 병졸과 백성을 선동하며 무리를 모은 다음에, 廣州 都督인 虞授(우수)를 공격하였다. 곽마는 자칭 交州와 廣州 2자사부의 軍事 업무를 감독하는 都督 겸 安南將軍을 자칭하였다. 그리고 은홍은 廣州 자사, 오술은 南海太守라 하였다. 그리고 하전은 蒼梧郡(창오군)을, 왕족은 始興郡을 공격하였다.

8월, 軍師인 張悌(장제)가 승상에, 牛渚(우저)²³⁰의 都督인 何植(하식)이 司徒에 내정되었다. 執金吾(집금오)인 滕循(등순)은 司空에 내정되었는데, 등순은 정식 제수 받기 전에 鎭南將軍으로 전직되어 부절을 받고 廣州牧을 겸임케 하여, 군사 1만 명을 거느리고 동쪽으로 나아가 郭馬(곽마)를 토벌케 하였다. 그러나 반군인 王族(왕족)과 始興郡에서 조우하여 더 진군하지 못했다. 곽마는 南海 태수 劉略(유략)을 살해했고 마침내 廣州 자사인 徐旗(서기)를 방축하였다. 이에 손호는 다시 徐陵(서릉) 도독인 陶濬(도준)을 보내 7천 군사를 거느리고 서쪽 길을 따라 진격케 하였고, 交州牧인 陶璜(도황)에게 명하여 본래 거느린 군사 외에 合浦郡, 鬱林郡(울림군) 등 여러 군의 군사를 거느려 동서 양쪽에서 반군 곽마를 공격케 하였다.

| 原文 |

有鬼目菜生工人黃耈家, 依緣棗樹, 長丈餘, 莖廣四寸, 厚三分. 又有買菜生工人吳平家, 高四尺, 厚三分, 如枇杷形,

230 牛渚(우저) - 산 이름. 수 安徽省 馬鞍山市 관할 當涂縣(당도현) 長江 연안. 長江 하류의 중요 포구이며 군사 요충지.

上廣尺八寸, 下莖廣五寸, 兩邊生葉綠色. 東觀案圖, 名鬼目
作芝草, 買菜作平慮草, 遂以耈爲侍芝郎, 平爲平慮郎, 皆銀
印青綬.

冬, 晉命鎮東大將軍司馬伷向塗中, 安東將軍王渾,揚州刺
史周浚向牛渚, 建威將軍王戎向武昌, 平南將軍胡奮向夏口,
鎮南將軍杜預向江陵, 龍驤將軍王濬, 廣武將軍唐彬浮江東
下, 太尉賈充爲大都督, 量宜處要, 盡軍勢之中. 陶濬至武昌,
聞北軍大出, 停駐不前.

┃국역┃

鬼目菜(귀목채)라는 식물이 工人인 黃耈(황구, 황씨 노인, 耈는 늙은
이 구)의 집 대추나무에 의지해 자랐는데, 길이는 1丈(장)이 조금 넘
었고, 줄기의 넓이는 4寸이며, 두께는 3分(분, 푼)이나 되었다. 또 買
菜(매채)라는 식물이 工人 吳平(오평)의 집에 자랐는데, 높이는 4尺
에 두께는 3分으로 枇杷(비파, 상록교목의 이름) 나무 모양이었는데,
윗부분의 넓이는 1尺8寸, 아래 줄기의 두께는 5寸이며 양쪽에 녹색
의 잎이 달렸다. (궁중) 東觀(동관)의 관리가 그림을 보고서는 귀목
채를 芝草(지초)로, 買菜(매채)를 平虜草(반적을 평정하는 풀이라는 뜻)
라고 부르게 하였다. 그리고 황구를 侍芝郎(시지랑)에, 오평에게는
平慮郎(평로랑)이라는 관직을 수여하였는데, 모두 銀印에 청색 인수
를 차게 했다.[231]

---
231 사실 이런 식물에 관한 기록은 반란 진압이나 國政과 아무 상관도 없는, 그리
고 실제 그러한 모양이고 크기였는지 확인할 수도 없다. 비합리적인 사실을

겨울, 晉은 鎭東大將軍 司馬伷(사마주)에게 명하여 塗中(도중)으로 진격케 하고, 安東將軍 王渾(왕혼)과 揚州 자사 周浚(주준)은 牛渚(우저)로, 建威將軍인 王戎(왕융)은 武昌으로, 平南將軍인 胡奮(호분)은 夏口(하구)로, 鎭南將軍인 杜預(두예)는 江陵(강릉)으로 진격케 하였으며, 龍驤將軍(용양장군)인 王浚(왕준), 廣武將軍인 唐彬(당빈)은 長江을 따라 동쪽으로 진격케 하였으며, 太尉인 賈充(가충)[232]을 大都督에 임명하여 적정하고 중요한 곳에서 全軍을 지휘케 하였다.

(吳將, 徐陵 도독인) 陶浚(도준)은 武昌에 이르러 북쪽 晉의 대군이 공격한다는 소식을 듣고 군사를 멈추고 전진하지 못했다.

|原文|

初, 皓每宴會群臣, 無不咸令沉醉. 置黃門郞十人, 特不與酒, 侍立終日, 爲司過之吏. 宴罷之後, 各奏其闕失, 迕視之咎, 謬言之愆, 罔有不擧. 大者卽加威刑, 小者輒以爲罪. 後宮數千, 而采擇無已. 又激水入宮, 宮人有不合意者, 輒殺流

기록하지 않은 陳壽가 이런 기록을 찾아 수록한 것은 東吳 말년의 정치 문란이나 인재 등용과 시상이 '이런 정도였다.' 곧 東吳의 멸망은 필연적이라는 사실을 강조하기 위한 뜻이라고 해석할 수 있다. 사실《三國志》에 黃龍이 출현했다는 보고가 있었다는 기록은 많지만, 그 황룡이 어떤 모습인지 설명한 내용은 없다. 그렇다면 그런 보고 자체를 의심하지 않을 수밖에 없다. 그만큼 조작된 보고라는 뜻이다.

232 賈充(가충, 217 - 282년, 字 公閭) - 平陽郡 襄陵縣(今 山西 襄汾縣) 출신, 曹魏 豫州刺史인 賈逵(가규)의 아들. 三國時代 魏國과 西晉의 大臣. 西晉 建國功臣, 司馬昭와 司馬炎의 心腹. 그의 딸 賈南風이 서진 황실에 출가 뒷날 정치적 영향력을 행사하였다.

之. 或剝人之面, 或鑿人之眼.

岑昏險諛貴幸, 致位九列, 好興功役, 衆所患苦. 是以上下
離心, 莫爲皓盡力. 蓋積惡已極, 不復堪命故也.

| 국역 |

그전에, 손호는 群臣을 모아 연회를 할 때마다 늘 모두에게 취하
도록 마시게 하였다. 그리고는 술을 먹지 않는 黃門郞 10인을 잔치
하는 사이에 세워놓고 관리들의 실수를 살피게 하였다. 술자리가
파한 뒤에 관리들의 실수를 보고하게 시켰는데, 각자가 불만스런
표정이나 함부로 말을 지껄였다는 등 걸리지 않는 자가 없었다. 큰
실수는 즉각 형벌에 처하고 작은 실수는 죄를 자복하게 하였다. 손
호의 후궁 연인이 수천 명이었어도 새로운 여인 선발을 그치지 않
았다. 또 급류를 궁 안으로 끌어들여 마음에 들지 않는 궁녀가 있으
면 죽여서 물에 던져 흘려보냈다. 손호는 사람 얼굴 가죽을 벗기거
나 또는 눈알을 파내기도 하였다.[233]

233 孫吳가 평정된 뒤에 晉의 侍中 한 사람이 東吳의 시중이었던 李仁에게 "吳主
가 얼굴 가죽을 벗기고 백성의 발뒤꿈치를 잘랐다는데 사실입니까?"라고 물
었다. 이에 대하여 이인은 "말을 전한 사람이 좀 지나쳤습니다. 君子가 下流
에 자리하기를 싫어하는 이유는 천하의 惡이 다 흘러 모여들기 때문입니
다. 만약 실제로 그런 일이 있었다 한들 이상할 것도 없습니다. 옛날 堯舜 시
대의 五刑이나 그 이후의 肉刑이 잔인하지 않은 것이 어디 있었습니까? 손호
가 일국의 군주로 살생의 권한을 쥐고 있었는데, 죄인을 처형한 것을 어찌 다
문제 삼을 수 있겠습니까? 요순에게 형벌을 받은 백성이라고 원한이 없었으
며, 桀紂(걸주)로부터 상을 받았다 하여 그 사람의 선행이 없었겠습니까? 이
는 모두 감정이 아니겠습니까?"라고 말했다고 한다. 일단 暴君에, 亡國의 君
主라는 이름이 붙었기에―곧 下流에 처했기에 상류에서 떠내려오는 모든 오
물을 뒤집어 써야 한다. 惡者를 더욱 악한 자로 만드는 것이 人情일 것이다.

岑昏(잠혼)이란 사람은 흉악한 성격에 아첨을 잘해 총애를 받으며 9경의 반열에 올랐는데, 토목공사 일으키기를 좋아하였기에 많은 백성이 고통을 받았다. 이 때문에 상하의 민심이 이반하여 손호를 위해 애써 일하려는 사람이 없었다. 손호의 악행이 쌓이고 쌓여 天命을 감당할 수 없기 때문이었다.

| 原文 |

四年春, 立中山,代等十一王, 大赦. 濬,彬所至, 則土崩瓦解, 靡有御者. 預又斬江陵督伍延, 渾復斬丞相張悌,丹楊太守沈瑩等, 所在戰克.

三月丙寅, 殿中親近數百人叩頭請皓殺岑昏, 皓惶愧從之.

戊辰, 陶濬從武昌還, 卽引見. 問水軍消息, 對曰, "蜀船皆小, 今得二萬兵, 乘大船戰, 自足擊之."

於是合衆, 授濬節鉞, 明日當發, 其夜衆悉逃走. 而王濬順流將至, 司馬伷,王渾皆臨近境.

皓用光祿勳薛瑩,中書令胡沖等計, 分遣使奉書於濬,伷,渾, 曰,

「昔漢室失統, 九州分裂, 先人因時, 略有江南, 遂分阻山川, 與魏乖隔. 今大晉龍興, 德覆四海. 暗劣偸安, 未喩天命. 至於今者, 猥煩六軍. 衡蓋路次, 遠臨江渚, 擧國震惶, 假息漏刻. 敢緣天朝含弘光大, 謹遣私署太常張夔等奉所佩印綬,

委質請命, 惟垂信納, 以濟元元.」

‖국역‖

(天紀) 4년 봄(서기 280), 中山王과 代王 등 11명의 왕을 봉했고 죄수를 사면하였다. 王濬(왕준)과 唐彬(당빈)의 군사가 가는 곳은 이미 土崩瓦解(토붕와해)되어 저항하는 자가 없었다. 杜預(두예)는 이어 江陵 都督인 伍延(오연)을 죽였고, 王渾(왕혼)도 丞相인 張悌(장제)와 丹楊 태수 沈瑩(심영)을 죽였고 가는 곳마다 이겼다.

三月 丙寅日, 殿中의 황제 측근 수백 명이 머리를 조아리며 손호에게 岑昏(잠혼)을 죽이라고 청원하자, 손호는 두려워 떨며 수락했다.

戊辰日, 陶濬(도준)이 武昌에서 돌아오자 손호는 즉시 불러 만났다. 水軍의 소식을 묻자, 도준이 대답하였다.

"(晉軍이 타고 오는) 蜀의 배가 모두 작은 배라서 우리가 2만 수군을 모아 큰 배를 타고 싸우면 우리가 격퇴할 수 있습니다."

이에 군사를 모으면서 도준에게 부절과 黃鉞(鉞은 도끼 월) 수여하며 다음 날 바로 출전케 하였는데, 군사는 그날 밤에 모두 도주하였다. 王濬(왕준)이 강을 따라 도착하며 司馬伷(사마주)와 王渾(왕혼)도 모두 가까이 접근하였다.

손호는 光祿勳 薛瑩(설영)과 中書令 胡沖(호충)의 방책에 의거 국서를 지닌 사자를 王濬(왕준), 司馬伷(사마주), 王渾(왕혼) 등에게 보냈다.

「옛날 漢室이 天統을 잃어 九州가 분열되었을 때 선조께서 때를 타서 강남을 경략하고 산천을 경계로 삼아 曹魏와 다투었습니다.

지금 大晉이 龍興하였고, 大德이 四海를 덮었습니다. (나는) 우매하고 열등하여 편안만을 추구하다가 천명을 깨닫지 못했습니다. 지금에 이르러 (晉 天子의) 六軍이 두렵습니다. 수레가 길을 메웠고 멀리 강가까지 내려왔기에 온 나라가 두려워 떨며 순식간에 숨을 죽였습니다. 감히 우러러 天朝의 光大한 도량에 의지하고자 삼가 제가 임명한 太常 張夔(장기) 등을 보내, 차고 있던 인수 바치며 몸을 맡겨 목숨을 빌며, 진심이 받아들여지고 백성을(元元) 구제해 주시길 바랍니다.」[234]

|原文|

壬申, 王濬最先到. 於是受皓之降, 解縛焚櫬, 延請相見. 由以皓致印綬於己, 遣使送皓, 皓擧家西遷, 以太康元年五月丁亥集於京邑. 四月甲申, 詔曰,

「孫皓窮迫歸降, 前詔待之以不死, 今皓垂至, 意猶愍之, 其賜號爲歸命侯. 進給衣服車乘, 田三十頃, 歲給穀五千斛, 錢五十萬, 絹五百匹, 綿五百斤.」

皓太子瑾拜中郎, 諸子爲王者, 拜郎中.

五年, 皓死於洛陽.

234 이 항서는 薛瑩(설영)이 지었다. 《吳書》 8권, 〈張嚴程闞薛傳〉의 薛綜傳 참고.

(三月) 壬申日, 王濬(왕준)이 제일 먼저 입성했다. 왕준은 손호의 투항을 받았고[235] 포박을 풀어주고, 널(棺)을 불태우고 좌석을 권유하고 상견하였다.

사마유는 손호가 자신에게 인수를 보내왔기에 사자를 시켜 손호를 호송했고, 손호는 온 가솔을 거느리고 서쪽(낙양)으로 출발하여 (晉 武帝) 太康 원년 5월 丁亥日에(서기 280) 낙양에 도착했다. 앞서 4월 甲申日에, 조서를 내렸다.

「孫皓(손호)는 더 이상 갈 곳이 없어서 짐에게 歸降(귀항)한 것이다. 앞서 죽이지 않고 기다리겠다는 조서를 내린 바 있으니, 이번에 손호를 상견하면 연민의 정에 歸命侯(귀명후)의 작위를 하사할 것이다. 나아가 의복과 거마를 하사하고, 토지 30頃(경)에 해마다 5천 곡의 곡식과 금전 50만, 비단 5백 필, 목화 솜 5백 근을 하사하기 바란다.」

손호의 태자 孫瑾(손근)은 中郞將이 되었고 여러 제후 왕은 郞中을 제수 받았다.

(晉 武帝) 太康 5년(서기 284)에, 손호는 洛陽에서 죽었다.[236]

----

235 王濬(왕준)이 수합한 圖籍에 의하면, 東吳는 4州, 43개 郡, 313개 縣에, 民戶가 52만 3천戶, 3만 2천 명의 관리와 23만 명의 병력 남녀 230명에 米穀은 280만 斛, 배(舟船) 5천여 척, 後宮 5천여 명이었다고 한다.

236 亡國之主皆善終(망국의 군주 모두가 천수를 누리다.) – 어리석었던 後主 劉禪에 비해, 吳 망국의 군주 孫皓는 폭군이긴 했지만 그래도 좀 나은 편이었다. 손호가 武帝 司馬炎 앞에 끌려와 고개를 숙이자, 武帝가 자리를 권하면서 "짐이 이 좌석을 만들어 놓고 오랫동안 그대를 기다렸다."고 말했다. 그러자 손호도 지지 않고 "저도 남쪽에 이런 좌석을 만들어 놓고 폐하를 기다렸습니다."라고 대꾸했다. 이에 사마염은 그냥 웃고 말았다. 어느 날, 술자리에서

評曰, 孫亮童孺無賢輔, 其替位不終, 必然之勢也. 休以舊
愛宿恩, 任用興,布, 不能拔近良才, 改弦易張. 雖志善好學,
何益救亂乎? 又使既廢之亮不得其死, 友於之義薄矣. 皓之
淫刑所濫, 隕斃流黜者, 蓋不可勝數. 是以群下人人惴恐, 皆
日日以冀, 朝不謀夕. 其焚惑,巫祝, 交致祥瑞, 以爲至急.

昔舜,禹躬稼, 至聖之德. 猶或矢誓衆臣, 予違女弼, 或拜昌
言, 常若不及. 況皓凶頑, 肆行殘暴, 忠諫者誅, 讒諛者進, 虐
用其民, 窮淫極侈. 宜腰首分離, 以謝百姓. 既蒙不死之詔,
復加歸命之寵, 豈非曠蕩之恩, 過厚之澤也哉!

陳壽의 評論 : 孫亮(손량, 孫權의 막내아들)은 나이도 어렸지만 그를
보필할 현신도 없었으니 끝까지 자리를 지키지 못한 것은 필연의
추세였다. 孫休(손휴, 景帝)는 옛 은애에 의거 濮陽興(복양흥)과 張布
(장포)를 임용했지만, 현량한 새 인재를 선발하여 분위기를 바꾸고
세력을 떨치질 못했다. 손휴가 선한 의지를 갖고 있었으며 好學했

사마염이 손호에게 말했다. "남쪽 사람들은 爾汝歌(이여가)를 잘 짓는다는데
그대는 어떤가?" 그러자 손호가 술잔을 들어 무제에게 권하면서 노래를 불
렀다. 「전에는 그대와 이웃이었는데(昔與汝爲隣), 지금은 그대의 신하가 되
었네(今與汝爲臣). 그대에게 술 한 잔을 올려(上汝一杯酒), 그대의 만수무강
을 비네(今汝壽萬春).」 그러자 무제는 괜히 물었다고 후회했다. 그 뒤 후주
유선은 晉 太康 7년(서기 286년)에, 魏主 조환은 태강 원년(서기 280), 吳主
손호는 태강 5년(서기 284)에 모두 天壽를 누리고 죽었다.

다지만, 그것이 혼란을 수습하는데 무슨 도움이 되었겠는가? 또 이미 폐출된 전임 황제 孫亮(손량)이 선종을 못하고 중간에 죽게 한 것은 친족의 우애가 없었기 때문이었다.

孫皓(손호)가 제멋대로 형벌을 집행하여 죽거나 폐출된 자를 어찌다 셀 수가 있겠는가? 이 때문에 아랫사람들은 모두가 공포에 떨면서 모두가 하루에 또 하루 살아 있기를 바라고, 아침에는 저녁까지 살아남으리라는 보장이 없었다. 아마 熒惑星(형혹성)의 출현이나 무당의 축원으로 상서를 불러오기를 바란 것은 그만큼 급박했기 때문이었다.

옛날에, 舜(순)과 禹는 직접 농사를 지었고 至聖에 이르는 大德을 갖춘 분이었다. 그러면서도 여러 신하들에게 신하의 보필을 따르지 못할 때가 있더라도 신하들의 충언을 계속 들어야 한다고 맹세하고서도 늘 자신이 부족하다고 생각했었다. 그렇다면 손호같이 흉포하고 완고하며 멋대로 잔인한 짓을 자행하고, 충간하는 자를 죽이고 아첨하는 자를 받아들였으며, 백성을 학살하고 황음무도에 사치한 사람이라면 더 무얼 바랄 수 있겠는가? 응당 몸체와 머리를 분리시켜 백성에게 사죄했어야 했었다.

그런데도 晉 무제는 죽이지 않겠다는 조서를 내리고, 천명에 귀부하였기에 은전을 베풀어준다 하였으니, 그것은 분명 쓸데없는 은덕이고 너무 지나친 은택일 것이다!

49권 〈劉繇太史慈士燮傳〉(吳書 4)
(유요,태사자,사섭전)

❶ 劉繇

| 原文 |

劉繇, 字正禮, 東萊牟平人也. 齊孝王少子封牟平侯, 子孫家焉. 繇伯父寵, 爲漢太尉. 繇兄岱, 字公山, 歷位侍中, 兗州刺史.

| 국역 |

劉繇(유요)[237]의 字는 正禮(정례)로, 東萊郡 牟平縣(모평현)[238] 사람

....

237 劉繇(유요, 156 - 197년) - 獻帝 興平 연간에 楊州牧, 振威將軍이 되었다. 그 때 袁術(원술)을 淮南에 웅거했는데, 유요는 곧 吳郡 曲阿縣(곡아현)으로 이사하였다. 중원의 혼란 시기에 많은 士友들이 남으로 이거하였는데, 유요는 그

이다. 齊 孝王의 少子가 牟平侯에 봉해졌는데,[239] 그 자손들이 눌러 살았다. 유요의 伯父인 劉寵(유총, 字 祖榮)[240]은 漢의 太尉였다. 유요의 형 劉岱(유대)[241]의 字는 公山(공산)으로, 侍中과 兗州(연주) 자사를 역임했다.

| 原文 |

繇年十九, 從父韙爲賊所劫質. 繇篡取以歸, 由是顯名. 擧

들을 맞이하여 생활을 도와주면서 함께 난세를 이겨내어 칭송이 많았다. 원술이 孫策(손책)을 보내 유요를 공격하자, 유요는 豫章郡으로 피난했다가 병사하였다.

238 東萊 牟平(모평) － 東萊郡 治所는 黃縣, 今 山東省 동부 烟臺市 관할 龍口市. 牟平(모평)은 현명. 今 山東省 煙臺市 福山區.

239 齊 悼惠王(劉肥)은 漢 高祖의 庶長子였고, 悼惠王의 아들이 齊 孝王 劉將閭(유장려)이고, 유장려의 막내아들이 牟平侯에 봉해졌고 자손들이 거기서 살았다.

240 劉寵(유총, 생졸년 미상, 字 祖榮) － 후한 말 靈帝 때, 會稽 太守가 되었다. 유총은 여러 가지 번거로운 규제를 없애고 불법행위를 단속하자 군민이 크게 교화되었다. 유총은 조정의 부름으로 將作大匠이 되었다. 山陰縣의 노인네 5, 6명이 흰 눈썹에 흰 머리를 날리며 若邪山(약야산) 골짜기에서 돈 1백전씩을 가지고 와서 유총에게 주었다. 유총이 노인을 위로하며 말했다. "父老께서 어찌 이리 힘든 걸음을 하셨습니까?" 그들이 말했다. "우리는 산골의 하찮은 백성이기에 郡府에 와본 적도 없습니다. 다른 태수는 관리를 마을에 보내어 밤에도 왕래하여 개들이 밤새 짖어 편히 잘 수도 없었습니다. 명공께서 부임하신 이후로 개가 밤에 짖지 않고 백성들은 관리를 보지 못했습니다. 이렇게 늙어 聖明한 시대를 만났는데, 우리를 버리고 떠난다 하여 여비로 드리고자 합니다." 이에 유총이 말했다. "나의 정사가 어찌 노인의 말씀과 같았겠습니까? 父老께 고생만 끼쳤습니다!" 그리고는 노인의 성의를 생각하여 큰돈 하나씩만 받았다(取一錢太守라는 별칭). 《後漢書》76권, 〈循吏列傳〉에 입전.

241 劉岱(유대) － 獻帝 初平 원년(서기 190)에 봉기한 反 董卓(동탁) 연합군의 한 사람.

孝廉, 爲郎中, 除下邑長. 時郡守以貴戚托之, 遂棄官去. 州辟部濟南, 濟南相中常侍子, 貪穢不循, 繇奏免之.

平原陶丘洪薦繇, 欲令擧茂才. 刺吏曰, "前年擧公山. 奈何復擧正禮乎?" 洪曰, "若明使君用公山於前, 擢正禮於後, 所謂御二龍於長塗, 騁騏驥於千里, 不亦可乎!" 會辟司空掾, 除侍御史, 不就. 避亂淮浦, 詔書以爲揚州刺史. 時袁術在淮南, 繇畏憚, 不敢之州. 欲南渡江, 吳景, 孫賁迎置曲阿.

術圖爲僭逆, 攻沒諸郡縣. 繇遣樊能, 張英屯江邊以拒之. 以景,賁術所授用, 乃迫逐使去. 於是術乃自置揚州刺史, 與景,賁並力攻英,能等, 歲餘不下.

漢命加繇爲牧, 振武將軍, 衆數萬人. 孫策東渡, 破英,能等. 繇奔丹徒, 遂泝江南保豫章, 駐彭澤. 笮融先至. 殺太守朱皓, 入居郡中. 繇進討融, 爲融所破, 更復招合屬縣, 攻破融, 融敗走入山. 爲民所殺. 繇尋病卒, 時年四十二.

| 국역 |

劉繇(유요)가 19살 때, 숙부 劉韙(유위)가 도적들에게 잡혀갔다. 유요는 숙부를 구출했고, 이 때문에 이름이 알려졌다. 유요는 孝廉(효렴)으로 천거되어 郎中이 되었고, (梁郡) 下邑(하읍)의 縣長이 되었다. 당시 군수가 조정 권신의 부탁을 받아들이자, 유요는 관직을 버렸다. 당시 靑州에서 유요를 불러 濟南 지역 통솔을 부탁하였는데, 당시 濟南國 相이 中常侍(중상시)의 아들로 탐욕과 부정을 저지

르자 유요가 상주하여 면직케 하였다.

平原郡의 陶丘洪(도구홍)이란 사람이 유요를 추천하여, 茂才(무재)로 중앙에 천거 받게 하였다. 이에 청주자사가 말했다.

"작년에는 公山(劉岱)을 천거했습니다. 이번에는 왜 (그 동생인) 正禮(劉繇)를 천거하라고 합니까?"

그러자 도구홍이 말했다.

"만약 使君(刺史에 대한 敬稱)께서 앞서 公山을 등용하고 뒤에 正禮를 발탁한다면, 이는 두 마리의 용과 함께 먼 길을 가는 것이고, 천리마를 몰아 천리를 달리는 것과 같으니 이 또한 좋지 않겠습니까!"

그때 조정에서는 司空府의 掾屬(연속)으로 불러 侍御史를 제수하였지만, 유요는 취임하지 않았다. 유요는 淮浦(회포)란 곳에 피난하였는데, 조정에서는 조서로 揚州刺史에 임명하였다. 그때 袁術(원술)은 淮南郡에 주둔하고 있었는데, 유요는 원술이 두려워 양주자사로 부임할 수가 없었다. 유요는 남쪽으로 長江을 건너 가려 하자 吳景(오경)과 孫賁(손분)이 유요를 曲阿(곡아)²⁴²에서 맞이하였다.

원술은 반역하고 황제를 참칭하고자 여러 군현을 공격하여 함락시켰다. 그때 (揚州자사로서) 유요는 樊能(번능)과 張英(장영)을 보내 長江에서 원술의 남하를 방어하였다. 그러나 오경과 손분은 원술의 등용을 받아들이고 유요를 겁박하여 몰아내었다. 이에 원술은 제멋대로 양주자사를 새로 임명하였고, 오경, 양분과 함께 힘을 모아 장영과 번능을 공격하였지만 1년이 넘도록 함락시키지 못했다.

----

242 吳郡 曲阿縣은, 今 江蘇省 남부 長江 남안 鎭江市 관할 丹陽市.

漢 조정에서는 유요에게 양주목에 振武將軍의 직함을 보태주었고, 유요는 1만여 명의 군사를 보유하였다. 孫策(손책)이 長江을 건너 동쪽으로 진출하여 장영과 번능을 격파하자, 유요는 (吳郡) 丹徒縣(단도현)으로 옮겨갔다가 결국 長江을 거슬러 올라가 江南의 豫章郡(예장군)[243]을 차지하고 彭澤縣(팽택현)[244]에 머물렀다. 豫章郡에는 笮融(책융)이 먼저 와서 太守인 朱皓(주호)를 죽이고 郡에 주둔하고 있었다. 유요는 진격하여 책융을 공격했지만 책융에게 패전한 뒤, 다시 다른 군현의 군사를 모아 책융을 격파하였는데, 책융은 산속으로 패주했다가 백성에게 살해되었다. 그러나 유요도 곧 병사하니, 그때 42세였다.

| 原文 |

笮融者, 丹楊人. 初聚衆數百, 往依徐州牧陶謙. 謙使督廣陵, 彭城運漕, 遂放縱擅殺, 坐斷三郡委輸以自入. 乃大起浮圖祠, 以銅爲人, 黃金塗身, 衣以錦采, 垂銅槃九重, 下爲重樓閣道, 可容三千餘人. 悉課讀佛經, 令界內及旁郡人有好佛者聽受道, 復其他役以招致之, 由此遠近前後至者五千餘人戶. 每浴佛, 多設酒飯, 布席於路, 經數十里, 民人來觀及就食且

---

243 揚州 豫章郡의 治所는 南昌縣, 今 江西省 북부 南昌市(江西省의 省都).
244 彭澤縣(팽택현) – 당시 豫章郡의 현명. 今 江西省 북부, 九江市 관할 縣名. 東晉의 陶淵明(서기 352, 365, 혹 369 – 427년)이 현령을 지냈다가 '不爲五斗米折腰'라며 사직하고 歸去來한 곳.

萬人, 費以巨億計.

曹公攻陶謙, 徐土騷動, 融將男女數萬口, 馬三千匹, 走廣陵, 廣陵太守趙昱待以賓禮. 先是, 彭城相薛禮爲陶謙所逼, 屯秣陵. 融利廣陵之衆, 因酒酣殺昱, 放兵大略, 因載而去. 過殺禮, 然後殺皓.

| 국역 |

笮融(책융)[245]이란 사람은, 丹楊(단양, 丹陽) 사람이다. 처음에 무리 수백 명을 모아 徐州牧인 陶謙(도겸)을 찾아가 의지했다. 도겸은 책융을 시켜 廣陵郡[246]과 彭城郡(팽성군)의 漕運(조운)을 담당케 하였는데, 책융은 나중에 방종하고 멋대로 살인하면서 3개 군의 조운 수입을 자신의 재산으로 착복하였다. 책융은 浮圖祠(부도사)[247]를 짓고, 구리로 사람 모양을 만들어 그 몸에 황금으로 도색하고 비단 채색

---

245 笮融(책융, ?-196년, 字 偉明) – 좁을 책, 성씨 책. 밧줄 작. 笮의 拼音, Zé, 側伯切이라는 주석에 따름.

246 廣陵郡 – 治所는 廣陵縣, 今 江蘇省 서남부 揚州市.

247 浮圖祠(부도사, 절) – 浮圖(부도)는 부처. 佛祖. 梵文 Buddha의 音譯. 깨닫다(budh, 覺)에 과거형 어미(ta)가 붙어 '이미 깨우친(已經覺醒)'의 뜻. 지금은 보통 '佛'로 표기. 佛陀, 浮陀, 浮圖, 佛圖 等으로도 표기.《後漢書》87권,〈西羌傳〉참고. 불교 전래 – (後漢) 明帝 永平 10년(서기 67), 明帝가 金人을 꿈에 본 뒤에 당시 天竺國(천축국)에 사자를 보냈고 迦葉摩騰(가섭마등)과 竺法蘭(축법란)의 두 고승이 佛像과 불경을 백마에 싣고 洛陽에 들어왔는데, 명제는 자신의 피서 行宮을 精舍로 내주어 僧人이 머물게 하였고 그들이《四十二章經》을 번역케 하였다. 그곳이 곧 지금의 낙양 白馬寺이다. 중국에서는 서기 67년에 불교가 전래되었고, 白馬寺를 중국의 첫 번째 사찰로 인정하고 있다.《後漢書》에는 불교 전래에 관한 직접 언급이 없다.

옷을 입혔으며, 9겹의 구리 쟁반(銅槃九重)을 머리에 얹었고, 아래에는 2층 누각에 閣道(각도, 複道)를 설치하였으며, 절에는 3천 명이 모여 앉을 수 있었다. 모두가 불경을 읽게 하고, 군내는 물론 이웃 군에서도 好佛者가 있으면 듣고 그 道를 따르게 하였으며, 다른 일로 불러 모은 사람들의 사역을 면제시켜 주자 원근과 전후에 5천여 호나 모여들었다. 매번 부처를 목욕할 때면(浴佛), 술과 음식을 많이 준하여 길에도 좌석을 마련하니 수십 리에 달했으며, 구경하고 음식을 먹으려는 백성들이 거의 1만 명에 가까웠고 수억의 비용이 들어갔다.

조조가 도겸을 공격하자 徐州에는 큰 소동이 일어났는데, 책융은 수만 명의 남녀 백성과 말 3천 필을 거느리고 廣陵郡(광릉군)으로 옮겨갔고, 廣陵太守 趙昱(조욱)은 손님의 예로 대우하였다. 이보다 앞서 彭城國 相인 薛禮(설례)는 도겸의 핍박을 받아 秣陵(말릉)에 주둔하고 있었다. 책융은 廣陵의 군사를 탐내어 술에 취한 조욱을 죽이고 군사를 풀어 크게 노략질을 한 다음 그 물자를 싣고 떠났다. 책융은 팽성국 相인 설례를 죽였고, 그 후에 (예장 태수) 朱皓(주호)를 죽였다.

後策西伐江夏, 還過豫章, 收載繇喪, 善遇其家. 王朗遺策書曰,

「劉正禮昔初臨州, 未能自達, 實賴尊門爲之先後. 用能濟

江成治, 有所處定. 踐境之禮, 感分結意, 情在終始. 後以袁氏之嫌, 稍更乖刺. 更以同盟, 還爲仇敵, 原其本心, 實非所樂. 康寧之後, 常願渝平更成, 復踐宿好. 一爾分離, 款意不昭, 奄然俎陨, 可爲傷恨. 知敦以厲薄, 德以報怨, 收骨育孤, 哀亡愍存, 捐旣往之猜. 保六尺之托, 誠深恩重分, 美名厚實也.

昔魯人雖有齊怨, 不廢喪紀,《春秋》善之, 謂之得禮, 誠良史之所宜借, 鄕校之所歎聞. 正禮元子, 致有志操, 想必有以殊異. 威盛刑行, 施之以恩, 不亦優哉!」

| 국역 |

그 뒤에 孫策(손책)은 서쪽으로 나아가 江夏郡을 정벌한 뒤 돌아오면서 豫章郡에 들려, 유요의 상여를 운구하고 유족을 잘 대우하였다. 이에 王朗(왕랑)[248]이 손책에게 서신을 보냈다.

「劉正禮(劉繇)가 그전에 양주자사로 부임할 때, 자립하기가 어려웠기에 尊門(孫氏)의 힘에 의지하여 전후 일을 처리하려 했었습니다. 그러해야만 長江 건너 지역까지 다스리며 治所를 확보할 수 있었을 것입니다. 그렇게 하는 것이 타 지역에 들어가는 예이고, 그렇게 해야 지역 세력과 협력하여 임무를 성공적으로 마쳤을 것입니

---

248 王朗(왕랑, ?-228년, 本名 嚴) -《魏書》13권, 〈鍾繇華歆王朗傳〉에 立傳. 漢의 舊臣이었지만 華歆(화흠)과 함께 曹操의 출세를 적극 도왔고 헌제에게 曹丕에게 禪讓(선양)할 것을 적극 권했다. 왕랑의 손녀가 司馬昭(사마소, 司馬懿의 아들)에게 출가하여 司馬炎(사마염) 형제를 낳으니, 왕랑은 곧 武帝 司馬炎(재위 265 – 290)의 외증조이다.

다. 그러나 袁氏(袁術)의 혐오 때문에 (원술에 우호적이던 손책과 는) 점차 소원했을 것입니다. (원술과 당신은) 同盟 관계가 있어, 원수(仇敵)와 같은 처지가 되었지만, 유요의 본심이 원하는 바가 아니었습니다. 상황이 안정된 이후로 서로의 혐의를 없애고 우호 회복을 원했습니다. 그러나 한 번 헤어진 뒤로는 좋은 뜻을 표하기도 전에 갑자기 죽었으니 마음만 아픕니다. 성실한 篤志(독지)로 각박한 정을 대하고 덕으로 원한을 감싸며, 시신을 거둬주고 남겨진 자식을 돌보아주며, 죽은 자를 애도하고 살아 있는 사람을 위로하며 지난 미움을 풀어버려야 할 것입니다. 남은 어린 자식을 거둬주고 참된 성의로 은덕을 베풀어 준다면 명성은 더욱 알려질 것입니다.

옛날 魯나라가 齊에 원한이 있었지만 (齊의) 복상 기간을 지켜준 사실을 《春秋》에서도 칭송하며 예를 실천했다고 평가하였으니, 이는 良史의 바른 기록이며 다른 나라에서도 감탄할 일이었습니다. 正禮(劉繇)의 元子는 지조가 뛰어나기에 (당신의 도움에) 특별한 대우를 받았다며 틀림없이 기억할 것입니다. 성대한 위엄으로 법을 지키며 은덕을 베푼다면 그 또한 아름답지 않겠습니까!」

|原文|

繇長子基, 字敬輿. 年十四, 居繇喪盡禮, 故吏饋餉, 皆無所受. 姿容美好, 孫權愛敬之. 權爲驃騎將軍, 辟東曹掾, 拜輔義校尉,建忠中郎將.

權爲吳王, 遷基大農. 權嘗宴飮, 騎都尉虞翻醉酒犯忤, 權欲殺之, 威怒甚盛, 由基諫爭, 翻以得免.

權大暑時, 嘗於船中宴飮, 於船樓上値雷雨, 權以蓋自覆, 又命覆基, 餘人不得也. 其見待如此. 徙郞中令.

權稱尊號, 改爲光祿勳, 分平尙書事. 年四十九卒. 後權爲子霸納基女, 賜第一區. 四時寵賜, 與全,張比. 基二弟, 鑠,尙, 皆騎都尉.

| 국역 |

劉繇(유요)의 長子 劉基(유기)의 字는 敬輿(경여)이다. 14세에 부친 상을 당하여 예를 다 지켰으며 (부친의) 옛 관리들이 보내온 賻儀(부의)를 모두 다 사양하였다.

유기는 풍채도 훌륭하여 손권도 유기를 아끼고 좋아하였다. 손권이 驃騎將軍이었을 때 유기를 불러 東曹의 掾吏(연리)에 임명했고 輔義校尉에 建忠中郎將을 제수하였다.

손권이 吳王이 되자, 유기는 大司農이 되었다. 손권이 연회를 할 때 騎都尉인 虞翻(우번)[249]이 술에 취해 손권의 심기를 거슬리자 손권이 죽여버릴 듯 대노했는데, 유기의 간쟁으로 우번은 죽음을 면했다.

한여름 날 손권이 배 위에서 술자리를 벌였는데, 배의 누각에 천둥이 치며 비가 쏟아졌는데, 일산으로 비를 가려주자 손권은 유기도 씌워주라고 했지만 다른 사람을 덮어주라고 말하지는 않았다.

----

249 《吳書》12권, 〈虞陸張駱陸吾朱傳〉에 상세한 내용이 있다.

유기에 대한 대우가 이런 정도였다. 유기는 郎中令으로 자리를 옮겼다.

　손권이 제위에 오른 뒤, 유기는 光祿勳(광록훈)이 되었고 尙書事를 나눠 분담하였다. 유기는 49세에 죽었다. 뒷날 손권은 자신의 4남 霸(패)와 유기의 딸을 결혼시켰고, (유기의 가족에게) 집을 한 채 하사하였다. 사계절에 따라 베풀어주는 하사품은 全氏(손권의 장녀 孫魯班과 결혼한 全琮)와 張氏(張昭, 원로대신)와 비슷하였다.

　유기의 동생 劉鑠(유삭)과 劉尙(유상)은 모두 騎都尉가 되었다.

❷ 太史慈

│原文│

　太史慈字子義, 東萊黃人也. 少好學, 仕郡奏曹史.

　會郡與州有隙, 曲直未分, 以先聞者爲善. 時州章已去, 郡守恐後之, 求可使者. 慈年二十一, 以選行, 晨夜取道, 到洛陽, 詣公車門, 見州吏始欲求通.

　慈問曰, "君欲通章邪?" 吏曰, "然." 問, "章安在?" 曰, "車上." 慈曰, "章題署得無誤邪? 取來視之." 吏殊不知其東萊人也, 因爲取章. 慈已先懷刀, 便截敗之. 吏踊躍大呼, 言"人壞我章!"

　慈將至車閒, 與語曰, "向使君不以章相與, 吾亦無因得敗之, 是爲吉凶禍福等耳, 吾不獨受此罪. 豈若默然俱出去, 可以存易亡, 無事俱就刑辟." 吏言, "君爲郡敗吾章, 已得如意, 欲復亡爲?"

慈答曰, "初受郡遣, 但來視章通與未耳. 吾用意太過, 乃相敗章. 今還, 亦恐以此見譴怒, 故俱欲去爾." 吏然慈言, 即日俱去.

慈旣與出城, 因遁還通郡章. 州家聞之, 更遣吏通章, 有司以格章之故不復見理, 州受其短. 由是知名, 而爲州家所疾, 恐受其禍, 乃避之遼東.

| 국역 |

太史慈(태사자)[250]의 字는 子義(자의)로, 東萊郡 黃縣 사람이다. 젊어 호학했고 동래군에 출사하여 奏曹史(주조사)였다.

그 무렵 동래군과 靑州刺史部는 틈이 벌어졌었는데, 曲直을 구분할 수 없다면 보고가 먼저 들어오는 쪽이 옳다고 통용되었다. 그때 靑州에서 보고는 이미 올라갔는데, 동래군 태수는 보고가 늦는 것을 걱정하며 보고하러 갈 사람을 탐색하였다. 그때 태사자는 21세 였는데 뽑히게 되자 밤낮으로 길을 가서 낙양에 들어가 公車門에

---

250 太史慈(태사자, 166 – 206년, 字 子義) – 太史는 복성, 東萊郡 黃縣(今 山東省 烟臺市 관할 龍口市) 사람. 身長 7尺7寸에 멋진 수염, 활을 아주 잘 쏘아 헛발이 없었다. 의리의 사나이로 알려졌다. 孔融과 劉繇의 장수. 손책에 투항하였다. 赤壁之戰 이전에 병사했다. 《三國演義》에 적벽대전 후 손권과 함께 합비성을 공격하다가 전사한다는 스토리는 허구이다.

도착했는데 靑州에서 보낸 관리가 보고를 접수하려고 했다. 이에 태사자가 그에게 물었다.

"당신은 보고를 접수하려 합니까" "그렇습니다."

"보고서는 어디 있습니까?" "수레 안에 있습니다."

"보고서 제목을 제대로 잘 달았습니까? 갖고 와서 좀 보여주시오."

관리는 그때까지도 태사자가 동래군에서 온 사람인 줄 모르고 보고서를 보여주었다. 태사자는 미리 칼을 준비했다가 보자마자 보고서를 찢어버렸다. 청주사자부 관리가 "이 사람이 보고서를 찢었다."라고 소리쳤다. 태사자는 그 사람을 데리고 수레 있는 곳으로 와서 그와 이야기를 나눴다.

"당신이 보고서를 내게 보여주지 않았다면 나도 찢을 수가 없었으니, 결국 길흉화복이 이제 마찬가지가 되었으며, 나도 혼자서 벌을 받지는 않을 것이요. 아무 소리 말고 여기서 나가야지 산 사람이 일부러 죽을 필요도, 또 업무 때문에 형벌을 받을 이유도 없습니다."

"당신은 동래군을 위해 내 보고서를 망쳤으니, 당신은 할 일 다 하고서 이제 나보고는 도망가라는 말이요?"

이에 태사자가 말했다.

"나도 처음에 여기 올 때는 청주에서 보고서를 올렸는지 알아 오라는 뜻이었소. 보고서를 찢은 것은 내가 지나쳤소. 이제 돌아가면 아마 이 때문에 나도 문책을 받을 것이니 함께 도망가자는 뜻이요."

그 관리도 그렇다고 생각하여 즉시 함께 떠났다. 두 사람이 洛陽 성문을 나선 뒤 태사자는 다른 핑계를 대고 낙양에 돌아와 동래군의 보고서를 접수시켰다. 청주자사부에서는 나중에 사실을 알고 다시 보고서를 올렸지만 公車令의 담당자는 서로 상반되는 내용이라 동래군의 보고를 접수했고 청주자사부 공문은 접수하지도 않았다.

이런 일로 태사자의 이름이 알려졌지만 청주자사부의 원한으로 화를 당할 것이라 생각하여 태사자는 遼東郡으로 피신했다.

| 原文 |

北海相孔融聞而奇之, 數遣人訊問其母, 幷致餉遺. 時融以黃巾寇暴, 出屯都昌, 爲賊管亥所圍. 慈從遼東還, 母謂慈曰, "汝與孔北海未嘗相見, 至汝行後, 贍恤殷勤, 過於故舊, 今爲賊所圍, 汝宜赴之."

慈留三日, 單步徑至都昌. 時圍尙未密, 夜伺間隙, 得入見融, 因求兵出斫賊. 融不聽, 欲待外救. 未有至者, 而圍日偪. 融欲告急平原相劉備, 城中人無由得出, 慈自請求行.

融曰, "今賊圍甚密, 衆人皆言不可, 卿意雖壯, 無乃實難乎?" 慈對曰, "昔府君傾意於老母, 老母感遇, 遣慈赴府君之急, 固以慈有可取, 而來必有益也. 今衆人言不可, 慈亦言不可, 豈府君愛顧之義, 老母遣慈之意邪? 事已急矣, 願府君無疑."

融乃然之. 於是嚴行蓐食, 須明, 便帶鞬攝弓上馬, 將兩騎自隨, 各作一的持之, 開門直出. 外圍下左右人並驚駭, 兵馬互出. 慈引馬至城下塹內, 植所持的各一, 出射之, 射之畢,徑入門. 明晨復如此, 圍下人或起或臥, 慈復植的, 射之畢, 復入門. 明晨復出如此, 無復起者, 於是下鞭馬直突圍中馳去. 比賊覺知, 慈行已過, 又射殺數人, 皆應弦而倒, 故無敢追者.

遂到平原, 說備曰, "慈, 東萊之鄙人也, 與孔北海親非骨肉, 比非鄉黨, 特以名志相好, 有分災共患之義. 今管亥暴亂, 北海被圍, 孤窮無援, 危在旦夕. 以君有仁義之名, 能救人之急, 故北海區區, 延頸恃仰, 使慈冒白刃, 突重圍, 從萬死之中自託於君, 惟君所以存之."

備斂容答曰, "孔北海知世間有劉備邪!" 卽遣精兵三千人隨慈. 賊聞兵至, 解圍散走. 融旣得濟, 益奇貴慈, 曰, "卿吾之少友也."

事畢, 還啓其母, 母曰, "我喜汝有以報孔北海也."

국역

北海國 相[251]인 孔融(공융)[252]은 태사자의 이야기를 듣고 특별하게

251 제후국의 왕은 郡 단위 식읍을 받았는데 제후국의 행정은 相이 담당하였다. 제후국 상과 군 태수는 동급으로 질록 이천석이었다. 靑州 관할 北海國의 治所 劇縣, 今 山東省 중부 濰坊市(유방시).

252 孔融(공융, 153 – 208, 字 文擧) – 공자의 20代孫인 공융은 7兄弟 중 6째였는데, 나이 4세에 형제들과 함께 배(梨)를 먹는데 먼저 가장 작은 배를 집었다. 어른이 까닭을 묻자 "나는 어리니까 응당 작은 것을 먹어야 한다."고 대답하였다(孔融讓梨). 《三字經》에도 '融四歲, 能讓梨'라는 구절이 있다. 공융은 본래 천성이 호학하여 읽어야 할 책을 모두 섭렵하였다. 38세에 北海相을 역

여기면서 여러 번 사람을 보내 태자자의 모친께 안부를 물으며 식량을 보내주었다. 그때 공융은 황건적의 폭동에 시달리면서 (북해국) 都昌縣(도창현)에 주둔했는데, 황건적의 管亥(관해)에게 포위당했다.

태사자가 요동군에서 집으로 돌아오자, 태사자 모친이 말했다.

"너와 북해국 相인 공융과는 서로 만난 적도 없는데, 네가 떠난 이후로 정성으로 우리를 도와주는 것이 옛 친우보다도 더 은근하였다. 지금 황건적에게 포위되었다니, 너는 응당 가서 도와주어야 한다."

태사자는 3일을 머무르다가 혼자 걸어서 지름길로 도창현에 갔다. 그때만 해도 포위가 엄밀하지 않아 태사자는 밤에 기회를 보아 성에 들어가 공융을 만났고, 군사를 얻어 적을 무찌르겠다고 말했다. 그러나 공융은 수락하지 않으면서 외부의 구원을 기다렸다. 그러나 구원병은 오지 않았고 포위는 더욱 견고하였다. 공융은 平原

임하여 '孔北海'로 불린다. 獻帝는 許縣에 도읍했고, 공융은 조정에 들어가 將作大匠에 임명되었다가 少府로 승진했다. 조회에서 황제에게 대답할 때마다 공융은 경전을 인용하여 정론을 폈는데 다른 공경대부들은 모두 이름이나 갖고 있을 뿐이었다. 시인으로도 유명하여 '建安七子'의 한 사람. 曹丕(조비)는 그의 《典論 論文》에서 「지금 文人으로는 魯國의 孔融(공융, 字 文擧), 廣陵의 陳琳(진림, 字 孔璋), 山陽郡의 王粲(왕찬, 字 仲宣), 北海郡의 徐幹(서간, 字 偉長), 陳留郡의 阮瑀(완우, 字 元瑜), 汝南郡의 應瑒(응창, 字 德璉), 東平郡의 劉楨(유정, 字 公幹) 등 일곱 사람이 있다.」고 하였다. 건안 13년, 조조는 50만 대군을 동원해 강남 원정에 나선다. 이때 태중대부 孔融은 이번 원정이 부당하다고 반대했고, 결국 조조의 명을 받은 廷尉(정위)에게 끌려가 죽음을 당한다. 나이가 어린 공융의 두 아들은 바둑을 두다가 참변 소식을 듣는다. 빨리 피신하라는 말에 두 형제는 전혀 놀라지 않고 말한다. "부서지는 둥지에 알인들 온전하겠는가!(破巢之下 安有完卵!)" 공융 일가는 모두 죽음을 당했다. 《後漢書》70권, 〈鄭孔荀列傳〉에 입전.

國 相인 劉備(유비)에게 구원을 요청하려 했으나, 성 안에서 사람이 나갈 수가 없자, 태사자가 자청하였다.

공융이 말했다.

"지금 적이 포위를 바짝 조이고 모두가 빠져나갈 수 없다고 말하는데, 경의 뜻이 비록 장하지만 이 어려움을 어찌하겠소?"

이에 태사자가 말했다.

"지난 날 府君(孔融)께서 성심으로 노모를 도와주셨고, 노모는 감격하셨기에 부군의 위급을 도우라고 저를 보냈으니, 저를 쓸 만한 곳이 있을 것이고, 또 도우러 왔기에 도움을 주어야 합니다. 지금 다른 사람들이 나갈 수 없다 말한다고 저까지 불가하다고 말한다면 어찌 제 모친을 돌봐주신 성의에 보답할 수 있으며, 노모가 저를 보낸 뜻과 같겠습니까? 사정이 급한 만큼 부군께서는 의심치 마십시오."

공융도 옳다고 생각하였다. 태사자는 새벽밥을 먹고 밝기를 기다렸다가 활과 화살 통을 차고 말에 올라 기병 두 사람에게 각각 표적을 갖고 따라오게 하고서 성문을 열고 달려 나갔다. 성문 밖을 포위하고 있던 좌우의 적군이 놀라면서 병마가 다가왔다. 태사자는 말을 성문 참호 옆으로 끌고 가 표적을 양쪽에 세운 뒤에 양쪽으로 활을 다 쏜 뒤에 바로 성문으로 들어왔다. 다음 날 새벽에도 똑같이 했는데, 포위한 적병은 혹 일어나거나 아니면 그대로 누워있었으며, 태사자는 표적을 세우고 활을 쏜 다음에 바로 들어왔다. 그 다음 날 또 그렇게 하자, 적병은 아예 일어나지도 않자 태사자는 그대로 말을 달려 포위를 뚫고 달렸다. 황건적이 눈치 챘을 때는 태사자가 이미 멀리 갔고, 또 태사자가 적을 향하여 활을 쏘자 시위 소리와 함께 거꾸러지자 감히 추격하려는 자가 없었다.

태사자는 平原國[253]에 들어가 유비에게 말했다.

"저 태사자는 東萊郡의 평민으로, 孔北海와는 혈육관계도 아니며 같은 고향 사람도 아닙니다만, 다만 명성과 뜻이 서로 통하여, 재난과 어려움을 함께할 수 있다는 의리뿐입니다. 지금 황건적 管亥(관해)가 포악하여 북해국을 포위하였고, 孔北海(孔融)께서 궁지에 몰렸으나 구원도 없어 조석으로 함락될 위기에 처했습니다. 君은 仁義로 널리 알려졌고 다른 이의 위급을 도와준다 하여, 孔北海께서 흠모의 정으로 목을 빼고 도움을 기다리기에, 제가 위협의 칼과 창의 포위를 뚫고 죽음을 무릅쓰고 君께 달려왔으니, 君께서 우리를 살려주시길 바랄 뿐입니다."

이에 유비는 예를 갖춰 대답하였다.

"유비가 이 세상에 살아 있음을 孔北海께서 알아주시다니!"

유비는 즉시 精兵 3천을 보내 태사자를 따르게 했다. 황건적은 구원병이 온다는 소식을 듣자 포위를 풀고 흩어져 도주하였다. 공융은 포위가 풀린 뒤에, 태사자를 더욱 기이하고 귀하게 대하며 말했다.

"卿은 나의 어릴 적 친구와 같습니다."

일을 마친 태사자는 돌아가 모친에게 말씀드리자, 모친이 말했다.

"네가 孔北海에 보은했으니 나도 정말 기쁘도다."

---

253 靑州 平原郡 - 治所는 平原縣, 今 山東省 북부 德州市 관할의 平原縣.

揚州刺史劉繇與慈同郡, 慈自遼東還, 未與相見, 暫渡江到
曲阿見繇, 未去, 會孫策至. 或勸繇可以慈爲大將軍, 繇曰,
"我若用子義, 許子將不當笑我邪?" 但使慈偵視輕重.

時獨與一騎卒遇策. 策從騎十三, 皆韓當,宋謙,黃蓋輩也.
慈便前鬪, 正與策對. 策刺慈馬, 而攬得慈項上手戟, 慈亦得
策兜鍪. 會兩家兵騎並各來赴, 於是解散.

|국역|

揚州 자사 劉繇(유요)는 太史慈(태사자)와 같은 東萊郡 출신이었는
데, 태사자가 요동군에서 돌아왔어도 만나질 못했고, 태사자가 長
江을 건너 曲阿縣에 가서야 유요를 만났는데, 태사자가 떠나기 전
에 손책이 곡아현에 당도했다.

어떤 사람이 유요에게 태사자를 대장군으로 임용해야 한다고 말
하자, 유요는 "내가 만약 子義(太史慈)를 등용한다면, 許子將〔許劭
(허소)〕이 나를 비웃지 않겠는가?"라고 말하면서, 태사자에게 적에
대한 정찰을 일임했다.

언젠가 태사자가 말을 타고 혼자 순시하다가 손책과 조우하였
다. 손책을 수행하는 기병은 13명으로 韓當(한당), 宋謙(송겸), 黃蓋
(황개) 같은 장수였다. 태사자는 즉시 싸우려고 앞으로 달려 나가
바로 손책과 맞섰다. 손책이 창으로 태사자의 말을 찌르면서 한 손
으로 태사자 목덜미 쪽의 작은 창을 빼앗으려 하자, 태사자도 손책

의 투구를 잡아당겼다. 그때 마침 양쪽의 기병들이 몰려와 서로 해 산하였다.

慈當與繇俱奔豫章, 而遁於蕪湖, 亡入山中, 稱丹楊太守. 是時, 策已平定宣城以東, 惟涇以西六縣未服. 慈因進住涇縣, 立屯府, 大爲山越所附.

策躬自攻討, 遂見囚執. 策卽解縛, 捉其手曰, "寧識神亭時邪? 若卿爾時得我云何?" 慈曰, "未可量也."

策大笑曰, "今日之事, 當與卿共之." 卽署門下督, 還吳授兵, 拜折衝中郎將. 後劉繇亡於豫章, 士衆萬餘人未有所附, 策命慈往撫安焉.

左右皆曰, "慈必北去不還." 策曰, "子義捨我, 當復與誰?" 餞送昌門, 把腕別曰, "何時能還?" 答曰, "不過六十日." 果如期而反.

|국역|

태사자는 유요와 함께 豫章郡으로 피신하여 (丹陽郡) 蕪湖縣(무호현, 今 安徽省 동남부 蕪湖市) 일대에 숨었다가 산속으로 피신하면서 丹楊(丹陽) 태수를 자칭했다. 이때 손책은 이미 (단양군) 宣城縣(선성현) 동쪽을 다 평정했지만, 涇縣(경현) 서쪽의 6개 현은 손책에게

복속하지 않고 있었다. 이에 태사자는 涇縣(경현)에 들어가 주둔하며 山越(산월) 사람들의 절대적 지지를 받았다.

이에 손책은 직접 토벌에 나섰고, 태사자는 손책의 군사에 사로잡혔다. 손책은 바로 태사자의 결박을 풀어주면서 손을 잡고 말했다.

"저번에 神亭(신정)에서 맞싸우던 때를 기억하는가? 그때 나를 잡아 어찌할 생각이었나?"

태사자가 말했다.

"저로서는 생각도 못할 일입니다."

이에 손책은 크게 웃으면서 말했다.

"오늘 이후의 일은 응당 경과 함께할 것이오."

손책은 태사자를 즉시 門下督에 임명했고, 吳郡으로 돌아와서는 태사자에게 병력을 나눠주었으며 折衝中郎將(절충중랑장)을 제수하였다. 뒷날 유요가 豫章郡에서 죽자 그 군사 1만여 명은 소속이 없었는데, 손책은 태사자에게 그들을 위무하여 안정시키라고 부탁하였다.

손책의 측근들은 모두 "태사자는 북쪽으로 가거나 돌아오지 않을 것이라."고 말했다. 그러자 손책은 "태사자가 나를 버린다면 나는 누구와 함께 하겠는가?"라고 말했다.

손책은 태사자를 冒門(창문)에서 餞送(전송)하며 태사자의 팔뚝을 잡고 "언제쯤 돌아올 수 있는가?"라고 물었다. 태사자는 "60일을 넘기지 않을 것입니다."라고 대답하였다.

태사자는 예상대로 기일 안에 돌아왔다.

劉表從子磐, 驍勇, 數爲寇於艾,西安諸縣. 策於是分海昏,
建昌左右六縣, 以慈爲建昌都尉, 治海昏, 并督諸將拒磐. 磐
絕跡不復爲寇.

慈長七尺七寸, 美鬚髥, 猿臂善射, 弦不虛發. 嘗從策討麻,
保賊, 賊於屯裏緣樓上行詈, 以手持樓棼, 慈引弓射之, 矢貫
手著棼, 圍外萬人莫不稱善. 其妙如此.

曹公聞其名, 遺慈書, 以篋封之, 發省無所道, 而但貯當歸.
孫權統事, 以慈能制磐, 遂委南方之事.

年四十一, 建安十一年卒. 子享, 官至越騎校尉.

劉表의 조카인 劉磐(유반)은 아주 용감하였는데, (豫章郡의) 艾縣
(애현)과 西安(서안) 등 여러 현을 자주 노략질하였다. 손책은 이에
海昏(해혼)과 建昌縣(거창현) 좌우의 6개 현을 묶어 태사자를 建昌都
尉에 임명했고, 치소는 海昏縣에 두고 여러 장수를 지휘하여 유반
을 방어하게 했다. 이후 유반은 자취를 감춰 다시는 노략질을 하지
못했다.

태사자의 신장은 7척 7촌이었고 멋진 수염을 길렀으며, 긴 팔에
활을 잘 쏴서 헛발이 없었다. 한 번은 손책을 따라 麻屯(마둔)과 保
屯(보둔) 일대의 도적 무리를 토벌했는데, 도적 한 명이 주둔한 곳
누각 위에서 한 손으로 누각의 겹들보(棼, 마룻대 분)를 짚고 욕을 해

댔는데, 태사자가 화살을 날리자 화살이 손등을 뚫고 겹들보에 그대로 박히자 둘러싸고 보던 모두가 감탄하였다. 그의 활 솜씨가 이정도였다.

조조는 태사자의 명성을 듣고 서신을 상자 안에 넣어 보냈는데, 태사자는 서신을 읽은 뒤에 아무 말도 없이 그대로 싸서 돌려보냈다. 손권이 손책의 뒤를 이어 다스릴 때 태사자가 (유표 조카) 유반을 제어할 수 있다 생각하여 남방의 군사를 태사자에게 일임하였다.

태사자는 41세인 建安 11년(서기 206)에 죽었다. 아들 太史享(태사향)은 越騎校尉를 지냈다.

❸ 士燮

| 原文 |

士燮字威彦, 蒼梧廣信人也. 其先本魯國汶陽人, 至王莽之亂, 避地交州. 六世至燮父賜, 桓帝時爲日南太守. 燮少游學京師, 事潁川劉子奇, 治《左氏春秋》. 察孝廉, 補尙書郞, 公事免官. 父賜喪闋後, 擧茂才, 除巫令, 遷交阯太守.

弟壹, 初爲郡督郵. 刺史丁宮徵還京都, 壹侍送勤恪, 宮感之, 臨別謂曰, "刺史若待罪三事, 當相辟也." 後宮爲司徒, 辟壹. 比至, 宮已免, 黃琬代爲司徒, 甚禮遇壹. 董卓作亂, 壹亡歸鄕里.

交州刺史朱符爲夷賊所殺, 州郡擾亂. 燮乃表壹領合浦太守, 次弟徐聞令䵋領九眞太守, 䵋弟武, 領南海太守.

|국역|

士燮(사섭)[254]의 字는 威彦(위언, 彦은 선비 언)으로 蒼梧郡(창오군) 廣信縣(광신현)[255] 사람이다. 그 선조는 본래 魯國 汶陽縣(문양현) 사람인데, 王莽(왕망)의 혼란시대를 당해 交州 지역으로 피난하였다. 그 6世에 이르러 부친 士賜(사사)는 (後漢) 桓帝(환제) 때 日南郡[256] 태수였다. 사섭은 젊어 京師에 유학하면서 潁川郡(영천군)의 劉子奇 (유자기)한테서 《左氏春秋》를 배웠다. 나중에 효렴으로 천거 받아 尙書郎이 되었지만 公事 관계로 면직되었다. 부친 士賜(사사)의 복상을 마치자 茂才(무재)로 천거되어 (南郡) 巫縣(무현)[257] 縣令이 되었다가 交阯郡(교지군)[258] 태수가 되었다.

동생 士壹(사일)은 처음에 창오군의 督郵(독우)[259]였다. 교주 자사

----

254 士燮(사섭, 137 – 226년, 字 威彦) – 후한 말 三國 초기 交州에 할거한 軍閥(군벌). 교지 태수 역임. 사섭의 형제 3인이 合浦, 九眞, 南海郡의 太守를 차지하였으니 사실상 교주 일대의 할거 군벌이었다. 《吳書》 4권, 〈劉繇太史慈士燮傳〉에 입전.

255 蒼梧郡(창오군)의 치소인 廣信縣(광신현)은, 今 廣西省 동부 梧州市.(廣東省과의 접경).

256 日南郡은, 지금의 월남국 중부 지역으로 후한의 영역 중 가장 남쪽이었다.

257 東吳에서 巫縣은 建平郡 소속. 건평군의 치소는, 今 重慶市 동부 巫山縣 북쪽.

258 交州자사부 交阯郡(교지군) – 郡 치소 겸 자사부의 治所는 龍編縣. 今 越南國 河內市(하노이 시) 동쪽. 교주자사부는 南海郡, 蒼梧郡, 鬱林郡, 合浦郡, 交阯郡, 九眞郡, 日南郡 등을 관할하였다.

259 督郵(독우)는 郡 太守의 속관으로, 관할 현의 업무와 조세 납부 실적이나 군사 동원 관련 직무를 감찰하였다. 太守의 耳目 역할로 필요한 정보도 수집하였다.

인 丁宮(정궁)이 조정의 부름을 받아 낙양으로 돌아갈 때 사일은 아주 정성으로 모시며 전송하자 정궁은 감동했고 헤어지면서 사일에게 말했다.

"내가 刺史(자사)지만 3公의 일을 하게 된다면 꼭 자네를 부르겠다."

뒷날 정궁이 司徒가 되어 사일을 초빙하였다. 그러나 사일이 도착할 때 정궁은 이미 면직되었고, 黃琬(황완)이 후임 사도가 되었는데, 예를 갖춰 사일을 대우하였다. 董卓(동탁)이 정사를 어지럽히자, 사일은 관직을 버리고 향리로 돌아왔다.

그 당시 交州 자사인 朱符(주부)가 만이들에게 살해되고 여러 州郡이 혼란하였다. 사섭은 이에 표문을 올려 동생 사일을 合浦 태수를 겸임케 했고, 다음 동생 徐聞(서문) 현령인 士䵋(사유, 䵋는 노랑색 유)를 九眞 태수직을 대행케 했고, 사유의 동생 士武(사무)에게 南海 태수를 겸임케 하였다.

|原文|

爕體器寬厚, 謙虛下士, 中國士人往依避難者以百數. 耽玩《春秋》, 爲之注解. 陳國袁徽與尙書令荀彧書曰,

「交阯士府君旣學問優博, 又達於從政, 處大亂之中, 保全一郡, 二十餘年疆場無事, 民不失業, 羈旅之徒, 皆蒙其慶, 雖竇融保河西, 曷以加之? 官事小閱, 輒玩習書傳,《春秋左氏

傳》尤簡練精微, 吾數以咨問傳中諸疑, 皆有師說, 意思甚密.
又《尙書》兼通古今, 大義詳備. 聞京師古今之學, 是非忿爭,
今欲條《左氏》,《尙書》長義上之.」

其見稱如此.

燮兄弟並爲列郡, 雄長一州, 偏在萬里, 威尊無上. 出入鳴
鍾磬, 備具威儀, 笳簫鼓吹, 車騎滿道, 胡人夾轂焚燒香者常
有數十. 妻妾乘輜軿, 子弟從兵騎, 當時貴重, 震服百蠻, 尉
他不足踰也. 武先病沒.

| 국역 |

士燮(사섭)은 心思와 器量이 관용 후덕했고 겸허하게 아랫사람을
대우하였기에 中國(中原)의 士人으로 交州 지역으로 사섭을 찾아
수백 명이 피난했었다. 사섭은《春秋》연구에 전념하였고 그 주석
을 달았다. 陳國의 袁徽(원휘)가 尙書令인 荀彧(순욱)[260]에게 보낸 편
지에서 말했다.

「交阯郡의 士府君(士燮)은 그 학문이 우수하고 淵博(연박)하며,
또 政事에도 통달하여 大亂의 渦中(와중)에서도 一郡을 보전하여 20
여 년간 그 영역이 무사했고 백성들은 본업을 잃지 않았으며, 떠돌

---

260 荀彧(순욱, 163 - 212, 字 文若)의 彧은 문채 욱. 빛나는 모양. 郁(성할 욱)으로
도 표기. 荀子의 후손으로 조부 때부터 잘 알려진 가문이었다. 南陽郡의 何
顒(하옹)은 사람을 잘 보기로 유명하였는데, 순욱을 보고 특이하다 생각하며
'王을 보좌할 인재'라고 말했다. 曹操의 戰略家 겸 政治家. 曹操가 '나의 張
子房이다(吾子房也).'고 칭찬했다.《後漢書》70권,〈鄭孔荀列傳〉에 입전.
《魏書》10권,〈荀彧荀攸賈詡傳〉에 입전.

이 유민들이 모두 그 혜택을 입었으니, (후한 초) 竇融(두융)이 河西
(하서)[261] 지역을 보전한 것이 어찌 이보다 더 낫겠습니까? 官事를
처리하는 틈틈이 경전을 연구하였는데, 특히 《春秋左氏傳》에 대한
연구가 정확 정밀하여 나도 여러 번 경전의 뜻을 물었으니, 그의 답
변은 모두 스승의 가르침과도 같았으며, 뜻도 아주 세밀하였습니
다. 또 《尙書》의 고금 학설에도 兼通(겸통)하였고, 大義도 상세히 완
비하였습니다. 京師 지역에서 古今의 학문에 대한 시비를 놓고 격
렬한 논쟁이 있어, 《左傳》과 《尙書》에 대해서는 그가 심오한 뜻을
요약하여 보고하였다고 들었습니다.」

사섭에 대한 칭송이 대개 이런 정도였다.

사섭 형제는 여러 군의 태수직을 겸하여 交州 일대 1만 리에 걸쳐
위세와 존엄이 제일이었다. 그가 출입할 때에 鍾磬(종경)을 치고 儀
仗(의장)을 갖추었으며, 피리나 나팔을 불었고 수레와 기병이 길을
메웠으며, 길가에 나와 향을 피워 축원하는 이민족이 늘 수십 명이
나 되었다. 妻妾도 모두 휘장을 두른 수레를 탔으며 자제들은 기병
을 거느리고 수행하였으니, 그 위세와 존엄에 모든 만이가 두려워
복속하였으니 (옛 前漢 초기) 尉他(위타, 尉它)[262]도 이보다는 못했었

---

261 河西(하서) - 酒泉, 張掖, 敦煌, 武威郡을 특별히 河西 四郡이라 통칭하는데,
전한 무제 때 영토를 확장하면서 신설한 郡이다.

262 越(월, 粵)은 부족 이름이며 국가 이름, 또 그들의 거주지를 지칭한다. 越人들
의 분포는 五嶺 이남, 今 福建省, 廣東省, 廣西省, 북부 越南에 널리 분포. 廣
東省과 廣西省을 보통 兩越(東越 + 南越)이라 통칭한다. 秦은 천하를 차지하
고 揚粵(양월)을 평정한 뒤 桂林, 南海, 象郡(상군) 등을 설치하고서 죄인들을
이주시켜 월인들과 혼거하게 하였다. 남월왕 趙佗(조타)는 관직이 秦의 都尉
였기에 尉它(위타)라 표기하는데, 뒷날 秦末漢初 혼란한 시기에 남월 일대를
평정하고 남월의 武帝를 자칭했다. 고조는 천하를 평정한 뒤, 중국이 지치고

다. 사섭의 동생 士武(사무)는 병으로 먼저 죽었다.

| 原文 |

朱符死後, 漢遣張津爲交州刺史, 津後又爲其將區景所殺, 而荊州牧劉表遣零陵賴恭代津. 是時蒼梧太守史璜死, 表又遣吳巨代之, 與恭俱至. 漢聞張津死, 賜燮璽書曰,

「交州絶域, 南帶江海, 上恩不宣, 下義壅隔, 知逆賊劉表又遣賴恭闚看南土, 今以燮爲綏南中郎將, 董督七郡, 領交阯太守如故.」

後燮遣吏張旻奉貢詣京都, 是時天下喪亂, 道路斷絶, 而燮不廢貢職, 特復下詔拜安遠將軍, 封龍度亭侯.

| 국역 |

朱符(주부)가 죽은 이후에, 漢에서는 張津(장진)을 交州 자사로 파견하였는데, 장진이 뒷날 그 부하 장수 區景(구경)에게 살해되자, 荊州牧인 劉表는 零陵郡(영릉군) 사람 賴恭(뇌공)을 장진의 후임으로 보냈다. 이때 蒼梧郡 태수 史璜(사황)이 죽자, 유표는 또 吳巨(오거)

란 사람을 후임으로 정해, 뇌공과 오거가 함께 부임하였다. 그러나 漢 조정에서는 장진의 죽음을 알고 士燮(사섭)에게 璽書(새서, 國書)를 보냈다.

「交州는 외진 지역이며 남쪽은 강과 바다라서, 황제의 은택을 입지 못하고 백성의 충의도 막혔는데, 들리는 바 역적 劉表가 또 뇌공을 보내 남쪽 땅을 엿본다 하니, 이에 士燮을 綏南中郎將으로 임명하여 (交州의) 7郡을 감독케 하고 전처럼 교지 태수를 겸임토록 하라.」

뒷날 사섭은 관리인 張旻(장민)을 보내 낙양에 토산물을 헌상하였는데, 그때 천하가 혼란 속에서 도로가 단절되었는데도 사섭은 거르지 않고 토산물을 헌상하자, 특별히 조서를 내려 사섭을 安遠將軍에 임명하고 龍度亭侯에 봉했다.

| 原文 |

後巨與恭相失, 舉兵逐恭, 恭走還零陵.

建安十五年, 孫權遣步騭爲交州刺史. 騭到, 燮率兄弟奉承節度. 而吳巨懷異心, 騭斬之. 權加燮爲左將軍.

建安末年, 燮遣子廞入質, 權以爲武昌太守, 燮,壹諸子在南者, 皆拜中郎將. 燮又誘導益州豪姓雍闓等, 率郡人民使遙東附, 權益嘉之, 遷衛將軍, 封龍編侯, 弟壹偏將軍, 都鄉侯.

燮每遣使詣權, 致雜香細葛, 輒以千數, 明珠,大貝,流離,翡翠,玳瑁,犀,象之珍, 奇物異果, 蕉,邪,龍眼之屬, 無歲不至. 壹時貢馬凡數百匹. 權輒爲書, 厚加寵賜, 以答慰之. 燮在郡四十餘歲, 黃武五年, 年九十卒.

| 국역 |

뒷날 (유표에 의해 임명된) 吳巨(오거)와 賴恭(뇌공)은 서로 다투었고, 오거가 뇌공을 축출하자 뇌공은 영릉군으로 돌아갔다.

建安 15년(서기 210), 孫權은 步騭(보즐)을 交州刺史로 파견하였다. 보즐이 부임할 때, 사섭은 형제를 거느리고 보즐의 지휘에 순응하였다. 그러나 吳巨가 딴마음을 품자 보즐이 참수하였다. 손권은 사섭에게 左將軍의 직함을 내렸다.

建安 말년에, 사섭은 아들 士廞(사흠, 廞 진열할 흠)을 인질로 보냈고, 손권은 사흠을 武昌 태수에 임명하였으며, 사섭과 士壹(사일)의 남쪽 교주에 남아있는 여러 아들을 모두 中郎將에 임명하였다. 사섭은 또 益州의 豪姓(호성, 大姓)인 雍闓(옹개) 등을 권유하여 군내의 백성들을 거느려 멀리 江東에 귀부케 하자, 손권은 더욱 기뻐하며 사섭을 衛將軍으로 승진시키고 龍編侯에 봉했으며, 아우 사일은 偏將軍에 都鄕侯로 봉했다.

사섭은 손권에게 사자를 파견할 때마다 雜香(잡향)이나 細葛(세갈, 옷감)을 수천 단위로 헌상했고, 明珠(명주)와 大貝(대패, 貝는 조개 패), 流離(유리, 琉璃), 翡翠(비취, 보석), 玳瑁(대모, 바다거북 등껍데기), 犀(서, 무소뿔), 象(상, 象牙) 등의 진기한 산물과 기이한 물건이나 특별한 과일, 蕉(초, 파초), 邪〔야, 椰(야자)〕, 龍眼(용안, 포도 계통의 과일이름) 등을 보냈는데 한 해도 거르지 않았다. 士壹(사일)은 때로 말(戰

馬)을 헌상하였는데 모두 수백 필이나 되었다. 손권은 그때마다 친서와 함께 은총과 하사품으로 그를 慰撫(위무)하였다. 사섭은 교지군을 40여 년이나 통치하다가 (孫權의) 黃武 5년(서기 226), 나이 90에 죽었다.

|原文|

權以交阯縣遠, 乃分合浦以北爲廣州, 呂岱爲刺史, 交阯以南爲交州, 戴良爲刺史. 又遣陳時代燮爲交阯太守.

岱留南海, 良與時俱前行到合浦, 而燮子徽自署交阯太守, 發宗兵拒良. 良留合浦.

交阯桓鄰, 燮擧吏也, 叩頭諫徽使迎良, 徽怒, 笞殺鄰. 鄰兄治子發又合宗兵擊徽, 徽閉門城守, 治等攻之數月不能下, 乃約和親, 各罷兵還. 而呂岱被詔誅徽, 自廣州將兵晝夜馳入, 過合浦, 與良俱前.

壹子中郎將匡與岱有舊, 岱署匡師友從事, 先移書交阯, 告喩禍福, 又遣匡見徽, 說令服罪, 雖失郡守, 保無他憂. 岱尋匡後至, 徽兄祇, 弟幹,頌等六人肉袒奉迎. 岱謝令復服, 前至郡下. 明旦早施帳幔, 請徽兄弟以次入, 賓客滿坐. 岱起, 擁節讀詔書, 數徽罪過, 左右因反縛以出, 卽皆伏誅, 傳首詣武昌.

壹,䵣,匡後出, 權原其罪, 及燮質子廞, 皆免爲庶人. 數歲,壹, 皓坐法誅. 歆病卒, 無子, 妻寡居, 詔在所月給俸米, 賜錢四十萬.

|국역|

손권은 交阯郡(교지군)이 너무 멀다 하여, 合浦郡 이북을 분할하여 廣州자사부를 설치하고, 呂岱(여대)를 광주 자사에, 交阯郡 이남을 交州자사부로 개편하고, 戴良(대량)을 刺史에 임명했다. 또 陳時(진시)를 보내 사섭의 후임으로 교지 태수에 임명했다.

여대는 南海郡에 머물렀고, 대량과 진시는 함께 출발하여 合浦郡에 도착하였는데, 사섭의 아들 士徽(사휘)는 스스로 교지 태수를 자칭하면서 家兵을 동원하여 대량의 부임을 거부하였다. 이에 대량은 합포군에 머물렀다.

교지군의 桓鄰(환린)은 사섭이 등용한 관리였는데, 머리를 조아리며 사휘에게 대량을 영입해야 한다고 간언하자, 사휘는 분노하면서 환린을 笞杖(태장)으로 때려 죽였다. 이에 환린의 형 桓治(환치)의 아들 桓發(환발)은 가병을 모아 사휘를 공격했는데, 사휘는 성문을 폐쇄하고 성을 지켜 환치 등이 몇 달을 공격했어도 함락시키지 못하자, 결국 화친하면서 군대를 해산하였다. 이에 여대는 조서에 의거 사휘를 소환하여 죽여버렸고, 廣州자사부의 군사를 거느리고 주야로 전진하여 합포군에서 대량의 군사와 함께 진격하였다.

사일의 아들 中郎將인 士匡(사광)과 여대는 전부터 친분이 있었는데, 여대는 士匡(사광)을 師友從事에 임명하였고, 먼저 서신을 교지군에 보내 여러 禍福을 설명하고, 또 사광을 보내 사휘를 만나서 군수 직분을 잃더라도 다른 걱정은 하지 않아도 된다고 설득하였다. 여대는 곧 사광의 뒤를 따라 부임하였는데, 사휘의 형 士祗(사지), 동생인 士幹(사간), 士頌(사송) 등 6명은 모두 웃통을 벗고 여대를 맞아들였다. 여대는 그들에게 옷을 입으라 한 뒤에 군에 부임하였다.

다음 날 아침, 일찍 휘장을 둘러친 뒤에 사휘 형제를 순차적으로 들어와 앉게 했고 손님들이 모두 좌정하였다. 이에 여대는 일어나 부절을 잡고서 조서를 읽었고, 사휘 등의 죄과를 하나하나 열거한 뒤에 측근 부하에게 그 형제들을 포박하고 끌어낸 뒤에 모두 처형하였으며, 그들 수급을 武昌으로 보냈다.

사일, 사유, 사광 등은 나중에 출두하였는데, 손권은 그들의 죄를 사면하였고, 사섭이 인질로 보냈던 아들 하흠 등은 모두 서민으로 강등시켰다. 이 해에, 사일과 사유는 법을 어겨 주살되었다. 사흠은 병사했는데 아들도 없어, 그 아내가 과부로 지낸다고 하자 조서를 내려 관할 군현에서 매달 식량을 공급케 하고 금전 40만을 하사하였다.

|原文|

評曰, 劉繇藻厲名行, 好尙臧否. 至於擾攘之時, 據萬里之士, 非其長也. 太史慈信義篤烈, 有古人之分. 士燮作守南越, 優遊終世, 至子不愼, 自貽凶咎. 蓋庸才玩富貴而恃阻險, 使之然也.

  陳壽의 評論 : 劉繇(유요)는 바른 행실에 명예를 지키며 선악 구별
하기를 좋아하였다. 그러나 혼란한 시대에 만 리 먼 곳을 차지하려
했지만, 그것이 그의 이점이 되지는 못했다. 太史慈(태사자)는 그 信
義가 돈독하고 열렬하였으니 古人의 훌륭한 풍모가 있었다. 士燮
(사섭)은 먼 南越을 차지하고서 호탕하게 일생을 마쳤지만, 그 자식
들은 謹愼(근신)하지 못했기에 흉한 허물을 덮어썼다. 대체로 용렬
한 재질을 타고났는데도 富貴를 탐하였고 험한 지형을 믿고 방자했
기에 그렇게 될 수밖에 없었다.

50권 〈妃嬪傳〉(吳書 5)
(비빈전)

❶ 吳夫人

|原文|

孫破虜吳夫人, 吳主權母也. 本吳人, 徙錢唐, 早失父母. 與弟景居. 孫堅聞其才貌, 欲娶之. 吳氏親戚嫌堅輕狡, 將拒焉, 堅甚以慚恨. 夫人謂親戚曰, "何愛一女以取禍乎? 如有不遇, 命也."

於是遂許爲婚, 生四男一女. 景常隨堅征伐有功, 拜騎都尉. 袁術上景領丹楊太守, 討故太守周昕, 遂據其郡. 孫策與孫河,呂範依景, 合衆共討涇縣山賊祖郞. 郞敗走. 會爲劉繇所迫, 景復北依術, 術以爲督軍中郞將, 與孫賁共討樊能,于麋於橫江, 又擊笮融,薛禮於秣陵.

時策被創牛渚,降賊復反, 景攻討, 盡禽之. 從討劉繇, 繇奔豫章, 策遣景,賁到壽春報術. 術方與劉備爭徐州, 以景爲廣陵太守. 術後僭號. 策以書喩術, 術不納, 便絶江津, 不與通, 使人告景. 景卽委郡東歸, 策復以景爲丹揚太守. 漢遣議郎王誧. 銜命南行, 表景爲揚武將軍, 領郡如故.

及權少年統業, 夫人助治軍國, 甚有補益. 建安七年, 臨薨, 引見張昭等, 屬以後事, 合葬高陵. 八年, 景卒官, 子奮授兵爲將, 封新亭侯, 卒. 子安嗣, 安坐黨魯王霸死. 奮弟祺嗣, 封都亭侯, 卒. 子纂嗣. 纂妻卽滕胤女也,胤被誅, 並遇害.

| 구역 |

孫 破虜將軍(파로장군, 孫堅, 서기 155 – 191년)의 吳夫人(오부인)[263]은 吳主 孫權의 모친이다. 본래 吳郡 사람이나 (會稽郡) 錢唐縣(전당현)[264]으로 이사했고 早失(조실) 부모하고 남동생인 吳景(오경)[265]과 함께 생활하였다.

손견이 오부인이 才貌雙全(재모쌍전)하다는 소문을 듣고 아내로

263 吳夫人(오부인, 160年代 – 202년. 207년?) – 原名 미상, 吳郡 吳縣(今 江蘇省 蘇州市) 출신. 孫堅의 元配, 孫策과 孫權 등 4남 1녀의 親母. 孫破虜吳夫人, 吳太夫人, 吳太妃로 호칭. 孫權 自立 後 皇后로 추존. 사후 孫堅과 高陵에 合葬.

264 錢唐縣(전당현) – 今 浙江省 杭州市 서쪽 靈隱山 산록.

265 吳景(오경, ?-203년) – 孫堅의 손아래 처남. 여러 정벌에 참여하여 공을 세웠다.

맞이하려 했다. 그러나 吳氏의 친척들은 손견이 (출신이 한미하고) 사람이 가볍고 믿음직하지 않다 하여 거절하려 했는데, 손견은 심히 부끄러우면서 한스럽게 생각했다. 이에 오부인이 친척들에게 말했다.

"어찌 여자 하나가 아까워 화를 불러들입니까? 그 사람이 불우하다면, 이는 팔자입니다."

이에 결혼을 수락하였는데, 오부인은 4남 1녀를 출산했다.

(남동생) 吳景(오경)은 늘 손견을 따라 정벌에 참여하여 공을 세워 騎都尉가 되었다. 袁術(원술)은 오경을 추천하여 丹楊(단양)[266] 태수를 대행케 하면서, 전임 태수 周昕(주흔)을 토벌하여 그 단양군을 점거하였다.

(손견이 죽은 뒤) 孫策(손책)은 孫河(손하)[267]와 呂範(여범)과 함께 오경에 의지하면서, 군사를 모아 涇縣(경현)의 산적인 祖郎(조랑)을 토벌하였고 조랑은 패주하였다. 그 무렵 손책은 劉繇(유요)의 핍박을 받고 있었는데, 오경은 다시 원술을 찾아가 의지했고 원술은 오경을 督軍中郎將에 임명하여 (손책의 4촌) 孫賁(손분)과 함께 橫江(횡강)의 樊能(번능)과 于麋(우미)를 토벌하였으며, 또 秣陵(말릉)에서 笮融(책융)과 薛禮(설례)를 공격케 하였다.

그때 손책은 牛渚山(우저산)에서 상처를 입었고 항복했던 산적들이 다시 반발하자, 오경은 그들을 토벌하여 모두 생포하였다. 그리고 이어 劉繇(유요)를 공격하자, 유요는 豫章郡으로 도주하였으며,

....
266 丹楊(단양) – 郡治는 宛陵縣, 今 安徽省 동남부 宣城市. 長江 남쪽. 관광지로 유명한 黃山이 옛날 丹揚郡 지역이었다.
267 孫河(손하, ?–204年, 字 伯海) – 吳郡 富春人. 孫堅의 族子. 東吳의 장군.

손책은 오경과 손분을 壽春(수춘)에 보내 원술에게 보고하였다. 그 때 원술은 劉備(유비)와 徐州(서주)를 놓고 싸우고 있었기에 오경을 廣陵 태수에 임명했다.

이어 원술은 황제를 차칭했다. 손책은 서신을 보내 원술을 제지하였지만 원술은 받아들이지 않았는데, 손책은 즉시 長江의 나루를 봉쇄하고 원술과 관계를 끊고 사람을 오경에게 보내 이를 알렸다.

오경은 광릉태수직을 버리고 바로 江東으로 돌아왔으며, 손책은 오경을 다시 단양태수에 임명하였다. 漢에서는 議郎인 王誧(왕포)에게 사명을 주어 남쪽으로 보냈고, (왕포는) 표문을 올려 오경을 揚武將軍에 임명하며 단양군을 계속 다스리게 하였다.

(손책이 죽고) 손권이 어린 나이에 대업을 계승하자, 吳夫人은 軍國의 통치를 도왔는데, 그 도움이 매우 유익하였다. 건안 7년(서기 202) 오부인은 임종에 앞서 張昭(장소)[268] 등을 불러 後事를 부탁했고, (오부인은 손견의) 高陵에 합장하였다.

建安 8년(서기 203), 吳景은 임지에서 죽었고, 아들 吳奮(오분)에게 그 군사를 내주어 거느리게 하였는데, 오분은 新亭侯에 봉해졌다가 죽었다. 아들 吳安(오안)이 작위를 이었는데, 오안은 魯王 孫霸(손패)의 黨人이라 연좌되어 죽었다. 오분의 동생 吳祺(오기)가 계승했고 都亭侯가 되었다가 죽었다. 아들 吳纂(오찬)이 계승했다. 오찬의 妻는, 곧 滕胤(등윤)의 딸이었는데 등윤이 죽을 때 함께 살해되었다.

---

268 張昭(장소, 156 – 236年, 字 子布) – 徐州 彭城人(今 江蘇省 북부 徐州市). 東吳名臣. 박식한 학자였고, 서기 200년 손책이 죽자, 손권을 주군으로 옹립했다. 《吳書》 7권, 〈張顧諸葛步傳〉에 입전.

❷ 謝夫人

|原文|

吳主權謝夫人, 會稽山陰人也. 父奨, 漢尙書郎,徐令. 權母吳, 爲權聘以爲妃, 愛幸有寵. 後權納姑孫徐氏, 欲令謝下之, 謝不肯, 由是失志. 早卒. 後十餘年, 弟承拜五官郎中, 稍遷長沙東部都尉,武陵太守, 撰《後漢書》百餘卷.

|국역|

吳主 孫權의 謝夫人(사부인)은 會稽郡 山陰縣[269] 사람이다. 부친인 謝奨(사경, 奨은 빛날 경)은 漢의 尙書郎과 徐縣 현령을 역임했다. 손권의 모친 吳夫人이 손권의 妃로 맞이했고 총애하였다. 그 뒤에 손권은 고모의 손녀인 徐氏(서씨)를 맞이하면서 謝夫人을 격하하려 했지만 사씨가 거절했기에 총애를 잃었고 일찍 죽었다. 그 10여 년 뒤, 謝氏 부인의 남동생인 謝承(사승, 字 偉平)은 五官郎中이 되었다가 점차 승진하여 長沙郡 東部都尉와 武陵 태수를 역임했으며《後漢書》1백여 권을 지었다.

---

269 山陰縣은, 會稽郡(郡治 今 蘇州市)의 치소. 26개 현의 하나. 今 浙江省 북동부 紹興市.

❸ 徐夫人

|原文|

吳主權徐夫人, 吳郡富春人也. 祖父眞, 與權父堅相親, 堅
以妹妻眞, 生琨. 琨少仕州郡, 漢末擾亂, 去吏, 隨堅征伐有
功, 拜偏將軍. 堅薨, 隨孫策討樊能, 于麋等於橫江, 擊張英於
當利口. 而船少, 欲駐軍更求. 琨母時在軍中, 謂琨曰, "恐州
家多發水軍來逆人, 則不利矣, 如何可駐邪? 宜伐蘆葦以爲
泭, 佐船渡軍."

琨具啓策, 策卽行之. 衆悉俱濟, 遂破英, 擊走笮融, 劉繇,
事業克定. 策表琨領丹楊太守, 會吳景委廣陵來東, 復爲丹楊
守. 琨以督軍中郎將領兵, 從破盧江太守李術, 封廣德侯, 遷
平虜將軍. 後從討黃祖, 中流矢卒.

琨生夫人, 初適同郡陸尙. 尙卒, 權爲討虜將軍在吳, 聘以爲
妃, 使母養子登. 後權遷移, 以夫人妒忌, 廢處吳. 積十餘年,
權爲吳王及卽尊號, 登爲太子, 群臣請立夫人爲后, 權意在步
氏, 卒不許. 後以疾卒. 兄矯, 嗣父琨侯, 討平山越, 拜偏將軍,
先夫人卒, 無子. 弟祚襲封, 亦以戰功至蕪湖督, 平魏將軍.

|국역|

吳主 孫權의 徐夫人(서부인)은 吳郡 富春縣 사람이다. 조부인 徐

眞(서진)은 손권의 부친 孫堅과 서로 가까웠는데, 손견은 여동생을 서진에게 출가시켰고, 여동생은 徐琨(서곤, 琨은 옥돌 곤)을 낳았다. 서곤은 젊어 州郡에 출사하다가 漢末에 시대가 혼란하자, 관직을 버리고 손견을 따라 정벌에 공을 세웠으며 偏將軍이 되었다. 손견이 죽은 뒤, 손책을 따라 樊能(번능)과 于麋(우미) 등을 橫江(횡강)에서 격파하였고 當利口(당리구)란 곳에서 張英(장영)을 공격하였다. 서곤은 군대에 배도 부족했고 더 많은 군사가 필요했었다. 그때 서곤의 모친이 군중에 머물고 있었는데 그 모친이 말했다.

"州郡에서 많은 수군을 동원하여 공격해 온다면 매우 불리한데, 어찌 여기에 머물려 하는가? 갈대를 베어 뗏목(泭는 떼 부, 뗏목)을 만들어서 배가 끌면 군사를 渡江(도강)시킬 수 있다."

서곤이 이를 손책에게 말하자 손책은 즉시 시행하였다. 모든 군사가 한꺼번에 강을 건너 장영을 격파했고, 책융과 유요 등을 공격 패주시켜 목적을 성취하였다. 손책은 表文을 올려 서곤을 丹楊太守를 겸임케 했는데, 그때 吳景(오경, 손책 모친 吳부인의 동생)이 廣陵태수직을 버리고 강동으로 오자 오경을 단양태수로 삼았다. 서곤은 督軍中郞將으로 군사를 거느리고 盧江(여강) 태수인 李術(이술)을 격파하여 廣德侯에 봉해졌으며, 平虜將軍으로 승진하였다. 뒤에 黃祖를 토벌하다가 流矢(유시)에 맞아 죽었다.

서곤의 딸이 손권의 徐夫人이니, 처음에는 同郡의 陸尙(육상)에게 출가했었다. 그러나 육상이 일찍 죽고, 손권이 討虜將軍(토로장군)으로 吳郡에 있을 때 서부인을 아내로 삼아, 아들인 孫登(손등)을 양육케 하였다. 뒷날 손권은 다른 곳으로 이동하였으나 서부인의 투기가 심하다 하여 서부인을 吳郡에 버려두었다.

　10여 년이 지나 손권이 吳王이 되었고 제위에 오르며 孫登을 태자로 정했는데, 여러 신하들은 서부인을 황후로 책립해야 한다고 했지만, 손권은 步氏(보씨, 步夫人)에 뜻이 있었기에 끝내 불허했다. 서부인은 뒷날 병사하였다.

　서부인의 오빠인 徐矯(서교)는 부친 서곤의 제후 자리를 계승했고, 山越人을 토벌하여 偏將軍이 되었지만 서부인보다 먼저 죽었고 아들도 없었다. 서교의 동생인 徐祚(서조)가 작위를 이어받았고, 戰功으로 蕪湖(무호) 都督과 平魏將軍이 되었다.

❹ 步夫人

| 原文 |

　吳主權步夫人, 臨淮淮陰人也. 與丞相騭同族. 漢末, 其母攜將徙盧江, 盧江爲孫策所破, 皆東渡江, 以美麗得幸於權, 寵冠後庭. 生二女, 長曰魯班, 字大虎, 前配周瑜子循, 後配全琮. 少曰魯育, 字小虎, 前配朱據, 後配劉纂.

　夫人性不妒忌, 多所推近, 故久見愛待. 權爲王及帝, 意欲以爲后, 而群臣議在徐氏, 權依違者十餘年, 然宮內皆稱皇后, 親戚上疏稱中宮. 及薨, 臣下緣權指, 請追正名號, 乃贈印綬, 策命曰,

「惟赤烏元年閏月戊子, 皇帝曰, 嗚呼皇后, 惟后佐命, 共承天地. 虔恭夙夜, 與朕均勞. 內教修整, 禮義不愆. 寬容慈惠, 有淑懿之德. 民臣懸望, 遠近歸心. 朕以世難未夷, 大統未一, 緣后雅志, 每懷謙損. 是以於時未授名號, 亦必謂后降年有永, 永與朕躬對揚天休. 不寤奄忽, 大命近止. 朕恨本意不早昭顯, 傷后殂逝, 不終天祿. 愍悼之至, 痛於厥心. 今使使持節丞相奉策授號, 配食先后. 魂而有靈, 嘉其寵榮. 嗚呼哀哉!」

葬於蔣陵.

| 국역 |

吳主 孫權의 步夫人(보부인, 名 練師, 서기 ? - 238)은 臨淮郡 淮陰縣 사람이다. 승상인 步騭(보즐)[270]의 同族이었다. 漢末에 그 모친이 함께 廬江郡으로 피난하려 했는데, 여강군이 이미 손책에게 격파되었기에 모두 동쪽으로 가서 강을 건넜으며, 보부인은 美麗(미려)한 자태로 손권의 총애를 받았는데, 후궁 중에서 제일이었다. 보부인은 두 딸을 낳았는데, 큰딸은 孫魯班(손노반, 字 大虎)으로 처음에는 周瑜(주유)의 아들 周循(주순)에게 출가했다가, 나중에 全琮(전종)과 결혼했다. 작은딸은 孫魯育(손노육, 字 小虎)으로 처음에는 朱據(주거)와 결혼했다가 뒤에 劉纂(유찬)의 아내가 되었다.

보부인은 투기하지 않았고 남에게 양보가 많아 오랫동안 총애를

----

270 步騭(보즐, ?-247년, 字 子山) - 騭은 수말 즐. 臨淮 淮陰縣(今 江蘇省 북서부 淮安市 淮陰區) 출신. 東吳의 장군이며 정치가.《吳書》7권, 〈張顧諸葛步傳〉에 입전.

받았다. 손권이 왕이 되고 제위에 올라 황후로 책립할 뜻이 있었지만 群臣이 徐氏 부인을 논의했기에, 손권은 10여 년을 미루며 결정하지 않았는데, 궁내에서는 모두가 보부인을 황후로 불렀고 친척도 상소하면서 모두 中宮이라 호칭했다. 보부인이 죽자, 신하들이 손권의 뜻에 따라 정식 황후 칭호를 올릴 것을 주청하자 이에 인수를 추증하고 策命을 내렸다.

「赤烏(적오) 원년(서기 238) 閏月(윤 10월) 戊子日(무자일), 皇帝가 말하나니, 嗚呼(오호)라 皇后여! 황후는 짐을 도왔고 함께 천하를 이어받았노라. 밤낮으로 공경하며 짐과 함께 수고했었다. 궁 안의 교화를 바로잡았고 바른 의례를 지켰도다. 寬容과 인자와 은혜로 훌륭한 인품과 덕행을 쌓았도다. 이에 臣民이 우러러보았고 원근 모두가 귀부하였노라. 朕은 난세를 아직 평온케 하지 못하고 하나로 大統을 이루지 못했는데, 황후는 고아한 뜻으로 늘 양보하고 덜어주었다. 그런데도 아직 황후 책명을 내리지 못했으니, 황후의 수명이 많이 남았다고 생각하며 짐과 함께 영원히 천수를 누릴 것이라 생각했었다. 천수가 이리 짧게 끝날 줄 생각지 못했었다. 朕의 참뜻을 일찍 드러내지 못하고 황후가 일찍 세상을 버려 천록을 다하지 못한 것이 원통하도다. 짐은 지극한 슬픔에 짐의 마음이 아프도다. 이제 부절을 가진 丞相을 보내 책명으로 황후의 호를 내리고 선대의 황후에 배향토록 하노라. 황후의 혼령이 있을 것이니 총애와 영광을 기리노라. 오호 애재라!」

보부인은 (뒷날 손권의 능묘인) 蔣陵(장릉)에 합장하였다.

❺ 王夫人

|原文|

吳主權王夫人, 琅邪人也. 夫人以選入宮, 黃武中得幸, 生和, 寵次步氏. 步氏薨後, 和立爲太子, 權將立夫人爲后, 而全公主素憎夫人, 稍稍譖毁. 及權寢疾, 言有喜色, 由是權深責怒, 以憂死. 和子皓立, 追尊夫人曰大懿皇后, 封三弟皆列侯.

|국역|

吳主 孫權의 王夫人은 琅邪郡(낭야군)[271] 사람이다(父名 盧九). 夫人은 뽑혀서 입궁하여 黃武 연간에(서기 222 - 229) 총애를 받아 孫和(손화)를 출산했는데, 步氏 夫人 다음으로 총애를 받았다. 步氏가 죽은 뒤에 孫和가 태자가 되었고(赤烏 5년, 서기 242), 손권은 왕부인을 황후로 책립하려 하였는데, 全公主〔손권의 큰 딸, 孫魯班(손노반)〕가 평소에 왕부인을 미워하여, 늘 조금씩 참소하였다. 손권이 병석에 누웠을 때, 왕부인이 좋아했다고 전공주가 말했기 때문에, 손권이 화를 내며 크게 질책하자 걱정 끝에 죽었다. (뒷날) 孫和의 아들 孫皓(손호, 재위 264 - 280)가 즉위하자, 왕부인을 大懿皇后(대의황후)로 추존했고, 왕부인의 동생 3명은 모두 열후가 되었다.

----

271 徐州 琅邪國(郡) - 治所는 開陽縣, 今 山東省 남부의 臨沂市(임기시).

❻ 王夫人

吳主權王夫人, 南陽人也. 以選入宮, 嘉禾中得幸, 生休.
及和爲太子, 和母貴重, 諸姬有寵者, 皆出居外. 夫人出公安,
卒, 因葬焉. 休卽位, 遣使追尊曰敬懷皇后, 改葬敬陵. 王氏
無後, 封同母弟文雍爲亭侯.

吳主 孫權의 王夫人은 南陽郡 사람이다. 뽑혀서 입궁하여 嘉禾(가
화, 서기 232 – 237) 연간에 총애를 받아 孫休(손휴, 景帝, 재위 258 – 265
년)를 출산했다. 孫和가 태자가 되자 손화의 생모(琅邪 王夫人)만이
존귀하여 총애를 받는 다른 후궁은 모두 궁 밖에 거처하게 하였다.
이에 왕부인은 (南郡) 公安縣에서 살다가 죽었고 장례를 마쳤다.

孫休가 즉위하자(3대 景帝, 재위 258 – 263), 사자를 보내 敬懷皇
后(경회황후)로 추존했고 敬陵에 개장하였다. 王氏는 후사가 없어 同
母弟인 王文雍(왕문옹)이 亭侯가 되었다.

❼ 潘夫人

吳主權潘夫人, 會稽句章人也. 父爲吏, 坐法死. 夫人與姊

俱輸織室, 權見而異之, 召充後宮. 得幸有娠, 夢有以龍頭授
己者, 己以蔽膝受之, 遂生亮. 赤烏十三年, 亮立爲太子, 請
出嫁夫人之姊, 權聽許之. 明年, 立夫人爲皇后. 性險妒容媚,
自始至卒, 譖害袁夫人等甚衆. 不豫, 夫人使問中書令孫弘呂
后專制故事. 侍疾疲勞, 因以羸疾, 諸宮人伺其昏臥, 共縊殺
之, 託言中惡. 後事洩, 坐死者六七人. 權尋薨, 合葬蔣陵. 孫
亮卽位, 以夫人姊婿譚紹爲騎都尉, 授兵. 亮廢, 紹與家屬送
本部廬陵.

| 국역 |

吳主 孫權의 潘夫人(반부인)은 會稽 句章縣(今 浙江省 동북 寧波
市) 사람이다. 그 부친은 관리였다가 위법하여 처형되었다. 부인과
그 언니가 함께 織室(직실)로 보내졌는데, 손권이 보고서는 특별하
게 여겨 불러 後宮으로 삼았다.

부인은 총애를 받아 임신했는데, 꿈에 어떤 사람이 龍頭를 주었
는데 자신이 앞치마(蔽膝)로 받는 꿈을 꾸고 孫亮을 출산하였다. 赤
烏(적오) 13년(서기 250)에 손량은 태자가 되었고, 반부인의 언니가
출가하려 하자 손권은 허락하였다. 다음 해 반부인은 황후로 책립
되었다.

반황후는 음험하고 아첨을 좋아하였는데, 처음부터 끝까지 袁夫
人(원부인, 袁術의 딸, 소생이 없었다) 등 많은 여러 사람을 해쳤다. 손
권이 병석에 눕자, 반황후는 中書令 孫弘(손홍)에게 (前漢 高祖) 呂

后가 專制한 옛일을 묻기도 했다.

　반황후는 손권의 병간호에 피로했고 그 때문에 쇠약해지고 병에 걸렸는데, 여러 宮人들은 반황후가 혼미한 것을 보고 함께 목을 졸라 죽인 뒤에 악질에 걸려 죽었다고 말하였다. 나중에 일이 발각되어 6,7명이 처형되었다. 곧 손권도 죽었기에 蔣陵(장릉)에 합장하였다.

　(2대) 孫亮(손량)이 즉위하자(서기 252), (반황후의 언니 남편인) 譚昭(담소)를 騎都尉에 임명하고 일부 병권을 주었다. 손량이 폐출되자 담소와 가족은 고향 廬陵郡으로 이주했다.

❽ 全夫人

| 原文 |

　孫亮全夫人, 全尙女也. 從祖母公主愛之, 每進見輒與俱. 及潘夫人母子有寵, 全主自以與孫和母有隙, 乃勸權爲潘氏男亮納夫人, 亮遂爲嗣.

　夫人立爲皇后, 以尙爲城門校尉, 封都亭侯, 代滕胤爲太常,衛將軍, 進封永平侯, 錄尙書事. 時全氏侯有五人, 並典兵馬. 其餘爲侍郞,騎都尉, 宿衛左右, 自吳興, 外戚貴盛莫及.

　及魏大將諸葛誕以壽春來附, 而全懌,全端,全禕,全儀等並因此際降魏. 全熙謀洩見殺, 由是諸全衰弱. 會孫綝廢亮爲會

稽王, 後又黜爲候官侯. 夫人隨之國, 居候官, 尙將家屬徙零
陵, 追見殺.

| 국역 |

孫亮(손량, 손권과 潘부인 소생)의 全夫人(전부인, 名 全惠解)은 全尙
(전상)[272]의 딸이다. 從祖母인 全公主(손권의 큰 딸)가 귀여워하며 입
궁하여 손권을 뵐 때마다 함께 데리고 들어갔다. 潘夫人 母子가 손
권의 총애를 받자, 전공주는 자신이 孫和의 母親(琅邪郡 출신 王夫
人)과 사이가 나빴기에, 손권에게 潘부인의 아들(孫亮)이 전상을 딸
과 결혼해야 한다고 말했고, 결국 손량은 손권의 후사가 되었다.

全夫人이 황후가 되자, 全尙(전상)은 城門校尉로 都亭侯에 봉해졌
고, 滕胤(등윤)의 후임으로 太常과 衛將軍을 역임한 뒤에 작위가 올
라 永平侯에 봉해졌으며 尙書事를 감독하였다. 그 무렵 全氏로 제
후에 봉해진 사람이 5명으로 모두 병권을 쥐고 있었다. 그 나머지
일족은 侍郞이나 騎都尉가 되어 황제 측근에서 宿衛(숙위)를 담당했
는데 東吳의 건국 이후로 외척이 이처럼 번성한 전례가 없었다.

나중에 魏 大將 諸葛誕(제갈탄)이 壽春에서 반기를 들고 東吳에
來附했는데(서기 257), (전상의 일족인) 全懌(전역), 全端(전단), 全禕
(전의), 全儀(전의) 등은 이런 틈을 타서 曹魏에 투항했다. 全熙(전희)
는 역모가 드러나 주살되었는데 이로부터 전씨는 쇠약해졌다.

---

272 全尙(전상, ?−258년, 字 子眞) − 揚州 吳郡 錢唐縣(今 浙江省 杭州市) 사람. 東
吳의 外戚, 손권의 큰딸 孫魯班(손노반, 字 大虎)이 두 번째로 결혼한 全琮(전
종)의 族子이다. 전상의 딸(全惠解)가 吳 廢帝 孫亮(손량)의 皇后가 되었다.

마침 孫綝(손침)이 손량을 폐하고 會稽王으로 강등시켰다가 뒤에
또 候官侯(후관후)로 폐출하였다. 全夫人인 손량을 따라 제후국으로
나가 (會稽郡) 候官縣에 살았고,[273] 전상은 가속을 거느리고 고향 零
陵郡으로 이주하다가 살해되었다.

❾ 朱夫人

| 原文 |

孫休朱夫人, 朱據女, 休姊公主所生也. 赤烏末, 權爲休納
以爲妃. 休爲琅邪王, 隨居丹楊. 建興中, 孫峻專政, 公族皆
患之. 全尙妻卽峻姊. 故惟全主祐焉. 初, 孫和爲太子時, 全
主譖害王夫人, 欲廢太子, 立魯王, 朱主不聽, 由是有隙.

五鳳中, 孫儀謀殺峻, 事覺被誅. 全主因言朱主與儀同謀, 峻
枉殺朱主. 休懼, 遣夫人還建業, 執手泣別. 旣至, 峻遣還休.

太平中, 孫亮知朱主爲全主所害, 問朱主死意? 全主懼曰,
“我實不知, 皆據二子熊, 損所白.”

亮殺熊, 損. 損妻是峻妹也, 孫綝益忌亮, 遂廢亮, 立休. 永
安五年, 立夫人爲皇后. 休卒, 群臣尊夫人爲皇太后, 孫皓卽
位月餘, 貶爲景皇后, 稱安定宮. 甘露元年七月, 見逼薨, 合

葬定陵.

孫休(손휴, 손권의 6男, 景帝, 재위 258 – 263)의 朱夫人(주부인)은 朱據(주거)[274]의 딸인데, 손휴의 누이인 朱公主(주공주)[275]의 所生이다. 赤烏(적오, 서기 238 – 250) 말기에 손권은 朱부인을 손휴의 아내로 맞이하였다. 손휴가 琅邪王(낭야왕)이 되자, 손휴를 따라 丹楊郡(丹陽郡)에 거주하였다.

(孫亮)의 建興 연간에(서기 252 – 253년), 孫峻(손준)이 정권을 독점하자 公族은 모두가 두려워했다. 全尙(전상, 폐제 손량의 장인)의 妻는 손준의 누나였다. 그래서 全公主(손권의 큰딸)는 전상을 도와주었다. 그전에 孫和가 太子일 때, 전공주는 (손화의 생모) 王夫人을 참소하며 태자를 폐위하고 魯王(노왕, 孫霸 손권의 4男)을 세우려 했으나 朱공주가 따르지 않아 이 때문에 틈이 벌어졌다.

(孫亮의) 五鳳 연간에(254 – 255년), 孫儀(손의)가 손준을 살해하려 했지만 발각되어 주살되었다. 全공주는 이에 朱공주가 손의와 함께 모의했다고 말해서 손준은 억울한 朱공주를 죽였다. 이에 손휴는 두려워 떨며 朱夫人을 建業(건업, 都城)에 보내면서 손을 잡고 눈물을 흘렸다. 그러나 손준은 주부인을 손휴에게 돌아가게 했다.

(孫亮의) 太平 연간에(256 – 257년), 손량은 朱공주가 全공주 때

---

274 朱據(주거, 194 – 250년, 字 子範) – 吳郡 吳縣(今 江蘇省 蘇州市) 출신. 三國 東吳의 重臣 겸 장군. 손권의 둘째 사위.

275 朱公主는 孫權의 둘째 딸인 孫魯育(손노육, 字 小虎)으로, 처음에는 朱據(주거)와 결혼했다가 주거가 죽은 뒤, 劉纂(유찬)의 아내가 되었다.

문에 살해된 것을 알고, 朱공주가 왜 죽었는가를 물었는데, 全공주가 두려워하며 말했다.

"나는 사실 모릅니다. 모두가 朱據(주거)의 두 아들인 朱熊(주웅)과 朱損(주손)이 자백한 말입니다."

손량은 주웅과 주손을 주살하였다. 그런데 주손의 처는 손준의 여동생이었다. 이 때문에 孫綝(손침)은 손량을 미워했고, 결국 손량을 폐위시키고 손휴를 옹립하였다.

(孫休의) 永安 5년(서기 262)에, 朱夫人을 황후로 책립하였다. 손휴가 병사하자(서기 264년 7월), 群臣은 朱夫人을 皇太后로 높여야 한다고 건의했지만 孫皓(손호, 末帝, 孫和의 아들)는 즉위 한 달 후 쯤에 景皇后로 폄위하였고 安定宮이라고 호칭했다.

(孫皓의) 甘露 원년(서기 265) 7월, 朱부인은 손호의 핍박을 받아 죽어 定陵(정릉)에 합장하였다.

❿ 何姬

| 原文 |

孫和何姬, 丹楊句容人也. 父遂, 本騎士. 孫權嘗游幸諸營, 而姬觀於道中, 權望見異之, 命宦者召入, 以賜子和. 生男, 權喜, 名之曰彭祖, 卽皓也.

太子和旣廢, 後爲南陽王, 居長沙. 孫亮卽位, 孫峻輔政.

峻素媚事全主, 全主與和母有隙, 遂勸峻徙和居新都, 遣使賜
死, 嫡妃張氏亦自殺.

何姬曰, "若皆從死, 誰當養孤?" 遂拊育皓及其三弟. 皓卽
位, 尊和爲昭獻皇帝, 何姬爲昭獻皇后, 稱昇平宮, 月餘, 進爲
皇太后. 封弟洪永平侯, 蔣溧陽侯, 植宣城侯. 洪卒, 子邈嗣,
爲武陵監軍, 爲晉所殺. 植官至大司徒. 吳末昏亂, 何氏驕僭,
子弟橫放, 百姓患之. 故民訛言 '皓久死, 立者何氏子' 云.

| 국역 |

　孫和(손화, 손권의 3男, 末帝 孫皓의 생부)의 부인 何姬(하희)는 丹楊
郡 句容縣[276] 사람이다. 부친 何遂(하수)는 본래 騎士였다. 孫權이 일
찍이 각 군영을 순행할 때 하희는 길가에서 행차를 구경했는데, 손
권이 보고서는 특별하다 생각하여 환관을 시켜 불러온 뒤에 손화의
후궁으로 보냈다. 하희가 아들을 낳자 손권이 기뻐하였고 손자 이
름을 彭祖(팽조)라 하였으니, 곧 뒷날 (末帝) 孫皓이다.

　태자 손화가 폐립되어 南陽王으로 長沙郡에 살았다. 孫亮이 즉위
하고 孫峻(손준)이 정사를 보필하였다. 손준은 평소에 全공주에 잘
보이려 했는데 全공주와 손화의 생모가 틈이 벌어지자, 全공주는
손준에게 권유하여 손화를 新都(신도현)에 옮겨 살게 한 뒤에 사람
을 보내 손화를 죽여버렸는데 손화의 嫡妃(적비, 본처)인 張氏(장씨)

---

276 句容縣(구용현)은, 今 江蘇省 남부 鎭江市 관할 句容市. 長江 남안, 南京市의
　　동남쪽.

역시 자살하였다.

이에 何姬가 말했다.

"만약 모두 따라 죽는다면 남은 자식은 누가 키우겠는가?"

그리고서는 손화와 다른 3형제를 양육하였다.

손호가 즉위하자, 손호는 부친 孫和를 昭獻皇帝로 추존하고, 생모 何姬를 昭獻皇后로 높이면서 昇平宮이라 호칭하였으며 한 달 뒤에는 皇太后로 높였다.

하희의 동생인 何洪은 永平侯, 何蔣은 溧陽侯(율양후), 何植은 宣城侯가 되었다. 하홍이 죽자 아들 何邈(하막)이 뒤를 이었고 武陵 監軍이 되었으나 晉軍에게 피살되었다. 하식은 大司徒를 역임하였다. 東吳 말기 혼란 속에 하씨들은 교만하고 僭越(참월)하였고 그 자제들이 멋대로 방자하자 백성들이 크게 두려워했다. 그래서 백성들 사이에 '손호는 죽은 지 오래이고,[277] 하씨들만 설치네.' 라는 謠言(요언)이 돌았다.

---

277 張布(장포, ?-264년)는 東吳 大臣으로 破賊將軍, 征西將軍, 衛將軍 등을 역임했다. 景帝 孫休와 末帝인 폭군 孫皓(손호)를 섬겼는데, 손호에게 살해되었다. 손호의 작은 딸이 대단한 미녀였는데, 손호가 총애하면서 "네 아버지는 어디에 있는가?"라고 묻자, 그 딸은 "도적놈이 아버지를 죽였다."고 말했다. 이에 손호는 화가 나서 그 딸을 때려 죽였다. 그런데도 그 딸의 미모가 너무 그리워서 나무로 그 모습을 만들어 놓고 그리워했다. 장포의 큰 딸도 미인이라는 말을 듣고 출가한 여인을 강제로 뺏다가 함께 데리고 놀면서 정사를 거의 돌보지 않았다. 그러다가 그 여인이 죽자, 궁 안에 호화 무덤을 만들고 治喪하면서 6개월 동안 조정에 모습을 보이지 않았다고 한다. 그래서 백성들은 손호가 죽었다고 말하거나 생각했다고 한다.

⓫ 滕夫人

孫皓滕夫人, 故太常胤之族女也. 胤夷滅, 夫人父牧, 以疏
遠徙邊郡. 孫休卽位, 大赦, 得還, 以牧爲五官中郎. 皓旣封
烏程侯, 聘牧女爲妃. 皓卽位, 立爲皇后, 封牧高密侯, 拜衛
將軍, 錄尙書事.

後朝士以牧尊戚, 頗推令諫爭. 而夫人寵漸衰, 皓滋不悅,
皓母何恒左右之. 又太史言, 於運歷, 后不可易, 皓信巫覡,
故得不廢, 常供養昇平宮. 牧見遣居蒼梧郡, 雖爵位不奪, 其
實裔也, 遂道路憂死. 長秋官僚, 備員而已, 受朝賀表疏如故.
而皓內諸寵姬, 佩皇后璽綬者多矣.

天紀四年, 隨皓遷於洛陽.

末帝 孫皓(손호)의 滕夫人(등부인)은 옛날에 太常을 역임한 滕胤
(등윤) 집안의 딸이다. 등윤 집안이 멸족될 때,[278] 등부인의 부친인
滕牧(등목)은 등윤과 촌수가 멀어 변방군으로 이주되었다. 孫休(손

---

278 滕胤(등윤, ?-256년, 字 承嗣) ─ 滕 물 솟을 등. 나라 이름, 성씨. 胤은 이을 윤.
孫權의 사위, 東吳의 重臣. 太元 원년(서기 251), 겨울에 손권은 병석에 눕자,
大將軍 諸葛恪(제갈각)을 불러들여 太子太傅로 삼았고, 會稽 태수인 滕胤(등
윤)을 太常에 임명하며 함께 조서에 의거 태자를 보필케 하였다. 吳 末帝 孫
皓의 妻인 滕皇后의 族父. 뒷날 손침의 공격을 받아 패전하며 멸족되었다.
《吳書》 19권, 〈諸葛滕二孫濮陽傳〉에 입전.

휴)가 즉위하면서 사면령을 내렸기에 등목은 돌아올 수 있었고, 등목은 五官中郎이 되었다. 손호가 烏程侯(오정후)로 있을 때, 등목의 딸을 아내로 맞이했다. 손호가 즉위하자, 등목은 高密侯에 봉해졌고 衛將軍으로 尙書事를 감독하였다.

뒷날 조정의 관리들은 등목이 높은 자리에 오른 인척이라 하여 등목에게 간쟁을 권유하였다. 등부인에 대한 총애도 식어지며 손호는 점점 등부인을 싫어했는데, 손호의 모친인 하태후는 등부인의 편이었다.

또 천문 역법을 관장하는 太史는 曆法의 운수로 볼 때 황후를 바꿔서는 안 된다고 말했는데, 손호는 무당(巫覡, 무격)의 말을 신봉했기에 황후를 폐하지 못하고, 또 昇平宮(何태후)을 받들었다. 등목은 견책을 받아 蒼梧郡(창오군)에 강제 이주해야만 했는데, 작위를 박탈하지는 않았으나 실제로 변방으로 유배이기에 도중에 근심 걱정으로 죽었다.

황후 궁전(長秋宮)의 관료들은 그저 인원만 채웠고, 朝賀나 奏疏(주소) 등은 옛날과 같았다. 손호는 총애하는 후궁이 많았으며 황후의 인수를 찬 여인이 여러 명이었다.

天紀 4년(서기 280), 東吳가 멸망할 때 등부인은 손호를 따라 낙양으로 이주했다.

| 原文 |

評曰,《易》稱 '正家而天下定.'《詩》云, '刑於寡妻, 至於

兄弟, 以御於家邦.' 誠哉, 是言也! 遠觀齊桓, 近察孫權, 皆有識士之明, 傑人之志, 而嫡庶不分, 閨庭錯亂, 遺笑古今, 殃流後嗣. 由是論之, 惟以道義爲心,平一爲主者, 然後克免斯累邪!

| 국역 |

陳壽의 評論 :《易》에서는 '집안을 바로잡으면 천하도 안정된다.'고[279] 하였다. 《詩》에서는, '아내를 바로잡고 형제까지 확대하면 나라가 다스려진다.'고[280] 하였다.

이말은 참으로 맞는 말이다. 멀리로는 齊의 桓公(환공)에서, 가까이로는 孫權을 본다면 두 사람이 인재를 살펴 등용하는데 명철했고, 뛰어난 뜻을 가진 人傑이었지만 적자와 서자를 구별하지 않았고, 內室(妃嬪)의 질서가 어지러웠기에 古今에 걸쳐 웃음거리가 되었으며, 그 재앙이 후손에게 그대로 영향을 미쳤다. 이런 관점에서 논한다면, 道義를 근본으로 한결같은 중심을 세워야만 이런 폐단에서 벗어날 수 있을 것이다.

----

279 '正家而天下定矣'-《易 象辭(단사)》風火家人卦(☲☴).
280 《詩 大雅 思齊》의 구절. 집안을 바로 세우려면 아내부터 바로잡아야 한다는 뜻.

51권 〈宗室傳〉(吳書 6)
(종실전)

❶ 孫靜

| 原文 |

孫靜字幼臺, 堅季弟也. 堅始擧事, 靜糾合鄉曲及宗室五六百人以爲保障, 衆咸附焉. 策破劉繇, 定諸縣. 進攻會稽, 遣人請靜, 靜將家屬與策會於錢唐.

是時太守王朗拒策於固陵, 策數渡水戰, 不能克. 靜說策曰, "朗負阻城守, 難可卒拔. 査瀆南去此數十里, 而道之要徑也, 宜從彼據其內, 所謂攻其無備, 出其不意者也. 吾當自帥衆爲軍前隊, 破之必矣."

策曰, "善." 乃詐令軍中曰, "頃連雨水濁, 兵飮之多腹痛,令促具罌缶數百口澄水." 至昏暮, 羅以然火誑<u>朗</u>, 便分軍夜投查瀆道, 襲高遷屯. <u>朗</u>大驚, 遣故丹楊太守<u>周昕</u>等帥兵前戰. <u>策</u>破<u>昕</u>等, 斬之, 遂定<u>會稽</u>.

表拜<u>靜</u>爲奮武校尉, 欲授之重任, <u>靜</u>戀墳墓宗族, 不樂出仕, 求留鎭守. <u>策</u>從之. <u>權</u>統事, 就遷昭義中郎將, 終於家. 有五子, <u>暠</u>,<u>瑜</u>,<u>皎</u>,<u>奐</u>,<u>謙</u>. <u>皓</u>三子, <u>綽</u>,<u>超</u>,<u>恭</u>. <u>超</u>爲偏將軍. <u>恭</u>生<u>峻</u>. <u>綽</u>生<u>綝</u>.

| 국역 |

孫靜(손정)[281]의 字는 幼臺(유대)로, 孫堅(손견)의 막냇동생이다. 손견이 군사를 일으켰을 때, 손정은 고향 마을에서 군사와 종실 5, 6백 명을 모아 마을을 지켰는데, 무리가 모두 복속하였다.

孫策(손책)은 劉繇(유요)를 격파하고 여러 현을 평정하였다. 손책이 會稽郡을 평정하면서, 사람을 보내 (작은아버지) 손정을 초청하자 손정은 가속을 거느리고 錢唐縣(전당현)에서 손책과 만났다.

이때 회계 太守인 王朗(왕랑)[282]은 固陵縣(고릉현)에서 손책을 저지했기에, 손책은 강을 건너 왕랑과 싸웠지만 이길 수가 없었다. 이에

---

281 孫靜(손정, 생졸년 미상, 字 幼臺) − 孫堅의 동생, 손책과 손권의 작은아버지(叔父).

282 王朗(왕랑, ?−228년, 本名 嚴) −《魏書》13권, 〈鍾繇華歆王朗傳〉에 立傳. 漢의 舊臣이었지만 華歆(화흠)과 함께 조조의 출세를 적극 도왔고 헌제에게 曹조에게 禪讓(선양)할 것을 도왔다. 왕랑의 손녀가 司馬昭(사마소, 司馬懿의 아들)에게 출가하여 司馬炎(사마염) 형제를 낳으니, 왕랑은 곧 武帝 司馬炎(재위 265 − 290)의 외증조이다.

손정이 손책에게 말했다.

"왕랑은 험한 지형을 이용하여 성을 방어하니 쉽게 함락시킬 수 없다. 査瀆(사독) 남쪽에서 몇 리를 가면 險要(험요)한 지름길이 있는데 그 길로 성에 들어갈 수 있을 것이니, 이는 방비가 없고 생각하지 못한 곳을 공격하는 것이다. 내가 군사를 거느리고 부대의 선봉에 선다면 틀림없이 격파할 수 있다."

손책은 옳다면서 거짓으로 軍中에 명령했다.

"요즈음 비가 계속 내려 군사가 물을 마시고 복통이 많은데, 수백 개 항아리에 맑은 물을 채워야 한다."

그러면서 해가 지자 횃불을 들고 왕랑의 군사를 유인하면서, 바로 군사를 나눠 査瀆(사독)의 길을 따라 高遷(고천)의 왕랑 군영을 공격케 하였다. 왕랑은 크게 놀라며 전임 丹楊(단양, 丹陽) 태수였던 周昕(주흔, 字 大明) 등을 보내 싸우게 했다. 손책은 주흔 등을 격파하고 참수하여 마침내 회계군을 평정하였다.

손책은 표문을 올려 손정을 奮武校尉에 임명하고 중책을 맡기려 하였지만, 손정은 조상의 분묘와 종족을 그리면서 출사보다는 남아 고향을 지키려 했고 손책은 그 말을 들어주었다.

孫權이 정사를 총괄하면서 손정을 昭義中郎將에 임명했는데, 손정은 집에서 죽었다. 손정은 孫暠(손호), 孫瑜(손유), 孫皎(손교), 孫奐(손환), 孫謙(손겸)의 아들 다섯을 두었다. 손호는 孫綽(손작), 孫超(손초), 孫恭(손공)의 아들 셋을 두었다. 손초는 偏將軍이었다. 손공은 孫峻(손준)을, 손작은 孫綝(손침)을 낳았다.

❷ 孫瑜

|原文|

瑜字仲異, 以恭義校尉始領兵衆. 是時賓客諸將多江西人, 瑜虛心綏撫, 得其歡心. 建安九年, 領丹楊太守, 爲衆所附, 至萬餘人. 加綏遠將軍.

十一年, 與周瑜共討麻,保二屯, 破之. 後從權拒曹公於濡須, 權欲交戰, 瑜說權持重, 權不從, 軍果無功. 遷奮威將軍, 領郡如故, 自溧陽徙屯牛渚.

瑜以永安人饒助爲襄安長, 無錫人顔連爲居巢長, 使招納廬江二郡, 各得降附. 濟陰人馬普篤學好古, 瑜厚禮之, 使二府將吏子弟數百人就受業, 遂立學官, 臨饗講肄. 是時諸將皆以軍務爲事, 而瑜好樂墳典, 雖在戎旅, 誦聲不絶.

年三十九, 建安二十年卒. 瑜五子, 彌,熙,耀,曼,紘. 曼至將軍, 封侯.

|국역|

孫瑜(손유)[283]의 字는 仲異(중이)로, 恭義校尉의 직책으로 군사를 처음 지휘했다. 이때 외부에서 온 여러 장수 중에는 江西 출신이 많

---

283 孫瑜(손유, 177－215년, 字 仲異) － 孫堅의 동생으로 손책과 손권의 작은아버지(叔父)인 孫靜(손정)의 次子이니, 孫權의 사촌 형제이다. 東吳의 무장이지만 호학했다.

았는데, 손유는 虛心으로 그들을 회유하여 환심을 얻을 수 있었다.

(獻帝) 建安 9년(서기 204), 丹楊 태수를 겸임하였는데 손유를 추종하는 무리들이 1만여 명이나 되었고, 綏遠將軍(수원장군)의 加官을 받았다.

건안 11년(서기 206), 周瑜(주유)와 함께 麻(마)와 保(보) 2보루(屯)를 공격 격파하였다. 뒷날 손권을 따라 濡須(유수)[284]에서 조조의 남하를 저지하는데, 손권이 자주 교전하자, 손유는 손권에게 자중할 것을 부탁했지만, 손권은 따르지 않아 결국엔 아무런 전과도 없었다. 손유는 奮威將軍으로 승진했으나, 이전처럼 단양군을 다스렸고 溧陽(율양)에서 牛渚(우저)로 옮겨 주둔하였다.

손유는 永安(영안) 사람 饒助(요조)를 襄安(양안) 縣長으로, 無錫(무석)[285] 사람 顔連(안연)을 居巢(거소)의 縣長으로 삼아 廬江과 九江 二郡을 회유케 하였다. 濟陰郡 출신 馬普(마보)는 篤學(독학)하고 好古하였는데, 손유가 후하게 예우하면서 郡吏과 軍吏의 자제 수백 명을 모아 교학하게 하면서 學官을 세웠고, 祭享에서 의례를 담당케 하였다. 이 무렵 諸將은 모두 軍務에만 전념하였지만, 손유는 예악과 경전을 좋아하였으니 비록 군진이었지만 경전을 읽고 외우는 소리가 그치지 않았다.

손유는 39세인 建安 20년(서기 215)에 죽었다. 손유의 아들 5명

---

284 濡須(유수)는 하천 이름. 長江과 합류 지점이 濡須口. 그곳에 있던 土城 보루는 濡須塢(유수오)라 했다. 今 安徽省 동남부 巢湖市. 손권의 江西 軍營이 있었다.

285 無錫(무석) – 吳郡 無錫縣. 今 江蘇省 남부의 無錫市. 長江 삼각주, 蘇州의 서쪽. 太湖의 북안. 浙江省과 접경.

은 孫彌(손미), 孫熙(손희), 孫燿(손요), 孫曼(손만), 孫紘(손굉)이다. 손만은 장군이었고 제후에 봉해졌다.

❸ 孫皎

|原文|

孫皎字叔朗, 始拜護軍校尉, 領衆二千餘人. 是時曹公數出濡須, 皎每赴拒, 號爲精銳. 遷都護征虜將軍, 代程普督夏口. 黃蓋及兄瑜卒, 又並其軍. 賜沙羨,雲杜,南新市,竟陵爲奉邑, 自置長吏.

輕財能施, 善於交結, 與諸葛瑾至厚. 委廬江劉靖以得失, 江夏李允以衆事, 廣陵吳碩,河南張梁以軍旅, 而傾心親待, 莫不自盡.

皎嘗遣兵候獲魏邊將吏美女以進皎, 皎更其衣服送還之, 下令曰, "今所誅者曹氏, 其百姓何罪? 自今以往, 不得擊其老弱." 由是江淮間多歸附者.

|국역|

孫皎(손교)[286]의 字는 叔朗(숙랑)으로, 처음에는 護軍校尉에 임명

---

286 孫皎(손교,?-219년, 字 叔朗) – 孫靜의 三男. 孫權의 4촌 형제. 제갈근과 가까 웠다.

되어 군사 2천여 명을 거느렸다. 이때 조조는 자주 濡須(유수)에 출정했고 손교는 조조를 저지하였는데 정예군이라는 명성이 있었다. 손교는 都護 겸 征虜將軍으로 승진하여, 程普(정보)의 후임으로 夏口(하구)의 군영을 감독하였다. 黃蓋(황개)[287] 및 兄 孫瑜(손유)가 죽자 그 군사를 병합하였다. 손교는 沙羨(사선), 雲杜(운두), 南新市(남신시), 竟陵(경릉) 등을 식읍으로 받았고, 長吏를 두어 다스렸다.

손교는 재물을 가벼이 여기고 잘 베풀었으며 다른 사람과 교제를 잘했는데, 諸葛瑾(제갈근)과 아주 친밀했다. 손교는 廬江郡 출신 劉靖(유정)에게 자신이 처리하는 政務의 得失 판단을 맡기고, 江夏 사람 李允(이윤)에게는 일반 행정을, 廣陵 출신 吳碩(오석)과 河南 사람 張梁(장여)에게는 군사 관련 업무를 일임하고서 그들을 진심으로 대우하였기에 그들 모두는 최선을 다하였다.

그전에 손교가 파견한 정찰병들이 魏 변방의 將吏와 미녀들을 포로로 잡아 손교에게 바쳤는데, 손교는 그들의 옷을 갈아입히고 되돌려 보내며 부하들에게 말했다.

"지금 주살해야 할 자는 曹氏인데 그 백성이 무슨 죄가 있는가? 오늘 이후로는 적지의 힘없는 백성을 공격하지 말라."

이 때문에 長江과 淮水(회수) 일대에서 東吳에 귀부하는 백성이 많았다.

---

287 黃蓋[황개, 2世紀 – 215년?, 字 公覆(공복)] – 荊州 零陵郡 泉陵縣 출신. 孫堅 휘하 장군, 孫家 三代元勳의 한 사람. 赤壁之戰 中 火攻計策을 건의. 苦肉之計에 詐降으로 曹操를 대패케 하였다. 적벽 싸움에서 부상을 입었다. 나중에 군진에서 病死. 황개의 苦肉之計는 正史에 기록이 없다.

嘗以小故與甘寧忿爭, 或以諫寧, 寧曰, "臣子一例, 征虜雖
公子, 何可專行侮人邪! 吾値明主, 但當輸效力命, 以報所天,
誠不能隨俗屈典矣."

權聞之, 以書讓皎曰,「自吾與北方爲敵, 中間十年, 初時相
持年小, 今者且三十矣. 孔子言'三十而立.' 非但謂五經也.
授卿以精兵, 委卿以大任, 都護諸將於千里之外, 欲使如楚任
昭奚恤, 揚威於北境, 非徒相使逞私志而已. 近聞卿與甘興霸
飮, 因酒發作, 侵陵其人, 其人求屬呂蒙督中.

此人雖粗豪, 有不如人意時, 然其較略大丈夫也. 吾親之
者, 非私之也. 我親愛之, 卿疏憎之. 卿所爲每與吾違, 其可
久乎? 夫居敬而行簡, 可以臨民, 愛人多容, 可以得衆.

二者尚不能知, 安可董督在遠, 禦寇濟難乎? 卿行長大, 特
受重任, 上有遠方瞻望之視, 下有部曲朝夕從事, 何可恣意有
盛怒邪? 人誰無過, 貴其能改, 宜追前愆, 深自咎責. 今故煩
諸葛子瑜重宣吾意. 臨書摧愴, 心悲淚下.」

皎得書, 上疏陳謝, 遂與寧結厚.

언젠가 손교가 하찮은 일로 甘寧(감녕)[288]과 다투었는데, 어떤 사

---

288 甘寧(감녕, ?~215년, 字 興霸) - 巴郡 臨江縣(今 重慶市 忠縣) 출신. 東吳의 名

람이 감녕에게 충고를 하자, 감녕이 말했다.

"신하는 다 같은 신하이니, 征虜將軍(孫皎)이 비록 公子이지만 어찌 제멋대로 남을 모욕할 수 있는가? 나는 明主를 만났기에, 응당 나의 힘과 목숨을 바쳐 받드는 분에게 보답할 뿐이지, 세속의 관례를 따라 公子에게 몸을 굽힐 수 없습니다."

손권이 이를 전해 듣고 손교를 질책하는 서신을 보냈다.

「우리가 북방(曹操)을 적으로 삼은 지 그간 10년이 지나다 보니, 처음에는 (그대도) 어렸지만 지금은 30에 가까웠다. 孔子가 말한 '서른에 立身한다(三十而立).'는 말은 五經의 학습만을 뜻하지 않는다. 卿에게 精兵과 함께 대임을 맡겨 천리 밖 먼 곳의 여러 장수를 총 감독케 한 것은 마치 楚에서 昭奚恤(소해휼)[289]에게 임무를 주어 북쪽 국경까지 위엄을 떨치라는 뜻이었지, 개인 의지를 뽐내라는 뜻은 아니었다. 요즈음에 卿이 甘興霸(甘寧)와 함께 술을 마시고 술에 취하여 그 사람을 무시했다는데, 감녕은 본래 呂蒙(여몽)의 휘하에 있기를 원했던 사람이다.

감녕이 비록 거칠고 호방하여 다른 사람의 마음에 들지 않을 때가 있다지만 그래도 대략 괜찮은 대장부이다. 내가 그를 가깝게 여기는 것은 사적인 감정이 아니다. 내가 가까이 여긴다 하여 경이 그 사람을 소원하게 대할 일은 아니다. 경이 늘 내 뜻과 다르게 행동한다면, 우리 大業인들 오래 가겠는가? 매사에 공경하며 처신이 간결

將. 유표와 黃祖에게 인정받지 못하자 孫權에게 귀부, 周瑜와 呂蒙의 인정과 천거를 받았다. 손권은 '孟德에게 張遼가 있다면, 나에게는 興霸가 있어 가히 상대할 만하다.'고 말했다. 江表之虎臣의 한 사람.

289 昭奚恤(소해휼) – 戰國時期 楚國人, 昭魚. 楚 宣王과 威王, 懷王을 섬겼다.

하다면 백성을 다스릴 수 있고, 남을 아껴주고 포용한다면 많은 사람의 지지를 얻을 수 있다.

이 간단한 두 가지를 알지도 못하면서 어찌 먼 곳의 장수까지 감독할 수 있고 적을 방어하며 난관을 극복할 수 있겠는가? 卿이 成人으로 성장하여 특별한 중임을 맡았으니, 위로는 먼 곳에 있는 사람들의 시선이 있고, 아래로는 부대 내에서 조석으로 함께 일하는 사람들이 있는데, 어찌 멋대로 성질을 부릴 수 있겠는가? 잘못이 없는 사람이야 없겠지만 그 잘못을 고치는 것이 중요하니, 앞서 저지른 잘못을 고치며 깊이 자책해야 할 것이다. 이번에 일부러 諸葛子瑜(제갈자유, 諸葛瑾)를 보내 내 뜻을 거듭 전한다. 글을 쓰면서 내 마음이 처량하고 슬퍼 눈물이 난다.」

손교는 서신을 받고 사죄의 글을 올렸고, 감녕과는 교분을 두터이 하였다.

| 原文 |

後呂蒙當襲南郡, 權欲令皎與蒙爲左右部大督. 蒙說權曰, "若至尊以征虜能, 宜用之, 以蒙能, 宜用蒙. 昔周瑜,程普爲左右部督, 共攻匯陵, 雖事決於瑜, 普自恃久將, 且俱是督, 遂共不睦, 幾敗國事, 此目前之戒也."

權寤, 謝蒙曰, "以卿爲大督, 命皎爲後繼." 禽關羽, 定荆州, 皎有力焉. 建安二十四年卒. 權追錄其功, 封子胤爲丹楊

侯. 胤卒, 無子, 弟晞嗣. 領兵, 有罪自殺, 國除. 弟咨,彌,儀皆
將軍, 封侯. 咨羽林督, 儀無難督. 咨爲滕胤所殺, 儀爲孫峻
所害.

| 국역 |

그 뒤에 呂蒙(여몽)[290]이 南郡을 공격하려고 하자, 손권은 孫皎(손
교)를 여몽과 동등하게 좌, 우부의 大督(총 감독관)으로 임명했다.
이에 여몽이 손권에게 주청했다.

"만약 至尊(지존, 孫權)께서 征虜(孫皎)장군이 유능하다 생각하시
면 등용하시면 되고, 저 여몽이 유능하다면 여몽을 등용하셔야 합
니다. 옛날에 周瑜(주유)와 程普(정보)가 좌, 우부의 大督이 되어 함
께 匯陵(회릉)을 공격했는데 주유가 결단을 내렸지만 정보는 자신이
더 오래 근무했고, 또 같은 대독이라 하여 두 사람이 와합하지 못했
기에 국사를 거의 망칠 뻔했었으니 이는 바로 눈앞에 있었던 조심
해야 할 본보기였습니다."

손권은 바로 깨닫고 여몽에게 사과하며 "경을 대독으로 삼고, 손
교를 후속 지원토록 하겠다."고 말했다.

여몽이 關羽(관우)를 생포하고 형주를 평정하는데 손교의 도움이

---

290 呂蒙(여몽, 178 - 220년, 字 子明) - 汝南郡 富陂縣(今 安徽省 阜南) 출신, 出身
貧苦. 虎威將軍이었기에 呂虎로 통칭. 孫權의 장려에 힘입어 경전을 공부하
고 많은 책을 읽어 전략에 관한 안목을 뎠으며, 智勇雙全의 장군이 되었으니
'士別三日, 刮目相看(괄목상대)'의 주인공. 關羽를 생포한 東吳의 장수. 周瑜,
魯肅, 陸遜(육손)과 함께 東吳의 四大都督. 《吳書》9권, 〈周瑜魯肅呂蒙傳〉에
입전.

컸다.

손교는 建安 24년(서기 219)에 죽었다. 손권은 손교의 공적을 높이 평가하여 아들 孫胤(손윤)을 丹楊侯에 봉했다. 손윤이 죽고 아들이 없어, 동생 孫晞(손희)가 작위를 이었다. 손희는 군사를 거느렸지만 죄를 짓고 자살하여 나라를 없앴다. 동생인 孫咨(손자)와 孫彌(손미), 孫儀(손의)는 모두 장군이 되었고 제후에 봉해졌다. 손자는 羽林軍을 거느렸고, 손의는 無難都督(무난도독)이 되었다. 손자는 滕胤(등윤)에게 살해되었고, 손의는 孫峻(손준)에게 살해되었다.

❹ 孫奐

| 原文 |

孫奐字季明. 兄皎旣卒, 代統其衆, 以揚武中郎將領江夏太守. 在事一年, 遵皎舊跡, 禮劉靖,李允,吳碩,張梁及江夏閭擧等, 並納其善. 奐訥於造次而敏於當官, 軍民稱之.

黃武五年, 權攻石陽, 奐以地主, 使所部將軍鮮于丹帥五千人先斷淮道. 自帥吳碩,張梁五千人爲軍前鋒, 降高城, 得三將. 大軍引還, 權詔使在前住, 駕過其軍, 見奐軍陳整齊, 權歎曰, "初吾憂其遲鈍, 今治軍, 諸將少能及者, 吾無憂矣."

拜揚威將軍, 封沙羨侯. 吳碩,張梁皆裨將軍, 賜爵關內侯.

奐亦愛樂儒生, 覆命部曲子弟就業, 後仕進朝廷者數十人.

年四十, 嘉禾三年卒. 子承嗣, 以昭武中郞將代統兵, 領郡. 赤烏六年卒, 無子, 封承庶弟壹奉奐後, 襲業爲將. 孫峻之誅諸葛恪也, 壹與全熙,施績攻恪弟公安督融, 融自殺.

壹從鎭南遷鎭軍, 假節督夏口. 及孫綝誅滕胤,呂據, 據,胤皆壹皆之妹夫也, 壹弟封又知胤,據謀, 自殺. 綝遺朱異潛襲壹. 異至武昌, 壹知其攻己, 率部曲千餘口過將胤妻奔魏. 魏以壹爲車騎將軍,儀同三司, 封吳侯, 以故主芳貴人邢氏妻之. 邢美色妒忌, 下不堪命, 遂共殺壹及邢氏. 壹入魏三年死.

| 국역 |

孫奐(손환)[291]의 字는 季明(계명)이다. 兄인 孫皎(손교)가 죽은 뒤, 후임으로 그 군사를 거느렸는데 揚武中郞將으로 江夏太守[292]를 겸임하였다. 재직 1년 동안 손교의 치적을 따라하면서 劉靖(유정), 李允(이윤), 吳碩(오석), 張梁(장량) 및 江夏郡의 閭擧(여거) 등을 예우하여 그 능력을 발휘케 하였다. 손환은 긴박할 때 대응이 좀 어눌하였지만 담당 업무를 잘 처리하여 軍民의 칭송을 들었다.

(손권의) 黃武 5년(서기 226), 손권이 (廬陵郡) 石陽縣을 공격할 때, 손환은 현지 태수였기에 거느린 부장 鮮于丹(선우단)에게 5천 군

---

291 孫奐(손환, 195 – 234년, 字 季明) – 孫靜은 孫堅의 弟이니, 손권의 叔父이다. 孫奐은 孫靜의 第 四子. 손권의 從兄弟(4촌).

292 江夏郡 – 後漢 말의 강하군(치소 西陵縣, 今 湖北省 武漢市 江夏區)을 曹魏와 東吳에서 분할, 郡治 石陽縣, 今 湖北省 중동부 孝感市 관할 漢川市. 武漢市의 서쪽. 이후 치소는 沙羨縣(今 湖北省 武漢市 武昌區), 武昌縣(今 湖北省 鄂州市 鄂城區) 등으로 수시 이동했다.

사를 거느리고 먼저 淮南으로 연결되는 길을 막게 하였다. 손환은 吳碩(오석), 張梁(장량) 등 5천 군사를 거느리고 선봉에 서서 高城(고성)을 점령하고 (魏의) 장수 3명을 생포하였다. 손환의 대군이 돌아올 때, 손권은 사자를 보내 행군을 멈추게 한 뒤, 수레를 몰아 조환의 군 부대를 통과했는데 부대가 군진이 잘 정비된 것을 보고 손권이 기뻐하며 말했다.

"나는 처음에 우둔할까 걱정했지만, 지금 손환보다 부대 통솔을 잘할 자가 없는 것 같으니 걱정하지 않겠다."

손환은 揚威將軍(양위장군)을 제수 받았고 沙羨侯(사선후)가 되었다. 오석과 장량은 裨將軍에 關內侯가 되었다.

손환은 유생을 아껴주고 가까이 하였는데, 예하 軍吏의 자제에게 학업을 거듭 권장하였는데 뒷날 조정에 出仕한 자가 수십 명이나 되었다. 손환은 40세인 嘉禾(가화) 3년(서기 234)에 죽었다.

아들 孫承(손승)이 작위를 이었고, 昭武中郎將으로 그 군사를 거느리고 江夏郡을 다스렸다. 손승은 赤烏 6년(서기 243)에 죽고 無子하여 庶弟인 孫壹(손일)이 손환의 후사가 되었고, 손환의 직분을 이어 장군이 되었다. 孫峻(손준)이 諸葛恪(제갈각)을 죽일 때(서기 253) 손일은 全熙(전희), 施績(시적, 朱績)과 함께 公安(공안) 都督인 諸葛融(제갈융, 제갈각의 동생)을 공격하자 제갈융은 자살했다.

손일은 鎭南將軍에서 鎭軍將軍으로 승진하였고 부절을 받아 夏口의 군사를 지휘하였다. 孫綝(손침)이 滕胤(등윤)과 呂據(여거)를 주살할 때, 여거와 등윤은 모두 손일의 여동생 남편이었고, 손일의 동생 손봉은 등윤과 여거의 모의를 알고 있어 자살하였다. 손침은 朱異(주이)를 보내 은밀히 손일을 공격케 하였다.

주이가 武昌(무창)에 왔을 때, 손일은 주이가 자신을 공격할 것을 알고서, 휘하 군사 1천여 명과 등윤의 아내 등을 거느리고 魏로 망명하였다. 曹魏에서는 손일을 車騎將軍에 儀同三司의 고위직을 하사하고 吳侯에 책봉하였으며, 전임 황제 曹芳(조방, 재위 240 – 254)의 貴人이었던 邢氏(형씨)를 아내로 삼게 하였다. 형씨는 미색이었으나 투기가 심했는데 아랫사람이 그 명령을 견디지 못하고 손일과 형씨를 함께 죽여버렸다. 손일은 曹魏에 망명한 지 3년 만에 죽었다.(서기 259년)

❺ 孫賁

| 原文 |

孫賁字伯陽, 父羌字聖臺, 堅同産兄也, 賁早失二親, 弟輔嬰孩, 賁自瞻育, 友愛甚篤. 爲郡督郵守長. 堅於長沙擧義兵, 賁去吏從征伐. 堅薨, 賁攝帥餘衆, 扶送靈柩. 後袁術徙壽春, 賁又依之.

術從兄紹用會稽周昂爲九江太守, 紹與術不協, 術遣賁攻破昂於陰陵. 術表賁領豫州刺史, 轉丹楊都尉, 行征虜將軍, 討平山越. 爲楊州刺史劉繇所迫逐, 因將士衆還住歷陽.

頃之, 術復使賁與吳景共擊樊能,張英等, 未能拔. 及策東渡, 助賁,景破英,能等, 遂進擊劉繇, 繇走豫章. 策遣賁,景還

壽春報術, 値術僭號, 署置百官. 除賁九江太守, 賁不就, 棄
妻挐還江南.

時策已平吳,會二郡, 賁與策征廬江太守劉勳,江夏太守黃
祖, 軍旋, 聞緜病死, 過定豫章, 上賁領太守, 後封都亭侯. 建
安十三年, 使者劉隱奉詔拜賁爲征虜將軍, 領郡如故. 在官十
一年卒. 子鄰嗣.

| 국역 |

　孫賁(손분)[293]의 字는 伯陽(백양)이고, 父 孫羌(손강)의 字는 聖臺(성
대)로, 孫堅(손견, 155 - 191년, 字 文臺)의 同母 친형인데, 손분은 일찍
양친을 여의었고, 동생 孫輔(손보)는 어린아이였기에 손분이 직접
양육하면서 우애가 아주 돈독하였다. 손보는 郡의 독우로 임시 縣
長이었다. 손견이 長沙에서 (동탁 토벌) 義兵을 일으키자, 손분은
郡吏 직분을 버리고 손견을 따라 정벌에 나섰다. 손견이 죽자(서기
191), 손분은 그 군사를 통솔하며 손견의 靈柩(영구)를 고향으로 운
구했다. 뒷날 원술이 壽春에 주둔하자, 손분은 원술에 의지하였다.

　원술의 4촌 형 袁紹(원소)가 會稽郡 사람 周昂(주앙)을 九江 태수
에 임명하자 원소와 원술은 불화했는데, 원술은 손분을 보내 주앙
을 陰陵(음릉)에서 격파하게 했다. 원술은 표문을 올려 손분을 豫州
자사를 겸임케 했다가 丹楊 도위로 전근시켰고 征虜將軍 대행으로

----

293 孫賁(손분, ?-210년, 字 伯陽) - 吳郡 富春人. 孫堅 兄 孫羌(손강)의 아들, 곧 孫
權의 큰아버지의 아들이니 손권의 4촌 형제이다.

山越人(산월인)을 토벌케 하였다. 손분은 楊州 자사 劉繇(유요)에게 쫓겨 사졸을 거느리고 (九江) 歷陽縣에 돌아와 주둔하였다.

얼마 뒤에 원술은 다시 손분과 吳景(오경)을 시켜 樊能(번능)과 張英(장영) 등을 공격케 했으나 이기지 못했다. 손책이 동쪽으로 長江을 건너와 손분과 오경을 도와 번능과 장영을 격파한 뒤에 마침내 劉繇(유요)를 공격했고, 유요는 豫章郡으로 도주하였다. 이에 손책은 손분과 오경을 壽春에 보내 원술에게 보고케 하였는데, 그때 원술은 제위를 참칭하면서 百官을 임명했다. 원술은 손분을 九江 태수로 삼았지만 손분은 부임하지 않고 처자를 버려둔 채 강남으로 돌아왔다.

이때 손책은 이미 吳郡과 會稽郡을 평정했었는데, 손분은 손책과 함께 廬江 태수 劉勳(유훈)과 江夏 태수 黃祖(황조)를 공격했는데, 軍中에서 유요가 병사했다는 소식을 듣고 豫章郡에 진격하여 평정한 뒤에 표문을 올려 손분에게 예장 태수를 겸임케 하였으며, 나중에 손분은 都亭侯에 책봉되었다. 建安 13년(서기 208), (漢의) 使者 劉隱(유은)이 조서를 받아 손분을 征虜將軍에 임명했으며 예장군은 그대로 다스리게 하였다. 손분은 재직 11년에 죽었고, 아들 孫鄰(손린)이 작위를 이었다.

|原文|

鄰年九歲, 代領豫章, 近封都鄉侯. 在郡垂二十年, 討平叛賊, 功績修理. 召還武昌, 爲繞帳督. 時太常潘濬掌荊州事,

重安長陳留舒燮有罪下獄, 濬嘗失燮, 欲置之於法. 論者多爲
有言, 濬猶不釋.

鄰謂浚曰, "舒伯膺兄弟爭死, 海內義之, 以爲美談, 仲膺又
奉國舊意. 今君殺其子弟, 若天下一統, 青蓋北巡, 中州士人
必問仲膺繼嗣, 答者云潘承明殺燮, 於事何如?"

濬意卽解, 燮用得濟. 鄰遷夏口沔中督, 威遠將軍, 所居任職.
赤烏十二年卒. 子苗嗣. 苗弟旅及叔父安,熙,績, 皆歷列位.

|국역|

(孫賁의 아들) 孫鄰(손린, 字 公達)은 나이 9살에 부친의 후임으로
豫章 太守가 되었고, 곧 都鄉侯에 책봉되었다. 郡 태수로 20년 가까
이 재직하며 반적을 토벌하는 등 여러 치적을 거두었다. 나중에 부
름을 받아 武昌에 가서 繞帳督(요장독)이 되었다. 그때 太常인 潘濬
(반준)은 형주의 제반 업무를 관장하고 있었는데, (長沙郡) 重安 縣
長인 陳留郡(진류군) 출신 舒燮(서섭)은 (살인) 죄를 지어 하옥되었는
데, 반준은 전부터 서섭과 不和했기에 법대로 처리하려고 하였다.
그러나 서섭을 두둔하는 사람이 많았지만, 반준은 서섭을 석방하지
않았다.

이에 손린이 반준에게 말했다.

"舒伯膺(舒燮)[294] 兄弟가 서로 자신이 대신 죽겠다고 하는 말을

----

294 舒燮의 친우가 살해되자, 이를 서섭이 복수하였다. 사적인 복수로 인한 살인
이 드러나 갇혔는데 서섭 형제가 서로 죽겠다고 다투었다는 주석이 있다.

세상 사람들은 의로운 일이며 美談이라 생각하며, 仲膺(중응, 名 舒邵, 서섭의 동생)도 吳國에 충성을 다하였습니다. 지금 太常께서 그들 형제를 죽게 한다면, 나중에 천하가 통일된 뒤에, 皇上께서 북방을 순시할 때, 중원의 사인들이 중응의 후사를 물을 경우, 사람들이 潘承明(반승명, 반준)이 서섭을 죽였다고 대답한다면 어찌 되겠습니까?"

이에 반준은 깨달은 바 있어 즉시 석방했고 서섭의 일은 잘 해결되었다. 손린은 夏口의 沔中(면중) 都督으로, 威遠將軍에 승진하여 거처하는 곳에서 직무를 수행하였다.

손린은 赤烏 12년(서기 249)에 죽었다. 아들 孫苗(손묘)가 계승하였다. 손묘의 동생 孫旅(손여) 및 숙부인 孫安(손안), 孫熙(손희), 孫績(손적) 역시 모두 조정 요직을 역임했다.

❻ 孫輔

| 原文 |

孫輔字國儀, 賁弟也, 以揚武校尉佐孫策平三郡. 策討丹楊七縣, 使輔西屯歷陽以拒袁術, 並招誘餘民, 鳩合遺散. 又從策討陵陽, 生得祖郎等.

策西襲廬江太守劉勳, 輔隨從, 身先士卒, 有功. 策立輔爲廬陵太守, 撫定屬城, 分置長吏. 遷平南將軍, 假節領交州刺史. 遣使與曹公相聞, 事覺, 權幽繫之. 數歲卒.

子興,昭,偉,昕, 皆歷列位.

孫輔(손보)의 字는 國儀(국의)인데, 孫賁(손분)의 동생으로 揚武校尉가 되어 손책의 3郡 평정을 도왔다. 손책은 丹楊郡의 7현을 평정한 뒤에, 손보를 서쪽 歷陽(역양)에 주둔하며 원술의 남하를 막고 남은 백성을 위무하며 유민들을 불러 모으게 하였다. 손보는 또 손책을 도와 (丹楊郡) 陵陽縣을 평정하고 祖郞(조랑) 등을 생포하였다.

손책은 서쪽으로 진격하여 廬江 태수 劉勳(유훈)을 공격하였는데, 손보는 손책을 따라 종군하며 사졸에 앞장서 공을 세웠다. 이에 손책은 손보를 廬陵 태수에 임명했고, 손보는 여러 縣城을 진무하고 현령 등 관리를 배치하였다. 손보는 平南將軍으로 승진했고 부절을 받아 交州刺史를 겸임하였다. 그러나 손보는 사자를 보내 조조와 서로 교신하였는데, 이 일이 발각되자 손권은 손보를 체포했다. 손보는 몇 년 뒤에 죽었다.

손보의 아들 孫興(손흥), 孫昭(손소), 孫偉(손위), 孫昕(손흔)은 모두 요직을 역임했다.

❼ 孫翊

孫翊字叔弼, 權弟也, 驍悍果烈, 有兄策風. 太守朱治擧孝

廉, 司空辟. 建安八年, 以偏將軍領丹楊太守, 時年二十. 後
卒爲左右邊鴻所殺, 鴻亦卽誅.

子松爲射聲校尉, 都鄉侯. 黃龍三年卒. 蜀丞相諸葛亮與兄
瑾書曰,

「旣受東朝厚遇, 依依於子弟. 又子喬良器, 爲之惻愴. 見其
所與亮器物, 感用流涕.」

其悼松如此, 由亮養子喬咨述故云.

국역

孫翊(손익, 翊은 도울 익)의 字는 叔弼(숙필)로 孫權의 동생인데, 행
동이 민첩하고 과감하며 격렬한 기질이 손책을 많이 닮았었다. (吳
郡) 太守인 朱治(주치)가 孝廉으로 천거하였고, 司空府의 부름을 받
았다. 建安 8년(서기 203)에 偏將軍으로 丹楊太守를 겸했는데, 그
때 20세였다. 뒷날 갑자기 부하인 邊鴻(변홍)에게 피살되었는데 변
홍 역시 즉시 처형되었다.

손익의 아들 孫松(손성)은 射聲校尉로 都鄕侯에 책봉되었다. 손
성은 黃龍 3년(서기 231)에 죽었다. 蜀 승상 제갈량이 東吳에 있는
형 諸葛瑾(제갈근)에게 서신을 보내 말했다.

「그동안 東朝(東吳)의 후한 예우를 받았기에 그 자제들을 많이
생각하고 있었습니다. 또 子喬(자교)는 훌륭한 인재였기에 그 죽음
을 애도합니다. 그가 저에게 보낸 기물을 볼 때마다 눈물이 납니
다.」

제갈량의 손성에 대한 추모가 이러한 것은 제갈양의 양자인 諸葛喬(제갈교)가 보충해서 말했기 때문이다.

❽ 孫匡

|原文|

孫匡字季佐, 翊弟也. 擧孝廉茂才, 未試用, 卒. 時年二十餘.

子泰, 曹氏之甥也, 爲長水校尉. 嘉禾三年, 從權圍新城, 中流矢死. 泰子秀爲前將軍, 夏口督. 秀公室至親, 握兵在外, 皓意不能平.

建衡二年, 皓遣何定將五千人至夏口獵. 先是, 民間僉言秀當見圖, 而定遠獵, 秀遂驚, 夜將妻子親兵數百人奔晉. 晉以秀爲驃騎將軍, 儀同三司, 封會稽公.

|국역|

孫匡(손광)의 字는 季佐(계좌)로, 孫翊(손익)의 동생이다. 효렴과 茂才(무재)로 천거되었는데, 임용되기 전에 죽었는데 그때 20여 세였다.

(손광의) 아들 孫泰(손태)는 曹操 집안의 外甥(외생)[295]으로 長水校

---

295 손견의 四子는 孫策(손책), 孫權(손권), 孫翊(손익), 孫匡(손광)이다. 건안 초기는 袁紹(원소)가 한창 강성할 때였고, 손책은 강동 지역을 모두 병합하여, 조조는 그 세력을 펼 수가 없자 손책을 회유하려고 했다. 그리하여 조조 동생의 딸을 손책의 막냇동생 孫匡(손광)에게 출가시켰고, 또 조조의 아들 曹彰(조

尉였다. (손권) 嘉禾(가화) 3년(서기 234)에, 손권을 수행하여 新城 (신성)을 포위했다가 流矢(유시)에 맞아 전사하였다.

孫泰의 아들 孫秀(손수)는 前將軍으로 夏口의 도독이 되었다. 손 수는 황실의 至親(지친)으로 지방에서 군사를 지휘하자, (末帝) 孫皓 (손호)는 마음이 편치 않았다. (孫皓) 建衡(건형) 2년(서기 270)에 손 호는 何定(하정)을 보내 5천 군사를 거느리고 夏口(하구)에 나가 사냥 을 하게 하였다. 이보다 앞서 민간에서는 모두가 손수가 제거될 것 이라는 소문이 돌았는데 하정이 멀리까지 나와 사냥을 한다고 하 자, 손수는 크게 놀라 처자와 친위병 수백 명을 거느리고 晉으로 도 망하였다. 晉에서는 손수를 驃騎將軍으로 儀同三司에 임명하고 會 稽公에 책봉하였다.

❾ 孫韶

| 原文 |

孫韶字公禮. 伯父河, 字伯海, 本姓兪氏, 亦吳人也. 孫策 愛之, 賜姓爲孫, 列之屬籍, 後爲將軍, 屯京城.

初, 孫權殺吳郡太守盛憲, 憲故孝廉嬀覽, 戴員亡匿山中, 孫翊爲丹楊, 皆禮致之. 覽爲大都督督兵, 員爲郡丞. 及翊遇

창)은 (손책의 4촌 형인) 孫賁(손분)의 딸과 결혼시켰으며, 예를 갖춰 손책의 동생 손권과 孫翊(손익)을 관직에 초빙하였고, 揚州刺史 嚴象(엄상)에 명하여 손권을 茂才(무재)로 천거하게 했다.

害, 河馳赴宛陵, 責怒覽,員, 以不能全權, 令使姦變得施.

二人議曰, "伯海與將軍疏遠, 而責我乃耳. 討虜若來, 吾屬無遺矣."

遂殺河, 使人北迎揚州刺史劉馥, 令住歷陽, 以丹陽應之. 會翊帳下徐元,孫高,傅嬰等殺覽,員.

| 국역 |

孫韶(손소)[296]의 字는 公禮(공례)이다. 伯父인 孫河(손하)의 字는 伯海(백해)인데, 本姓은 兪氏(유씨)로 吳郡 사람이었다. 孫策은 兪河(유하)를 아껴주며 孫氏 성을 하사하고, 자신의 門籍(문적)에 올렸고 뒷날 장군이 되어 京城에 주둔하고 있었다.

그전에, 孫權이 吳郡 태수인 盛憲(성헌)을 살해했는데 성헌의 친구이며 효렴으로 천거 받았던 嬀覽(규람, 嬀는 성씨 규)과 戴員(대원)은 산속으로 도망가 숨었는데, (손권의 동생) 孫翊(손익)이 丹楊 태수일 때, 두 사람을 예우하며 초빙하였다. 그리하여 규람은 大都督이 督兵이 되었고, 대원은 郡丞(군승, 부군수)이 되었다. 그런데 손익이 부하에게 피살되자, 손하는 (단양군 치소인) 宛陵縣(완릉현, 수 安徽省 宣城市)으로 달려가 화가 나서 규람과 대원에게 책임을 다하지 못해 간악한 자가 이런 변고를 저질렀다고 질책하였다. 두 사람이 의논하였다.

"伯海(孫河)는 將軍(孫翊)과 소원한 관계인데도 우리를 질책하였

....
296 孫韶(손소, 188 – 241년, 字 公禮) – 吳郡 富春縣 출신. 큰 키에 유능한 장군.

다. 만약 討虜將軍(孫權)이 돌아온다면 우리 일족은 씨도 안 남을 것이다."

그리고서는 손하를 죽이고 사람을 북쪽으로 보내 揚州 자사인 劉馥(유복)을 불러들여 歷陽에 주둔케 하면서 (규람과 대원은) 丹陽郡에서 호응하였다. 이때 손익의 휘하에 있었던 徐元(서원), 孫高(손고), 傅嬰(부영) 등은 규람과 대원을 죽였다.

| 原文 |

詔年十七, 收河餘衆, 繕治京城. 起樓櫓, 修器備議禦敵. 權聞亂, 從椒丘還, 過定丹楊, 引軍歸吳. 夜至京城下營, 試攻驚之, 兵皆乘城傳檄備警, 歡聲動地, 頗射外人, 權使曉喩乃止.

明日見詔, 甚器之. 即拜承烈校尉, 統河部曲, 食曲阿,丹徒二縣, 自置長吏, 一如河舊. 後爲廣陵太守,偏將軍. 權爲吳王, 遷揚威將軍, 封建德侯.

權稱尊號, 爲鎭北將軍. 詔爲邊將數十年, 善養士卒, 得其死力. 常以警疆場遠斥候爲務, 先知動靜而爲之備, 故鮮有負敗. 青,徐,汝,沛頗來歸附, 淮南濱江屯候皆徹兵遠徙, 徐,泗,江,淮之地, 不居者各數百里.

自權西征, 還都武昌, 詔不進見者十餘年. 權還建業, 乃得朝覲. 權問青,徐諸屯要害, 遠近人馬衆寡, 魏將帥姓名, 盡具識之, 有問咸對. 身長八尺, 儀貌都雅.

權歡悅曰, "吾久不見公禮, 不圖進益乃爾." 加領幽州牧, 假節.

| 국역 |

孫韶(손소)는 17세에 孫河(손하)의 남은 군사를 지휘하며 京城을 보수하고 樓櫓(누로, 望樓)를 세웠으며, 방어 장비를 수리하고 외적 대비책을 마련하였다.

손권은 반란 소식을 듣고 椒丘(초구)에서 출발하여 단양군을 안정시킨 뒤, 군사를 이끌고 吳郡으로 회군하였다. 밤중에 京城 근처에서 야영하면서 시험 삼아 도성을 공격하는 척 놀라게 하였는데, 경성에서는 격문을 전달하면서 함성이 땅을 흔들었는데, 손권은 이미 알아버렸다 생각하여 중지시켰다.

다음 날 손소를 불러 만나보고 능력을 크게 인정하였다. 손권은 즉시 손소를 承烈校尉에 임명하며, 손하의 군영을 통솔케 하고 曲阿와 丹徒 2현을 식읍으로 하사하였는데, 손소는 현령과 관원을 임명하고 손하가 했던 것처럼 다스렸다. 손소는 뒷날 廣陵 태수에 偏將軍이 되었다. 손권이 吳王이 되자, 손소는 揚威將軍이 되었고 建德侯에 책봉 받았다.

손권이 제위를 칭하면서 손소는 鎭北將軍이 되었다. 손소는 수십 년을 변방 장수로 있으면서 사졸을 잘 대우하여 그들이 사력을 다하게 하였다. 늘 관할 지역을 경계하며 멀리까지 척후병을 내보냈으며, 적의 동정을 먼저 알아 대비하였기에 패전하는 경우가 드물었다.

青州나 徐州 일대나 汝南郡과 沛郡(패군) 지역에서 많은 백성이 귀부하였으며, 淮南郡의 長江 연안의 보루나 초소도 모두 멀리 옮겨갔으며, 徐州나 泗水(사수), 長江과 淮水 일대에 사람이 살지 않는 땅이 수백 리에 달했다.

손권이 서쪽 원정에서 돌아와 武昌에 주둔하였는데, 그간 손소를 만나지 못한 것이 10여 년이었다. 손권이 建業에 돌아와 손소를 불러 알현했다. 손권이 青州와 徐州 지역의 여러 요새나 원근 지역의 군사의 다소, 魏 장수의 성명을 손소는 모두 알아 즉시 답변하였다. 손소는 8척 신장에 의표가 당당하고 위엄이 있었다. 이에 손권이 기뻐하며 말했다.

"내가 오랫동안 公禮(孫韶)를 만나지 못했지만, 이렇게 도움이 될 줄은 생각하지 못했다."

그러면서 加官[297]으로 幽州牧을 겸임케 하고 부절을 내려 주었다.

| 原文 |

赤烏四年卒. 子越嗣, 至右將軍, 越兄楷武衛大將軍, 臨成侯, 代越爲京下督. 楷弟異至領軍將軍, 奕宗正卿, 恢武陵太

---

297 加官이란 本職 외에 다시 더 받은 관직의 직함이다. 열후, 장군, 경대부나 낭관 이상의 관직에서 가관을 받을 수 있었다. 가관의 칭호로 자주 보이는 것은 侍中, 左右曹, 諸吏, 常侍, 散騎, 給事中 등이 있다. 가관을 받은 신하는 황제의 신임을 받고 있다는 뜻이며 권한이 강대한 內朝의 要職을 차지하였다. 給事中은 황제 측근에서 여러 잡무를 담당. 加官의 加官의 한 종류. 황제를 가까이 모실 수 있는 자리이다.

守. 天璽元年, 徵楷爲宮下鎭驃騎將軍.

初永安賊施但等劫皓弟謙, 襲建業, 或白楷二端不卽赴討者, 皓數遣詰楷. 楷常惶怖, 而卒被召, 遂將妻子親兵數百人歸晉, 晉以爲車騎將軍, 封丹楊侯.

| 국역 |

孫韶(손소)는 (孫權의) 赤烏(적오) 4년(서기 241)에 죽었다. 아들 孫越(손월)이 작위를 계승했고 右將軍이 되었고, 손월의 형 孫楷(손해)는 武衛大將軍으로 臨成侯였는데, 손월의 후임으로 京下(경하, 경성 주변)의 都督이었다. 손해의 동생인 孫異(손이)는 領軍將軍이었고, 孫奕(손혁)은 宗正으로 9경의 반열에 올랐고, 孫恢(손회)는 武陵太守였다. (孫皓의) 天璽(천새) 원년(서기 276), 손해는 조정의 부름을 받아 궁궐을 수비하는 驃騎將軍(표기장군)이 되었다.

그전에 (吳郡) 永安縣의 도적 무리인 施但(시단) 등이 손호의 동생 孫謙(손겸)을 겁박하여 建業을 기습 공격했는데, 어떤 사람이 손해가 양쪽 눈치를 보면서 즉각 토벌하지 않았다고 무고하자, 손호는 손해를 여러 번 질책하였다. 이에 손해는 늘 두려워 떨고 있었는데, 갑자기 소환을 당하게 되자 처자와 가까운 장졸 수백 명을 거느리고 晉에 투항하였고, 晉에서는 손해에게 車騎將軍을 제수하고 丹楊侯로 책봉하였다.

⑩ 孫桓

|原文|

孫桓字叔武, 河之子也. 年二十五, 拜安東中郎將, 與陸遜共拒劉備.

備軍衆甚盛, 彌山盈谷, 桓投力奮命, 與遜戮力, 備遂敗走. 桓斬上夔道, 截其徑要. 備逾山越險, 僅乃得免, 忿恚歎曰, "吾昔初至京城, 桓尚小兒, 而今迫孤乃至此也!"

桓以功拜建武將軍, 封丹徒侯, 下督牛渚, 作橫江塢, 會卒.

|국역|

孫桓(손환)의 字는 叔武(숙무)이고, 孫河(손하)의 아들이다. 25세에 安東中郎將이 되어 陸遜(육손)과 함께 劉備의 침공을 저지했다.

유비의 군세는 매우 강성했고 산을 덮고 골짜기를 메울 정도였는데, 손환은 온 힘에 목숨을 걸고 분전하며 육손과 함께 싸워 유비를 패주케 했다. 손환은 夔城(기성)에 통하는 길을 막았고 샛길과 요지를 절단하였다. 유비는 험한 산을 넘어 위기에서 겨우 벗어난 뒤 분에 떨며 탄식했다.

"전에 내가 吳 京城에 갔을 때 손환은 어린애였는데, 지금 나를 이 지경에 이르게 했다."

손환은 그 공적으로 建武將軍으로 丹徒侯가 되었고, 牛渚(우저)의 도독이 되어 橫江(횡강)에 보루를 축조하다가 죽었다.

評曰, 夫親親恩義, 古今之常. 宗子維城, 詩人所稱. 況此
諸孫, 或贊興初基, 或鎭據邊陲, 克堪厥任, 不忝其榮者乎! 故
詳著云.

|국역|

陳壽의 評論 : 혈친을 친애하는 은덕과 情義는 고금이 마찬가지
이다. 황실 문중의 자제는 나라를 보위하는 城과 같다고 시인들은
칭송하였다. 그런 면에서 東吳의 여러 손씨는 나라의 기초를 다지
거나 변방을 지키면서 그 소임을 다하면서 황실의 영예를 더럽히지
않았다! 그래서 상세하게 기록하였다.

52권 〈張顧諸葛步傳〉(吳書 7)
(장,고,제갈,보전)

❶ 張昭

|原文|

張昭字子布, 彭城人也. 少好學, 善隸書, 從白侯子安受《左氏春秋》, 博覽衆書, 與琅邪趙昱,東海王朗俱發名友善. 弱冠察孝廉, 不就. 與朗共論舊君諱事, 州里才士陳琳等皆稱善之.

刺史陶謙擧茂才, 不應, 謙以爲輕己, 遂見拘執. 昱傾身營救, 方以得免. 漢末大亂, 徐方士民多避難揚土, 昭皆南渡江. 孫策創業, 命昭爲長史,撫軍中郎將, 升堂拜母, 如比肩之舊, 文武之事, 一以委昭.

昭每得北方士大夫書疏, 專歸美於昭, 昭欲嘿而不宣則懼
有私, 宣之則恐非宜, 進退不安. 策聞之, 歡笑曰, "昔管仲相
齊, 一則仲父, 二則仲父, 而桓公爲霸者宗. 今子布賢, 我能
用之, 其功名獨不在我乎!"

| 국역 |

張昭(장소)[298]의 字는 子布(자포)로, (徐州) 彭城郡(팽성군) 출신이
다. 젊어 好學했고 隸書(예서)에 능했으며, 白侯子安(백후자안, 白侯는
복성)으로부터 《左氏春秋》를 배웠고 많은 책을 두루 읽었으며, 琅邪
郡(낭야군)의 趙昱(조욱), 東海郡의 王朗(왕랑)과 함께 명성을 누리면
서 벗으로 친했다. 약관의 나이에 孝廉으로 천거되었지만 관직에
나아가지 않았다. 장소는 왕랑과 함께 예전 君王들이 꺼린 문제들
을 토론하였는데, 향리에 유명한 才士였던 陳琳(진림)[299] 등이 모두
그 박학을 칭송하였다.

·············

298 張昭(장소, 156 - 236, 字 子布) - 徐州 彭城郡(今 江蘇省 북부 徐州市) 出身.
江東으로 피난했다가 손책에게 발탁되었다. 박식한 학자였고, 손책의 신임
을 받았으며, 서기 200년 손책이 죽자, 손권을 주군으로 옹립했다. 《吳書》7
권, 〈張顧諸葛步傳〉에 입전.

299 陳琳(진림, ?-217년, 字 孔璋) - 시인, 문장가. '建安七子'의 한 사람. 官渡의
싸움 전에 袁紹의 명에 의거 진림은 曹操를 토벌하자는 격문을 지었다. 진림
이 원소의 文士였기에 원소의 일방적 주장을 담았지만 名文은 명문이었다.
진림은 원소가 패망한 뒤 조조에게 귀부하였다. 曹丕(조비)는 그의 《典論 論
文》에서 「지금 文人으로는 魯國의 孔融(공융, 字 文擧), 廣陵의 陳琳(진림, 字
孔璋), 山陽郡의 王粲(왕찬, 字 仲宣), 北海郡의 徐幹(서간, 字 偉長), 陳留郡의
阮瑀(완우, 字 元瑜), 汝南郡의 應瑒(응창, 字 德璉), 東平郡의 劉楨(유정, 字 公
幹) 등 일곱 사람이 있다.」고 하였다.

刺史인 陶謙(도겸)이 장송을 茂才(무재)로 천거하고 등용하려 했지만 장소가 응하지 않자 도겸은 장소가 자신을 경시했다 하여 나중에 잡아가두었다. 조욱 등이 온 힘을 다하여 구원하여 겨우 풀려날 수 있었다.

후한 말 大亂에 徐州의 士民들이 揚州(양주) 지역으로 많이 피난하였는데 장소도 남쪽으로 가서 長江을 건너갔다. 孫策이 창업하면서 장소를 불러 長史 겸 撫軍中郎將에 임명한 뒤, 장소의 모친에게 절을 한 뒤에 어깨를 나란히 하는 친우가 되었는데, 손책은 文武에 관한 모든 정사를 장소에게 일임하였다.

장소에게 들어오는 북방에서 피난한 사대부의 서신을 받아보면 거의 다 장소를 칭송하는 글이었는데, 장소가 이를 그냥 묵살하고 드러내지 않으면 사적 관계가 있다는 의심을 받을 수 있고, 그렇다고 공표하는 것도 좋지 않아 장소는 늘 불안하였다. 손책이 이런 사실을 알고서 웃으며 말했다.

"옛날 管仲(관중)이 齊의 재상일 때, 첫째도 仲父(중부, 桓公의 管仲에 대한 경칭), 둘째도 중부였기에 桓公(환공)은 강력한 패자가 되었소. 지금 子布(張昭)가 현명하여 내가 등용했거늘, 그런 功名은 내가 등용했기 때문만은 아닐 것이요!"

|原文|

策臨亡, 以弟權托昭, 昭率群僚立而輔之. 上表漢室, 下移屬城, 中外將校, 各令奉職.

權悲感未視事, 昭謂權曰, "夫爲人後者, 貴能負荷先軌, 克昌堂構, 以成勳業也. 方今天下鼎沸, 群盜滿山, 孝廉何得寢伏哀戚, 肆匹夫之情哉?"

乃身自扶權上馬, 陳兵而出, 然後衆心知有所歸. 昭復爲權長史, 授任如前.

後劉備表權行車騎將軍, 昭爲軍師. 權每田獵, 常乘馬射虎, 虎常突前攀持馬鞍. 昭變色而前曰, "將軍何有當爾? 夫爲人君者, 謂能駕御英雄, 驅使群賢, 豈謂馳逐於原野, 校勇於猛獸者乎? 如有一旦之患, 奈天下笑何?"

權謝昭曰, "年少慮事不遠, 以此慚君." 然猶不能已, 乃作射虎車, 爲方目, 間不置蓋, 一人爲御, 自於中射之. 時有逸群之獸, 輒復犯車, 而權每手擊以爲樂. 昭雖諫爭, 常笑而不答.

魏黃初二年, 遣使者邢貞拜權爲吳王. 貞入門, 不下車. 昭謂貞曰,

"夫禮無不敬, 故法無不行. 而君敢自尊大, 豈以江南寡弱, 無方寸之刃故乎!"

貞即遽下車.

拜昭爲綏遠將軍, 封由拳侯. 權於武昌, 臨釣臺, 飲酒大醉. 權使人以水灑群臣曰, "今日酣飲, 惟醉墮臺中, 乃當止耳."

昭正色不言, 出外車中坐. 權遣人呼昭還, 謂曰, "爲共作樂耳, 公何爲怒乎?" 昭對曰, "昔紂爲糟丘酒池長夜之飲, 當時

亦以爲樂, 不以爲惡也."

權默然. 有慚色, 遂罷酒.

| 국역 |

孫策은 죽음에 임하여(서기 200년), 동생 손권을 張昭(장소)에 부탁했고, 장소는 모든 신하를 이끌고 손권을 옹립하고 보필하였다. 장소는 漢 조정에 표문을 올려 알렸고, 각 군현에 통보하였으며, 내외의 모든 將軍과 校尉에게 직분을 다하라고 지시하였다.

손권이 슬픔 속에 업무를 처리하지 않자, 장소가 손권에게 말했다.

"大位를 계승한 자는 先君의 임무를 이어받아 더욱 발전시켜 공적을 쌓아야 합니다. 지금 천하가 물 끓듯 하고 群盜는 온 산에 가득한데, 孝廉(孫權)께서는 어찌 匹夫(필부)처럼 엎드려 울고 슬퍼만 하시겠습니까?"

장소는 손권을 일으켜 말에 태우고 무장을 갖추고 순찰하자 모두의 마음이 제자리를 찾았다. 장소는 다시 손권의 長史가 되었고 이전과 같이 직분을 수행하였다.

그 뒤에 劉備도 표문을 올려 손권을 車騎將軍의 대행으로, 장소를 軍師로 임명할 것을 漢 조정에 주청하였다.

손권은 사냥을 나갈 때마다 말을 달려 호랑이를 쏘아 잡으려 했는데, 호랑이가 돌진하여 말 안장에 기어오르기도 했다. 그때마다 장소는 놀라며 손권에게 말했다.

"장군께서는 어찌 그러실 수 있습니까? 人君이 된 자는 영웅을 잘 제어하거나 群賢에게 일을 맡겨 거느려야 하거늘, 어찌 들판에서 말 달리기를 겨루고 맹수와 용맹을 다투는 사람이겠습니까? 만약 어느 날 사고라도 당하게 되어 천하가 비웃는다면 어찌하시겠습니까?"

손권이 장소에게 사과하며 말했다.

"젊은 나이라 생각이 깊지 못하여 부끄럽습니다."

그러면서도 손권은 호랑이 사냥을 멈추지 않고, 호랑이 사냥 전용 수레를 만들었는데, 수레 위에 지붕이 없는 격자 틀(方目)을 만든 뒤, 마부가 수레를 몰게 하고 그 안에서 호랑이를 쏘았다. 어떤 때는 짐승이 떼를 지어 사냥 수레를 공격하기도 했는데, 손권은 짐승을 직접 때려 공격하기를 즐기면서, 장소가 간쟁을 하여도 손권은 웃기만 할 뿐 대답하지 않았다.

魏 黃初 2년(서기 221), 曹魏에서 使者 邢貞(형정)을 보내 손권을 吳王에 봉했다. 형정은 궁문 안에 들어와서도 수레에서 내리지 않았다. 이에 장소가 형정에게 말했다.

"禮의 본질은 공경 아닌 것이 없기에 법률로 강요하지 않는 것입니다. 당신이 그렇게 스스로 존대한다면, 아무리 약한 江南이지만 한 치 작은 칼을 쓰지 않을 수 있겠습니까!"

형정은 즉시 수레에서 내렸다.

장소는 綏遠將軍(수원장군)이 되었고, 由拳侯(유권후)에 책봉되었다.

손권은 武昌의 釣臺(조대)에서, 음주하며 대취하였다. 손권은 사람을 시켜 동석한 신하들에게 물을 뿌리며 말했다.

"오늘 실컷 마시고 모두 취해 조대에서 떨어져야만 술자리를 끝내겠다."

장소는 정색으로 아무 말도 하지 않고 밖에 나가 수레에 앉아 있었다. 손권이 사람을 보내 장소를 불러오게 하여 말했다.

"오늘 함께 즐기자는 뜻이거늘, 公은 어찌 그리 화가 나셨습니까?"

장소가 말했다.

"紂王(주왕)이 酒池肉林의 잔치를 할 때도 그저 즐긴다고 하였지, 나쁜 일을 한다고 말하지 않았습니다."

손권은 할 말이 없었다. 부끄러운 낯빛으로 술자리를 파했다.

| 原文 |

初, 權當置丞相, 衆議歸昭. 權曰, "方今多事, 職統者責重, 非所以優之也."

後孫邵卒, 百寮復舉昭, 權曰, "孤豈爲子布有愛乎? 領丞相事煩, 而此公性剛, 所言不從, 怨咎將興, 非所以益之也."

乃用顧雍. 權旣稱尊號, 昭以老病, 上還官位及所統領. 更拜輔吳將軍, 班亞三司, 改封婁侯, 食邑萬戶. 在里宅無事, 乃著《春秋左氏傳解》及《論語注》.

權嘗問衛尉嚴畯, "寧念小時所暗書不?" 畯因誦《孝經》〈仲尼居〉.

昭曰, "嚴畯鄙生, 臣請爲陛下誦之." 乃誦〈君子之事上〉,

咸以昭爲知所誦.

| 국역 |

　그전에 손권은 승상을 두어야 한다고 생각했고, 衆議는 張昭(장소)를 예상했다. 이에 손권은 "지금 나라에 일이 많아 업무를 총괄하는 책임을 지는 것이지 우대하려는 자리가 아니다."라고 말했다.

　뒷날 孫邵(손소)[300]가 죽자, 모든 신하가 다시 장소를 천거했지만 손권이 말했다.

　"내가 어찌 子布(張昭)를 생각하지 않겠는가? 승상 업무는 번잡한데다가 자포는 그 성격이 강직하여 그 의견을 내가 따르지 않으면 나를 원망할 것이니, 이는 자포에게 도움이 되지 않는다."

　그러면서 顧雍(고옹)[301]을 승상에 등용하였다. 손권이 제위에 오른 뒤, 장소는 노환으로 관직과 담당 업무를 사임하였다. 장소는 다시 輔吳將軍을 제수받았는데, 班次는 三公의 다음이었고 婁侯(누후)에 책봉되었는데, 식읍은 1만 호였다. 장소는 집에서 할 일이 없자 《春秋左氏傳解》와 《論語注》를 저술하였다.

　손권이 일찍이 衛尉인 嚴畯(엄준)[302]에게 "어렸을 적 외웠던 글을

---

300 孫邵(손소, 163 - 225, 字 長緖) - 北海郡 출신. 신장 8척, 廬江 태수였다가 黃武 원년에 손권이 吳王이 되면서 孫吳의 첫 번째 승상이 되었다.

301 顧雍(고옹, 168 - 243년, 字 元歎) - 吳郡 吳縣 출신, 東吳의 丞相. 유년 시절에 蔡邕(채옹)에게 배웠다. 琴藝와 書法에 능통했다. 《吳書》7권, 〈張顧諸葛步傳〉에 입전.

302 嚴畯(엄준, 字 曼才) - 彭城郡(今 江蘇省 徐州市) 출신, 東吳의 주요 文臣, 諸葛瑾, 步騭, 張昭의 아들 張承(장승)과 교우. 衛尉일 때 蜀에 사신으로 가서 제갈량의 인정을 받았다. 《吳書》8권, 〈張嚴程闞薛傳〉에 입전.

외울 수 있는가?"라고 물었다. 그러자 엄준은 《孝經》의 〈仲尼居〉章[303]을 외웠다. 이에 대하여 장소가 말했다.

"엄준은 생각이 없는 서생입니다. 臣이 폐하를 위해 외워보겠습니다."

그리고서는 《孝經》의 〈君子之事上〉章[304]을 외웠는데 모든 사람이 장소가 외워야 할 경전(의미가 있는 경전)을 알고 있다고 말했다.

| 原文 |

昭每朝見, 辭氣壯厲, 義形於色, 曾以直言逆旨, 中不進見. 後蜀使來, 稱蜀德美, 而群臣莫拒, 權歎曰, "使張公在坐, 彼不折則廢, 安復自誇乎?"

明日, 遣中使勞問, 因請見昭. 昭避席謝, 權跪止之. 昭坐定, 仰曰, "昔太后, 桓王不以老臣屬陛下, 而以陛下屬老臣, 是以思盡臣節, 以報厚恩. 使泯沒之後, 有可稱述, 而意慮淺短, 違逆盛旨, 自分幽淪, 長棄溝壑, 不圖復蒙引見, 得奉帷

---

303 《今文孝經》第 1장. – 仲尼居, 曾子侍. 子曰,「先王有至德要道, 以順天下, 民用和睦, 上下無怨, 汝知之乎?」曾子避席, 曰, "參不敏, 何足以知之!" 子曰, "夫孝, 德之本也, 教之所由生也. 復坐, 吾語汝. 身體髮膚, 受之父母, 不敢毀傷, 孝之始也. 立身行道, 揚名於後世, 以顯父母, 孝之終也. 夫孝, 始於事親, 中於事君, 終於立身.《大雅》云, '無念爾祖, 聿修厥德.'

304 《今文孝經》第17장. –「君子之事上也, 進思盡忠, 退思補過, 將順其美, 匡救其惡, 故上下能相親也.《詩》云, '心乎愛矣! 遐不謂矣! 中心藏之, 何日忘之.'」

惺. 然臣愚心所以事國, 志在忠益, 畢命而已. 若乃變心易慮,
以偸榮取容, 此臣所不能也."

權辭謝焉.

| 국역 |

張昭(장소)가 입조하여 알현할 때마다, 그 어조는 씩씩하면서도
엄격하고 안색에 의기가 나타났으니 일찍부터 直言으로 손권의 뜻
을 거슬렀기에 바로 이 때문에 승진하지 못했다. 뒷날 蜀의 사자가
와서 蜀漢의 훌륭한 대덕을 자랑해도 이를 막을 사람이 없자, 손권
이 탄식했다. "만약 張公(張昭)이 이 자리에 있었다면 저 사람을 꺾
거나 쫓아버렸을 것이니, 어찌 제 자랑을 할 수 있겠는가?"

다음 날 손권은 사람을 보내 안부를 묻고 장소의 입조를 요청했
다. 장소가 들어와 내준 자리를 사양하며 사과하려 하자, 손권은 무
릎을 꿇고 저지하였다. 이에 장소가 좌정한 다음에 손권을 올려다
보며 말했다.

"옛날 太后(吳太后, 손권 생모)와 桓王(환왕, 孫策)께서 老臣을 폐
하게 촉탁하지 않고 폐하를 저에게 부탁하셨기 때문에, 저는 신하
의 지조를 다 바쳐 그 후한 은택에 보답하려 했습니다. 제가 죽어 없
어진 뒤라도 칭송을 들을 일을 해야 했지만, 저의 식견이 짧아 폐하
의 뜻에 어긋났기에, 제가 죽어 구덩이에 묻히더라도 다시는 폐하
께서 저를 불러 만날 것이라고 생각하지 못했습니다. 臣의 어리석
은 심경은 나라를 위하려는 생각뿐이었고, 저의 뜻은 충성과 국익
을 위해서라면 목숨을 바쳐야 했습니다. 만약 제가 지조와 생각을

바뀌 영화를 얻거나 폐하의 환심을 사는 일은 제가 할 수 있는 일이
아닙니다."

손권도 겸사로 사과하였다.

|原文|

權以公孫淵稱藩, 遣張彌,許晏至遼東拜淵爲燕王. 昭諫曰,
"淵背魏懼討, 遠來求援, 非本志也. 若淵改圖, 欲自明於魏,
兩使不反, 不亦取笑於天下乎?"

權與相反覆, 昭意彌切. 權不能堪, 案刀而怒曰, "吳國士人
入宮則拜孤, 出宮則拜君, 孤之敬君, 亦爲至矣, 而數於衆中
折孤, 孤嘗恐失計."

昭熟視權曰, "臣雖知言不用, 每竭愚忠者, 誠以太后臨崩,
呼老臣於床下, 遺詔顧命之言故在耳."

因涕泣橫流. 權擲刀致地, 與昭對泣. 然卒遣彌,晏往. 昭忿
言之不用, 稱疾不朝. 權恨之, 土塞其門, 昭又於內以土封之.
淵果殺彌,晏. 權數慰謝昭, 昭固不起, 權因出過其門呼昭, 昭
辭疾篤. 權燒其門, 欲以恐之, 昭更閉門戶. 權使人滅火, 住
門良久, 昭諸子共扶昭起, 權載以還宮, 深自克責. 昭不得已,
然後朝會.

| 국역 |

손권은 (遼東 太守) 公孫淵(공손연)이 藩臣(번신)³⁰⁵을 자청하자, 張彌(장미)와 許晏(허안)을 요동에 보내 공손연을 燕王에 봉하려 했다. 이에 張昭(장소)가 간언을 올려 제지하였다.

"공손연은 曹魏를 배신했기에 그 토벌이 두려워 멀리 와서 구원을 요청한 것이니 그들 본심이 아닙니다. 만약 공손연이 마음을 바꿔 魏에 해명하려 한다면, 우리 사신 두 명은 돌아오지도 못하고 세상의 웃음거리가 되지 않겠습니까?"

손권과 장소가 논란을 계속할수록 장소의 뜻은 더욱 간절하였다. 이에 손권이 참지 못하고 칼을 잡은 채 화를 내며 말했다.

"吳國의 士人들이 입궁하면 나에게 배례하지만 출궁해서는 君에 절을 올린다고 말하며, 공에 대한 내 공경도 진심인데, 공은 여러 사람앞에서 늘 내 뜻을 꺾으니, 내가 실수를 저지를까(죽이게 될지) 걱정이 된다."

그러자 장소는 손권을 한참 바라보다가 말했다.

"臣의 말이 받아들여지지 않을 줄 알지만, 그래도 저의 愚忠을 다하는 것은, 정말로 太后께서 붕어하시기 전에 저를 침상 아래로 불러 분부하신 유조의 말씀이 아직도 귀에 맴돌기 때문입니다."

그러면서 눈물을 줄줄 흘렸다. 손권을 칼을 집어 던지고 장소를 마주보며 흐느꼈다. 그렇지만 결국 張彌(장미)와 許晏(허안)은 요동

····················
305 嘉禾(가화) 원년(서기 232) 10월, 魏 遼東太守인 公孫淵이 校尉인 宿舒(숙서)와 郎中令인 孫綜(손종)을 사자로 보내 손권에 藩臣(번신)을 자청하면서 담비가죽(貂皮)과 말(馬)을 헌상했다. 손권은 크게 기뻐하며 공손연에게 작위를 하사하였다.

군에 사신으로 갔다.

장소는 자신의 건의가 받아들여지지 않자 병을 핑계대며 입조하지 않았다. 손권은 장소를 괘씸하게 여겨 흙을 날라다가 대문을 막게 하였다. 장소도 집안의 흙으로 대문 안쪽을 막았다. 공손연은 나중에 吳의 사신 두 사람을 죽였다.

손권은 여러 번 장소에게 위문의 뜻을 전하고 사과하였지만 장소는 끝까지 입조하지 않았다. 손권은 행차했다가 장소의 집 대문에 와서 장소를 불렀지만, 장소는 병이 위독하다며 나오지 않았다. 손권은 장소의 집 대문에 불을 질러 장소를 놀라게 했지만, 장소는 방문을 꼭 닫고 열지 않았다. 손권은 사람을 시켜 대문의 불을 끄게 하고서 대문 앞에 한참을 기다리자, 장소의 아들들이 장소를 부축하고 나왔다. 손권은 장소를 태워 환궁한 다음에 심하게 자책하며 사과하였다. 장소는 어쩔 수가 없어 이후에 입조하였다.

| 原文 |

昭容貌矜嚴, 有威風, 權常曰, "孤與張公言, 不敢妄也."
舉邦憚之. 年八十一, 嘉禾五年卒. 遺令幅巾素棺, 斂以時服. 權素服臨吊, 諡曰文侯. 長子承已自封侯, 少子休襲爵.

| 국역 |

張昭는 당당하고 엄격한 용모에 위풍당당하였는데, 손권은 늘 "내가 張公과 이야기를 할 때는 말을 함부로 할 수 없다."고 하였

다. 온 나라 사람들이 장소를 어려워했다.

장소는 81세인 嘉禾 5년(서기 236)에 죽었다. 장소는 작은 巾(건)에, 평상복으로 염을 하여 장식이 없는 棺(관)을 사용하라고 유언했다. 손권은 素服으로 조문했으며, 시호는 文侯였다. 長子 張承(장승)은 이미 제후로 책봉되었기에 작은아들 張休(장휴)가 작위를 계승했다.

| 原文 |

昭弟子<u>奮</u>年二十, 造作攻城大攻車, 爲<u>步騭</u>所薦. 昭不願曰, "汝年尙少, 何爲自委於軍旅乎?"

<u>奮</u>對曰, "昔童<u>汪</u>死難, <u>子奇治阿</u>, <u>奮</u>實不才耳, 於年不爲少也."

遂領兵爲將軍, 連有功效, 至<u>牟州</u>都督, 封<u>樂鄕亭侯</u>.

| 국역 |

張昭(장소) 동생의 아들인 張奮(장분)은 나이 20에 城을 공격할 수 있는 大攻車를 만들었고 步騭(보즐)의 천거를 받았다. 그러나 장소는 원치 않았기에 "네 나이가 아직 어린데 왜 군인이 되려 하는가?" 라고 말했다.

그러자 장분이 말했다.

"옛날 (魯國의) 童子인 汪踦(왕기)는 국난에 목숨을 바쳤고, (齊國

의) 子奇(자기)는 (18세에) 阿(아)를 다스렸으니, 비록 저의 재주가 없다지만 나이가 적지는 않습니다."

장분은 군사를 거느렸고 장군이 되어 연이어 공을 세웠으며, 半州(반주, 平州 ?)의 都督이 되었고 樂鄕亭侯에 책봉되었다.

承字仲嗣, 少以才學知名, 與諸葛瑾,步騭,嚴畯相友善. 權爲驃騎將軍, 辟西曹掾, 出爲長沙西部都尉. 討平山寇, 得精兵萬五千人. 後爲濡須都督,奮威將軍, 封都鄕侯, 領部曲五千人. 承爲人壯毅忠讜, 能甄識人物, 拔彭城蔡款,南陽謝景於孤微童幼, 後並爲國士, 款至衛尉, 景豫章太守.

又諸葛恪年少時, 衆人奇其英才. 承言終敗諸葛氏者, 元遜也. 勤於長進, 篤於物類, 凡在庶幾之流, 無不造門, 年六十七, 赤烏七年卒, 謚曰定侯. 子震嗣.

初, 承喪妻, 昭欲爲索諸葛瑾女, 承以相與有好, 難之, 權聞而勸焉, 遂爲婿. 生女, 權爲子和納之. 權數令和修敬於承, 執子婿之禮. 震諸葛恪誅時亦死.

(張昭의 長男) 張承(장승)의 字는 仲嗣(중사)인데, 젊어 才學으로 이름이 알려졌고, 諸葛瑾(제갈근), 步騭(보즐), 嚴畯(엄준) 등과 벗으

로 서로 친했다. 손권이 驃騎將軍이 되자 장승을 西曹掾(서조연)에 임명했는데, 장승은 지방으로 나가 長沙郡 西部都尉가 되었다. 장승은 山寇를 토벌하고 精兵 1萬5千명을 확보했다. 뒷날 濡須(유수)의 都督으로 奮威將軍이 되었고 都鄕侯에 책봉되었으며 5천 명의 군사를 거느렸다.

장승은 사람됨이 장중하고 剛毅(강의)하며 충직하였고 인재를 잘 가릴 줄 알아 彭城(팽성) 출신 蔡款(채관), 南陽 사람 謝景(사경) 등을 지위가 낮거나 젊은 나이였을 때 발탁하였는데 두 사람 모두 나라의 인재로, 채관은 衛尉(위위), 사경은 豫章 태수가 되었다.

또 諸葛恪(제갈각)이 어린 나이였을 때, 모든 사람들이 제갈각을 英才를 기특하게 생각하였다. 그러나 장승은 나중에 제갈씨를 패망케 할 사람은 元遜(원손, 제갈각의 字)이라고 말했다. 장승은 꾸준한 노력으로 진보하였고 모든 사람을 성실하게 상대하였기에, 재학과 덕행이 뛰어난 사람으로 그를 방문하지 않은 사람이 없었다. 장승은 赤烏 7년(서기 244)에 죽었는데, 시호는 定侯였다. 아들 張震(장진)이 작위를 이었다.

그전에 장승이 喪妻했을 때 장소는 제갈근의 딸을 물색하였는데, 장승은 제갈근과 평소 친구이기 때문에 꺼렸지만, 손권이 이를 알고서는 적극 권유하여 결국 제갈근의 사위가 되었다. 거기서 딸을 얻었는데, 손권은 아들 孫和의 처로 맞이했다. 손권은 아들 손화에게 장승을 공경하고 사위의 예를 갖추라고 자주 말했다.

(장승의 아들) 張震(장진)은 제갈각이 주살될 때 죽었다.

休字叔嗣, 弱冠與諸葛恪,顧譚等俱爲太子登僚友, 以《漢書》授登. 從中庶子轉爲右弼都尉. 權常遊獵, 迨暮乃歸, 休上疏諫戒, 權大善之, 以示於昭.

及登卒後, 爲侍中, 拜羽林都督, 平三典軍事, 遷揚武將軍. 爲魯王霸友黨所譖, 與顧譚,承俱以芍陂論功事, 休,承與典軍陳恂通情, 詐增其伐, 並徙交州.

中書令孫弘佞僞險詖, 休素所忿, 弘因是譖訴, 下詔書賜休死, 時年四十一.

(張昭의 次男) 張休(장휴)의 字는 叔嗣(숙사)로, 약관에 諸葛恪(제갈각), 顧譚(고담) 등과 함께 太子 孫登(손등)의 동료이며 벗으로《漢書》를 손등에게 교수했다.[306] 장휴는 中庶子에서 右弼都尉(우필도위)가 되었다. 손권은 사냥을 자주 나가 해질녘에야 돌아왔는데, 손휴가 상소하여 조심할 것을 권유하자 손권은 크게 칭찬하며 상소를 장소에게 보여주었다.

태자 손등이 죽은 뒤에 장휴는 侍中이 되었다가 羽林都督을 제수받았으며, 三典軍事를 겸했다가 揚武將軍으로 승진했다. 魯王 孫霸(손패)의 友黨이라는 참소를 당했는데, 顧譚(고담), 顧承(고승)과 함께

---

306 張休(장휴, 205 – 245년, 字 叔嗣)가 태자에게《漢書》를 교수한 기록은《吳書》14권,〈吳主五子傳〉의 孫登傳 참고.

苟陂(작피)의 전투(赤烏 4년, 서기 241)에 대한 논공행상을 하면서 張休, 張承은 典軍인 陳恂(진순)과 사적으로 연락하며 전공을 거짓으로 부풀렸다 하여 모두 交州 지역으로 유배되었다.

中書令인 孫弘(손홍)은 사람이 간사하고 음험하여 장휴가 평소에 싫어하였기에 손홍은 장휴를 참소했고, 장휴는 조서에 의거 賜死(사사)되었는데, 나이는 41세였다.

❷ 顧雍

| 原文 |

顧雍字元歎, 吳郡吳人也. 蔡伯喈從朔方還, 嘗避怨於吳, 雍從學琴書. 州郡表薦, 弱冠爲合肥長, 後轉在婁,曲阿,上虞, 皆有治跡.

孫權領會稽太守, 不之郡, 以雍爲丞, 行太守事, 討除寇賊, 郡界寧靜, 吏民歸服, 數年, 入爲左司馬. 權爲吳王, 累遷大理,奉常, 領尙書令, 封陽遂鄕侯, 拜侯還寺, 而家人不知, 後聞乃驚.

| 국역 |

顧雍(고옹, 168 – 243년)의 字는 元歎(원탄, 나중에 伯喈)으로, 吳郡 吳縣 사람이다. 蔡伯喈(채백개, 蔡邕)[307]가 朔方郡(삭방군) 유배에서

돌아와 원수를 피해 吳郡으로 피신했을 때, 고옹은 채옹을 따라 琴
書를 배웠다. 州郡에서 表文을 올려 고옹을 천거하여, 고옹은 弱冠
의 나이에 合肥(합비) 縣長이 되었다가, 나중에 婁縣(누현), 曲阿(곡
아), 上虞(상우)[308]의 현령을 역임했는데 임지에서 치적이 좋았다.

孫權은 會稽 태수를 겸임했지만, 郡에 부임하지 않고, 고옹을 郡
丞(副 郡守)으로 삼아 太守 직무를 대행케 하였는데, 고옹은 도적
무리를 토벌하여 군내가 평온했으며 吏民이 모두 심복하였는데 몇
년 지나 조정에 들어가 左司馬가 되었다.

손권이 吳王이 되면서 여러 번 승진하여 大理(司法 주관)와 奉常
(봉상)과 (太常, 종묘제사 담당) 尙書令을 대행하였으며, 陽遂鄕侯에
책봉되었는데 제후가 되고 조정에 출사하는 것도 식구들은 몰랐다
가 나중에 알고 나서 놀랐다고 한다.

<hr />

307 蔡伯喈(채백개) − 蔡邕(채옹, 133 − 192년, 字는 伯喈) − 邕은 화할 옹. 喈은 새
   소리 개. 陳留郡 圉縣(어현) 사람이다. 음률에 정통, 박학했다. 名筆로 飛白書
   의 창시자이다. 채옹은 後漢 말 才學을 겸비한 명사였다. 그의 심경을 알 수
   있는 〈釋誨(석회)〉가 《後漢書》에 실렸다. 靈帝에게 수차 바른 상소를 올렸지
   만 환관의 질시를 받아 변방(朔州郡)으로 강제 이주되었다가 풀려났지만 환
   관의 박해를 피해 강남 일대에서 12년을 숨어살아야 했다. 나중에 董卓의 인
   정을 받았지만 동탁이 피살된 뒤 옥사했다. 채옹은 음악적 재능이 뛰어난 천
   재였다. 60권, 〈馬融蔡邕列傳〉 立傳. 蔡邕(채옹)의 딸 蔡琰(채염, 文姬, 177?−
   249?, 琰은 옥을 갈 염)은 음악가이며 여류 시인. 文姬(문희)는 흉노 기병에게
   사로잡혀 南匈奴의 左賢王에 시집을 가서 흉노 땅에 12년을 살며 두 아들을
   낳았다. 曹操(조조)는 평소에 채옹과 친했는데, 채옹이 후사가 없는 것을 안
   쓰럽게 여겨 사자를 보내 金과 玉으로 문희의 몸값을 치루고 데려와서 다시
   董祀(동사)에게 시집을 보냈다. 《後漢書》 84권, 〈列女傳 下〉에 입전.
308 會稽郡 上虞縣(상우현) − 今 浙江省(절강성) 동북부 紹興市 上虞區.

|原文|

黃武四年, 迎母於吳. 旣至, 權臨賀之, 親拜其母於庭, 公卿大臣畢會, 後太子又往慶焉. 雍爲人不飮酒, 寡言語, 舉動時當. 權嘗歎曰, "顧君不言, 言必有中." 至飮宴歡樂之際, 左右恐有酒失而雍必見之, 是以不敢肆情. 權亦曰, "顧公在坐, 使人不樂." 其見憚如此.

是歲, 改爲太常. 進封醴陵侯, 代孫邵爲丞相, 平尙書事. 其所選用文武將吏各隨能所任, 心無適莫. 時訪逮民間, 及政職所宜, 輒密以聞. 若見納用, 則歸之於上, 不用, 終不宣洩. 權以此重之, 然於公朝有所陳及, 辭色雖順而所執者正.

權嘗咨問得失, 張昭因陳聽采聞, 頗以法令太稠, 刑罰微重, 宜有所蠲損. 權默然, 顧問雍曰, "君以爲何如?" 雍對曰, "臣之所聞, 亦如昭所陳." 於是權乃議獄輕刑.

久之, 呂壹, 秦博爲中書, 典校諸官府及州郡文書. 壹等因此漸作威福, 遂造作權酤障管之利, 舉罪糾奸, 纖介必聞, 重以深案醜誣. 毀短大臣, 排陷無辜, 雍等皆見舉白, 用被譴讓.

後壹奸罪發露, 收繫延尉. 雍往斷獄. 壹以囚見, 雍和顏色, 問其辭狀, 臨出, 又謂壹曰, "君意得無慾有所道?" 壹叩頭無言. 時尙書郎懷敍面罵辱壹, 雍責敍曰, "官有正法, 何至於此?"

(孫權) 黃武 4년(서기 225), 顧雍(고옹)은 모친을 吳郡에서 모셔왔다. 모친이 도착하자, 손권은 직접 찾아가 축하하며 뜰에서 고옹의 모친에게 절을 올렸고, 공경 대신들도 모두 참여했으며, 뒷날 태자도 찾아가 하례하였다.

고옹을 술을 마시지 않았고 말수가 적었지만 그 행실은 언제나 합당하였다. 그래서 손권은 "顧君이 不言하나 말하면 옳은 말이다."라고 찬탄하였다. 술자리에서 즐길 때도 측근들은 술 때문에 실수하면 틀림없이 고옹이 알게 된다며 겁을 먹고 방자한 행동을 할 수 없었다. 그래서 손권도 "顧公이 자리에 있으면 사람들이 즐겁지 않다."라고 말했으니, 이처럼 사람들은 고옹을 어려워했다.

이 해에 (奉常을) 太常으로 개칭했다. 고옹은 작위가 올라 醴陵侯(예릉후)가 되었으며, 孫邵(손소)의 후임으로 丞相이 되어 尚書事를 平章하였다. 고옹이 선발 등용한 文臣이나 武將들은 능력에 따라 업무를 담당하였기에 마음에 들거나 적합하지 않다는 말이 없었다.

고옹은 수시로 백성들 마을을 찾아 서정이 제대로 돌아가는지를 살피거나 은밀히 물어보기도 하였다. 만약 받아들일 일이 있다면 즉시 보고케 하였지만, 받아들이지 않을 것은 끝내 발설하지 않았다. 손권은 이 때문에 더욱 고옹을 존중하였는데, 고옹은 조정에서 업무에 관해 언급하며 언사는 부드러우면서도 그 주장은 정당하였다.

손권이 일찍이 정사의 득실에 대하여 咨問(자문)했는데, 張昭(장소)는 자신이 알고 있는 사실에 근거하여 법령이 너무 조밀하고 형벌이 과하니 적당이 완화해야 한다고 역설했다. 손권은 말없이 생각하다가 고옹을 돌아보며 어떻게 생각하느냐고 물었다. 이에 고옹은 "臣이 들은 바도 장소의 말과 같습니다."라고 말했다. 이에 손권은 獄事 판결에 형벌을 완화하라고 지시하였다.

얼마후 呂壹(여일)과 秦博(진박)이 中書가 되어, 모든 官府와 州郡의 문서를 검토 평가하였다. 여일 등은 점차 위세를 부리다가 나중에는 專賣(전매)와 課稅의 이권까지 조작 관여하였고, 불법행위를 규탄 고발하면서 아주 미세한 사항까지 보고하게 하였다. 그러면서 무고나 모함 사건을 엄격하게 조사하였고, 대신들의 단점을 캐내며 무고한 사람까지도 직책에서 몰아내었는데, 고옹도 잘못이라고 고발하여 결국 견책을 당했다.

뒷날 여일은 다른 부정이 드러나자 체포되어 延尉에게 넘겨졌다. 이에 고옹이 판결을 담당하였고 여일은 죄수로 불려나왔는데, 고옹은 온화한 안색으로 조사를 다 마친 뒤에 떠나면서 여일에게 "자네 생각에 더 할 말은 없는가?"라고 물었다.

여일은 고개를 숙이고 아무 말도 없었다. 그때 尙書郎인 懷敍(회서)가 면박을 주면서 여일에게 욕설을 하자, 고옹은 회서에게 "나라에 正法이 있거늘 어찌 이럴 수 있나?"라고 책망했다.

| 原文 |

雍爲相十九年, 年七十六, 赤烏六年卒. 初疾微時, 權令醫趙泉視之. 拜其少子濟爲騎都尉. 雍聞, 悲曰, "泉善別生死, 吾必不起, 故上欲及吾目見濟拜也."

權素服臨吊, 諡曰肅侯. 長子邵早卒, 次子裕有篤疾, 少子濟嗣, 無後, 絶.

永安元年, 詔曰,「故丞相雍, 至德忠賢, 輔國以禮, 而侯統廢絶. 朕甚愍之. 其以雍次子裕襲爵爲醴陵侯, 以明著舊勳.」

| 국역 |

顧雍(고옹)은 승상으로 19년을 재직하고, 76세인 (손권) 赤烏 6년에(서기 243) 죽었다. 처음 병이 심하지 않을 때, 손권은 太醫 趙泉(조천)을 보내 진찰케 하였다. 그리고 막내아들 顧濟(고제)를 騎都尉에 등용하였다. 고옹이 소식을 듣고는 슬퍼하며 말했다.

"조천은 生死를 잘 판별할 줄 아나니, 내가 다시 일어날 수 없는 줄을 알고, 내가 볼 수 있도록 황상께서 아들을 임용케 하였다."

손권은 소복으로 조문하였으며, 시호는 肅侯(숙후)였다. 長子인 顧邵(고소)는 일찍 죽었고, 次子 顧裕(고유)는 심한 병이 있어 막내가 작위를 이었지만 아들이 없어 단절되었다.

(孫休의) 永安 원년(서기 258)에 조서를 내렸다.

「故 승상 顧雍은 至德에 충성 현명하여 禮을 다해 輔國하였지만 제후의 계승이 단절되었다. 朕은 이를 매우 안타까웁나니 顧雍의 次子인 顧裕(고유)가 醴陵侯의 작위를 계승케 하여 옛 공적을 널리 드러내기 바란다.」

邵字孝則, 博覽書傳, 好樂人倫. 少與舅陸績齊名, 而陸遜,
張敦,卜靜等皆亞焉. 自州郡庶幾及四方人士, 往來相見, 或
言議而去, 或結厚而別, 風聲流聞, 遠近稱之. 權妻以策女.

年二十七, 起家爲豫章太守. 下車祀先賢徐孺子之墓, 優待
其後. 禁其淫祀非禮之祭者. 小吏資質佳者, 輒令就學, 擇其
先進, 擢置右職, 擧善以教, 風化大行.

初, 錢唐丁諝出於役伍, 陽羨張秉生於庶民, 烏程吳粲,雲
陽殷禮起乎微賤, 邵皆拔而友之, 爲立聲譽. 秉遭大喪, 親爲
制服結絰. 邵當之豫章, 發在近路, 値秉疾病, 時送者百數.
邵辭賓客曰, “張仲節有疾, 苦不能來別, 恨不見之, 暫還與
訣, 諸君少時相待.”

其留心下士, 惟善所在, 皆此類也. 諝至典軍中郎, 秉雲陽
太守, 禮零陵太守, 粲太子少傅. 世以邵爲知人. 在郡五年,
卒官, 子譚,承云.

|국역|

(顧雍의 長男) 顧邵(고소)의 字는 孝則(효칙)인데, 많은 경전을 두
루 섭렵했고 인물 평론(人倫)을 좋아했다. 젊었을 때 외숙인 陸績
(육적)[309]만큼 유명했으며 陸遜(육손),[310] 張敦(장돈), 卜靜(복정) 등은

---

309 陸績(육적, 188－219년, 字 公紀) － 吳郡 吳縣(今 江蘇省 蘇州市) 출신. 孫權 휘

모두 그 다음이었다. 州郡의 거의 모두, 그리고 사방의 士人들이 고소와 왕래하였는데 어떤 자는 의론을 나누었고, 또는 돈독하게 교제한 뒤 이별하였기에 그 소문이 널리 퍼졌고 원근의 많은 사람들의 칭송을 받았다. 손권은 손책의 딸을 고소에게 아내로 주었다.

고소는 나이 27세에 집에 있다가(곧 다른 前職이 없이) 豫章 태수에 등용되었다. 고소는 부임하면서 先賢인 徐孺子(서유자)의 묘에 제사를 올렸고 그 후손을 우대하였다. 고소는 淫祀(음사)나 예법으로 제사할 수 없는 제사를 모두 금지시켰다. 자질이 우수한 小吏는 학문을 하도록 천거했고, 그중 우수한 자를 선발하여 주요 부서에 임용하였으며 선행을 천거하고 교육하였기에 교화가 크게 성취하였다.

그전에, 錢唐(전당) 출신 丁諝(정서)는 병졸 사이에서 등용되었고, 陽羨(양선) 사람 張秉(장병)은 서민 출신이었다. 烏程(오정)의 吳粲(오찬), 雲陽(운양)의 殷禮(단례) 등은 미천한 자리에서 출세하였으니, 모두가 고소가 발탁했거나 벗으로 대우한 사람으로 명성을 누렸다. 장병이 부모상을 당했을 때 고소는 장병을 위하여 친히 상복을 입었다.

....

하의 관리, 鬱林太守, 偏將軍 역임. '二十四孝' 중 懷橘遺親(귤을 가져다가 어머니께 드리다) 고사의 주인공. 陸續은 체구가 웅장했고 博學 多才한 사람으로 觀星, 曆法, 算數, 易占에도 뛰어났으나 다리에 병이 있어 마음대로 활동하지 못했다. 육손은 육적의 堂侄이나 육손이 나이가 많았다.

310 陸遜(육손, 183-245년, 字 伯言) - 본명은 陸議(육의). 유비는 曹丕의 즉위 소식을 듣고 獻帝가 피살된 줄 알고 복상하며 221년에 제위에 올랐다(章武元年). 이어 222년, 관우와 장비에 대한 복수 일념으로 대군을 이끌고 長江을 따라 7백 리에 군영을 설치하였다. 이에 맞선 吳將 陸遜(육손)은 以逸待勞(이일대로)의 병법 교과서대로 맞섰다.

(나중에) 고소가 豫章郡에 가야 할 때, 출발하려 할 즈음에 마침 장병은 병이 났고 전송하려는 자들이 백여 명이나 모였다. 이에 고소가 여러 빈객에서 사과하며 말했다.

"張仲節(장병)이 병이 나서 나와서 전송하지 못하는 것을 저도 유감으로 생각합니다만, 잠시 그와 헤어지려 하니, 여러분들도 잠깐 기다려 주시기 바랍니다."

그가 아랫사람에게도 마음을 쓰거나 임지에서 은혜를 베풀어 주는 것이 대개 이와 같았다. 丁諝(정서)는 典軍中郞을 역임했고, 張秉(장병)은 雲陽 太守, 殷禮(단례)는 零陵 太守, 吳粲(오찬)은 太子少傅를 역임했다. 세상 사람들은 고소가 사람을 잘 볼 줄 안다고 하였다. 5년간 태수로 재직하다가 관직을 갖고 죽었다. 아들은 顧譚(고담)과 顧承(고승)이다.

| 原文 |

譚字子默, 弱冠與諸葛恪等爲太子四友, 從中庶子轉輔正都尉. 赤烏中, 代恪爲左節度. 每省簿書, 未嘗下籌, 徒屈指心計, 盡發疑謬, 下吏以此服之. 加奉車都尉.

薛綜爲選曹尙書, 固讓譚曰, "譚心精體密, 貫道達微, 才照人物, 德允衆望, 誠非愚臣所可越先." 後遂代綜.

祖父雍卒數月, 拜太常, 代雍平尙書事. 是時魯王霸有盛寵, 與太子和齊衡, 譚上疏曰,

「臣聞有國有家者, 必明嫡庶之端, 異尊卑之禮, 使高下有差, 階級逾邈, 如此則骨肉之恩生, 覬覦之望絕. 昔賈誼陳治安之計, 論諸侯之勢, 以爲勢重, 雖親必有逆節之累, 勢輕, 雖疏必有保全之祚. 故淮南親弟, 不終饗國, 失之於勢重也. 吳芮疏臣, 傳祚長沙, 得之於勢輕也. 昔漢文帝使愼夫人與皇后同席, 袁盎退夫人之座, 帝有怒色. 及盎辨上下之儀, 陳人彘之戒, 帝旣悅懌, 夫人亦悟. 今臣所陳, 非有所偏, 誠欲以安太子而便魯王也.」

由是霸與譚有隙. 時長公主婿衛將軍全琮子寄爲霸賓客, 寄素傾邪, 譚所不納. 先是, 譚弟承與張休俱北征壽春, 全琮時爲大都督, 與魏將王淩戰於芍陂, 軍不利, 魏兵乘勝陷沒五營將秦晃軍, 休,承奮擊之. 遂駐魏師. 時琮群子緒,端亦並爲將, 因敵旣住, 乃進擊之. 淩軍用退. 時論功行賞. 以爲功駐敵之功大, 退敵之功小. 休,承並爲雜號將軍, 緒,端偏裨而已. 寄父子益恨, 共搆會譚.

譚坐徙交州, 幽而發憤, 著《新言》二十篇. 其〈知難篇〉蓋以自悼傷也. 見流二年, 年四十二, 卒於交阯.

| 국역 |

(顧雍의 손자, 顧邵의 아들인) 顧譚(고담)[311]의 字는 子默(자묵)으

---

311 顧譚(고담, 205 - 246년, 字 子默) - 吳郡 吳縣人. 승상 顧雍(고옹)의 손자, 顧邵

로, 弱冠에 諸葛恪(제갈각) 등과 함께 太子(孫登)의 四友였고,[312] 中
庶子에서 輔正都尉로 승진하였다. (손권의) 赤烏(적오) 연간에, 제갈
각의 후임으로 左節度(좌절도)[313]가 되었다. 고담은 항상 문서를 읽
을 때마다, 산가지(籌, 셈하는 막대)로 계산하지 않고, 손가락을 꼽으
며 암산으로 계산하여도 오류를 모두 다 찾아냈기에 下吏들이 심복
하였다. 고담은 加官을 받아 奉車都尉가 되었다.

薛綜(설종)[314]은 選曹尙書(선조상서)가 되었는데, 굳이 고담에게 양
보하며 말했다.

"고담은 생각이 깊고 주도 면밀하며 도를 꿰뚫고 작은 조짐도 파
악하며, 인물을 잘 알아보고 그 덕행은 여러 사람의 기대와 일치하
니 저 같은 사람이 결코 따라갈 수 없는 인재입니다."

뒤에 고담은 설종의 후임이 되었다.

祖父인 顧雍(고옹)이 죽은 그 몇 달 뒤에 고담은 太常이 되었으며,
역시 조부의 뒤를 이어 尙書事를 評定하였다. 그때는 魯王 孫霸(손
패)[315]가 한창 총애를 받을 때였는데 太子인 孫和와 대우가 거의 비

....
(고소)의 아들, 陸遜의 外甥.

312 太子 四友 – 4명의 賓客. 顧譚, 諸葛恪, 張休(장휴), 陳表.

313 節度 – 節度使. 지방의 軍政과 民政의 책임자. 임명될 때 황제의 권한을 대
행할 수 있다는 뜻으로 旌旗(정기)와 符節을 받는다. 節度, 節使, 節帥로도 불
린다. 唐나라 각 도의 무장을 都督이라 했는데, 도독 중 변경에 근무할 경우
부절을 받아 권한을 행사하기에 節度使라 하였다. 觀察使, 招討使, 安撫使 등
은 절도사의 변형이다.

314 薛綜(설종, ?–243년, 字 敬文) – 東吳의 문장가.《吳書》8권,〈張嚴程闞薛傳〉
에 입전.

315 孫霸(손패, ?–250년, 字 子威) – 손권의 4남, 손권의 3남인 손화와 한때 총애를
다퉜다.《吳書》14권,〈吳主五子傳〉에 입전.

슷하였다. 이에 고담이 상소하였다.

「臣이 알기로, 國家를 소유한 者는 필히 嫡庶(적서)의 차이와 尊卑를 구분하는 예를 분명히 하고, 高下에 따른 계급 차이를 확연하게 구분하여야 골육간에서 恩義가 분명해지고, 바랄 수 없는 것을 넘겨다 보지 못하게 합니다. 옛날 (前漢의) 賈誼(가의)[316]가 〈治安策〉을 건의하여 諸侯의 형세를 분석하며, 권세가 강하면 비록 혈친관계라도 역모를 괴하게 되고, 형세가 나약하면 비록 소원한 관계라도 나라를 보전하려는 방책을 강구할 것이라고 하였습니다. 그러하기에 淮南王[317]은 (漢 高祖의 막내아들, 文帝의 異母弟) 親弟였지만 끝내 나라를 보전하지 못했으니, 이는 형세가 강했기 때문입니다. (한 고조의) 吳芮(오예)[318]는 (劉氏가 아닌) 異姓 제후였지만, 長沙國을 후손에 전한 것은 그 형세가 약했기 때문입니다. 옛날 漢 文帝는

....

316 賈誼(가의, 前 200 - 168) - 가의는 文帝의 신임을 받으면서 여러 법령을 개정하고 열후가 본국으로 돌아가게 한 주장은 모두 가의가 발의한 것이었다. 그러나 絳侯 周勃(주발)과 灌嬰(관영), 東陽侯, 馮敬(풍경) 같은 사람들이 모구 가의를 싫어하였고 가의를 헐뜯는 말을 했다. 그러자 문제도 나중에는 가의를 멀리하면서 가의의 건의를 채용하지 않았으며 가의를 당시 변방인 長沙王의 太傅로 임명하였다. 가의의 政論文으로 〈過秦論〉, 〈論積貯疏〉, 〈論治安策〉이 유명하다. 辭賦로는 〈弔屈原賦〉, 〈鵩鳥賦〉, 〈惜誓〉 등이 잘 알려졌다. 가의의 〈치안책〉은 《한서》 48권, 〈賈誼傳〉에 실려 있다.

317 淮南王 - 淮南國의 厲王(여왕) 劉長은 고조의 막내아들, 문제의 異母弟. 文帝 6년 11월, 회남왕 劉長이 모반하자, 폐위하여 蜀의 嚴道(엄도)로 이송 중, 雍(옹)현에서 죽었다.

318 吳芮(오예, ?-前 202)는 秦朝에서 番陽令(파양령)이 되었는데, 보통 番君(파군)이라 불렸다. 秦 二世 원년(前 209)에 오예는 사위 英布와 함께 陳勝의 起義에 호응하였고 前 206년에 項羽가 咸陽에 입성할 때 百粵(백월)의 무리를 거느리고 항우를 도와 衡山王에 피봉되었다. 오예는 나중에 漢 高祖에 협조하여 長沙王에 봉해졌다. 《漢書》 34권, 〈韓彭英盧吳傳〉에 입전.

愼夫人(신부인)과 皇后가 同席하게 하였는데, 袁盎(원앙)[319]이 부인의
자리를 뒤로 물려놓자, 문제가 화를 내었습니다. 이에 원앙이 상하
의 의례를 설명하며 (呂后의) 人彘(인체, 사람 돼지)의 훈계를 설명하
자 문제는 기뻐했고 愼부인 역시 깨달은 바 있었습니다. 지금 臣이
말씀드리는 것은 치우친 편들기가 아닌 태자를 편안하게, 또 魯王
을 위하려는 마음입니다.」

그러나 결국 이 때문에 魯王 손패와 고담은 틈이 났다.

그때 長公主(손권의 큰딸)의 남편인 衛將軍 全琮(전종)의 아들 손
寄(전기)는 손패의 빈객이었는데, 전기는 평소에 편협하고 간사했기
에 고담은 그와 교제하지 않았다.

이보다 앞서 고담의 동생인 顧承(고승)은 張休(장휴)와 함께 북으
로 壽春(수춘) 정벌에 참가했는데, 전종은 그때 大都督으로 魏將 王
淩(왕릉)과 芍陂(작피)에서 크게 싸웠지만, 전투에서 불리하였고 魏
兵은 승세를 타고 五營將 秦晃(진황)의 군사를 패망으로 몰고갔다.

----

319 袁盎(원앙) - 字는 絲, 文帝에게 直諫을 잘했다. 文帝가 上林苑에 행차할 때
皇后와 愼(신) 부인이 따라갔다. 궁중에서는 늘 같은 자리에 앉았었다. 郎署
長이 자리를 배치했는데, 자리에 앉으려 할 때 원앙이 신부인의 자리를 뒤로
물렀다. 신부인이 화를 내며 앉지 않았다. 문제 역시 화를 내며 일어났다. 원
앙은 바로 나아가 말했다. "제가 알기로는, 尊卑(존비)에 서열이 있으면 상하
가 화목하다고 하였는데, 지금 폐하께서는 이미 황후를 두셨으니 愼夫人은
곧 첩인데, 첩과 황후가 어찌 같은 자리에 앉을 수 있겠습니까! 그리고 폐하
께서 신부인을 총애하신다면 후사하십시오. 폐하께서 신부인을 위하시는 방
법은 신부인에게 재앙이 될 수도 있습니다. 폐하께서는 '人돼지'를 모르십
니까?" 그러자 문제는 기뻐하면서 들어가 신부인에게 말했다. 신부인은 원
앙에게 금전 50근을 하사했다. 袁盎과 鼂錯(조조)는 不和하여 七國之亂이 일
어나자 漢景에게 조조를 죽이라고 건의하였다. 뒷날 梁王 劉武를 儲君(저군,
太子, 儲主라고도 한다. 儲는 副의 뜻.)으로 세우는 것을 반대하자 梁王이 보낸
자객에 의해 피살되었다. 《漢書》 49권, 〈爰盎鼂錯傳〉에 입전.

그때 장휴와 고승은 힘껏 魏軍을 공격하였다. 이때 전종의 아들인 全緖(전서)와 全端(전단)도 장수였는데, 적의 공세가 약해지자 전진하며 공격하였다. 이에 魏將 왕릉의 군사는 퇴각하였다. 그 논공행상에서 주둔한 적을 공격한 공적은 크고 적을 퇴각하게 한 공로는 작다고 결론을 지었다. 장휴와 고승은 雜號將軍이 되었고, 전서와 전단은 偏장군과 備장군으로 머물렀다. 이에 全寄 부자는 더 큰 원한을 품고 함께 고담을 모함하였다.

고담은 모함을 받아 交州로 강제 이주했고 유폐 생활 중에 발분하여 《新言》 20편을 저술하였다. 그중 〈知難篇〉은 자신의 처지를 비관하는 글이었다. 유배 2년만인 42세에 交阯郡(교지군)에서 죽었다.

| 原文 |

承字子直, 嘉禾中與舅陸瑁俱以禮徵. 權賜丞相雍書曰, "貴孫子直, 令問休休, 至與相見, 過於所聞, 爲君嘉之."

拜騎都尉, 領羽林兵. 後爲吳郡西部都尉, 與諸葛恪等共平山越, 別得精兵八千人, 還屯軍章阬, 拜昭義中郎將, 入爲侍中. 芍陂之役, 拜奮威將軍, 出領京下督. 數年, 與兄譚, 張休等懼徙交州, 年三十七卒.

| 국역 |

(승상 顧雍의 손자, 顧邵의 아들인) 顧承(고승)의 字는 子直(자직)

인데, (손권) 嘉禾(가화) 연간에(서기 232 – 237) 외숙인 陸瑁(육모)와 함께 예를 갖춘 부름을 받았다.

손권이 승상 顧雍(고옹)에게 보낸 서신에 "貴孫 子直이 영명하다는 소문이 있어 불러 보았더니, 소문으로 들은 것보다 훨씬 나았으니 승상에게도 기쁨일 것이요."라고 말했다.

고승은 騎都尉를 제수 받고 羽林兵을 지휘했다. 뒷날 吳郡 西部 都尉가 되어 제갈각 등과 함께 山越人(산월인)을 평정하였으며, 별도로 精兵 8천 명을 거느리고 章阬(장갱)이란 곳에 주둔하였다가 昭義中郎將을 제수 받았고 조정에 들어와 侍中이 되었다.

芍陂(작피)의 戰役 뒤에 奮威將軍(분위장군)이 되어 지방으로 나가 京下 都督이 되었다. 몇 년 뒤 兄인 顧譚(고담), 張休(장휴) 등과 함께 강제로 交州로 이주했다가 37세에 죽었다.

❸ 諸葛瑾

| 原文 |

諸葛瑾字子瑜, 琅邪陽都人也. 漢末避亂江東. 值孫策卒, 孫權姊婿曲阿弘咨見而異之, 薦之於權, 與魯肅等並見賓待.

後爲權長史, 轉中司馬. 建安二十年, 權遣瑾使蜀通好劉備, 與其弟亮俱公會相見, 退無私面.

| 국역 |

諸葛瑾(제갈근)[320]의 字는 子瑜(자유)로, 琅邪郡(낭야군) 陽都縣 사람이다. 漢末에 江東으로 피난하였다. 마침 孫策이 죽은 뒤에 孫權의 姊婿(자서, 누이의 남편, 매형 / 또는 孫權의 外甥, 姐之子)인 曲阿 사람 弘咨(홍자)가 제갈근을 만나 특이한 사람으로 여겨 손권에게 천거하였는데, 제갈근은 魯肅(노숙) 등과 함께 빈객으로 대우받았다.

뒷날 손권의 長史[321]가 되었다가 中司馬로 자리를 옮겼다. 建安 20년(서기 215), 손건은 제갈근을 蜀에 보내 유비와 通好하게 하였는데 그 동생인 諸葛亮(제갈량)과 공적으로 相見할 뿐 나와서도 사적으로 만나지는 않았다.

| 原文 |

與權談說諫喻, 未嘗切愕, 微見風彩, 粗陳指歸. 如有未合, 則捨而及他, <u>徐復</u>託事造端, 以物類相求, 於是<u>權</u>意往往

----

320 諸葛瑾(제갈근, 174－241년, 字 子瑜) － 琅邪郡(낭야군) 출신, 三國時期 東吳의 政治家 겸 武將, 諸葛亮(제갈량)의 친형, 族弟인 諸葛誕(제갈탄)은 魏에 출사했다. 제갈근은 太傅 및 大將軍을 역임했고, 제갈근의 아들 諸葛恪(제갈각)은 東吳의 太傅 및 丞相을 역임했다. 제갈근은 용모가 온화하고 大方하였으며, 손권의 절대적 신임을 받았다. 제갈근은 張昭의 아들 張承(장승) 및 步騭(보즐), 嚴畯(엄준) 등과 널리 교제했다. 제갈량의 두뇌를 본다면 그 형제들은 모두 두뇌 명석하였다. 諸葛瑾은 公私가 分明하여 아우 諸葛亮과 오랫동안 헤어져 있으면서 제갈근이 蜀에 사신으로 가서 공무만을 논했지 私的 만남이 없었다. 《吳書》 7권, 〈張顧諸葛步傳〉에 입전. 諸葛恪은 《吳書》 19권, 〈諸葛滕二孫濮陽傳〉에 입전.

321 長史는 職官名, 오늘의 秘書長, 幕僚長에 해당. 別駕라고도 부른다.

而釋.

吳郡太守朱治, 權舉將也, 權曾有以望之, 而素加敬, 難自詰讓, 忿忿不解. 瑾揣知其故, 而不敢顯陳, 乃乞以意私自問, 遂於權前爲書, 泛論物理, 因以己心遙往忖度之. 畢, 以呈權, 權喜, 笑曰, "孤意解矣. 顏氏之德, 使人加親, 豈謂此耶?"

權又怪校尉殷模, 罪至不測. 群下多爲之言, 權怒益甚, 與相反覆, 推瑾默然. 權曰, "子瑜何獨不言?"

瑾避席曰, "瑾與殷模等遭本州傾覆, 生類殄盡. 棄墳墓, 攜老弱, 披草萊, 歸聖化, 在流隸之中, 蒙生成之福, 不能躬相督厲. 陳答萬一, 至令模孤負恩惠, 自陷罪戾. 臣謝過不暇, 誠不敢有言."

權聞之愴然, 乃曰, "特爲君赦之."

| 국역 |

諸葛瑾(제갈근)이 손권과 대화하며 諷諫(풍간)을 할 때는, 절절하게 직선적으로 말하지 않았으며, 그 뜻만 조금 비추면서 이런저런 이야기를 하다가 본 뜻을 피력하였다. 의견의 일치를 보지 못하면 화제를 다른데로 돌렸다가 다른 일로 다시 화제를 꺼내고 비슷한 예로 본 뜻을 관철시키기에, 손권의 주장은 가끔 바뀌고 풀어졌다.

吳郡 태수인 朱治(주치)는 손권을 (漢 조정에) 장군으로 천거했었는데, 손권은 한때 그 천거를 원망하면서도 주치를 직접 힐난할 수가 없어 분분히 화를 풀지 못하고 있었다.

제갈근은 그런 연고를 알고 있어 감히 공개적으로 의견을 개진하지 못하고, 손권의 뜻을 바탕으로 주치에게 따져 묻겠다고 말한 뒤에, 나중에 손권에게 서신을 작성하여 사물의 이치를 두루 설명한 뒤 자신의 심중으로 손권의 마음을 헤아려 추측하였다. 서신을 다 작성하여 손권에게 올렸고 손권은 기뻐 웃으면서 말했다.

"내 마음이 풀렸도다. 顔淵(안연, 顔回)의 덕으로 공자 제자들이 서로 친해졌다 하니, 이를 두고 한 말이 아닌가?"[322]

또 손권이 校尉인 殷模(은모)를 질책하고 내린 처벌은 사람들이 예측하지 못했었다. 많은 사람들이 은모를 위해 여러 말을 올렸지만 손권은 더욱 분노하였고, 서로 논란을 계속하는데도 제갈근은 말이 없었다.

이에 손권이 "子瑜(諸葛瑾)는 왜 홀로 말씀이 없는가?"라고 물었다. 제갈근이 자리에서 조금 물러 앉으며 말했다.

"저와 은모 등은 중원의 난리가 일어나 살아 있는 모든 것이 없어질 때 조상의 무덤을 버려두고 어린 자식을 이끌고 거친 들판을 지나 江東의 성역에 들어왔습니다. 그런 유망민 중에서도 다시 살아나는 은덕을 입었지만 그들이 충성을 다하도록 함께 독려하지도 못하였습니다. 그러니 臣이 만일 말을 한다면, 은모로 하여금 은덕을 저버리고 스스로 죄를 짓게 만들 것입니다. 臣은 제 잘못도 사죄하지 못했기에 감히 은모를 위해 할 말이 없습니다."

----

322 원문의 '顔氏之德, 使人加親' – 顔回(안회)가 죽었을 때, 공자는 통곡했고 "自吾有回, 門人益親.(내 문하에 안회가 있어, 제자들이 나와 더 가까워졌다.)"고 말했다. 공자와 안회는 서로 의지하고 뜻이 같은 가까운 師弟 간이었기에 다른 제자도 공자를 가깝게 생각하였다는 뜻.《史記 仲尼弟子列傳》에 보인다.

손권은 제갈근의 말을 들으면서 참담하게 생각하였다. 그리고는 "특별히 君(諸葛瑾) 때문에 용서하겠다."라고 말했다.

| 原文 |

後從討關羽, 封宣城侯, 以綏南將軍代呂蒙領南郡太守, 住公安. 劉備東伐吳, 吳王求和, 瑾與備箋曰,

「奄聞旗鼓來至白帝, 或恐議臣以吳王侵取此州, 危害關羽, 怨深禍大, 不宜答和, 此用心於小, 未留意於大者也. 試爲陛下論其輕重, 及其大小.

陛下若抑威損忿, 暫省瑾言者, 計可立決, 不復咨之於群后也. 陛下以關羽之親何如先帝? 荊州大小孰與海內? 俱應仇疾, 誰當先後? 若審此數, 易於反掌.」

時或言瑾別遣親人與備相聞, 權曰, "孤與子瑜有死生不易之誓, 子瑜之不負孤, 猶孤之不負子瑜也."

黃武元年, 遷左將軍, 督公安, 假節, 封宛陵侯.

| 국역 |

뒷날 제갈근은 關羽(관우)의 토벌에 참여하였고, 宣城侯(선성후)에 봉해졌다. 제갈근은 綏南將軍(수남장군)으로 呂蒙(여몽)의 뒤를 이어 南郡太守를 겸임하며 公安(공안)에 주둔하였다. 劉備가 東吳 정벌에 나서자, 吳王 손권은 화해를 원했기에 제갈근은 유비에게 편지를

(箋, 封書) 보냈다.

「갑자기 군사가 白帝城에 들어왔다는 소식을 들었습니다만, 혹자는 吳王이 형주를 침입하여 차지했기 때문이라 하고, 또 어떤 자는 關羽가 살해되었기 때문이라며 원한이 깊어 환난이 至大하기에 서신을 보내는 것이 적합하지 않다고 말하지만, 그런 말은 작은 일에 用心하는 것이지 大者를 생각하는 마음은 아닐 것입니다. 폐하를 위해 이번 일의 輕重(경중)과 大小(대소)를 한번 논의하려 합니다.

폐하께서 만약 위세를 억제하고 분노를 참으시면서 잠시라도 저 제갈근의 말을 들어보시면 방책을 결정하실 수 있으며, 다른 제후나 대신에게 묻지 않아도 될 것입니다. 폐하께서 關羽 장군과의 친분이 先帝에(?) 비하여 어떻다고 생각하십니까? 荊州와 海內를 비교할 때 그 대소가 어떠하겠습니까? 원수와 질병에 맞대응해야 한다면, 무엇을 먼저하고 무엇을 나중에 해야 하겠습니까? 만약 이런 여러 가지를 생각한다면 결론을 결정하기는 손바닥 뒤집기처럼 쉬울 것입니다.」

그때 혹자는 제갈근이 별도로 다른 가까운 자를 유비에게 보냈다고 말했는데, 이에 손권이 말했다.

"나와 제갈자유는 생사에 따라 뜻을 바꾸지 않겠다고 맹서하였으니, 자유가 나를 아니 버리는 것은 내가 자유를 버리지 않는 것과 같다."

黃武 원년(서기 222), 제갈근은 左將軍으로 승진하여 公安의 군사를 총 지휘하였고 부절을 받았으며 宛陵侯(완릉후)에 봉해졌다.

| 原文 |

虞翻以狂直流徙，惟瑾屢爲之說．翻與所親書曰，

「諸葛敦仁，則天活物，比蒙清論，有以保分．惡積罪深，見忌殷重，雖有祁老之救，德無羊舌，解釋難冀也．」

瑾爲人有容貌思度，於時服其弘雅．權亦重之，大事咨訪．又別咨瑾曰，

"近得伯言表，以爲曹丕已死，毒亂之民，當望旌瓦解，而更靜然．聞皆選用忠良，寬刑罰，布恩惠，薄賦省役，以悅民心，其患更深於操時．

孤以爲不然．操之所行，其惟殺伐小爲過差，及離間人骨肉，以爲酷耳．至於御將，自古少有．丕之於操，萬不及也．今叡之不如丕，猶丕不如操也．其所以務崇小惠，必以其父新死，自度衰微，恐困苦之民一朝崩沮，故强屈曲以求民心，欲以自安住耳，寧是興隆之漸邪！

聞任陳長文，曹子丹輩，或文人諸生，或宗室戚臣，寧能御雄才虎將以制天下乎？夫威柄不專，則其事乖錯．如昔張耳，陳餘，非不敦睦．至於秉勢，自還相賊，乃事理使然也．又長文之徒，昔所以能善守者，以操笮其頭，畏操威嚴，故竭心盡意，不敢爲非耳．逮丕繼業，年已長大，承操之後，以恩情加之，用能感義．

今叡幼弱，隨人東西，此曹等輩，必當因此弄巧行態，阿黨

308 正史 三國志(五)

比周, 各助所附. 如此之日, 奸讒並起, 更相陷黜, 轉成嫌貳.
一爾已往, 群下爭利, 主幼不御. 其爲敗也焉得久乎? 所以知
其然者, 自古至今, 安有四五人把持刑柄, 而不離刺轉相蹄嚙
者也! 强當陵弱, 弱當求援, 此亂亡之道也. 子瑜, 卿但側耳
聽之, 伯言常長於計校, 恐此一事小短也"

|국역|

虞翻(우번)[323]이 고지식하여 강제 유배될 때, 오직 제갈근만이 여
러 번 우번을 변호하였다. 그래서 우번이 가까운 사람에게 보낸 편
지에서 말했다.

「諸葛瑾은 돈후인자하고 하늘을 본받아 만물을 살리려 애썼는
데, 나는 그의 淸明한 변론에 힘입어 나를 보전할 수 있었습니다. 나
의 악행이 많아 미움을 받았지만 그렇다 하여도 (春秋시대 晉國의
大夫인) 祁奚(기해) 老臣과 같은 구원도 없었고, 羊舌肹(양설힐)[324] 같
은 덕행도 없었기에 유배에서 풀리길 바랄 수도 없습니다.」

제갈근은 용모와 儀表(의표)가 좋고, 思慮(사려)가 깊으며 襟度(금
도)가 있어 당시 사람들이 그의 관용과 高雅에 심복하였다. 손권도
제갈근을 무척 존중하였고 중요한 국사는 모두 함께 상담하였다.
특히 제갈근을 불러 말했다.

---

323 虞翻(우번, 164 – 233년, 字 仲翔) – 會稽 餘姚人, 東吳의 經學字. 관리.《吳書》
12권, 〈虞陸張駱陸吾朱傳〉에 입전.

324 羊舌肹(양설힐) – 姬姓에 羊舌氏, 名은 肹(힐), 字는 叔向. 晉의 公族으로 晉
悼公, 晉平公, 昭公의 三世를 섬긴 정치가. 숙향과 (齊) 晏嬰(안영), (鄭) 子産
은 모두 동시대 인물이며 외교가로 유명했다.

"얼마 전에 伯言(백언, 陸遜, 183 – 245년) 表文이 올라와 曹丕(조비)가 죽었다 하였는데, 그 학정에 백성이 큰 고통을 받았기에 그들이 우리의 깃발만 바라보아도 토붕와해할 것 같지만 그들은 여전히 안정되었다고 하였소. 이 모두는 그들이 忠良한 인재를 선발 등용하고, 刑罰을 관대하게 적용하며, 恩惠를 베풀고 부역을 줄여주어 민심을 기쁘게 했기 때문이라지만 그 폐해는 曹操(조조) 때보다 더 심하다고 하였소.

그러나 내가 보기에는 그렇치 않을 것이요. 조조가 한 짓은 오직 조그만 잘못에도 죽이고 토벌하여 骨肉을 발라내듯 잔혹한 것이었소. 조조는 옛날에 볼 수 없던 식으로 장군들을 거느렸소. 조비를 조조에 비교한다면 절대로 따라갈 수가 없소. 지금의 曹叡(조예, 魏明帝)가 조비를 따라갈 수 없는 것은 조비가 조조만 못한 것과 같을 것이요. 그렇기 때문에 백성에게 작은 은혜를 힘써 베풀었는데, 그 부친이 죽은지 얼마 안 되고, 자신의 능력이 부친만 못하고, 그동안 고통을 받던 백성이 하루아침에 붕괴될 수도 있다는 것을 알기에 자신의 몸을 굽히며 민심을 얻으려 했고, 그렇게 해서 자신의 지위를 안정시키려 했을 뿐이지, 백성의 생활 안정과 나라의 점진적 융성의 기반을 다지려는 뜻은 아니었소.

들자니, 조비가 陳長文(陳群),[325] 曹子丹(曹眞)[326] 같은 사람을 등

---

325 陳群(진군, 陳羣, ?-237년, 字 長文) – 潁川郡 許昌人, 後漢 末 三國 시기 曹魏의 大臣. '九品官人法'(九品中正法, 인재천거제도)을 처음 발의. 《魏書》 22권, 〈桓二陳徐衛盧傳〉에 立傳.

326 曹眞(조진, ?-231년, 字 子丹) – 曹魏名將, 曹操의 族子. 그 부친이 조조를 위해 모병하다가 피살되었다. 조조의 특별한 신임을 받았다. 대장군, 大司馬 역임. 그 아들 曹爽(조상)이 司馬懿에게 兵權을 빼앗기며 曹氏 일족은 모두

용하고, 혹 文人과 諸生 또는 宗室과 戚臣(척신)을 등용했다는데, 그런 사람들로 어찌 雄才虎將을 거느리고 천하를 통제할 수 있겠는가? 대체로 권위와 권력을 마음대로 할 수 없다면 국정운영은 어긋나게 된다. 옛날 (秦末, 漢初의) 張耳(장이)와 陳餘(진여)[327]가 처음부터 不和했던 것은 아니요. 권세를 장악하는 과정에서 서로를 해치려 했던 것은 당연한 이치였소. 이러하기에 陳長文(陳群) 같은 무리가 지난 날 법을 따르고 선행을 이어간 것은 조조가 그들 머리를 누르고 있어, 조조의 위엄이 두려워 盡心全力했고 감히 나쁜 짓을 생각도 못했던 것이요. 조비가 제위를 차지하고서는, 조비는 나이도 많을 뿐만 아니라 대위를 계승한 뒤라서 恩情을 베풀었고, 신하는 은의에 감격케 하였소.

지금 曹叡(明帝)는 幼弱한데다가 군신들의 주변에 널려 있기에 그런 자들은 틀림없이 이런 기회를 이용하여 권력을 농단할 것이며, 끼리끼리 무리를 지어 자기 黨人만을 도울 것이요. 이렇게 되면 간악과 아첨하는 자가 힘을 쓰며, 원수를 음해하고 질시하며 서로 시기할 것이며, 그런 세력은 양립할 수 없게 될 것이요. 일단 그렇게 시작되면 아래에서는 이권을 다투고 군주는 나약하여 통제하지 못할 것이요. 패망으로 가는 그런 짓이 어찌 오래갈 수 있겠는가? 그렇게 된다는 것을 알기에 예로부터 지금까지 4, 5명이 권력을 장악

허수아비가 되었다. 《三國演義》에서는 제갈량의 조롱 편지를 받고 화병으로 죽는 인물로 묘사되었다. 《魏書》 9권, 〈諸夏侯曹傳〉에 입전.

327 張耳와 陳餘는 刎頸之交(문경지교)를 맺고 있었으나 결국 원수가 되었다. 張耳의 아들 張敖(장오)는 趙王으로 高祖의 사위. 《漢書》 32권, 〈張耳陳餘傳〉에 입전.

한 뒤에 서로 이리 저리 물고 뜯지 않은 자가 어디 있었는가! 강자는 약자를 능멸할 것이고, 약자는 틀림없이 구원을 얻으려 할 것이니, 이는 혼란과 멸망으로 가는 길이요. 子瑜(자유, 諸葛瑾) 당신은 귀를 기울여 경청하지만, 伯言(陸遜)은 언제나 計校에 뛰어나니, 아마 이 한 가지는 그의 단점일 것이요."

| 原文 |

權稱尊號, 拜大將軍, 左都護, 領豫州牧. 及呂壹誅, 權又有詔切磋瑾等, 語在〈權傳〉. 瑾輒因事以答, 辭順理正. 瑾子恪, 名盛當世, 權深器異之, 然瑾常嫌之, 謂非保家之子, 每以憂戚.

赤烏四年, 年六十八卒, 遺命令素棺斂以時服, 事從省約. 恪已自封侯, 故弟融襲爵. 攝兵業駐公安, 部曲吏士親附之. 疆外無事, 秋冬則射獵講武, 春夏則延賓高會, 休吏假卒, 或不遠千里而造焉.

每會輒歷問賓客, 各言其能, 乃合榻促席, 量敵選對, 或有博弈, 或有摴蒲, 投壺弓彈, 部別類分, 於是甘果繼進, 淸酒徐行, 融周流觀覽, 終日不倦. 融父兄質素, 雖在軍旅, 身無采飾, 而融錦罽文繡, 獨爲奢綺.

孫權薨, 徙奮威將軍. 後恪征淮南, 假融節, 令引軍入沔, 以

擊西兵. 恪旣誅, 遣無難督施寬就將軍施績, 孫壹, 全熙等取
融. 融卒聞兵士至, 惶懼猶豫, 不能決計, 兵到圍城, 飮藥而
死, 三子皆伏誅.

| 국역 |

孫權이 제위를 칭한 후(黃龍 원년, 서기 229), 諸葛瑾은 大將軍[328]
으로 左都護에 임명되어 豫州牧을 겸임했다. 呂壹(여일)[329]이 주살된
뒤에, 손권은 조서를 내려 제갈근과 정무를 토론하였는데, 이는 〈權
傳 / 제2권 吳主傳〉에 수록했다. 제갈근은 매번 현실에 근거하여 답
변하였는데 그 언사는 늘 순리에 맞았다. 제갈근의 아들 諸葛恪(제
갈각)은 당시 꽤나 유명했고 손권 역시 특별하게 생각하였지만, 제
갈근은 오히려 아들을 억제하면서 가문을 지킬 아들이 아니라며 늘
걱정하였다.

제갈근은 赤烏 4년에(서기 241) 68세에 죽었는데, 검소한 작은 棺
(관)에 입던 옷으로 염을 하여 간략한 장례를 치루라고 유언하였다.

제갈각은 자신이 제후에 책봉되었기에 동생인 諸葛融(제갈융, 字

....

328 제갈근이 大將軍일 때 동생 제갈량은 蜀 丞相이었고, 제갈근의 두 아들 제갈
각과 제갈융도 군사를 제휘하고 휘하 장령을 거느렸으며, 族弟인 諸葛誕(제
갈탄)은 魏에서 명성을 날렸는데, 一門이 三國에서 높은 벼슬을 누려 천하 사
람들이 부러워하였다. 제갈근의 재략은 동생만 못했지만 德行은 더 순수하
였다. 제갈근은 아내가 죽은 뒤 다시 결혼하지 않았으며 애첩이 낳은 자식을
거두지 않았다고 한다.

329 呂壹(여일, ?-238년?) - 東吳 孫權의 心腹, 中書典校郎, 중앙과 지방 주군의
문서 감찰, 일종의 특무 감찰. 宰相인 顧雍과 左將軍 朱據(주고) 등도 여일의
고발을 당했다. 불법이 드러나 참수되었다.

叔長)이 작위를 계승하였다. 제갈융은 군사를 거느리고 公安에 주둔하였는데, 부대 내의 장졸은 제갈융에게 친밀하게 귀부하였다. 그 당시 변경이 무사했는데 가을과 겨울에는 수렵과 군사 훈련을, 봄과 여름에는 빈객을 맞이하고 잔치를 베풀었으며 장졸에게 휴가를 주었기에 천리를 멀다 하지 않고 찾아오는 사람도 있었다.

제갈융은 빈객들을 접대하면서 그 능력을 물어보아 빈객의 능력에 따라 대등한 자리에 앉혀 대우하거나 상대방의 형세를 보아 대응하였으며, 때로는 바둑을 잘 두는 자나 摴蒲(저포, 노름)에 뛰어난 자, 아니면 투호나 새총을 잘 쏘는 사람까지 분류하여 대우하였다. 그 당시에 맛있는 과일이 연이어 들어오고 좋은 술도 늘 마실 수 있었으니, 제갈융은 사방을 유람하는 등 종일토록 지루하지 않았다. 제갈융의 父兄은 늘 질박하게 생활하며 꾸밈이 없었지만, 제갈융은 軍中에서도 호화 생활을 즐겼다.

孫權이 죽은 뒤, 제갈융은 奮威將軍으로 승진되었다. 뒷날 제갈각이 淮南郡을 정벌할 때, 제갈융은 부절을 받아 군사를 이끌고 沔水(면수)로 진격하여 서쪽의 적군을 공격하였다. 제갈각이 처형된 뒤에, 조정에서는 無難督(무난독)인 施寬(시관)을 보내 장군인 施績(시적), 孫壹(손일), 全熙(전희) 등와 함께 제갈융은 체포케 하였다. 제갈융은 갑자기 군졸이 들이닥친 것을 알고 두려움 속에 허둥대다가 대결할 계책을 세우지도 못한 상태에서 성이 포위되자 독약을 마시고 죽었으며 아들 3명은 모두 처형당했다.

❹ 步騭

| 原文 |

步騭字子山, 臨淮淮陰人也. 世亂, 避難江東, 單身窮困. 與廣陵衛旌同年相善, 俱以種瓜自給, 晝勤四體, 夜誦經傳.

會稽焦征羌, 郡之豪族, 人客放縱. 騭與旌求食其地, 懼爲所侵. 乃共修刺奉瓜, 以獻征羌. 征羌方在內臥, 駐之移時, 旌欲委去. 騭止之曰, "本所以來, 畏其强也. 而今捨去, 欲以爲高, 只結怨耳."

良久, 征羌開牖見之, 身隱幾坐帳中, 設席致地, 坐騭,旌於牖外, 旌愈恥之, 騭辭色自若. 征羌作食, 身享大案, 殽膳重沓, 以小盤飯與騭,旌, 惟菜茹而已. 旌不能食, 騭極飯致飽乃辭出.

旌怒騭曰, "何能忍此?" 騭曰, "吾等貧賤, 是以主人以貧賤遇之, 固其宜也, 當何所恥?"

| 국역 |

步騭(보즐)[330]의 字는 子山(자산)으로, 臨淮郡 淮陰縣[331] 사람이다.

....
330 步騭(보즐, ?-247년, 字 子山) – 騭은 수말 즐. 臨淮 淮陰縣 출신. 東吳의 장군이며 정치가. 관대하고 降志辱身(강지욕신)할 능력과 바탕을 갖추었다. 자신은 손에서 책을 놓지 않고 매우 검소했지만 처자는 사치했기에 세인의 웃음을 샀다고 한다. 《吳書》7권, 〈張顧諸葛步傳〉에 입전.

331 臨淮郡 淮陰縣 – 전한의 臨淮郡은 後漢에서 徐州刺史部 소속 下邳國에 편입. 淮陰縣은, 今 江蘇省 북서부 淮安市.

난리 세상을 만나 江東으로 피난했지만 單身이라 곤궁하였다. 廣陵郡 출신 衛旌(위정, 字 子旗, 뒷날 尚書 역임)과 동갑이라서 친하게 지냈는데, 오이를 심어 자급하면서 낮에는 힘써 일하고 밤에는 경전을 읽었다.

會稽郡의 焦征羌(초정강, 본명은 焦矯, 征羌 현령을 역임)은 郡에서도 알려진 호족으로 그 빈객들도 방종한 사람들이었다. 보즐과 위정은 그 땅에 붙어 농사를 지었기에 늘 무시당하는 것이 두려웠다. 이에 좋은 참외와 함께 이름을 쓴 名片을 초정강에게 헌상하려고 했다. 초정강이 방안에 누워 있었기에 한참을 밖에서 기다려야만 했는데, 위정은 그냥 돌아가려 했다. 그러자 등즐이 제지하며 말했다.

"우리가 여기 찾아온 것은 그 위세가 두려웠기 때문이요. 지금 그냥 돌아가면서 우리가 고상한 척하면 그한테 감정만 살 것이요."

한참 뒤에야 초정강은 창문을 열고 등즐은 본 뒤에, 자신은 휘장 뒤에 앉아 있으면서 창밖 땅바닥에 방석을 펴놓고 보즐과 위정을 앉게 하자, 위정은 더욱 치욕으로 생각하였지만 보즐은 안색이 달라지지 않았다. 초정강이 식사할 때 큰 상에 여러 안주와 반찬이 가득했지만 보즐과 위정은 작은 쟁반에 밥과 나물 반찬뿐이었다. 위정은 하나도 먹지 못했지만, 보즐은 밥과 반찬을 배불리 먹고 인사를 한 다음에 나왔다.

위정이 화를 내며 보즐에게 "어찌 그런 모욕을 참을 수 있는가?"라고 말했다. 이에 보즐이 말했다.

"우리가 빈천한 사람이기에 주인이 빈천한 사람으로 대우하였는데 무엇이 부끄러운가?"

孫權爲討虜將軍, 召騭爲主記. 除海鹽長, 還辟車騎將軍東
曹掾.

建安十五年, 出領鄱陽太守. 歲中, 徙交州刺史,立武中郎
將. 領武射吏千人, 便道南行. 明年, 追拜使持節,征南中郎
將. 劉表所置蒼梧太守吳巨陰懷異心, 外附內違.

騭降意懷誘, 請與相見, 因斬徇之, 威聲大震. 士燮兄弟, 相
率供命, 南土之賓, 自此始也. 益州大姓雍闓等殺蜀所署太守
正昂, 與燮相聞, 求欲內附. 騭因承制遣使宣恩撫納, 由是加
拜平戎將軍, 封廣信侯.

孫權은 討虜將軍이 되자, 步騭(보즐)을 불러 主記 직책에 임명했
다. 보즐은 (吳郡) 海鹽(해염) 縣長이 되었다가 돌아와 車騎將軍 東
曹掾이 되었다.

建安 15년(서기 210), 보즐은 鄱陽(파양) 태수를 겸임하였다. 그
해에 交州刺史로 立武中郎將이 되었다. 보즐은 武射吏 1천 명을 거
느리고 길을 따라 南行하였다. 다음 해, 持節을 받고, 征南中郎將이
되었다. 劉表가 임명한 蒼梧郡 태수인 吳巨(오거)는 은밀히 딴마음
을 품고 겉으로는 유표에 복속하면서도 내심으로는 따르지 않았다.

보즐은 자신의 뜻을 낮추어 오거를 달래며 만나자고 약속한 뒤에,
기회를 보아 오거를 참수하자 보즐의 위세와 명성이 진동하였다.

(交州의) 士燮(사섭)[332] 형제는 모두 함께 吳의 명령에 복종하였는데, 南土가 東吳에 賓服(빈복)한 것은 이때부터였다. 益州의 大姓인 雍闓(옹개) 등은 蜀에서 임명한 太守 正昂(정앙)을 죽인 뒤에 사섭 형제와 교신하면서 東吳에 내부하려고 했다. 보즐은 황제의 制書를 받고 사자를 보내 恩信을 베풀고 회유하였는데, 이에 보즐은 平戎將軍(평융장군)의 가관을 받고 廣信侯에 책봉되었다.

|原文|

延康元年, 權遣呂岱代騭, 騭將交州義士萬人出長沙. 會劉備東下, 武陵蠻夷蠢動, 權遂命騭上益陽. 備旣敗績, 而零,桂諸郡猶相驚擾, 處處阻兵, 騭周旋征討, 皆平之. 黃武二年, 遷右將軍,左護軍,改封臨湘侯. 五年, 假節, 徙屯漚口.

|국역|

延康(연강)[333] 元年(서기 220), 손권은 呂岱(여대)[334]를 보즐의 후임으로 보냈고, 보즐은 交州 義士 1만 명을 거느리고 長沙郡에 주둔하

----

332 士燮(사섭, 137 - 226년, 字 威彦) - 후한 말 三國 초기 交州에 할거한 軍閥(군벌). 교지 태수 역임. 사섭의 형제 3인이 合浦, 九眞, 南海郡의 太守를 차지하였으니 사실상 교주 일대의 할거 군벌이었다.

333 (獻帝) 建安 25년, 봄 정월(서기 220), 曹操가 죽고 曹丕(조비)가 대를 이어 (漢의) 丞相과 魏王이 되어 漢의 연호를 延康(연강, 서기 220)으로 개원하였다. 漢의 마지막 연호. 조비가 칭제하면서 曹魏 黃初 원년(서기 220)이 된다.

334 呂岱(여대, 161 - 256년, 字 定公) - 徐州 廣陵郡 출신. 郡縣吏였다가 南渡한 뒤

였다. 그때 유비는 동쪽으로 진격했고, 武陵郡의 蠻夷(만이)들이 蠢動(준동)하자, 손권은 보즐에게 益陽(익양)으로 진격하라고 명령했다. 유비가 東吳에 패전하자 零陵郡, 桂陽郡 등 여러 군이 놀라 소요하며 곳곳에서 군대가 봉기했는데, 보즐은 곳곳을 돌며 토벌하여 모두 평정하였다. 黃武 2년(서기 223), 보즐은 右將軍 겸 左護軍으로 승진했고 작위를 바꿔 臨湘侯에 책봉되었다. (黃武) 5년, 부절을 받고 (長沙郡의) 漚口(구구)란 곳에 옮겨 주둔하였다.

| 原文 |

權稱尊號, 拜驃騎將軍, 領冀州牧. 是歲, 都督西陵. 代陸遜撫二境, 頃以冀州在蜀分, 解牧職. 時權太子登駐武昌, 愛人好善, 與騭書曰,

「夫賢人君子, 所以興隆大化, 佐理時務者也. 受性暗蔽, 不達道數, 雖實區區欲盡心於明德, 歸分於君子, 至於遠近士人, 先後之宜, 猶或緬焉, 未之能詳.《傳》曰, ‘愛之能勿勞乎? 忠焉能勿誨乎?’ 斯其義也, 豈非所望於君子哉!」

騭於是條於時事業在荊州界者, 諸葛瑾, 陸遜, 朱然, 程普, 潘濬, 裴玄, 夏侯承, 衛旌, 李肅, 周條, 石幹十一人, 甄別行狀, 因上

손권의 인정을 받았다. 交州 자사 역임. 大將軍, 大司馬 역임. 東吳의 내부 반란이 있다면 늘 여대가 진압하였는데, 특히 交州의 안정에 크게 공헌하였다. 80세가 넘어도 말에 뛰어 올라탔으며 96세에 죽었다. 《吳書》15권, 〈賀全呂周鍾離傳〉에 입전.

疏獎勸曰,

「臣聞人君不親小事, 百官有司各任其職. 故舜命九賢, 則無所用心, 彈五弦之琴, 詠〈南風〉之詩, 不下堂廟而天下治也. 齊桓用管仲, 被髮載車, 齊國既治, 又致匡合. 近漢高祖攬三傑以興帝業, 西楚失雄俊以喪成功, 汲黯在朝, 淮南寢謀. 郅都守邊, 匈奴竄跡. 故賢人所在, 折衝萬里, 信國家之利器, 崇替之所由也. 方今王化未被於漢北, 河,洛之濱尚有僭逆之醜, 誠攬英雄拔俊任賢之時也. 願明太子重以經意, 則天下幸甚.」

| 국역 |

손권이 칭제한 뒤에 步騭(보즐)은 驃騎將軍을 제수받고, 冀州牧을 겸임했다. 이 해에 西陵(서릉)의 都督이 되었다. 보즐은 陸遜의 후임으로 冀州(기주)와 荊州(형주) 지역을 진무하였는데, 나중에 冀州가 蜀의 영역으로 전환되며 冀州牧의 직분은 해임되었다.

그때에 손권의 태자 孫登(손등)은 武昌에 주둔하였는데, 손등은 인재를 아끼고 선행을 베풀었으며, 등즐에게 서신을 보냈다.

「賢人과 君子는 큰 教化를 興隆(흥륭)케 하고 조정의 時務를 보좌해야 합니다. 나는 천성이 어둡고 어리석어 大道를 잘 모르지만, 진실로 성심성의로 明德을 추구하고 마음을 다 바쳐 정성으로 군자를 초빙하며, 원근의 士人에게 우선해야 할 일을 물어 실천하려 하지만 아직도 망연히 잘 모르고 있습니다. 그래서 《傳》에서도 '사랑하니 수고하지 않을 수 있는가? 忠心으로 가르치지 않을 수 있겠는 가?' 라고 하였으니, 아마 이 말은 군자에 기대하는 바가 아니겠습니까!」

보즐은 이에 우선해야 할 시무와 荊州 지역 내의 주요 직무를 수행하는 사람의 명단을 작성하였는데 諸葛瑾(제갈근), 陸遜(육손), 朱然(주연), 程普(정보), 潘濬(반준), 裴玄(비현), 夏侯承(하후승), 衛旌(위정), 李肅(이숙), 周條(주조), 石幹(석간) 등 11명에 대한 소개와 품행을 기록하였고, 태자 손등이 힘써야 할 일을 상소하였다.

「臣이 알기로는, 人君은 小事에 힘쓰지 않고, 百官과 有司는 각자 직분을 다해야 합니다. 그래서 舜은 九賢에게 일을 맡기고 일반 정무에 마음을 쓰지 않고 五弦琴(오현금)을 연주하며, 〈南風〉의 詩를 읊으며, 廟堂에서 내려오지도 않았지만 천하는 잘 다스려졌습니다. 齊 桓公은 管仲(관중)을 등용하고서 머리카락을 휘날리며 수레를 타고 유람했지만 齊國은 잘 다스려졌고, 또 천하를 바로세울 수 있었습니다. 가까운 시대에 漢 高祖는 三傑(삼걸)[335]을 등용하여 帝業을 완성하였고, 西楚(項羽)는 英雄俊才를 잃어 성공도 잃었습니다. (前

---

335 三傑 ― 漢興 三傑 ― 張良, 韓信, 蕭何 ― 高祖가 낙양의 南宮에 술자리를 마련하고 "내가 천하를 차지한 까닭은 무엇인가? 또 항씨는 무엇 때문에 천하를 잃었는가?"에 대하여 솔직하게 말하라고 하였다. 신하의 대답을 들은 뒤에 고조가 말했다. "帷幄(유악, 휘장) 안에서 전략을 세워 천리 밖에서 승리할 능력은 내가 子房(張良)만 못하고, 나라가 편안토록 백성을 안무하며 군량을 부족하지 않게 공급하는 능력은 내가 蕭何(소하)만 못하며, 백만 대군을 지휘하여 싸우면 이기고 공격하면 필히 쟁취하는 능력은 내가 韓信만 못하다. 이 세 사람은 모두 인걸이니, 나는 이들을 등용하였기에 내가 천하를 차지할 수 있었다. 항우는 범증 한 사람뿐인데도 쓰질 못했으니 그 때문에 나에게 잡혔던 것이다."

漢의) 汲黯(급암)이 조정에 있었기에 淮南王 劉長(유장)은 모반할 수 없었습니다. 郅都(질도)[336]가 변방을 지키자 흉노는 자취를 감추었습니다. 그래서 현인은 그가 처한 곳에서 1만 리 땅을 지켜낼 수 있기에 진실로 국가의 利器이며 나라 성패의 관건이 되는 것입니다. 지금 大王의 교화가 漢水 이북에 미치지 못하여 河水와 洛水 지역에는 아직도 僭逆(참역)하는 반역자가(曹魏) 있으니 진실로 영웅과 준걸을 발탁하고 임무를 맡겨야 할 때입니다. 바라옵나니, 현명하신 태자께서 바른 의지로 더욱 힘써 주신다면 백성에게 행운일 것입니다.」

|原文|

後中書呂壹典校文書, 多所糾擧, 騭上疏曰,

「伏聞諸典校擿抉細微, 吹毛求瑕, 重案深誣, 輒欲陷人以成威福. 無罪無辜, 橫受大刑, 是以使民踏天蹐地, 誰不戰慄? 昔之獄官, 惟賢是任, 故皐陶作士, 呂侯贖刑, 張, 于廷尉, 民無冤枉, 休泰之祚, 實由此興.

今之小臣, 動與古異, 獄以賄成, 輕忽人命, 歸咎於上, 爲國速怨, 夫一人吁嗟, 王道爲虧, 甚可仇疾. 明德愼罰, 哲人惟刑, 書傳所美. 自今蔽獄, 都下則宜諮顧雍, 武昌則陸遜, 潘

336 郅都(질도, 생졸년 미상) – 전한 초기 文帝 景帝 때 사람. 中郞將, 濟南 太守, 中尉, 雁門郡 太守 역임했다. 雁門 태수일 때 匈奴는 질도의 소문을 듣고 한의 변경을 침략하지 못했다.

濬, 平心專意, 務在得情, 鸞黨神明, 受罪何恨?」

又曰,「天子父天母地, 故宮室百官, 動法列宿. 若施政令, 欽順時節, 官得其人, 則陰陽和平, 七曜循度. 至於今日, 官寮多闕, 雖有大臣, 復不信任, 如此天地焉得無變? 故頻年枯旱, 亢陽之應也. 又嘉禾六年五月十四日, 赤烏二年正月一日及二十七日, 地皆震動. 地陰類, 臣之象, 陰氣盛故動, 臣下專政之故也. 夫天地見異, 所以警悟人主, 可不深思其意哉!」

又曰,「丞相顧雍, 上大將軍陸遜, 太常潘濬, 憂深責重, 志在竭誠, 夙夜兢兢, 寢食不寧, 念欲安國利民, 建久長之計, 可謂心膂股肱, 社稷之臣矣. 宜各委任, 不使他官監其所司, 責其成效, 課其負殿. 此三臣者, 思慮不到則已, 豈敢專擅威福欺負所天乎?」

又曰,「懸賞以顯善, 設刑以威奸, 任賢而使能, 審明於法術, 則何功而不成, 何事而不辦, 何聽而不聞, 何視而不睹哉? 若今郡守百里, 皆各得其人, 共相經緯, 如是, 庶政豈不康哉!

竊聞諸縣並有備吏, 吏多民煩, 俗以之弊. 但小人因緣銜命, 不務奉公而作威福, 無益視聽, 更爲民害, 愚以爲可一切罷省.」

權亦覺悟, 遂誅呂壹. 鸞前後薦達屈滯, 救解患難, 書數十上. 權雖不能悉納, 然時采其言, 多蒙濟賴.

| 국역 |

뒷날 中書典校郞인 呂壹(여일)은 (관아의) 文書를 검열하면서 많은 관리를 규찰하였는데, 이에 보즐이 상소하였다.

「臣이 알기로, 여러 中書典校가 아주 미세한 잘못까지 규찰하는데, 이는 터럭을 불어가며 하자를 찾는 것이며(吹毛求瑕), 거듭되고 세밀한 조사로 그때마다 관리를 함정에 빠트리고 위해를 가하고 있습니다. 그리하여 죄나 허물이 없는데, 까닭도 없이 큰 형벌을 받기에 백성들 조차 하늘 아래서 허리를 펴지 못하고 땅 위를 기어다니니, 누군들 전율하지 않겠습니까? 옛날 獄官은 현인을 골라 맡기었으니 皐陶(고요)가 법을 다스렸고, 呂侯(여후)는 형벌을 완화하였으며, (전한) 張釋之(장석지)와 于定國이 (사법 책임자인) 廷尉(정위)가 되자 백성들에게 억울한 일이 없어지면서 태평성대의 조짐이 나타났습니다.

오늘날 小臣의 행실은 옛날과 다르기에 刑獄에 뇌물이 통하고 人命을 경시하며, 허물은 윗사람에게 전가하고, 나라를 다스리며 원망만 쌓이니, 한 사나이의 한숨소리에 王道가 허물어지고, 심하면 원수가 됩니다. 明德을 밝히고 형벌은 신중해야 하기에 明智哲人의 형정을 여러 경전에서도 칭송하였습니다. 지금의 刑獄의 폐단에 대하여 도성에서는 顧雍(고옹)에 묻고, 武昌에서는 陸遜(육손)이나 潘濬(반준)에 물어 平心으로 전념하며 실정을 파악하는데 힘쓴다면 이 보즐도 神明에 따를 것이니, 벌을 받는다 하여 무슨 한이 있겠습니까?」

또 보즐이 상소하였다.

「天子는 하늘을 父로 땅을 母로 생각하며, 궁궐의 百官은 하늘의 星宿(성수)를 본받습니다. 만약 정령을 시행한다면 時節에 순응하며, 나라에서 적임자를 얻는다면 음양이 和平하고 七曜(日月과 五星)가 법도를 따라 순행할 것입니다. 금일에 이르러 많은 관료가 결원이며, 비록 대신일지라도 다시 신임받지 못하니, 이래서야 천지에 변고가 어찌 안 일어나겠습니까? 그래서 해마다 가뭄이 드니, 이는 陽氣가 지나치게 성하다는 의미입니다. 또 嘉禾(가화) 6년 5월 14일(서기 237)과 赤烏 2년 정월 1일과 27일(서기 239)에 지진이 일어났습니다. 땅은 陰類이니 신하를 뜻하는데, 음기가 성하여 움직인 지진은 신하가 정사를 마음대로 하기 때문입니다. 하늘과 땅의 이변은 人主를 깨우치려는 것이니 깊이 생각하지 않을 수 없습니다!」

보즐은 또 상소하였다.

「승상인 顧雍(고옹), 上大將軍인 陸遜(육손), 太常인 潘濬(반준)은, 생각이 깊고 책임이 막중하며 언제나 충성을 다하고 밤낮으로 전전긍긍하며, 寢食도 편안히 즐기지 못하고 安國과 民福을 위하여 장구한 대책을 강구하고 있으니, 가히 몸과 마음을 다 바치는 社稷之臣(사직지신)이라 할 수 있습니다. 응당 그 임무를 다할 수 있도록 일을 맡겨주시고, 다른 관원이 그 업무를 살펴보거나 성패를 문책한다든지, 성과를 비교하지 못하게 해야 합니다. 이 3인의 신하는 그 사려가 끝없이 깊은데, 어찌 자신만의 이득을 위하여 천자를 저버릴 수 있겠습니까?」

보즐이 또 상소하였다.

「賞을 내려 선행을 권장하고 형벌로 위세와 불법을 저지하며, 賢

人에 임무를 주어 능력을 발휘하게 하고 法術을 살펴 시행한다면, 성공하지 못할 일이 무엇이고 처리하지 못할 업무가 어디 있으며, 백성의 무슨 소리인들 듣지 못하고, 무엇인들 보지 못하겠습니까? 만약 지금 사방 둘레 1백 리를 다스리는 군수에 모두 그 적임자를 임용하여 모두가 바르게 업무를 처리한다면 백성에 대한 庶政이 어찌 평안치 않겠습니까! 신이 듣기로, 모든 현에는 자리나 지키는 관리가 있고, 또 많은 관리가 백성을 괴롭힌다니, 이것이 바로 민폐일 것입니다. 小人은 오로지 연줄에 의거하여 임명을 받고 나서, 공무 실천에는 힘쓰지 아니하고 위세를 부리고 이득을 취하며, 백성의 어려움을 보고 들으려 하지 않으면서 백성에게 해악만 끼치고 있으니, 신의 생각으로는 모두 조사하여 파직해야 합니다.」

손권 역시 깨달은 바 있어 결국 呂壹(여일)을 주살하였다. 보즐은 여러 해 동안 하위직에 머물러 승진하지 못한 능력자를 천거하고 환난을 해결하려는 뜻으로 수십 번 상소를 올렸다. 손권은 그 모두를 다 수용하지는 못했지만 가끔 건의를 받아들여 정사에 적용하였다.

| 原文 |

赤烏九年, 代陸遜爲丞相, 猶誨育門生, 手不釋書. 被服居處有如儒生, 然門內妻妾服飾奢綺, 頗以此見譏.

在西陵二十年, 鄰敵敬其威信. 性寬弘得衆, 喜怒不形於聲色, 而外內肅然.

十年卒, 子協嗣, 統騭所領, 加撫軍將軍. 協卒, 子璣嗣侯. 協弟闡, 繼業爲西陵督, 加昭武將軍, 封西亭侯.

鳳皇元年, 召爲繞帳督. 闡累世在西陵, 卒被徵命, 自以失職, 又懼有讒禍, 於是據城降晉, 遣璣與弟璿詣洛陽爲任, 晉以闡爲都督西陵諸軍事, 衛將軍, 儀同三司, 加侍中, 假節領交州牧, 封宜都公. 璣監江陵諸軍事, 左將軍, 加散騎常侍, 領廬陵太守, 改封江陵侯. 璿給事中, 宣威將軍, 封都鄉侯.

命車騎將軍羊祜, 荊州刺吏楊肇往赴救闡. 孫皓使陸抗西行, 祜等遁退. 抗陷城, 斬闡等, 步氏泯滅, 惟璿紹祀.

| 국역 |

(孫權) 赤烏(적오) 9년(서기 246), 步騭(보즐)은 陸遜(육손)의 후임으로 丞相이 되었는데, 여전히 門生을 교육하며 손에서 책을 놓지 않았다. 보즐의 의복과 거처는 유생의 거처와 같았지만, 가내 처첩의 복식은 화려한 비단이었기에 놀림을 받았다.

보즐은 西陵縣(서릉현)[337]의 군영에 20년을 무장으로 근무했기에 인근의 적들도 보즐의 위엄과 신의에 敬服(경복)했다. 보즐의 천성은 넓고도 너그러워 민심을 얻었고, 희노애락을 음성이나 안색에 나타내지 않았으며 내심이나 외모가 늘 엄숙 단정했다.

보즐은 赤烏 10년(서기 247)에 죽었는데, 아들 步協(보협)이 계승했다. 보즐이 지휘했던 부대를 통솔하며 撫軍將軍의 加官을 받았

---

337 (宜都郡) 西陵縣(서릉현) – 今 湖北省 서남부 宜昌市 夷陵區에 해당.

다. 보협이 죽자, 아들 步璣(보기)가 작위를 계승했다. 보협의 동생 步闡(보천)은 직함을 이어받아 西陵의 都督이 되었고, 가관으로 昭武將軍이 되었으며 西亭侯(서정후)에 책봉되었다.

(孫皓의) 鳳皇(봉황) 원년(서기 272), 보천은 조정의 부름을 받아 繞帳督(요장독)이 되었다. 보천은 여러 해 동안 西陵에 주둔했었는데 조정의 소환 명령을 실직으로 생각하였고, 또 참소의 화를 당할까 두려워 城을 들어 晉에 투항하였다.

步璣(보기)와 동생인 步璿(보선)은 (晉) 낙양에 보내 관직에 나아가게 하였는데, 晉에서는 보천을 西陵의 모든 軍事를 감독하는 衛將軍으로 임명하였고 儀同三司에 가관을 받았으며 侍中이 되었고, 부절을 받아 交州牧을 겸임하였으며 宜都公(의도공)에 책봉되었다. 보기는 江陵의 諸 軍事를 감독하는 左將軍이 되었으며, 가관으로 散騎常侍에 廬陵 태수를 겸했으며 다시 江陵侯에 책봉되었다. 보선은 給事中에 宣威將軍이 되었고 都鄉侯에 책봉되었다.

(晉에서는) 車騎將軍인 羊祜(양호)[338]와 荊州刺吏인 楊肇(양조)를 보내 보천을 구원케 하였다. 孫皓(손호)가 陸抗(육항)을 서쪽으로 진군케 하자, 양호 등은 일단 퇴각하였다. 육항은 성을 함락시키고 보천 등을 참수하였으며 步氏를 아주 없애버렸는데 步璿(보선)만이 제사를 이어갔다.

....
338 西晉의 名將인 羊祜(양호, 221 - 278, 字 叔子) - 泰山郡 南城縣(今 山東省 新泰市) 출신. 泰山 名門望族 羊氏로 장군이며, 정치가, 文學家였던 一代의 名將이었다.

潁川周昭著書稱步騭及嚴畯等曰,

「古今賢士大夫所以失名喪身傾家害國者, 其由非一也, 然
要其大歸, 總其常患, 四者而已. 急論議一也, 爭名勢二也,
重朋黨三也, 務欲速四也. 急論議則傷人, 爭名勢則敗友, 重
朋黨則蔽主, 務欲速則失德, 此四者不除, 未有能全也.

當世君子能不然者, 亦比有之, 豈獨古人乎! 然論其絶異,
未若顧豫章,諸葛使君,步丞相,嚴衛尉,張奮威之爲美也.

《論語》言'夫子恂恂然善誘人.' 又曰'成人之美, 不成人
之惡', 豫章有之矣. '望之儼然, 卽之也溫, 聽其言也厲', 使
君體之矣. '恭而安, 威而不猛', 丞相履之矣. 學不求祿, 心無
苟得, 衛尉, 奮威蹈之矣.

此五君者, 雖德實有差, 輕重不同, 至於趣捨大檢, 不犯四
者, 懼一揆也.

昔丁諝出於孤家, 吾粲由於牧豎, 豫章揚其善, 以並陸,全
之列, 是以人無幽滯而風俗厚焉. 使君,丞相,衛尉三君, 昔以
布衣俱相友善, 諸論者因各敍其優劣.」(下段 繼續)

|국역|

潁川郡(영천군) 사람 周昭(주소)는 그의 저서에서 步騭(보즐)과 嚴
畯(엄준) 등을 칭송하였다.

「古今의 賢士나 大夫로 명성을 잃고 몸을 망치거나 가문을 망하게 하고, 나라에 해악을 끼치는 사유는 한 가지가 아니지만 그 요점을 크게 요약하고 일반적 환난을 총괄한다면 4가지를 들 수 있다.

과격한 논의가 그 하나의 원인이고, 명성이나 세력 다툼이 두 번째이고, 朋黨(붕당) 중시가 세 번째이며, 빠른 성공 욕구가 네 번째 원인이라 할 수 있다. 과격한 논의는 다른 사람에게 상처를 입히고, 명성과 세력 다툼은 우정을 손상케 하며, 朋黨 중시는 主君의 총명을 가리고, 급속한 성취 욕구는 덕행을 상실하게 하나니, 이 네 가지 폐단을 없애지 못한다면 자신을 온전하게 보전할 수 없을 것이다.

그러나 당대의 군자 중에 그러하지 않은 사람도 찾을 수 있으니, 古人이야 더 말할 것도 없으리라! 그렇지만 그중에서도 특별한 사람을 꼽으려 한다면 豫章 太守 顧邵(고소, 顧雍의 아들)와 使君(諸葛瑾)과 步丞相(步騭, 보즐), 그리고 嚴衛尉(嚴畯, 엄준)와 張奮威(장분위, 張承장승. 張昭의 長男)의 미덕을 꼽을 수 있다.

《論語》에서 '夫子께서는 차근차근 잘 이끌어 주신다.'[339] 하였고, 또 '군자는 남의 장점을 살려주지만 남의 악행을 돕지 않는다.'고[340] 하였으니, 이 장점은 豫章 太守(顧邵)한테서 찾을 수 있다. '외모를 바라보면 엄숙하고, 가까이 가보면 온화하고, 그 말을 들어보면 단호하다.'고[341] 하였는데, 이는 使君(諸葛瑾)의 실체와 같다. 또 '공

339 夫子恂恂然善誘人 – 顏淵이 공자의 제자 사랑을 표현한 말.《論語 子罕》顏淵喟然歎曰, "仰之彌高, 鑽之彌堅. 瞻之在前, 忽焉在後. 夫子循循然善誘人, 博我以文, 約我以禮, 欲罷不能. 旣竭吾才, 如有所立卓爾. 雖欲從之, 末由也已."
340《論語 顏淵》子曰, "君子成人之美, 不成人之惡. 小人反是."
341《論語 子張》子夏曰, "君子有三變, 望之儼然, 卽之也溫, 聽其言也厲."

자께서는 공경하되 편안하며 위엄이 있어도 무섭지 않다.' 고[342] 하였으니, 이는 丞相(步騭, 보즐)의 자취라 할 수 있다. 그리고 학문을 하더라고 관록을 얻으려 하지 않고, 마음으로도 굳이 얻으려 하지 않은 것은 衛尉(嚴畯)와 奮威(張承)가 걸어온 길이다. 이 다섯 분의 군자는 그 덕행이 다르고 지위가 서로 같지 않지만 지향과 取捨(취사)의 대략에 앞서 말한 4가지를 범하지 않았으니, 아마 한 가지로 일치한다고 말할 수 있다.

옛날에 丁諝(정서)는 孤單(고단)한 가문 출신이었고 吾粲(오찬)은 가축을 기르는 목동에서 起身하였는데, 豫章(顧邵)은 그 장점을 드러내어 陸遜(육손)이나 全琮(전종)과 같은 반열에 오를 수 있었으니, 이를 본다면 사람이 매몰되어 없어질 수 없으며, 또 풍속이 온후하다는 것을 알 수 있다. 使君(諸葛瑾)과 丞相(步騭)과, 衛尉(嚴畯)의 세 분 君子는 옛날 布衣 시절에 서로 친했기에, 논자들은 그들 각각의 우열을 말할 수 있을 것이다.」(하단 계속)

| 原文 |

「初, 先衛尉, 次丞相, 而後有使君也. 其後並事明主, 經營世務, 出處之才有不同, 先後之名須反其初, 此世常人所決勤薄也. 至於三君分好, 卒無虧損, 豈非古人交哉!

又魯橫江昔杖萬兵, 屯據陸口, 當世之美業也, 能與不能,

---

342 《論語 述而》子溫而厲, 威而不猛, 恭而安.

孰不願焉? 而橫江旣亡, 衛尉應其選, 自以才非將帥, 深辭固讓, 終於不就. 後徙九列, 遷典八座, 榮不足以自曜, 祿不足以自奉. 至於二君, 皆位爲上將, 窮富極貴. 衛尉旣無求欲, 二君又不稱薦, 各守所志, 保其名好.

孔子曰, '君子矜而不爭, 群而不黨.' 斯有風矣. 又奮威之名, 亦三君之次也, 當一方之戍, 受上將之任, 與使君, 丞相不異也. 然歷國事, 論功勞, 實有先後, 故爵位之榮殊焉. 而奮威將處此, 決能明其部分, 心無失道之欲, 事無充詘之求. 每升朝堂, 循禮而動, 辭氣謇謇, 罔不惟忠.

叔嗣雖親貴, 言憂其敗, 蔡文至雖疏賤, 談稱其賢. 女配太子, 受禮若吊, 慷愾之趣, 惟篤人物, 成敗得失, 皆如所慮, 可謂守道見機, 好古之士也. 若乃經國家, 當軍旅, 於馳騖之際, 立霸王之功, 此五者未爲過人.

至其純粹履道, 求不苟得, 升降當世, 保全名行, 邈然絶俗, 實有所師. 故粗論其事, 以示後之君子.」

周昭者字恭遠, 與韋曜, 薛瑩, 華覈並述《吳書》, 後爲中書郎, 坐事下獄, 覈表救之, 孫休不聽, 遂伏法云.

| 국역 |

「처음에는, 衛尉(嚴畯)가 앞서고, 다음은 丞相(步騭)이며, 뒤에 使君이었다(諸葛瑾). 그 후에 모두가 함께 明主(孫權)를 섬기고, 국

가 정무를 경영하면서 관직과 백성을 위하는 능력이 달라졌으니, 그 先後의 명성은 출발할 때와 달라졌는데, 이는 세상 보통 사람의 평정이 별로 중시되지 않았기 때문일 것이다. 三君子 상호 간의 情誼(정의)와 우호는 시종 훼손되지 않았으니, 어찌 옛사람의 교제와 같다고 아니하겠는가!

그리고 魯橫江(魯肅, 橫江將軍)은 1만 군사를 지휘하고 陸口(육구)에 주둔했었는데, 이는 當世의 멋진 보직으로 능력의 유무와 상관없이 누군들 원하는 자리였었다. 橫江(魯肅)이 죽은 뒤에, 衛尉가 (嚴畯) 그 후임이 될 수 있었지만, 스스로 군사를 거느릴 재능이 없다며 군이 사양했고 끝내 부임하지 않았다. 뒷날 9卿의 반열에 올랐고 8명의 상서를 관장하는 상서령이 되었지만, 그 영광은 스스로 빛날 정도는 아니었고, 그 녹봉은 생활에도 부족하였다. 다른 두 君子는 모두 고위에 올라 최고의 부귀를 누렸다. 그러나 衛尉(嚴畯)는 다른 것을 얻으려 하지 않았고, 二君도 (嚴畯을) 천거하지 않고 각자의 志向을 지키면서 좋은 명성만을 그대로 보전하였다.

孔子는 '君子는 긍지를 지키나 다투지 않고 어울려도 당파를 만들지 않는다.'고[343] 하였으니, 이들 三君이 그런 풍모였다. 또 奮威의(張承) 명성도 이들 三君의 다음이라 할 수 있는데, 변경 한 방면을 방어하는 上將의 임무를 받았으니 使君(諸葛瑾)이나 丞相(步騭)과 다르지 않았다. 그러나 國事의 경력과 공로를 논한다면, 사실상 선후가 있으며 그래서 작위와 영광도 다른 것이다. 張奮威가 이런 직무를 담당했어도 그 치적이야 확실했겠지만 張奮威는 마음으로

---

343 《論語 衛靈公》子曰, "君子矜而不爭, 羣而不黨."

도 그런 것을 원하지 않았으며, 행사에 절제없이 그런 것을 바라지도 않았다. 매번 조정의 廟堂에 들어갈 때마다 예법에 맞춰 행동했고 辭氣는 언제나 성실하였으며 불충이 있을 수도 없었다.

張叔嗣(장숙사, 張昭의 次男인 張休)가 혈친으로 고귀한 자리에 올랐지만, 張奮威는 그의 몰락을 걱정하였으며, 蔡文至(채문지, 彭城 출신의 蔡款)가 비록 소원하고 미천했지만 그의 현명함을 칭송하였다. 張奮威의 딸이 太子에 출가했지만, 예우를 받는 것을 마치 조문을 받는 것처럼 생각하였고, 그는 慷愾(강개)하게 임무를 수행하고 인물을 천거했으며 成敗와 得失이 그의 생각과 같았으니, 그는 守道하며 기미를 볼 수 있는 사람이며 好古之士라고 말할 수도 있다. 만약 그가 국가를 경영하거나 군사를 지휘하여 야전에 임하였다면 霸王(패왕)의 공훈을 세울 수 있었을 것이나, 그렇다고 이 다섯 군자가 남들보다 특출한 능력의 소유자는 아니라고 생각한다.

그들은 순수하게 정도를 지켰고 억지로 구하지 않았으며, 세상을 이리저리 살아가면서 명분과 행실을 보전하였고, 세속을 멀리 超脫하였지만 실제 보통 사람의 스승이었다. 그래서 그들 행실의 대략을 논하여 후세 君子에 보여주려 했다.」

周昭(주소)란 사람의 字는 恭遠(공원)인데, 韋曜(위요)와 薛瑩(설영),[344] 華覈(화핵)[345]과 함께 《吳書》를 저술하였으며, 뒷날 中書郎이

---

344 薛瑩(설영) – 薛綜(설종)의 아들. 설종은 《吳書》 8권, 〈張嚴程闞薛傳〉에 입전했는데, 설영은 〈薛綜傳〉에 附傳. 文才가 뛰어났었다.

345 華覈(화핵, 219 – 278년, 字 永先) – 吳郡 武進縣人. 孫吳의 史官, 建興 元年(서기 252년). 孫亮이 卽位하자 韋昭(위소) 薛瑩(설영) 등과 함께 《吳書》 55권을 편찬했다. 元興 元年(서기 264년) 孫晧가 卽位한 뒤에 徐陵亭侯로 책봉받았고, 天冊 元年(서기 275), 사소한 일로 탄핵를 받아 면직되었다가 天紀 2년(서기 278년) 병사했다. 《吳書》 20권, 〈王樓賀韋華傳〉에 입전.

되었지만 업무 때문에 하옥되었을 때 화핵 등이 표문을 올려 구원하려 했지만 孫休(景帝)가 허락치 않아 결국 법대로 처형되었다.

| 原文 |

　評曰, 張昭受遺輔佐, 功勳克擧, 忠謇方直, 動不爲己. 而以嚴見憚, 以高見外, 旣不處宰相, 又不登師保, 從容閭巷, 養老而已, 以此明權之不及策也.

　顧雍依杖素業, 而將之智局, 故能究極榮位. 諸葛瑾,步騭並以德度規檢見器當世, 張承,顧邵虛心長者, 好尙人物, 周昭之論, 稱之甚美, 故詳錄焉.

　譚獻納在公, 有忠貞之節. 休,承修志, 咸庶爲善. 愛惡相攻, 流播南裔, 哀哉!

| 국역 |

　陳壽의 評論 : 張昭(장소)는 (吳太后의) 遺命(유명)을 받아 주군(孫權)을 보좌하였는데, 그 공훈이 탁월했고 忠誠과 정직 그리고 행동이 자신을 생각하지 않았다. 그러나 너무 엄격하여 타인이 꺼렸으며 淸高하였지만 배척을 받아 승상이 되지 못했고, 또 원로 사부에 오르지 못하고 조용히 마을에서 여생을 보냈으니, 이를 본다면 손권은 손책을 따라가지 못했다.

　顧雍(고옹)은 평소의 학문을 바탕으로 지모와 재능을 발휘하여 가장 영광스런 승상의 자리에 오를 수 있었다. 諸葛瑾(제갈근)과 步騭(보즐)은 둘 다 덕행과 도량, 예법 준수로 世人의 존경을 받았으며 張承(장승)과 顧邵(고소)는 마음을 비운 長者로 인재를 존중하였다. 周昭(주소)의 인물평론이 매우 훌륭하기에 상세히 수록하였다.

顧譚(고담)은 나랏일에 모든 것을 다 바쳤고 忠貞의 지조를 지켰다. 張休(장휴)와 張承(장승)의 수양과 지조 또한 아름답고 훌륭했다. 남쪽 변방까지 애정과 증오가 서로 얽히었으니 슬프기만 하다!

53권 〈張嚴程闞薛傳〉(吳書 8)
(장,엄,정,감,설전)

❶ 張紘

|原文|

張紘字子綱, 廣陵人. 少遊學京都, 還本郡, 擧茂才, 公府才, 皆不就, 避難江東. 孫策創業, 遂委質焉. 表爲正議校尉, 從討丹楊, 策身臨行陳, 紘諫曰,

"夫主將乃籌謨之所自出, 三軍之所繫命也, 不宜輕脫, 自敵小寇. 願麾下重天授之姿, 副四海之望, 無令國內上下危懼."

建安四年, 策遣紘奉章至許宮, 留爲侍御史. 少府孔融等皆與親善. 曹公聞策薨, 欲因喪伐吳. 紘諫, 以爲乘人之喪, 旣非古義, 若其不克, 成仇棄好, 不如因而厚之.

曹公從其言, 即表權爲討虜將軍, 領<u>會稽</u>太守. 曹公欲令<u>紘</u>輔<u>權</u>內附, 出<u>紘</u>爲<u>會稽</u>東部都尉.

| 국역 |

張紘(장굉)[346]의 字는 子綱(자강)으로, 廣陵郡 사람이다. 젊어 京都에 유학한 뒤 本郡으로 돌아왔고, 茂才(무재)로 천거되어 三公府의 부름을 받았지만 부임하지 않았으며, 나중에 江東으로 피난하였다. 孫策이 創業하자, 장굉은 손책을 찾아가 의지했다. 손책은 표문을 올려 장굉을 正議校尉에 임용했고, 장굉은 손책을 따라 丹楊郡 정벌에 참여했는데, 손책이 직접 최전선에서 싸우자 장굉이 간언을 올렸다.

"主將은 방략을 짜는 사람이고, 三軍의 운명이 걸려있는 자리라서 가벼이 앞서거나 소규모 적이라도 직접 상대하는 것은 옳지 않습니다. 휘하의 장졸에게 하늘이 내리신 자질을 중히 여기게 하고, 四海 백성의 여망에 부응하여야 하기에, 직접 전투에 나서 나라안 상하 모두를 불안하게 하지 마십시오."

(獻帝) 建安 4년(서기 199), 손책은 장굉에게 표문을 주어 許都의 獻帝에게 보냈는데, 장굉은 허도에 남아 侍御史가 되었다. 그때 少府인 孔融(공융) 등이 모두 장굉과 친하게 교제했다. 曹操는 손책이 죽었다는 소식을 듣고(서기 200) 喪期를 이용하여 吳를 정벌하려고

----

346 張紘(장굉, 153 – 212년, 字 子綱) – 紘은 갓끈 굉. 밧줄. 徐州 廣陵郡(今 江蘇省 揚州市) 출신. 東吳의 학자이며 文臣.

했다. 이에 장굉은 남의 喪事를 이용하는 것은 古義가 아니며, 만약
이기지 못한다면 원수가 되어 우호를 망치게 되니, 이 기회에 후하
게 대우하는 것만 못하다고 건의하였다.

조조는 징굉의 말에 따라 즉시 표문을 올려 손권을 討虜將軍에
임명하고 會稽 태수를 겸임하게 하였다. 曹操는 장굉으로 하여금
손권을 歸附케 하려는 뜻이 있어, 장굉을 회계군 東部都尉로 내보
냈다.

| 原文 |

後權以紘爲長史, 從征合肥. 權率輕騎將往突敵, 紘諫曰,

"夫兵者兇器, 戰者危事也. 今麾下恃盛壯之氣, 忽强暴之
虜, 三軍之衆, 莫不寒心, 雖斬將搴旗, 威震敵場, 此乃偏將之
任, 非主將之宜也. 願抑賁, 育之勇, 懷霸王之計."

權納紘言而止. 旣還, 明年將復出軍, 紘又諫曰,

"自古帝王受命之君, 雖有皇靈佐於上, 文德播於下, 亦賴
武功以昭其勳. 然而貴於時動, 乃後爲威耳. 今麾下値四百之
厄, 有扶危之功, 宜且隱息師徒, 廣開播殖, 任賢使能, 務崇寬
惠, 順天命以行誅, 可不勞而定也."

於是遂止不行. 紘建計宜出都秣陵, 權從之. 令還吳迎家,
道病卒. 臨困, 授子靖留箋曰,

「自古有國有家者, 咸欲修德政以比隆盛世, 至於其治, 多

不馨香. 非無忠臣賢佐暗於治體也, 由主不勝其情, 弗能用耳. 夫人情憚難而趨易, 好同而惡異, 與治道相反.

《傳》曰, '從善如登, 從惡如崩' 言善之難也. 人君承奕世之基, 據自然之勢, 操八柄之威, 甘易同之歡, 無假取於人. 而忠臣挾難近之術, 吐逆耳之言, 其不合也, 不亦宜乎! 離則有釁, 巧辯緣間, 眩於小忠, 戀於恩愛, 賢愚雜錯, 長幼失敍, 其所由來, 情亂之也.

故明君悟之, 求賢如饑渴. 受諫而不厭, 抑情損欲, 以義割恩, 上無偏謬之授, 下無希冀之望. 宜加三思, 含垢藏疾, 以成仁覆之大.」

時年六十卒. <u>權省書流涕</u>.

| 국역 |

뒷날 손권은 張紘(장굉)을 長史에 임명했고, 장굉은 合肥(합비) 정벌에 따라갔다. 손권이 경기병을 거느리고 적진으로 돌격하자 장굉이 간언을 올렸다.

"兵器는 兇器(흉기)이고 전투는 위험한 일입니다. 지금 한창 왕성하신 기운을 믿고 강폭한 적진에 돌격하시니 3軍 모두가 걱정하지 않을 수 없습니다. 비록 적장을 죽이고 깃발을 뺏어 적을 떨게 하여도, 이는 장수의 임무이지 주군의 할 일은 아닙니다. 고대의 맹장인 孟賁(맹분)과 夏育(하육)과 같은 용기를 억제하시고, 霸王(패왕)의 계책을 마련해야 합니다."

손권은 장굉의 말에 따라주었다. 돌아온 다음 해, 다시 출정하자 장굉이 간언을 올렸다.

"자고로 제왕은 천명을 받았으니, 비록 하늘의 皇靈(황령)이 도와주고 땅에서 文德이 빛나더라도 결국 무공으로 공적을 성취했습니다. 정작 중요한 것은 시운에 따라 출병하여 위엄을 내보이는 것입니다. 지금 장군께서도 4백 년 漢 왕조의 액운을 당하여 왕조를 부축하는 공적을 세웠습니다만, 일단 군사를 쉬게 하면서 농토를 널리 개간하고 농사를 권장하며, 현명한 인재에게 관직을 주어 능력을 발휘케 하며, 관용과 은혜를 베풀고 천명에 따라 악인을 주살한다면 큰 고생이 없어도 천하를 평정할 수 있을 것입니다."

이에 손권은 원정을 중지하고 출병하지 않았다. 장굉은 도읍을 秣陵(말릉, 수 南京市)으로 옮길 것을 주장하였고 손권은 받아들였다. 손권은 장굉에게 吳郡의 가족을 데려오게 했는데, 장굉은 그 도중에 죽었다. 임종 직전에 아들 張靖(장정)에게 유서를 남겼다.

「자고로 나라와 가문을 가진 자는 모두 德政을 바탕으로 훙룽하는 시대를 이끌려 했지만 치국이나 治家의 성공은 많지 않다. 이는 충신이나 賢臣이 통치의 근본을 몰라서가 아니라, 주군이 私情을 제어하지 못하거나 받아들이지 못하기 때문이다. 대체로 인정이란 어려움을 회피하고 쉬운 일만 하려 들고, 동류를 좋아하며 異類를 미워하는데, 이는 治道와 상반된다.

《傳》에서도 '善을 따르기는 산에 오르기처럼 힘드나, 악행을 따르기는 산이 무너지는 것과 같다'고 하여 行善의 어려움을 말했다. 人君은 윗대의 기반을 계승하였고, 자연의 형세에 의거하며, 전권을 장악한 위엄이 있으면서도[347] 쉽고도 같은 일 반복을 좋아하고 다른 사람의 말을 잘 들으려 하지 않는다. 충신이라면 주군이 받아들이기 싫어하는 방책이라도 권장하고, 때로는 주군의 귀에 거슬리는 간언을 올려야 하니, 주군 마음에 들지 못하는 것은 당연하지 않겠는가! 주군과 떨어져 있으면 틈이 나고, 그런 틈에 아첨하는 말이 파고들며, 小臣의 작은 충성에 눈이 가려지고 은애에 연연하며, 賢愚(현우)가 뒤섞이며 長幼(장유)의 질서가 없어지면 그때부터 인정의 혼란이 시작된다.

明君은 이를 깨달아 목마른 사람처럼 求賢하게 된다. 간언을 받아들이기를 싫어하지 않고, 사욕을 억제하며 의리로 은애를 대신하면, 위로는 편파적이거나 잘못된 관직 수여가 없고, 아래서는 자리만을 얻으려는 갈망이 없어진다. 응당 3번 거듭 생각하고 忍辱(인욕)을 견디어 주군을 도와 仁政을 성취하는 공적을 성취해야 한다.」

장굉은 60세에 죽었다. 손권은 유서를 읽어본 뒤에 눈물을 흘렸다.

| 原文 |

紘著詩賦銘誄十餘篇. 子玄, 官至南郡太守,尚書. 玄子尚, 孫皓時爲侍郎, 以言語辯捷見知, 擢爲侍中,中書令. 皓使尚鼓琴, 尚對曰, "素不能." 敕使學之.

---

347 원문의 八柄(팔병) – 주군이 행사할 수 있는 특권. 一曰爵(고귀한 지위 수여), 二曰祿(부유한 생활을 보장), 三曰予(여, 寵愛), 四曰置(치, 일을 시킬 수 있음), 五曰生(福을 내려줌), 六曰奪(탈, 재산을 빼앗아 가난하게 만듦), 七曰廢(폐, 각종 징벌을 내림), 八曰誅(주, 잘못할 경우에 처형).

後宴言次說琴之精妙, 尙因道 "晉平公使師曠作清角, 曠言吾君德薄, 不足以聽之." 皓意謂尙以斯喩己, 不悅. 後積他事下獄, 皆追此爲詰, 送建安作船. 久之, 又就加誅.

初, 紘同郡秦松字文表, 陳端字子正, 並與紘見待於孫策, 參與謀謨, 各早卒.

| 국역 |

張紘(장굉)은 詩賦와 銘文과 誄文(뇌문, 고인을 조문하는 글) 10여 편을 지었다. 아들 張玄(장현)은 南郡 태수와 尙書를 역임했다. 장현의 아들 張尙(장상)은 孫皓(손호) 재위 중에 侍郞이었는데, 언어가 민첩하여 이름이 알려졌고 侍中과 中書令에 발탁되었다.

손호가 장상에게 琴(금)을 연주하라고 말하자, 장상은 "본래 할 줄 모릅니다."라고 말했다. 손호는 장상에게 琴을 배우라고 지시했다. 뒷날 연회에서 琴의 정묘함에 대하여 돌아가면서 이야기를 했는데, 장상이 말했다.

"晉 平公이 師曠(사광)을 시켜 맑은 角音을 연주케 했는데, 사광은 자신의 군주가 박덕하기에 淸角을 들을만한 것이 못된다고 말했습니다."

손호는 장상이 자신을 비유하여 한 말이라고 생각하여 마음속으로 기분이 좋지 않았다. 뒷날 다른 몇 가지 일로 장상을 하옥시켰고 여러 가지 중 그 말까지 추궁했고, (會稽郡) 建安縣에 보내 배를 만드는 노역에 처했다가 나중에 처형하였다.

그전에, 장굉과 同郡 사람인 秦松(진송, 字 文表)과 陳端(진단, 字 子

正)은 장굉과 함께 손책을 알현하고 모시며 여러 일에 참여했었지만 모두 일찍 죽었다.

❷ 嚴畯

|原文|

嚴畯字曼才, 彭城人也. 少耽學, 善《詩》,《書》,《三禮》, 又好《說文》. 避亂江東, 與諸葛瑾,步騭齊名友善. 性質直純厚, 其於人物, 忠告善道, 志存補益.

張昭進之於孫權, 權以爲騎都尉,從事中郞. 及橫江將軍魯肅卒, 權以畯代肅, 督兵萬人, 鎭據陸口. 衆人咸爲畯喜. 畯前後固辭, "樸素書生, 不閑軍事, 非才而據, 咎悔必至." 發言慷慨, 至於流涕, 權乃聽焉, 世嘉其能以實讓.

權爲吳王, 及稱尊號, 畯嘗爲衛尉, 使至蜀, 蜀相諸葛亮深善之. 不畜祿賜, 皆散之親戚知故, 家常不充. 廣陵劉穎與畯有舊, 穎精學家巷, 權聞徵之, 以疾不就. 其弟略爲零陵太守, 卒官, 穎往赴喪, 權知其詐病, 急驛收錄. 畯亦馳語穎, 使還謝權. 權怒廢畯, 而穎得免罪. 久之, 以畯爲尙書令, 後卒.

畯著《孝經傳》,《潮水論》, 又與裴玄,張承論管仲,季路. 皆傳於世. 玄字彦黃, 下邳人也, 亦有學行, 官至太中大夫. 問

子欽齊桓,晉文,夷,惠四人優劣, 欽答所見, 與玄相反覆, 各有
文理. 欽與太子登游處, 登稱其翰采.

| 국역 |

嚴畯(엄준)[348]의 字는 曼才(만재)로, 彭城郡 사람이다. 젊어 열심히
공부하여《詩》,《書》와 3종의《禮記》[349]에 뛰어났으며, 또《說文解
字》[350]도 좋아하였다. 엄준은 江東에 피난했으며, 諸葛瑾(제갈근)과
步騭(보즐)과 함께 이름이 났고 친하게 지냈다. 엄준의 성격은 질박
정직하고 순수하면서도 온후하였으며, 뛰어난 인물에 대해서는 善
道로 충고하고 부족을 보완하여 진보하도록 격려하였다.

張昭(장소)가 엄준을 손권에게 천거하자, 손권은 엄준을 騎都尉에
임명했고 이어 從事中郞이 되었다. 橫江將軍인 魯肅(노숙)이 죽었을
때(建安 22년, 서기 217), 손권은 노숙의 후임으로 엄준을 임명하여
1만 군사를 지휘하여 陸口(육구)에 주둔케 하였다. 이에 여러 사람이
모두 엄준을 축하하였다. 그러나 엄준은 내내 완강히 사양하였는
데, "저는 평소 書生이라 軍事에 익숙치 않은데, 적임자도 아니면서
자리를 차지하면 틀림없이 허물만 남고 후회하게 됩니다."라고 말

348 嚴畯(엄준, 字 曼才) - 彭城郡(今 江蘇省 徐州市) 출신, 東吳의 주요 文臣, 諸
葛瑾, 步騭, 張昭의 아들 張承(장승)과 교우. 衛尉일 때 蜀에 사신으로 가서
제갈량의 인정을 받았다.《吳書》8권,〈張嚴程闞薛傳〉에 입전

349 《三禮》-《周禮》,《儀禮》,《禮記》.

350 說文解字 - 簡稱《說文》- 후한 초 許愼(허신, 서기 ?30-?124년, 字 叔重)의 저
서. 許愼이 편찬한 文字 辭典(工具書) - 540개 部首에 9,353字를 수록. 현존
중국 최초의 字典. 지금 전하는 것은 北宋 徐鉉(서현)이 雍熙 3년(986년)에
편찬한 책. 四庫全書 中 經部에 분류.

하면서 눈물을 흘리자 손권도 수락했는데, 세상 사람들은 이를 근거로 엄준의 겸양을 칭송하였다.

손권이 吳王이 되었고 이어 칭제하자(서기 229), 엄준은 衛尉(위위)가 되었는데, 蜀에 사신으로 가자, 蜀相인 諸葛亮이 엄준을 지극하게 대우하였다. 엄준은 봉록이나 하사품을 쌓아두지 않고 친척이나 지인들에게 나누어 주었기에 가정 형편이 넉넉하지 못했다.

廣陵郡 사람 劉穎(유영)은 엄준의 옛 친우로, 출사하지 않고 학문에 전념하였는데, 손권이 소문을 듣고 불렀지만 유영은 병을 핑계로 취임하지 않았다. 유영의 동생 劉略(유략)이 零陵 태수로 재직 중에 죽었기에, 유영은 治喪하러 갔다. 이에 손권이 유영의 꾀병을 알고 급히 역마를 보내 유연을 데려오게 하였다. 엄준도 이를 알고 급히 유영에게 달려가 설명하여 유영이 손권을 찾아가 사죄케 하였다. 손권은 화를 내며 엄준을 파직했지만, 유영은 형벌을 면할 수 있었다. 얼마 뒤에 엄준은 尙書令이 되었다가 죽었다.

엄준은《孝經傳》과《潮水論》를 저술하였고, 또 裴玄(배현)과 張承(장승)과 함께 管仲(관중)과 季路(계로, 子路, 공자 제자)의 인물을 논했는데 뒷날 세상에 알려졌다.

배현의 字는 彦黃(언황)이고 下邳(하비) 사람으로, 學行이 있었고 太中大夫를 역임했다. 배현이 아들 欽(흠)에게 齊 桓公과 晉 文公, 그리고 伯夷(백이)와 柳下惠(유하혜) 4인의 優劣(우열)에 대하여 물었는데, 아들 배흠은 평소 생각을 말했고 배현과 상반되어 서로 논쟁을하였는데 각각 그 주장에 문채가 있었다. 배흥은 太子 孫登(손등)과 같이 어울렸는데, 손등은 배흠의 훌륭한 문장을 칭찬하였다.

❸ 程秉

|原文|

程秉字德樞, 汝南南頓人也. 逮事鄭玄, 後避亂交州, 與劉
熙考論大義, 遂博通五經. 士燮命爲長史. 權聞其名儒, 以禮
徵, 秉旣到, 拜太子太傅.

黃武四年, 權爲太子登娉周瑜女, 秉守太常, 迎妃於吳, 權
親幸秉船, 深見優禮. 旣還, 秉從容進說登曰, "婚姻人倫之
始, 王敎之基, 是以聖王重之, 所以率先衆庶, 風化天下, 故
《詩》美〈關雎〉, 以爲稱首. 願太子尊禮敎於閨房, 存〈周南〉
之所詠, 則道化隆於上, 頌聲作於下矣."

登笑曰, "將順其美, 匡救其惡, 誠所賴於傅君也."

病卒官. 著《周易摘》,《尙書駁》,《論語弼》, 凡三萬餘言. 秉
爲傅時, 率更令河南徵崇亦篤學立行云.

|국역|

程秉(정병)[351]의 字는 德樞(덕추)로, 汝南郡 南頓縣(남돈현)[352] 사람
이다. 일찍이 後漢의 경학자인 鄭玄(정현)에게 사사했고 뒷날 交州
로 피난하였는데, 劉熙(유희)와 함께 경전의 대의를 토론하였으며 5

---

351 程秉(정병, 생졸년 미상, 字 德樞) - 東吳의 太子太傅 역임.
352 汝南郡의 郡治는 新息縣, 今 河南省 남부 信陽市 관할 息縣. 南頓縣 今 河南
省 중동부 周口市 관할 項城市.

경에 박통했다. (交趾의 토호이며 군벌인) 士燮(사섭)이 정병을 長史에 임명했다. 손권은 정병이 명유라는 명성을 듣고 예를 갖춰 초빙했고, 정병이 도착하자 太子太傅를 제수하였다.

黃武 4년(서기 225), 손권은 周瑜(주유)의 딸을 태자 登의 妃로 맞이하였고, 정병은 임시 太常이 되어 吳郡에 가서 태자비를 영입했는데, 손권은 직접 정병의 배까지 행차하며 특별하게 예우하였다. 돌아온 정병이 태자 登(등)에게 조용히 말했다.

"혼인은 인륜의 시자이면서 王敎의 기초가 되기에, 성왕도 혼인을 중시하며 백성에게 모범을 보임으로써 천하 백성을 교화하였습니다. 그래서《詩》에서는 〈關雎(관저)〉章을 칭송했으며 첫 번째 장으로 삼았습니다. 태자께서는 규방에서 禮敎를 실천하여 〈周南〉의 뜻을 생각하신다면, 위에서부터 도덕에 의한 교화가 이루어질 것이며 백성들은 칭송할 것입니다."

그러자 태자 손등이 웃으며 말했다.

"훌륭한 덕행을 따라 실천하여 나의 단점을 바로잡아가는 일을 전적으로 태부의 가르침에 의지하겠습니다."

정병은 재직 중에 병으로 죽었다. 정병은《周易摘(주역적)》과《尙書駁(상서박)》,《論語弼(논어필)》등 모두 3만여 자의 저서를 남겼다. 정병이 태부로 있을 때 率更令(솔경령 / 관직명)인 河南 출신 徵崇(정숭, 字 子和) 역시 篤學(독학)하고 바른 행실을 지켰다.

❹ 闞澤

闞澤字德潤, 會稽山陰人也. 家世農夫, 至澤好學, 居貧無資, 常爲人傭書, 以供紙筆, 所寫旣畢, 誦讀亦遍. 追師論講, 究覽群籍, 兼通歷數, 由是顯名. 察孝廉, 除錢唐長, 遷郴令. 孫權爲驃騎將軍, 辟補西曹掾, 及稱尊號, 以澤爲尙書.

嘉禾中, 爲中書令, 加侍中. 赤烏五年, 拜太子太傅, 領中書如故. 澤以經傳文多, 難得盡用, 乃斟酌諸家, 刊約《禮》文及諸注說以授二宮, 爲制行出入及見賓儀, 又著《乾象歷注》以正時日. 每朝廷大議, 經典所疑, 輒諮訪之. 以儒學勤勞, 封都鄉侯.

性謙恭篤愼, 宮府小吏, 呼召對問, 皆爲抗禮. 人有非短, 口未嘗及, 容貌似不足者, 然所聞少窮. 權常問, "書傳篇賦, 何者爲美?"澤欲諷喻以明治亂, 因對賈誼〈過秦論〉最善, 權覽讀焉.

初, 以呂壹奸罪發聞, 有司窮治, 奏以大辟, 或以爲宜加焚裂, 用彰元惡. 權以訪澤, 澤曰, "盛明之世, 不宜復有此刑."權從之. 又諸官司有所患疾, 欲增重科防, 以檢御臣下, 澤每曰, "宜依禮,律."其和而有正, 皆此類也.

六年冬卒, 權痛惜感悼, 食不進者數日.

澤州里先輩丹楊唐固亦修身積學, 稱爲儒者, 著《國語》,《公羊》,《穀梁傳》注, 講授常數十人. 權爲吳王, 拜固議郎, 自陸遜,張溫,駱統等皆拜之. 黃武四年尙書僕射, 卒.

| 국역 |

闞澤(감택)[353]의 字는 德潤(덕윤)으로, 會稽郡(회계군) 山陰縣 사람이다. 대대로 농부 집안이었으나 감택에 이르러 好學하였는데, 집이 가난하여 학비가 모자라 다른 사람을 위해 책을 필사하여 종이와 붓을 얻어 썼고, 필사가 끝나면 책 전체를 외워버렸다. 스승을 따라 강론하면서 많은 책을 열람하였으며 천문과 역법에도 밝아 이름이 알려졌다.

孝廉(효렴)으로 천거 받아 錢唐(전당) 縣長이 되었다가 (桂陽郡 치소인) 郴縣(침현, 今 湖南省 중동부 郴州市) 현령이 되었다. 孫權이 驃騎將軍이 되어 감택을 불러 西曹掾에 임명했고, 칭제한 뒤에 감택은 尙書가 되었다.

(孫權) 嘉禾(가화) 연간에(서기 232 - 237), 中書令이 되어 加官으로 待中이 되었다. (손권) 赤烏 5년(서기 242)에 太子太傅가 되었고 전과 같이 中書를 겸임하였다. 감택은 경전의 내용이 너무 많아 제대로 활용하기가 어렵다고 생각하여 여러 학자의 학설을 참고하여

----

353 闞澤(감택, ?-243년, 字 德潤) - 闞는 바라볼 감, 성 씨. 會稽 山陰人(今 浙江省 동북 紹興市, 紹興은 '名士鄕'으로 불린다.) 東吳의 학자. 태자태부 역임. 《三國演義》에서는 周瑜가 黃蓋(황개)를 매질하는 苦肉之計(고육지계)를 맨 먼저 간파하고, 조조에게 가짜 항서를 바쳤으며, 陸遜(육손)을 천거한 인물로 나온다.

《禮》의 내용을 축소하고 여러 주석을 가미하여 태자를 교육했으며, 出入과 손님 접대에 관한 의례를 제정하였고, 또 《乾象歷注》를 저술하여 계절과 日曆을 바로잡았다. 조정에서 大議가 있거나 경전에 대한 의문이 있으면 그때마다 감택을 찾아와 물었다. 감택은 儒學으로 정치에 도움이 되었다 하여 都鄕侯에 봉해졌다.

감택은 천성이 겸양에 공경, 독실하고 신중하였으니 宮府의 소리를 불러 응대할 때도 대등한 예로 대하였다. 남의 잘못이나 단점을 입에 올린 적이 없고, 그 모습은 늘 모자란 사람처럼 보였지만 견문이 많아 막히는 바가 없었다.

손권이 일찍이 "書傳의 여러 篇賦에서 어떤 글이 가장 훌륭한가?"라고 물었을 때, 감택은 손권에게 治亂의 요점을 명백히 깨우쳐주려는 의도로 賈誼(가의)의 〈過秦論〉[354]이 가장 훌륭한 글이라고 말했고. 손권은 〈過秦論〉을 읽었다.

그전에 呂壹(여일)의 간악한 죄상이 밝혀지고 담당 관원이 조사를 마친 뒤 大辟(대벽, 사형)을 주청하였는데, 어떤 사람은 여일을 불태워 죽이거나 수레로 찢어 죽여 元惡을 징벌해야 한다고 주청하였다. 이에 손권이 감택에게 물었는데, 감택은 "盛明한 시대에 그런 형벌을 다시 적용하는 것은 옳지 않습니다."라고 대답했고, 손권은 그 말에 따랐다.

또 여러 부서에서 부정행위나 병폐가 자꾸 노출되자 처벌 조항을

---

354 〈過秦論〉 − 賈誼(가의, 前 200 − 168). 저서로 《新書》, 〈治安策〉, 〈過秦論〉이 유명하다. 《史記 秦始皇本紀》에는 賈誼의 〈過秦論〉 전부가 실려 있다. 《史記 陳涉世家》에 실린 〈過秦論〉은 楮少孫(저소손, 前漢 말, 博士)이 《史記》를 보완하며 인용한 것인데, 이를 반고가 《漢書》에서 재인용하였다.

늘리고 신하에 대한 사찰을 증강하려 하자, 감택은 늘 "禮와 律에 따라야 합니다."라고 말하였으니, 그의 온화함과 正道의 준수는 대개 이와 같았다.

감택은 (赤烏) 6년 겨울에(서기 243년) 죽었는데, 손권은 몹시 애통해 하면서 며칠 동안 식사를 하지 못했다.

감택과 같은 고향의 선배인 丹楊 출신 唐固(당고, 字 子正) 역시 修身하며 학문을 연마하여 유학자들의 칭송을 들었으며 《國語》,[355] 《春秋公羊傳》, 《春秋穀梁傳》의 주석을 저술하였는데, 수십 명이 늘 그의 강학을 수강했다. 손권이 吳王이 된 뒤에 당고에게 議郞을 제수했으며, 陸遜(육손), 張溫(장온)과 駱統(낙통)[356] 등이 모두 당고를 받들었다. 당고는 黃武 4년(서기 225)에, 尙書僕射(상서복야)로 재직 중에 죽었다.

....

355 《國語》 - 周朝의 王室과 魯國, 齊國, 晉國, 鄭國, 楚國, 吳國, 越國 등 춘추시대 諸侯國의 역사를 기록한 책. 전 21권. 周 穆王의 犬戎(견융) 원정(서기 前 947년 경) 이후 秦 智伯(지백)의 멸망(서기 전 453년)까지의 역사 기록. 《國語》의 저자에 관해서는 定論이 없다. 司馬遷은 《國語》의 作者를 左丘明(좌구명)이라 말했고, 이후 班彪(반표), 班固, (唐) 劉知幾(유지기) 등이 좌구명의 저서라고 인정했다. 그러나 여기에 대한 반론이 계속 이어지며, 지금은 일인의 저술이 아닌 여러 사람의 손에 의해 완성된 저술이라고 인정된다. 《國語》는 國別史의 祖宗. 四庫全書에서는 史部 雜史類로 분류.

356 張溫(장온)과 駱統(낙통) - 《吳書》12권, 〈虞陸張駱陸吾朱傳〉에 입전.

➎ 薛綜

| 原文 |

薛綜字敬文, 沛郡竹邑人也. 少依族人避地交州, 從劉熙學. 士燮旣附孫權, 召綜爲五官中郎, 除合浦,交阯太守.

時交土始開, 刺史呂岱率師討伐, 綜與俱行, 越海南征, 及到九眞. 事畢還都, 守遏者僕射. 西使張奉於權前列尙書闞澤姓名以嘲澤, 澤不能答. 綜下行酒, 因勸酒曰, "蜀者何也? 有犬爲獨, 無犬爲蜀, 橫目苟身, 虫入其腹."

奉曰, "不當復列君吳邪?" 綜應聲曰, "無口爲天, 有口爲吳, 君臨萬邦, 天子之都."

於是衆坐喜笑, 而奉無以對. 其樞機敏捷, 皆此類也.

| 국역 |

薛綜(설종)[357]의 字는 敬文(경문)으로, 沛郡 竹邑(죽읍) 사람이다. 젊어 일가를 따라 交州로 피난했고, 劉熙(유희)를 따라 학문을 했다. 士燮(사섭)이 孫權에 복속하자, 손권은 설종을 불러 五官中郎에 임명했는데, 설종은 나중에 合浦와 交阯郡 태수가 되었다.

그 무렵 交州 일대가 본격 개방되면서 교주 자사인 呂岱(여대)는 군사를 거느리고 만이를 토벌하였는데, 설종도 거기에 참여하여 바

---

357 薛綜(설종, ?-243년, 字 敬文) – 綜은 모을 종. 齊國 孟嘗君의 후손. 東吳官員, 문장가, 合浦, 交阯 태수 역임. 太子 少傅(소부) 역임.

닷길로 남쪽으로 진격하여 九眞郡까지 갔었다. 임무를 마치고 도성으로 귀환하자 謁者僕射(알자복야) 대행이 되었다.

西蜀에서 보낸 사신 張奉(장봉)이 손권 앞에서 전임 尙書이었던 闞澤(감택)의 이름 글자 '澤'으로 조롱을 했는데, 감택이 그에 응답하지 못했다. 그러자 설종은 술을 권하면서(行酒) 장봉에게 말했다.

"蜀이란 무엇입니까? 개가(犭) 있어도 혼자(獨)이고, 개가 없으면 蜀(촉)이며, 옆으로 누운 눈에(罒) 몸을 구부리면(句身－勹) 벌레가(虫) 그 안에 들어있습니다."

그러자 장봉이 말했다.

"당신의 吳에 대한 글자는 분석하지 않습니까?"

그러자 설종은 바로 말했다.

"입이 없으면 하늘(天)이고, 입이 있으면 吳(오)이며, 주군이 만방에 군림하니 천자의 도성이 吳입니다."

이에 좌중 모두가 웃었고 장봉은 대꾸를 못했다. 설종의 민첩한 기지가 대개 이와 같았다.

| 原文 |

呂岱從交州召出, 綜懼繼岱者非其人, 上疏曰,

「昔帝舜南巡, 卒於蒼梧. 秦置桂林,南海,象郡, 然則四國之內屬也, 有自來矣. 趙佗起番禺, 懷服百越之君, 珠官之南是也. 漢武帝誅呂嘉, 開九郡, 設交阯刺史以鎭監之. 山川長遠, 習俗不齊, 言語同異, 重譯乃通. 民如禽獸, 長幼無別, 椎結

徒跣, 貫頭左袵, 長吏之設, 雖有若無.

自斯以來, 頗徙中國罪人雜居其間, 稍使學書, 粗知言語, 使驛往來, 觀見禮化. 及後錫光爲交阯, 任延爲九眞太守, 乃教其耕犁, 使之冠履, 爲設媒官, 始知聘娶, 建立學校, 導之經義. 由此已降, 四百餘年, 頗有似類. 自臣昔客始至之時, 珠崖除州縣嫁娶, 皆須八月引戶, 人民集會之時, 男女自相可適, 乃爲夫妻, 父母不能止.

交阯麋泠,九眞都龐二縣, 皆兄死弟妻其嫂, 世以此爲俗, 長吏恣聽, 不能禁制. 日南郡男女倮體, 不以爲羞. 由此言之, 可謂蟲豸, 有靦面目耳. 然而土廣人衆, 阻險毒害, 易以爲亂, 難使從治. 縣官羈縻, 示令威服, 田戶之租賦, 裁取供辦. 貴致遠珍名珠,香藥,象牙,犀角,玳瑁,珊瑚,琉璃,鸚鵡,翡翠,孔雀, 奇物, 充備寶玩, 不必仰其賦入, 以益中國也.

然在九甸之外, 長吏之選, 類不精核. 漢時法寬, 多自放恣, 故數反違法. 珠崖之廢, 起於長吏覩其好髮, 髡取爲髲. 及臣所見, 南海黃蓋爲日南太守, 下車以供設不豐, 撾殺主薄, 仍見驅逐. 九眞太守儋萌爲妻父周京作主人, 並請大吏, 酒酣作樂. 功曹番歆起舞屬京, 京不肯起, 歆猶迫强, 萌忿杖歆, 亡於郡內. 歆弟苗帥衆攻府, 毒矢射萌,萌至物故.

交阯太守士燮遣兵致討, 卒不能克. 又故刺史會稽朱符, 多以鄉人虞褒,劉彥之徒分作長吏, 侵虐百姓, 强賦於民, 黃魚一枚收稻一斛, 百姓怨叛, 山賊並出, 攻州突郡. 符走入海, 流離喪亡. 次得南陽張津, 與荊州牧劉表爲隙, 兵弱敵强, 歲歲興軍, 諸將厭患, 去留自在. 津小檢攝, 威武不足, 爲所陵侮, 遂至殺沒. 後得零陵賴恭, 先輩仁謹, 不曉時事. 表又遣長沙吳巨爲蒼梧太守. 巨武夫輕悍, 不爲恭服. 輒相怨恨, 逐出恭, 求步騭.

是時津故將夷廖,錢博之徒尚多, 騭以次鋤治, 綱紀適定, 會仍召出. 呂岱旣至, 有士氏之變. 越軍南征, 平討之日, 改置長吏, 章明王綱, 威加萬里, 大小承風. 由此言之, 綏邊撫裔, 實有其人. 牧伯之任, 旣宜淸能, 荒流之表, 禍福尤甚. 今日交州雖名粗定, 尙有高涼宿賊. 其南海,蒼梧,鬱林,珠官四郡界未綏, 依作寇盜, 專爲亡叛逋逃之藪.

若岱不復南, 新刺史宜得精密, 檢攝八郡, 方略智計, 能稍稍以漸能治高涼者, 假其威寵, 借之形勢, 責其成效, 庶幾可補復. 如但中人, 近守常法, 無奇數異術者, 則群惡日滋, 久遠成害. 故國之安危, 在於所任, 不可不察也. 竊懼朝廷忽輕其選, 故敢竭愚情, 以廣聖思.」

|국역|

呂岱(여대)[358]가 조정의 부름을 받아 交州 刺史에서 이임하게 되

358 呂岱(여대, 161－256년, 字 定公) － 徐州 廣陵郡 출신. 郡縣吏였다가 南渡한 뒤

자, 설종은 비적임자가 여대의 후임이 될까 걱정하며 상소하였다.

「옛날 帝舜은 南巡하다가 蒼梧(창오)[359]에서 죽었습니다. 秦은 桂
林, 南海, 象郡(상군)을 설치하였는데, 이것이 4군이 본토에 소속된
시초였습니다. (秦末漢初에) 趙佗(조타)는 番禺縣(번우현)에서 起身
하여 百越의 땅에 군림하였으니, 지금 珠官郡(주관군, 合浦郡의 改名)
의 남쪽 지역이었습니다. 漢 武帝는 呂嘉(여가)[360]를 토벌한 뒤에 9
郡을 신설하고 交阯(교지) 자사부를 설치하여 남방을 진압하며 감시
하게 하였습니다. 交州 지역은 산천은 아주 멀고, 그들 습속은 중국
과 크게 다르며 언어도 달라 重譯(이중 통역)을 거쳐야만 의사가 통
합니다. 그곳 백성은 禽獸(금수)와 같아 長幼의 구별이 없고, 상투에
맨발이며, 머리에는 띠를 두르고, 왼편으로 옷깃을 여미며, 官長이
나 관리를 임명했지만 사실 없는 것과 마찬가지였습니다.

그 이후로 중국의 죄인을 이주시켜 그들과 雜居하면서 점차 글을
배우게 했고 조금씩 우리말을 알게 되었고, 驛馬가 왕래하면서 점
차 예절에 의한 교화가 이뤄졌습니다. 그 뒤에 錫光(석광)이 交阯(교
지) 태수, 任延(임연)이 九眞郡 태수가 되어 그들에게 농사를 가르쳤
고, 冠을 착용하고 신발을 신게 하였으며, 중매하는 사람을 두어 혼
인하게 하였고, 학교를 건립하여 경전의 대의를 가르쳐 백성을 이
끌었습니다. 이런 이후로 4백여 년이 지나다 보니, 이제는 중국과

손권의 인정을 받았다. 交州 자사 역임. 《吳書》 15권, 〈賀全呂周鍾離傳〉에
입전.

359 帝舜은 南方을 巡狩하던 蒼梧(창오)의 들에서 죽어 九嶷山 남측(蒼梧山이라
고도 부름, 今 湖南省 寧遠縣 境內)에 묻혔다. 舜이 漢代의 蒼梧郡인 금 廣西
省 지역까지 갈 수 없었다. 漢代 蒼梧郡의 치소는 廣信縣, 今 廣西省 梧州市.

360 呂嘉(여가, ?-前 110년) - 南越族人의 首領, 南越國 丞相.

제법 비슷해졌습니다. 臣이 옛날에 交州의 땅에 처음 피난 가 살 때에 珠崖郡(주애군)의 州나 縣 이외의 백성들은, 모두 8월에 백성의 호구를 조사하기 위하여 그곳 백성들을 모이게 하면 남녀가 서로 적당한 자를 골라 부부가 되었는데, 그 부모들도 이를 못하게 할 수 없었습니다.

交阯郡의 麋泠(미령)이나 九眞郡의 都龐(도방) 두 현에서는 형이 죽으면 동생이 그 형수를 데리고 살았는데, 이런 일이 습속이 되었기에 관리들도 허락하며 금지시킬 수가 없었습니다. 日南郡에서는 남녀가 나체로 있어도 부끄러워하지 않습니다. 이를 본다면, 그들은 마치 무슨 벌레와 같으며 다만 얼굴에 눈과 귀가 있을 뿐입니다. 그렇지만 그 지역은 워낙 땅이 넓고 사람도 많으며, 험악한 지형에 독충도 많으며 그들 습속을 바꾸려 하면 반란을 일으키니 그들 다스리기가 매우 어렵습니다. 나라에서 그들을 적당히 통제하면서 법령의 위엄으로 복속케 하며, 농가의 조세나 부역은 적절히 징수하되 공동 부담케 해야 합니다. 중요한 것은, 먼 곳에서 얻을 수 있는 진귀한 名珠(명주)나 香藥, 象牙(상아), 犀角(서각), 玳瑁(대모), 珊瑚(산호), 琉璃(유리), 鸚鵡(앵무), 翡翠(비취), 孔雀(공작) 등 기이한 물자로 보물 노리개를 얻는 것이지, 강제로 그들의 조세를 징수하여 중국을 부유하게 할 필요는 없습니다.

그러나 九甸(구전, 九服) 밖의 땅이라 하여 관리의 선발도 엄정하지 못하였습니다. 漢代의 법이 너그러웠고 방자한 관리도 많았기에 반란이나 위법도 많았습니다. 珠崖郡(주애군)이 폐군된 것도 관리들이 그들의 아름다운 머리모양을 보고 그들의 머리를 잘라 바치게 한 데서 시작되었습니다. 臣이 그간 알기로는, 南海郡의 黃蓋(황개)가 日南 태수가 되었는데, 부임하면서 그 잔치 음식이 풍족하지 못하다 하여 그 主薄(주부)를 때려 죽였기에 곧 내쫓겼습니다. 九眞 태수였던 僧萌(담맹)의 장인인(妻父) 周京(주경)은 주인으로서 그곳 관리들을 잔치에 초대하여 술에 취하고 마음껏 즐겼습니다. 그런데 (九眞郡) 功曹인 番歆(번흠)이 일어나 춤을 추며 주경에게 함께 추자고 권하였지만, 주경이 일어나지 않자 번흠이 강요하였는데 담맹이 분노하며 번음을 매질하자 번흠은 도주하였습니다. 번흠의 동생인 番苗(번묘)는 무리를 거느리고 九眞 태수부를 공격했고 독화살로 담맹을 쏘아 담맹은 결국 죽었습니다.

交阯 태수인 士燮(사섭)이 군사를 보내 번묘를 토벌하려 했지만 끝내 이기지 못했습니다. 또 옛 교주자사였던 會稽郡 출신 朱符(주부)는 고향 사람인 虞褒(우포)와 劉彦(유언) 같은 사람들을 데리고 가서 長吏로 삼아 백성을 수탈하고 강제로 부세를 징수하였는데, 黃魚 한 마리에 쌀 1斛(곡)에 바치게 하자 백성들이 원망하며 반란을 일으켰고, 거기에 산적까지 들고 일어나 州와 郡을 공격하였습니다. 주부는 바다로 도망하였지만 표류하다가 죽었습니다. 그 후임으로 부임한 南陽郡 출신 張津(장진)은 荊州牧인 劉表와 사이가 나빠 서로 싸웠는데, 군사는 약하고 적병은 강성하여 해마다 군사를 동원하였기에 여러 부장들이 모두 싫어하여 제멋대로 떠나거나 머물렀습니다. 거기다가 장진이 점차 단속하였지만 위엄이 부족하여 늘 능멸을 당하다가 결국 피살되었습니다. 그 뒤로 零陵郡 사람 賴恭(뇌공)은 나이도 많고 인자하고 근신하였지만 時務를 몰랐습니다.

나중에 유표는 다시 長沙郡 吳巨(오거)를 蒼梧 태수에 임명했는데, 오거는 武夫로 처신이 경박하고 사나웠기에 백성들은 존경도 복종도 하지 않았습니다. 그래서 결국 뇌공과 오거는 서로 원망하다가 오거가 뇌공을 몰아내었는데, 축출된 뇌공은 步騭(보즐)에게 구원을 요청하였습니다.

이때 張津(장진)의 옛 부장이었던 夷廖(이료)나 錢博(전박)의 부하들이 그때까지도 많이 있었는데, 보즐은 순차적으로 그들을 제거하며 기강을 확립하였지만, 조정의 부류을 받아 그곳을 떠나야만 했습니다. 呂岱(여대)가 교주 자사로 부임한 뒤에, 士燮(사섭) 일족의 변란이 있었습니다. 여대는 南越의 군사를 동원하여 남쪽을(交州) 원정했고, 그들을 토벌하면서 관리들을 교체하고 제왕의 기강을 분명하게 세워가며 만 리에 걸쳐 위엄을 떨치자 크고 작은 모든 세력들이 교회되었습니다. 이에 말씀드린다면, 변방을 인정시기고 그 땅을 위무하려면 꼭 적임자를 얻어야 합니다. 자사나 태수는 청렴하면서도 유능해야 하며 먼 변방일수록 지방관의 인품에 따른 禍와 福은 더욱 분명합니다. 금일에 交州 일원이 명목상으로는 조금 안정되었지만 아직도 高涼郡(고량군)[361] 지역에는 오래된 반적이 남아 있습니다. 그 지역의 南海, 蒼梧(창오), 鬱林(울림), 珠官(주관) 등 4개 군 지역은 아직도 안정되지 않아 도적들의 노략질이 있고 범법한 도망자들이 숨어 사는 지역이 되었습니다.

만약 呂岱(여대)를 다시 남으로 보낼 수 없다면 새로 선발하는 자

---

361 高涼郡 - 合浦郡을 분할할 郡. 郡治는 安寧縣, 今 廣東省 서남부 해안의 陽江市. 安寧, 思平, 高涼 3縣을 관할.

사는 응당 정밀하게 선발하여, 交州 8郡을 제어할 수 있어야 하고, 방략이나 智計로 점차 高涼郡 같은 곳을 안정시켜야 하기에 위엄이나 총애를 부여하고, 그곳의 형세를 고려하여 그 성과를 묻는다면 전임 여대와 같은 성과를 거둘 수 있을 것입니다. 그러나 보통의 능력을 가진 자가 일상적인 규칙만을 따지고 특별한 방책이나 법술도 없다면, 여러 악한 자들은 날마다 불어나게 되어 결국은 해악이 될 것입니다. 그래서 나라의 안위는 어떤 사람을 임용하느냐에 달렸기에 살펴 임용하지 않을 수 없습니다. 삼가 조정에서 선발에 신중을 기하지 못할까 걱정하여, 저의 어리석은 충정을 말씀드려 聖君의 사려를 넓히고자 상소합니다.」

| 原文 |

黃龍三年, 建昌侯慮爲鎭軍大將軍, 屯牛州, 以綜爲長史, 外掌衆事, 內授書籍. 慮卒, 入守賊曹尙書, 遷尙書僕射. 時公孫淵降而復叛, 權盛怒, 欲自親征. 綜上疏諫曰,

「夫帝王者, 萬國之元首, 天下之所繫命也. 是以居則重門擊柝以戒不虞, 行則淸道案節以養威嚴, 蓋所以存萬安之福, 鎭四海之心.

昔孔子疾時, 托乘桴浮海之語, 季由斯喜, 拒以無所取才. 漢元帝欲御樓船, 薛廣德請刎頸以血染車. 何則? 水火之險至危, 非帝王所宜涉也. 諺曰, '千金之子, 坐不垂堂.' 況萬

乘之尊乎?

今遼東戎貊小國, 無城池之固, 備御之術, 器械銖鈍, 犬羊無政, 往必禽克, 誠如明詔. 然其方土寒埆, 穀稼不殖, 民習鞍馬, 轉徙無常. 卒聞大軍之至, 自度不敵, 鳥驚獸駭, 長驅奔竄, 一人匹馬, 不可得見. 雖獲空地, 守之無益, 此不可一也. 加又洪流滉瀁, 有成山之難, 海行無常, 風波難免, 倏忽之間, 人船異勢. 雖有堯,舜之德, 智無所施, 賁,育之勇, 力不得設, 此不可二也. 加以鬱霧冥其上, 鹹水蒸其下, 善生流腫, 轉相洿染, 凡行海者, 稀無斯患, 此不可三也.

天生神聖, 顯以符瑞, 當乘平喪亂, 康此民物. 嘉祥日集, 海內垂定, 逆虜兇虐, 滅亡在近. 中國一平, 遼東自斃, 但當拱手以待耳. 今乃違必然之圖, 尋至危之阻, 忽九州之固, 肆一朝之忿, 既非社稷之重計. 又開闢以來所未嘗有, 斯誠群僚所以傾身側息, 食不甘味, 寢不安席者也. 惟陛下抑雷霆之威, 忍赫斯之怒, 遵乘橋之安, 遠履冰之險, 則臣子賴祉, 天下幸甚.」

時群臣多諫, 權遂不行.

| 국역 |

(孫權) 黃龍 3년(서기 231), 建昌侯인 孫慮(손려)[362]가 鎮軍大將軍

---

362 孫慮(손려, 213 - 232년, 字 子智) - 孫權의 次子. 英明했다. (黃武) 7년 봄 정월

이 되어 半州(반주)에 주둔할 때, 薛綜(설종)은 長史가 되었는데 밖으로는 여러 업무를 처리하고, 안으로는 손려에게 경전을 교육했다. 손려가 죽자, 조정에 들어와 賊曹尙書를 대행하다가 尙書僕射(상서복야)로 승진하였다. 그때 遼東郡의 公孫淵(공손연)이 투항했다가 다시 배반하자, 손권은 대노하면서 친히 공손연을 원정하려고 했다. 이에 설종이 상소하여 諫(간)했다.

「帝王은 만국의 元首이며 천하의 운명은 제왕에게 달려 있습니다. 이 때문에 제왕의 거처는 몇 겹의 대문에 딱따기를 두들기며 예상 못할 사태에 대응하며, 제왕이 출행할 경우 길을 치우고 깃발을 세우며 위엄을 갖추는 것은 모두에게 안전의 복을 지켜서 백성의 마음을 진정시키려는 뜻입니다.

예전에 공자가 병석에서 바다를 건너가고 싶다는 말을 했는데, 季由(子路)가 기뻐하자[363] 공자는 사리를 분간할 줄 모른다며 子路를 나무랐습니다. 漢 元帝가 누각이 있는 큰 배를 타고 궁으로 돌아가려고 하자, 薛廣德(설광덕)[364]은 목을 베어달라며 피를 뿌려 수레에 바르며 승선을 못하게 했습니다. 왜 그러했겠습니까? 물이나 불은 아주 위험하여 제왕이 가까이할 수 없기 때문이었습니다. 속언

(서기 228)에 建昌侯가 되었다. 嘉禾(가화) 원년 봄 정월(서기 232)에 병사했다. 無子. 《吳書》14권, 〈吳主五子傳〉에 입전.

363 공자는 자신의 道를 실현할 수가 없으니 뗏목이라도 타고 바다를 건너 동쪽에라도 가고 싶다는 아쉬움을 토로했다. 이에 자로는 그럴 경우 용감한 자신을 꼭 데려갈 것이라 생각하며 기뻐했다. 이에 공자는 자로는 용감하지만 사리를 분별할 줄 모른다고 자로를 질책하였다. 《論語 公冶長》子曰, "道不行, 乘桴浮于海. 從我者其由與?" 子路聞之喜. 子曰, "由也好勇過我, 無所取材."

364 薛廣德(설광덕, 字 長卿) ─ 沛郡 相縣 출신. 元帝 때 御史大夫 역임. 서기 前 44 ─ 43年.

에도 '千金의 집안의 자제는 마루의 가장자리에 앉지 않는다.'고[365] 하였습니다. 하물며 만승의 존귀하신 분은 더 말할 것이 있겠습니까?

지금 遼東 땅은 戎人(융인)과 貊族(맥족)의 小國으로, 견고한 城池나 방어하는 전술도 없으며, 여러 설비도 보잘 것 없으며 犬羊과 같아 다스릴 수도 없는 사람들이라 우리가 진격하면 틀림없이 사로잡거나 이기는 것은 정말로 폐하의 말씀과 같습니다. 그러나 그 땅은 춥고 황폐한 땅이라서 농사도 지을 수 없으며, 그들은 말을 잘 타서 아무 때나 옮겨 다니며 살고 있습니다. 그들이 갑자기 우리 대군이 공격한다는 것을 알게 되면 맞서 싸울 수 없다는 것을 알기에, 마치 놀란 새나 짐승처럼 끝도 없이 도망치거나 숨어버리기에 사람 하나 말 한 마리를 볼 수 없을 것입니다. 우리가 공지를 차지하고 지킨 다 해도 무익할 뿐이니, 이것이 원정 불가의 첫 번째 이유입니다. 거기다가 또 넓고도 깊은 바닷물과 成山(성산)의 험한 조류가 있어 바닷길이 일정치 않으며 풍파를 면하기 어렵고 순식간에 사람과 배가 따로 움직이게 됩니다. 우리가 비록 堯와 舜의 德行이 있고 지혜가 있어도 이를 베풀만한 상대가 없으며, 孟賁(맹분)과 夏育(하육)처럼 용감하여도 힘을 쓸 곳이 없으니, 이것이 불가한 두 번째 이유입니다. 또 짙은 안개가 바다를 덮고 짠물이 증발하게 되면서 장졸의 몸에 종기가 나고 서로 옮기게 되어 바다를 지나다니는 사람이라면

....
365 千金之子, 坐不垂堂 – 천금을 가진 부잣집 아들은 마루 끝에 앉지 않는다. 위험한 자리나 위험한 일을 하지 않는다. 이 속언은 다른 사람에게 「몸조심하라」는 인사말로도 사용된다. 千金之子 不鬪於盜賊(천금을 가진 부잣집 아들은 도둑과 싸우지 않는다)는 말은 재물보다 목숨이 훨씬 소중하다는 뜻이다.

이런 병을 피할 수 없으니, 이것이 세 번째 불가 이유입니다.

하늘은 폐하께 神聖과 祥瑞(상서)의 뚜렷한 징조가 베풀어 주셨으니, 폐하께서는 응당 태평성대에 환란을 극복하고 백성을 편안케 해야 합니다. 아름다운 상서가 날마다 나타나 海內가 안정되고, 흉악한 역도를 잡아 멸망시킬 수 있는 기회가 지금 눈앞에 와 있습니다. 中國이 하나 되어 평온하면 요동 땅은 저절로 소멸할 것이니, 폐하께서는 팔짱을 끼고 기다리시면 됩니다. 오늘 이러한 필연을 어겨가면서 위험하고 험난한 땅을 원정하려 나서는 일은 九州의 탄탄한 안정을 버리고 一朝의 분노를 따라가려는 것이니, 이는 사직을 안정시킬 계획이 절대로 아닙니다. 또 開闢(개벽) 이래로 이런 일이 없었기에, 모든 신하들은 몸을 움츠리고 숨을 죽여 음식을 먹어도 맛을 모르고 누워도 편히 쉴 수가 없을 것입니다. 폐하께서는 우레와 천둥 같은 분기를 억누르시고 치밀어 오르는 분노를 참으시며, (배가 아닌) 다리(橋梁)를 건너가는 안전을 택해야 하며, 얇은 얼음의 위험을 멀리 하신다면 臣子들은 폐하께 의지하고 천하 백성에게도 다행일 것입니다.」

그때 여러 신하들의 간언이 있어 손권은 요동 정벌에 나서지 않았다.

原文

正月乙未, 權敕綜祝祖不得用常文, 綜承詔, 卒造文義, 信辭粲爛. 權曰, "復爲兩頭. 使滿三也." 綜復再祝, 辭令皆新,

衆咸稱善. 赤烏三年, 徙選曹尙書. 五年, 爲太子少傅, 領選
職如故.

六年春, 卒. 凡所著詩賦難論數萬言, 名曰《私載》, 又定《五
宗圖述》,《二京解》, 皆傳於世.

|국역|

正月 乙未日, 손권은 薛綜(설종)에게 조상을 축원하는 글을 짓되
통상적으로 쓰는 말을 쓰지 말라고 명령하자, 설종은 명을 받아 갑
자기 문장을 지었는데 문사가 찬란하였다. 이에 손권은 "다시 2단
을 더 지어 3단을 채우라."고 하였다. 설종이 다시 축사를 지었는
데, 문사가 모두 새로워 모두가 다 설종을 칭송하였다.

赤烏 3년(서기 240), 설종은 選曹尙書가 되었다.

赤烏 5년, 太子少傅가 되었는데 관리 선발 업무는 전과 같이 담당
하였다.

赤烏 6년(서기 243) 봄에, 죽었다. 설종이 지은 詩賦와 論書(논서)
는 수만 자였는데, 이를 《私載》라 이름 지었고, 또《五宗圖述》과
《二京解》등을 지었는데 모두 지금까지 전하고 있다.

|原文|

子珝, 官至威南將軍, 征交阯還, 道病死. 珝弟瑩, 字道言,
初爲秘府中書郎, 孫休卽位, 爲散騎中常侍. 數年, 以病去官.

孫皓初, 爲左執法, 遷選曹尙書, 及立太子, 又領少傅.

建衡三年, 皓追歎瑩父綜遺文, 且命瑩繼作. 瑩獻詩曰,

┃국역┃

薛綜(설종)의 아들 薛珝(설후, 珝는 옥 이름 후)는 威南將軍이었는데, 교지군을 원정하고 돌아오는 도중에 병사하였다. 설후의 동생 薛瑩(설영, 瑩은 밝을 영)의 字는 道言(도언)인데, 처음에 秘府 中書郎이었는데, 孫休(손휴, 景帝)가 즉위하며(재위 258 – 264), 散騎中常侍가 되었다. 몇 년 뒤 질병으로 사직하였다. 孫皓(손호, 末帝) 초기에 左執法이 되었다가 選曹尙書가 되었는데, 太子를 책립하면서 太子少傅를 겸직하였다. 建衡 3년(서기 271), 손호는 설영의 부친의 遺文을 읽고 감탄하면서 설영에게 이어 지으라고 명했다. 이에 설영이 시를 지어 올렸다.

┃原文┃

「惟臣之先, 昔仕於漢, 奕世綿綿, 頗涉臺觀.

曁臣父綜, 遭時之難, 卯金失御, 邦家毀亂.

適茲樂土, 庶存子遺, 天啓其心, 東南是歸.

厥初流隷, 困於蠻垂, 大皇開基, 恩德遠施.

特蒙招命, 拯擢泥汚, 釋放巾褐, 受職剖符.

作守合浦, 在海之隅, 遷入京輦, 遂升機樞.

枯瘁更榮, 絶統復紀, 自微而顯, 非願之始.

亦惟寵遇, 心存足止.

重值文皇, 建號東宮, 乃作少傅, 光華益隆.

明明聖嗣, 至德謙崇, 禮遇兼加, 惟渥惟豐.

哀哀先臣, 念竭其忠, 洪恩未報, 委世以終.

嗟臣蔑賤, 惟昆及弟, 幸生幸育, 托綜遺體.

過庭旣訓, 頑蔽難啓, 堂構弗克, 志存耦耕.

豈悟聖朝, 仁澤流盈.

追錄先臣, 愍其無成, 是濟是拔, 被以殊榮.

珝忝千里, 受命南征, 旌旗備物, 金革揚聲.

及臣斯陋, 實暗實微, 旣顯前軌, 人物之機.

復傅東宮, 繼世荷輝, 才不逮先, 是忝是違.

乾德博好, 文雅是貴, 追悼亡臣, 冀存遺類.

如何愚胤, 曾無彷彿!

瞻彼舊寵, 顧此頑虛, 孰能忍愧, 臣實與居.

夙夜反側, 克心自論, 父子兄弟, 累世蒙恩,

死惟結草, 生誓殺身, 雖則灰隕, 無報萬分.」

┃국역┃

「臣의 선조는 옛 漢에 出仕하여
위대하게 면면히 대를 이어 요직을 두루 섭렵하였다.

臣의 부친 薛綜(설종)은 당시 난관을 만났으니,

劉氏(卯金)가 기강을 잃어 나라와 황실이 무너졌다.

이에 樂土를 찾아 떠나 겨우 후사를 이었으니,

하늘이 마음을 열어 주어 동남으로 피난하였다.

그전에 떠돌아 다녀 멀리 변방에서 곤궁하였으니,

大皇(孫權)은 國基를 개창하고 은덕을 멀리 베푸셨다.

특별히 부르는 명을 받아 진흙을 털고 일어나

평민의 의관을 벗고 직명에 부절을 나눠 받았다.

合浦郡 관직을 받아 바닷가 변방에 근무하다가

京師에 부름을 받아 들어와 마침 요직에 승진하셨다.

枯木에 다시금 꽃이 피었고 끊긴 영광을 다시 이었으니,

미천한 처지라 이런 顯職은 처음 바라지도 못했었다.

이처럼 총애를 입어 마음에 知足한다.

이어서 文治의 황제를 만나 東宮을 책립하시자,

곧바로 少傅가 되어 빛나는 영광은 더욱 융성하였다.

英明한 聖皇이 이어 오면서 至德에 겸양도 우뚝하니,

특별한 禮遇를 함께 받았고 두터운 은덕이 풍성했다.

哀慕의 先代는 오직 충성을 다 바치었지만

크나큰 恩寵을 아직 보답치 못하고 세상을 떠나셨다.

슬프다! 小子는 크게 학식도 모자란 형과 아우뿐이나

다행히 태어나 겨우 자라서 先親의 유덕을 계승했다.

선친의 훌륭한 엄한 교훈에 우매한 머리를 깨우쳤고[366]

----

366 문의 過庭旣訓 - 뜰을 지날 때 부친의 교훈을 듣다. 이는 공자와 아들 孔鯉

조정의 업무를 감당 못하고 마음은 은거에 있었다.

聖朝의 인자한 은택 넘침을 어찌 알았으리요.

선친의 행장을 따라 적으며 성공 못한 후손이 부끄러우나

선친을 따라서 뽑혀 특별한 은총을 입었다.

薛珝(설후)는 천리 먼 곳에 명을 받아 南征하니,

旌旗(정기)를 세우고 장비를 갖춰 戰鼓를 크게 울렸다.

후손이 이리 못나서 우매하고 미천하였어도

선친의 자취를 따라 인재 등용의 요직을 수행하였다.

또다시 東宮의 小傅(소부)로 선친의 영광을 이었지만,

재능은 부친을 잇지 못하니 더 많이 부끄럽도다.

하늘의 은덕은 크고 넓으며 文雅(문아)가 가장 귀하나니

선친의 대덕을 추모하며 후손으로 이어 남으리라.

우매한 후손이 어찌 신친을 아니 닮으리오.

옛날의 은총을 우러르며 우매하고 모자란 나를 돌아보니

마음속 수치를 견디며 직분을 어찌 수행치 아니 하겠나.

주야로 뒤척이며, 마음을 다지며 자신을 돌아보니

父子와 형제가 여러 대에 걸쳐 황실의 은총을 입었기에,

죽더라도 결초보은하고 살아서는 殺身報國을 다짐하나니,

....

(공리)의 古事이다. 공자의 제자 陳亢(진항)이 伯魚(鯉)에게 "아들이니 특별
한 가르침을 받은 것이 있습니까?"라고 물었다. 이에 백어는 "없습니다. 하
루는 아버님이 혼자 서 계실 때 제가 빠른 걸음으로 뜰을 지나가자(過庭) 물
으셨습니다. '詩를 배웠느냐?' 저는 '아직 못 배웠습니다.'라고 대답하자, '시
를 배우지 않으면 말을 잘할 수 없다.'라고 하셨습니다. 그래서 저는 물러나
詩를 배웠습니다.《論語 季氏》陳亢問於伯魚曰, "子亦有異聞乎?" 對曰, "未
也. 嘗獨立, 鯉趨而過庭. 曰, '學詩乎?' 對曰, '未也.' '不學詩, 無以言.' 鯉退
而學詩. ~.

죽어 한 줌 재가 되어도 만분의 일을 보답치 못할 것이다.」

|原文|

是歲, 何定建議鑿聖谿以通江淮, 皓令瑩督萬人往, 遂以多盤石難施功, 罷還, 出爲武昌左部督, 後定被誅, 皓追聖谿事, 下瑩獄, 徙廣州. 右國史華覈上疏曰,

「臣聞五帝三王皆立史官, 敍錄功美, 垂之無窮. 漢時司馬遷, 班固, 咸命世大才, 所撰精妙, 與六經俱傳. 大吳受命, 建國南土.

大皇帝末年, 命太史令丁孚, 郞中項峻始撰《吳書》. 孚,峻俱非史才, 其所撰作, 不足紀錄. 至少帝時, 更差韋曜,周昭,薛瑩,梁廣及臣五人, 訪求往事, 所共撰立, 備有本末. 昭,廣先亡, 曜負恩蹈罪, 瑩出爲將, 復以過徙, 其書遂委滯, 迄今末撰奏.

臣愚淺才劣, 適可爲瑩等記注而已, 若使撰合, 必襲孚,峻之跡, 懼墜大皇帝之元功, 損當世之盛美. 瑩涉學旣博, 文章尤妙, 同寮之中, 瑩爲冠首.

今者見吏, 雖多經學, 記述之才, 如瑩者少, 是以懷懷爲國惜之. 實欲使卒垂成之功, 編於前史之末. 奏上之後, 退塡溝壑, 無所復恨.」

이 해에, 何定(하정)[367]은 聖谿(성계)를 굴착하여 長江과 淮水(회수)를 연결해야 한다고 건의하였는데, 손호는 薛瑩(설영)에게 1만 병력을 주어 일을 담당케 하였지만 巖盤(암반)이 많아 시공이 어렵다 하여 중지하고 돌아왔으며, 설영은 다시 武昌의 左部 都督으로 파견되었는데 하정이 주살 당한 뒤에, 손호는 聖谿의 굴착 업무를 재조사하여 설영을 하옥시켰다가 廣州로 유배시켰다. 이에 右國史인 華覈(화핵)이 상소하였다.

「臣이 알기로, 五帝와 三王은 모두 史官을 두고 훌륭한 치적을 수록하여 후세에 오래 전하게 하였습니다. 漢代에 司馬遷(사마천)과 班固(반고) 등은 모두 한 시대의 뛰어난 인재로, 그들의 저술은 정밀하고 奧妙(오묘)하여 六經과 함께 이어내려 왔습니다. 大吳는 천명을 받아 南土에 건국하였습니다.

大皇帝(孫權) 말년에, 태사령인 丁孚(정부)와 郎中인 項峻(항준)등에 명하여 처음으로 《吳書》를 편찬케 하였습니다. 정부와 항준은 두 사람은 모두 史才를 갖추지 못했기에 그들의 편찬은 紀錄으로서 좀 부족하였습니다. 少帝(孫亮, 재위 252 – 258년)에 이르러 다시 韋曜(위요)와 周昭(주소), 薛瑩(설영)과 梁廣(양광) 및 臣(華覈) 5인을 다시 발탁하여 지난 사적을 조사하여 함께 역사를 기록하고 本末을

....

367 何定(하정, ?-272년) – 본래 손권의 給使였다가 관리가 되었다. 孫皓가 즉위한 뒤에 하정을 先帝의 舊人이라 하여, 하정을 樓下都尉에 임명하여 釀造(양조) 책임자로 임명했는데 이후 총애를 빙자하여 방자하게 놀았다. 그 아들이 少府 李勖(이욱)의 딸에게 청혼했지만 거절당하자 이욱을 모함했다. 鳳皇 元年(서기 272) 죄상이 드러나 처형되었다.

갖춰 서술케 하였습니다. 그러나 주소와 양광은 먼저 죽었고, 위요
는 은택을 받았지만 죄를 지었으며, 설영은 장수로 출정하였다가
다시 과오를 범하여 멀리 유배되었기에 역사의 편찬은 지체되어 지
금껏 완성하지 못하였습니다.

臣은 어리석고 淺學(천학)에 재능도 부족하여 설영의 편찬을 보조
할 뿐이라서, 남은 저에게 편찬을 마무리 한다면 전임이었던 정부
와 항준의 귀를 답습하게 되어, 大皇帝(孫權)의 元功이나 당세의 훌
륭한 치적을 손상시킬 것 같아 두렵기만 합니다. 설영은 학문이 넓
고 박식하며 문장이 더욱 우수하기에 동료 중에서도 설영이 늘 제
일이었습니다.

지금 재직하는 관리 중에 비록 경학자가 많다지만 역사를 서술할
인재로 설영 같은 사람이 거의 없기에, 그의 유배는 정말로 나라를
위해 안타까울 뿐입니다. 사실상 지금까지 이룬 공적으로 앞선 기
록의 뒤를 이어나가야 합니다. 역사 편찬이 완료된 뒤에 저는 구렁
텅이에 빠져 죽은들 아무 한이 없을 것입니다.」

|原文|

皓遂召瑩還, 爲左國史. 頃之, 選曹尙書同郡繆禕以執意不
移, 爲群小所疾, 左遷衡陽太守. 旣拜, 又追以職事見詰責,
拜表陳謝. 因過詣瑩, 復爲人所白, 云禕不懼罪, 多將賓客會
聚瑩許, 乃收禕下獄, 徙桂陽, 瑩還廣州. 未至, 召瑩還, 復職.

是時法政多謬, 擧措煩苛, 瑩每上便宜, 陳緩刑簡役, 以濟

育百姓, 事或施行. 遷光祿勳.

天紀四年, 晉軍征皓, 皓奉書司馬伷, 王渾, 王濬請降, 其文, 瑩所造也.

瑩既至洛陽, 特先見敍, 爲散騎常侍, 答問處當, 皆有條理. 太康三年卒. 著書八篇, 名曰《新議》.

| 국역 |

孫皓는 薛瑩(설영) 불러 돌아오게 했고, 설영은 左國史가 되었다. 얼마 후, 選曹尙書인 同郡의 繆禕(목의)가 자신의 주장은 굽히지 않아 많은 하급 관리들이 미워하였는데, 결국 衡陽(형양)[368] 태수로 좌천되었다. 목의는 좌천되자 업무상 실수로 견책을 받은 것이라 생각하여 표문을 올려 사죄하였다. 목의는 부임하면서 가는 길에 설영의 집에 들렀는데, 목의는 징벌을 두려워하지 않으며 빈객들을 설영의 집에 모이게 했다고 다른 사람에게 고발을 받았는데, 이에 목의를 체포하여 하옥했다가 桂陽郡으로 강제 이주케 하였고, 설영은 다시 廣州에 유배되었다. 그러나 설영은 광주에 가는 도중에 부름을 받아 돌아와 복직되었다.

이때 조정에서는 법 집행에 오류가 많았고 모든 행정 명령이 매우 번거로웠는데, 설영은 일이 있을 때마다 개선 대책을 올리며 형벌 완화와 부역의 경감으로 백성을 구제해야 한다고 건의하였는데 가끔 채택되었다. 설영은 光祿勳으로 승진하였다.

---

368 衡陽郡(형양군) – 치소는 湘南縣, 今 湖南省 중동부 湘潭市(상담시).

(孫皓) 天紀 4년(서기 280), 晉軍이 손호를 정벌했고, 손호는 國書를 司馬伷(사마주),[369] 王渾(왕혼), 王浚(왕준)에게 보내 투항을 요청하였는데 그 문장을 설영이 지었다.

설영이 晉 國都 洛陽에 도착하자 특별히 먼저 관직에 임명받아 散騎常侍가 되었는데, 모든 문답이나 업무 처리에 조리가 있었다. 설영은 太康 3년(서기 282)에 죽었다. 저서 8篇의 이름은 《新議》이다.

| 原文 |

評曰, 張紘文理意正, 爲世令器, 孫策待之亞於張昭, 誠有以也, 嚴, 程, 闞生, 一時儒林也. 至畯辭榮濟舊, 不亦長者乎! 薛綜學識規納, 爲吳良臣. 及瑩纂蹈, 允有先風, 然於暴酷之朝, 屢登顯列, 君子殆諸.

| 국역 |

陳壽의 評論 : 張紘(장굉)은 그 文辭가 깊고 사상이 정직하였으니 당세의 영재라서 孫策도 張昭(장소) 다음으로 존중했는데, 이는 그만한 까닭이 있었다. 嚴畯(엄준)과 程秉(정병), 闞澤(감택)은 당대에 유명한 유림이었다. 엄준은 자신의 고관의 직책을 사양하고 우인을 구제하였으니 어찌 長者가 아니겠는가! 薛綜(설종)은 그 학식이 純

---

369 司馬伷(사마주, 227 - 283년, 字 子將) - 曹魏와 西晉의 將領, 司馬懿의 四子(一說 五子), 司馬師, 司馬昭의 異母 弟.

正하였고 東吳의 良臣이었다. 아들 薛瑩(설영)이 父業을 계승하며 선대의 유풍이 있었기에 暴虐(포학)한 조정에서도 고위직에 오를 수 있었으나 군자로서 정말 위태로웠다.

54권 〈周瑜魯肅呂蒙傳〉(吳書 9)
(주유,노숙,여몽전)

❶ 周瑜

| 原文 |

周瑜字公瑾, 廬江舒人也. 從祖父景, 景子忠, 皆爲漢太尉. 父異, 洛陽令. 瑜長壯有姿貌. 初, 孫堅與義兵討董卓, 徙家於舒. 堅子策與瑜同年, 獨相友善, 瑜推道南大宅以舍策, 升堂拜母, 有無通共.

瑜從父尙爲丹楊太守, 瑜往省之. 會策將東渡, 到歷陽, 馳書報瑜, 瑜將兵迎策. 策大喜曰, "吾得卿. 諧也." 遂從攻橫江, 當利, 皆拔之. 乃渡江擊秣陵, 破笮融,薛禮, 轉下湖孰,江乘, 進入曲阿. 劉繇奔走, 而策之衆已數萬矣. 因謂瑜曰, "吾以此衆取吳會平山越已足. 卿還鎭丹楊."

瑜還. 頃之, 袁術遣從弟胤代尙爲太守, 而瑜與尙俱還壽春. 術欲以瑜爲將, 瑜觀術終無所成, 故求爲居巢長, 欲假塗東歸, 術聽之. 遂自居巢還吳. 是歲, 建安三年也.

策親自迎瑜, 授建威中郎將, 卽與兵二千人, 騎五十匹. 瑜時年二十四, 吳中皆呼爲周郎. 以瑜恩信著於廬江, 出備牛渚, 後領春穀長. 頃之, 策欲取荊州, 以瑜爲中護軍, 領江夏太守, 從攻皖, 拔之.

時得橋公兩女, 皆國色也. 策自納大橋, 瑜納小橋. 復近尋陽, 破劉勳, 討江夏, 還定豫章, 廬陵, 留鎭巴丘.

| 국역 |

周瑜(주유)[370]의 字는 公瑾(공근)으로, 廬江郡 舒縣[371] 사람이다. 從祖父인 周景(주경)과 주경의 아들 周忠(주충)은 모두 漢의 太尉를 역

----

370 周瑜(주유, 175 – 210년, 字 公瑾) – 瑜는 아름다운 옥 유. 주유를 보통 '周郎'이라는 애칭으로 부른다. 주유가 지휘한 赤壁之戰(건안 13년, 서기 208)은 以少勝多의 전투로 유명하며, 이는 삼국 정립의 계기가 되었다. 이 적벽대전을 치룬 2년 뒤에 주유는 36세로 병사했다. 魯肅, 呂蒙, 陸遜과 함께 吳의 四大都督으로 불린다. 주유는 젊은 날에 일찍 출세했지만 언제나 謙虛 寬容하였으며, 相貌가 堂堂했고 음률에도 정통하여 '曲有誤하면 周郎이 돌아본다.'는 말이 생겼다. 孫策과 孫權도 주유를 높이 예우했으며, 아내 小橋(소교)는 國色이었고, 영웅과 國色 커플에 대한 후세 사람의 心願을 北宋 文豪 蘇軾(소식)은 〈念奴嬌/赤壁懷古〉에서 형상화하였다(서기 1082년). 小說《三國演義》에서는 羅貫中이 제갈량의 재덕과 비범한 지혜를 드러내기 위하여 주유를 心胸이 狹隘(협애)하며 제갈량과 암투를 벌리는 인물로 묘사했다.
371 廬江郡의 치소는 舒縣, 今 安徽省 중서부 六安市 관할 舒城縣.

임했다. 주유의 부친 周異(주이)는 洛陽 縣令이었다. 周瑜는 키도 크고 건장하며 용모가 뛰어났었다.

그전에, 孫堅(손견)이 동탁 토벌 의병을 일으킬 때 가족을 (廬江郡) 舒縣으로 이사시켰다. 손견의 아들 孫策은 주유와 동갑이어서 특별히 서로 가까웠는데, 주유는 길 건너 대저택을 손책에게 내주었고, 함께 입실하여 손책의 모친께(吳夫人) 배례하였으며, 모든 물건을 융통하며 함께 사용하였다.

주유의 從父(종부, 큰아버지나 작은아버지)인 周尚은 丹楊[372] 태수였는데, 주유가 안부 차 찾아가 뵈었다. 그때 손책은 동쪽으로 長江을 건너가려고 歷陽縣에 와서 주유에게 서신을 보냈고, 주유는 군사를 거느리고 손책을 영입했다. 손책이 크게 기뻐하며 "내가 그대를 얻었으니 모두가 잘될 것이다."라고 말했다. 손책은 군사를 거느리고 橫江津(횡강진)과 當利口(당리구)를 공격하여 모두 점령하였다. 이어 손책은 장강을 건너 秣陵(말릉)을 공격하여 笮融(책융)과 薛禮(설례)을 격파했고, 방향을 돌려 湖孰(호숙)과 江乘(강승)을 함락시키고서 (吳郡) 曲阿縣[373]에 진입하였다. 劉繇(유요)는 달아났고, 손책의 군사는 이미 수만 명이나 되었다. 이에 손책이 주유에게 말했다.

"나는 이 군사를 거느리고 吳會를 차지하고 山越(산월)을 평정할 것이니, 경은 돌아가 丹楊郡을 진무해주오."

周瑜는 단양군으로 돌아왔다. 얼마 뒤 袁術(원술)은 從弟인 袁胤(원윤)을 周尚(주상) 대신 단양태수로 보냈고, 주유와 주상은 함께 壽

372 丹楊(丹陽)郡 治所는 宛陵縣, 今 安徽省 동남부 宣城市.
373 吳郡 曲阿縣은, 今 江蘇省 남부 長江 남안 鎮江市 관할 丹陽市.

54권 〈周瑜魯肅呂蒙傳〉(吳書9) 379

春(수춘)[374]으로 돌아왔다. 원술은 周瑜를 부장으로 삼으려 했지만, 주유가 볼 때 원술은 도저히 대업을 성취할 수 없다 생각하여 (廬江郡) 居巢縣(거소현)[375] 縣長을 원하면서 길을 빌려 동쪽으로 돌아가려 했다. 이에 원술은 수락하였다.

주유는 거소현을 경유하여 吳郡으로 돌아왔다. 이 해가 건안 3년 (서기 198)이었다. 손책은 친히 주유를 맞이했고 建威中郎將을 제수하고 그 자리에서 군사 2천 명과 말 50필을 내주었다. 그때 주유는 24세였는데, 吳郡 사람들은 모두 주유를 周郎(주랑)이라는 애칭으로 불렀다.

주유는 廬江郡에서 이미 恩愛와 신의로 이름이 알려졌는데, 주유는 군사를 거느리고 牛渚(우저)[376]에 주둔했다가 뒤에 春穀(춘곡) 縣長을 겸했다. 얼마 뒤에 손책은 荊州(형주)를 차지하려고 주유를 中護軍으로 삼아 江夏[377] 태수를 겸임케 하였는데, 주유는 손책을 따라 皖城(환성)[378]을 공격하여 점령했다.

그때 橋公(교공)[379]에게 두 딸이 있었는데, 모두 國色이었다. 손책

374 淮南郡 壽春縣. 揚州牧의 치소. 今 安徽省 중부 淮南市 관할 壽縣. 당시 원술의 세력 근거지.

375 廬江郡 居巢縣(거소현) - 今 安徽省 중동부 巢湖市(소호시).

376 牛渚(우저) - 산 이름. 今 安徽省 馬鞍山市 관할 當涂縣(당도현) 長江 연안. 長江 하류의 중요 포구이며 군사 요충지.

377 荊州 江夏郡 - 治所 西陵縣. 今 湖北省 동부 武漢市 新洲區. 촉한과 東吳의 최전선.

378 廬江郡의 현명. 今 安徽省 서남부 皖河(환하) 상류 安慶市 관할 潛山縣(잠산현).

379 橋公(교공) - 正史《三國志》에는 二橋의 부친인 廬江郡 橋公이 누구인지 설명이 없다.《三國演義》에서는 橋公 또는 喬國老라 하면서 漢朝의 太尉를 역임한 橋玄(교현)으로 설정했지만, 橋玄은 靈帝 光和 6년(서기 183년)에 향년

은 큰딸 大橋(대교)를, 주유는 小橋(소교)를 맞이하였다(自納).[380] 주
유는 다시 尋陽(심양)으로 진격하여 劉勳(유훈)을 격파했고, 江夏郡
을 평정한 뒤에 돌아와 豫章郡과 廬陵郡를 차지하고서 巴丘(파구)[381]
에 주둔하였다.

....

75세로 죽었다. 당시 橋玄(교현, 字 公祖)은 靈帝 때 三公과 太尉를 역임했다.
《後漢書》51권, 〈李陳龐陳橋列傳〉에 立傳. 교현은 젊은 날의 조조에게 "天
下가 크게 어지러울 텐데 命世之才가 아니면 不能濟인데, 천하를 안정시킬
사람은 바로 당신이요."라고 말했다. 손책이 격파한 皖城(환성)은 袁術의 故
地였기에 橋公(교공)은 원술의 옛 부하로 대장군이었던 橋蕤(교유, ?-197년)
로 추정할 수 있다. 그렇다면 二橋는 승전의 결과로 얻은 여인이었고 그때까
지 손책과 주유가 미혼일 수 없기에 正妻가 아닌 첩실로 맞이했을 것이다.

380 大橋, 小橋를 《三國演義》에서는 大喬, 小喬로, 蘇軾(소식)의 〈念奴嬌〉에서는
嬌(아리따울 교)로 표기했다. 이 二橋(二喬, 二嬌)를 소재로 한 唐 杜牧의 七絶
詩 〈赤壁〉을 읽지 않고 넘어갈 수가 없어 아래에 소개한다. 이 시는 대략 武
宗 會昌 2년(842)에 지은 시로 알려졌다. 당시 두목은 나이 40세로 적벽에 가
까운 黃州(今, 湖北省 黃岡市)의 刺史로 있었다.

折戟沉沙鐵未銷, 自將磨洗認前朝.
東風不與周郎便, 銅雀春深鎖二喬.
모래 속 부러진 창끝 쇠는 아직 삭지 않아
문지르고 씻어서 前代의 것이라 알았도다.
東風이 周瑜의 편이 아니었더라면
늦은 봄 銅雀臺에 二喬가 거기에 있었으리라.

위 周瑜의 주석에서 언급했지만 〈念奴嬌〉를 그냥 지나칠 수 없어 그 원문만
을 여기 수록한다. 《念奴嬌·赤壁懷古》, 蘇軾

大江東去, 浪淘盡, 千古風流人物. / 故壘西邊, 人道是, 三國周郎赤壁. / 亂
石崩雲, 驚濤裂岸, 捲起千堆雪. / 江山如畵, 一時多少豪傑. / 遙想公瑾當
年, 小喬初嫁了, 雄姿英發. / 羽扇綸巾, 談笑間, 强虜灰飛煙滅. / 故國神遊,
多情應笑我, 早生華髮. / 人生如夢, 一樽還酹江月.

381 巴丘(파구) - 東吳 豫章郡(廬陵郡)의 巴丘縣, 今 湖南省 동북단 岳陽市. 서쪽
으로 洞庭湖에 임했다. 岳陽市는 名山, 名水, 名樓, 名人, 名文의 집합처라고
소문이 났다. 주유가 죽은 巴口는 同名異處라는 주석이 있다.

　五年, 策薨, 權統事. 瑜將兵赴喪, 遂留吳, 以中護軍與長史
張昭共掌衆事.

　十一年, 督孫瑜等討麻, 保二屯, 梟其渠帥, 囚俘萬餘凵, 還
備宮亭. 江夏太守黃祖遣將鄧龍將兵數千人入柴桑, 瑜追討
擊, 生虜龍送吳.

　十三年春, 權討江夏, 瑜爲前部大督. 其年九月, 曹公入荊
州, 劉琮擧衆降, 曹公得其水軍, 船步兵數十萬, 將士聞之皆
恐. 權延見群下, 問以計策.

　議者咸曰, "曹公豺虎也, 然託名漢相, 挾天子以征四方, 動
以朝廷爲辭. 今日拒之, 事更不順, 且將軍大勢可以拒操者,
長江也. 今操得荊州, 奄有其地. 劉表治水軍, 蒙衝鬪艦, 乃
以千數, 操悉浮以沿江, 兼有步兵, 水陸俱下. 此爲長江之險,
已與我共之矣. 而勢力衆寡, 又不可論. 愚謂大計不如迎之."

　瑜曰, "不然. 操雖託名漢相, 其實漢賊也. 將軍以神武雄
才, 兼仗父兄之烈, 割據江東, 地方數千里, 兵精足用. 英雄
樂業, 尚當橫行天下, 爲漢家除殘去穢. 況操自送死, 而可迎
之耶? 請爲將軍籌之. 今使北土已安, 操無內憂, 能曠日持久,
來爭疆場, 又能與我校勝負於船楫, 可乎? 今北土既未平安,
加馬超, 韓遂尚在關西, 爲操後患. 且捨鞍馬, 仗舟揖, 與吳越
爭衡, 本非中國所長. 又今盛寒, 馬無蒿草. 驅中國士衆遠涉

江湖之間, 不習水土, 必生疾病. 此數四者, 用兵之患也, 而操皆冒行之. 將軍擒操, 宜在今日. 瑜請得精兵三萬人, 進住夏口, 保爲將軍破之."

權曰, "老賊欲廢漢自立久矣, 徒忌二袁,呂布,劉表與孤耳. 今數雄已滅, 惟孤尙存, 孤與老賊, 勢不兩立. 君言當擊, 甚與孤合, 此天以君授孤也."

| 국역 |

(建安) 5년(서기 200) 손책이 죽었고, 孫權이 권력을 계승했다. 周瑜(주유)는 군사를 거느리고 와서 조문한 다음에 吳郡에 머무르면서 中護軍의 직책으로 (손책의) 長史인 張昭(장소)와 함께 모든 일을 처리하였다.

(建安) 11년(서기 206), 주유는 孫瑜(손유) 등을 지휘하여 麻(마)와 保(보) 두 보루(屯)를 격파하고 그 우두머리들을 梟首(효수)했으며, 1만여 포로를 획득한 뒤에 宮亭(궁정)에 주둔하였다. 江夏 태수인 黃祖(황조)가 부장 鄧龍(등룡)에게 수천 군사를 주어 (江夏郡) 柴桑縣(시상현)[382]에 침입하자, 주유가 추격 토벌한 뒤에 등룡을 생포하여 吳郡으로 압송하였다.

(建安) 13년(서기 208), 손권은 江夏郡을 원정했는데, 주유는 前部 大都督이었다. 그 해 9월에, 曹操가 荊州에 진입하자 (劉表의 아

---

382 柴桑(시상) – 柴桑縣(시상현) – 豫章郡 나중에는 江夏郡 소속, 今 江西省 최북단 九江市 서남. 鄱陽湖와 長江의 합류 지점.

들) 劉琮(유종)은 무리를 거느리고 투항했다. 조조는 형주의 水軍과 선박, 그리고 보병 수십 만을 보유하였는데, 이런 소식을 알게 된 장졸은 모두 두려워했다. 손권은 여러 신하를 불러 모아 계책을 물었다.

논의에 참가한 많은 사람들이 말했다.

"曹操는 승냥이나 호랑이 같은데다가 漢의 승상이라는 명분으로 천자를 끼고 사방을 정벌하며 모든 것을 조정의 일이라 말하고 있습니다. 오늘 우리가 조조에게 저항한다면 사정은 더 나빠질 것이나, 장군께서 조조를 막을 수 있는 유리한 것은 長江뿐입니다. 지금 조조는 형주 땅을 차지하였습니다. 劉表가 수군을 훈련시켰고 적의 배를 부수고 싸우는 전투함이 수천 척이나 되는데, 조조가 그 수군을 출동시켜 강을 따라 내려오면서 보병과 함께 수륙으로 공격할 것입니다. 이렇게 되면 장강의 험고한 시역을 적과 우리가 공유하는 것입니다. 그들 군사의 많고 적은 것은 말할 필요도 없습니다. 우리의 우견으로 가장 좋은 계책은 조조의 군사를 영입하는 것입니다."

이에 주유가 말했다.

"그렇지 않습니다. 조조가 漢 승상이라는 명분이 있지만, 실제는 漢室의 도적입니다. 장군(孫權)께서는 神武에 雄才로, 父兄의 功業을 이어받았고 江東에 할거하여 땅이 수천 리이며 군사와 군량도 충분합니다. 영웅은 큰일을 만들어 실천하고 천하를 횡행하면서, 漢室을 위하여 잔악한 자를 제거하고 모든 악을 쓸어버려야 합니다. 조조가 제 발로 죽으러 오는데, 우리가 왜 맞이해야 합니까? 장군을 위해 계책을 말씀드려보겠습니다. 지금 북방이 안정되었고 내부적으로도 걱정거리가 없어 오랫동안 우리와 대치하고 싸울 수 있으며, 또 우리와 수군으로도 승부를 낼 수 있다고 하는데, 그것이 가능하겠습니까? 지금도 북쪽은 안정되지 않은 데다가 거기에 馬超(마초)와 韓遂(한수) 등이 여전히 關西에 주둔하며 조조의 후환이 됩니다. 그들이 말을 버리고 배에 의지하여 우리 吳越과 힘을 겨룬다지만 이는 본래 中原 군사의 장점이 아닙니다. 또 지금은 한겨울이라서 말의 사료도 없습니다. 중원의 군사를 내몰아 멀리 長江과 호수 지역을 진출하였기에 水土에 익숙하지 않아 틀림없이 질병에 시달릴 것입니다. 지금 꼽은 4가지는 용병에서 꺼리는 것인데, 조조는 이를 강행하려고 합니다. 장군께서 조조를 생포할 수 있는 날이 바로 오늘일 것입니다. 저 주유는 정병 3만을 거느리고 夏口에 가서 기다리다가 장군을 위해 적을 격파하겠습니다."

이에 손권이 말했다.

"老賊(曹操)이 漢室을 없애고 자립하려는 지 오래되었지만, 원소와 원술, 呂布와 劉表, 그리고 나를 꺼렸었다. 지금 다른 강자들은 모두 없어졌지만 나는 아직 남았으니, 나와 조조는 결코 양립할 수 없다. 응당 맞아 싸워야 한다는 君(周瑜)의 뜻은 나와 딱 맞나니, 이는 하늘이 君을 나에게 보낸 것이다."

| 原文 |

時劉備爲曹公所破, 欲引南渡江. 與魯肅遇於當陽, 遂共圖

計, 因進住夏口, 遣諸葛亮詣權. 權遂遣瑜及程普等與備並力逆曹公, 遇於赤壁. 時曹公軍衆已有疾病, 初一交戰, 公軍敗退, 引次江北.

瑜等在南岸. 瑜部將黃蓋曰, "今寇衆我寡, 難與持久. 然觀操軍船艦, 首尾相接, 可燒而走也." 乃取蒙衝鬪艦數十艘, 實以薪草, 膏油灌其中. 裹以帷幕, 上建牙旗, 先書報曹公, 欺以欲降.

又豫備走舸, 各繫大船後, 因引次俱前. 曹公軍吏士皆延頸觀望, 指言蓋降. 蓋放諸船, 同時發火. 時風盛猛, 悉延燒岸上營落. 頃之, 煙炎張天, 人馬燒溺死者甚衆, 軍遂敗退, 還保南郡. 備與瑜等復共追. 曹公留曹仁等守江陵城. 逕自北歸.

| 국역 |

그때 劉備(유비)는 曹公에게 격파된 뒤라서 군사를 이끌고 남쪽으로 長江을 건너려 했다. 유비는 當陽縣(당양현)에서 魯肅(노숙)과 만나 함께 대응하기로 합의하고 夏口(하구)로 이동했고, 유비는 諸葛亮(제갈량)을 손권에게 보냈다. 손권은 周瑜(주유)와 程普(정보)[383] 등을 보내 유비와 협력하여 조조와 맞서 싸우려고 赤壁(적벽)에서 합세하기로 했다. 그때 조조의 부대에는 이미 질병이 돌았고 첫 교전

383 程普(정보, 생졸년 미상, 字 德謀) – 東吳의 三代 元勳. 손권의 무신 중 최고 연장자라서 程公이라 통칭. 《吳書》10권, 〈程黃韓蔣周陳董甘淩徐潘丁傳〉에 입전된 12명 무장의 첫째(江表之虎臣 – 程普, 黃蓋, 韓當, 蔣欽, 周泰, 陳武, 董襲, 甘寧, 淩統, 徐盛, 潘璋, 丁奉). 처음에는 주유와 사이가 안 좋았다.

에서 조조의 군사는 패퇴하고 군사를 강북으로 후퇴하였다.

주유 등은 長江의 남안에 주둔했다. 주유의 부장인 黃蓋(황개)[384]
가 말했다.

"지금 적은 많고 우리 군사는 적어서 오래 상대할 수 없습니다.
그러나 조조 군의 船艦(선함)은 모두 首尾(수미)가 연결되었기에 불
태운 다음에 도망 나올 수 있습니다."

이에 적선과 부딪쳐 부술 수 있는 배(艘, 배 소) 수십 척에 건초를
싣고 거기에 기름(膏油, 고유)을 부었다. 건초를 천으로 싸서 숨기고
배에는 軍旗(牙旗)를 세웠는데, 먼저 조조에게 서신을 보내 거짓으
로 투항하려 한다고 알렸다.

또 도망 나올 배를 미리 준비하여 큰 배 뒤에 묶어 함께 순차적으
로 전진하였다. 조조 진영의 장졸은 모두 목을 늘여 바라보면서 황
개가 투항해 온다고 말했다. (吳軍은) 모든 배를 풀어 놓고 동시에
불을 질렀다. 그때 바람이 사납게 불어와서[385] 연안의 군영까지 번
졌다. 이어 연기와 화염이 하늘까지 닿으며 많은 군사와 말들이 불
타거나 물에 빠져 죽었고, 조조의 군사는 후퇴하여 南郡으로 돌아
가 지켰다. 유비와 주유 등은 다시 함께 추격하였다. 조조는 曹仁
등을 남겨 江陵城을 지키게 한 뒤에 지름길로 북쪽으로 돌아갔다.

---

384 黃蓋〔황개, 2世紀 - 215년 ?, 字 公覆(공복)〕 - 荊州 零陵郡 泉陵縣 출신. 孫堅
휘하 장군, 孫家 三代元勳의 한 사람. 赤壁之戰 中 火攻計策을 건의. 苦肉之
計에 詐降으로 曹操를 대패케 하였다. 적벽 싸움에서 부상을 입었다. 나중에
군진에서 病死.

385 원문의 時風盛猛 - 《三國演義》第 49回 〈七星壇諸葛祭風 三江口周瑜縱火〉
참고. 소설이지만 뛰어난 構想과 묘사이다.

|原文|

瑜與程普又進南郡, 與仁相對, 各隔大江. 兵未交鋒, 瑜卽遣甘寧前據夷陵. 仁分兵騎別攻圍寧. 寧告急於瑜. 瑜用呂蒙計, 留淩統以守其後, 身與蒙上救寧. 寧圍旣解, 乃渡屯北岸, 剋期大戰. 瑜親跨馬擽陳, 會流矢中右脅, 瘡甚, 便還. 後仁聞瑜臥未起, 勒兵就陳. 瑜乃自興, 案行軍營, 激揚吏士, 仁由是遂退.

|국역|

瑜與(주유)와 程普(정보)는 이어 南郡으로 전진하여 長江을 사이에 두고 曹仁(조인)을 상대하였다. 전투가 벌어지기 전에 주유는 바로 甘寧(감녕)[386]을 보내 夷陵(이릉)[387]을 섬령케 하였나. 이에 조인은 기병을 나눠 보내 별도로 감녕을 포위하였다. 감녕은 주유에게 위급을 알렸다. 주유는 呂蒙(여몽)의 계책에 따라 淩統(능통)을 남겨 배후를 차단하게 한 뒤에, 직접 여몽과 함께 감녕을 구원하러 갔다.

감녕에 대한 포위는 이미 풀려기에, 주유는 장강을 건너 북안에 주둔한 뒤에 날짜를 정해 조인과 크게 싸웠다. 주유는 직접 말에 올라 독전하다가 오른팔 팔뚝에 流矢(유시)를 맞았고 상처가 심하여

---

386 甘寧(감녕, ?-215년, 字 興霸) – 巴郡 臨江縣(今 重慶市 忠縣) 출신. 東吳의 名將. 유표와 황조에게 인정받지 못하자 孫權에게 귀부, 周瑜와 呂蒙의 인정과 천거를 받았다. 손권은 '孟德에게 張遼가 있다면, 나에게는 興霸가 있어 가히 상대할 만하다'고 말했다. 東吳의 江表之虎臣의 한 사람.

387 (南郡) 夷陵縣(이릉현) – 今 湖北省 서부 宜昌市 夷陵區. 뒷날 유비가 이곳에서 吳에 대패한다. 東吳에서는 西陵으로 개명한다.

바로 회군했다. 그 뒤에 조인은 주유가 병석에서 일어나지 못한다는 소식을 듣고, 군진을 치고 준비하였다. 이에 주유는 일어나 군영을 순시하며 장졸을 격려하자, 조인은 그냥 퇴군하였다.

| 原文 |

權拜瑜偏將軍, 領南郡太守. 以下雋,漢昌,劉陽,州陵爲奉邑, 屯據江陵. 劉備以左將軍領荊州牧, 治公安, 備詣京見權, 瑜上疏曰,

「劉備以梟雄之姿, 而有關羽,張飛熊虎之將, 必非久屈爲人用者. 愚謂大計宜徙備置吳, 盛爲築宮室, 多其美女玩好, 以娛其耳目, 分此二人, 各置一方, 使如瑜者得挾與攻戰, 大事可定也. 今猥割土地以資業之, 聚此三人, 俱在疆場, 恐蛟龍得雲雨, 終非池中物也.」

權以曹公在北方,當廣攬英雄, 又恐備難卒制, 故不納.

| 국역 |

孫權은 周瑜(주유)를 偏將軍에 임명하여 南郡 태수를 겸임케 하였다. 그리고 下雋(하준), 漢昌(한창), 劉陽(유양), 州陵(주릉)을 식읍으로 주었고 江陵(강릉)[388]에 주둔하게 하였다. 劉備는 (漢의) 左將軍으로

----

388 南郡의 치소는 江陵縣(今 湖北省 荊州市 荊州區). 建安 14년(서기 209), 조인의 철군 후 주유가 차지. 나중에 유비에게 임차. 건안 24년(서기 219), 呂蒙(여몽)이 형주를 차지하자 東吳의 소유가 되었다.

荊州牧을 겸하며, (南郡) 公安縣(공안현)[389]에서 다스렸는데, 유비가 (吳의) 도읍에 가서 손권을 만났다. 이에 주유가 상소하였다.

「유비는 梟雄(효웅)인데다가 關羽(관우)와 張飛(장비) 등 熊虎(웅호)같은 장수가 있기에 결코 오랫동안 남에게 굽히고 있을 사람이 아닙니다. 愚見(우견)이지만 가장 좋은 방책은 유비를 吳에 머물게 하는 것이니, 좋은 집을 지어주고 미녀와 여러 사치품을 준비하여 그의 이목을 즐겁게 하며 관우 장비와 떼어 각각 머물게 한 뒤에 내가 그들과 싸운다면 큰일을 마무리할 수 있을 것입니다. 지금 땅을 나눠주어 그들의 바탕을 마련해 3인이 모일 수 있게 하여 그들 영역을 지키게 된다면, 이는 蛟龍(교룡)이 雲雨를 만난 것과 같아 결코 연못에 가둬둘 수(池中物) 없을 것입니다.」

그러나 손권은 조조가 북방을 차지하고 있어 모든 영웅들을 끌어모아야 하고, 또 유비를 갑자기 제이할 수도 없다고 생각하여 주유의 건의를 받아들이지 않았다.

| 原文 |

是時劉璋爲益州牧, 外有張魯寇侵. 瑜乃詣京見權曰, "今曹操新折衄, 方憂在腹心, 未能與將軍連兵相事也. 乞與奮威俱進取蜀, 得蜀而並張魯, 因留奮威固守其地, 好與馬超結援. 瑜還與將軍據襄陽以蹙操, 北方可圖也."

....
389 南郡 公安縣 – 後漢 말 縣名. 今 湖北省 남부 荊州市 관할 公安縣.

權許之. 瑜還江陵爲行裝, 而道於巴丘病卒, 時年三十六.

權素服擧哀, 感動左右. 喪當還吳, 又迎之蕪湖, 衆事費度, 一爲供給. 後著令曰,「故將軍周瑜,程普, 其有人客, 皆不得問.」

初瑜見友於策, 太妃又使權以兄奉之. 是時權位爲將軍, 諸將賓客爲禮尙簡, 而瑜獨先盡敬, 便執臣節. 性度恢廓, 大率爲得人, 惟與程普不睦.

| 국역 |

이 무렵, 劉璋(유장)[390]은 益州牧이 되었는데, 밖으로 張魯(장로)[391]에게 노략질을 당하고 있었다. 이에 周瑜(주유)는 상경하여 孫權을 만나 말했다.

"지금 曹操가 (적벽대전에서) 패하고 얼마 되지 않았지만, 내부적으로도 여러 걱정거리가 있어 장군과 (孫權) 군사적으로 대결할 수가 없는 상황입니다. 이에 奮威將軍(분위장군)[392]과 함께 진격하여 蜀과 張魯(장로)를 병합하고자 합니다. 촉과 장로의 땅을 병합한 다

---

390 劉璋(유장, 162 – 220년, 字 季玉) – 부친 劉焉(유언)의 뒤를 이어 益州牧이 되었다가 劉備에게 패배한 뒤에 益州를 떠나 형주에서 죽었다. 한마디로 유약하고 무능했다.《後漢書》75권,〈劉焉袁術呂布列傳〉참고.《蜀書》1권,〈劉二牧傳〉에 입전.

391 張魯(장로, ?–216년?, 245년?)는 五斗米道의 창립자 張陵(장릉, 張道陵)의 손자, 張衡(장형)의 아들. 天師道의 教主. 張道陵은 늘 호랑이를 타고 다녔으며, 葛玄(갈현), 許遜(허손) 등과 함께 四大天師로 추앙된다. 한때 武將으로 漢中郡 일대를 장악했었다.《魏書》8권,〈二公孫陶四張傳〉에 입전.

392 奮威將軍의 직함을 받은 사람은 여러 사람이다. 여기서는 孫瑜(손유, 177 – 215년, 字 仲異)를 지칭한다. 손유는 孫靜(손정)의 次子이니, 孫權의 사촌 형제이다. 당시 단양태수를 겸하고 있었다. 東吳의 무장이지만 好學했다.

음에 분위장군과 함께 그 땅을 지키면서 馬超(마초)와 연결할 수 있습니다. 그런 다음에 저와 장군이 襄陽(양양)에 주둔하면서 조조를 압박하면 북방의 땅도 도모할 수 있을 것입니다."

손권은 주유의 건의를 수락했다. 주유는 江陵으로 돌아와 출정 준비를 위하여 巴丘(파구)[393]를 지나다가 병으로 죽었는데, 그때 36세였다.

손권이 素服으로 문상하자 측근들이 감동하였다. 운구가 吳郡에 돌아갈 때, 손권은 (丹楊郡) 蕪湖縣(무호현)까지 가서 맞이하면서 일체의 비용을 제공하였다. 손권은 뒷날 다시 명령하였다.

「故 장군 주유와 정보 소유의 佃客(전객, 소작인)에 대해서는 일체의 부세나 요역을 부과하지 말라.」

그전에 주유가 손책과 벗이 되었을 때 太妃(吳夫人, 손권의 모친)는 손권에게 주유를 형으로 모시게 하였다. 그 후 손권이 장군이 되었을 때 여러 장수나 빈객들이 손권에 대한 예우가 간략했지만, 주유 혼자만은 공경을 다하고 신하의 지조를 지켰다. 주유는 그 도량이 넓어 대체로 모두의 인심을 얻었지만, 程普(정보)[394]와는 화목하지 못했다.

----

393 裴松之의 注에는 江陵으로 돌아가던 중에 巴口에서 죽었다 하니, 주유가 주둔하고 있던 豫章郡(廬陵郡)의 巴丘縣이 아닌 名同處異라는 주석이 있다.

394 程普(정보) – 정보는 주유보다 나이도 많았거니와 손견을 처음부터 모셨다. 정보는 가끔 주유를 무시했지만, 주유는 상급자로서 정보를 다 포용하였다. 나중에 정보는 주유의 진정을 알고 심복하면서 말했다. "周公瑾과의 교제는 마치 진한 술을 마시는 것 같아 나도 모르게 취한다." 주유가 겸양으로 남을 대하는 것이 대개 이와 같았다.

瑜少精意於音樂. 雖三爵之後, 其有闕誤, 瑜必知之, 知之
必顧, 故時人謠曰, '曲有誤, 周郎顧.'

瑜兩男一女, 女配太子登. 男循尙公主, 拜騎都尉, 有瑜風,
早卒. 循弟胤, 初拜興業都尉. 妻以宗女, 授兵千人, 屯公安.
黃龍元年, 封都鄉侯, 後以罪徙廬陵郡. 赤烏二年, 諸葛瑾,步
騭連名上疏曰,

「故將軍周瑜子胤, 昔蒙粉飾, 受封爲將, 不能養之以福, 思
立功效, 至縱情慾, 招速罪辟. 臣竊以瑜昔見寵任, 入作心膂,
出爲爪牙, 銜命出征, 身當矢石, 盡節用命, 視死如歸. 故能
摧曹操於烏林, 走曹仁於郢都, 揚國威德, 華夏是震, 蠢爾蠻
荊, 莫不賓服. 雖周之方叔, 漢之信,布, 誠無以尙也.

夫折衝扞難之臣, 自古帝王莫不貴重, 故漢高帝封爵之誓
曰'使黃河如帶, 太山如礪, 國以永存, 爰及苗裔.' 申以丹
書, 重以盟詛, 藏於宗廟, 傳於無窮, 欲使功臣之後, 世世相
踵, 非徒子孫. 乃關苗裔, 報德明功, 勤勤懇懇, 如此之至, 欲
以勸戒後人, 用命之臣, 死而無悔也. 況於瑜身沒未久, 而其
子胤降爲匹夫, 益可悼傷.

竊惟陛下欽明稽古, 隆於興繼, 爲胤歸訴, 乞丐餘罪, 還兵
復爵, 使失旦之雞, 復得一鳴, 抱罪之臣, 展其後效.」

權答曰,「腹心舊勳, 與孤協事, 公瑾有之, 誠所不忘. 昔胤

年少, 初無功勞, 橫受精兵, 爵以侯將, 蓋念公瑾以及於胤也.
而胤恃此, 酗淫自恣, 前後告喩, 曾無悛改. 孤於公瑾, 義猶
二君, 樂胤成就, 豈有已哉? 迫胤罪惡, 未宜便還, 且欲苦之,
使自知耳.

今二君勤勤援引漢高河山之誓, 孤用恧然. 雖德非其疇, 猶
欲庶幾, 事亦如爾, 故未順旨. 以公瑾之子, 而二君在中間,
苟使能改, 亦何患乎!」

瑾, 驚表比上, 朱然及全琮亦俱陳乞, 權乃許之. 會胤病死.

瑜兄子峻, 亦以瑜元功爲偏將軍, 領吏士千人. 峻卒, 全琮
表峻子護爲將.

權曰, "昔走曹操, 拓有荊州, 皆是公瑾, 常不忘之. 初聞峻
亡, 仍欲用護, 聞護性行危險, 用之適爲作禍, 故便止之. 孤
念公瑾, 豈有已乎?"

| 국역 |

周瑜(주유)는 젊어서도 음률에 정통하였다. 비록 많은 술을 마신
뒤라도 음률이 틀리면 주유는 꼭 알았고, 알면 뒤를 돌아보았다. 그
래서 그때 사람들은 '曲이 틀리면 周郞이 돌아본다.'라고 말했다.

주유는 2남 1녀를 두었는데, 딸은 태자 孫登(손등)과 결혼했다. 아
들 周循(주순)은 공주와 결혼했고, 騎都尉가 되어 주유의 풍모가 있
었는데 일찍 죽었다. 주순의 동생 周胤(주윤)은 처음에 興業都尉가
되었다. 종실의 딸과 결혼했고 병력 1천 명을 받아 公安縣에 주둔하

고 있었다. 黃龍 원년(서기 229)에 都鄕侯가 되었는데, 죄를 지어
廬陵郡(여릉군)에 이주되었다. (孫權) 赤烏 2년(서기 239), 諸葛瑾과
步騭(보즐)이 연명으로 상소하였다.

「故 장군 周瑜(주유)의 아들 주윤은 옛날에 많은 칭송을 받으며
제후에 책봉되었고, 장수가 되었으나 복을 지키고 공을 세울 생각
을 하지 못하고 마음대로 방종하다가 일찌감치 벌을 받았습니다.
臣의 생각으로, 주유는 옛날 총애와 신임을 받으며 조정에서는 중
책을 다했고, 밖에서는 나라를 지키는 무장이었으니, 어명을 받아
출정하면 온갖 위험을 무릅쓰고 충절을 다하여 명령을 수행하며 죽
음을 두려워하지도 않았습니다. 그러했기에 조조를 烏林(오림)[395]에
서 무찔렀고, 曹仁을 鄳都(영도)[396]에서 쫓아버리면서 국위를 크게
선양하였고, 中原을 진동케 하였으며, 형주 일대의 만이를 모두 복
속케 하였습니다. 비록 周의 方叔(방숙)과 漢의 韓信과 英布(영포)일
지라도 정말 이보다는 더 낫지 않을 것입니다.

대체로 적을 격파하고 국난을 이겨낸 신하는 예로부터 제왕의 존
중을 받지 않은 사람이 없었으니, 漢 高祖는 작위를 내리면서 서약
하기를 '黃河가 허리띠가 되고, 太山(泰山)이 숫돌이 되도록 나라를
영원히 보전하여 후손에 전해지기를 바란다.' 며 붉은 글씨로 적어
거듭 맹서하고 종묘에 보관하였으며, 나라가 끝없이 이어져서 공신

---

395 烏林(오림) – 적벽대전의 현장, 수 湖北省 동남부 洪湖市(荊州市 관할), 長江
남안의 赤壁市와 강 건너 맞은편. 일명 烏林磯(오림기), 구릉이 많은 지형이
다.
396 鄳都(영도)는 본래 제후국 楚의 도읍으로, 여러 번 옮겨 다녔다. 여기서는 수
湖北省 서부 荊州市 荊州區에 해당.

의 후손이 대대로 계승케 하겠다고 하였습니다. 그리고 먼 후손에 이르도록 공덕을 보상하고 정성으로 권장하며, 후손을 훈계하여 충성을 다하는 신하는 죽으면서 후회를 하지 않게 하였습니다. 하물며 주유는 죽은 지 오래되지 않았는데, 그 아들 주윤이 평민으로 강등되었으니 더욱 슬플 뿐입니다.

臣들의 생각으로는, 폐하께서 옛일을 잘 아시는 만큼 후손이 융성하여 이어갈 수 있도록 주윤의 여죄를 사면해 주시고, 병력과 작위를 회복시켜서 새벽을 알려 울지 않은 닭을 다시 울 수 있게 하시고, 죄를 지은 신하도 이후로 다시 충성을 다하도록 기회를 주시길 바랍니다.」

이에 손권이 대답하였다.

「나의 腹心으로 공을 세웠고, 나의 일을 도왔던 公瑾(공근, 周瑜)의 존재는 정말 잊을 수가 없다. 옛날 아들 주윤이 나이도 어리고 아무런 공로도 없었지만, 그래도 정예 군사를 받아 거느리고 제후에 장수가 된 것은 주유에 대한 상념이 그 아들까지 내려간 것이었다. 그러나 주윤은 이를 믿고서 제멋대로 술주정을 하여 여러 번 경고를 주었어도 改悛(개전)의 정이 없었다. 주유에 대한 나의 생각은 당신들 두 분과 같으니 주윤의 성공을 바라는 마음이 어찌 없겠소?

주윤의 죄를 문책하고 돌아오지 못하게 하는 것은 주윤이 고통을 받으며 스스로의 죄를 깨우치기를 바라는 것이요. 지금 두 분께서 漢 高祖의 山河를 둔 맹서까지 말하니, 나도 부끄러울 뿐이요. 비록 나의 덕이 漢 고조만은 못하더라도 거의 비슷하기를, 또 일도 그렇게 되기를 바라지만 아직 용서할 생각은 없소. 주유의 아들이 두 분의 지도를 받아 잘못을 고칠 수만 있다면 내가 무엇을 걱정하겠는가!」

제갈근과 보즐은 연이어 표문을 올렸고, 朱然(주연)과 全琮(전종) 역시 함께 용서를 빌어, 손권이 결국 허락하였다. 그러나 그 때 주유는 병사하였다.

주유 형의 아들인 周峻(주준) 역시 주유의 元功으로 偏將軍이 되어 군사 1천 명을 거느렸었다. 주준이 죽자, 전종은 주준의 아들 周護(주호)를 장수로 삼겠다고 표문을 올렸다.

이에 손권이 말했다.

"옛날 조조를 몰아내고 荊州를 보유한 것이 모두 公瑾(周瑜)의 공훈임을 언제나 잊을 수 없었다. 그전에 주준이 죽었다는 소식을 듣고서, 나도 주호를 등용하려 생각했지만 주호의 성행이 위험하여 등용하는 것이 화가 될 수 있다는 말을 듣고 그만두었던 것이다. 내가 어찌 公瑾을 생각하지 않을 수 있겠는가?"

❷ 魯肅

| 原文 |

魯肅字子敬, 臨淮東城人也. 生而失父, 與祖母居. 家富於財, 性好施與, 爾時天下已亂, 肅不治家事, 大散財貨, 摽賣田地, 以賑窮弊結士爲務, 甚得鄉邑歡心.

周瑜爲居巢長, 將數百人故過候肅, 並求資糧. 肅家有兩囷

米, 各三千斛. 肅乃指一囷與周瑜, 瑜益知其奇也. 遂相親結,
定僑,札之分.

袁術聞其名, 就署東城長. 肅見術無綱紀, 不足與立事, 乃
攜老弱將輕俠少年百餘人, 南到居巢就瑜. 瑜之東渡, 因與同
行, 留家曲阿. 會祖母亡, 還葬東城.

| 국역 |

魯肅(노숙)[397]의 字는 子敬(자경)으로, 臨淮郡[398] 東城縣 사람이다.
태어나면서 부친을 여의고 조모와 함께 살았다. 집은 부유했고 남
에게 베풀기를 좋아하였는데, 당시 천하가 매우 혼란했기에 노숙은
가산을 늘리지 않고 재물을 크게 나눠주며 전지를 헐값에 팔거나
궁색한 사람을 도우며 士人과 교제에 힘썼기에 향읍에서 크게 환심
을 얻었다.

周瑜(주유)가 (廬江郡) 居巢 縣長으로 있을 때, 수백 명 군사를 거
느리고 일부러 노숙을 찾아가 물자와 군량을 요구하였다. 그때 노
숙의 집에는 3천 斛(곡)을 보관하는 큰 창고 2채가 있었다. 노숙은

---

397 魯肅(노숙, 172 – 217년, 字 子敬) – 臨淮郡 東城縣(今 安徽省 중동부 定遠縣)
사람. 체격이 장대하고 젊어서도 큰 뜻을 품고 奇計를 잘 꾸몄다. 사람이 엄
정하면서도 검소했고, 군진에서도 책을 손에서 놓지 않았으며, 글을 잘 지었
고 생각이 깊으며 사리가 명철했다. 東吳의 著名한 外交家, 政治家. 孫權을
위한 외교방책을 수립했고, 주유가 죽자 東吳의 군사 전략을 운용하며 유비
와 연합 조조와 대결했다. 周瑜, 魯肅, 呂蒙, 陸遜을 東吳의 四大都督이라 하
지만, 노숙은 都督(지역 군 사령관)을 역임하지는 않았다. 《吳書》 9권, 〈周瑜
魯肅呂蒙傳〉에 입전.

398 臨淮郡은 前漢의 군명. 후한 중기에 폐군, 下邳國(郡)에 흡수.

창고 한 채의 곡식을 주유에게 내주었는데, 주유는 노숙이 奇才라고 생각하였다. 그러면서 주유와 노숙은 서로 친교를 맺고 僑(교, 鄭나라의 子産)399와 札〔吳國 公子 季札(계찰)〕과 같은 우정을 나누었다.

　袁術도 노숙의 명성을 듣고 노숙을 東城 縣長에 임명하였다. 노숙은 원술의 군사가 아무 기강도 없는 것을 보고 뜻을 같이할 수 없다 생각하여 조모 및 노약자와 협기가 있는 젊은 소년 1백여 명과 함께 남쪽 居巢縣(거소현)으로 주유를 찾아갔다. 주유가 江東으로 돌아갈 때 노숙도 함께 갔고, 노숙은 曲阿縣(곡아현)에 살 집을 마련했다. 그때 노숙의 조모가 죽어, 노숙은 東城縣으로 운구하여 장례를 치렀다.

| 原文 |

　劉子揚與肅友善, 遺肅書, 曰,

「方今天下豪傑並起, 吾子姿才, 尤宜今日. 急還迎老母, 無事滯於東城. 近鄭寶者, 今在巢湖, 擁衆萬餘, 處地肥饒, 廬江閑人多依就之, 況吾徒乎? 觀其形勢, 又可博集, 時不可失, 足下速之.」

　肅答然其計. 葬畢還曲阿, 欲北行. 會瑜已徙肅母到吳, 肅具以狀語瑜. 時孫策已薨, 權尙住吳, 瑜謂肅曰, "昔馬援答光

399　子産(자산, ?-前 522년) - 姬姓, 國氏, 名 僑(교), 字 子産. 又稱 公孫僑, 公孫成子, 東里子産, 國僑, 鄭喬. 春秋 말기 鄭國의 政治家.

武云'當今之世, 非但君擇臣, 臣亦擇君.'今主人親賢貴士, 納奇錄異, 且吾聞先哲秘論, 承運代劉氏者, 必興於東南, 推步事勢, 當其歷數, 終構帝基, 以協天符, 是烈士攀龍附鳳馳騖之秋. 吾方達此, 足下不須以子揚之言介意也."

肅從其言. 瑜因薦肅才宜佐時, 當廣求其比, 以成功業, 不可令去也.

| 국역 |

劉子揚(유자양, 劉曄)[400]은 평소에 노숙과 친했었는데, 노숙에게 서신을 보내며 말했다.

「요즈음 천하의 호걸들이 모두 일어나니, 당신의 자질과 재능이 오늘의 이 시대에 딱 맞을 것이오. 서둘러 돌아와 老母를 모셔가고 東城에 머물 필요는 없을 것이오. 근래에 鄭寶(정보)란 자가 巢湖(소호)에 머물면서 무리 1만여 명을 거느렸는데, 그곳 땅이 비옥하고 廬江郡의 많은 사람이 그에게 의지하는데, 하물며 당신 같은 사람이면 무얼 걱정하겠는가? 나중 형세를 보아 많은 사람을 모을 수 있고, 때를 놓칠 수 없으니 足下는 서두르시오.」

노숙은 동의한다고 답신하였다. 노숙은 장례를 마치고 曲阿(곡아)로 돌아왔다가 북쪽으로 가려고 하였다. 그런데 마침 주유가 벌

---

400 劉曄(유엽, ?-234년, 字 子揚) - 淮南郡 사람. 曹魏의 戰略家, 曹操, 曹丕 및 曹叡를 섬김. 사람을 잘 알아보았다고 한다. 汝南의 名士 許劭(허소)와 함께 전란을 피해 揚州로 피난해 살면서 유엽이 제왕을 도울 재능이 있다고 칭찬하였다. 《魏書》14권, 〈程郭董劉蔣劉傳〉에 입전.

써 노숙의 노모를 吳郡으로 모셔왔기에, 노숙은 주유에게 그간의 일을 설명하였다. 그때 孫策은 이미 죽은 뒤였고, 손권은 아직 吳郡에 머물고 있었는데 주유가 노숙에게 말했다.

"옛날 (後漢의) 馬援(마원)이 光武帝에게 '지금 세상은 주군이 신하를 선택할 뿐만 아니라 신하도 주군을 고릅니다.' 라고 말했소. 지금 이곳의 주군(孫權)은 賢士를 귀하게 존중하고 기이한 인재를 모으고 있는데, 또 내가 알기로 先哲의 여러 秘論에서도 劉氏를 대신할 자는 틀림없이 동남방에서 흥기한다고 하였으며, 지금 세상 돌아가는 추이와 시대 歷數(역수)를 볼 때, 제왕의 기초를 마련하고 天命에 부응해야 하나니, 이런 때야말로 烈士들이 龍이나 봉황을 따라 함께 치달릴 시기입니다. 나는 이를 확실하게 믿고 있으니, 足下는 子揚(劉曄)의 말에 개의치 말기를 바랍니다."

노숙은 주유의 말을 따랐다. 그러자 주유는 노숙을 천거하며 노숙의 재능이야말로 王者를 보좌할 적임자이고, 노숙과 같은 인재를 많이 모아 공업을 이뤄야 하며, 노숙을 떠나보내서는 안 된다고 (손권에게) 말했다.

| 原文 |

權卽見肅, 與語甚悅之. 衆賓罷退, 肅亦辭出, 乃獨引肅還, 合榻對飮. 因密議曰,

"今漢室傾危, 四方雲擾, 孤承父兄餘業, 思有桓,文之功. 君旣惠顧, 何以佐之?"

肅對曰, "昔高帝區區欲尊事義帝而不獲者, 以項羽爲害也. 今之曹操, 猶昔項羽, 將軍何由得爲桓,文乎? 肅竊料之, 漢室不可復興, 曹操不可卒除. 爲將軍計, 惟有鼎足江東, 以觀天下之釁. 規模如此, 亦自無嫌. 何者? 北方誠多務也. 因其多務, 剿除黃祖, 進伐劉表, 竟長江所極, 據而有之, 然後建號帝王以圖天下, 此高帝之業也."

權曰, "今盡力一方, 冀以輔漢耳, 此言非所及也."

張昭非肅謙下不足, 頗訾毀之, 云肅年少粗疏, 未可用. 權不以介意, 益貴重之, 賜肅母衣服幃帳, 居處雜物, 富擬其舊.

| 국역 |

손권은 바로 노숙을 만났고, 함께 이야기를 나누고서는 매우 좋아하였다. 여러 손님이 떠나갈 때, 노숙도 인사를 하고 나가려 했는데, 손권은 노숙만을 따로 불러 같은 자리에 앉아 술을 마셨다. 그러면서 은밀하게 말했다.

"지금 漢室이 무너지면서 사방이 구름처럼 들고 일어나는데, 나는 부친과 형님의 대업을 이어받아, 齊 桓公이나 晉 文公과 같은 업적을 이루고 싶소. 君도 생각한 것이 있을 것이니, 나를 어찌 도울 생각이오?"

이에 노숙이 말했다.

"옛날 漢 高祖는 충심으로 (楚) 義帝를 받들었지만, 關中의 王이 되지 못한 것은 項羽(항우)의 방해 때문이었습니다. 지금의 조조는 옛 항우와 같은데, 장군께서는 어떻게 (齊) 桓公이나 (晉) 文公 같이 성취할 수 있겠습니까? 제 생각으로는 漢室을 다시 부흥할 수가 없고, 曹操를 제거할 수도 없습니다. 장군을 위한 계책으로는 우선 江東에서 鼎足(정족, 솥의 三足)을 형성한 뒤에 천하의 빈틈을 노려야 합니다. 지금 이와 같은 규모의 세력이니, 스스로 약하다 생각할 필요는 없습니다. 왜 그렇겠습니까? 북방에는 정말로 변고가 많습니다. 북쪽의 변고에 맞추어, 장군께서는 黃祖(황조)의 근거를 없애고 劉表를 정벌한 다음에 長江 유역을 끝까지 다 차지한 다음에, 연호를 정하고 제왕을 칭하면서 천하를 도모한다면, 이것이 바로 漢 高祖와 같은 대업일 것입니다."

이에 손권이 말했다.

"지금 우선 한쪽을 차지하는데, 진력하라는 것과 漢을 보필할 필요가 없다는 말은 내가 생각하지 못했소."

張昭(장소)는 노숙이 겸손이 부족하다면서 여러 가지로 비판하였고, 또 노숙이 아직 젊고 거칠어 등용할 수 없다고 말했다. 그러나 손권은 개의하지 않고 노숙을 더욱 아껴주었으며, 노숙의 모친에게 의복과 가름막(커튼), 가내의 여러 기물을 선물하여 옛날처럼 부유하게 되었다.

| 原文 |

劉表死, 肅進說曰,

"夫荊楚與國鄰接, 水流順北, 外帶江漢, 內阻山陵, 有金城之固, 沃野萬里, 士民殷富, 若據而有之, 此帝王之資也. 今表新亡, 二子素不輯睦, 軍中諸將, 各有彼此. 加劉備天下梟雄, 與操有隙, 寄寓於表, 表惡其能而不能用也. 若備與彼協心, 上下齊同, 則宜撫安, 與結盟好. 如有離違, 宜別圖之, 以濟大事. 肅請得奉命吊表二子, 並慰勞其軍中用事者, 及說備使撫表衆, 同心一意, 共治曹操, 備必喜而從命. 如其克諧, 天下可定也. 今不速往, 恐爲操所先."

權卽遣肅行.

| 국역 |

劉表가 죽었을 때(서기 208), 魯肅(노숙)이 나아가 말했다.

"荊楚(형초)의 땅은 우리와 연접하여 長江을 따라 올라갈 수 있고, (형주의) 밖은 長江과 漢水가 감싸고, 안은 산과 구릉으로 막혀 있으니, 가히 金城과 같이 견고하며 일만 리 沃野에 백성이 부유하니, 만약 우리가 점거하고 차지한다면, 이는 제왕의 바탕이 될 수 있습니다. 지금 유표가 죽은 지 얼마 안 되었지만, 그 두 아들이 평소에 화목하지 못하고, 軍中의 여러 장수도 따로 갈라져 있습니다. 거기다가 유비는 천하의 梟雄(효웅)이나 조조와 사이가 나빠 유표에게 의지하고 있었는데, 유표는 유비의 능력을 질시하여 등용하지 않았습니다. 만약 유비가 저들과 협심하여 상하가 하나가 된다면, 응당 그들을 위무하여 우리와 우호를 맺어야 합니다. 만약 서로 갈라진다면, 각각 처리한다면 큰일을 이룰 수 있습니다. 저는 명을 받아 유표의 두 아들을 조문하면서 아울러 형주 軍中의 유력자를 위로하고, 동시에 유비에게 유표의 군사를 끌어들이라고 설득하여, 우리와 한마음으로 조조의 남하에 대응하자고 한다면, 유비는 틀림없이 기뻐하며 장군의 명을 따를 것입니다. 그렇게 되면 천하를 평정할 수 있을 것입니다. 지금 빨리 가지 않으면 조조가 먼저 손을 쓸 것입니다."

손권은 즉시 노숙을 출발시켰다.

|原文|

到夏口, 聞曹公已向荊州, 晨夜兼道. 比至南郡, 而表子琮已降曹公, 備惶遽奔走, 欲南渡江. 肅徑迎之, 到當陽長阪, 與備會, 宣騰權旨, 及陳江東强固, 勸備與權並力. 備甚歡悅.

時諸葛亮與備相隨. 肅謂亮曰 "我子瑜友也" 卽共定交. 備遂到夏口, 遣亮使權, 肅亦反命.

|국역|

노숙은 夏口(하구)[401]에 이르러, 조조가 이미 형주로 진군하고 있다는 소식을 듣고 밤낮으로 두 배 빨리 서둘렀다. 노숙은 南郡(江陵)에 이르러, 유표의 작은아들 劉琮(유종)이 이미 조조에 투항했고,

---

401 夏口 - 漢水와 長江의 합류 지점. 今 湖北省 동부 武漢市의 漢口. 漢水(漢江)는 長江의 최대 지류이고, 漢水 중 襄陽(양양) 이하를 특별히 夏水라고 불렀다. 長江에서 보면 漢水로 들어가는 입구.

유비는 경황없이 달아나 남쪽으로 장강을 건너려 한다는 소식을 들었다. 노숙은 바로 유비를 찾아 當陽縣 長阪(장판)에서 회담하였고, 손권의 뜻을 전하면서 아울러 江東의 군사력을 설명하며, 유비에게 손권과 협력할 것을 권유했다. 유비는 매우 기뻐했다.

그때 諸葛亮이 유비를 수종하고 있었다. 노숙은 제갈량에게 "나는 子瑜의(諸葛瑾) 친우"라 말했고, 즉석에서 벗이 되었다. 유비는 夏口로 내려와서 제갈량을 손권에게 보냈고, 노숙도 손권에게 복명했다.

原文

會權得曹公欲東之問, 與諸將議, 皆勸權迎之, 而肅獨不言. 權起更衣, 肅追於宇下, 權知其意, 執肅手曰, "卿欲何言?"

肅對曰, "向察衆人之議, 專欲誤將軍, 不足與圖大事. 今肅可迎操耳, 如將軍, 不可也. 何以言之? 今肅迎操, 操當以肅還付鄕黨. 品其名位, 猶不失下曹從事, 乘犢車, 從吏卒, 交遊士林, 累官故不失州郡也. 將軍迎操, 欲安所歸? 願早定大計, 莫用衆人之議也."

權歎息曰, "此諸人持議, 甚失孤望. 今卿廓開大計, 正與孤同, 此天以卿賜我也."

그때 손권은 조조가 동쪽으로 진출하려 한다는 소식을 듣고[402] 여러 장수와 이를 논의했는데, 모두가 손권에게 조조를 영입해야 한다고 권했지만 노숙은 아무 말도 하지 않았다. 손권이 일어나 변소(更衣 갱의)에 가자, 노숙이 처마 밑까지 따라 나왔는데, 손권이 그 뜻을 알고 노숙의 손을 잡고 "경은 무슨 말을 하려는가?"라고 물었다.

이에 노숙이 대답했다.

"그간 여러 사람의 의논을 지켜보았지만, 모두가 장군을 그르치려고 하니 나라의 큰일을 함께 할 수 없습니다. 이번에 제가 조조를 영입해야 한다고 주장하더라도 장군은 그럴 수가 없습니다. 그러니 어찌 말하겠습니까? 이번에 제가 조조를 영입케 한다면, 조조는 저를 고향으로 돌려보낼 것입니다. 저의 이름에 맞는 지위라면 어떤 부서의 하급 서리가 되어 소가 끄는 수레를 타고 다니며, 吏卒 노릇을 하고 士林과 교유하며 州나 郡에서 여러 관직을 맡을 것입니다. 그런데 장군이 조조를 영입한다면, 장군은 어디로 가겠습니까? 큰 계략을 빨리 결정하시되 여러 사람의 말을 따르지 마십시오."

이에 손권이 탄식하듯 말했다.

"이번 여러 사람의 논의에 나는 크게 실망했소, 지금 卿이 큰 뜻을 확실히 천명하였는데 바로 내 뜻과 같으니, 경은 하늘이 내게 보내준 사람이오."

---

402 原文 '欲東之間'의 間은 聞과 同.

時周瑜受使至鄱陽, 肅勸追召瑜還. 遂任瑜以行事, 以肅爲
贊軍校尉, 助畫方略. 曹公破走, 肅卽先還, 權大請諸將迎肅.

肅將入閤拜, 權起禮之, 因謂曰, "子敬, 孤持鞍下馬相迎,
足以顯卿未?" 肅趨近曰, "未也." 衆人聞之, 無不愕然. 就
坐, 徐擧鞭言曰, "願至尊威德加乎四海. 總括九州, 克成帝
業, 更以安車軟輪徵肅, 始當顯耳."

權撫掌歡笑. 後備詣京見權, 求都督荊州, 惟肅勸權借之,
共拒曹公. 曹公聞權以土地業備, 方作書, 落筆於地.

|국역|

그때 周瑜는 임무를 받아 鄱陽郡(파양군)[403]에 나가 있었는데, 魯
肅(노숙)은 주유를 빨리 돌아오게 하라고 권했다. 그러면서 주유에
게 임무를 부여했고, 노숙은 贊軍校尉가 되어 큰 전략을 짜게 하였
다. 조조를 패주시킨 뒤(적벽대전 승리) 노숙은 먼저 바로 돌아오
자, 손권은 여러 장수를 보내 노숙을 영접케 하였다.

노숙이 전각에 올라 배례하려 하자, 손권도 일어나 예를 표하면
서 물었다.

"내가 말에서 내려 子敬(魯肅)을 맞이해야 경을 높이는 것이 아
니겠는가?"

----

403 鄱陽郡(파양군) - 建安 15년(서기 210) 東吳에서 豫章郡을 분할하여 신설한
군. 郡治는 鄱陽縣, 今 江西省 동북부 鄱陽湖의 동쪽, 江西省 직할 鄱陽縣.

노숙은 빠른 걸음으로 가까이 가서 "그렇지 않습니다.(충분하지 못합니다.)"라고 말했다. 그 말을 듣고서 놀라지 않는 사람이 없었다.

자리에 앉자, 노숙은 채찍을 들어 예를 표하며 말했다.

"원컨대, 至尊의 威德을 四海에 널리 펴시고, 九州를 총괄하는 帝業을 이룩하신 다음에, 바퀴를 감싼 安車를 보내 저를 불러주신다면 저를 높이 대우하는 것입니다."

손권은 손뼉을 치며 기쁘게 웃었다. 뒷날 유비가 건업에 와서 손권을 알현했고 荊州의 군사를 감독할 수 있게 해달라고 요청하자, 노숙만이 형주를 유비에게 빌려주어 함께 조조를 막아야 한다고 손권에게 권유했다. 조조는 손권이 유비에게 형주를 빌려주었다는 소식을 듣자 (놀라서) 글을 쓰던 붓을 땅에 떨어트렸다.

│原文│

周瑜病困, 上疏曰,

「當今天下, 方有事役, 是瑜乃心夙夜所憂, 願至尊先慮未然, 然後康樂. 今旣與曹操爲敵, 劉備近在公安, 邊境密邇, 百姓未附, 宜得良將以鎭撫之. 魯肅智略足任, 乞以代瑜. 瑜隕踣之日, 所懷盡矣.」

卽拜肅奮武校尉, 代瑜領兵. 瑜士衆四千餘人, 奉邑四縣, 皆屬焉. 令程普領南郡太守. 肅初住江陵, 後下屯陸口, 威恩大行, 衆增萬餘人, 拜漢昌太守, 偏將軍.

十九年, 從權破皖城, 轉橫江將軍.

| 국역 |

周瑜(주유)는 병이 더욱 악화되자 상소하였다.

「지금 세상에 변방에 전투가 계속되기에 저 주유도 아침저녁으로 근심하지만, 지존께서는 아직 일어나지 않을 상황을 미리 헤아려 걱정해야만 평안을 누릴 수 있습니다. 지금 조조를 상대로 싸워야 하는데, 유비는 가까운 公安(공안)에 머물고 있어 우리 변경과 아주 가깝고, 이 지역 백성은 아직 우리에게 심복하지 않기에 응당 훌륭한 장수가 이 지역을 진무해야 합니다. 魯肅은 智略이 뛰어나 책임을 다할 수 있으니, 저의 후임이 될 수 있습니다. 제가 죽을 날이라서 마음의 회포를 말씀드렸습니다.」

손권은 즉시 魯肅(노숙)은 奮武校尉에 임명하여 주유의 군사를 거느리게 했다. 주유의 군사 4천여 명과 4개 縣의 식읍도 모두 노숙에게 속했다. 程普(정보)에게는 南郡太守를 겸임케 했다. 노숙은 처음에 江陵에 주둔하다가 나중에는 陸口(육구)[404]로 옮겨 주둔하였는데, 위엄과 은덕을 크게 베풀자 거느린 군사가 1만여 명으로 늘었으며 漢昌太守에 偏將軍이 되었다.

건안 19년(서기 214), 노숙은 손권을 따라 皖城(환성)을 정복했고 橫江將軍이 되었다.

....

404 陸口 – 今 湖北省 동남 咸寧市 관할 嘉魚縣의 지명. 陸水와 長江의 합류지점. 일명 呂蒙城.

|原文|

先是, 益州牧劉璋綱維頹弛. 周瑜,甘寧並勸權取蜀, 權以咨備, 備內欲自規.

仍僞報曰, "備與璋托爲宗室, 冀憑英靈, 以匡漢朝. 今璋得罪左右, 備獨竦懼, 非所敢聞, 願加寬貸. 若不獲請, 備當放發歸於山林."

後備西圖璋, 留關羽守. 權曰, "猾虜乃敢挾詐!" 及羽與肅鄰界, 數生狐疑, 疆場紛錯, 肅常以歡好撫之. 備既定益州, 權求長沙,零,桂, 備不承旨, 權遣呂蒙率衆近取. 備聞, 自還公安, 遣羽爭三郡. 肅住益陽, 與羽相拒. 肅邀羽相見, 各駐兵馬百步上, 但諸將軍單刀俱會.

肅因責數羽曰, "國家區區本以土地借卿家者, 卿家軍敗遠來, 無以爲資故也. 今已得益州, 既無奉還之意, 但求三郡, 又不從命."

語未究竟, 坐有一人曰, "夫土地者, 惟德所在耳, 何常之有!"

肅厲聲呵之, 辭色甚切. 羽操刀起謂曰, "此自國家事, 是人何知!"

目使之去. 備遂割湘水爲界, 於是罷軍.

| 국역 |

이보다 앞서, 益州牧인 劉璋(유장)은 기강이 해이하였다. 周瑜(주유)와 甘寧(감녕)은 손권에게 蜀을 차지해야 한다고 권유했었는데, 손권이 유비에게 의견을 묻자, 유비는 속으로 그 땅을 노리고 있었다. 그래서 거짓으로 말했다.

"저 유비와 劉璋(유장)은 같은 종실로서 선조의 영령에 의지하며 漢朝를 바로 세워야 합니다. 지금 유장이 주변에 여러 가지 잘못이 있으니, 저는 특별히 송구스럽기에 감히 뭐라고 말씀드리지 못하며 너그러운 선처를 바랄 뿐입니다. 만약 저의 청이 받아들여지지 않는다면, 저는 당장 산림에 들어가 은거할 것입니다."

뒷날 유비는 서쪽으로 들어가 유장을 공격하면서, 관우를 형주에 남겨 지키게 하였다 이에 손권이 말했다.

"교활한 놈이 감히 내게 거짓말을 하다니!"

관우와 노숙이 서로 인접하고 있으며 자주 의심할 만한 일이 있었고 경계에 분쟁이 있었지만, 노숙은 늘 좋은 말로 관우를 무마하였다. 유비가 益州를 다 차지하자, 손권은 유비에게 長沙, 零陵(영릉), 桂陽郡의 할양을 요구하였으나 유비가 할양하지 않자, 손권은 呂蒙(여몽)을 보내 가까운 지역부터 차지하였다. 유비가 이를 알고서는 직접 公安(공안)으로 돌아와 관우를 보내 三郡을 빼앗으려 했다. 노숙은 益陽(익양)에서 관우와 대치하였다.

노숙은 관우와 상견을 요청하며 병마를 1백 보 이상 뒤쪽에 배치하고 다른 부장은 칼 한 자루씩만 지니고 만나기로 하였다.[405] 노숙

---

405 이 부분은《三國演義》第66回〈關雲長單刀赴會〉에 묘사되었다.

이 관우의 여러 잘못을 열거하며 말했다.

"우리나라에서 성심을 바탕으로 형주의 땅을 卿의 나라에 임차하였던 것은 경들이 패전한 뒤 멀리 쫓겨오며 근거지조차 없었기 때문이었소. 그런데 지금 익주를 이미 차지하고서도 형주를 반환하지도 않으며 다시 3개 군을 반환하라는 것도 거절하고 있소이다."

노숙의 말이 끝나기도 전에 좌중의 어떤 자가 말했다.[406]

"땅이란 有德者의 것이거늘, 어찌 늘 차지할 수 있습니까!"

이에 노숙은 화가 나서 질책했는데, 언사가 매우 엄정했다. 그러자 관우가 칼을 잡고 일어나며 말했다.

"이는 나라의 일이니, 이 사람이 어찌 알겠소!"

그러면서 돌아가라고 눈짓을 했다. 나중에 유비는 湘水(상수)[407]를 경계로 정하고 양쪽은 군사를 해산하였다.

| 原文 |

肅年四十六, 建安二十二年卒. 權爲擧哀, 又臨其葬. 諸葛亮亦爲發哀. 權稱尊號, 臨壇, 顧謂公卿曰, "昔魯子敬嘗道此, 可謂明於事勢矣."

肅遺腹子淑旣壯, 濡須督張承謂終當到至. 永安中, 爲昭武

....

406 《三國演義》에서는 관우의 부장 周倉(주창)이 한 말이다.
407 湘江(湘水) - 長江의 주요 지류 중 하나로, 湖南省을 남에서 북으로 관통하는 최대의 강. 길이가 900여 km나 된다. 長沙를 지나 洞庭湖에 흘러들어갔다가 長江에 합류한다.

將軍,都亭侯,武昌督. 建衡中, 假節, 遷夏口督. 所在嚴整, 有
方幹. 鳳皇三年卒. 子睦襲爵, 領兵馬.

| 국역 |

　노숙은 나이 46세인 建安 22년(서기 217)에 죽었다. 손권이 문상
했고 그 장례식에도 참석했다. 제갈량 역시 문상했다. 손권이 제위
를 칭하고(서기 229) 祭壇(제단)에 올라 여러 대신을 돌아보며 말했
다.

　"옛날 魯子敬(魯肅)이 이를 말했었으니, 사리와 형세를 바로 내
다보았다."

　魯肅(노숙)의 유복자 魯淑(노숙)이 장성하자, 濡須(유수) 都督인 張
承(장승)은 魯淑이 고위직에 오를 것이라고 예언했다. (景帝) 永安
연간(서기 258 – 264)에, 魯淑(노숙)은 昭武將軍에 都亭侯가 되었
고, 武昌의 도독이었다. (孫皓) 建衡(건형) 연간(260 – 271)에, 부절
을 받았고 夏口의 都督이 되었다. 임지에서 엄격했고 바르게 업무
를 처리했다. (孫皓) 鳳皇 3년(서기 274)에 죽었다. 아들 魯睦(노목)
이 작위를 계승했고 군사를 지휘했다.

❸ 呂蒙

| 原文 |

呂蒙字子明, 汝南富陂人也. 少南渡, 依姉夫鄧當. 當爲孫

策將, 數討山越. 蒙年十五六, 竊隨當擊賊, 當顧見大驚, 呵叱不能禁止. 歸以告蒙母, 母恚欲罰之, 蒙曰, "貧賤難可居, 脫誤有功, 富貴可致. 且不探虎穴, 安得虎子?"

母哀而捨之. 時當職吏以蒙年小輕之, 曰, "彼豎子何能爲? 此欲以肉餧虎耳." 他日與蒙會, 又蚩辱之. 蒙大怒, 引刀殺吏, 出走, 逃邑子鄭長家. 出因校尉袁雄自首, 承間爲言, 策召見奇之, 引置左右.

數歲, 鄧當死, 張昭薦蒙代當, 拜別部司馬. 權統事, 料諸小將兵少而用薄者, 欲併合之. 蒙陰賒貰, 爲兵作絳衣行縢, 及簡日, 陳列赫然, 兵人練習, 權見之大悅, 增其兵. 從討丹楊, 所向有功, 拜平北都尉, 領廣德長.

從征黃祖, 祖令都督陳就逆以水軍出戰. 蒙勒前鋒, 親梟就首, 將士乘勝, 進攻其城. 祖聞就死, 委城走, 兵追禽之. 權曰, "事之克, 由陳就先獲也." 以蒙爲橫野中郎將, 賜錢千萬.

| 국역 |

呂蒙(여몽)[408]의 字는 子明(자명)으로, 汝南郡 富陂縣(부파현) 사람

----

408 呂蒙(여몽, 178 – 220년, 字 子明) – 汝南郡 富陂縣(今 安徽省 서북부 阜陽市 관할 阜南縣) 출신, 出身 貧苦. 虎威將軍이었기에 呂虎로 통칭. 孫權의 장려에 힘입어 경전을 공부하고 많은 책을 읽어 戰略에 관한 안목을 틔웠고, 智勇雙全의 장군이 되었으니 '士別三日, 刮目相看(괄목상대)'의 주인공이다. 關羽를 생포한 東吳의 장수, 周瑜, 魯肅, 陸遜(육손)과 함께 東吳의 四大都督. 《吳書》 9권, 〈周瑜魯肅呂蒙傳〉에 입전.

이다. 어렸을 때 長江을 건너 姊夫(자부)인 鄧當(등당)에 의지했다. 등당은 孫策의 부장이었는데 자주 山越人을 토벌했다. 여몽이 15, 6세 때, 몰래 등당의 군사와 함께 적을 무찌르는 것을 등당이 보고 크게 놀라 질책했지만 못하게 할 수가 없었다. 등당이 여몽의 모친에게 말했고, 모친이 화를 내며 여몽을 크게 혼내려 하자, 여몽이 말했다.

"貧賤한 그대로 살 수는 없고, 가난을 벗어나려면 공을 세워야 부귀를 누릴 수 있습니다. 호랑이 굴에 들어가지 않고 어찌 호랑이 새끼를 잡겠습니까?"

모친은 슬피 울면서 그냥 두었다. 그 당시 軍吏가 여몽이 어리다 하여 무시하면서 "저런 녀석이 무엇을 하겠나? 제 몸뚱이나 호랑이 밥으로 주겠지"라고 말했다. 다른 날 다시 여몽을 만났는데, 또 무시하고 욕을 했나. 여몽은 크게 화를 내며 칼을 뽑아 군리를 죽여 버리고 도망쳐 읍내 사람 鄭長의 집에 숨었다. 나중에 校尉 袁雄(원웅)을 찾아가 자수했고, 원웅은 틈을 보아 손책에게 말했는데, 손책은 불러 만나본 뒤 기특하게 여겨 측근으로 삼았다.

몇 년 뒤 등당이 죽자, 張昭(장소)는 여몽을 등당의 후임으로 천거했고, 여몽은 別部司馬가 되었다. 손권이 국가대사를 총괄하면서 거느린 군사가 많지 않은 젊은 장수나, 별 쓸모가 없는 부대를 병합하려고 했다. 그러자 여몽은 우선 몰래 빚을 내어 병졸에게 붉은 옷에 각반을 만들어 입혔는데, 검사하는 날에 여몽의 진용은 눈에 띄었고 병졸의 숙련된 동작에 손권은 크게 기뻐하며 군사를 늘려주었다.

여몽은 손권을 수행하여 丹楊郡을 원정했는데, 가는 곳마다 전과를 올려 平北都尉에 임명되었으며 (단양군) 廣德(광덕) 縣長을 겸임했다.

손권을 수행하여 黃祖(황조)[409] 원정에 나섰는데(서기 208), 황조가 都督인 陳就(진취)를 내보내 수군으로 맞서게 했다. 여몽은 선봉에서 공격하여 진취의 목을 효수한 뒤에, 승세를 몰아 병졸을 거느리고 성을 공격하였다. 황조는 진취가 전사한 소식을 듣고 성을 버리고 달아났는데, 손권의 군사가 추격하여 생포하였다. 이에 손권이 말했다.

"이번 싸움은 진취를 먼저 죽였기에 우리가 이길 수 있었다."

손권은 여몽을 橫野中郞將에 임명하고, 상금 1천만 전을 하사하였다.

| 原文 |

是歲, 又與周瑜, 程普等西破曹公於烏林, 圍曹仁於南郡. 益州將襲肅擧軍來附, 瑜表以肅兵益蒙, 蒙盛稱肅有膽用, 且慕化遠來, 於義宜益不宜奪也. 權善其言, 還肅兵.

瑜使甘寧前據夷陵, 曹仁分衆圍寧, 寧困急, 使使請救. 諸將以兵少不足分, 蒙謂瑜, 普曰, "留淩公績, 蒙與君行, 解圍釋急, 勢亦不久, 蒙保公績能十日守也."

---

409 黃祖(황조, ?-서기 208) - 荊州牧 劉表의 宿將, 江夏 太守 역임. 황조의 부하에게 손견이 부상을 당한 뒤 죽었다.

又說瑜分遣三百人柴斷險道, 賊走可得其馬. 瑜從之. 軍到夷陵, 即日交戰, 所殺過半. 敵夜遁去, 行遇柴道, 騎皆捨馬步走. 兵追蹙擊, 獲馬三百匹, 方船載還. 於是將士形勢自倍, 乃渡江立屯, 與相攻擊, 曹仁退走. 遂據南郡, 撫定荊州. 還, 拜偏將軍, 領尋陽令.

| 국역 |

이 해에, 呂蒙(여몽)은 또 周瑜(주유)와 程普(정보) 등과 함께 서쪽으로 진출하여 조조의 군사를 烏林(오림)에서 격파했으며(赤壁大戰), 曹仁(조인)을 南郡에서 포위하였다.

益州의 장군 襲肅(습숙)이 군사를 거느리고 來附하였는데, 주유는 표문을 올려 습숙의 군사를 여몽에게 보태주려 했으나, 여몽은 습숙의 담력을 크게 칭송하면서 吳를 흠모하여 먼 곳에서 내부하였으니, 의리상 더 보탤줄 수는 없더라도 빼앗을 수 없다고 하였다. 손권은 여몽의 말을 옳다고 여겨 습숙의 군사를 돌려주었다.

주유가 甘寧(감녕)을 시켜 전진하여 夷陵(이릉)을 점거케 하자, 조인은 군사를 나눠 보내 감녕을 포위했는데, 급박해진 감녕이 사람을 보내 구원을 요청하였다. 여러 장수들은 병력이 적어 나눠보낼 수가 없자, 여몽이 주유와 정보에게 말했다.

"淩公績(능공적, 淩統. 189 - 237년 ?, 字 公績)을 남겨두고, 이 여몽이 장군들과 함께 출정하여 위급한 포위를 풀어야 하며, 감녕도 오래 버틸 수 없지만, 저는 능통이 열흘은 버틸 수 있다고 확신합니다."

또 여몽은 군사 3백 명을 나눠 건초와 장작을 가지고 험한 산길을 차단하면 적을 축출하면서 적의 말(馬)을 빼앗을 수 있다고 주유에게 건의하였다. 여몽의 군사는 이릉에 도착하여 당일 전투를 벌였고 적군 절반을 죽였다. 적은 한밤에 도주하였는데, 도중에 장작으로 차단한 길에서 기병은 말을 버리고 도주하였다. 군사가 바짝 추격하여 말 3백 필을 사각형 배에 싣고 돌아왔다.

이에 장졸의 사기가 크게 올라 강을 건너 보루를 만들고 공격하자 조인은 퇴각하였다. 결국 南郡을 차지하고 荊州를 진무하였다. 여몽은 돌아와 偏將軍에 제수되었고, 尋陽(심양) 현령을 겸임하였다.

| 原文 |

魯肅代周瑜, 當之陸口, 過蒙屯下. 肅意尚輕蒙, 或說肅曰, "呂將軍功名日顯, 不可以故意待也, 君宜顧之." 遂往詣蒙.

酒酣, 蒙問肅曰, "君受重任, 與關羽爲鄰, 將何計略以備不虞?" 肅造次應曰, "臨時施宜." 蒙曰, "今東西雖爲一家, 而關羽實熊虎也, 計安可不豫定?" 因爲肅畫五策. 肅於是越席就之, 拊其背曰, "呂子明, 吾不知卿才略所及乃至於此也."

遂拜蒙母, 結友而別.

| 국역 |

魯肅(노숙)이 周瑜(주유)의 후임이 되어 陸口(육구)에 와서, 여몽의 군영에서 하루를 머물렀다. 노숙은 여전히 여몽을 경시하였는데,

어떤 사람이 노숙에게 "呂將軍의 功名이 날마다 높아지니, 전처럼 대할 수 없으니 君께서도 한번 살펴보십시오."라고 말했다.

술이 거나하게 돌아가자, 여몽이 노숙에게 말했다.

"君께서는 중임을 담당하시며 關羽와 연접하고 있는데, 어떤 전략으로 만약의 사태에 대비하십니까?"

이에 노숙은 "때에 따라 적의하게 대응합니다."라고 말했다.

그러자 여몽이 말했다.

"지금 동서 두 나라가 비록 한 나라와 같다고 말하지만, 관우는 사실 호랑이나 곰과 같으니, 어찌 대책을 세우지 않을 수 있겠습니까?"

그러면서 여몽은 노숙에게 5가지 방책을 설명하였다. 이에 노숙은 자리를 건너 여몽과 나란히 앉아 그 등을 어루만지며 말했다.

"呂子明(呂蒙)! 나는 장군의 재능과 전략이 이런 경지에 이른 줄 생각하지 못했습니다."

그리고서는 여몽의 모친에게 가서 배례하고, 벗이 되어 떠나갔다.[410]

....

410 그전에, 손권은 여몽과 蔣欽(장흠)에게 말했다. "경들은 지금 관직을 갖고 일하지만, 그래도 학문을 하여야 스스로 앞길을 넓힐 수 있다." 이에 여몽은 "軍中의 업무가 많고 힘들어 독서할 겨를이 없습니다."라고 말했다. 손권은 "내가 어찌 경들에게 경전을 전공하여 박사가 되라고 했는가? 그래도 지나간 일은 두루 읽어 알아야 한다. 경들이 일이 많고 힘들어도 나만큼이야 하겠는가? 나는 젊었을 적에 《詩》,《書》,《禮記》,《左傳》,《國語》를 읽었지만 《易》을 읽지는 못했다. 국사를 주관하면서 나는 《三史》와 (史記, 漢書, 東觀漢記 / 唐代 이후에는 史記, 漢書, 後漢書) 여러 병법서를 읽었는데 크게 유익하다고 생각하고 있소. 卿들은 천성이 영명하니 학문을 하면 크게 진보할 것인데, 그래도 하지 않겠는가? 그리고 응당 서둘러 《孫子》,《六韜(육도)》,《左傳》,《國語》및 《三史》를 읽어야 하오. 孔子께서도 '終日 不食하고, 終夜에 不寢하며 생각해 보아도 無益하니 배우는 것만 못하다.'고 하였소(《論語 衛靈公》). 또

|原文|

時蒙與成當,宋定,徐顧屯次比近, 三將死, 子弟幼弱, 權悉以兵並蒙. 蒙固辭, 陳啓顧等皆勤勞國事, 子弟雖小, 不可廢也. 書三上, 權乃聽. 蒙於是又爲擇師, 使輔導之, 其操心率如此.

魏使廬江謝奇爲蘄春典農, 屯皖田鄉, 數爲邊寇. 蒙使人誘之, 不從, 則伺隙襲擊, 奇遂縮退. 其部伍孫子才,宋豪等, 皆攜負老弱, 詣蒙降. 後從權拒曹公於濡須, 數近奇計, 又勸權夾水口立塢, 所以備御甚精, 曹公不能下而退.

|국역|

그때, 呂蒙(여몽)과 成當(성당), 宋定(송정), 徐顧(서고) 등은 가까이에

光武帝도 兵馬의 격무 속에서도, 手不釋卷(수불석권)하였소. 曹孟德(조조)도 스스로 老而好學이라 하였소. 그러니 경들이 배움에 어찌 힘쓰지 않을 수 있겠는가?'

이에 여몽은 처음으로 학문을 시작하여 돈독한 의지로 게을리하지 않았으며, 그가 읽은 책에 대해서는 나이 많은 유생한테도 지지 않았다. 노숙이 주유의 후임이 되어 여몽의 군영에 들려 의논할 때도 노숙은 여몽에 비해 자신이 부족하다고 느꼈었다. 그래서 여몽이 이렇듯 大略을 갖고 있는 줄 몰랐다고 감탄하였다. 이에 여몽은 "士人이 헤어져 三日을 만나지 못했다면, 눈을 비비고 다시 보아야 한다.(士別三日, 卽更刮目相待.)"고 하였습니다. 제가 알기로 大兄(魯肅)께서는 公瑾(周瑜)의 후임으로 關羽를 상대해야 하십니다. 관우 또한 어른이 되어서도 好學하여《左傳》을 늘 읽는다고 하였습니다만, 관우는 자존심이 강하여 사람을 무시한다고 들었습니다. 그러니 응당 여러 가지로 대응이 있어야 하지 않겠습니까?'

손권도 늘 여몽과 蔣欽(장흠)을 國士라고 칭송하였다. 이는 본래《江表傳》에 수록된 글이다.

주둔하고 있었는데, 3명의 장수가 죽고 아들이나 형제는 어렸기 때문에, 손권은 그 병력을 모두 여몽에게 통합하려고 했다. 그러나 여몽은 완강히 사양하면서 서고 등이 그동안 나라를 위하여 애를 쓰기에 그 자제가 비록 어리더라도 폐출할 수 없다고 하였다. 여몽이 3번이나 상서하자, 손권이 수락하였다. 여몽은 이에 어린 자제를 위한 스승을 골라 보필케 하였는데, 여몽의 조심하는 정도가 대개 이와 같았다.

魏에서는 廬江郡(여강군) 사람 謝奇(사기)를 蘄春(기춘)의 典農中郎將[411]으로 임명하였는데, 기춘은 田野에 주둔하면서 吳의 변경을 자주 노략질하였다. 여몽은 사람을 보내 좋은 말로 권유하였지만 사기가 따르지 않자, 틈을 보아 습격하자 사기는 기가 죽어 물러났다. 그 부하인 孫子才(손자재)와 宋豪(송호) 등은 노약자들을 모두 데리고 여몽에게 투항하였다.

여몽은 손권을 수행하여 濡須(유수)에서 조조를 빙어하였는데, 여러 번 기이한 대책을 제안하였고, 또 손권에게 강물 가까운 곳에(夾水口) 방어 보루인 塢(오)[412]의 축조를 건의하였는데, 여몽의 방어시

---

411 典農(典農中郎將) - 군량 자급을 위해 짓는 농사를 屯田(둔전)이라 하였다. 曹魏의 둔전제는 둔전을 民屯과 軍屯으로 대별할 수 있고, 전국 州郡에 이를 담당하는 田官(典農中郎將)을 설치하였다. 이는 이전의 군부대 중심의 둔전과 달랐다. 曹魏의 둔전제는 국가 재정 확보와 軍卒 보충에 기여하여 曹魏의 안정적 발전을 가져왔다. 전농중랑장은 둔전 지역의 민정과 생산 감독, 조세 징수 등을 담당하였고 질록은 二千石 태수와 같았다. 曹魏 멸망 직전(서기 264년)에 둔전 지역을 郡으로 승격시켰다.

412 塢는 작은 둑 오. 낮은 성. 돈대 오, 마을 오. 여기서는 군사적 방어시설 겸 생활공간. 보통의 塢(오)는 높이가 1丈(사람 키 높이이니 쉽게 오를 수 없다), 둘레가 1里(400m)정도라 하였으니, 직경이 100m 정도일 것이다. 그런데 후한 말 董卓이 본거지인 郿縣(미현)에 축조한 萬歲塢(만세오)는 높이가 7장이었다니 그 높이와 넓이, 시설을 짐작할 수 있다.

설이 매우 완벽하여, 조조도 남하를 포기하고 퇴각하였다.

|原文|

曹公遣朱光爲廬江太守, 屯皖, 大開稻田, 又令間人招誘鄱
陽賊帥, 使作內應. 蒙曰, "皖田肥美, 若一收孰, 彼衆必增,
如是數歲, 操態見矣, 宜早除之."

乃具陳其狀. 於是權親征皖, 引見諸將, 問以計策. 蒙乃薦
甘寧爲升城督, 督攻在前, 蒙以精銳繼之. 侵晨進攻, 蒙手執
枹鼓, 士卒皆騰踴自升, 食時破之. 旣而張遼至夾石, 聞城已
拔, 乃退.

權嘉其功, 卽拜廬江太守, 所得人馬皆分與之, 別賜尋陽屯
田六百戶, 官屬三十人. 蒙還尋陽, 未期而廬陵賊起, 諸將討
擊不能禽, 權曰, "鷙鳥累百, 不如一鶚."

復令蒙討之. 蒙至, 誅其首惡, 餘皆釋放, 復爲平民.

|국역|

曹操는 朱光(주광)을 廬江(여강) 태수에 임명하여 皖縣(환현)[413]에 주
둔하면서 벼농사 논을 크게 개간했으며, 또 첩자를 보내 鄱陽(파양)의
도적 우두머리를 설득하여 내응케 하였다. 이에 여몽이 말했다.

----

413 皖縣 – 廬江郡의 현명. 今 安徽省 서남부 皖河(환하) 상류 安慶市 관할 潛山
縣(잠산현).

"皖縣(환현) 일대의 토지는 매우 비옥하여 만약 한 해 농사를 수확하고 나면 저들 군사는 더 증강될 것이다. 이렇게 몇 년이 지난다면 조조의 작태가 눈이 보일 것이니, 응당 미리 제거해야 한다."

여몽은 그 상황을 상세히 보고하였다. 이에 손권은 친히 환현을 원정하면서 모든 장수를 불러 방책을 물었다.

여몽은 바로 甘寧(감녕)을 천거하여 升城督(승성독)으로 삼아 앞에서 공격을 독려하고, 여몽은 정예 병력을 이끌고 함께 진공케 하였다. 새벽에 공격을 시작하였는데, 여몽이 직접 북을 치며 격려하자, 士卒은 모두 용기백배하여 스스로 성을 타고 올라 아침을 먹을 때쯤 격파하였다. 魏의 張遼(장료)가 夾石(협석)이란 곳까지 진격했다가 성이 함락되었다는 소식을 듣고 곧 퇴각하였다.

손권은 여몽의 공훈을 가상히 여겨 즉시 盧江 태수에 임명하고 나포한 포로와 군마를 모두 나누어주었으며, 별도로 (武昌郡) 尋陽縣(심양현)의 屯田 호구 6백 호와 관속 30명을 하사하였다.

여몽이 尋陽(심양)에 주둔하여 1년이 되지 않아 盧陵(노릉)의 도적떼가 봉기하였는데, 여러 장수가 토벌하였지만 우두머리를 체포하지 못했다. 이에 손권은 "수리 새(鷙鳥) 수백 마리가 물수리(鶚, 물수리 악) 한 마리만 못하다."며 여몽을 시켜 토벌케 하였다.

여몽은 노릉에 도착하여 도적 우두머리를 잡아 죽이고, 나머지는 모두 석방하여 평민으로 살게 하였다.

是時劉備令關羽鎮守, 專有荊土. 權命蒙西取長沙,零,桂三郡. 蒙移書二郡, 望風歸服, 惟零陵太守郝普城守不降. 而備自蜀親至公安, 遣羽爭三郡.

權時住陸口, 使魯肅將萬人屯益陽拒羽, 而飛書召蒙, 使捨零陵, 急還助肅. 初, 蒙既定長沙, 當之零陵, 過酈, 載南陽鄧玄之, 玄之者郝普之舊也, 欲令誘普. 及被書當還, 蒙秘之. 夜召諸將, 授以方略, 晨當攻城.

顧謂玄之曰, "郝子太聞世間有忠義事, 亦欲爲之, 而不知時也. 左將軍在漢中, 爲夏侯淵所圍. 關羽在南郡, 今至尊身自臨之. 近者破樊本屯, 救酈, 逆爲孫規所破. 此皆目前之事, 君所親見也. 彼方首尾倒懸, 救死不給, 豈有餘力復營此哉? 今吾士卒精銳, 人思致命. 至尊遣兵, 相繼於道. 今子太以旦夕之命, 待不可望之救. 猶牛蹄中魚, 冀賴江漢, 其不可恃亦明矣. 若子太必能一士卒之心, 保孤城之守, 尚能稽延旦夕, 以待所歸者, 可也. 今吾計力度慮, 而以攻此, 曾不移日, 而城必破, 城破之後, 身死何益於事, 而令百歲老母, 戴白受誅, 豈不痛哉? 度此家不得外問, 謂援可恃, 故至於此耳. 君可見之, 爲陳禍福."

玄之見普, 具宣蒙意, 普懼而聽之. 玄之先出報蒙, "普尋後當至." 蒙豫敕四將, 各選百人, 普出, 便入守城門. 須臾普出,蒙迎執其手, 與俱下船. 語畢, 出書示之. 因拊手大笑.

普見書, 知備在公安, 而羽在益陽, 慚恨入地. 蒙留孫皎, 委以後事, 卽日引軍赴益陽. 劉備請盟, 權乃歸普等. 割湘水, 以零陵還之. 以尋陽, 陽新爲蒙奉邑.

| 국역 |

이때, 劉備는 關羽를 시켜 吳의 서진을 막게 하고 형주 땅을 다 차지하였다. 손권은 여몽에게 명하여 서쪽으로 長沙, 零陵(영릉), 桂陽의 3郡을 수복케 하였다. 여몽이 보낸 서신에 2개 군은 바람에 쏠리듯 귀부하였지만, 零陵 태수 郝普(학보)[414]는 성을 지키며 투항하지 않았다. 그리고 유비는 蜀에서 직접 公安(공안)에 왔고, 관우를 보내 3군을 빼앗게 하였다.

손권은 그때 陸口(육구)에 머물고 있었는데, 魯肅(노숙)으로 하여금 1만 군사를 거느리고 (長沙郡) 益陽縣(익양현)에서 관우를 저지케 하면서 飛書를 보내 여몽에게 零陵郡(영릉군)을 버려두고 서둘러 돌아와 노숙을 도우라고 지시하였다.

그전에 여몽이 장사군을 처음 평정한 뒤 영릉군으로 이동하면서 (장사군) 酈縣(영현, 酈은 고을 이름 영)에서 南陽郡 사람 鄧玄之(등현지)를 만났는데, 등현지는 영릉태수 학보의 친구이기에, 여몽은 등현지를 통해서 학보를 설득하려고 했다. 여몽은 그때 돌아와 노숙을 도우라는 급한 공문을 받았지만 이를 비밀에 부쳤다. 여몽은 한

---

414 郝普(학보, ?-230년, 字 子太) - 郝 고을 이름 학. 성씨. 촉한 장군이었다가 東吳에 투항. 東吳의 廷尉 역임.

밤에 여러 부장을 소집하여 업무를 분장하고 새벽에 영릉군 성을
공격키로 했다.

그리고 여몽은 등현지에게 말했다.

"郝子太(학자태, 郝普)는 세상에 忠義가 소중한 것을 알기에 실천
하려고 하지만, 때를 모르는 것 같습니다. 左將軍 劉備가 漢中郡에
있을 때, 夏侯淵(하후연)에게 포위되었습니다. 그때 關羽는 南郡에
있었는데, 지금 우리 至尊(孫權)께서 직접 출정하셨습니다. 최근에
樊城(번성)의 군영을 공격하여 鄳縣(영현)을 지키려 하다가 도리어
孫規(손규)에게 격파되었습니다. 이 모두는 우리가 바로 목격한 일
이고 당신 또한 직접 보았습니다. 지금 저쪽은 머리와 꼬리가 거꾸
로 달렸기에 위기를 구원하려 해도 구할 수 없으니, 무슨 여력이 있
어 이곳 군영까지 구원하겠습니까? 지금 나의 士卒은 모두 정예병
이며 모두 목숨을 바치려 합니다. 우리 至尊께서 군사를 파견하시
어 지금 꼬리를 물고 이쪽으로 진격해오고 있습니다. 지금 子太(郝
普, 학보)는 그 목숨이 아침이나 저녁이면 끝이날 것인데, 구원을 기
대할 수도 없습니다. 마치 소 발굽자국에 고인 물에 있는 물고기가
長江이나 漢水의 물로 가고 싶지만 갈수 없는 것처럼 확실합니다.
만약 子太(자태)가 사졸의 마음을 모두 한마음이 되게 하여 고립된
성을 지키려 한다면, 아침저녁의 위기를 넘기면서라도 구원군을 기
다린다면 가능할 수도 있습니다. 지금 나의 계산으로 이 성을 공격
하면 하루를 넘기지 않고 틀림없이 함락될 것인데, 함락된 뒤에 몸
이 죽는다면 무슨 이득이 있겠으며, 백세에 가까운 노모는 백발에
처형을 당해야 하니 어찌 마음이 아프지 않겠습니까? 학보는 지금

밖의 소식을 알 수 없기에 구원병이 올 것이라 기대하면서 지금 여기까지 버텨왔습니다. 당신이 본 그대로 학보에게 禍와 福이 어떻게 달라질 것인지 설명해주기 바랍니다."

등현지는 학보를 만나 여몽의 뜻대로 설명하자, 학보는 두려워하며 등현지의 말에 따랐다. 등현지가 먼저 성에서 나와 여몽에게 "학보가 곧 나올 것입니다."라고 말했다.

여몽은 미리 부장 4명에게 각각 1백 명의 부하를 거느리고서 학보가 출성하자마자 바로 입성하여 성문을 지키게 하였다. 곧 이어 학보가 성에서 나오자, 여몽은 학보의 손을 잡고 함께 배를 타고 떠나갔다. 여몽과 학보의 인사가 끝나자, 여몽은 급한 공문을 보여주고 손뼉을 치며 크게 웃었다.

학보는 급한 공문을 보고서야 유비가 公安縣에, 또 관우가 益陽縣에 있는 줄을 알고 부끄러워 땅속이라도 늘어가고 싶은 심경이었다. 여몽은 孫皎(손교)를 남겨 뒷일을 부탁했고 그날로 바로 군사를 이끌고 익양현으로 돌아왔다. 유비는 東吳에 화평을 요청했고, 손권은 학보 등을 蜀으로 돌려보냈다. 蜀과 吳는 湘水(상수)를 경계로 정했고, 영릉군은 蜀에 돌려주었다. 손권은 (武昌郡의) 尋陽(심양)과 陽新縣(양신현)을 여몽의 식읍으로 늘려주었다.

| 原文 |

師還, 遂征合肥, 既撤兵, 爲張遼等所襲, 蒙與淩統以死扞衛. 後曹公又大出濡須, 權以蒙爲督, 據前所立塢, 置强弩萬

張於其上, 以拒曹公. 曹公前鋒屯未就, 蒙攻破之, 曹公引退. 拜蒙左護軍,虎威將軍.

| 국역 |

군사가 철수했고, 다시 合肥(합비)를 정벌했다가 철병했지만 張遼 (장료) 등의 기습공격을 받았는데, 呂蒙(여몽)과 淩統(능통)은 죽음으로 지켜냈다. 뒷날 조조가 다시 濡須(유수)를 공격하자, 손권은 여몽을 도독으로 삼아 이전에 축조했던 塢(오, 보루)를 근거로 삼아 강한 쇠뇌(强弩, 강노) 1만여 장을 배치하여 조조의 군사를 막았다. 조조 군사의 선봉대가 군영을 설치하기도 전에, 여몽이 공격하여 격파하자, 조조는 그대로 철수하였다. 손권은 여몽을 左護軍 겸 虎威將軍 으로 임명했다.

| 原文 |

魯肅卒, 蒙西屯陸口, 肅軍人馬萬餘盡以屬蒙. 又拜漢昌太守, 食下雋,劉陽,漢昌,州陵. 與關羽分土接境, 知羽驍雄, 有並兼心,且居國上流,其勢難久.

初, 魯肅等以爲曹公尙存, 禍難始搆, 宜相輔協, 與之同仇, 不可失也. 蒙乃密陳計策曰,

"今令征虜守南郡, 潘璋住白帝, 蔣欽將遊兵萬人循江上下, 應敵所在, 蒙爲國家前據襄陽, 如此, 何憂於操, 何賴於

羽? 且羽君臣, 矜其詐力, 所在反覆, 不可以腹心待也. 今羽所以未便東向者, 以至尊聖明, 蒙等尚存也. 今不於彊壯時圖之, 一日僵仆, 欲復陳力, 其可得邪?"

權深納其策, 又聊復與論取徐州意. 蒙對曰, "今操遠在河北, 新破諸袁, 撫集幽,冀, 未暇東顧. 徐土守兵, 聞不足言, 往自可克. 然地勢陸通, 驍騎所騁, 至尊今日得徐州, 操後旬必來爭, 雖以七八萬人守之, 猶當懷憂. 不如取羽, 全據長江, 形勢益張."

權尤以此言爲當. 及蒙代肅, 初至陸口, 外倍修恩厚, 與羽結好.

| 국역 |

魯肅(노숙)이 죽자(건안 22년, 서기 217), 呂蒙(여몽)은 서쪽으로 나아가 陸口(육구)에 주둔하였고, 노숙의 군사 1만여 명과 말은 모두 여몽의 소속이 되었다. 여몽은 또 漢昌 태수가 되어 下雋(하준), 劉陽(유양), 漢昌(한창), 州陵(주릉) 현을 식읍으로 받았다. 여몽은 관우와 접경하였는데, 관우의 용맹과 또 관우의 吳를 겸병하려는 뜻을 알고 있었으며, 또 관우가 강 상류에 있어 오래 방어하기가 어렵다는 것도 알고 있었다.

그전에 노숙과 관우는 조조가 북쪽에 있어 언제든지 침략할 수 있다는 것을 알기에, 서로 협조하고 魏을 공동의 적으로 대처하며 신의를 잃지 않았다. 그러나 여몽은 비밀리에 (손권에게) 대응책을 설명했었다.

 "지금 征虜 장군(孫皎, ? - 219년, 孫權의 4촌 형제)이 南郡을 방어하고, 潘璋(반장)은 白帝城(백제성)에 주둔하며, 蔣欽(장흠)은 유격병 1만을 거느리고 長江을 따라 오르내리면서 적과 대응하며, 저 여몽은 나라의 최전선인 襄陽(양양)을 지키고 있으니, 조조나 관우가 왜 두렵겠습니까? 또 관우는 그 주군과 부하가 모두 별것도 아닌 전력을 과신하고, 주둔하는 곳에서는 반복이 무상하여 부하를 심복으로 거느리지 못하고 있습니다. 지금도 관우가 동쪽으로 진출하지 못하는 것은, 聖明하신 지존이 계시고 이 여몽이 있기 때문입니다. 지금 우리의 강력한 전력을 바탕으로 정벌하지 않고 있다가, 어느 날 우리가 쓰러진 뒤에 다시 전력을 강화할 수 있겠습니까?"

 손권은 여몽의 대책을 전적으로 받아들였는데, 겸해서 북으로 徐州를 쟁취하려는 뜻을 함께 의논하였다. 이에 여몽이 대답하였다.

 "지금 조조는 멀리 북쪽으로 袁氏(원씨) 형제들을 격파한 뒤에 幽州(유주)와 冀州(기주)를 안정시켜야 하기에 동쪽으로 진출할 겨를이 없습니다. 그리고 徐州를 지키는 군사가 충분하지 않다는 소문도 있으니, 우리가 진격하면 이길 수도 있습니다. 그러나 서주와는 육로로 진출해야 하며, 용감한 기병이 있어야 하기에 至尊께서 서주를 차지한다 하여도 조조는 열흘 쯤 뒤에는 틀림없이 공격해올 것이니, 우리가 비록 7, 8만의 군사로 방어한다 하여도 걱정이 됩니다. 그러니 관우를 먼저 잡아서 長江 전체를 장악하여 형세를 키우는 것만 못할 것입니다."

 손권은 여몽의 말을 옳다고 생각했다. 여몽이 노숙의 후임으로

陸口(육구)에 부임해서는 백성들에게 은덕을 두터이 베풀고, 관우를 우호적으로 상대하였다.

|原文|

後羽討樊, 留兵將備公安,南郡. 蒙上疏曰,

「羽討樊而多留備兵, 必恐蒙圖其後故也. 蒙常有病, 乞分士衆還建業, 以治疾爲名. 羽聞之, 必撤備兵, 盡赴襄陽. 大軍浮江, 晝夜馳上, 襲其空虛, 則南郡可下, 而羽可擒也.」

遂稱病篤, 權乃露檄召蒙還, 陰與圖計. 羽果信之, 稍撤兵以赴樊. 魏使于禁救樊, 羽盡擒禁等, 人馬數萬, 托以糧乏, 擅取湘關米.

權聞之, 遂行, 先遣蒙在前. 蒙至尋陽, 盡伏其精兵舳艫中, 使白衣搖櫓, 作商賈人服, 晝夜兼行, 至羽所置江邊屯候, 盡收縛之, 是故羽不聞知. 遂到南郡, 士仁,麋芳皆降.

蒙入據城, 盡得羽及將士家屬, 皆撫慰, 約令軍中不得干歷人家, 有所求取. 蒙麾下士, 是汝南人, 取民家一笠, 以覆官鎧, 官鎧雖公, 蒙猶以爲犯軍令, 不可以鄉里故而廢法, 遂垂涕斬之. 於是軍中震慄, 道不拾遺. 蒙旦暮使親近存恤耆老, 問所不足, 疾病者給醫藥, 饑寒者賜衣糧. 羽府藏財寶, 皆封閉以待權至.

羽還, 在道路, 數使人與蒙相聞, 蒙輒厚遇其使, 周遊城中, 家家致問, 或手書示信. 羽人還, 私相參訊, 咸知家門無恙, 見待過於平時, 故羽吏士無鬪心. 會權尋至, 羽自知孤窮, 乃走麥城, 西至漳鄉, 衆皆委羽而降. 權使朱然, 潘璋斷其徑路, 卽父子俱獲, 荊州遂定.

| 국역 |

그 뒤에 關羽는 樊城(번성)[415]을 토벌하면서 병력을 남겨 公安(공안)과 南郡(治所 江陵縣)을 수비케 하였다. 이때 여몽이 상소하였다.

「관우가 樊城을 토벌하면서 다수의 병력을 남긴 것은 틀림없이 이 여몽이 후방을 공격할까 걱정한 것입니다. 저는 늘 병을 앓고 있어 군사를 나눠 建業(건업)으로 돌아가길 바라고 있다고 소문을 내고 있습니다. 관우가 이 소식을 들으면 틀림없이 예비 병력조차 철수시켜 전 병력을 襄陽(양양)으로 집결시킬 것입니다. 그러면 우리 대군이 강을 거슬러 밤낮으로 달려 군사가 없는 南郡을 습격하여 함락시키고 관우를 잡을 수 있습니다.」

여몽은 병이 심하다고 상서했고, 손권은 여몽의 격문과 여몽을 소환하겠다는 뜻을 공개하면서 은밀히 계책을 추진케 하였다. 관우는 그런 내용을 믿었고, 예비 병력을 차츰 철수하며 번성으로 집결시켰다. 魏에서는 于禁(우금)을 보내 樊城을 구원케 했지만, 관우는

---

415 樊城(번성)은 보루, 작은 성 이름. 당시 襄陽郡. 今 湖北省 襄陽市 樊城區에 해당. 漢水 남안.

우금과 수만 군사를 생포하였기에 군량 부족을 핑계로 湘關(상관) 일대의 쌀을 마음대로 빼앗게 방치했다.

손권은 이 소식을 듣고 대군에게 공격을 명령하며 여몽을 선봉으로 내세웠다. 여몽이 尋陽(심양)에 이르러 그 精兵은 舳艫(축로)[416]에 숨기고, 백의를 입혀 노를 젓게 하며 모두 賈人(고인, 상인)의 옷을 입혀 밤낮으로 2배의 속도로 나아갔는데, 관우가 설치한 초소마다 척후병을 모두 잡아 묶어두었기에 관우는 소식을 알 수가 없었다. 여몽의 군사가 南郡에 들어가자 傅士仁(부사인)과 麋芳(미방)[417]은 모두 투항했다.

여몽은 입성한 뒤에 관우의 식솔이나 휘하 장졸의 가족을 모두 잡았지만 그들을 위로하였으며 군중에 명령하여 백성의 집에 들어가거나 물건을 가져가지 못하게 단속하였다. 여몽 휘하의 사졸 한 사람은 汝南郡 사람인데, 민가에서 삿자리를(笠) 가져다가 官物인 갑옷을 덮었는데, 갑옷이 비록 관물이지만 군령을 어겼으며, 고향

---

416 舳艫(축로) – 배의 船尾(선미, 고물)와 船首(선수, 이물). 方形의 큰 배.

417 傅士仁(부사인)의 字는 君義(군의)인데, 廣陽郡 사람으로 장군이 되어 公安(공안)에 주둔하며 關羽(관우) 휘하의 소속이었다. 관우와 뜻이 맞지 않아 배반한 뒤 손권의 군사를 불러들였다. 麋芳(미방)은 麋竺(미축)의 동생. 미축은 자기 여동생(麋夫人)과 함께 많은 재물을 유비에게 지원하였고 유비의 절대적 신임을 받고 있었다. 南郡 태수인 麋芳(미방)은 江陵(강릉)에 있었고, 將軍인 傅士仁(부사인)은 公安縣(공안현)에 주둔하고 있었는데, 관우가 평소에 자신을 모욕한데 대하여 감정이 있었다. 관우가 出軍하면 미방과 부사인이 군량을 공급해야 했지만 전력을 다하여 돕지 않았다. 이에 관우는 "회군하면 治罪하겠다."고 말했다. 미방과 부사인 모두 두렵고 불안하였다. 이에 손권은 은밀히 미방과 부사인을 회유했고, 미방과 부사인은 사람을 보내 손권의 군사를 영입하였다. 그리고 曹公이 徐晃(서황)을 보내 曹仁을 구원하자, 관우는 당할 수 없어 결국 군사를 철수하였다.

사람이라 하여 법을 적용하지 않을 수 없다면서 눈물을 흘리며 참수하였다. 이에 군중의 장졸은 모두 두려워 떨었고 길에 떨어진 물건도 주워갖지 않았다. 여몽은 아침저녁으로 근처의 노인들을 보살피고 부족한 것이 있는가를 물었으며, 병든 자에게 약을 주고 춥고 굶주린 백성에게 옷과 곡식을 하사하였다. 관우 휘하 창고의 재보는 모두 봉한 뒤에 손권의 도착을 기다렸다.

관우는 南郡을 구원하러 오면서 길에서 사자를 여몽에게 보내 성 안의 소식을 묻게 하였는데, 여몽은 관우의 사자를 후하게 대접했고, 성 안을 마음대로 돌아다니면서 (사졸의) 집집마다 안부를 묻거나 편지를 받아가기도 했다. 관우가 보낸 사람이 돌아오자, 장졸은 서로 소식을 물으면서 집안에 아무런 변고가 없으며, 평상시와 같이 지내고 있다는 소식에 관우의 장졸들은 吳軍과 싸우려는 마음이 없었다. 마침 손권의 본진이 (江陵에) 도착했고, 관우는 고립무원임을 알고 麥城(맥성)[418]으로 도주하여 서쪽 漳鄕(장향)에 도착하였지만, 대부분의 장졸은 관우를 버려두고 투항하였다. 손권은 朱然(주연)과 潘璋(반장)을 시켜 샛길을 미리 차단하여 관우 부자를 생포하면서 荊州는 마침내 평정되었다.

| 原文 |

以蒙爲南郡太守, 封孱陵侯, 賜錢一億, 黃金五百斤. 蒙固

---

418 麥城은, 수 湖北省 서부 宜昌市 관할 當陽市 兩河鎭 麥城村에 해당한다. 建安 24년(서기 219) 맥성에서 관우를 사로잡은 사람은 馬忠(마충)이다.

辭金錢, 權不許. 封爵未下, 會蒙疾發, 權時在公安, 迎置內
殿. 所以治護者萬方, 募封內有能愈蒙疾者, 賜千金. 時有針
加, 權爲之慘戚, 欲數見其顏色, 又恐勞動, 常穿壁瞻之, 見小
能下食則喜, 顧左右言笑, 不然則咄唶, 夜不能寐. 病中瘳,
爲下赦令, 群臣畢賀.

後更增篤, 權自臨視, 命道士於星辰下爲之請命. 年四十
二, 遂卒於內殿. 時權哀痛甚, 爲之降損. 蒙未死時, 所得金
寶諸賜盡付府藏, 敕主者命絶之日皆上還, 喪事務約. 權聞
之, 益以悲感.

국역

呂蒙(여몽)은 南郡太守가 되었고 孱陵侯(잔릉후, 武陵郡의 縣名)에
책봉되었으며, 금전 一億(일억)과 黃金 5백 근을 하사받았다. 여몽
이 금전을 고사하였지만, 손권은 수락치 않았다. 여몽이 새로 책봉
이 되기 전에 병에 걸렸는데, 손권은 그때 公安(공안)에 머물 때라서
여몽을 內殿에 거처하게 하였다. 그러면서 만방으로 병을 고칠 자
를 찾으면서, 여몽의 병을 고치는 자에게 천금을 하사한다고 포고
하였다. 여몽에게 침을 시술할 때, 손권은 여몽을 대신하여 슬퍼했
고, 수시로 여몽의 안색을 살피면서 여몽이 힘들어할까 걱정하여
벽에 구멍을 뚫고 병세를 살폈는데, 여몽이 조금이라도 음식을 먹
으면 기뻐서 측근들에게 웃으며 말했지만, 그렇지 않으면 크게 탄
식(咄唶, 咄 탄식할 돌. 唶는 탄식할 차)하였으며 밤에는 잠을 이루지 못

했다. 여몽의 병이 좀 차도가 있자, 손권은 사면령을 내렸고, 모든 신하들은 차도가 있다고 치하했다.

뒤에 병세가 더 위독하자, 손권은 친히 문병을 했고 道士들에게 명하여 星辰(성신)에게 수명을 빌게 했다. 그러나 여몽은 42세에 손권의 內殿에서 죽었다.[419] 그때 손권은 크게 애통해하며 음식을 들지도 못했다. 여몽이 죽기 전에 그동안 하사받아 창고에 모아둔 상금이나 보화를, 喪事를 주관하는 자에게 자신이 죽는 날에 국고에 반환케 했으며 검소한 장례를 치루라고 하였다. 손권은 이를 전해 듣고서는 더욱 슬퍼하였다.

| 原文 |

蒙少不修書傳, 每陳大事, 常口占爲箋疏. 常以部曲事爲江夏太守蔡遺所白, 蒙無恨意. 及豫章太守顧邵卒, 權問所用, 蒙因薦遺奉職佳吏, 權笑曰, "君欲爲祁奚耶?" 於是用之.

甘寧粗暴好殺, 旣常失蒙意, 又時違權令, 權怒之, 蒙輒陳請, "天下未定, 鬪將如寧難得, 宜容忍之." 權遂厚寧, 卒得其用.

蒙子霸襲爵, 與守塚三百家, 復田五十頃. 霸卒, 兄琮襲侯. 琮卒, 弟睦嗣.

....

419 《三國演義》에서는 여몽이 관우의 혼령에 놀라 비참하게 죽은 것으로 묘사하였으나, 이는 허구이다.

여몽은 젊어 경전을 공부하지 않았기에 중요한 업무에 관해서는 문서가 아닌 구술로 진술하였다. 여몽은 군사 관련 업무로 江夏 태수 蔡遺(채유)의 고발을 당했지만, 채유에게 아무런 원한도 품지 않았다. 豫章 태수 顧邵(고소)가 죽자, 손권이 그 후임자 천거를 묻자, 여몽은 채유가 업무를 잘 처리한다며 천거하였다. 이에 손권은 웃으며 "君은 祁奚(기해)[420]가 되고 싶은가?"라고 말했다. 그리고서 채유를 등용하였다.

甘寧(감녕)은 성격이 거칠고 사나우며 살인을 좋아했기에 늘 여몽의 뜻에 맞지 않았고, 또 가끔 손권의 명령을 어겼기에, 손권이 감녕에게 화를 낼 때마다, 여몽은 "天下가 未定인데, 감녕 같이 잘 싸우는 장수를 얻기 어려우니 容忍(용인)해야 합니다."라고 주청하였기에 손권은 감녕을 후하게 대했고 마침내 등용하였다.

여몽의 아들 呂霸(여패)가 작위와 무덤을 수호하는 민호 3백 호, 그리고 면세된 토지 5백경을 세습하였다. 여패가 죽자, 여몽의 형 呂琮(여종)이 작위를 세습했다. 여종이 죽자, 동생인 呂睦(여목)이 승계했다.

孫權與陸遜論周瑜,魯肅及蒙曰,

---

420 祁奚(기해) - 春秋시대 晉國의 大夫.

"公瑾雄烈, 膽略兼人, 遂破孟德, 開拓荊州, 邈焉難繼, 君今繼之. 公瑾昔要子敬來東, 致達於孤, 孤與宴語, 便及大略帝王之業, 此一快也. 後孟德因獲劉琮之勢, 張言方率數十萬衆水步俱下. 孤普請諸將, 咨問所宜, 無適先對, 至子布,文表, 俱言宜遣使修檄迎之, 子敬卽駁言不可, 勸孤急呼公瑾, 付任以衆, 逆而擊之, 此二快也.

且其決計策意, 出張,蘇遠矣. 後雖勸吾借玄德地, 是其一短, 不足以損其二長也. 周公不求備於一人, 故孤忘其短而貴其長, 常以比方鄧禹也.

又子明少時, 孤謂不辭劇易, 果敢有膽而已. 及身長大, 學問開益, 籌略奇至, 可以次於公瑾, 但言議英發不及之耳. 圖取關羽, 勝於子敬.

子敬答孤書云, '帝王之起, 皆有驅除, 羽不足忌.' 此子敬內不能辦, 外爲大言耳, 孤亦恕之, 不苟責也. 然其作軍屯營, 不失令行禁止, 部界無廢負, 路無拾遺, 其法亦美也."

| 국역 |

孫權이 陸遜(육손)과 함께 周瑜(주유)와 魯肅(노숙) 및 呂蒙(여몽)이 인물을 논하며 말했다.

"公瑾(공근, 周瑜)은 雄烈(웅렬)하고 담략이 크게 뛰어났기에 孟德 (맹덕, 曹操)을 격파하고 형주 땅을 넓힐 수 있었으니, 너무 뛰어나 뒤를 이을 만한 사람이 없었는데, 지금 君(陸遜)이 계승하고 있소. 옛날 子敬(魯肅)이 江東에 처음 왔을 때 공근이 나에게 데려왔고 내가 자경과 사적인 이야기를 할 때 子敬은 나에게 제왕의 대업에 대하여 그 대략을 언급했었는데, 이것이 그의 첫 번째 통쾌한 일이었소. 뒷날 맹덕은 (형주) 劉琮(유종)의 군사를 병합하고 수군과 보병 수십만 병력이 함께 남하한다고 허풍을 떨었지요. 나는 그때 여러 장수를 모아 어떻게 해야 할까를 물었지만 적절한 대책을 말하는 자가 없었고, 子布(張昭, 156 – 236년)와 文表(秦松)는 똑같이 사람을 보내 조조를 영입해야 한다고 말했는데, 子敬이 안 된다고 즉시 반박했고 빨리 公瑾을 불러 임무를 주어야 한다고 주장하여 맹덕을 맞아 싸우게 하였으니, 이것이 子敬의 두 번째 통쾌한 일이었소.

그러면서 決策은 子敬이 張儀(장의)나 蘇秦(소진)보다 훨씬 더 나았소. 뒷날 나에게 형주를 玄德(劉備)에게 빌려주라 한 깃은 子敬의 실수였지만 그렇다 하여도 두 가지 장점을 상쇄하지는 못했소. 옛날 周公도 한 사람에게 모든 것을 의지하지는 않았던 것처럼, 나는 子敬의 단점을 버리고 그의 장점을 기억하면서 늘 子敬을 (後漢의) 鄧禹(등우)와 같다고 생각하였소.

또 子明(呂蒙)은 내 생각에, 젊었을 적에 온갖 난관을 피하지 않았기에 과감하고 담력을 키울 수 있었을 것이오. 子明은 성인이 된 뒤에야 학문을 시작하였지만 그의 기이한 運籌策略(운주책략)은 주유 다음이었고, 다만 언사나 논의와 英明한 대응은 子敬만 못했소. 그러나 子明이 계책을 써서 관우를 잡은 것은 子敬보다 우수하였소.

子敬이 나에게 보낸 答書에서, '帝王의 興起는 모든 환난을 제거해야만 하나니, 관우는 걱정할 만한 인물이 아닙니다.' 라고 하였는데, 이는 子敬이 속으로 해결할 수도 없으면서 겉으로는 큰 소리 친 것이라 할 수 있으니, 나 역시 그 정도는 받아들이고 책망하지 않았소. 子明(여몽)의 지휘나 군영의 설치 운영에 법령이나 금지 사항을 어기지 않았고, 그 관할 영내에 기강이 확립되었고 길에 떨어진 물건을 주워갖지 않았으니 그 법 또한 훌륭하였소."

| 原文 |

評曰, 曹公乘漢相之資, 挾天子而掃群桀, 新蕩荊城, 仗威東夏, 於時議者莫不疑貳. 周瑜,魯肅建獨斷之明出衆人之表, 實奇才也. 呂蒙勇而有謀, 斷識軍計, 譎郝普, 禽關羽, 最其妙者. 初雖輕果妄殺, 終於克己, 有國士之量, 豈徒武將而已乎! 孫權之論, 優劣允當, 故載錄焉.

| 국역 |

陳壽의 評論 : 曹公이 漢의 승상이라는 명분을 바탕으로 천자를 끼고 群雄을 제거하면서 형주 땅을 소탕하며 중국의 동쪽 지역에도 위엄을 떨치려 했는데, 그때 조조의 정벌을 의심하는 자는 아무도 없었다. 그러나 周瑜(주유)와 魯肅(노숙)은 그들만의 영명한 판단과 出衆한 儀表로 자기 主觀을 실천하였으니, 실로 奇才였다.

呂蒙(여몽)은 용기와 지모가 있어 뛰어난 책략으로 郝普(학보)를
유인하여 투항케 하였고 관우를 생포하였으니, 정말 기묘한 책략이
었다. 여몽은 처음에 경박하고 사람을 함부로 죽였지만 끝내 克己
하고 國士의 아량을 실천하였으니, 어찌 단순한 武將이라 할 수 있
겠는가! 孫權의 우열에 대한 평론이 매우 합당하기에 여기에 수록
하였다.

55권 〈程黃韓蔣周陳董甘淩徐潘丁傳〉_(吳書 10)
(정,황,한,장,주,진,동,감,능,서,반,정전)

❶ 程普

| 原文 |

程普字德謀, 右北平土垠人也. 初爲州郡吏, 有容貌計略, 善於應對. 從孫堅征伐, 討黃巾於宛,鄧, 破董卓於陽人, 攻城野戰, 身被創夷.

堅薨, 復隨孫策在淮南, 從攻廬江, 拔之, 還俱東渡. 策到橫江,當利, 破張英,于麋等, 轉下秣陵,湖孰,句容,曲阿, 普皆有功, 增兵二千, 騎五十匹. 進破烏程,石木,波門,陵傳,餘杭, 普功爲多.

策入會稽, 以普爲吳郡都尉, 治錢唐. 後徙丹楊都尉, 居石城. 復討宣城,涇,安吳,陵陽,春穀諸賊, 皆破之. 策嘗攻祖郎, 大爲所圍, 普與一騎共蔽扞策, 驅馬疾呼, 以矛突賊, 賊披, 策因隨出. 後拜蕩寇中郎將, 領零陵太守, 從討劉勳於尋陽, 進攻黃祖於沙羨, 還鎮石城.

| 국역 |

程普(정보)[421]의 字는 德謀(덕모)로, 右北平 土垠縣(토은현)[422] 사람이다. 처음에는 州郡의 관리였는데, 용모가 준수하고 계략이 있었으며 應對를 잘했다.

孫堅(손견)을 따라 정벌에 나서서 黃巾賊을 (南陽郡의) 宛縣(완현)과 鄧縣(등현)에서 격파했고, 동탁의 군사를 (河南郡 梁縣의) 陽人聚(양인취)에서 격파하였는데, 攻城과 야전에서 상처를 입었다.

손견이 죽은 뒤, 정보는 孫策(손책)을 따라 淮南郡에 머물다가, 손책을 따라 廬江郡(여강군)을 공격 점령하고 함께 강을 건너 江東으로 갔다. 손책이 橫江(횡강), 當利(당리) 등지에서 張英(장영)과 于麋(우미) 등을 격파하고, 秣陵(말릉), 湖孰(호숙), 句容(구용), 曲阿(곡아) 등지를 돌며 평정할 때, 정보도 공을 세워 거느린 군사가 2천 명, 말이 50필로 늘었다. 烏程(오정), 石木(석목), 波門(파문), 陵傳(능전), 餘杭(여항)에서도 공이 많았다.

··············

421 程普(정보, 생졸년 미상, 字 德謀) – 東吳의 三代 元勳. 손권의 무신 중 최고 연장자라서 程公이라 통칭. 《吳書》 10권, 〈程黃韓蔣周陳董甘淩徐潘丁傳〉에 입전된 12명 무장의 첫째(江表之虎臣 – 程普, 黃蓋, 韓當, 蔣欽, 周泰, 陳武, 董襲, 甘寧, 淩統, 徐盛, 潘璋, 丁奉).

422 右北平郡의 치소는 土垠縣, 今 河北省 북동부 唐山市 豐潤區.

손책이 會稽郡(회계군)에 진격하면서 정보를 吳郡 都尉에 임명하여 錢唐縣(전당현)을 다스리게 했다. 정보는 뒷날 丹楊郡 都尉로 전직하여 石城縣(석성현)에 주둔하였다. 정보는 다시 宣城(선성), 涇縣(경현), 安吳(안오), 陵陽(능양), 春穀(춘곡) 등지의 도적떼를 공격하여 모두 격파하였다. 손책이 祖郎(조랑)이란 곳을 공격하며 많은 적에게 포위당했는데, 정보는 혼자 말을 타고 손책을 막아주려고 크게 소리치며 말을 달려 창으로 적에게 돌격하여 무찌르자, 손책을 그 틈에 탈출할 수 있었다. 정보는 뒷날 蕩寇(탕구) 중랑장이 되어 零陵(영릉) 태수를 겸했으며, 손책을 따라 尋陽(심양)에서 劉勳(유훈)[423]을 격파하였고 黃祖(황조)를 沙羨(사선)에서 공격한 뒤 石城縣(석성현)에 돌아와 주둔하였다.

| 原文 |

策薨, 與張昭等共輔孫權, 遂周旋三郡, 平討不服. 又從征江夏, 還過豫章, 別討樂安. 樂安平定, 代太史慈備海昏, 與周瑜爲左右督, 破曹公於烏林, 又進攻南郡, 走曹仁. 拜裨將軍, 領江夏太守, 治沙羨, 食四縣.

先出諸將, 普最年長, 時人皆呼程公. 性好施與, 喜士大夫. 周瑜卒, 代領南郡太守. 權分荊州與劉備, 普復還領江夏, 遷

---

423 劉勳(유훈, 字 子台) - 袁術의 부하, 군벌, 廬江(여강) 태수 역임. 원술이 패망한 뒤 원술의 처자가 유훈에 의지했는데, 유훈은 나중에 皖城(환성)을 근거로 손책과 대결하다가 결국 패망했다.

蕩寇將軍, 卒. 權稱尊號, 追論普功, 封子咨爲亭侯.

|국역|

손책이 죽자(서기 200년), 張昭(장소) 등과 함께 孫權을 보필하였
으며, 三郡(吳, 會稽, 丹楊郡)을 돌며 불복하는 세력을 평정 토벌하
였다. 또 손권을 따라 江夏郡를 평정한 뒤 돌아오면서 豫章郡에 들
려 별도 부대로 樂安(낙안)을 공격하였다. 樂安이 평정된 뒤에 太史
慈(태사자)[424]의 후임으로 海昏縣(해혼현)을 방비하면서 周瑜(주유)와
함께 左右 都督이 되었고, (적벽대전 중) 曹操를 烏林(오림)에서 격
파했으며, 이어 南郡에 진공하여 曹仁(조인)을 패주시켰다. 정보는
裨將軍을 제수 받았고, 江夏 태수를 겸임하며 沙羨(사선)을 통치하
였고, 식읍은 4개 현이었다.

정보는 다른 장수보다 먼저 손견을 섬겼고, 가장 연장자라서 당
시 사람들인 程公(정공)이라고 호칭했다. 정보는 베풀기를 즐겨했고
士大夫와 교제를 좋아하였다. 周瑜(주유)가 죽자, 후임으로 南郡 태
수를 겸임했다. 손권이 劉備와 荊州를 분할하자, 정보는 다시 江夏
태수를 겸임했고 蕩寇(탕구) 장군이 되었다가 죽었다. 손권이 황제
를 칭한 뒤에, 정보의 공적을 추가 평정하여 정보의 아들 程咨(정자)
를 亭侯에 봉했다.

---

424 太史慈(태사자, 166 ~ 206년, 字 子義) ─ 東萊郡 黃縣 출신. 孔融(공융), 劉繇(유
요)의 장수였다가 孫策에 의지. 赤壁之戰 일어나기 전에 41세로 죽었다. 의
리의 사나이.《吳書》4권,〈劉繇太史慈士燮傳〉에 입전.

❷ 黃蓋

|原文|

黃蓋字公覆, 零陵泉陵人也. 初爲郡吏, 察孝廉, 辟公府.
孫堅擧義兵, 蓋從之. 堅南破山賊, 北走董卓, 拜蓋別部司馬,
堅薨, 蓋隨策及權, 擐甲周旋, 蹈刃屠城. 諸山越不賓, 有寇
難之縣, 輒用蓋爲守長. 石城縣吏, 特難檢御, 蓋乃署兩掾,
分主諸曹.

敎曰, "令長不德, 徒以武功爲官, 不以文吏爲稱. 今賊寇未
平, 有軍旅之務, 一以文書委付兩掾, 當檢攝諸曹, 糾擿謬誤.
兩掾所署, 事入諾出, 若有姦欺, 終不加以鞭杖, 宜各盡心, 無
爲衆先."

初皆怖威, 夙夜恭職. 久之, 吏以蓋不視文書, 漸容人事.
蓋亦嫌外懈怠, 時有所省, 各得兩掾不奉法數事. 乃悉請諸掾
吏, 賜酒食, 因出事詰問. 兩掾辭屈, 皆叩頭謝罪.

蓋曰, "前已相敕, 終不以鞭杖相加, 非相欺也." 遂殺之.
縣中震慄. 後轉春穀長, 尋陽令. 凡守九縣, 所在平定. 遷丹
楊都尉, 抑强扶弱, 山越懷附.

|구역|

黃蓋(황개)[425]의 字는 公覆(공복)으로, 零陵郡 泉陵縣 사람이다. 처

---

425 黃蓋(황개, 2世紀 – 215년?, 字 公覆공복) – 荊州 零陵郡 泉陵縣 출신. 孫堅 휘

음에는 郡吏였다가 孝廉(효렴)으로 천거되었고 三公府의 부름을 받았다. 孫堅이 義兵을 일으키자, 황개는 손권을 수종했다. 손견이 남쪽으로 산적을 격파하고, 북쪽으로 동탁의 군사를 무찌르면서, 황개를 別部司馬에 임명했다. 손견이 죽자(서기 192), 황개는 손책과 손권을 섬겼고, 갑옷으로 무장한 채 창과 칼날을 피하지 않고 성을 공격하였다. 여러 山越(산월)[426] 사람들이 불복하고 군현을 노략질하자, 황개는 현령이 되었다. 石城(석성)의 縣吏에 대한 통제가 특별하게 어렵자, 황개는 현리를 양쪽의 부서로 나누어 관리하였다. 그러면서 명령하였다.

"내가 縣令으로 덕행이 부족하다면, 다만 무공의 관리일 뿐 文吏로 칭송을 듣지 못할 것이다. 지금 산월인들의 저항이 평정되지도 않아 군사에 관한 업무가 많기에, 문서 하나로 양쪽의 부서로 나눠 처리케 하는 것은 업무를 단속하며 오류가 없도록 하려는 뜻이나. 양쪽 부서에서 처리하는 일에 대하여 모두 승낙하겠지만, 만약 부정이나 속임수가 있다면 끝내 매질을 않을 수 없으니, 각자 성의를 다할 것이며 다른 사람보다 먼저 처벌받는 일이 없도록 하라."

처음에는 모두 두려워하며 일찍부터 늦게까지 업무를 처리하였다. 시간이 지나자, 황개가 문서를 읽지 않는다 생각하여 점차 타성이 생기고 불법이 행해졌다. 황개는 게으름을 싫어하며 때로는 문

....

하 장군, 孫家 三代元勳(程普, 黃蓋, 韓當)의 한 사람. 赤壁之戰 中 火攻計策을 건의. 苦肉之計에 詐降으로 曹操를 대패케 하였다. 적벽 싸움에서 부상을 입었다. 나중에 군진에서 病死. 황개의 고육지계는 正史에 기록이 없다.

426 山越(산월) — 漢代에 지금의 江蘇省과 安徽省의 남부 및 浙江省의 서부, 江西省, 福建省 북부의 넓은 지역에 분포하던 무장 세력의 통칭. 그들은 기풍이 아주 사납고 거칠어 조정의 교화에 순화되지 않았다.

서를 살펴보아 양쪽 부서에서 법을 따르지 않는 몇 가지 사례를 찾아내었다. 그리고서는 모든 관리를 모아 술과 음식을 베풀면서 적발된 사례로 힐책하였다. 양쪽 부서에서는 할 말이 없어 결국 머리를 조아리며 사죄하였다.

이에 황개가 말했다.

"전에 이미 주의를 주었던 만큼 매질을 하지 않겠다는 것은 여러분을 겁만 주려는 말이 아니었다."

그리고서 부정한 관리를 처형하였다. 이에 현 사람 모두가 두려워 떨었다. 황개는 나중에(丹楊郡) 春穀(춘곡) 縣長과 (廬江郡) 尋陽(심양) 현령이 되었다. 9개 현에 재임하는 동안 모두 평온하였다. 丹楊郡 都尉가 되어 강자를 억제하고 약자를 도왔으며, 山越人들을 회유하였다.

原文

蓋姿貌嚴毅 善於養衆. 每所征討, 士卒皆爭爲先. 建安中, 隨周瑜拒曹公於赤壁, 建策火攻, 語在〈瑜傳〉. 拜武鋒中郎將.

武陵蠻夷反亂, 攻守城邑, 乃以蓋領太守. 時郡兵才五百人, 自以不敵, 因開城門, 賊半入, 乃擊之. 斬首數百, 餘皆奔走, 盡歸邑落. 誅討魁帥, 附從者赦之. 自春訖夏, 寇亂盡平, 諸幽邃巴, 醴, 由, 誕邑侯君長, 皆改操易節, 奉禮請見, 郡境遂清. 後長沙益陽縣爲山賊所攻, 蓋又平討. 加偏將軍, 病卒於官.

蓋當官決斷, 事無留滯, 國人思之. 及權踐阼, 追論其功, 賜子柄爵關內侯.

| 국역 |

黃蓋(황개)의 외모는 위엄이 있고 강한 의지의 소유자로 부대 통솔을 잘했다. 매번 원정에 나설 때마다 사졸들은 앞장서려고 다툴 정도였다. (獻帝) 建安 연간에, 周瑜를 따라 赤壁(적벽)에서 조조를 맞아 싸울 때[427] 화공을 건의하였는데, 이는 〈周瑜傳〉에 기록했다. 황개는 武鋒中郎將이 되었다.

武陵郡[428]의 蠻夷(만이)들이 반란을 일으키며 성읍을 공격하자, 황개는 武陵郡의 태수를 겸임하였다. 그때 郡兵은 겨우 5백 명 정도였는데, 적을 상대할 수 없다고 생각하여 성문을 열어 놓아 적을 절반쯤 들어오게 한 뒤에 공격하였다. 수백 명을 죽이자, 나머지는 모두 도주하여 마을로 흩어졌다. 황개는 그 우두머리를 찾아 죽이고, 따라다닌 자들은 모두 용서하였다. 봄부터 여름까지 노략질과 반란이 모두 평정되자, 치소에서 먼 巴(파), 醴(예), 由(유), 誕(탄)의 邑侯나 君長들은 모두 태도를 바꾸고 마음을 고쳐먹고 예를 갖춰 알현을 요청하게 되었고 군내가 평온해졌다. 황개는 뒤에 長沙郡 益陽縣이

....
427 황개는 火攻을 가한 뒤, 전투 중에 적의 화살에 맞고 차가운 강물에 떨어졌는데, 구조되었지만 황개인 줄을 모르고 구석에 눕혀졌다. 황개가 추위에 떨며 韓當의 이름을 부르자, 한당이 황개의 목소리를 듣고 달려와 눈물을 흘리며 자신의 옷을 벗어 입혀 목숨을 살렸다.

428 武陵郡의 治所는 臨沅縣, 今 湖南省 북부 常德市 서쪽.

山賊의 공격을 받자, 황개가 평정하였다. 황개는 加官으로 偏將軍이 되었고, 관직에 있으면서 죽었다.

황개는 재직 중에 결단력이 있어 업무가 지체되지 않았으며 군민들이 흠모하였다. 손권이 제위에 오른 뒤 황개의 공훈을 평정하여 아들 黃柄(황병)에게 關內侯의 작위를 하사하였다.

❸ 韓當

| 原文 |

韓當字義公, 遼西令支人也. 以便弓馬有膂力, 幸於孫堅, 從征伐同旋, 數犯危難, 陷敵擒虜, 爲別部司馬.

及孫策東渡, 從討三郡, 遷先登校尉, 授兵二千, 騎五十匹. 從征劉勳, 破黃祖, 還討鄱陽, 領樂安長, 山越畏服. 後以中郎將與周瑜等拒破曹公, 又與呂蒙襲取南郡, 遷偏將軍, 領永昌太守.

宜都之役, 與陸遜, 朱然等共攻蜀軍於涿鄉, 大破之, 徙威烈將軍, 封都亭侯. 曹眞攻南郡, 當保東南. 在外爲帥, 厲將士同心固守, 又敬望督司, 奉遵法令, 權善之.

黃武二年, 封石城侯, 遷昭武將軍, 領冠軍太守, 後又加都督之號. 將敢死及解煩兵萬人, 討丹楊賊, 破之. 會病卒, 子綜襲侯領兵.

韓當(한당)⁴²⁹의 字는 義公(의공)으로, 遼西郡 令支縣(영지현) 사람
이다. 騎射에 뛰어났고 힘이 좋아 손견의 인정을 받으면서 여러 곳
에서 정벌에 참여했으며, 여러 차례 위난을 겪었지만 적진을 함락
시키고 포로를 잡는 공으로 別部司馬가 되었다.

孫策이 江東으로 진출하자, 손책을 따라 江東 三郡을 평정하였으
며, 제일 먼저 校尉로 승진하여 2천 병력과 말 50필을 받아 지휘하
였다. 손책을 따라 劉勳(유훈)을 공격했고 黃祖(황조)를 격파했으며,
鄱陽(파양)을 평정하여 (鄱陽郡) 樂安 縣長이 되자, 山越人이 두려워
하며 복속하였다. 뒷날 中郎將으로 周瑜(주유) 등과 함께 조조를 격
파하였고, 呂蒙(여몽)과 함께 南郡을 공격하였으며, 偏將軍이 되어
永昌⁴³⁰ 태수를 겸임하였다.

宜都(의도)의 전투에서는(서기 222) 陸遜(육손), 朱然(주연) 등과
함께 蜀軍을 涿鄉(탁향)에서 대파하였으며, 威烈將軍으로 승진했고
都亭侯에 봉해졌다. 魏 曹眞(조진)이 南郡을 공격하자, 한당은 동남
쪽을 지켰다. 한당은 밖에 나가면 장수로 장졸과 함께 한 마음이 되
어 나라를 지켰고, 존경을 받으면서 군사 업무를 감독했으며 법령
을 준수하여 손권의 칭송을 들었다.

(손권) 黃武 2년(서기 223), 石城侯에 책봉되었고 昭武將軍이 되
어 冠軍(관군) 태수를 겸임하였으며, 뒤에 지역 사령관인 都督이 되
었다. 한당은 敢死隊(決死隊) 및 解煩兵(해번병, 특별 부대) 1만 인을

---

429 韓當(한당, ?-226년, 字 義公) - 북방 遼西郡 출신. 孫堅 휘하의 장수. 吳國 建
立의 일익을 담당, 程普, 黃蓋 등과 함께 孫氏의 三代元勳.

430 永昌郡 - 郡治 不韋縣, 今 雲南省 서북의 保山市.

지휘하여 丹楊郡의 도적들을 격파하다가 병사하였고 아들 韓綜(한
종)이 작위를 계승하고 그 군사를 거느렸다.

| 原文 |

其年, 權征石陽, 以綜有憂, 使守武昌, 而綜淫亂不軌. 權雖
以父故不問, 綜內懷懼, 載父喪, 將母家屬部曲男女數千人奔
魏.

魏以爲將軍, 封廣陽侯. 數犯邊境, 殺害人民, 權常切齒.
東興之役, 綜爲前鋒, 軍敗身死, 諸葛恪斬送其首, 以白權廟.

| 국역 |

그 해에, 손권은 (豫章郡) 石陽縣을 정벌하면서, 韓綜(한종)이 喪
을 당하자, 한종에게 武昌을 수비케 하였는데 한종은 음란한 짓에
불법을 자행하였다. 그러나 손권은 그 부친을 생각해서 불문에 부
쳤는데, 한종은 마음속으로 두려워 부친의 시신과 모친 친정에 속
한 남녀 수천 명을 거느리고 魏로 달아났다.

魏에서는 한종을 장군에 임명하고 廣陽侯에 봉했다. 한종은 변경
을 자주 침범하여 백성을 살해했기에, 손권은 이를 갈았다. 東興(동
흥)[431]의 싸움에서 한종은 曹魏의 선봉장이었는데, 패전하면서 전사

----

431 東興은 今 安徽省 중부 巢湖 근처의 지명. 長江 남쪽 臨川郡의 東興縣〔今 江
西省 중부 撫州市 관할 黎川縣(여천현)〕은 아님.

하자 諸葛恪(제갈각)은 한종의 수급을 잘라 손권의 묘당에 바치고
제사했다.

❹ 蔣欽

│原文│

蔣欽字公奕, 九江壽春人也. 孫策之襲袁術, 欽隨從給事.
及策東渡, 拜別部司馬, 授兵. 與策同旋, 平定三郡, 又從定
豫章. 調授葛陽尉, 歷三縣長, 討平盜賊, 遷西部都尉.

　會稽冶賊呂合,秦狼等爲亂, 欽將兵討擊, 遂禽合,狼, 五縣
平定, 徙討越中郎將, 以經拘,昭陽爲奉邑. 賀齊討黟賊, 欽督
萬兵, 與齊幷力, 黟賊平定. 從征合肥, 魏將張遼襲權於津北,
欽力戰有功, 遷蕩寇將軍, 領濡須督. 後召還都, 拜津右護軍,
典領辭訟.

　權嘗入其堂內, 母疏帳縹被, 妻妾布裙. 權歎其在貴守約,
卽敕御府爲母作錦被,改易帷帳,妻妾衣服悉皆錦繡.

│국역│

　蔣欽(장흠)[432]의 字는 公奕(공혁)인데, 九江郡 壽春縣 사람이다. 孫

----

432 蔣欽(장흠, ?-220년, 字 公奕) - 孫策을 도와 江東을 평정. 呂蒙과 함께 관우를
격파하고 회군 도중에 병사했다.

策이 원술을 공격할 때 장흠은 손책을 도왔다. 손책이 江東에 들어갈 때 別部司馬가 되어 병력을 인수 지휘하였다. 손책과 함께 여러 곳을 다니며 江東 三郡을 평정하고, 豫章郡 평정에도 참여하였다. (鄱陽郡) 葛陽(갈양) 縣尉가 되었다가 3개 현의 縣長을 거쳤고, 도적 무리를 평정하였고 西部都尉로 승진하였다.

會稽郡 冶縣(야현)의 도적 무리인 呂合(여합)과 秦狼(진랑) 등이 반역하자, 장흠은 군사를 거느리고 토벌하였고 여합과 진랑을 생포하며, 5개 현을 모두 평정하자 討越中郎將이 되었고, 經拘(경구)와 昭陽(소양)을 식읍으로 받았다. 賀齊(하제)[433]가 (新都郡) 黟縣(이현)의 도적을 격파할 때, 장흠은 군사 1만을 지휘하여 하제와 함께 이현의 도적을 평정하였다.

장흠은 손권을 수행하여 合肥(합비) 원정에 나섰고, 魏將 張遼(장료)가 손권을 逍遙津(소요진) 북쪽에서 공격하자, 장흠은 힘껏 싸워 전공을 세우고 湯寇將軍(탕구장군)으로 승진하였으며, 濡須(유수) 도독을 겸임했다. 뒷날 건업에 돌아와 右護軍이 되었으며 법률 소송을 전담하였다.

손권이 어느 날 장흠의 집에 들렀는데, 그 모친은 조악한 휘장에 색이 바랜 이불을 사용하고 있었으며, 처첩은 무명 치마를 입고 있었다. 손권은 그들의 검소한 생활에 기뻐하며 御府(어부)에 명하여 모친에게 비단 이불을 지급하고 집안 커튼을 바꿔주게 하였으며, 처첩에게 비단 옷을 하사하였다.

---

433 賀齊(하제, ?-227년, 字 公苗) - 會稽郡 山陰人, 孫吳의 水軍 名將, 山越 평정에 전력. 《吳書》15권, 〈賀全呂周鍾離傳〉에 입전. 《三國演義》에는 등장하지 않음.

初, 欽屯宣城, 嘗討豫章賊. 蕪湖令徐盛收欽屯吏, 表斬之, 權以欽在遠不許, 盛由是自嫌於欽. 曹公出濡須, 欽與呂蒙持諸軍節度. 盛常畏欽因事害己, 而欽每稱其善. 盛既服德, 論者美焉.

權討關羽, 欽督水軍入沔. 還, 道病卒. 權素服舉哀, 以蕪湖民二百戶,田二百頃, 給欽妻子. 子壹封宣城侯, 領兵拒劉備有功, 還赴南郡, 與魏交戰, 臨陳卒. 壹無子, 弟休領兵, 後有罪失業.

그전에, 蔣欽(장흠)이 (丹楊郡) 宣城縣(선성현)에 주둔할 때, 豫章郡의 도적 무리를 토벌한 적이 있었다. (丹楊郡) 蕪湖(무호) 현령이던 徐盛(서성)이 장흠의 둔전 관리를 체포한 뒤, 표문을 올려 참수하려고 했지만, 손권은 장흠이 멀리 출정 중이라 허락하지 않았는데, 서성은 그때부터 장흠을 스스로 피하기 시작했다.

조조가 濡須(유수)에 출정하자, 장흠과 여몽은 모든 군사를 지휘했다. 서성은 장흠이 다른 일을 핑계로 자신을 해칠까 늘 두려워했지만, 장흠은 매번 서성의 능력을 칭찬하였다. 서성은 장흠의 心德에 복종했고, 論者들은 장흠을 칭찬하였다.

손권이 관우를 토벌할 때, 장흠은 수군을 지휘하여 沔水(면수)로 진격하였다. 회군하는 도중에 장흠은 병사했다. 손권은 素服으로 문상하였고, 蕪湖(무호)의 民戶 2백 호와 토지 2백頃(경)을 장흠에 처자에게 하사하였다.

　장흠의 아들 蔣壹(장일)은 宣城侯가 되었는데, 군사를 거느리고 유비의 침공 저지에 공을 세웠고, 돌아와서는 南郡에 부임했다가 魏와 交戰 중에 군진에서 전사했다. 장일은 아들이 없어 동생인 蔣休(장휴)가 군사를 거느렸는데, 뒷날 죄를 지어 지위를 상실했다.

❺ 周泰

|原文|

　周泰字幼平, 九江下蔡人也. 與蔣欽隨孫策爲左右, 服事恭敬, 數戰有功. 策入會稽, 署別部司馬, 授兵. 權愛其爲人, 請以自給. 策討六縣山賊, 權住宣城, 使士自衛, 不能千人, 意尙忽略, 不治圍落, 而山賊數千人卒至.

　權始得上馬, 而賊鋒刃已交於左右, 或斫中馬鞍, 衆莫能自定. 惟泰奮激, 投身衛權, 膽氣倍人, 左右由泰並能就戰. 賊旣解散, 身被十二創, 良久乃蘇. 是日無泰, 權幾危殆, 策深德之, 補春穀長. 後從攻皖, 及討江夏, 還過豫章, 復補宜春長, 所在皆食其征賦.

| 국역 |

周泰(주태)⁴³⁴의 字는 幼平(유평)으로, 九江郡 下蔡縣(하채현) 사람
이다. 蔣欽(장흠)과 함께 孫策의 측근으로 수행하며 공경심을 갖고
섬겼고, 여러 전투에서 공을 세웠다. 손책이 會稽郡에 들어갈 때 別
部司馬가 되어 병력을 인수받아 지휘하였다.

손권은 주태를 좋아하여 주태를 자신의 휘하에 거느리겠다고 자
청하였다. 손책이 6개 현의 산적을 토벌하는 동안 손권은 宣城(선
성)을 지켰는데, 군사는 1천 명이 안 되있고 직에 대한 경계도 느슨
했으며 방어시설을 정비하지도 않았다. 그런데 산적 수천 명이 졸
지에 공격해왔다.

손권은 겨우 말에 올랐지만 산적의 칼과 창이 좌우에서 부딪치면
서 말안장을 찌르는 자도 있었는데, 그 누구도 이들을 제압하지 못
하였다. 그런데 주태만은 크게 분발하여 몸을 던져 손권을 지키며
담력을 자랑하듯 분전하자, 다른 병사들도 주태를 따라 힘껏 싸웠
다. 산적이 물러났을 때 주태는 몸에 12군데나 부상을 입었고 한참
만에야 겨우 깨어났다. 이날 주태가 없었으면 손권은 아주 위태했
었기에, 손책도 마음 깊이 감사하며 주태를 (丹楊郡) 春穀(춘곡) 縣
長에 임명하였다.

뒷날 손책을 따라 (廬江郡) 皖城(환성)을 공략했고 江夏郡를 평정
했으며, 회군하면서 豫章郡을 정벌한 뒤에 다시 (豫章郡) 宜春(의춘)
縣長이 되었는데, 임지에서 징수하는 부세가 녹봉이었다.

....

434 周泰(주태, 생졸년 미상, 字 幼平) - 九江 下蔡(今 安徽省 淮南市 관할 鳳臺縣)
사람. 孫策 휘하 孫吳의 名將. 작전에 용맹했고 손권의 목숨을 몸으로 막아
지킨 용장. 江表虎臣의 한 사람.

從討黃祖有功. 後與周瑜,程普拒曹公於赤壁, 攻曹仁於南郡. 荊州平定, 將兵屯岑. 曹公出濡須, 泰復赴擊, 曹公退. 留督濡須, 拜平虜將軍.

時朱然,徐盛等皆在所部, 並不伏也. 權特爲案行至濡須塢, 因會諸將, 大爲酣樂. 權自行酒到泰前, 命泰解衣, 權手自指其創痕, 問以所起. 泰輒記昔戰鬥處以對, 畢, 使復服, 歡宴極夜.

其明日, 遣使者授以御蓋. 於是盛等乃伏.

後權破關羽, 欲進圖蜀, 拜泰漢中太守,奮威將軍, 封陵陽侯. 黃武中卒.

子邵以騎都尉領兵. 曹仁出濡須, 戰有功, 又從攻破曹休, 進位裨將軍, 黃龍二年卒. 弟承領兵襲侯.

周泰는 손권을 수행하여 黃祖(황조) 토벌에 공을 세웠다. 그 뒤에 주유와 정보 등과 함께 赤壁 싸움에서 조조를 방어했고, 南郡에서 曹仁을 공격하였다. 형주가 평정된 뒤에 군사를 거느리고 岑縣(잠현)에 주둔하였다. 조조가 濡須(유수)에 출정하자, 주태는 다시 맞서 싸웠고, 조조는 물러났다. 주태는 남아서 유수의 군사를 감독하였고,平虜將軍(평로장군)이 되었다.

그때 朱然(주연)이나 徐盛(서성) 등은 모두 주태의 지휘하에 있었지만 조금도 복속하지 않았다. 이에 손권은 특별히 순행 중에 濡須塢(수유오)에 들렀는데, 겸해서 여러 장수들을 모아 크게 술자리를 마련하였다.

손권은 차례대로 술을 권하다가 주태 앞에 와서는 옷을 벗게 한 뒤에, 손으로 흉터를 지적하며 어디서 다쳤는가를 물었다. 주태는 옛 전투를 회상하면서 대답하였는데, 물음이 끝나자 다시 입게 한 뒤에 밤늦게까지 잔치를 즐겼다.

그 다음 날 손권은 사자를 보내 주태에게 어용 수레 덮개를 하사하였다. 이에 서성 등은 주태에게 복종하였다.

뒷날 손권이 관우를 격파한 뒤에 다시 蜀을 공격할 계산으로, 주태를 漢中 태수 겸 奮威將軍에 임명하고 陵陽侯(능양후)에 책봉하였다. 주태는 黃武 연간에 죽었다.

아들 周邵(주소)는 기도위로 군사를 거느렸다. 曹仁이 濡須(유수)에 출정하자 주소는 전공을 세웠고, 또 손권을 수행하여 曹休(조휴)를 격파하여, 裨將軍으로 진급했다가 (孫權) 黃龍 2년(서기 230)에 죽었다. 동생인 周承(주승)이 군사를 지휘하고 작위를 계승했다.

❻ 陳武

| 原文 |

陳武字子烈, 廬江松滋人. 孫策在壽春, 武往修謁, 時年十八, 長七尺七寸, 因從渡江征討, 有功, 拜別部司馬.

策破劉勳, 多得廬江人, 料其精銳, 乃以武爲督, 所向無前.
及權統事, 轉督五校. 仁厚好施, 鄕里遠方客多依託之. 尤爲
權所親愛, 數至其家. 累有功勞, 進位偏將軍.

建安二十年, 從擊合肥, 奮命戰死. 權哀之, 自臨其葬. 子
脩有武風, 年十九, 權召見獎厲, 拜別部司馬, 授兵五百人.
時諸將新兵多有逃叛, 而脩撫循得意, 不失一人. 權奇之, 拜
爲校尉. 建安末, 追錄功臣後, 封脩都亭侯, 爲解煩督. 黃龍
元年卒.

|국역|

陳武(진무)[435]의 字는 子烈(자열)로, 廬江郡 松滋縣(송자현) 사람이
다. 孫策이 壽春에 있을 때 진무를 찾아가 만났는데, 나이 18세에
신장이 7尺 7寸(약 178cm)이었으며, 손책을 따라 長江을 건너 토벌
에 나서 공을 세워 別部司馬가 되었다.

손책이 劉勳(유훈)을 격파하면서 廬江 출신 사졸을 많이 모았고,
그중 정예한 자들을 선별하여 진무에게 소속시켜 거느리게 하였는
데, 진무가 가는 곳마다 감히 맞설 자가 없었다. 손권이 뒤를 이으면
서 진무는 五校[436]를 감독하였는데, 사람이 인자하고 베풀기를 좋아
하여 고향이나 먼 곳에서 오는 사람들이 많이 찾아와 의탁하였다.

---

435 陳武(진무, 178 – 215년, 字 子烈) – 廬江郡 松滋縣(今 安徽省 서남부 安慶市 관
할 宿松縣) 출신. 손권의 신임을 받았다. 江表虎臣의 한 사람.
436 五校 – 漢代의 병종. 屯騎, 步兵, 越騎, 長水, 射聲校尉. 오교의 어느 한 부대
를 지휘했다는 뜻.

진무는 손권의 특별한 신임을 받았고, 손권은 그의 집에 자주 들렀다. 여러 번 공을 세워 偏將軍이 되었다.

진무는 建安 20년(서기 215), 손권을 따라 合肥(합비)를 공격하면서 분전하다가 전사했다. 손권은 진무의 죽음을 슬퍼하며 직접 장례에 참석하였다.

아들 陳脩(진수, 197 – 229년, 字 奉先)는 아버지의 유풍이 있어 나이 19세에 손권이 불러보고 격려하며 別部司馬에 군사 5백 명을 주었다.

그때 여러 장수들의 신병은 많이 도망했지만 진수는 신병을 잘 거느리고 마음을 얻어 한 사람도 잃지 않았다. 손권이 특별하게 여기면서 校尉에 임명했다. 建安 말년에, 공신의 후손을 찾아 공적을 평가할 때 진수는 都亭侯가 되었고, 解煩兵(해번병, 일종의 특별 부대)을 감독하였다. 진수는 黃龍 元年(서기 229)에 숙었다.

|原文|

弟表, 字文奧, 武庶子也. 少知名, 與諸葛恪,顧譚,張休等並侍東宮, 皆共親友. 尚書暨艷亦與表善, 後艷遇罪, 時人咸自營護, 信厚言薄, 表獨不然, 士以此重之. 徙太子中庶子, 拜冀正都尉.

兄脩亡後, 表母不肯事脩母, 表謂其母曰, "兄不幸早亡, 表統家事, 當奉嫡母. 母若能爲表屈情承順嫡母者, 是至願也.

若母不能,直當出別居耳."

表於大義公正如此. 由是二母感寤雍穆. 表以父死敵場, 求用爲將, 領兵五百人. 表欲得戰士之力, 傾意接待, 士皆愛附, 樂爲用命. 時有盜官物者, 疑無難士施明. 明素壯悍, 收考極毒, 惟死無辭, 廷尉以聞. 權以表能得健兒之心, 詔以明付表, 使自以意求其情實. 表便破械沐浴, 易其衣服, 厚設酒食, 歡以誘之. 明乃首服, 具列支黨. 表以狀聞. 權奇之, 欲全其名, 特爲赦明, 誅戮其黨.

遷表爲無難右部督, 封都亭侯, 以繼舊爵. 表皆陳讓, 乞以傳脩子延, 權不許. 嘉禾三年, 諸葛恪領丹楊太守, 討平山越, 以表領新安都尉, 與恪參勢.

初, 表所受賜覆人得二百家, 在會稽新安縣. 表簡視其人, 皆堪好兵, 乃上疏陳讓, 乞以還官, 充足精銳. 詔曰,「先將軍有功於國, 國家以此報之, 卿何得辭焉?」

表乃稱曰,"今除國賊, 報父之仇, 以人爲本. 空枉此勁銳以爲僮僕, 非表志也."

皆輒料取以充部伍, 所在以聞, 權甚嘉之, 下郡縣, 料正戶羸民以補其處. 表在官三年, 廣開降納, 得兵萬餘人. 事捷當出, 會鄱陽民吳遽等爲亂, 攻沒城郭, 屬縣搖動, 表便越界赴討, 遽以破敗, 遂降.

陸遜拜表偏將軍, 進封都鄉侯, 北屯章阬. 年三十四卒. 家財盡於養士, 死之日, 妻子露立, 太子<u>登</u>爲起屋宅. 子<u>敖</u>年十七, 拜別部司馬, 授兵四百人. <u>敖</u>卒, <u>脩</u>子<u>延</u>復爲司馬代<u>敖</u>. <u>延</u>弟<u>永</u>, 將軍, 封侯. 始<u>施明感表</u>, 自變行爲善, 遂成健將, 致位將軍.

| 국역 |

(陳脩의) 동생인 陳表(진표)는 陳武의 庶子(서자)이다. 젊어서 이름이 알려졌는데, 諸葛恪(제갈각), 顧譚(고담), 張休(장휴) 등과 東宮(太子)을 모시면서 모두 친우가 되었다. 尙書인 暨艷(기염) 역시 진표와 가까웠는데, 뒷날 기염이 죄를 짓자, 당시 사람들은 모두 자신 지키기에만 급급하여 남을 위한 변호를 하지 않았지만, 진표만은 그러하지 않았기에 士人들은 진표를 존중하였다. 진표는 太子中庶子에서 翼正都尉가 되었다.

진표의 형 陳脩(진수)가 죽은 뒤 진표의 생모는 진수의 모친을 섬기려 하지 않자, 진표가 그 생모에게 말했다.

"兄이 불행하여 일찍 죽었기에 내가 집안일을 주관하지만, 당연히 嫡母(적모, 부친의 정처)를 섬겨야 합니다. 어머니가 나를 위해 생각을 바꾸어 嫡母를 잘 섬기는 것이 저의 소원입니다. 만약 어머니가 그러하지 못하겠다면 당장 별거해야만 합니다."

진표의 大義와 公正이 이러했었다. 때문에 두 모친은 느끼는 바가 있어 서로 화목하게 지냈다. 진표는 부친이 적과 싸우다 죽었기에 장수로 등용되어 군사 5백 명을 거느렸다. 진표는 戰士들이 힘껏 싸울 수 있도록 마음을 다하여 사졸을 대우하였기에 모두가 진표를 위하여 기꺼이 명령을 따라주었다.

그 무렵 官物을 도용하는 자가 많았는데, 無難軍(무난군)의 士卒인 施明(시명)을 의심했다. 시명은 평소에 건장하면서도 사나웠는데, 아주 심한 고문을 받으면서도 죽음을 사양하지 않았는데 廷尉(정위)가 이를 보고하였다.

손권은 진표가 사나이들의 신임을 받고 있다 생각하여 시명을 진표에게 보내 실상을 알아내라고 지시하였다. 진표는 바로 시명의 형구를 벗겨 목욕을 시키고 옷을 갈아입힌 다음에 넉넉한 술자리를 마련하여 시명을 회유하였다. 시명은 이에 사실대로 자백하며 그 일당을 모두 말했다. 진표는 사실대로 보고했다. 손권은 진표를 대단하게 여기면서 진표의 명성을 지켜주려고 시명을 특별히 사면하는 대신, 그 일당을 모두 처형하였다.

진표는 無難軍 右部 都督이 되었고, 都亭侯로 책봉되었으며 (부친의) 옛 작위를 계승하였다. 그러나 진표는 모두 사양하며, 이를 조카(陳脩의 아들)인 陳延(진연)에게 주려고 하였지만 손권이 허락하지 않았다. (손권) 嘉禾(가화) 3년(서기 234), 제갈각은 丹楊太守를 겸임하며 山越人(산월인)을 토벌하였는데, 진표는 新安都尉가 되어 제갈각과 연합하여 도왔다.

그전에 진표는 부역이 면제된 民戶 2백 호를 상으로 받았는데, 그들이 회계군 신안현에 살고 있었다. 진표가 그 사람들을 살펴보니 모두 군인이 될 수 있기에 상소하여 그들을 국가에 반환하여 정예군에 충원하려고 하였다. 이에 조서를 내려「선대 장군이 국가에 공을 세웠고, 그 때문에 나라에서 하사한 사람들인데 왜 사양하려는가?」라고 물었다.

이에 진표가 말했다.

"지금 國賊을 제거하여 부친의 원수를 갚는 일이 저의 본분입니다. 건장한 사나이들을 개인의 僮僕(동복, 하인)으로 사용한다면 이는 저의 뜻이 아닙니다."

진표는 이들을 모두 군인으로 충원한 뒤에 이를 보고하자, 손권은 매우 가상하게 생각하면서 군현에 지시하여 正軍 중에서 병약한 자는 진표에게 보내 동복으로 보충케 하였다. 진표는 재직 3년에 투항하려는 자를 널리 받아들여 병졸 1만여 명을 충원하였다. 진표가 임무를 잘 수행하고 이임할 즈음에, 鄱陽(파양)의 백성인 吳遽(오거) 등이 반란을 일으켜 성을 공격하여 함락시켰는데, 여러 屬縣이 동요하자 진표는 관할 지역을 넘어 토벌했고, 오거는 패전한 뒤에 투항하였다.

陸遜(육손)은 진표를 偏將軍에 임명했고 진표는 작위가 올라 都鄕侯가 되었으며 북쪽 章阬(장갱)에 주둔하였다. 진표는 34살에 죽었다. 집안의 재산은 모두 사졸을 위해 사용했기에 죽은 날에 그 처자는 살 집도 없었기에, 太子 孫登이 집을 지어주었다.

아들 陳敖(진오)는 17세에 別部司馬가 되어 군졸 4백 명을 지휘하였다. 진오가 죽은 뒤 진수의 아들 陳延(진연)이 司馬가 되어 진오의 후임이 되었다. 진연의 동생 陳永(진영)은 將軍이 되었고, 제후에 책봉되었다.

앞서 말한 施明(시명)은 진표의 감화를 받아 선행을 했고, 나중에 건장한 부장이 되었는데 장군까지 승진하였다.

❼ 董襲

| 原文 |

董襲字元代, 會稽餘姚人, 長八尺, 武力過人. 孫策入郡, 襲
迎於高遷亭, 策見而偉之, 到署門下賊曹.

時山陰宿賊黃龍羅,周勃聚黨數千人, 策自出討, 襲身斬羅,
勃首, 還拜別部司馬, 授兵數千, 遷揚武都尉. 從策攻皖, 又
討劉勳於尋陽, 伐黃祖於江夏.

策薨, 權年少, 初統事, 太妃憂之, 引見張昭及襲等, 問江東
可保安否, 襲對曰, "江東地勢, 有山川之固. 而討逆明府, 恩
德在民, 討虜承基, 大小用命, 張昭秉衆事, 襲等爲爪牙, 此地
利人和之時也, 萬無所憂."

衆皆壯其言. 鄱陽賊彭虎等衆數萬人, 襲與淩統,步騭,蔣欽
各別分討. 襲所向輒破, 虎等望見旌旗, 便散走. 旬日盡平,
拜威越校尉, 遷偏將軍.

| 국역 |

董襲(동습)[437]의 字는 元代(원대)로, 會稽郡 餘姚縣(여요현) 사람으
로 8척 신장에 힘이 장사였다. 손책이 회계군에 진입할 때, 동습은
손책을 高遷亭(고천정)에서 환영하였는데, 손책이 보고서는 대단하

---

437 董襲(동습, ?-213, 字 元世) - 會稽 郡 餘姚縣, 今 浙江省 동부 寧波市 관할 餘
姚市.

다고 여겨 門下賊曹에 임명하였다.

그때 山陰縣(산음현)의 오래된 도적 무리인 黃龍羅(황용라)와 周勃(주발)은 무리 수천 명을 모았는데, 손책의 토벌 계책에 의거 동습이 황용라와 주발을 참수해 돌아오자 別部司馬가 되었고, 수천 명 군사를 거느리다가 揚武都尉가 되었다. 동습은 손책을 수행하여 皖縣(환현)을 공격하였고, 또 劉勳(유훈)을 尋陽(심양)에서 토벌하였으며 江夏(강하)에서 黃祖를 정벌하였다.

손책이 죽고, 손권이 어린 나이로 뒤를 잇게 되자 太妃(孫堅의 吳夫人, 손권의 母后)는 걱정이 되어 張昭(장소)와 동습 등을 불러 江東의 안부를 물었는데, 이에 동습이 대답하였다.

"江東의 지세는 험고한 산천입니다. 거기에 討逆(孫策) 장군께서 백성에게 은덕을 베푸셨고, 討虜(孫權) 장군께서 기반을 승계하시어 대소의 신하가 모두 녕을 받들고, 張昭(상소)는 서정을 총괄하시고 저 동습같은 무신이 지키니, 지금이야말로 地利에 人和와 합쳐진 시기라서 걱정하실 일이 하나도 없습니다."

많은 사람들은 동습의 말을 장하다고 생각하였다. 鄱陽(파양)의 적도인 彭虎(팽호) 등의 무리가 수만 명이었는데, 동습은 淩統(능통), 步騭(보즐), 蔣欽(장흠) 등과 함께 지역을 나눠 토벌하였다. 동습이 가는 곳마다 격파하자 팽호 등은 동습의 깃발만 보면 모두 도주하였다. 열흘 만에 모두 평정하자, 동습은 威越校尉가 되었고 이어 偏將軍으로 승진하였다.

建安十三年, 權討黃祖. 祖橫兩蒙衝挾守沔口, 以枍閭大絍
繫石爲釘, 上有千人, 以弩交射, 飛矢雨下, 軍不得前. 襲與
淩統俱爲前部, 各將敢死百人, 人被兩鎧, 乘大舸船, 突入蒙
衝裏. 襲身以刀斷兩絍, 蒙衝乃橫流, 大兵遂進. 祖便開門走,
兵追斬之. 明日大會, 權擧觴屬襲曰, "今日之會, 斷絍之功也."

曹公出濡須, 襲從權赴之, 使襲督五樓船住濡須口. 夜卒暴
風, 五樓船傾覆, 左右散走舸, 乞使襲出. 襲怒曰, "受將軍任,
在此備賊, 何等委去也, 敢復言此者斬!"

於是莫敢干. 其夜船敗, 襲死. 權改服臨殯, 供給甚厚.

(獻帝) 建安 13년(서기 208), 손권은 黃祖(황조)[438] 정벌에 나섰다.
황조는 두 척의 큰 충돌하는 배(蒙衝, 몽충)로 沔水(면수) 입구를 가로
막고, 枍閭(병려, 나무 이름) 껍질로 만든 굵은 밧줄을 못과 같은 큰 바
위에 매어 고정시켜 놓고서, 충돌 배 위에서 1천여 명이 쇠뇌를 교
대로 발사하니 화살이 비처럼 쏟아져 군사가 전진할 수가 없었다.

董襲(동습)은 淩統(능통)과 함께 선봉에 섰는데, 각각 갑옷을 두 벌
씩 입은 결사대 1백 명을 거느리고, 큰 배에 타고 두 충돌 배 중간으

----

438 黃祖(황조, ?-서기 208) - 荊州牧 劉表의 宿將, 江夏 太守 역임. 황조의 부하
에게 손견이 부상을 당한 뒤 죽었다. 손권에게는 아버지를 죽게 한 원수였
다.

로 들어갔다. 동습이 직접 칼로 충돌 배를 묶어 놓은 밧줄을 자르자 충돌 배는 강물을 따라 떠내려가자, 손권의 군사가 전진할 수 있었다. 이에 황조는 성문을 열고 달아났지만 추격병에게 잡혀 죽었다.

그 다음 날 큰 잔치를 차렸고, 손권은 술잔을 동습에게 권하면서 말했다.

"오늘의 이 잔치는 밧줄을 절단한 공로 때문이다."

조조가 濡須(유수)에 출정하자, 동습은 손권을 따라 전투에 나섰는데, 손권은 동습에게 5층 누각의 배를 몰아 濡須口로 진격케 하였다. 그러나 밤샘 폭풍에 五摟船이 기울어 버리자, 수졸 모두가 흩어지면서 동습에게 배에서 벗어나야 한다고 말했다. 그러자 동습은 화를 내며 말했다.

"장군의 임무를 받아 여기서 적도를 막아야 하는데, 어찌 떠나겠는가? 김히 또 떠나자고 말하면 참수하겠다."

결국 누구도 막을 수 없었다. 그날 밤 배가 부서지면서 동습은 죽었다. 손권은 상복을 입고 장례에 참석했고 여러 물품을 모두 공급해 주었다.

❽ 甘寧

|原文|

甘寧字興霸, 巴郡臨江人也. 少有氣力, 好遊俠, 招合輕薄少年, 爲之渠帥. 群聚相隨, 挾持弓弩, 負毦帶鈴, 民聞鈴聲,

卽知是寧.

人與相逢, 及屬城長吏, 接待隆厚者乃與交歡. 不爾, 卽放所將奪其資貨, 於長吏界中有所賊害, 作其發負.

至二十餘年. 止不攻劫, 頗讀諸子. 乃往依劉表, 因居南陽, 不見進用, 後轉托黃祖, 祖又以凡人畜之.

|국역|

甘寧(감녕)[439]의 字는 興霸(홍패)로, 巴郡(파군) 臨江縣 사람이다. 젊어 힘깨나 쓰면서 遊俠(유협)을 좋아했고 경박한 젊은이를 모아 우두머리가 되었다. 무리가 서로 따르고 모일 때, 활을 메고 등에는 깃털 장식에 방울을 차고 다녔는데 사람들은 방울 소리를 듣고 감녕을 알아보았다.

감녕은 다른 사람이나 소속된 현의 관리들과 만날 때 자신에게 융숭한 대접을 하는 자와는 즐거히 만났다. 그러나 그렇지 않으면 곧 바로 그들 자산을 빼앗었는데, 현의 관리들 중에서도 피해를 당하거나 관직에서 밀려난 사람도 있었다.

그렇게 20년이 지나갔다. 이에 감녕은 그런 협박을 그만두고 百家書를 읽었다. 그런 다음에 劉表를 찾아가 의지하며 南陽에 살았지만 임용되지 못하자, 나중에 黃祖(황조)를 찾아갔는데, 황조는 그

---

439 甘寧(감녕, ?-215년, 字 興霸) - 巴郡 臨江縣(今 重慶市 忠縣) 출신. 東吳의 名將. 유표와 황조에게 인정받지 못하자 孫權에게 귀부, 周瑜와 呂蒙의 인정과 천거를 받았다. 손권은 '孟德에게 張遼가 있다면, 나에게는 興霸가 있어 가히 상대할 만하다.'고 말했다. 東吳의 江表之虎臣의 한 사람.

냥 보통 사람으로 대우하였다.

|原文|

於是歸吳. 周瑜,呂蒙皆共薦達, 孫權加異, 同於舊臣. 寧陳計曰,

"今漢祚日微, 曹操彌憍, 終爲篡盜. 南荊之地, 山陵形便, 江川流通, 誠是國之西勢也. 寧已觀劉表, 慮旣不遠. 兒子又劣, 非能承業傳基者也. 至尊當早規之, 不可後操. 圖之之計, 宜先取黃祖. 祖今年老, 昏耄已甚, 財穀並乏, 左右欺弄, 務於貨利, 侵求吏士, 吏士心怨. 舟船戰具, 頓廢不修, 怠於耕農, 軍無法伍. 至尊今往, 其破可必. 一破祖軍, 鼓行而西, 西據楚關, 大勢彌廣, 卽可漸規巴,蜀."

權深納之. 張昭時在坐, 難曰, "吳下業業, 若軍果行, 恐必致亂."

寧謂昭曰, "國家以蕭何之任付君, 君居守而憂亂, 奚以希慕古人乎?"

權擧酒屬寧曰, "興霸, 今年行討, 如此酒矣, 決以付卿. 卿但當勉建方略, 令必克祖, 則卿之功, 何嫌張長史之言乎."

權遂西, 果禽祖, 盡獲其士衆. 遂授寧兵, 屯當口.

이에 甘寧(감녕)은 吳에 귀부하였다. 周瑜(주유)와 呂蒙(여몽)이 함께 천거하였고, 손권은 특별히 舊臣과 같이 대우하였다. 감명이 손권에게 방략을 말했다.

"지금 漢의 국운은 날로 미약해지고, 조조는 더욱 교만하니 결국은 찬탈할 것입니다. 남쪽 형주의 땅은 山陵이 많아도 편리하고 江川이 두루 상통하니 실로 중원 서쪽의 좋은 땅입니다. 제가 劉表를 만나보았는데, 그 사람의 사려는 원대하지 않습니다. 아들은 용렬하여 부친의 기반을 계승할 능력이 없습니다. 그러하니 至尊께서는 빨리 도모하되, 조조보다 늦어서는 안 됩니다. 형주를 취할 방책으로는 우선 黃祖를 잡아야 합니다. 황조는 지금 늙었고 노인의 고집이 아주 심하며 재물과 군량도 부족한데, 측근들은 농간을 부리며 재물만 긁어모으고 관리들을 침탈하니 관리들도 마음으로 원망하고 있습니다. 배나 전쟁 물자가 부서졌지만 수리하지도 않고, 농사에도 게으르며, 군사들은 질서도 없습니다. 至尊께서 지금 출정하신다 하여도 틀림없이 격파할 것입니다. 일단 황조의 군사를 격파한 뒤 북을 치며 서쪽으로 진군하여 楚關(초관)을 점거하면 대세가 굳어지면서 巴郡과 蜀郡을 넘겨다 볼 수 있습니다."

손권은 감녕의 말을 받아들였다. 그때 張昭(장소)[440]가 동석했었

---

440 張昭(장소, 156 - 236, 字 子布) - 彭城郡 出身. 박식한 학자였고, 손책의 신임을 받았으며, 서기 200년 손책이 죽자, 손권을 주군으로 옹립했다. 장소는 吳太后의 遺命(유명)을 받아 주군(孫權)을 보좌하였는데, 그 공훈이 탁월했고 忠誠과 정직 그리고 행동이 자신을 생각하지 않았다. 그러나 너무 엄격하여 타인이 꺼렸으며 淸高하였지만 배척을 받아 승상이 되지 못했고, 또 원로 사부에 오르지 못하고 조용히 마을에서 여생을 보냈다. 《吳書》7권, 〈張顧諸葛步傳〉에 입전.

는데 장소가 감녕의 말을 반박하며 "吳의 지금 일도 많은데, 만약 대군이 출동한다면 틀림없이 혼란에 빠질 것입니다."라고 말했다.

그러자 감녕이 장소에게 말했다.

"나라에서는 蕭何(소하)와 같은 역할을 君에게 맡기셨는데, 君께서 내정을 이끌면서 혼란해진다면 어찌 옛사람을 닮을 수 있겠습니까?"

손권은 술잔을 들어 감녕에게 권하면서 말했다.

"興霸(甘寧)! 금년의 황조 토벌은 이 술과 같으니 경이 결정하시오. 경은 우선 방략을 세워야 하며, 황조를 이긴다면 경의 공적이니 張長史의(張昭) 말에 괘념치 말라."

손권은 서쪽을 정벌하여 황조를 생포했고 그 군사를 흡수했다. 감녕은 그 군사를 거느리고 當口(당구)에 주둔하였다.

| 原文 |

後隨周瑜拒破曹公於烏林. 攻曹仁於南郡, 未拔. 寧建計先徑進取夷陵, 往卽得其城, 因入守之. 時手下有數百兵, 並所新得, 僅滿千人. 曹仁乃令五六千人圍寧. 寧受攻累日, 敵設高樓, 雨射城中, 士衆皆懼, 惟寧談笑自若.

遣使報瑜, 瑜用呂蒙計, 帥諸將解圍. 後隨魯肅鎭益陽, 拒關羽. 羽號有三萬人, 自擇選銳士五千人, 投縣上流十餘里淺瀨, 云欲夜涉渡. 肅與諸將議. 寧時有三百兵, 乃曰, "可復以

五百人益吾, 吾往對之, 保羽聞吾欬唾, 不敢涉水, 涉水卽是
吾禽."

　肅便選千兵益寧, 寧乃夜往. 羽聞之, 住不渡, 而結柴營, 今
遂名此處爲關羽瀨. 權嘉寧功, 拜西陵太守, 領陽新, 下雉兩
縣.

| 국역 |

　뒷날 甘寧(감녕)은 주유를 수행하여 조조를 烏林(오림)에서 격파
하였다. 또 曹仁을 南郡에서 공격하였지만 함락시키지는 못했다.

　감녕은 먼저 지름길로 가서 夷陵(이릉)을 탈취할 것을 건의했고,
진군하여 바로 이릉을 차지하고 수비하였다. 그때 감녕의 휘하에는
군사가 수백 명에 불과했고 새로 들어온 신병도 1천 명이 안 되었
다. 이에 조인은 5, 6천 명의 군사를 동원하여 감녕을 포위하였다.
감녕은 며칠 간 조인의 공격을 받았는데, 적은 높은 누각을 설치하
고 마치 비 오듯 화살을 퍼붓자, 군사들이 모두 두려워 떨었지만 감
녕은 태연자약 담소하였다.

　감녕이 사자를 보내 주유에게 보고하자, 주유는 여몽의 계책에
의거 여러 장수와 함께 이릉의 포위를 풀었다. 그 뒤에 감녕은 魯肅
(노숙)을 따라 益陽(익양)에 주둔하며 關羽을 방어하였다. 관우의 군
사는 3만 명이라 했는데, 관우는 그중 정예병사 5천여 명을 골라 익
양현 상류 10리쯤 되는 얕은 곳에 보내 밤에 강을 건너려고 하였다.
노숙은 이를 여러 장수와 함께 논의하였다.

　감녕은 그때 군사가 3백 명뿐이었는데, "다시 5백 명 정도의 군사

를 나에게 더 준다면 내가 가서 관우를 상대하겠습니다만, 제가 보장하건대 관우가 나의 기침소리를 들으면 감히 건널 수 없을 것이나, 만약 건넌다면 나한테 생포될 것입니다."

노숙은 바로 1천 명의 군사를 감녕에게 보태주었고, 감녕은 밤에 출발하였다. 관우는 감녕이 있다는 말을 듣고 건너가지 못했고 그곳에 임시 군영을 설치했다. 그래서 그곳을 關羽瀨(관우뢰, 관우의 여울)라고 불렀다. 손권은 감녕의 공을 치하하며 西陵太守를 제수했고, 陽新(양신)과 下雉(하치)의 2현을 다스리게 하였다.

| 原文 |

後從攻皖, 爲升城督. 寧手持練, 身緣城, 爲吏士先, 卒破獲朱光. 計功, 呂蒙爲最, 寧次之, 拜折衝將軍.

後曹公出濡須, 寧爲前部督, 受敕出斫敵前營. 權特賜米酒衆殽, 寧乃料賜手下百餘人食. 食畢, 寧先以銀碗酌酒, 自飮兩碗, 乃酌與其都督. 都督伏, 不肯時持.

寧引白削置膝上, 呵謂之曰, "卿見知於至尊, 孰與甘寧? 甘寧尚不惜死, 卿何以獨惜死乎?" 都督見寧色厲, 卽起拜持酒, 通酌兵各一銀碗. 至二更時, 銜枚出斫敵. 敵驚動, 遂退. 寧益貴重, 增兵二千人.

그 뒤에 감녕은 손권을 따라 (廬江郡의) 皖縣(환현)을 공격하면서 升城督(승성독, 성에 올라가는 공격조)이 되었다. 감녕은 손에 띠(練帶)를 가지고 올라 몸을 성벽에 매달리며 장졸의 선두가 되어 결국 적장 朱光(주광)을 사로잡았다. 그 공적 평가에서 여몽이 가장 큰 공을 세웠고, 다음이 감녕이었는데, 감녕은 折衝將軍(절충장군)이 되었다.

나중에 曹操가 濡須(유수)를 공격하자, 감녕은 前部督이 되어 적 맨 앞 군영을 격파하는 임무를 받았다. 손권은 특별히 米酒와 많은 안주를 하사하였는데, 감녕은 부하 1백여 명분의 몫을 받아왔다. 식사를 마친 뒤, 감녕은 먼저 은잔에 술을 따라 두 잔을 마시고, 이어 술을 따라 그의 都督들에게 마시게 했다. 부하 도독은 엎드려서 일어나 받으려 하지 않았다.

감녕은 날이 하얗게 선 칼을 뽑아 무릎에 얹어놓고 부하를 질책하였다.

"卿들이 볼 때 지존의 신임을 나만큼 받고 있는가? 감녕은 죽음도 아깝지 않은데 경들은 왜 죽음을 겁내는가?"

도독들은 감녕의 엄한 기색을 보고서 즉시 일어나 술잔을 받았고, 각자 은잔으로 한 잔씩 돌아가며 마셨다. 2更(경)이 지나자, 말에 재갈을 물리고 소리 없이 다가가 적을 공격하였다. 적은 놀라 퇴각하였다. 감녕은 더욱 손권의 신임을 받았고 2천 명의 군사를 더 받았다.

寧雖粗猛好殺, 然開爽有計略, 輕財敬士, 能厚養健兒, 健兒亦樂爲用命.

建安二十年, 從攻合肥, 會疫疾, 軍旅皆已引出, 唯車下虎士千餘人, 並呂蒙,蔣欽,凌統及寧, 從權逍遙津北. 張遼覘望知之, 卽將步騎奄至. 寧引弓射敵, 與統等死戰. 寧厲聲問鼓吹何以不作, 壯氣毅然, 權尤嘉之.

|국역|

甘寧(감녕)이 비록 거칠고 사나우며 살인을 좋아했지만, 명랑하면서도 계략이 뛰어났으며, 재물을 가벼이 알고 士人을 우대하였으며, 용사들에게 후하게 베풀었기에, 용사들은 누구나 명령에 기꺼이 따랐다.

建安 20년, 손권을 따라 合肥(합비)를 공격할 때 마침 전염병이 크게 돌자, 대군을 철수하였고 용맹한 호위 군사 1천여 명과 呂蒙, 蔣欽, 凌統(능통) 및 감녕이 남아 손권을 따라 逍遙津(소요진)의 북쪽으로 나아갔다.

(魏) 張遼(장료)가 이를 보고서는 즉시 보병과 기병을 거느리고 갑자기 나타났다. 감녕은 활로 적병을 쏘면서 능통 등과 함께 죽도록 싸웠다. 감녕은 큰 소리로 왜 북을 쳐 사기를 진작시키지 않느냐고 소리쳤는데, 그 장한 기운이 엄연하였다. 손권은 더욱 감녕을 칭찬하였다.

寧廚下兒曾有過, 走投呂蒙. 蒙恐寧殺之, 故不卽還, 後寧齎禮禮蒙母, 臨當與升堂, 乃出廚下兒還寧. 寧許蒙不殺. 斯須還船, 縛置桑樹, 自挽弓射殺之. 畢, 敕船人更增舸纜, 解衣臥船中.

蒙大怒, 擊鼓會兵, 欲就船攻寧. 寧聞之, 故臥不起. 蒙母徒跣出諫蒙曰, "至尊待汝如骨肉, 屬汝以大事, 何有以私怒而欲攻殺甘寧? 寧死之日, 縱至尊不問, 汝是爲臣下非法."

蒙素至孝, 聞母言, 卽豁然意釋, 自至寧船, 笑呼之曰, "興霸, 老母待卿食, 急上!"

寧涕泣歔欷曰, "負卿." 與蒙俱還見母, 歡宴竟日.

寧卒, 權痛惜之. 子瑰, 以罪徙會稽, 無幾死.

| 국역 |

甘寧(감녕)의 집 주방 하녀가 잘못을 저지른 뒤, 달아나 呂蒙(여몽)의 집에 숨었다. 여몽은 감녕이 죽일 것이라 생각하여 즉시 돌려보내지는 않았다. 뒷날 감녕은 예물을 챙겨서 여몽의 모친을 찾아뵈었는데, 여몽은 대청에 올라가면서 주방의 하녀를 불러 감녕에게 돌려주었다. 감녕은 여몽에게 하녀를 죽이지 않겠다고 약속하였다.

감녕은 돌아가면서 배를 기다리다가 하녀를 뽕나무에 묶어놓은 뒤 직접 활로 쏘아 죽였다. 그리고 배를 탄 뒤에 사공에게 닻줄을 당겨 올리라 한 뒤 옷을 벗고 船中에 누웠다.

여몽은 감녕의 살인 소식을 듣고 대노하며 북을 쳐 군사를 모아 배를 따라가 감녕을 공격하려고 했다. 감녕은 이를 알고서도 누워 있으면서 일부러 일어나지도 않았다. 여몽의 모친은 맨발로 쫓아 나와 여몽을 말렸다.

"지존께서 너를 마치 골육처럼 생각하며 너에게 큰일을 맡겼거늘, 어찌 사적인 분노로 감녕을 죽이려 하느냐? 감녕이 죽은 날에 지존께서 너에게 묻지 않는다 하여도 너는 신하로서 불법을 저지른 것이다."

여몽은 평소에 至孝라서 모친의 말을 듣고서 즉시 깨달은 바 있어, 직접 감녕의 배에 가서 웃으면서 불러 말했다.

"興霸! 老母를 모시고 식사를 해야 하니 빨리 오게나!"

감녕은 눈물을 흘리고 흐느끼며 "정말 죄송합니다."라고 말했다. 감녕은 여몽과 함께 돌아와 모친을 뵙고 종일토록 술을 마셨다.

감녕이 죽자, 손권은 몹시 슬퍼하였다. 아들 甘瑰(감괴)는 죄를 지어 會稽郡에 이주했다가 곧 죽었다.

❾ 淩統

| 原文 |

淩統字公績, 吳郡餘杭人也. 父操, 輕俠有膽氣. 孫策初興, 每從征伐, 常冠軍履鋒. 守永平長, 平治山越, 奸猾斂手, 遷破賊校尉. 及權統軍, 從討江夏, 入夏口, 先登, 破其前鋒, 輕

舟獨近, 中流矢死.

| 국역 |

凌統(능통)[441]의 字는 公績(공적)으로, 吳郡 餘杭縣(여항현) 사람이
다. 부친인 凌操(능조)는 생명도 가벼이 여기는 俠氣(협기)에 담력과
기운이 세었다. 孫策이 처음 흥기할 때 능조는 손책을 따라 정벌에
나섰는데 늘 선봉에서 적을 공격하였다. (丹楊郡) 永平縣 임시 縣長
이었고 山越(산월)족을 평정했으며, 간악 교활한 자를 단속하여 破
賊校尉가 되었다. 손권이 군사를 지휘할 때 손권을 따라 江夏郡을
토벌했고, 夏口(하구)를 공격할 때 先登하여 적의 선봉을 격파하고
빠른 배로 적진에 접근하다가 流矢(유시)에 맞아 전사했다.

| 原文 |

統年十五, 左右多稱述者, 權亦以操死國事, 拜統別部司
馬. 行破賊都尉, 使攝父兵.

後從擊山賊, 權破保屯先還, 餘麻屯萬人. 統與督張異等留
攻圍之, 克日當攻. 先期, 統與督陳勤會飲酒, 勤剛勇任氣,
因督祭酒, 陵轢一坐, 擧罰不以其道. 統疾其侮慢, 面折不爲
用. 勤怒詈統, 及其父操, 統流涕不答, 衆因罷出. 勤乘酒凶

441 凌統(능통, 189 - 237년, 字 公績) - 凌은 달릴 능. 성씨. 凌은 깔볼 능. 凌과 다
른 글자임. 吳郡 餘杭(今 浙江省 杭州市 餘杭區) 출신.

悖, 又於道路辱統. 統不忍, 引刀斫勤, 數日乃死.

及當攻屯, 統曰, "非死無以謝罪." 乃率屬士卒, 身當矢石, 所攻一面, 應時披壞, 諸將乘勝, 遂大破之. 還, 自拘於軍正. 權壯其果毅, 使得以功贖罪.

|국역|

淩統(능통)은 15세였는데, 주변에서 칭찬하는 사람이 많았고, 손권도 능통의 부친 淩操(능조)가 나라를 위해 죽은 것을 생각하여, 능통을 別部司馬에 임명했다. 능통은 破賊都尉 대행으로 부친의 부대를 거느렸다.

나중에 손권을 따라 山越의 도적 무리를 평정했는데, 손권이 保屯(보둔)을 먼저 격파하고 회군했으며, 麻屯(마둔) 지역에 1만여 명이 남았는데, 능통과 다른 都督인 張異(장이) 등이 남아 마둔을 포위하고 공격할 기일을 약정하였다. 약속된 공격 기일 전날에 능통은 도독인 陳勤(진근)을 만나 술을 마셨는데, 진근은 용맹하고 힘도 세며 또 도독 중에 우두머리라 하여 참석자들을 무시하며 제멋대로 벌을 가했다. 능통은 진근의 횡포를 싫어했지만 면전에서 따져봐야 소용이 없다고 생각했는데, 진근은 화를 내며 능통과 부친까지 모욕하자, 능통은 눈물을 흘리며 대꾸하지 않았고, 술자리는 끝이 났다. 그러나 진근은 술에 취해 흉포해져서 길에서도 능통에게 욕을 했다. 능통은 참지 못하고 칼을 빼서 진근을 찔렀고, 진근은 며칠 뒤 죽었다.

적의 보루를 공격하는 날, 능통은 "내가 죽도록 싸우지 않으면 사죄할 길이 없다." 면서 사졸에 앞장서서 矢石을 무릅쓰고 담당 구역을 공격하여 시간 내에 격파하자, 다른 장수들도 따라 공격하여 적을 대파하였다. 본대로 돌아와 능통은 軍正에게 자수하였다. 손권은 능통의 과감한 결단력을 장하게 여겨 적을 격파한 공으로 죄를 사면하였다.

| 原文 |

後權復征江夏, 統爲前鋒, 與所厚健兒數十人共乘一船, 常去大兵數十里. 行入右江, 斬黃祖將張碩, 盡獲船人. 還以白權, 引軍兼道, 水陸並集.

時呂蒙敗其水軍, 而統先搏其城, 於是大獲. 權以統爲承烈都尉, 與周瑜等拒破曹公於烏林, 遂攻曹仁, 遷爲校尉. 雖在軍旅, 親賢接士, 輕財重義, 有國士之風.

又從破皖, 拜湯寇中郎將, 領沛相. 與呂蒙等西取三郡, 反自益陽, 從往合肥, 爲右部督. 時權徹軍, 前部已發, 魏將張遼等奄至津北.

權使追還前兵, 兵去已遠, 勢不相及, 統率親近三百人陷圍, 扶扞權出. 敵已毀橋, 橋之屬者兩版, 權策馬驅馳, 統復還戰, 左右盡死, 身亦被創, 所殺數十人, 度權已免, 乃還.

橋敗路絕, 統被甲潛行. 權旣御船, 見之驚喜. 統痛親近無反者, 悲不自勝. 權引袂拭之. 謂曰, "公績, 亡者已矣, 苟使卿在, 何患無人?" 拜偏將軍, 倍給本兵.

時有薦同郡盛暹於權者, 以爲梗槪大節有過於統, 權曰, "且令如統足矣."

後召暹夜至. 時統已臥, 聞之, 攝衣出門, 執其手以入. 其愛善不害如此.

| 국역 |

뒷날 손권은 다시 江夏郡을 원정했는데 凌統(능통)은 선봉대장이되어, 평소에 후하게 대우했던 健兒(건아) 수십 명과 함께 한 배를타고 본 부대에서 수십 리 떨어진 곳까지 순시하였다. 능통은 右江으로 들어가 黃祖의 부장인 張碩(장석)을 참수하고 그들 배를 모두노획하였다. 돌아와 손권에게 보고하고서 군사를 이끌고 보통 행군의 두 배 속도로 행군하여 따라갔다.

그때 여몽은 황조의 수군을 격파했고, 능통은 황조의 성을 先登하며 대파하였다. 손권은 능통을 承烈都尉에 임명했고, 능통은 周瑜 등과 함께 조조를 烏林(오림)에서 격파하였으며 (南郡의) 曹仁을공격한 뒤에 校尉로 승진하였다. 능통은 비록 軍中에 재직했지만현사와 친했고 재물을 가벼이 여기고 대의를 중시하니 國士의 풍모가 있었다.

또 손권을 따라 皖縣(환현)을 공격했고, 湯寇(탕구) 中郎將으로 沛國 相을 겸했다. 여몽 등과 함께 서쪽의 3郡(長沙, 零陵, 桂陽)을 공략한 뒤에 (長沙郡) 益陽縣으로 돌아왔다가 손권을 따라 合肥(합비)로 이동하여 右部 都督이 되었다. 그때 손권은 徹軍하면서 前部를 이미 출발시켰는데, 魏將 張遼(장료) 등이 갑자기 逍遙津(소요진) 북쪽에서 엄습하였다.

손권은 사자를 보내 먼저 출발한 선발대를 돌아오게 하였으나 부대가 이미 멀리 갔기에 어쩔 수 없었는데, 능통은 가까운 3백 명 사졸과 함께 포위당했지만, 손권을 보호하여 탈출케 하였다. 그러나 적이 이미 교량을 파괴해서 교량에는 木板(목판)이 두 쪽 뿐이었는데, 손권이 말을 달려 벗어나자, 능통은 다시 돌아와 싸웠는데 좌우 동료는 모두 전사했고, 능통도 상처를 입었지만 수십 명을 죽인 뒤에, 손권이 이미 안전하리라 생각되자 능통도 빠져나왔다.

다리도 끊겼고 길도 막혔기에 능통은 갑옷을 입은 채 잠수하며 물길을 따라갔다. 손권은 배를 저어 가다가 능통을 보고서는 놀란 듯 기뻐하였다. 능통은 자신의 친근한 부하가 돌아오지 못해 통곡하며 슬픔을 견딜 수 없었다. 손권도 소매로 눈물을 훔치며 말했다.

"公績(능통)! 亡者를 어찌하겠나? 그래도 경이 내 곁에 있으니, 내가 무슨 걱정을 하겠는가?"

능통은 편장군이 되었고, 본래 거느렸던 군사의 2배를 받아 지휘하였다.

그때 어떤 사람이 능통과 같은 군 출신인 盛暹(성지)를 손권에게 추천하면서, 성지의 기개와 절조가 능통보다도 우수하다고 말하자, 손권은 "능통만 하다면 충분하다."고 말했다. 뒷날 능통이 성지를 만나려고 불렀는데, 성지가 한 밤에야 찾아왔다. 그때 능통은 이미 잠자리에 들었지만, 도착했다는 소식에 옷을 걸치고 대문에 나가 손을 잡고 함께 들어왔다. 능통의 현인에 대한 애호와 보살핌이 이와 같았다.

統以山中人尙多壯悍, 可以威恩誘也. 權令東占且討之, 命
敕屬城, 凡統所求, 皆先給後聞. 統素愛士, 士亦慕焉. 得精
兵萬餘人, 過本縣, 步入寺門, 見長吏懷三版, 恭敬盡禮, 親舊
故人, 恩意益隆, 事畢當出. 會病卒, 時年四十九.

權聞之, 拊床起坐, 哀不能自止, 數日減膳, 言及流涕, 使張
承爲作銘誄. 二子烈,封, 年各數歲, 權內養於宮, 愛待與諸子
同, 賓客進見, 呼示之曰, "此吾虎子也." 及八九歲, 令葛光
敎之讀書, 十日一令乘馬, 追錄統功, 封烈亭侯, 還其故兵, 後
烈有罪免, 封復襲爵領兵.

|국역|

淩統(능통)은 산악 지대에 건장한 백성이 많아 은덕을 베풀면 군
졸로 만들 수 있다고 생각하였다. 손권은 능통에게 동쪽 군현에 나
가 필요 물자를 점유하거나 징발케 하면서, 해당 현에서는 능통이
요구한 것을 우선 공급하고 나중에 보고하라고 지시하였다.

능통은 평소에 士人을 좋아하였고, 士人들도 능통을 흠모하였다
능통은 정병 1만여 명을 징발하였고 고향 본 현을 지나가게 되자,
관아의 정문을 걸어 들어가자, 현의 관리들이 숫자판을 들고 일하
는 것을 보고 예를 갖췄으며, 친우와 지인을 만나 은의를 베풀었고,
업무를 마치고 나왔다. 능통은 마침 병이 들어 죽었는데, 그때 49세
였다.

손권은 소식을 듣고 침상을 잡고서 일어나 앉아 슬픔에 몸을 가눌 수가 없었으며, 며칠 동안 식사를 다 못하고 능통 이야기를 하면서 눈물을 흘렸으며, 張承(장승)을 시켜 추도의 글을 짓게 하였다.

그때, 능통의 두 아들 淩烈(능렬)과 淩封(능봉)은 겨우 몇 살이었는데, 손권은 그 아이들을 궁 안에 데려다 키우면서 친아들과 똑같이 사랑하였고, 빈객이 오면 아이들을 불러 보여주며 "이 아이들은 나의 虎子이다."라고 말하였다. 능통의 아들이 8, 9세가 되자 葛光(갈광)을 시켜 글을 가르치게 했고, 열흘에 하루는 말을 타게 했으며, 능통의 공적을 기록 평가하여 능렬을 亭侯에 봉하고 옛 군사들을 주어 지휘케 하였는데, 뒤에 능렬이 죄를 지어 면직되자, 능봉이 작위를 계승하고 군사를 거느렸다.

❿ 徐盛

|原文|

徐盛字文嚮, 琅邪莒人也. 遭亂, 客居吳, 以勇氣聞.

孫權統事, 以爲別部司馬, 授兵五百人, 守柴桑長, 拒黃祖. 祖子射, 嘗率數千人下攻盛. 盛時吏士不滿二百, 與相拒擊, 傷射吏士千餘人. 已乃開門出戰, 大破之. 射遂絶跡不復爲寇. 權以爲校尉, 蕪湖令. 復討臨城南阿山賊有功, 徙中郎將, 督校兵.

徐盛(서성)[442]의 字는 文響(문향)으로, 琅邪郡(낭야군) 莒縣(거현) 사람이다. 난리를 당해 吳郡에 客居하였는데 용맹하기로 이름이 났다.

孫權이 정사를 통할할 때 別部司馬가 되어 군사 5백 명을 받아 임시 柴桑(시상) 縣長이 되어 黃祖(황조)와 대항하였다. 황조의 아들 黃射(황사)가 무리 수천을 거느리고 서성을 공격하였는데, 그때, 서성의 관리나 사졸은 2백 명도 안 되었지만 맞서 공격하면서 황사의 무리 1천여 명에게 부상을 입혔다. 그리고서는 성문을 열고 출전하여 적을 대파하였다. 황사는 결국 자취를 감춰 다시는 노략질을 하지 못했다.

손권은 서성을 校尉로 삼아 蕪湖(무호) 현령에 임명하였다. 서성은 다시 臨城(임성) 남쪽의 山越賊의 무리를 공격하여 공을 세워, 中郞將이 되어 교위의 병력을 감독하였다.

|原文|

曹公出濡須, 從權御之. 魏嘗大出橫江, 盛與諸將俱赴討. 時乘蒙衝, 遇迅風, 船落敵岸下. 諸將恐懼, 未有出者. 盛獨將兵, 上突斫敵, 敵披退走, 有所傷殺. 風止便還, 權大壯之.

及權爲魏稱藩, 魏使邢貞拜權爲吳王. 權出都亭候貞, 貞有

---

442 徐盛(서성, 생졸년 미상, 字 文嚮) - 琅邪 莒縣(거현), 今 山東省 동남 해안 日照市 관할 莒縣 출신.

驕色, 張昭既怒, 而盛忿憤. 顧謂同列曰, "盛等不能奮身出命, 爲國家並許, 洛, 呑巴, 蜀, 而令吾君與貞盟, 不亦辱乎!"

因涕泣橫流. 貞聞之, 謂其旅曰, "江東將相如此, 非久下人者也."

| 국역 |

曹操가 濡須(유수)를 원정하자, 徐盛은 손권을 따라 魏軍을 방어했다. 魏軍이 橫江(횡강)을 원정하자, 서성과 여러 장수가 출전하여 토벌하였다. 그때 큰 충돌 배(蒙衝, 몽충)를 타고 나갔는데, 돌풍을 만나 배가 적의 江岸에 닿았다. 여러 장수들은 두려워 떨며 밖으로 나오는 자가 없었다. 서성은 혼자 휘하 군사를 거느리고 돌격하며 적을 무찌르자, 적군이 갈라지며 후퇴했는데 적군 중에는 죽고 다친 자가 많았다. 바람이 그치면서 바로 귀환하였고, 손권은 서성을 크게 칭찬하였다.

손권이 魏에 대하여 藩臣(번신)을 자청하자, 魏의 사신인 邢貞(형정)은 손권을 吳王에 임명하였다. 손권이 都亭까지 나와서 형정을 기다리자, 형정은 교만한 기색이 있었다. 이에 張昭(장소)가 분노하고, 서성은 울분을 토했다. 서성이 동료들에게 말했다.

"우리들이 발분하여 명을 받아서, 나라를 위해 許都나 낙양을 병합하고 巴郡과 蜀郡을 병탄하지 못하여, 우리 주군께서 형정 같은 자와 맹약하시니 이 또한 치욕이 아닌가!"

그러면서 서성은 눈물을 흘렸다. 형정이 이를 전해 듣고서는 그 수행원들에게 말했다.

"江東의 將相이 이와 같으니, 결코 오랫동안 굽힐 자가 아니다."

後遷建武將軍, 封都亭侯, 領廬江太守, 賜臨成縣爲奉邑.
劉備次西陵, 盛攻取諸屯, 所向有功.

曹休出洞口, 盛與呂範,全琮渡江拒守. 遭大風, 船人多喪,
盛收餘兵, 與休夾江. 休使兵將就船攻盛, 盛以少御多, 敵不
能克, 各引軍退. 遷安東將軍, 封蕪湖侯.

後魏文帝大出, 有渡江之志. 盛建計從建業築圍, 作薄落,
圍上設假樓, 江中浮船. 諸將以爲無益, 盛不聽, 固立之. 文
帝到廣陵, 望圍愕然, 彌漫數百里, 而江水盛長, 便引軍退.
諸將乃伏.

黃武中卒. 子楷, 襲爵領兵.

그 뒤에 徐盛(서성)은 建武將軍이 되었고, 都亭侯를 책봉 받았고
廬江(여강) 태수를 겸임하였으며, 臨成縣을 식읍으로 받았다. 劉備
가 西陵(서릉)에 주둔하자(次), 서성은 여러 보루를 공격하여 빼앗고
가는 곳마다 전과를 올렸다.

曹休(조휴)[443]가 洞口(동구)[444]에서 출정하자, 서성과 呂範(여범), 全

---

443 曹休(조휴, ?-228년, 字 文烈)의 字는 文烈(문열)이며, 조조의 일족 형제의 아

琮(전종)은 長江을 건너가 방어하였다. 吳軍은 대풍을 만나 선박과 사졸을 많이 잃었지만, 서성은 남은 군사를 수습하여 조휴와 강을 사이에 두고 대치하였다. 조휴가 장졸을 거느리고 배를 타고 서성을 공격케 하자, 서성은 소수의 군사로 다수를 방어하였는데, 조휴는 적을 이길 수가 없어 군사를 거느리고 퇴각하였다. 서성은 安東將軍으로 승진했고 蕪湖侯(무호후)가 되었다.

뒷날 魏 文帝(曹丕)가 대규모 원정군을 거느리고 출정하며 長江을 건너 공격하려고 했다. 서성은 建業에 축성할 것과 방어용 울타리와 곳곳에 임시 누각(哨所)을 설치하고 강에는 浮船을 준비해야 한다고 건의하였다. 여러 장수들은 그런 시설이 무익하다고 반대하였지만 서성은 따르지 않고 계획대로 설치하였다.

文帝가 廣陵郡(광릉군)에 와서 주위를 둘러보고 놀랐는데, 방어 울타리가 수백 리에 걸쳐있고, 長江의 물이 크게 넘실대는 것을 보고서는 바로 군사를 이끌고 퇴각하였다. 여러 장수들은 서성의 선견지명에 심복하였다.

서성은 (孫權) 黃武 연간(서기 222 – 229년)에 죽었다. 아들 徐楷(서해)가 작위를 계승하고 군사를 거느렸다.

....
들(族子)이다. 천하가 혼란할 때, 宗族이 각각 향리를 떠나 흩어졌다. 조휴는 나이 10여 세에 부친을 여의고, 다른 문객 한 사람과 장례하러 가는 것처럼 꾸며 노모를 모시고 長江을 건너 吳郡으로 이주했다. 조휴의 祖父가 일찍이 吳郡 태수를 역임했었다. 조조는 조휴를 가리켜 '此吾家千里駒也!' 라고 칭찬했다. 千里駒는 千里馬.《魏書》9권,〈諸夏侯曹傳〉에 입전.

444 九江郡 洞口(동구) – 포구 이름. 今 安徽省(안휘성) 동부, 長江 하류, 서북안, 馬鞍山市 관할의 和縣.

⓫ 潘璋

|原文|

潘璋字文珪, 東郡發干人也. 孫權爲陽羨長, 始往隨權. 性博蕩嗜酒, 居貧, 好賒酤, 債家至門, 輒言後豪富相還.

權奇愛之, 因使召募, 得百餘人, 遂以爲將. 討山賊有功, 署別部司馬. 後爲吳大市刺奸, 盜賊斷絶, 由是知名, 遷豫章西安長.

劉表在荊州, 民數被寇, 自璋在事, 寇不入境. 比縣建昌起爲賊亂, 轉領建昌, 加武猛校尉, 討治惡民, 旬月盡平, 召合遺散, 得八百人, 將還建業. 合肥之役, 張遼奄至, 諸將不備, 陳武鬪死, 宋謙,徐盛皆披走. 璋身次在後, 便馳進, 橫馬斬謙, 盛兵走者二人, 兵皆還戰. 權甚壯之, 拜偏將軍, 遂領百校, 屯半州.

|국역|

潘璋(반장)[445]의 字는 文珪(문규)로, 東郡 發干縣(발간현) 사람이다. 孫權이 陽羨(양선) 縣長일 때 처음 손권을 찾아가 만났다. 반장은 너그러운 성격에 술을 좋아하였지만 집이 가난하여 외상술을 잘 마셨는

----

445 潘璋(반장, ?-234년, 字 文珪) - 兗州 東郡 發干縣 사말. 今 山東省 중서부 황하 북쪽 聊城市(요성시) 冠縣. 麥城에서 도주하는 關羽를 생포. 江表之虎臣 중 한 사람.

데, 술 빚을 받으러 오면 그때마다 부자가 되면 갚아준다고 말했다.

손권이 기특히 여겨 좋아하였는데 반장을 보내 군사를 모집케 하였는데 1백여 명을 모으자 우두머리로 삼았다. 반장은 山越賊을 토벌하는데 공을 세워 別部司馬가 되었다. 뒷날 吳郡 큰 市場의 악인을 죽여버리자 도적이 없어졌기에 이름이 알려졌다. 반장은 豫章郡 西安 縣長이 되었다.

劉表가 荊州를 다스리는 동안, 백성들은 자주 노략질을 당했지만 반장이 재직하는 동안에는 도적이 그 지역에 들어오지 못했다. 이웃 建昌縣에서 도적떼가 들고 일어나자, 반장은 武猛校尉가 되어 고약한 백성들을 잡아 없애자 한 달 안에 모두 평정하였으며, 흩어진 백성을 불러 모아 군사 8백 명을 모아 거느리고 建業으로 돌아왔다.

合肥의 전쟁에서 (魏) 張遼(장료)[446]가 급습하자 다른 장수들은 대비가 없었으며, 陳武는 전사했고 宋謙(송겸)[447]과 徐盛(서성)은 모두 도주하였다. 반장은 뒤쪽에 주둔하고 있다가 바로 달려가 말로 가

446 張遼(장료, 170 전후 – 222년, 字 文遠) – 曹魏의 유명한 五子良將(張遼, 樂進, 于禁, 張郃, 徐晃)의 첫째. 丁原, 董卓, 呂布 등을 섬겼다(侍從多主). 조조가 여포를 下邳(하비)에서 격파하자, 장료는 그 군사와 함께 투항하여 中郎將이 되었고 關內侯의 작위를 받았다. 장료는 여러 번 戰功을 세워 神將軍이 되었다. 조조는 袁紹를 격파한 뒤 별도로 장료를 보내 魯國의 여러 현을 평정케 하였다. 《三國演義》25회에서는 조조가 下邳(하비) 城外 土山에서 關羽를 포위했을 때 장료를 보내 귀순의사를 타진하고 '張文遠約三事' 했다. 관우와 장료는 서로 협조했고, 결국 관우는 五關斬六將한 뒤에 순탄하게 유비에게 돌아간다. 袁氏 일족 정벌에 공을 세웠고, 서기 215년에 李典(이전), 樂進(악진)과 함께 적은 병력으로 合肥(합비)를 지키며 東吳 孫權의 대군을 무찔렀고 손권을 거의 생포할 뻔했다.(《三國演義》67회, 威震逍遙津). 《魏書》17권, 〈張樂于張徐傳〉에 立傳.

447 宋謙(송겸, 생졸년, 字 미상) – 合肥之戰에서 張遼에게 격파 당함. 曹魏 黃初二年(서기 221)년 夷陵의 전투에 참여, 백제성으로 달아난 유비를 공격해야 한

로 막으며 송겸과 서성의 도망가는 군졸 2인을 죽여버리자 병졸은
모두 돌아와 싸웠다 손권은 반장을 장하다고 여겨 偏將軍을 제수하
고 1백 명의 校尉를 감독하며 半州(반주)에 주둔케 하였다.

| 原文 |

權征關羽, 璋與朱然斷羽走道, 到臨沮, 住夾石. 璋部下司
馬馬忠禽羽, 並羽子平, 都督趙累等.

權即分宜都, 秭歸二縣爲固陵郡, 拜璋爲太守, 振威將軍, 封
溧陽侯. 甘寧卒, 又並其軍. 劉備出夷陵, 璋與陸遜並力拒之,
璋部下斬備護軍馮習等, 所殺傷甚衆, 拜平北將軍, 襄陽太守.

| 국역 |

孫權이 關羽를 원정할 때, 潘璋(반장)은 朱然(주연)[448]과 함께 관우
가 도주할 만한 길을 차단하였는데, (南郡의) 臨沮縣(임저현)까지 나
아가 夾石(협석)이란 곳에서 기다렸다. 반장의 부하 司馬인 馬忠(마
충)[449]이 관우와 아들 關平(관평), 그리고 都督인 趙累(조루) 등을 생

········
다고 주장했다. 《三國演義》에서는 손견을 지켜 위기를 벗어나게 한다. 나중
에 樂進(악진)을 추격하다가 李典의 화살에 맞아 죽자 손권은 대성통곡했다.
448 朱然(주연, 182－249年, 字 義封) － 本名 施然, 揚州 丹陽郡 출신. 孫權과 同學.
友情이 돈독. 관우를 추격 생포에 일익을 담당. 東吳의 주요 장군, 大司馬, 右
軍師 역임. 《吳書》11권, 〈朱治朱然呂範朱桓傳〉에 입전. 《삼국연의》에서 주
연이 유비를 추격하다가 조운에게 피살당하는 것은 완전 허구이다.
449 東吳의 馬忠은 관우를 생포했지만 별다른 포상이 기록되지 않았고 이후 기

포하였다.

　손권은 宜都(의도)와 秭歸(자귀) 2현을 떼어내 固陵郡(고릉군)을 신설하고, 반장을 고릉태수, 振威將軍(진위장군)으로 임명하고, 溧陽侯(율양후)에 책봉하였다. 반장은 甘寧(감녕)이 죽자 감녕의 군사를 병합하였다.

　유비가 夷陵(이릉)을 공격하자 반장과 陸遜(육손)은 힘을 다해 방어했으며, 반장의 부하는 유비의 護軍인 馮習(풍습) 등을 참수했고, 죽인 자가 매우 많았기에, 반장은 平北將軍에 襄陽(양양) 태수가 되었다.

|原文|

　魏將夏侯尙等圍南郡. 分前部三萬人作浮橋, 渡百里洲上. 諸葛瑾, 楊粲並會兵赴救, 未知所出, 而魏兵日渡不絶. 璋曰, "魏勢始盛, 江水又淺, 未可與戰."

　便將所領, 到魏上流五十里, 伐葦數百萬束, 縛作大筏, 欲順流放火, 燒敗浮橋. 作筏適畢, 伺水長當下, 尙便引退. 璋下備陸口. 權稱尊號, 拜右將軍.

　璋爲人粗猛, 禁令肅然, 好立功業, 所領兵馬不過數千, 而其所在常如萬人. 征伐止頓, 便立軍市, 他軍所無, 皆仰取足.

　　　　록에도 없다. 《三國演義》에서는 손권이 관우의 赤兔馬(적토마)를 마충에게 주었으나, 적토마는 아무것도 먹지 않고 며칠 후 죽는 것으로 묘사했다. 촉한의 장군 馬忠(?-249, 字 德信)은 同名異人이다.

然性奢泰, 末年彌甚, 服物僭擬. 吏兵富者, 或殺取其財物, 數不奉法, 監司擧奏, 權惜其功而輒原不問.

嘉禾三年卒. 子平, 以無行徙會稽. 璋妻居建業, 賜田宅, 復客五十家.

| 국역 |

魏將인 夏侯尙(하후상)[450] 등이 南郡을 포위 공격하였다. 魏는 선봉 부대 3만 명을 동원하여 浮橋(부교)를 만들고 百里洲(백리주, 洲는 강 가운데의 섬)로 건너가 주둔하였다. 諸葛瑾(제갈근)과 楊粲(양찬)은 군사를 모아 구원에 나섰지만, 어디를 공격해야 할지 알 수 없었고, 魏의 군사는 날마다 부교를 건너다녔다. 이에 潘璋(반장)이 말했다.

"魏의 세력이 이처럼 강한데다가 강물도 얕으니 저들과 싸울 수 없다."

그리고서는 소속 군사를 거느리고 魏軍보다 50리 상류로 올라가 갈대 수백 만 묶음을 베어 묶어서 큰 갈대 뗏목(大筏, 筏은 떼 벌)을 만들어 강물에 띄워 보내 불을 질러 魏軍의 부교를 불태우겠다는 계획을 세웠다. 그렇게 준비를 마친 다음에 강물이 불어나는 때를

---

450 夏侯尙(하후상, ?-226년, 字 伯仁) - 曹魏의 武將, 曹丕의 重臣, 荊州牧과 征南大將軍 역임. 夏侯淵(하후연)의 조카. 文帝(曹丕)와 하후상은 가까이 지냈다. 조조가 冀州를 평정할 때, 하후상은 軍의 司馬로 기병을 거느리고 정벌에 수행하였다. 하후상에게는 몹시 아끼고 사랑하는 애첩이 嫡室(적실)의 총애를 빼앗고 있었는데, 적실은 曹氏 여인이었기에 文帝가 사람을 보내 하후상의 애첩을 絞殺(교살)하였다. 하후상은 슬픔으로 병이 나서 제정신을 잃었는데, 애첩을 매장했지만 보고 싶은 생각을 견디지 못하고 다시 파내어 부둥켜안고 통곡하였다. 文帝는 이를 알고서 화를 내었다고 한다.

보아 갈대 뗏목에 불을 질러 부교를 태워버리자 하후상은 바로 퇴각하였다.

반장은 陸口(육구)에 내려가 주둔하였다. 손권이 제위에 오른 뒤 반장은 右將軍이 되었다.

반장은 사람이 거칠고 사나웠으며, 명령을 철저히 따지고 공을 세우기를 좋아하였는데, 거느린 兵馬가 수천 명에 불과하더라도 주둔지에서는 1만 병력을 거느린 듯하였다. 정벌이나 전투가 없을 때는 곧잘 부대 내 시장(軍市)을 개설하였는데, 다른 군영에 없는 것도 반장의 군영에서는 모두 구할 수 있었다.

반장은 사치를 좋아하였는데 만년에 갈수록 더욱 심했고 복장이나 장식이 그 신분보다 지나친 것이 많았다. 軍吏나 사졸 중에서 부유한 자가 있으면 죽인 다음에 그 재물을 탈취하였으며 자주 법을 어겼기에 監司의 적발과 상주가 있었지만, 손권은 반장의 공훈이 아까워 그때마다 사면하고 불문에 부쳤다.

(孫權) 嘉禾(가화) 3년(서기 234)에 죽었다. 아들 潘平(반평)은 행실이 나빠 會稽郡으로 쫓겨갔다. 반장의 妻는 建業(건업)에 살았는데 田宅을 하사하고, 佃客(전객) 50戶는 부역을 면제하였다.

⓬ 丁奉

| 原文 |

丁奉字承淵, 盧江安豊人也. 少以驍勇爲小將, 屬甘寧,陸

遜,潘璋等. 數隨征伐, 戰鬪常冠軍. 每斬將搴旗, 身被創夷. 稍遷偏將軍. 孫亮卽位, 爲冠軍將軍, 封都亭侯.

魏遣諸葛誕,胡遵等攻東興, 諸葛恪率軍拒之. 諸將皆曰, "敵聞太傅自來, 上岸必遁走."

奉獨曰, "不然. 彼動其境內, 悉許,洛兵大擧而來, 必有成規, 豈虛還哉? 無恃敵之不至,恃吾有以勝之."

及恪上岸, 奉與將軍唐咨,呂據,留贊等, 俱從山西上. 奉曰, "今諸軍行遲, 若敵據便地, 則難與爭鋒矣." 乃辟諸軍使下道, 帥麾下三千人徑進. 時北風, 奉擧帆二日至, 遂據徐塘. 天寒雪, 敵諸將置酒高會, 奉見其前部兵少, 相謂曰, "取封侯爵賞, 正在今日!" 乃使兵解鎧著冑, 持短兵. 敵人從而笑焉, 不爲設備. 奉縱兵斫之, 大破敵前屯. 會據等至, 魏軍遂潰. 遷滅寇將軍, 進封都亭侯.

魏將文欽來降, 以奉爲虎威將軍, 從孫峻至壽春迎之, 與敵追軍戰於高亭. 奉跨馬持矛, 突入其陳中, 斬首數百, 獲其軍器. 進封安豐侯.

| 국역 |

丁奉(정봉)[451]의 字는 承淵(승연)으로, 廬江郡 安豐縣 사람이다. 젊

451 丁奉(정봉, ?-271년, 字 承淵) - 廬江 安豐縣 사람. 孫權, 孫亮, 孫休, 孫皓(손호)의 四朝 元老, 重臣. 孫綝(손침)을 죽이는 등 東吳의 국정에 큰 영향. 대장군 역임. 江表之虎臣의 한 사람.

어 군센 용기로 작은 부대 장수가 되어 甘寧, 陸遜, 潘璋(반장) 등에 소속되었다. 여러 번 정벌에 참여했고 전투는 부대 내 최고였다. 늘 장수를 죽이거나 깃발을 빼앗았고 몸에는 상처를 입었다. 차츰 승진하여 偏將軍이 되었다. (손권 다음) 孫亮(손량)이 즉위하자(서기 252), 冠軍將軍이 되었고 都亭侯에 봉해졌다.

魏에서 諸葛誕(제갈탄), 胡遵(호준) 등을 보내 東興(동홍)을 공격하자, 諸葛恪(제갈각)이 군사를 거느리고 맞아 싸웠다. 이에 여러 장수들은 "敵은 太傅(태부, 諸葛恪)가 직접 출정하여 상륙했다는 것을 알면 틀림없이 도주할 것이다."라고 말했다.

그러나 정봉은 혼자 말했다.

"그렇지 않다. 저들은 자기 땅에서 이동하였으며 모두가 낙양이나 許都에서 온 군사이고, 그들 나름대로 작전이 있을 것인데 어찌 그냥 돌아가겠는가? 적이 침공하지 않을 것이라 믿어서도 안 되고, 우리가 이긴다고 장담할 수도 없다."

제갈각이 長江 북안에 상륙하자, 정봉은 將軍인 唐咨(당자), 呂據(여거), 留贊(유찬) 등과 함께 산길을 따라 서쪽으로 진격하였다. 정봉이 말했다.

"지금 군사의 행군이 더딘데, 만약 적이 유리한 땅을 차지하면 우리 싸움만 어려워진다."

그러면서 여러 부대가 산 아래 큰 길을 따라 이동케 했고, 정봉은 휘하 3천 명을 거느리고 지름길로 전진하였다.

그때 북쪽으로 바람이 불어 정봉은 돛을 올리고 2일 만에 徐塘(서당, 위치 미상)에 당도하였다. 날이 춥고 눈이 내리자 적의 모든 장수들은 술잔치를 벌렸는데, 정봉은 그 전방에 군사가 적은 것을 알고 부하들에게 "작위를 받을 수 있는 날이 바로 오늘이다!"라고 말하면서 모두 방패를 내려놓고 투구를 쓴 다음에 칼을 들게 했다.

적군은 몰려오는 군사를 바라보며 웃기만 할 뿐 대비하지 않았다. 정봉은 각자 돌격하게 하여 적의 최전선을 대파하였다. 마침 呂據(여거) 등이 전투에 합세하면서 魏軍은 완전히 궤멸하였다. 정봉은 滅寇將軍(멸구장군)이 되었고 작위가 올라 都亭侯가 되었다.

魏將 文欽(문흠)[452]이 투항할 때, 정봉은 虎威將軍이었는데, 孫峻(손준)은 壽春(수춘)으로 나아가서 문흠의 투항을 이끌었는데, 추적하는 魏의 군사와 高亭(고정)에서 싸웠다. 정봉은 창을 쥐고 말에 올라 적진 속으로 돌격하여 수백 명을 죽였고 그들의 군사 장비를 노획하였다. 정봉은 安豐侯가 되었다.

|原文|

太平二年, 魏大將軍諸葛誕據壽春來降, 魏人圍之. 遣朱異,唐咨等往救, 復使奉與黎斐解圍. 奉爲先登, 屯於黎漿, 力戰有功, 拜左將軍.

孫休卽位, 與張布謀, 欲誅孫綝, 布曰, "丁奉雖不能吏書,

---

452 文欽(문흠) － (曹髦의) 正元 2년(서기 255), 봄 정월에 鎭東將軍 毌丘儉(관구검)과 揚州刺史 文欽(문흠)이 반란을 일으켰고 大將軍 司馬景王(司馬師)가 토벌하였다. 문흠을 樂嘉(악가) 城에서 격파하자 문흠은 吳로 도주하였고, 安風縣의 都尉가 관구검을 죽이고 그 수급을 낙양에 보냈다.

而計略過人, 能斷大事." 休召奉告曰, "綝秉國威, 將行不軌,
欲與將軍誅之."

奉曰, "丞相兄弟友黨甚盛, 恐人心不同, 不可卒制, 可因臘
會, 有陛下兵以誅之也."

休納其計, 因會請綝, 奉與張布目左右斬之. 遷大將軍, 加
左右都護.

永安三年, 假節領徐州牧. 六年, 魏伐蜀, 奉率諸軍向壽春,
爲救蜀之勢, 蜀亡, 軍還.

| 국역 |

(孫亮) 太平 2년(서기 257), 魏 大將軍인 諸葛誕(제갈탄)[453]이 壽春
에서 (반란을 일으킨 뒤) 투항하였는데, 魏의 군사가 제갈탄을 포위
하였다. 吳에서는 朱異(주이)와 唐咨(당자) 등을 보내 제갈탄을 구원
케 하였고, 정봉과 黎斐(여비) 등을 보내 제갈탄에 대한 (魏軍의) 포위
를 밖에서 공격하여 풀게 시켰다. 정봉은 적진을 먼저 공격하였고,
黎漿(여장)이란 곳에 주둔하였는데, 전공을 세워 左將軍이 되었다.

孫休(손휴, 景帝)가 즉위한 뒤에, 손휴는 張布(장포)[454]와 모의하여

---

453 諸葛誕(제갈탄, ?-258년, 字 公休) ― 諸葛豊의 후손, 諸葛亮(제갈량)과 諸葛瑾
(제갈근)의 堂弟. 서기 255년, 鎭東大將軍인 諸葛誕(제갈탄)은 征東大將軍이
되었다. 이어 제갈탄을 司空에 임명했다. 이는 제갈탄의 군권을 삭탈하는 의
미였다. 제갈탄은 중앙의 徵召(징소)에 응하지 아니하며, 壽春城을 근거로 군
사를 일으켜 반기를 들고 揚州刺史인 樂綝(악침)을 죽였다. 제갈탄은 甘露 3
년(서기 258) 봄에, 대장군 司馬文王(司馬昭)에게 평정되었다.

454 張布(장포, ?-264년) ― 東吳大臣, 歷任 破賊將軍, 征西將軍, 衛將軍 역임. 景

孫綝(손침)[455]을 제거하려 했는데, 장포가 말했다.

"丁奉이 비록 관리의 업무를 모른다지만 계책과 방략이 남보다 뛰어나니 큰일을 결단할 수 있습니다."

손휴가 정봉을 불러 부탁하였다.

"손침이 나라의 권력을 쥐고 불법을 자행하니 장군과 함께 제거하고자 한다."

그러자 정봉이 말했다.

"丞相(손침)의 兄弟나 그 友黨이 매우 많으니 혹 사람들의 마음이 맞지 않으면(밀고자가 있다면) 갑자기 제거할 수 없으니, (12월) 臘祭日(납제일)에 군신이 모일 기회에 폐하의 병력으로 결행하셔야 합니다."

손휴는 정봉의 계책을 받아들여, 납제에 군신들이 모일 때 손침을 불렀고, 정봉과 장포의 측근에 눈짓을 하여 손침을 참수하였다. 정봉은 大將軍이 되었고 加官으로 左右都護가 되었다. (孫休, 景帝) 永安 3년(서기 260), 정봉은 부절을 받고 徐州牧을 겸임하였다.

(永安) 6년(서기 263), 魏가 蜀을 정벌하자(蜀漢 멸망), 정봉은 군사를 이끌고 (魏의) 壽春을 공략하여 蜀을 구원하는 형세를 만들려 했지만, 촉한이 멸망하자 군사는 회군하였다.

· · · · · · · · · · · · · · · · ·

帝 孫休와 末帝인 폭군 孫皓(손호)를 섬겼는데 손호에게 살해되었다. 장포의 두 딸이 대단한 미녀라서 손호가 거의 정사를 폐기했었다.

455 孫綝(손침, 232－258년, 字 子通) － 綝(chēn)은 잡아맬 침. 말리다(금지). 성할 림. 東吳의 皇族, 權臣. 孫堅의 동생인 孫靜(손정)의 증손, 孫峻의 사촌 동생. 孫休(손권의 6남, 景帝)를 옹립하고 한때 발호하다가 永安 원년 12월(서기 258)에 손휴에게 주살 당했다. 《吳書》19권, 〈諸葛滕二孫濮陽傳〉에 입전.

休薨, 奉與丞相濮陽興等從萬彧之言, 共迎立孫皓, 遷右大
司馬,左軍師. 寶鼎三年, 皓命奉與諸葛靚攻合肥. 奉與晉大
將石苞書, 構而間之, 苞以徵還.

建衡元年, 奉復帥衆治徐塘, 因攻晉穀陽. 穀陽民知之, 引
去, 奉無所獲. 皓怒, 斬奉導軍.

三年, 卒. 奉貴而有功, 漸以驕矜. 或有毀之者, 皓追以前
出軍事, 徙奉家於臨川. 奉弟封, 官至後將軍, 先奉死.

손휴가 붕어하자, 丁奉(정봉)은 丞相인 濮陽興(복양흥)[456] 등과 함
께 萬彧(만욱)의 건의를 받아들여 孫皓(손호, 末帝)를 영입하였는데,
정봉은 右大司馬에 左軍師로 승진하였다. (孫皓) 寶鼎(보정) 3년(서
기 268), 손호는 정봉에게 명하여 諸葛靚(제갈정)[457]과 함께 合肥(합
비)를 공격케 하였다. 정봉은 晉 大將 石苞(석포)[458]에게 서신을 보내
晉과 석포를 이간시켰고, 석포는 조정에 불려 돌아갔다.

(孫皓) 建衡(건형) 원년(서기 269), 정봉은 다시 군사를 거느리고

---

456 濮陽興(복양흥, ?-264년, 字 子元) - 濮陽은 複姓, 兗州 陳留郡 外黃縣 출신(今
河南省 商丘市 관할 民權縣).《吳書》19권, 〈諸葛滕二孫濮陽傳〉에 입전.

457 諸葛靚(제갈정, 생졸년 미상, 字 仲思) - 靚은 단정할 정. 고요하다. 魏에 출사
했고, 魏에 반기를 들었던 曹魏의 征東大將軍 諸葛誕(제갈탄)의 幼子. 諸葛誕
반란 후 東吳에 출사하여 大司馬를 역임했다.

458 石苞(석포) - 본래 위의 대신. 魏가 망한 뒤(서기 265) 서진에서 驃騎將軍이
되었다.

徐塘(서당)에 주둔하고서 晉의 穀陽(곡양)을 공격했다. 곡양의 백성
은 吳의 침입을 알고 철수하였기에 정봉은 전과를 거두지 못했다.
이에 손호는 정봉의 길 안내 책임자를 참수하였다.

建衡 3년(서기 271), 정봉이 죽었다. 정봉은 고관을 두루 역임했
고 나라에 공을 세웠기에 점차 교만해졌다. 정봉을 모함한 자가 있
어, 손호는 과거 군사 업무의 잘못을 이유로 정봉의 가족을 臨川郡
(임천군)[459]으로 이주시켰다. 정봉의 동생 丁封(정봉)은 後將軍을 역
임했지만 丁奉보다 먼저 죽었다.

| 原文 |

評曰, 凡此諸將, 皆江表之虎臣, 孫氏之所厚待也. 以潘璋
之不修, 權能忘過記功, 其保據東南, 宜哉! 陳表將家支庶, 而
與冑子名人比翼齊衡, 拔萃出類, 不亦美乎!

| 국역 |

陳壽의 評論 : 여기 수록한 여러 장수는 모두 江表의 虎臣[460]으로
孫氏의 후덕 대우를 받은 사람들이다. 潘璋(반장) 같은 경우, 행실이
불량했어도 손권은 그의 과오보다는 공적을 기억했기에 (손권이)

....
459 臨川郡 - 豫章郡을 분할하여 신설한 군. 郡治는 南城縣(今 江西省 중동부 撫
州市 관할 南城縣).
460 江表之虎臣 - 江表는 長江의 밖. 曹魏의 낙양에서 보면 東吳는 장강 밖의 땅
이다. 虎臣은 武臣.

중국의 동남방을 차지하고 웅거한 것은 이치상 당연하였다. (陳武의 아들) 陳表(진표)는 차남이고 庶子(서자)이었는데도, 귀족 자제(胄子)와 나란히 교제하였고 그 무리 중에서도 인정받았으니 아름답지 아니한가!

56권 〈朱治朱然呂範朱桓傳〉(吳書 11)
(주치,주연,여범,주환전)

❶ 朱治

|原文|

朱治字君理, 丹楊故鄣人也. 初爲縣吏, 後察孝廉, 州辟從事, 隨孫堅征伐.

中平五年, 拜司馬, 從討長沙,零,桂等三郡賊周朝,蘇馬等有功, 堅表治行都尉. 從破董卓於陽人, 入洛陽. 表治行督軍校尉, 特將步騎, 東助徐州牧陶謙討黃巾.

會堅薨, 治扶翼策, 依就袁術. 後知術政德不立, 乃勸策還平江東. 時太傅馬日磾在壽春, 辟治爲掾, 遷吳郡都尉.

是時吳景已在丹楊, 而策爲術攻廬江. 於是劉繇恐爲袁,孫所並, 遂搆嫌隙. 而策家門盡在州下, 治乃使人於曲阿迎太妃及權兄弟. 所以供奉輔護, 甚有恩紀.

治從錢唐欲進到吳, 吳郡太守許貢拒之於由拳, 治與戰, 大破之. 貢南就山賊嚴白虎, 治遂入郡, 領太守事. 策旣走劉繇, 東定會稽.

| 국역 |

朱治(주치)[461]의 字는 君理(군리)로, 丹楊郡 故鄣縣[462] 사람이다. 처음에 縣吏이었다가 나중에 孝廉으로 천거되었고, 揚州자사부의 從事가 되었다가 孫堅을 따라 정벌에 참여했다.

(漢 靈帝) 中平 5년(서기 188), 司馬가 되어, 손견을 따라 長沙, 零陵, 桂陽 등 3군의 도적 무리인 周朝(주조), 蘇馬(소마) 등 토벌에 공을 세우자, 손견은 표문을 올려 주치를 임시 都尉에 임명하였다. 주치는 또 손견을 따라 董卓(동탁)을 陽人(양인, 마을 이름)이란 곳에서 격파하고 낙양에 입성하였다. 손견은 주치를 督軍校尉 대행에 임명하여 특별히 보병과 기병을 거느리게 하였고 동쪽으로 진격하여 徐州牧 陶謙(도겸)을 도와 황건적을 토벌하였다.

그때 손견이 죽자(서기 192년), 주치는 손책을 도와 袁術에 의지하였다. 나중에 주치는 원술의 정사나 덕행이 성공할 수 없다는 사실을 알고서, 손책에게 江東으로 돌아가 차지할 것을 권유하였다.

----

461 朱治(주치, 156 - 224년, 字 君理) - 丹楊郡 故鄣縣 사람. 東吳의 장군, 손책 一家의 功臣. 程普, 黃蓋, 韓當 등과 함께 손견, 손책 손권을 모신 老將이며 元勳.
462 故鄣縣 - 今 浙江省 북부 湖州市 관할 安吉縣.

그때 (獻帝의) 太傅인 馬日磾(마일제)[463]가 壽春(수춘)에 머물고 있었는데, 주치는 그 속관이 되었다가 나중에 吳郡 都尉가 되었다.

그때, (손책의 외숙) 吳景(오경)[464]은 丹楊郡에 있었는데, 손책은 원술을 위하여 廬江郡을 공략하고 있었다. 그때 (揚州 자사인) 劉繇(유요)는 원술이나 손책에게 병합될 것을 걱정하며 그들을 이간시켰다.

손책의 일가는 모두 揚州 관할 하에 있었기에, 주치는 부하를 曲阿縣에 보내 太妃(吳夫人, 손책의 모친)와 손권의 형제들을 모셔오게 하여 봉양과 보호에 정성을 다하였다.

주치는 錢唐에서 吳郡으로 이주하려고 했었는데, 吳郡 太守인 許貢(허공)이 주치 일행을 (吳郡의) 由拳縣(유권현)에서 가로막자, 주치는 싸워 허공을 대파하였다. 허공은 남쪽으로 달아나 山越族의 도적인 嚴白虎(엄백호)[465]에 의지했고, 주치는 吳郡에 들어가 太守 업무를 대행하였다. 손책은 유요를 쫓아내고 동쪽으로 와서 會稽郡을 평정하였다.

| 原文 |

權年十五, 治擧爲孝廉. 後策薨, 治與張昭等共尊奉權. 建

463 馬日磾(마일제, ?~194년, 字 翁叔) — 扶風 茂陵人. 馬融(마융)의 후손, 東漢 말기 太傅 역임.

464 吳景(오경)은 孫堅 부인(吳夫人)의 남동생. 곧 손견의 처남, 손책과 손권의 외숙.《吳書》5권, 〈妃嬪傳〉의 吳夫人傳 참고.

465 嚴白虎(엄백호, 생졸년 미상) — 原名 嚴虎(엄호), 백호는 別號. 吳郡 烏程縣 출신. 吳郡 일대의 土豪.《三國演義》에서도 '嚴白虎'로 등장.

安七年, 權表治爲吳郡太守, 行扶義將軍, 割婁,由拳,無錫,毗
陵爲奉邑, 置長吏. 征討夷越, 佐定東南, 禽截黃巾餘類陳敗,
萬秉等. 黃武元年, 封毗陵侯, 領郡如故.

二年, 拜安國將軍, 金印紫綬, 徙封故鄣. 權歷位上將, 及爲
吳王, 治每進見, 權常親迎. 執版交拜, 饗宴贈賜, 恩敬特隆,
至從行吏, 皆得奉贄私覿, 其見異如此.

初, 權弟翊, 性峭急, 喜怒快意, 治數責, 諭以道義. 權從兄
豫章太守賁, 女爲曹公子婦, 及曹公破荊州, 威震南土, 賁畏
懼, 欲遣子入質. 治聞之, 求往見賁, 爲陳安危, 賁由此遂止.

│ 국역 │

그때 손권은 15세였는데, 주치는 손권을 孝廉(효렴)으로 천거하
였다. 뒷날 손책이 죽자(서기 200년), 주치는 張昭(장소) 등과 함께
손권을 받들었다.

(獻帝) 建安 7년(서기 202), 손권은 표문을 올려 朱治(주치)를 吳
郡太守에 임명하여, 扶義將軍 대행에 임명하였으며, 주치는 婁縣(누
현), 由拳(유권), 無錫(무석), 毗陵縣(비릉현)을 食邑으로 받아 長吏를
두어 관리하였다. 주치는 越人을 정벌하여 동남방을 안정시켰고,
황건적 잔여 무리인 陳敗(진패)와 萬秉(만병) 등을 사로잡았다.

黃武 원년(서기 222), 주치는 毗陵侯(비릉후)에 책봉되었고 吳郡
통치는 전과 같았다.

(黃武) 2년, 주치는 安國將軍이 되어 金印에 紫綬(자수)를 받았고

故鄣縣(고장현)에 옮겨 봉해졌다. 주치는 손권이 上將을 거쳐 吳王이
될 때까지 자주 알현하였는데, 손권은 늘 직접 일어나서 맞이하면서
손에 笏(홀)을 쥐고 맞절을 하였고, 饗宴(향연)을 베풀거나 하사와 은
전과 공경이 특별히 융성하였으며, 주치를 수종하는 관리들도 손권
에게 직접 예물을 올리고 알현할 수 있도록 특별히 대우하였다.

그전에, 손권의 동생 孫翊(손익)은 성질이 다급하고 喜怒의 감정
이나 快意를 그대로 나타내자, 주치는 여러 번 잘못을 지적하며 道
義로 깨우쳤다. 손권의 從兄(사촌)인 豫章 太守 孫賁(손분)은 그 딸
이 조조의 子婦가 되었는데, 조조가 荊州를 격파하면서 조조의 위
세가 東吳에서도 진동하자, 손분은 몹시 두려워하며 아들을 조조에
게 인질로 보내려 하였다. 주치가 이를 알고서는 손분을 만나 나라
의 안위를 설명하자, 손분은 아들을 보내려는 생각을 그만두었다.

| 原文 |

權常歎治憂勤王事. 性儉約, 雖在富貴, 車服惟供事. 權優
異之, 自令督軍御史典屬城文書, 治領四縣租稅而已. 然公族
子弟及吳四姓多出仕郡, 郡吏常以千數, 治率數年一遣詣王
府, 所遣數百人, 每歲時貢獻御, 權答報過厚.

是時丹楊深地, 頗有姦叛, 亦以年向老, 思戀土風, 自表屯
故鄣, 鎭扶山越. 諸父老故人, 莫不詣門, 治皆引進, 與共飮
宴, 鄕黨以爲榮. 在故鄣歲餘, 還吳. 黃武三年卒, 在郡三十

一年, 年六十九.

子才, 素爲校尉領兵, 旣嗣父爵, 遷偏將軍.

| 국역 |

孫權은 朱治(주치)가 나라와 정사를 걱정하고 열심인 것을 늘 찬탄하였다. 주치는 천성이 검소 절약하였고, 비록 부유했지만 수레나 의복은 자신의 직분에 맞추었다. 손권이 특별히 우대하였으며, 주치는 각 縣城의 행정 문서를 督軍御史에게 감독케 하고, 자신은 4개 현에서 올라오는 조세만 감독하였다. 그렇더라도 公族의 子弟나 吳의 四姓 출신이 吳郡에 많이 출사하고 있었으며, 郡吏가 늘 수천 명이나 되었다. 주치는 몇 년에 한 번씩 관리를 도성에 보냈으면서, 수백 명을 보내어 계절에 맞춰 도성에 공물을 헌상하였는데, 손권의 답례 또한 아주 많았다.

이때 丹楊郡의 오지에는 불법을 자행하는 자가 많았는데, 주치 또한 나이가 들면서 본 고향을 그리는 마음으로 고향인 故鄣縣(고장현)에 주둔하며 山越人을 진압하려고 했다.

고향의 諸父와 늙은 고향 사람들이 모두 찾아와 주치에게 문안하였는데, 주치는 모두를 직접 만나며 함께 음식을 먹고 마시자, 고향 사람들은 이를 영광으로 생각하였다. 주치는 고향인 고장현에 일년 정도 머물다가 吳郡으로 돌아왔다.

주치는 黃武 3년에 죽었는데, 吳郡을 31년 동안 다스렸고 나이는 69세였다. 주치의 아들 朱才(주재, 字 君業)는 평소 校尉로 군사를 거느렸고, 부친의 작위를 계승했으며 偏將軍까지 승진하였다.

❷ 朱然

|原文|

朱然字義封, 治姊子也, 本姓施氏. 初治未有子, 然年十三, 乃
啓策乞以爲嗣. 策命丹楊郡以羊酒召然, 然到吳, 策優以禮賀.

然嘗與權同學書, 結恩愛. 至權統事, 以然爲餘姚長, 時年
十九. 後遷山陰令, 加折衝校尉, 督五縣. 權奇其能, 分丹楊
爲臨川郡, 然爲太守, 授兵二千人.

會山賊盛起, 然平討, 旬月而定. 曹公出濡須, 然備大塢及
三關屯, 拜偏將軍. 建安二十四年, 從討關羽, 別與潘璋到臨
沮禽羽, 遷昭武將軍, 封西安鄕侯.

|국역|

朱然(주연)[466]의 字는 義封(의봉)인데, 朱治(주치) 누나의 아들이고
本姓은 施氏(시씨)였다. 그전에 주치는 아들이 없었고 朱然은 13살이
었는데, 주치가 손책에게 후사로 삼겠다고 보고하였다. 이에 손책은
丹楊郡에 명령하여 羊酒를 예물로 보내 주연을 불러오라고 하였고,
주연이 吳郡에 들어오자, 손책은 예를 갖춰 주치에게 축하하였다.

주연은 孫權과 함께 공부하였고 은덕과 親愛가 깊었다. 손권이
나라를 다스리게 되자, 주연은 19살에 (會稽郡) 餘姚縣(여요현) 縣長

----

466 朱然(주연, 182 – 249년, 字 義封) – 本名 施然. 揚州 丹陽郡 故鄣縣 출신. 朱治
의 養子. 大司馬, 右軍師 역임.

이 되었다. 뒷날 山陰(산음)[467] 縣令이 되었고, 加官으로 折衝校尉가
되어 5개 縣을 감독하였다. 손권은 주연의 능력을 인정하고, 丹楊郡
을 분할하여 臨川郡을 신설한 뒤, 주연을 태수에 임명했고 군사 2천
명을 지급하였다.

그때 산적들이 많이 일어났었는데, 주연은 이들을 한 달 만에 완
전 평정하였다. 조조가 濡須(유수)에 출정하자, 주연은 큰 보루(塢,
성채 오)와 三關屯을 축조하였고, 偏將軍이 되었다. 建安 24년(서기
219), 손권을 따라 관우를 토벌하였는데, 별도 부대를 거느리고 潘
璋(반장)과 함께 臨沮縣(임저현)에서 관우를 생포하였고, 昭武將軍으
로 승진하였으며 西安 鄉侯에 봉해졌다.

| 原文 |

虎威將軍呂蒙病篤, 權問曰, "卿如不起, 誰可代者?" 蒙對
曰, "朱然膽守有餘, 愚以爲可任." 蒙卒, 權假然節, 鎭江陵.
黃武元年, 劉備擧兵攻宜都. 然督五千人與陸遜並力拒備.
然別攻破備前鋒, 斷其後道, 備遂破走. 拜征北將軍, 封永安侯.
魏遣曹眞, 夏侯尙, 張郃等攻江陵, 魏文帝自住宛, 爲其勢
援, 連屯圍城. 權遣將軍孫盛督萬人備州上, 立圍塢, 爲然外
救. 郃渡兵攻盛, 盛不能拒, 即時欲退, 郃據州上圍守, 然中
外斷絶. 權遣潘璋, 楊粲等解而圍不解.

---

467 山陰縣 – 會稽郡 治所, 今 浙江省 북부 紹興市.

時然城中兵多腫病, 堪戰者裁五千人. 眞等起土山, 鑿地道, 立樓櫓臨城, 弓矢雨注, 將士皆失色, 然晏如而無恐意, 方厲吏士, 伺間隙攻破兩屯.

魏攻圍然凡六月日, 未退. 江陵令姚泰領兵備城北門, 見外兵盛, 城中人少, 穀食慾盡, 因與敵交通, 謀爲內應. 垂發, 事覺, 然治戮泰. 尙等不能克, 乃徹攻退還. 由是然名震於敵國, 改封當陽侯.

|국역|

虎威將軍인 呂蒙(여몽)의 병이 위독하자, 손권이 "卿이 만약 일어나지 못하면 누가 대신할 수 있는가?"라고 물었다. 이에 여몽은 "저는 朱然(주연)이 담력과 지조가 있어 일을 믿을 수 있다고 생각합니다."라고 말했다. 여몽이 죽자, 손권은 주연에게 부절을 주어 江陵(강릉)을 진수케 하였다.

(孫權) 黃武 원년(서기 222), 劉備가 군사를 거느리고 宜都(의도)[468]를 공격해왔다. 주연은 5천 군사를 지휘하여 陸遜(육손)과 함께 힘을 합하여 유비에 맞섰다. 주연은 별동 부대로 유비군의 선봉을 공격하면서 후방을 절단하자, 유비는 패전하여 물러났다. 주연은 征北將軍이 되었고 永安侯에 책봉되었다.

. . . .
468 建安 15년(서기 210), 劉備는 臨江郡을 宜都郡으로 개칭. 張飛를 태수에 임명했고 建安 24년(서기 219), 吳將 陸遜은 宜都를 점령하고 촉한에 저항하며 陸城이라고 했다. 나중에 宜都郡은 吳國 荊州에 속하여 秭歸(자귀), 西陵, 夷道, 佷縣(한현)을 관할했다. 今 湖北省 서부 宜昌市 관할 宜都市.

魏에서는 曹眞(조진), 夏侯尙(하후상), 張郃(장합) 등을 보내 江陵(강
릉)을 공격했고, 魏 文帝(曹丕)는 직접 (南陽郡) 宛縣(완현)까지 행차
하여 후원하였으며, (魏軍은) 군영을 설치하고 성을 포위하였다.

손권은 장군 孫盛(손성)을 보내 1만 군사를 감독하여 강 가운데
섬(洲)을 지켜 보루를 설치하여 주연의 군사를 응원케 하였다. 장합
이 강을 건너 손성을 공격하자, 손성을 견디지 못하고 즉시 후퇴하
려 했고, 장합은 강 가운데 섬을 포위하고 있어 주연은 안과 밖이 모
두 단절되었다. 이에 손권은 다시 潘璋(반장)과 楊粲(양찬)을 보내 포
위를 풀려 했으나 풀지 못했다.

그때 주연의 군사들은 腫氣(종기, 腫은 부스럼 종) 환자가 많아 싸울
수 있는 자가 겨우 5천 정도였다. 曹眞(조진) 등은 土山을 만들고 지
하도를 팠으며, 또 누대를 세워 성을 내려다보며 화살을 비 오듯 퍼
부었는데, 장졸이 모두 놀라 정신이 없었지만 주연은 태연히 두려
워하지 않고 장졸을 격려했으며 틈을 보아 적의 양쪽 군영을 공격
하여 파괴하였다. 그런데도 魏 군사는 6개월을 포위하며 퇴각하지
않았다.

江陵 현령인 姚泰(요태)는 성의 북문을 지키고 있었는데, 적의 軍
勢는 강하고, 성 안 군사는 적으며 군량이 바닥이 날 것이라 생각하
여 적과 몰래 내통해서 내응하려고 했다. 바로 실행하기 전에 발각
되었는데 주연은 요태를 죽여버렸다. 하후상 등은 이길 수 없자 결
국 퇴각하였다. 이로써 주연의 명성은 적국에도 잘 알려졌고, 주연
은 다시 當陽侯에 책봉되었다.

原文

六年, 權自率衆攻石陽, 及至旋師, 潘璋斷後. 夜出錯亂, 敵追擊璋, 璋不能禁. 然卽還住拒敵, 使前船得引極遠, 徐乃後發.

黃龍元年, 拜車騎將軍, 右護軍, 領兗州牧. 頃之, 以兗州在蜀分, 解牧職.

嘉禾三年, 權與蜀剋期大擧, 權自向新城, 然與全琮備受斧鉞, 爲左右督. 會吏士疾病, 故未攻而退.

赤烏五年, 征柤中, 魏將蒲忠, 胡質各將數千人, 忠要遮險隘, 圖斷然後, 質爲忠繼援. 時然所督兵將先四出, 聞問不暇收合, 便將帳下見兵八百人逆掩. 忠戰不利, 質等皆退.

九年, 復征柤中, 魏將李興等聞然深入, 率步騎六千斷然後道, 然夜出逆之, 軍以勝反. 先是, 歸義馬茂懷姦, 覺誅, 權深忿之. 然臨行上疏曰,

「馬茂小子, 敢負恩養. 臣今奉天威, 事蒙克捷, 欲令所獲, 震耀遠近, 方舟塞江, 使足可觀, 以解上下之忿. 惟陛下識臣先言, 責臣後效.」

權時抑表不出. 然旣獻捷, 群臣上賀, 權乃擧酒作樂, 而出然表曰, "此家前初有表, 孤以爲難必, 今果如其言, 可謂明於見事也." 遣使拜然爲左大司馬, 右軍師.

(孫權) 黃武 6년(서기 227), 손권은 직접 군사를 이끌고 (廬陵郡) 石陽縣(석양현)까지 진격했다가 회군하면서 潘璋(반장)에게 후방에 남아 차단케 하였다. 그러나 야간에 작전에 차질이 있어 적군이 반장을 따라와 공격하자 반장은 막아낼 수가 없었다. 주연은 즉각 군사를 돌려 적을 막았고 (손권을 태운) 배가 멀리 나아가 안전해지자 천천히 나중에 출발하여 돌아왔다.

(孫權) 黃龍 원년(서기 229), 주연은 車騎將軍에 右護軍으로 兗州牧(연주목)을 겸임하였다. 얼마 후에 兗州(연주)가 蜀의 몫이 되자[469] 州牧의 직책은 해제되었다.

(孫權) 嘉禾(가화) 3년(서기 234), 손권과 蜀은 기일을 정하여 함께 군사를 일으켰는데, 손권은 직접 (合肥의) 新城(신성)에 출정하면서 주연과 全琮(전종)은 斧鉞(부월)을 받고 左右 都督이 되었다. 그러나 장졸 중에 질병 환자가 많아 공격하지 못하고 퇴각하였다.

(孫權) 赤烏 5년(서기 242), 柤中(사중)[470]을 정벌하였는데, 魏將인 蒲忠(포충)과 胡質(호질)은 각각 수천 군사를 거느리고서, 포충은 험한 요로를 막아 주연의 후방을 차단하였고, 호질은 포충을 지원하였다. 그때 주연은 장병을 독려하며 각자 목표를 향하여 출발케 하

---

469 손권이 칭제하고 즉위하자, 촉에서는 사신을 보내 축하하였고, 吳와 蜀은 천하 양분에 동의하여 豫州, 靑州, 徐州, 幽州는 吳의 소속으로 정했고, 兗州(연주), 冀州, 幷州, 涼州는 蜀漢의 영역으로 정했다. 그리고 司州(司隸校尉部) 관할 지역은 函谷關(함곡관)을 경계로 나눈 뒤, 맹약을 체결하였다. 이는 어디까지나 서류상의 약속이었고 연주를 직접 지배한 것은 아니었다.

470 柤中(사중, 땅이름 사. 나무 울타리 사)은 襄陽(양양)에서 150리 떨어진 곳인데, 비옥한 땅이라는 주석이 있다.

였는데, 철수하라는 지시를 전달받지 못했기에 휘하 장졸 8백여 명으로 적을 역습하였다. 포충은 싸워 이기지 못하자, 호질 등과 함께 모두 퇴각하였다.

(孫權) 赤烏 9년(서기 246), 주연은 다시 柤中(사중)에 출정하였다. 魏將인 李興(이흥) 등은 주연이 깊숙이 진격했다는 소식을 듣고 보병과 기병 6천으로 주연의 퇴로를 차단하였는데, 주연은 밤에 역공하여 승리를 거두며 귀환하였다.

이보다 앞서, 吳에 투항했던 馬茂(마무)가 다시 반역하려다가 발각되어 처형되었는데, 손권은 크게 분노하고 있었다. 주연은 출정하면서 상소를 올렸다.

「小人인 馬茂(마무)가 감히 대은을 배반하였습니다만, 臣은 이번에 폐하의 권위를 빌려 전투에서 이길 것이며, 전리품으로 원근을 놀라게 하고 큰 짐배(方舟)가 강에 가득하게 하여 볼만한 구경거리로 상하 모든 분들의 분노를 풀어드리겠습니다. 폐하께서는 臣의 이 말을 기억하셨다가 臣의 결과를 책망하시기 바랍니다.」

손권은 주연이 올린 글을 공개하지 않았다. 주연이 승리를 보고하자 모든 신하가 경하하였고, 손권은 잔치를 열어 풍악을 즐기며 주연은 표문을 보여주며 말했다.

"이 사람이 앞서 표문을 올렸는데, 나는 승리가 어렵다고 생각했는데, 이번에 그의 말 그대로 되었으니 가히 앞날을 환히 내다본 것 같도다."

손권은 사자를 보내 주연을 左大司馬에 右軍師로 임명하였다.

然長不盈七尺, 氣候分明. 內行修潔, 其所文采, 惟施軍器,
餘皆質素. 終日欽欽, 常在戰場, 臨急膽定, 尤過絶人. 雖世
無事, 每朝夕嚴鼓, 兵在營者, 咸行裝就隊. 以此玩敵, 使不
知所備, 故出輒有功.

諸葛瑾子融, 步騭子協, 雖各襲任, 權特復使然總爲大督.
又陸遜亦卒, 功臣名將存者惟然, 莫與比隆.

寢疾二年, 後漸增篤, 權晝爲減膳, 夜爲不寐, 中使醫藥口
食之物, 相望於道. 然每遣使表疾病消息, 權輒召見, 口自問
訊. 入賜酒食, 出送布帛. 自創業功臣疾病, 權意之所鍾, 呂
蒙,淩統最重, 然其次矣.

年六十八, 赤烏十二年卒, 權素服擧哀, 爲之感慟. 子績嗣.

|국역|

朱然(주연)의 키는 七尺이(약 162cm) 안 되었지만, 모든 행위와
몸가짐이 분명하였다. 마음의 수양으로 행실이 고결했고 군사 업무
에 유능했고 일상생활은 질박하고 검소하였다. 주연은 온종일 조심
하였고, 전장에서나 위급상황에서도 남들보다 훨씬 침착하였다. 평
상시 무사한 경우라도 아침저녁으로 경계를 엄히 하였으며, 병영에
복무하는 자는 늘 무장을 갖추고 대오를 유지하였다. 이런 기본이
있어 적군을 공격하더라도 적이 방어할 겨를이 없었기에 늘 승리할
수 있었다.

諸葛瑾(제갈근)의 아들 諸葛融(제갈융)이나 步騭(보즐)의 아들 步協(보협) 등이 비록 부친의 직무를 이어받았지만, 손권은 여전히 주연으로 하여금 모두를 지휘 감독케 하였다. 또 陸遜(육손)이 죽으면서 공신 명장으로 살아 있는 자는 주연뿐이였기에 누구도 주연보다 더 높을 수가 없었다.

주연이 병석에 누운 지 2년에 점차 위독하자, 손권은 걱정하느라 낮에는 식사를 제대로 못했고 밤에는 잠을 자지 못했으며, 수시로 사람을 통해 의약과 음식을 보내어 사자가 길을 이었다. 주연도 사람을 보내 자신의 병세를 보고케 하였는데, 손권은 주연이 보낸 사람이 들어오면 상세히 직접 물어보았다. 주연이 보낸 사자에게 음식을 하사하였고 돌아간다면 옷감이나 비단을 내주었다. 창업 공신이 병석에 누웠을 때, 손권이 걱정하기로는 여몽과 능통에 대한 걱정이 가장 많았고, 주연이 그 다음이있다.

주연은 68세인 赤烏 12년에(서기 249) 죽었는데, 손권은 소복으로 문상하며 통곡하였다. 아들 朱績(주적)이 작위를 계승했다.

| 原文 |

績字公緒, 以父任爲郎, 後拜建忠都尉. 叔父才卒, 績領其兵, 隨太常潘濬討五溪, 以膽力稱. 遷偏將軍營下督, 領盜賊事, 持法不傾. 魯王霸注意交績, 嘗至其廨, 就之坐, 欲與結好, 績下地住立, 辭而不當. 然卒. 績襲業, 拜平魏將軍, 樂鄉督.

明年, 魏徵南將軍王昶率衆攻江陵城, 不克而退. 績與奮威

將軍諸葛融書曰,

「昶遠來疲睏, 馬無所食, 力屈而走, 此天助也. 今追之力少, 可引兵相繼, 吾欲破之於前, 足下乘之於後, 豈一人之功哉, 宜同斷金之義.」

融答許績. 績便引兵及昶於紀南, 紀南去城三十里, 績先戰勝而融不進, 績後失利. 權深嘉績, 盛責怒融, 融兄大將軍恪貴重, 故融得不廢.

初績與恪,融不平, 及此事變, 爲隙益甚. 建興元年, 遷鎮東將軍.

| 국역 |

(朱然의 아들) 朱績(주적)[471]의 字는 公緒(공서)로, 부친의 직임으로 낭관이 되었고 나중에 建忠都尉가 되었다. 叔父인 朱才(주재)가 죽자, 주적이 그 군사를 거느렸고 太常인 潘濬(반준)[472]을 따라 五溪(오계)의 蠻夷(만이)를 토벌하였는데 膽力(담력)이 강하다고 알려졌다. 偏將軍 營下督으로 승진하여 도적 체포 업무를 겸했으며 법 적용이 공정했다.

魯王인 孫霸(손패)가 주적과 교제하려고 그 집을 방문하여 대청에

----

471 朱績(주적, ?-270년, 字 公緒) – 본래 施績(시적). 朱治의 손자, 朱然의 아들, 養祖父(朱治)의 성을 따라 朱姓을 사용.《吳書》11권, 〈朱治朱然呂範朱桓傳〉에 附傳.

472 潘濬(반준, 170年代 中期-239년, 字 承明) – 武陵 漢壽人, 孫吳의 重臣, 형주를 오랫동안 다스렸다. 太常 역임.《吳書》16권, 〈潘濬陸凱傳〉에 입전.

좌정하고서 친우가 되기를 약조하려 했지만, 주적은 대청 아래 서서 그렇게 해서는 안 된다고 사양하였다.

부친 朱然(주연)이 죽었기에 주적이 업무를 계승하였는데, 平魏將軍으로 樂鄕(낙향)⁴⁷³의 군사를 지휘하였다.

다음 해, 魏의 徵南將軍인 王昶(왕창)⁴⁷⁴이 군사를 거느리고 江陵城을 공격하였으나 이기지 못하고 퇴각하였다. 이에 주적이 奮威將軍인 諸葛融(제갈융)⁴⁷⁵에게 서신을 보냈다.

「왕창의 군사는 멀리서 왔기에 완전히 지쳤고, 말의 사료도 없어 戰力이 달려 퇴주하니, 이는 하늘의 도움입니다. 지금 우리가 추격할 경우 힘도 덜 들고 전후로 이어 공격할 수 있으니, 나의 군사가 먼저 공격하고 귀하께서는 다음에 이어 공격할 수 있으니, 어찌 혼자서만 공을 세우겠습니까? 이는 二人이 同心하면 斷金할 수 있다는 말과 같을 것입니다.」

제갈융도 주적에게 허락하였다. 주적은 곧 군사를 거느리고 왕창을 추격하여 紀南(기남)에서 따라잡았는데, 기남은 城에서 30리 떨어진 곳이었다. 주적이 먼저 공격하여 승전하였지만 제갈융은 늦게

----

473 樂鄕(낙향) - 南郡 江陵縣의 지명. 今 湖北省 중남부 荊州市 江陵縣. 長江 남쪽 연안.

474 王昶(왕창, ?-259년, 字 文舒) - 昶은 밝을 창. 太原 晉陽人, 驃騎將軍, 司空을 역임. 《魏書》 27권, 〈徐胡二王傳〉에 立傳.

475 諸葛融(제갈융, 字 叔長) - 諸葛瑾의 아들, 諸葛恪(제갈각)의 동생. 제갈근은 赤烏 4년에(서기 241) 68세에 죽었는데, 제갈각은 이미 제후에 책봉되었기에 동생인 諸葛融(제갈융, 字 叔長)이 작위를 계승하였다. 제갈융은 군사를 거느리고 公安에 주둔하였는데, 부대 내의 장졸은 제갈융에게 친밀하게 귀부하였다. 孫峻(손준)이 諸葛恪(제갈각)을 죽일 때(서기 253), 公安(공안)의 도독인 諸葛融(제갈융)을 공격하자 제갈융은 자살했다.

도착하여 아무 전과도 없었다.

손권은 주적의 전과를 크게 칭찬하면서 제갈융에게 크게 화를 내었는데, 제갈융의 형이 大將軍 諸葛恪(제갈각)이라서 제갈융이 폐출되지는 않았다. 주적은 제갈각, 그리고 제갈융과는 어울리지 못했는데 이 일을 계기로 틈은 더 벌어졌다.

(孫亮의) 建興 원년(서기 252, 손권이 죽은 해), 주적은 鎭東將軍이 되었다.

| 原文 |

二年春, 恪向新城, 要績並力, 而留置半州, 使融兼其任. 冬, 恪融被害, 績復還樂鄕, 假節. 太平二年, 拜驃騎將軍.

孫綝秉政, 大臣疑貳, 績恐吳必擾亂, 而中國乘釁, 乃密書結蜀, 使爲幷兼之慮. 蜀遣右將軍閻宇將兵五千, 增白帝守, 以須績之後命.

永安初, 遷上大將軍,都護督, 自巴丘上迄西陵. 元興元年, 就拜左大司馬. 初, 然爲治行喪竟, 乞復本姓, 權不許, 績以五鳳中表還爲施氏. 建衡二年卒.

| 국역 |

(孫亮, 建興) 2년 봄(서기 253), 諸葛恪(제갈각)은 군사를 이끌고 (合肥의) 新城을 원정하면서 朱績의 협력을 요청했고, 주적에게 半

州(반주) 지역을 담당케 하면서 제갈융에게도 업무를 겸하게 하였다. 그 해 겨울에 제갈각과 제갈융은 실각되었고, 주적은 본거지인 樂鄕(낙향)으로 돌아와 부절을 받았다.

(孫亮의) 太平 2년(서기 257), 주적은 驃騎將軍이 되었다. 孫綝(손침)이 정권을 장악했고 대신들은 그의 반역을 의심하였으며, 주적은 吳가 내부 혼란에 빠지면 中國(曹魏)이 빈틈을 노릴 것 같아 비밀리에 蜀에 서신을 보내 西蜀과 東吳의 협력을 강구하였다. 蜀에서는 右將軍 閻宇(염우)를 보내 군사 5천을 거느리고 白帝城의 수비를 강화하면서 주적의 다음 연락을 기다렸다.

(孫休, 景帝의) 永安 초에(서기 258), 주적은 上大將軍으로 都護의 大督이 되어 巴丘(파구)로부터 西陵(서릉)까지의 군사 업무를 총괄하였다.

(孫皓, 末帝의) 元興 원년(서기 264), 주적은 左大司馬가 되었다. 그전에, 朱然(주연)은 朱治(주치)의 복상이 끝난 뒤 本姓(施氏)으로 돌아가겠다고 주청했으나 손권이 불허했는데, 주적은 (孫亮의) 五鳳 연간에(254 − 255) 표문을 올려 施氏로 돌아갔다. 주적은 (孫皓의) 建衡 2년(서기 270)에 죽었다.

❸ 呂範

|原文|

呂範字子衡, 汝南細陽人也. 少爲縣吏, 有容觀姿貌. 邑人

劉氏, 家富女美, 範求之. 女母嫌, 欲勿與, 劉氏曰, "觀呂子衡, 寧當久貧者邪?" 遂與之婚.

後避亂壽春, 孫策見而異之, 範遂自委暱, 將私客百人歸策. 時太妃在江都, 策遣範迎之. 徐州牧陶謙謂範爲袁氏覘候, 諷縣掠考範, 範親客健兒篡取以歸. 時唯範與孫河常從策, 跨涉辛苦, 危難不避, 策亦親戚待之, 每與升堂飲宴於太妃前.

後從策攻破廬江, 還俱東渡, 到橫江, 當利, 破張英, 于麋, 下小丹楊, 湖孰, 領湖孰相. 策定秣陵, 曲阿, 收笮融, 劉繇餘衆, 增範兵二千, 騎五十匹. 後領宛陵令, 討破丹楊賊, 還吳, 遷都督.

|국역|

呂範(여범)[476]의 字 子衡(자형)으로, 汝南郡 細陽縣(세양현)[477] 사람이다. 젊어 縣吏가 되었는데, 용모와 행실이 반듯하였다. 邑人인 劉氏는 부자이면서 딸이 미인이었기에 여범이 청혼하였다. 그러나 女母가 싫어하며 딸을 주려고 하지 않았다. 이에 劉氏가 "呂子衡(呂範)을 보건대, 그 사람이 끝까지 가난하겠는가?"라고 말하며 딸을

476 呂範(여범, ?-228年, 字 子衡) - 汝南郡 細陽縣 출신. 원래 원술의 謀士. 손책을 섬김. 東吳의 重要 장군, 大司馬 역임. 유비가 손권의 여동생과 결혼하러 왔을 때 유비를 가두거나 죽여야 한다고 건의했으나 실행되지 않았다. 손권의 절대적인 신임을 받았다. 《吳書》11권, 〈朱治朱然呂範朱桓傳〉에 입전.

477 細陽縣(세양현) - 今 安徽省 서북부 阜陽市(부양시) 관할 太和縣.

시집보냈다.

뒷날 壽春(수춘)으로 피난했는데 손책이 만나보고서는 기이하다 여겼으며, 그래서 여범은 손책과 쉽게 가까워졌고, 여범은 자신의 문객 1백여 명과 함께 손책에게 歸附하였다.

그때 太妃(吳부인, 손책의 모친)는 江都(강도)[478]에 있었는데, 손책은 여범을 보내 모셔오게 하였다. 徐州牧인 陶謙(도겸)은 여범이 袁術(원술)의 첩자라 생각하여 縣에 암시하여 여범을 잡아다가 고문하게 하였는데, 여범의 가까운 門客壯士들이 여범을 탈취하여 돌아왔다. 그때는 여범과 孫河(손하)만이 늘 손책을 따라다녔는데, 여범은 온갖 고생을 다했고 위험을 피하지 않았으며, 손책도 여범을 친척처럼 대우하였기에 자주 안채에 들어가 손책의 모친 앞에서 술을 함께 마시며 즐겼다.

뒷날 여범은 손책을 따라 廬江郡을 평성하였고, 함께 동쪽으로 長江을 건너 橫江(횡강)과 當利(당리) 등지에서 長英(장영)과 于麋(우미) 등을 격파하였으며, 小丹楊(소단양)과 湖孰(호숙)을 평정한 뒤에, 湖孰(호숙)의 相을 겸했다.

손책은 秣陵(이릉)과 曲阿縣(곡아현)을 평정하였고, 笮融(책융, ?-196년, 字 偉明)과 劉繇(유요)의 잔당을 수습하여, 여범의 군사 2천 명과 말 50필을 늘려주었다. 여범은 宛陵(완릉)[479] 현령을 겸임하며 丹楊郡의 도적 무리를 격파한 뒤에 吳郡으로 돌아와 都督으로 승진하였다.

----

478 廣陵郡 江都縣은, 今 江蘇省 남부 長江 북안 揚州市 江都區.
479 宛陵縣은 丹陽郡의 治所. 今 安徽省 동남부 宣城市 宣州區.

是時下邳陳瑀自號吳郡太守, 住海西, 與彊族嚴白虎交通.
策自將討虎, 別遣範與徐逸攻瑀於海西, 梟其大將陳牧.

又從攻祖郎於陵陽, 太史慈於勇里. 七縣平定, 拜征虜中郎
將, 征江夏, 還平鄱陽. 策薨, 奔喪於吳. 後權復征江夏, 範與
張昭留守.

曹公至赤壁, 與周瑜等俱拒破之, 拜裨將軍, 領彭澤太守,
以彭澤,柴桑,歷陽爲奉邑. 劉備詣京見權, 範密請留備. 後遷
平南將軍, 屯柴桑.

| 국역 |

이때 下邳(하비) 사람 陳瑀(진우)는 吳郡 太守를 자칭하며, 海西(해
서)란 곳에 머물며 강력한 토호인 嚴白虎(엄백호)와 왕래하고 있었
다. 손책은 직접 군사를 거느리고 엄백호를 토벌하면서, 별도로 呂
範(여범)과 徐逸(서일)을 보내 海西에서 진우를 토벌케 했는데, 여범
은 그 대장 陳牧(진목)을 효수했다.

여범은 또 손책을 따라 祖郎(조랑)을 陵陽(능양)에서, 太史慈(태사
자)를 勇里(용리)에서 공격하여 그 지역 7현을 평정하고, 征虜中郎將
이 되어 江夏郡을 평정한 뒤, 돌아오며 鄱陽(파양)을 평정하였다. 손
책이 죽자(서기 200년), 여범은 吳郡에 가서 장례에 참가했다. 뒤에
孫權이 다시 강하군을 평정할 때 여범과 張昭(장소)는 吳郡에 남아
지켰다.

조조가 赤壁(적벽)을 공격할 때(서기 208년), 여범은 周瑜(주유) 등과 함께 방어하고 격파하여 裨將軍(비장군)이 되었고, 彭澤(팽택)[480] 태수를 겸임했는데, 彭澤, 柴桑(시상), 歷陽(역양)을 奉邑(식읍)으로 받았다. 유비가 建業에 와서 손건을 만날 때(유비와 孫夫人의 婚事), 여범은 비밀리에 유비를 유폐할 것을 건의하였다. 뒷날 平南將軍이 되어 柴桑縣(시상현)[481]에 주둔하였다.

| 原文 |

權討關羽, 過範館. 謂曰, "昔早從卿言, 無此勞也. 今當上取之, 卿爲我守建業."

權破羽還, 都武昌, 拜範建威將軍, 封宛陵侯, 領丹楊太守, 治建業, 督扶州以下至海, 轉以溧陽, 懷安, 寧國爲奉邑.

曹休, 張遼, 臧霸等來伐, 範督徐盛, 全琮, 孫韶等, 以舟師拒休等於洞口. 遷前將軍, 假節, 改封南昌侯. 時遭大風, 船人覆溺, 死者數千, 還軍, 拜揚州牧.

性好威儀, 州民如陸遜, 全琮及貴公子, 皆修敬虔肅, 不敢輕脫. 其居處服飾, 於時奢靡, 然勤事奉法, 故權悅其忠, 不

---

480 彭澤縣 – 당시 豫章郡의 현명. 今 江西省 북부, 九江市 관할 縣名. 뒷날 東晋의 陶淵明(서기 352, 365, 혹 369 – 427년)이 현령을 지냈다가 '不爲五斗米折腰'라며 사직하고 歸去來한 곳.

481 柴桑縣(시상현) – 豫章郡 나중에는 江夏郡 소속, 今 江西省 최북단 九江市 서남. 鄱陽湖와 長江의 합류 지점.

怪其侈.

|국역|

孫權이 關羽를 토벌하러 갈 때 여범이 주둔한 곳을 방문했다. 손권이 여범에게 말했다.

"옛날 일찌감치 卿의 말을 들었다면, 지금 이 고생은 안 할 것이다. 이번에 가면 잡아올 것이니 경은 나를 위해 建業을 지켜주오."

손권은 관우를 생포했고 武昌에 도읍했으며, 여범을 建威將軍에 임명하고, 宛陵侯(완릉후)에 봉하여 丹楊太守를 겸하면서 建業을 다스리게 하였고, 扶州(부주, ?)에서 바다에 이르는 지역의 군사를 감독케 하였으며, 溧陽(율양), 懷安(회안), 寧國(영국)을 식읍으로 주었다.

(魏의) 曹休(조휴)와 張遼(장료), 臧霸(장패) 등이 공격해 올 때, 여범은 徐盛(서성), 全琮(전종), 孫韶(손소) 등과 함께 舟師(水軍)로 (九江郡) 洞口(동구)에서 조휴를 막아내었다. 前將軍으로 승진했고, 부절을 받았으며 다시 南昌侯에 봉해졌다. 그때 大風이 불어, 배가 전복되어 익사한 船人(水軍)이 수천 명이었으나, 여범은 회군한 뒤에 揚州牧(양주목)이 되었다.

여범은 위엄을 갖추기를 좋아하였는데 백성들은 육손, 全琮(전종)[482] 및 貴公子들에게 언제나 엄숙하고 공경하였으며 감히 경솔하

---

482 全琮(전종, 198 – 247년, 249년?, 字 子璜) – 吳郡 錢唐縣 출신. 孫權의 長女 孫魯班과 결혼하였으니, 손권의 사위이다. 右大司馬와 左軍師 역임. 孫魯班은 全夫人이라 통칭. 전종의 族子 全尙 딸이 손권 다음 즉위하는 孫亮(손량)과 결혼한다. 《吳書》 15권, 〈賀全呂周鍾離傳〉에 입전.

게 처신하지 못했다. 여범 거처의 服飾(복식)은 화려하였지만 업무에 철저했고 법을 잘 지켰기에 손권은 그 충성을 좋아하면서, 그의 사치를 문제 삼지는 않았다.

|原文|

初策使範典主財計, 權時年少, 私從有求, 範必關白, 不敢專許, 當時以此見望. 權守陽羨長, 有所私用, 策或料覆, 功曹周谷輒爲傅著薄書, 使無譴問. 權臨時悅之, 及後統事, 以範忠誠, 厚見信任, 以谷能欺更簿書, 不用也.

黃武七年, 範遷大司馬, 印綬未下, 疾卒. 權素服擧哀, 遣使者追贈印綬. 及還都建業, 權過範墓呼曰, "子衡!" 言及流涕, 祀以太牢.

|국역|

그전에 孫策은 呂範(여범)에게 재물을 관리하게 시켰는데, 손권이 젊었을 때 사적으로 재물을 요구하면, 여범은 반드시 보고하였고 마음대로 내주지 않았기에 그 당시 손권은 여범을 원망했었다. 손권이 陽羨(양선)[483] 縣長을 대행할 때, 사적인 용도가 있거나 손책이 혹 불시에 확인하더라도, 功曹인 周谷(주곡)은 장부를 잘 꾸며놓아서 견책을 당하는 일이 없었다. 손권은 그때는 좋아하였지만 국사

483 손권은 15세에 (吳郡) 陽羨縣(양선현) 縣長이 되었다.

를 총괄하면서 여범을 충성했다 생각하여 크게 신임하였지만, 주곡은 장부를 꾸며 속였다하여 등용하지 않았다.

(孫權의) 黃武 7년(서기 228), 여범은 大司馬로 승진하였는데 印綏(인수)를 받지 못하고 병으로 죽었다. 孫權은 素服으로 문상하였고 사자를 보내 大司馬 인수를 추증하였다.

손권이 建業에 도읍하고 여범의 묘 앞을 지나가다, 손권은 "子衡(자형)!"이라 외쳐 불렀고, 여범의 이야기를 할 때마다 눈물을 흘렸으며, 太牢(태뢰)[484]로 제사를 올리게 했다.

|原文|

範長子先卒, 次子據嗣, 據字世議. 以父任爲郎, 後範寢疾, 拜副軍校尉, 佐領軍事. 範卒, 遷安軍中郎將, 數討山賊, 諸深惡劇地, 所擊皆破.

隨太常潘濬討五溪, 復有功. 朱然攻樊, 據與朱異破城外圍, 還拜偏將軍. 入補馬閑右部督, 遷越騎校尉. 太元元年, 大風, 江水溢流, 漸淹城門, 權使視水, 獨見據使人取大船以備害. 權嘉之, 拜蕩魏將軍.

權寢疾, 以據爲太子右部督. 太子卽位, 拜右將軍. 魏出東興, 據赴討有功. 明年, 孫峻殺諸葛恪, 遷據爲驃騎將軍, 平

---

484 제물로 牛, 豚(돈), 羊을 다 바치면 太牢(태뢰, 牢는 가축우리). 羊이나 돼지를 제물로 쓰면 小牢이다.

西宮事.

　五鳳二年, 假節, 與峻等襲壽春, 還遇魏將曹珍, 破之於高亭. 太平元年, 帥師侵魏, 未及淮, 聞孫峻死, 以從弟綝自代, 據大怒, 引軍還, 欲廢綝. 綝聞之, 使中書奉詔, 詔文欽,劉纂, 唐咨等使取據, 又遣從兄憲以都下兵逆據於江都. 左右勸據降魏, 據曰,"恥爲叛臣." 遂自殺. 夷三族.

| 국역 |

　呂範(여범)의 장남은 먼저 죽었고, 次子인 呂據(여거)가 작위를 이었는데, 여거의 字는 世議(세의)이다. 부친의 관직으로 낭관이 되었는데, 여범이 병석에 눕자, 여거는 副軍校尉가 되어 (부친의) 군사업무를 보좌하였다. 어범이 죽자, 여거는 安軍中郎將이 되어 여러 번 山越人 도적 무리를 토벌하였는데, 아주 멀고 험악한 지역까지 공격하여 모두 격파하였다.

　여거는 太常인 潘濬(반준)을 따라 五溪(오계)의 만이들을 토벌하여 또 전공을 세웠다. 朱然(주연)이 樊城(번성)을 공격할 때 여거는 (周桓의 아들) 朱異(주이)와 함께 성 밖에 守衛(수위) 부대를 격파했는데, 회군한 뒤에 偏將軍으로 승진했다. 여거는 입조하여 馬閑右部督에 임명되었다가 越騎校尉(월기교위)로 승진했다.

　(손권의 마지막 연호) 太元 원년(서기 251), 큰 바람이 불고, 長江 물이 범람하여 城門이 물에 잠길 때, 孫權은 사람을 보내 수해 현장을 살피게 하였는데, 여거 혼자만이 큰 배를 준비하여 수해에 대처

했다고 보고받았다. 손권은 여거를 칭찬하며 蕩魏將軍(탕위장군)을 제수하였다.

손권이 병석에 눕자, 여거는 太子右部督이 되었다. 太子(孫亮)가 즉위하자(서기 252), 여거는 右將軍이 되었다. 魏의 군사가 東興(동흥)[485]을 공격해왔는데, 여거는 토벌에 공을 세웠다. 다음 해, 孫峻(손준)은 諸葛恪(제갈각)을 죽였는데, 여거는 驃騎將軍이 되어 西宮의 업무를 감리하였다.

(孫亮의) 五鳳 2년(서기 255), 여거는 부절을 받았고 손준 등과 함께 (魏의) 壽春(수춘)을 기습 공격하였는데, 魏將 曹珍(조진)과 조우하여 高亭(고정)이란 곳에서 격파하였다.

(孫亮의) 太平 원년(서기 257), 군사를 거느리고 魏를 침공하여 淮水(회수)에도 못 갔을 때, 여거는 손준이 죽었으며 그 사촌 동생인 孫綝(손침)이 스스로 후임이 되었다는 소식을 듣고, 여거는 대노하면서 군사를 거느리고 돌아와 손침을 제거하려고 했다. 손침은 이 소식을 듣고 中書에게 조서를 보내어 文欽(문흠), 劉纂(유찬), 唐咨(당자) 등을 동원하여 여거를 체포케 하였으며, 또 사촌 형인 孫憲(손헌)을 보내 도성 내의 수위부대를 동원하여 江都에서 여거를 공격케 하였다. 여거의 측근들은 차라리 魏에 투항할 것을 권했지만 여거는 "叛臣은 치욕"이라며 자살하였고, 삼족은 멸족되었다.

---

485 太今 安徽省 중부 巢湖 근처의 지명. 長江 남쪽 臨川郡의 東興縣〔今 江西省 중부 撫州市 관할 黎川(여천현)〕은 아님.

❹ 朱桓

|原文|

朱桓字休穆, 吳郡吳人也. 孫權爲將軍, 桓給事幕府, 除餘姚長. 往遇疫癘, 穀食荒貴, 桓分部良吏, 隱親醫藥, 餐粥相繼, 士民感戴之. 遷蕩寇校尉, 授兵二千人, 使部伍吳,會二郡, 鳩合遺散, 期年之間, 得萬餘人.

後丹楊,鄱陽山賊蜂起, 攻沒城郭, 殺略長吏, 處處屯聚. 桓督領諸將, 周旋赴討, 應皆平定. 稍遷裨將軍, 封新城亭候.

|국역|

朱桓(주환)[486]의 字는 休穆(휴목)으로, 吳郡 吳縣 사람이다. 孫權이 將軍일 때, 주환은 부대 내에서 여러 일을 담당했고 나중에 (會稽郡) 餘姚(여요) 縣長이 되었다.

그때 전염병이 크게 유행하고 흉년이 들어 곡식이 무척 귀했는데, 주환은 良吏들을 나눠 파견하여 의약을 지급하고 죽을(粥) 쑤어 백성에게 먹이게 하였는데 士民이 모두 감동하며 따라 모셨다. 주환은 蕩寇校尉(탕구교위)가 되어 군사 2천 명을 받아 지휘하였는데, 吳郡과 會稽郡 사람으로 부대를 편성했으며 흩어진 백성을 불러들여 1년 만에 1만여 명을 거느렸다.

----

486 朱桓(주환, 177 – 238年, 字 休穆) – 桓은 팻말 환. 吳郡 吳縣(今 江蘇省 蘇州市) 출신. 勇烈로 聞名, 曹仁을 비롯한 曹魏의 침략을 잘 방어했다.《三國演義》에서도 '極有膽略'한 인물로 등장한다.

뒷날 丹楊郡과 鄱陽郡(파양군) 일대의 山越族이 봉기하여 성곽을 공격, 함락하고 관리들을 죽였으며 곳곳에 모여 있었다. 주환은 여러 장수들을 감독하고, 여러 작전을 전개하여 모두 평정하였다. 주환은 裨將軍(비장군)으로 승진하였고 新城亭候에 봉해졌다.

| 原文 |

後代周泰爲濡須督. 黃武元年, 魏使大司馬曹仁步騎數萬向濡須, 仁欲以兵襲取州上, 僞先揚聲欲東攻羨溪, 桓分兵將赴羨溪, 旣發, 卒得仁進軍拒濡須七十里間. 桓遣使追還羨溪兵, 兵未到而仁奄至.

時桓手下及所部兵, 在者五千人, 諸將業業, 各有懼心, 桓喩之曰,

"凡兩軍交對, 勝負在將, 不在衆寡. 諸君聞曹仁用兵行師, 孰與桓邪? 兵法所以稱客倍而主人半者, 謂俱在平原. 無城池之守, 又謂士衆勇怯齊等故耳. 今人旣非智勇, 加其士卒甚怯, 又千里步涉, 人馬罷困. 桓與諸軍, 共據高城, 南臨大江, 北背山陵, 以逸待勞, 爲主制客, 此百戰百勝之勢也. 雖曹丕自來, 尙不足憂, 況仁等邪!"

桓因偃旗鼓, 外示虛弱, 以誘致仁. 仁果遣其子泰攻濡須城, 分遣將軍常雕督諸葛虔,王雙等, 乘油船別襲中洲. 中洲

者, 部曲妻子所在也. 仁自將萬人留橐皐, 復爲泰等後拒. 桓部兵將攻取油船, 或別擊雕等, 桓等身自拒泰, 燒營而退, 遂梟雕, 生虜雙, 送武昌, 臨陳斬溺死者千餘. 權嘉桓功, 封嘉興侯, 遷奮武將軍, 領彭城相.

| 국역 |

　朱桓(주환)은 周泰(주태)의 후임으로 濡須都督(유수도독)이 되었다. (孫權) 黃武 원년(서기 222), 魏는 大司馬인 曹仁(조인)에게 보병과 기병 수만 명을 주어 濡須(유수)로 진공케 하였는데, 조인은 江中 洲島(주도)를 점거하려고, 거짓으로 동쪽의 羨溪(선계)를 공격하겠다고 선전을 하였고, 주환이 군사를 나눠 선계로 출발시켰는데, 갑자기 조인은 濡須(유수) 70리 되는 곳까지 진격해왔다. 주환은 급히 사람을 보내 선계로 가던 군사를 돌아오게 하였지만 그들이 돌아오기도 전에 조인의 군사가 먼저 성을 포위하였다.

　그때 주환의 휘하 군사는 5천 명에 불과하였고, 여러 장수들은 허둥대며 두려움에 떨자 주환은 장수들에게 말했다.

　"본래 양쪽의 군사가 대치할 때, 그 승부는 장수의 능력에 있지 군사의 다소에 있지 않다. 여러분이 알고 있는 曹仁의 用兵과 작전이 나 주환과 비교하면 어떻다고 생각하는가? 병법에서 客(侵攻者)은 2배, 주인(防禦者)은 절반이란 말은 평원의 전투이며, 城池(성지) 같은 방어 시설도 없으며, 또 군사들의 용기나 두려움이 같은 정도일 경우이다. 지금 저 사람(曹仁)의 지혜나 용기가 뛰어난 것도 아니고, 거기다가 사졸은 심히 겁을 먹었으며, 또 천 리를 걸어왔기에 사람이나 말이 모두 지쳐버렸다. 나와 여러분은 높고 견고한 성안에 있고 남쪽에는 큰 강이, 북쪽으로는 산줄기와 연결되었으며, 우리는 편히 쉬며 적이 지치기를 기다리니, 이는 주인으로서 손님을 제압하는 모양이고, 또 이는 백전백승의 형세이다, 비록 저쪽 황제 曹丕(조비)가 직접 온다 하여도 걱정할 것이 없거늘 하물며 조인을 두려워하겠나!'

조환은 깃발과 북을 뉘여 놓고 겉으로 약한 듯 꾸며 조인을 유인하였다. 조인은 예상대로 그 아들 曹泰(조태)를 보내 濡須城을 공격하였고, 將軍인 常雕(상조)를 보내 諸葛虔(제갈건)과 王雙(왕쌍) 등을 감독케 하며, 별도의 군사로 빠른 배(油船)를 타고 강 가운데 섬을 기습 공격케 하였다. 강 가운데 섬(中洲)에는 주환 부대원의 처자가 있는 곳이었다. 조인은 1만 군사를 거느리고, 橐皐(탁고)란 곳에 남아 있으면서 조태 등의 후방을 지켜 주었다.

이에 주환은 군사를 거느리고 적의 빠른 배를 공략하여 탈취하였고 별동 부대로 상조를 공격케 하였으며, 주환은 직접 조태의 공격에 맞서 싸웠는데, 주환은 조태의 군영을 불태우고 적을 물리쳤고, 상조를 죽여 목을 높이 매달았으며, 왕쌍을 사로잡아 武昌으로 압송했는데, 죽거나 익사한 적군이 1천여 명이나 되었다.

손권은 주환의 전공을 칭찬하였으며 주환은 嘉興侯에 책봉되었고 奮武將軍(분무장군)으로 승진하여 彭城相(팽성상)을 겸직했다.

|原文|

　黃武七年, 鄱陽太守周魴譎誘魏大司馬曹休, 休將步騎十
萬至皖城以迎魴. 時陸遜爲元帥, 全琮與桓爲左右督, 各督三
萬人擊休. 休知見欺, 當引軍還, 自負衆盛, 邀於一戰.

　桓進計曰, "休本以親戚見任, 非智勇名將也. 今戰必敗, 敗
必定, 走當由夾石, 掛車, 此兩道皆險阨, 若以萬兵柴路, 則彼
衆可盡. 而休可生虜, 臣請將所部以斷之. 若蒙天威, 得以休
自效, 便可乘勝長驅, 近取壽春, 割有淮南, 以規許, 洛, 此萬
世一時, 不可失也."

　權先與陸遜議, 遜以爲不可, 故計不施行.

|국역|

　(孫權) 黃武 7년(서기 228), 鄱陽(파양) 태수인 周魴(주방)[487]은 거
짓으로 魏 大司馬 曹休(조휴)를 유인하였는데, 조휴는 보병과 기병
10만 명을 거느리고 皖城(환성)에 와서 주방을 영입하려고 했다. 그
때 陸遜(육손)이 吳의 元帥(원수)였고, 全琮(전종)과 朱桓(주환)은 左,
右督으로 각각 3만 군사로 조휴를 공격하려고 했다.

　조휴는 속은 줄을 알았기에 군사를 거느리고 돌아가야 했지만,

---

487 周魴(주방, 생졸년 미상, 字 子魚) – 魴은 방어 방. 陽羨縣 출신, 今 江蘇省 남부
　　無錫市 관할 宜興市. 문무겸전. 東吳 鄱陽(파양) 太守 역임, 지방관으로서 善
　　政. 曹休를 속임수로 유인하여 큰 전과를 올리게 하였다. 周魴(주방)이 전후
　　7차례에 걸쳐 조휴에게 보낸 서신 내용은《吳書》15권,〈賀全呂周鍾離傳〉
　　에 수록했다.

자신의 군사가 많고 강하다 하여 한바탕 싸워보려고 했다. 이에 주환이 계책을 건의하였다.

"조휴는 친척이기에 등용되었지, 지략과 용맹을 갖춘 명장이 아닙니다. 이번 전투에 조휴는 필패하고, 필패하면 도주할 수 있는 길은 夾石(협석)과 掛車(괘거)의 길 뿐인데, 이 두 길은 모두 험하고 좁아서 만약 1만 병력으로 길을 봉쇄한다면 저쪽 군대를 모두 없애고 조휴를 사로잡을 수 있으니, 臣이 군사를 거느리고 길을 차단하겠습니다. 만약 하늘의 위엄이 돕는다면 승세를 타고 몰아가서 가까이로는 壽春을 탈취하여 淮南 땅을 나눌 수 있으며, 許都와 洛陽도 엿볼 수 있으니, 이는 만년에 한 번 얻을 수 있는 기회이니 놓칠 수 없습니다."

손권은 이를 육손과 협의했으나, 육손이 불가하다 하여 계획은 시행되지 않았다.

| 原文 |

黃龍元年, 拜桓前將軍, 領靑州牧, 假節. 嘉禾六年, 魏廬江主簿呂習請大兵自迎, 欲開門爲應. 桓與衛將軍全琮俱以師迎. 旣至, 事露, 軍當引還.

城外有溪水, 去城一里所, 廣三十餘丈, 深者八九尺, 淺者半之, 諸軍勒兵渡去, 桓自斷後.

時廬江太守李膺整嚴兵騎, 欲須諸軍半渡, 因迫擊之. 及見桓節蓋在後, 卒不敢出, 其見憚如此.

是時全琮爲督, 權又令偏將軍胡綜宣傳詔命, 參與軍事. 琮以軍出無獲, 議欲部分諸將, 有所掩襲. 桓素氣高, 恥見部伍, 乃往見琮, 問行意, 感激發怒, 與琮校計.

琮欲自解, 因曰, "上自令胡綜爲督, 綜意以爲宜爾." 桓愈恚恨, 還乃使人呼綜. 綜至軍門, 桓出迎之, 顧謂左右曰, "我縱手, 汝等各自去." 有一人旁出, 語綜使還.

桓出, 不見綜, 知左右所爲, 因斫殺之. 桓佐軍進諫, 刺殺佐軍, 遂託狂發, 詣建業治病. 權惜其功能, 故不罪.

使子異攝領部曲, 令醫視護, 數月復遣還中洲. 權自出祖送, 謂曰, "今寇虜尙存, 王塗未一, 孤當與君共定天下, 欲令督五萬人專當一面, 以圖進取, 想君疾未復發也."

桓曰, "天授陛下聖姿, 當君臨四海, 猥重任臣, 以除姦逆, 臣疾當自愈."

| 국역 |

(孫權) 黃龍 원년(서기 229), 朱桓(주환)은 前將軍이 되어 靑州牧을 겸했으며 부절을 받았다. (孫權) 嘉禾 6년(서기 237), 魏의 廬江郡(여강군) 主簿(주부)인 呂習(여습)이 大兵으로 자신을 영입한다면 성문을 열고 내응하겠다가 자청하였다.

주환과 衛將軍 全琮(전종)이 군사를 거느리고 나가 영입하려 했지만 비밀이 누출되어 군사를 이끌고 돌아와야 했다. 그 성 밖 1리쯤 떨어진 곳에 하천이 있는데, 넓이는 30여 길(丈)에 깊은 곳은 8, 9 척, 얕은 곳은 그 절반 정도라서 각 부대가 대오를 짜서 하천을 건너 가는 동안 주환은 후방을 막기로 하였다.

그때 (魏) 廬江太守인 李膺(이응)은 병마를 정돈하여 각 군이 절반 쯤 건너면 공격하기로 계획했지만 주환이 후방에서 방어하는 것을 보고 감히 군사를 출동하지 못했으니, 魏에서도 주환을 이 정도로 두려워하였다.

이때 全琮(전종, 손권의 사위)이 都督이었는데, 손권은 偏將軍 胡綜 (호종)에게 명하여 軍事 업무에 참여하라고 했다. 전종은 출정했으 나 전과를 거둔 것이 없어 부하 장수들과 함께 기습작전을 논의하 였다.

주환은 평소 志氣가 강한 사람이라서, 남의 밑에 명령을 받는 것 을 부끄럽게 생각하여 전종을 찾아가 그런 작전의 뜻을 물었고, 감 정이 격해져서 전종과 논쟁하였다. 이에 전종이 해명하면서 말했 다.

"황제께서 직접 胡綜(호종)을 도독으로 임명하셨고, 호종이 이렇 게 하는 것이 좋다고 하였습니다."

그러자 주환은 더욱 분노하면서 돌아와 사람을 시켜 호종을 불러 오게 하였다. 호종이 軍門에 이르면 주환은 직접 나가 맞이하기로 하면서 좌우 측근들에게 말했다.

"내가 실수를 했다면 너희들은 각자 떠나가도 좋다."

그러자 어떤 사람이 옆으로 나가더니 호종에게 그만 돌아가라고 말했다.

주환이 영접하러 나왔지만 호종이 안 보이자, 주환은 측근들이 호종을 돌려보냈다 생각하여 바로 칼로 찔러 죽여 버렸다. 주환의 참모가 주환에게 바른말을 하자 주환은 참모도 죽여 버리고서, 자신이 발광했다 하여 建業으로 돌아가 병을 치료하겠다고 말했다. 손권은 주환의 공적과 능력을 아껴 문죄하지는 않았다.

주환은 아들 朱異(주이)를 시켜 부대를 통솔하게 하고, 의원을 불러 자신의 병을 치유하게 하여, 몇 달이 지난 뒤 다시 강 가운데 섬으로 돌아오기로 하자, 손권이 직접 나와 주환을 전송하며 말했다.

"지금 적이 여전히 강성하고 왕업은 아직 통일되지 않았는데, 나는 경과 함께 천하를 평정하려 하니, 경은 5만 병력을 거느리고 혼자 한쪽 방어를 책임지며 또 더 진격해야 하니, 경의 질병이 다시는 재발하지 않기를 바란다."

이에 주환이 말했다.

"하늘이 폐하께 神聖한 英姿를 내리셨고, 폐하께서는 四海에 군림하셔야 하니, 대신에게 중임을 맡겨 간악한 자들을 제거하게 한다면 臣의 병은 저절로 나을 것입니다."

|原文|

桓性護前, 恥爲人下, 每臨敵交戰, 節度不得自由, 輒嗔恚憤激. 然輕財貴義, 兼以强識. 與人一面, 數十年不忘, 部曲萬口, 妻子盡識之. 愛養吏士, 瞻護六親, 俸祿産業, 皆與共分.

及桓疾困, 擧營憂戚. 年六十二, 赤烏元年卒. 吏士男女,
無不號慕. 又家無餘財, 權賜鹽五千斛以周喪事. 子異嗣.

| 국역 |

朱桓(주환)의 성격은 이기기를 좋아하고 남의 아래에 있는 것을
부끄럽게 생각하였으며, 적과 맞서 교전할 때마다 남의 통제를 받
아 뜻대로 하지 못하게 되면 화를 내며 격분하였다. 그렇지만 재물
을 가벼이 여기고 대의를 귀하여 여겼으며, 기억력이 좋아 단 한 번
이라도 만난 사람은 수십 년이 지나도 잊지 않았으며, 1만 명 부대
장졸이나 그 처자까지도 알아보았다. 부하들을 아끼고 지켜 주었으
며, 먼 친척까지 도와주어 자신의 녹봉이나 재산을 모두 함께 나눠
썼다.

주환이 병석에 눕자, 온 군영이 근심 속에 걱정하였다, 주환은 62
세인 赤烏 원년(서기 238)에 죽었다. 吏士와 남녀 모두가 통곡하고
추모하였다. 또 집안에 남은 재산이 없어, 손권은 소금 5천 斛(곡)을
하사하여 상사를 치르게 했다. 아들 朱異(주이)가 작위를 이었다.

| 原文 |

異字季文, 以父任除郞, 後拜騎都尉, 代桓領兵. 赤烏四年,
隨朱然攻魏樊城, 建計破其外圍, 還拜偏將軍. 魏廬江太守文
欽營住六安, 多設屯寨, 置諸道要, 以招誘亡叛, 爲邊寇害.

異乃身率其手下二千人, 掩破欽七屯, 斬首數百, 遷揚武將
軍. 權與論攻戰, 辭對稱意. 權謂異從父驃騎將軍據曰, "本
知季文膽定, 見之復過所聞."

十三年, 文欽詐降, 密書與異, 欲令自迎. 異表呈欽書, 因陳
其僞, 不可便迎.

權詔曰,「方今北土未一, 欽云欲歸命, 宜且迎之. 若嫌其有
譎者, 但當設計網以羅之, 盛重兵以防之耳.」

乃遣呂據督二萬人, 與異並力, 至北界, 欽果不降.

建興元年, 遷鎭南將軍. 是歲魏遣胡遵, 諸葛誕等出東興,
異督水軍攻浮梁, 壞之, 魏軍大破.

太平二年, 假節, 爲大都督, 救壽春圍, 不解. 還軍, 爲孫綝
所枉害.

┃국역┃

朱異(주이)의 字는 季文(계문)으로, 부친의 관직에 의거 낭관이 되
었고 나중에 騎都尉를 제수 받아 부친 朱桓(주환)을 대신하여 군사
를 거느렸다.

(孫權) 赤烏 4년(서기 241), 朱然(주연)을 수행하여 魏 樊城(번성)
을 공격할 때, 번성 외부 호위 군영을 격파하는 계책을 건의하였고
돌아와 偏將軍(편장군)으로 승진하였다.

魏 廬江 태수 文欽(문흠)이 六安縣(육안현)에 군영을 마련하고 여
러 곳에 보루를 짓고 요로에 군사를 배치하여 도망자나 범법자를

끌어 모으고 吳의 변방을 노략질하였다. 이에 주이는 휘하의 2천 군사를 직접 거느리고 문흠의 7개 보루를 격파하고 수백 명을 참수하여 揚武將軍으로 승진하였다.

손권과 攻戰에 관하여 담론할 때 그 언사와 답변이 손권의 뜻에 맞았다. 손권이 주이의 숙부인 驃騎 장군인 朱據에게 말했다.

"본래 季文(朱異)이 담대하고 침착한 줄은 알았지만, 만나보니 훨씬 더 훌륭했다."

(孫權) 赤烏 13년(서기 250), (魏) 문흠이 거짓으로 투항하려고 밀서를 주이에게 보내, 자신을 영입하라고 말했다. 주이는 문흠의 서신을 보고하며 거짓이기에 영입하지 않겠다고 말했다. 그러자 손권이 조서를 내렸다.

「지금 북방의 땅을 통일하지는 못했지만, 문흠이 귀부하겠다면 일단은 영입해야 할 것이다. 만약 그 거짓이 의심된다면 작전을 세워 그물로 얽어 잡아들이거나, 많은 군사로 예방하면 될 것이다.」

그리고는 呂據(여거)에게 2만 병력을 주어, 주이와 합세하여 북쪽 경계에 이르렀지만, 문흠은 예상대로 투항하지 않았다.

(孫亮) 建興 원년(서기 252), 주이는 鎭南將軍으로 승진했다. 이 해에 魏에서는 胡遵(호준)과 諸葛誕(제갈탄) 등을 보내 東興(동흥)에 침입했는데, 주이는 水軍을 지휘하여 그들의 浮橋(부교)를 공격 파괴하였고 魏軍을 대파하였다.

(孫亮) 太平 2년(서기 257), 주이는 부절을 받아 大都督이 되었고, 壽春(수춘)의 포위를 뚫으려 했지만 포위를 풀지 못했다. 회군한 뒤에 孫綝(손침)에게 무고하게 살해되었다.

評曰, 朱治,呂範以舊臣任用, 朱然,朱桓以勇烈著聞, 呂據,
朱異,施績咸有將領之才, 克紹堂構. 若範,桓之越隘, 得以吉
終, 至於據,異無此之尤而反罹殃者, 所遇之時殊也.

陳壽의 評論 : 朱治(주치)와 呂範(여범)은 손책의 옛 신하로 임용되
었고, 朱然(주연)과 朱桓(주환)은 용맹으로 알려졌으며, 呂據(여거)와
朱異(주이), 施績(시적, 朱績)은 모두 장수의 재능이 뛰어나 부친을 이
어 나라의 대들보가 되었다.

여범이나 주환은 사치하여 법도를 넘었고 도량도 좁았지만 善終
하였고, 朱據(주거)나 朱異(주이)는 그런 허물도 없었지만 오히려 재
앙을 당한 것은 그들이 살았던 시대가 달랐기 때문일 것이다.

原文譯註

正史 三國志(五) [吳書 1]
정사 삼 국 지

초판 인쇄 2019년 9월 23일
초판 발행 2019년 9월 30일

역　주 | 진기환
발행자 | 김동구
디자인 | 이명숙·양철민
발행처 | 명문당(1923. 10. 1 창립)
주　소 | 서울시 종로구 윤보선길 61(안국동)
　　　　우체국 010579-01-000682
전　화 | 02)733-3039, 734-4798(영), 733-4748(편)
팩　스 | 02)734-9209
Homepage | www.myungmundang.net
E-mail | mmdbook1@hanmail.net
등　록 | 1977. 11. 19. 제1~148호

ISBN 979-11-90155-14-4 (04900)
ISBN 979-11-90155-09-0 (세트)
30,000원